S

HET SCHEMERUUR

Bosch & Keuning

Oorspronkelijke titel
Magic Hour
Uitgave
HarperCollins Publishers, New York

Vertaling
Annemarie Verbeek
Omslagontwerp
Alpha Design

ISBN 90 246 4939 0 CIP NUGI 301

Opgedragen aan mijn beste vriendin,
Susan Zises

1

Seymour Ira Spencer, afkomstig uit Manhattan en Southampton, had stijl. Echt, het laatste beroep waar je bij hem aan zou denken was: filmproducent. Geloof maar niet dat je bij hem een gouden schakelketting op een bedje van borsthaar zou zien; hij had geen dikke lippen en er zeker geen sigaar tussen geklemd. Als je hem had kunnen zien, met zijn eenvoudige witte badstoffen badjas (natuurlijk zonder monogram, daarvoor was hij veel te netjes opgevoed) bij het zwembad van zijn villa aan het strand, Sandy Court, waar hij, terwijl hij over de duinen naar de Atlantische Oceaan staarde en slokjes van zijn ijskoude bosbessenthee nam, zachtjes in zijn draagbare telefoon stond te praten, dan zou je hebben gedacht: dàt bedoelen ze nu met goede smaak.

Ik zal je eens vertellen hoeveel smaak Sy Spencer eigenlijk had. Echt waar, hij hàd kunnen ophangen, naar binnen slenteren, Beethoven opzetten en een boek van Marcel Proust kunnen pakken om te herlezen. Behalve dan dat hij juist op dat moment werd geraakt door twee kogels: één in zijn centrale zenuwstelsel en één in zijn hersenen. Hij was al dood voor hij op de grond lag.

Jammer voor hem. Het was een schitterende dag in augustus. Dat herinner ik me. De strakblauwe lucht deed gewoon pijn aan je ogen. Zoveel schoonheid was bijna te veel. Over het strand voor het huis van Sy scheerden zilverachtig witte meeuwen die zo nu en dan de oceaan indoken. Het poederzand had een zachtgouden kleur. Verder naar het noorden, voorbij mijn achtertuin, straalden aardappelvelden een warm donkergroen licht uit.

Het was het soort dag op Long Island – zo perfect – waarvan de mensen met hun tweede huizen zeggen: 'Schatje (of *Darling* of Kindje), het is hier zó fantástisch. En weet je wat nu zo zielig is? Dat al die kleine carrièremakertjes zo druk bezig zijn zich op te werken dat ze de tijd niet hebben om te genieten...' En dan zetten ze hun neusgaten wijdopen en nemen een diepe, gevoelige snuif frisse lucht. '... van zulke adembenemende schoonheid.'

Jezus, wat een zakken. Maar ze hadden gelijk. Die dag baadde de hele South Fork van Long Island in een schitterend licht. Het was net een goddelijke afrekening; de afgelopen vijf jaar had één van de secretaresses op Moordzaken me elke dag dezelfde heilwens toegeroepen: 'Een mooie dag, rechercheur Brady!' En zie, God was eindelijk over de brug gekomen. Dit was 'm.

Maar voor Sy Spencer natuurlijk niet. En om heel eerlijk te zijn, de dag was voor mij, hoe stralend hij ook was, ook niet zo goed. Het was natuurlijk allemaal niet zo dramatisch als het voor Sy was. En zeker niet zo onherroepelijk. Maar wat er op die zonnige en onwerkelijk mooie middag gebeurde, veranderde het einde van mijn verhaal bijna net zo drastisch als dat van Sy.

Ik woonde in de noordwesthoek van Bridgehampton, een kilometer of tien ten noorden en zo'n acht kilometer ten oosten van Sandy Court, in heel wat minder gerieflijke omstandigheden. Mijn huis was de hut van een voormalige seizoenarbeider. Het was gerenoveerd door een hysterisch ambitieuze, meelijwekkend ongetalenteerde architect met een paardestaart uit Brooklyn Heights die er te laat was achtergekomen dat het huis nooit beschouwd zou worden als een juweeltje. Hij was gedwongen het goedkoop van de hand te doen aan een van de inboorlingen (dat was ik), omdat zelfs de onnozelste gladjanus uit New York geen geïsoleerd en witgepleisterd krot met lage plafonds, een restaurantfornuis met zes pitten en overal schattig bloemetjesbehang dat je naar je strot vloog, wilde kopen en zeker niet omdat het ook nog eens aan een hobbelige, geografisch gezien ongelukkig aangelegde weg lag tussen een aardappelveld en een stinkende vijver.

Maar hoe dan ook, zo ongeveer rond het tijdstip dat de kogel dwars door Sy's schedelbasis vloog, ging mijn leven ook aan gruzelementen. Onze levens werden met één knal met elkaar verbonden. Dat wist ik toen natuurlijk nog niet. In tegenstelling tot de film heeft het leven geen begeleidende muziek; er klonk geen dreigend tromgeroffel. Voor mij was het nog steeds een fijne dag. Een fantastische dag.

Daar lag ik met mijn verloofde Lynne Conway op een deken op het gras van mijn achtertuin. We waren net uit de slaapkamer gekomen om na het vrijen te genieten van de zon, om een beetje te kletsen en ijsthee te drinken. (Ik had zelfs nog een paar schijfjes citroen in onze glazen gedaan om te laten zien dat, oké, Lynne had dan wel op Manhattan College gezeten en ze wist alles van visvorken, ik toch ook wel een goede gastheer kon zijn.)

Natuurlijk, als ik echt goede manieren had zouden we wel in tuinstoelen hebben gezeten, maar de afgelopen paar jaar had ik weinig tijd gehad om me druk te maken over handdoeken zonder gaten, dus laat staan over tuinmeubilair. Nou en? Ik wist dat alles over drie maanden zou veranderen, als we eenmaal getrouwd waren. Dan zouden we tuinstoelen op een betegeld terras hebben staan. Een tafel met een parasol. Een overdekte barbecue. Begonia's. Ik zou de cheeseburgers die ik at in de vettigste cafetaria's van Suffolk County niet langer mijn avondeten noemen; ik zou thuis gepocheerde zalm eten, met aardappeltjes met peterselie en verse asperges. Ik zou op mijn veertigste weer een pasgetrouwd man zijn.

Ik ging op mijn zij liggen. Lynne was zo mooi. Donkerrood haar, de kleur van een Ierse setter. Een jonge perzikhuid. Een perfecte neus, een beetje een wipneus met twee kleine putjes in de punt alsof ze nog snel even vlak voor haar geboorte was bijgewerkt. Ze droeg een korte kaki broek die haar mooie lange benen prachtig deed uitkomen. Maar het ging me niet alleen om haar uiterlijk, hoor. Lynne was een dame.

Ze kwam uit een gegoede familie – nou ja, vergeleken met die van mij dan. Haar vader was een gepensioneerde decoderingsofficier van de marine. Zijn pensionering scheen te bestaan uit het zitten in een gemakkelijke stoel met zijn voeten op een bankje en het lezen van rechtse tijdschriften. Hij had altijd een pijp in zijn mond die leek op een ingetrokken periscoop. (Als hij zich ergens aan ergerde, bijvoorbeeld wanneer hij iets positiefs las over een democraat, klemde hij het mondstuk tussen zijn tanden; wanneer hij razend van woede was, bijvoorbeeld toen Lynne hem vertelde dat we waren verloofd, beet hij hem compleet aan stukken.)

Lynne's moeder, de heilige Babs uit Annapolis, ging iedere ochtend naar de mis waar ze vermoedelijk bad dat het Lam Gods me zou neermaaien voor ik met haar dochter kon trouwen. Babs Conway zat de godganse middag te borduren terwijl ze naar *The Young and the Restless* en naar *Geraldo* keek; ze was al acht jaar bezig met haar meesterwerk: een gigantisch kussen van 'De Maria's aan het Graf'.

Dat was dus Lynne: een lief katholiek meisje. En een goede vrouw. En een schoonheid. Geloof me maar, ik wist donders goed dat ik mijn handen dicht mocht knijpen met haar. Mijn leven was niet bepaald over rozen gegaan en ik had genoeg de beest uitgehangen. Geluk was volgens mij niet iets wat ik verdiende en ik had ook nooit gedacht dat ik het nog eens zou tegenkomen.

'Wat betreft de huwelijksreis,' zei ze zachtjes terwijl ze het boord van mijn T-shirt goed deed, 'wat zou je ervan vinden – dit is maar een idee, hoor – als we een week naar Londen gaan in plaats van naar St. John?'

'Hangt er van af. Kun je aan het eind van november snorkelen in de Theems?'

Lynne glimlachte en dat maakte haar nog mooier. Geen grapjes. Geen: Denk je dat ik op huwelijksreis ga met de een of andere idioot met zwemvliezen? Wat ze zei, zonder sarcasme, was: 'Ik hoor het al. St. John.' Ik keek diep in Lynne's mooie bruine ogen.

En ineens was het niet zo'n fijne dag meer.

Want daar zat ik nu met een wondermooie, lieve vrouw met vlammend haar en een huid met de kleur van honing en het enige dat ik had was een prettige dag. Maar ik had geen lol.

Dit is idioot, zei ik tegen mezelf: Wil je lachen? Neuk Joan Rivers dan. Lynne was jong. Dat moest ik begrijpen. Ze had me nog niet helemaal door. Ze dacht dat ik een man van de wereld was. Ze keek een beetje tegen me op. Het was eigenlijk zo lief. Ontroerend. Ja, oké, ik zou wel willen dat ze een beetje zou loskomen. Dat geef ik toe. Ik durf zelfs toe te geven dat ik enigszins gespannen was. Ik had zin in een borrel. Maar hoor eens, zei ik tegen mezelf, ik wil helemaal geen borrel. Het gaat uitstekend met me.

Maar toch... toen het bureau belde met de mededeling dat er een moord was gepleegd bij mij in de buurt, aan de Dune Road in Southampton – dat is toch de goudkust, hè? – een zekere Spencer, een filmproducent, is doodgeschoten...

Christeneziele, zei ik. Sy Spencer.

Ken je hem?

Ik ken hem van naam. Mijn broer werkt mee aan de film die hij hier aan het maken is.

Hé, is het waar dat hij een paar jaar geleden een Oscar heeft gewonnen?

Ja.

Volgens mij heb ik hem gezien. Op tv, weet je wel, één van die gozers die dan zegt: Ik wil mijn impresario bedanken en mijn ouders en wijlen mijn kat Poekie. Maar moet je eens horen, het is je vrije dag, maar jij bent de enige die daar in de buurt woont en we zijn net gebeld over een zootje in Sachem waar de een of andere computergek ruzie heeft gekregen met zijn ouwe heer, hem heeft gewurgd en vervolgens heeft geprobeerd hem onder de composthoop te schoffelen, dus wil jij erheen gaan en je neus laten zien? Zorg ervoor dat de bezige bijen van de plaatselijke politie niet rechercheurtje gaan spelen en alles dat niet vastgespijkerd zit in zakjes proppen. Je weet hoe ze de plaats van de misdaad kunnen verpesten. Bedankt, maat.

Tja, ik was Sy Spencer enigszins dankbaar.

Ik bracht Lynne naar haar auto en gaf haar een kus. 'Moet je horen, het ziet er naar uit dat ons hele weekend naar de kloten is. Dat weet je wel, hè?'

Ze kneep in mijn hand en zei: 'Wat dacht je. Ik begin er zo langzamerhand wel aan te wennen. Ik vind het alleen zo erg voor de baas van je broer. Het is verschrikkelijk!' En toen zei ze: 'Ik hou van je, Steve.'

Ik dacht: zij wordt een geweldige echtgenote. Een fantastische moeder. Dus zei ik: 'Ik hou ook van jou.'

Een moordzaak is een lachertje vergeleken met dit. Zo zie je maar hoeveel ik toen wist.

De avond was net zo mooi als de dag was geweest. Maar noch de maan die vier uur later opkwam, noch de schijnwerpers van de ambulance die de plaats van de misdaad belichtten konden iets vrolijks maken van wat in werkelijkheid nogal gruwelijk was: een lijk.

Maar het was wel een lijk in een spectaculair decor. Sy Spencers levenloze lichaam lag met het gezicht naar beneden op de tegels van het terras. Dit waren geen gewone peperdure tegels; op ongeveer één op de vijf donkerblauwe vierkanten was met de hand een vis geschilderd. Het waren verschillende vissen, maar ze hadden allemaal sierlijke vinnen en ze waren te kleurrijk om werkelijk voor te komen in de kustwateren van Long Island. Maar al waren de afbeeldingen ichtyologisch niet juist, ze zagen er wel mooi uit. Verder paarden ze, zoals Sy waarschijnlijk was uitgelegd door een Newyorkse buitenhuisarchitect, een oceanisch motief aan een zekere luchthartige, gedurfde chique.

Het zwembad zelf was een langwerpig, lichtgevend turkooizen vlak. Een nevel hing als een rechthoekige wolk in de frisse avondlucht boven het water. Achter het zwembad lag het enorme, elegante huis dat was gebouwd in het begin van de jaren twintig, in dat langvergeten tijdperk van grote, gelukkige gezinnen en bedienden die kamers in- en uitliepen. Als je de andere kant op keek, zag je het donkere zand en de Atlantische Oceaan.

'Hoe is het met je aanstaande?' informeerde inspecteur Ray Carbone. We stonden vlak bij Sy's hoofd. Carbone droeg een blauw serge pak en een zonnebril. Met zijn tengere lichaam, hangbuik en gebogen schouders zag hij er eerder uit als een overwerkte accountant dan als een vermomde Superman.

'Nog steeds even mooi,' zei ik.

'Ze is veel meer dan mooi. Rita en ik hadden het pas nog over jullie. Lynne geeft je precies wat je nodig hebt. Stabiliteit. Stabiliteit is waar het om draait.'

'Dat geldt zeker voor mij.'

'Ik dacht niet eens zozeer aan het drinken.'

'Dat geeft niet. Wat mij betreft denk je er wel aan.'

'Wat mij betreft is dat verleden tijd. Kijk, ik weet dat er niet zoiets bestaat als een genezen alcoholist. Je bent altijd aan het genezen – voor de rest van je leven. Maar Steve, je was emotioneel zo labiel. Eerst ouwejongens-krentenbrood, toen in jezelf gekeerd – alsof je helemaal leeg was van binnen – en toen begon je tegen allerlei zaken aan te schoppen. Maar de laatste paar jaar: wat een verschil! Je bent zo betrouwbaar als wat. Echt waar.' Carbone had zijn doctoraal rechtswetenschappen gehaald en was nu bezig met zijn tweede: psychologie. 'Maak je geen zorgen.'

'Nee. Ik moet me altijd zorgen maken.'

'Mis. Maar het feit dat je niet zelfvoldaan bent is op zich al een teken van stabiliteit.' Dat krijg je nu van een briljante studie aan de universiteit van Bommeleskonten... 'Maar wat ik eigenlijk bedoel met stabiliteit is een haardvuur. Goed gezelschap. Een lekkere kop soep. Wij van Moordzaken – wij hebben iets normaals, iets gezonds nodig na het werk, meer dan andere politiemensen.' Carbone was een goeie vent. Die studie had hem niet volledig van zijn gezonde verstand beroofd.

Een mannetje van Identificatie duwde ons opzij en knielde naast Sy neer; hij deed zakken over de levenloze handen. (Papieren zakken. In films gebruiken ze plastic. Eng, wanneer de camera erop inzoomt lijken, die dode handen op een lunchpakketje. Heel beeldend. Maar heel onecht: we gebruiken ze nooit. Plastic houdt vocht vast en daardoor kun je geen test doen om te zien of het slachtoffer een wapen heeft afgevuurd.)

'Wat heb je binnen gevonden?' vroeg ik aan Ray.

'Niks. Geen sporen van inbraak, geen geweld. Hij had een weekendtas gepakt om naar Los Angeles te gaan voor een paar vergaderingen. Een onopgemaakt bed in de logeerkamer. Misschien had hij een dutje gedaan.' De knoop van Carbone's te strakke colbertje sprong open. Hij was mager, maar zijn kleren waren altijd een maatje te klein voor zijn buik. En te somber: in zijn donkerblauwe pakken en met zijn smalle donkerblauwe stropdassen en donkerblauwe sokken zag hij er altijd uit of hij op het punt stond bij Moordzaken op te stappen en begrafenisondernemer te worden. 'De kokkin was de hele tijd beneden,' vervolgde hij. 'Aardige vrouw. Ze gaf me een bord *clam chowder*, de hete, en ze is nu iets voor ons allemaal aan het klaarmaken. Het enige wat ze heeft gehoord zijn de schoten. Daarvoor niets.'

'En niets erna?'

'Nee. Ze keek uit het raam, zag Sy liggen en rende naar hem toe.' (We noemen slachtoffers bijna altijd bij de voornaam. Ik weet niet waarom. Misschien omdat ze zo vrienden worden. We dwingen onszelf om het persoonlijk op te vatten.) 'Ze zag dat hij dood was. Door de manier waarop zijn hoofd lag, kon ze dat ene oog zien, open.' We keken allebei even naar Sy. De capuchon van zijn badjas was zover afgegleden dat je een kwart van zijn profiel en een stukje haar kon zien: korte grijze krullen, geknipt in de stijl van een Romeinse gladiator. Het ene oog dat je kon zien was wijd opengesperd. Door de stand van zijn hoofd staarde het oog naar beneden alsof het een gruwelijke fout in één van de deftige vistegels had ontdekt. 'Zij heeft de plaatselijke politie gebeld.'

'Met de draagbare telefoon?'

'Nee, ze zei dat ze wist dat ze niets mocht aanraken in de buurt van iemand die is vermoord. Ze ging terug naar de keuken.'

Oké, dacht ik, met wat voor soort moord hebben we hier te maken? Geen moord uit hartstocht, geen moord die voortkomt uit jaloezie of een familieruzie. En niets wees erop dat het ging om een uit de hand gelopen inbraak.

Het merendeel van de mensen van Moordzaken – zelfs slimme, psychologisch ingestelde kerels als Carbone – probeert in het begin van een onderzoek een dergelijke analyse te vermijden. Het enige wat die mensen doen is het verzamelen van feiten. Ze moeten eerst van alles weten over het slachtoffer, zijn reputatie, gewoontes, werk, lichamelijke conditie, familieverhoudingen. Daar blijven ze mee bezig tot ze alle harde feiten op een rijtje hebben plus de resultaten van het gerechtelijk onderzoek: het lijkschouwingsrapport met de uitslagen van het bloedonderzoek en het toxicologisch onderzoek, foto's en video's van de lijkschouwing. En pas dan beginnen ze eens te denken aan theorieën.

Maar ik kan nooit wachten me voor te stellen wat voor soort vent of meid (ik ben een rechercheur die uitgaat van gelijke kansen) de dader is. Zoals in dit geval: de moordenaar was niet de eerste de beste idioot die in een aanval van dolle woede een stok uit de tuin had gepakt om sate van Sy te maken. Nee, deze moordenaar wist precies waarmee hij bezig was; hij was slim genoeg om de moord op te zetten, zijn eigen wapen mee te nemen èn het weer mee naar huis te nemen. Zijn vlucht was ook vlot verlopen: niemand had er iets van gemerkt. Gezien het feit dat we nog niets hadden gevonden, kon je ervan uitgaan dat hij geen last van zenuwen had gehad.

Er was nog iets dat ik wist – vanaf het eerste moment dat ik Sy zag – en dat was dat de moordenaar misschien wel een goed verstand had, maar geen greintje gevoel. Een van de eerste dingen die me altijd opvallen, is hoe de dader het slachtoffer behandelt; dat maakt een hoop duidelijk. Deze moordenaar leek me geen psychopaat. Ik wist dat ik nog moest wachten op de lijkschouwing, maar het zag er niet naar uit dat er sprake was van verminking: geen krankzinnige sporen van een rituele slachting, geen waanzinnige steekpartij. Hoewel hij blijkbaar geen gevoel had, was deze moordenaar geen sadist; hij had niet de behoefte getoond zijn slachtoffer bang te maken door hem een pistool in zijn mond of buik of geslachtsdelen te prikken. Sy was van een afstand van achteren neergeschoten, onpersoonlijk en zo te zien zonder waarschuwing.

Maar net zoals er geen sporen waren van wreedheid, waren er ook geen sporen van fatsoen of bezorgdheid of wroeging. De moordenaar had Sy's gezicht niet bedekt of dat afschuwelijke starende oog gesloten of een bloem geplukt en die in de richting van het lichaam geworpen.

Het kon natuurlijk een vreemde zijn geweest, een of andere gek, die Sy niet kende. 'Heb je iets gehoord over iemand anders die er op dezelfde manier tussenuit is gepiept?' vroeg ik Carbone. Ik deed mijn huiswerk alleen wanneer ik er zin in had; hij deed het zijne altijd. Als er binnen een straal van vijftigduizend kilometer van Suffolk County een massamoordenaar aan het werk was, dan zou hij erover hebben gelezen. 'Rijke mensen? Filmmensen? Mensen vanaf een afstand neergeschoten?'

'Ik zal eens bij de FBI informeren, maar ik geloof het niet. Maar dit zou de eerste kunnen zijn.'

'We hebben met een koele kikker te maken,' merkte ik op. 'Een harde donder die alles op een rijtje heeft.' We zouden zijn gedrag na de moord afwachten om te zien of hij het soort gek was als de massamoordenaar Son of Sam, die de politie wilde vertellen hoe slim hij wel was. 'Kan goed schieten ook. Dat moet je hem nageven.'

'En wat denk jij dat het wapen was?' Zoals veel gestudeerde types was Carbone een beetje maf; hij was zo geconcentreerd op Sy dat hij de man van de ballistiek die op ongeveer een meter afstand van ons stond, nog niet had gezien. (Op de plaats van een moord krioelt het altijd van de mensen: bloed- en haarspecialisten, fotografen, lui van vingerafdrukken, een dokter, technici op het gebied van medisch onderzoek, iemand van het openbaar ministerie om erop toe te zien dat iedereen zich aan de grondwet houdt en politiemensen. In films en op tv zie je altijd alleen maar een fotograaf plus een oude man met een onaangestoken sigaar, zijn hulpje met een kuiltje in zijn kin en een jong agentje op weg naar de w.c. om te kotsen na het zien van zijn eerste lijk.)

Voor ik mijn gedachten kon laten gaan over het wapen, riep Carbone: 'Waar is de video?' De man met de video stond achter hem. Hij kwam naast Carbone staan die hem met een priemende vinger de twee kogelgaten in Sy's badjas aanwees. De man, een slungelige knul gekleed in een spijkerbroek en hoge basketbalschoenen, zei: 'Ja, inspecteur, ik zie ze' en richtte vervolgens de camera naar beneden om het maagdelijk wit van de badstoffen jas van de filmer vast te leggen. Toen zoomde hij in op twee kleine vlekjes: één op de capuchon, waar de kogel net boven de hersenstam was binnengedrongen en één bij het linkerschouderblad.

'Ziet eruit als een wapen van klein kaliber,' zei ik tegen Carbone.

Ik keek even naar de man van ballistiek. Hij knikte en zei: 'Ziet eruit als een .22.'

Carbone mompelde: 'Verdomme. Dat maakt het voor ons niet gemakkelijker.'

Daar had hij gelijk in. Hier op de South Fork had bijna iedereen een .22; de mensen gebruikten ze om op blikjes te schieten of op kleine roofdieren. Of eigenlijk op alles. Als een boer een varken wilde doden pakte hij zijn .22; mijn vader had er vroeger ook een.

'Wat ben jij zoal te weten gekomen over zijn achtergrond?' vroeg Carbone me.

'Hij was drieënvijftig. Op Dartmouth College gezeten. Rijke familie: een cateringbedrijf van koosjere spullen. Die van die reclame waarbij ze allemaal rond de tafel zitten met kronen op hun hoofd: "Bologna voor de Koninklijke Familie!" Maar hij voelde zich blijkbaar niet aangetrokken tot lunchworstjes. Hij wilde cultuur. Hij begon een jaar of twaalf geleden met een groots opgezet poëzietijdschrift: *Shower of Light*. Smeet er een hoop geld tegenaan. Maar toen kwam hij er blijkbaar achter dat hij met poëzie niet verder kwam.'

'En waar wilde hij heen?'

'Joost mag het weten. Wat willen de meesten? Spanning. Bekendheid. Hopen geld. Meiden achter je aan. Ik bedoel maar, waar zou je liever tegenaan lopen: een receptionist in een worstfabriek of een dichter? Of een filmster?' Carbone, de vent met de meeste hersens van het hele korps, keek alsof hij de alternatieven zorgvuldig tegen elkaar afwoog. 'Ray, het antwoord is: filmster met grote tieten.'

'Niet van die hele grote,' zei hij bedachtzaam.

'Wat wil jij dan? Een meid met twee erwten op een plankje?'

'Nee, maar als je een jong meisje ziet met van die joekels, dan weet je ook wel dat wanneer ze vijfendertig is...' Hij schudde verdrietig zijn hoofd.

Ik maakte de zin voor hem af: '... ze een hijskraan nodig heeft om ze omhoog te houden.'

'Kunnen jullie ophouden over tieten en een stukje achteruitgaan, zodat ik erbij kan?' onderbrak de videoman.

'Hoe het ook zij...' vervolgde ik terwijl we achteruitgingen, 'al die tijd was Sy redelijk bekend, één van die mensen over wie je weleens in de roddelrubrieken leest. Maar niks smerigs, hoor. Hij hield zich behoorlijk rustig: hij was gewoon een van die figuren met een hoop poen, die geld gaf aan goede doelen en die naar al die liefdadigheidsfeesten van de jet-set ging. En daar ontmoette hij blijkbaar die filmfiguren die hier een tweede huis hebben. En hij kreeg het in zijn hoofd om filmproducent te worden. Zoals de halve wereldbevolking, blijkbaar. Maar hij kreeg wat hij wilde.'

'Weet je, ik heb weleens van hem gehoord. Goede films.'

'Ongetwijfeld. Die vent had stijl.'

'Nou, Steve. Wat is jouw eerste gedachte?'

'Waarschijnlijk dezelfde als de jouwe. Het wordt natuurlijk een gekkenhuis met de media hier en extra lastig, omdat we te maken hebben met hotemetoten die verwachten dat we hun reet likken: "Nee, dank u wel meneer, ik drink niet onder diensttijd" wanneer ze ons hun goedkope whisky aanbieden die ze nog hebben bewaard uit de tijd voor ze beroemd waren. En – tenzij we mazzel hebben en binnen tweeënzeventig uur iemand uit Sy's leven met een nog warme .22 hebben gevonden – wordt dit een eersteklas klotezaak.'

'Waar zou jij beginnen?'

'Met de film die hij aan het produceren was, denk ik. Die heet *Starry Night*. Ze zijn op dit moment in East Hampton aan het filmen.'

'Echt waar? Op dit moment?'

Omdat ik mijn hele leven in de Chique Hamptons, zoals iedereen ze noemt, heb gewoond, was ik eraan gewend tegen beroemdheden op te lopen. Nou ja, op lopen. Al vanaf dat ik een kind was, zag je er niet alleen de gewone rijke en halfrijke vakantiegangers, maar stonden er ook beroemde modellen in tomaten te knijpen bij marktkraampjes of t.v.-presentatoren die een w.c.-ontstopper stonden uit te zoeken in het warenhuis in de stad – gewoon naast je. We wisten dat we net moesten doen of het gewone mensen waren, maar we wisten ook dat we naar ze mochten staren terwijl ze aan het afrekenen waren. Zowel zij als wij wilden nu ook weer niet dat ze zo gewoon waren dat ze over het hoofd werden gezien.

Maar Carbone kwam uit de 'gewone' gewone wereld, uit het deel van Suffolk County waar de voorsteden liggen, een wereld die werd bevolkt door Brooklynners van de derde generatie – door schoenverkopers en belastinginspecteurs en onderwijzers – een wereld die, als hij net buiten Indianapolis of Des Moines werd neergekwakt, niet eens uit de toon zou vallen. 'East Hampton is maar – hoeveel? – een kilometer of tien, vijftien hier vandaan,' zei hij. Zijn ogen begonnen te glinsteren: 'Misschien moeten we er wel heen om een paar mensen op de set te ondervragen.' Carbone was normaalgesproken zo nuchter, zo bedachtzaam, dat je zou denken dat hij immuun was voor glitter, maar bij de gedachte aan: 'Licht! Camera! Actie!' maakte hij zijn stropdas en het bovenste knoopje van zijn overhemd los. Hij kon zich er maar net van weerhouden om een strooien hoed en een wandelstokje te pakken en al tapdansend naar East Hampton te gaan onder het kwelen van 'Hooray for Hollywood'. 'Wie doen er eigenlijk in mee?' vroeg hij iets te nonchalant.

'Lindsay Keefe en Nicholas Monteleone.'

'Echt waar?' Toen schakelde hij weer snel terug naar zijn houding van ik-ben-maar-een-gewone-boerenlul. 'Ik zie hem graag,' zei hij. 'Doet me denken aan een jonge Gary Cooper. Dapper, een gezonde geest – zonder een slijmbal te zijn. En zij is een heel goede actrice.' Carbone schudde verdrietig zijn hoofd. 'Maar een beetje te links naar mijn smaak.'

'Met zulke tieten als zij heeft, wat kan jou haar mening over ontwapening dan schelen?'

Ineens drong het tot Carbone door; hij lichtte op als een stripfiguur met een lampje boven zijn hoofd. 'Is Lindsay Keefe hier?' vroeg hij een beetje hees. 'In het huis?'

'Boven, samen met haar impresario. Heb je haar niet gehoord? Hij probeert haar te kalmeren.'

'Het is toch niet te geloven. Ik was daarbinnen de kokkin aan het ondervragen. Ik wist niet eens dat ze hier was, in hetzelfde huis.'

'De impresario nam haar vanaf de set mee naar hier. Zware aanval van hysterie.' Carbone trok een medelijdend gezicht, dus zei ik er snel achteraan: 'Laten we niet vergeten dat ze actrice is. In ieder geval heeft ze, volgens de impresario, de afgelopen zes maanden met Sy samengewoond. Hier, en hij had een maisonnette op Fifth Avenue. Ze zijn stapelgek op elkaar. Volmaakt stel. Nooit een kwaad woord tegen elkaar. Bla-bla-bla. Het gewone werk. O ja, en ze zouden gaan trouwen zodra de film af was.'

'Wat voor type is die impresario?'

'Tot mijn stomme verbazing geen slijmbal. Een oudere man; hij heet Eddie Pomerantz. Achter in de zestig, begin zeventig. Je kunt hem niet over het hoofd zien: hij ziet eruit als een kleurbewust nijlpaard. Hij draagt een roze polo-shirt dat over zijn buik zit gespannen en – eerlijk waar – een roze katoenen broek, maat zeventig. O ja, en hij heeft zo'n halve bril aan een roze koordje om zijn nek hangen. Hij was degene met wie Sy aan het bellen was toen hij werd vermoord. Hij beweert dat ze het hadden over een onbelangrijk probleempje dat te maken had met goedkeuring voor een foto. Een filmster mag iedere foto die van hem of haar is genomen, goedkeuren voor die aan de pers wordt overhandigd en Pomerantz zei dat iemand die aan deze film meewerkt een foto van Lindsay waarop ze koffie zit te drinken met krulspelden in, aan *USA Today* had gegeven en ze begon te huilen toen hij werd gepubliceerd omdat het haar carrière kan schaden wanneer ze wordt gezien met krulspelden in.' Ik schudde mijn hoofd. 'En daar krijgt die vent tien procent voor. In ieder geval zei Pomerantz dat hij twee schoten hoorde over de telefoon.'

'Geloof je hem?' vroeg Carbone.

'Ik geloof dat hij twee schoten heeft gehoord. Hij klonk nogal zeker van zichzelf. Maar hij zat de hele tijd als een maniak nootjes achterover te slaan. Er stond een grote schaal met noten in de bibliotheek of studeerkamer of hoe ze het ook noemen en ik denk dat hij binnen vijf minuten zeker een kilo cashewnoten soldaat heeft gemaakt. Over zijn toeren vanwege Sy, maar erg nerveus over zijn cliënte.'

'Zou het gewone professionele bezorgdheid kunnen zijn?'

'Zou kunnen.'

'Hoor eens, in een situatie als deze is bezorgdheid volkomen normaal. Jij weet en ik weet en die Pomerantz hoort te weten dat moord publiciteit betekent, maar op den duur is het toch nadelig voor je carrière om bekend te staan als het liefje van iemand die is vermoord.' Ik knikte instemmend. 'Wat is er dan? Denk je dat hij bang is voor iets bepaalds?'

'Ik zou het niet kunnen zeggen. Maar we moeten wel onderzoeken of deze zaak in enigerlei opzicht iets te maken heeft met Lindsay Keefe. Een jaloers ex-vriendje. Of een jaloers ex-vriendinnetje van Sy die over de rooie ging toen hij met Lindsay ging samenwonen.'

'En we moeten erachter zien te komen of het wel allemaal rozegeur en maneschijn was tussen Sy en Lindsay,' zei Carbone.

'Ja. Misschien deed Sy iets verschrikkelijks zodat ze het gevoel had dat ze hem wel moest vermoorden.'

'Zoals wat?'

'Ja, weet ik veel, Ray. Misschien omdat hij geen robijnen voor haar had gekocht. Of misschien heeft hij gisteravond stukjes flosdraad tussen de etensresten op het aanrecht laten liggen. Hoe kan je nou in godsnaam weten waarvan mensen over de rooie gaan, waardoor ze gaan moorden? Weet jij het?'

'Nee.'

'Ik ook niet. Misschien was het iets heel saais, bijvoorbeeld dat Sy iets had met de scriptgirl.'

'Je kan niet wachten om te beginnen met raadseltjes oplossen, hè, Brady?'

'Nee.'

'Denk je dat dat een goede onderzoeksmethode is?'

'Denk je dat de methode me ene reet interesseert? Ik heb een grensverleggend, creatief intellect. Je zou dankbaar moeten zijn. Luister: hypothese nummer twee: de moord zou iets te maken kunnen hebben met iemand anders dan Lindsay, die ook aan deze film meewerkt en die een wrok koestert.'

'Of misschien iemand die aan een andere film van Sy heeft meegewerkt en nu zijn bloed wel kan drinken!' Soms kon Carbone er niets aan doen; hij ging vanzelf meedoen.

'Of,' voegde ik eraan toe, 'misschien was het een koelbloedige huurmoord. Het is duidelijk dat we eerst moeten uitzoeken wat voor soort leven Sy heeft geleid – afgezien van zijn filmleven. Gokte hij? Rotzooide hij met de boeken? Dubieuze seks? Drugs?'

'Niet openlijk.'

'Moeilijk. We zitten met een ingewikkeld slachtoffer en een slimme moordenaar.'

De videoman ging weg en de man van ballistiek die al die tijd had rondgehangen, liep naar het lijk en zette zijn tas neer.

'Je kunt je niet voorstellen dat iemand als Sy ooit het slachtoffer van wat dan ook zou kunnen zijn,' zei Carbone peinzend. 'Hij ziet eruit als iemand die altijd wint.'

'Ik weet het. Kijk eens om je heen,' zei ik. Witte houten bloembakken die overliepen met klimop en donkerpaarse bloemen die een licht kruidige geur afgaven: niet zwaar geparfumeerd, niets te veel van het goede. De diepe tuinstoelen zagen er uitnodigend uit. Er stonden stenen tafeltjes die de vorm hadden van een duikende vis. Je kon je glas op de staart zetten. Er stonden heel hoge witte parasols op bamboestokken als reusachtige zonneschermen. Uit het fluweelachtige gras piepten bijna-onzichtbare quadrofonische luidsprekers. 'Ray, ik denk dat je zelfs in je stoutste dromen niet kan bedenken wat Sy allemaal had. Wat had hij eigenlijk niet? En moet je eens kijken wat hij deed voor de kost. Hij scharrelde niet in tweedehands spul; hij maakte films. Die vent had een fantastisch leven. Wat hij aan genoegens had... we moeten er rekening mee houden. Het moet jaloezie zijn geweest. Of haat.'

'Hou op met speculeren. Misschien was er maar één persoon met een bepaalde wrok.'

'Misschien,' antwoordde ik.

'Eén persoon met een wapen – iemand die goed kon schieten.'

'Oké, maar Ray, weet je wel hoe lang die lijst zou zijn? Eén op de twee inwoners van de South Fork plus iedere Newyorker die goed heeft leren schieten in het leger plus al die rijkelui die door hun vader werden meegenomen naar Maine om te gaan jagen plus al die kerels die in het weekend kleiduiven schieten.'

Wat ik me afvroeg was: als Sy zich bij de koosjere salami's had gehouden en zijn dromen niet allemaal waren uitgekomen, zou hij dan nu nog in leven zijn, zou hij zich dan aan het omkleden zijn voor het diner, een sportshirt van driehonderd dollar dichtknopen of zijn pink in de slasaus stoppen om te controleren of zijn kokkin wel voldoende basilicum gebruikte, of bieslook of welk kruid deze maand nu weer mode is? Waarom speelde Seymour Ira Spencer, de Man-Die-Alles-Had, op deze sublieme avond gastheer voor een stelletje politiemannen die tussen zijn tenen veegden, stukjes stof van zijn badjas plukten en boven zijn dode lichaam grappen maakten over de borsten van Lindsay Keefe?

Kijk eens op de kaart. Long Island is net een glimlachende, wat seniele walvis. Zijn kop – Brooklyn – bonkt tegen Manhattan alsof hij probeert binnen te dringen op een feestje waarvoor hij met opzet niet was uitgenodigd.

Maar in tegenstelling tot het goedgehumeurde, vrolijke, lichtvoetige Brooklyn wil het lichaam van de walvis niets te maken hebben met het luchtige leven. Absoluut niet! Queens, Nassau en de voorsteden die in Suffolk County liggen, zwemmen eeuwig tussen de Atlantische Oceaan en de Long Island Sound, vol verlangen om bij het vasteland van Amerika te komen. Zie je hoe hij zijn rug kromt in verlangen? Het enige dat hij wil is deel uitmaken van de Verenigde Staten van Amerika waar het leven lijkt op een Coca-Cola-reclame, waar de gladgeschoren massa zich in stationcars hijst op weg naar de honkbalclub, de bowlingclub, de jeugdclub en de club voor kiesgerechtigde vrouwen.

Oké, laten we nu eens kijken naar de rest van Suffolk County, de staart van de walvis. De staart wuift geen groet naar Manhattan of naar het midden van Amerika. Nee, de staart verheft zich in een groet naar Connecticut en Rhode Island. Het East End van Long Island is eigenlijk de zevende staat van New England.

Zie je wel? Op de North Fork van de staart vind je de typische Yankeeboerderijen, vissersvloten en een paar ongelooflijk authentieke dorpjes uit de koloniale tijd waaraan maar net het handbeschilderde bordje met 'Ik ben onbedorven' ontbreekt. En volgens de traditie van New England zijn er ook nogal wat sombere, door de economische recessie aangetaste stadjes waar alles – de lucht, de huizen, de beeldschermen, de was en het leven in het algemeen – grijs lijkt.

En dan ten slotte mijn thuishaven, de South Fork, waar het allemaal om draait in dit lesje van cytologie, sociologie en geografie. Ons accent lijkt meer op dat van Boston dan dat van de Bronx. Van stevige puriteinse afkomst, vermeerderd (de meesten zouden zeggen: veredeld) met Indianen, negers, Duitsers, Ieren, Polen en Anderen. Nog meer boerderijen, nog meer leuke stadjes. Maar onbedorven zoals de North Fork?

Nee, onvoorstelbaar bedorven.

Al meer dan honderd jaar komen hier de artistiekelingen en de cultuurbarbaren, de getalenteerden en de stumperds, de elegante en de ordinaire lui met hun maniertjes en hun geld. Naar de Hamptons. 'Wij brengen de zomer door in de Hamptons,' zeggen ze met een hete aardappel in de keel. En hoe: in het o-zo-sociale Southampton, het noem-het-niet-rijk-noem-het-comfortabele Water Mill, het intellectuele Bridgehampton, het obstinaat nuchtere Sag Harbor, het showbizzachtige East Hampton, het thuishaven-van-de-dooie-pieren Amagansett (de laatste echt interessante figuur die in Amagansett woonde, overleed in 1683) en het ik-voel-me-één-met-de-zee Montauk.

Maar dit zomerparadijs is niet mijn South Fork; het behoort toe aan mannen als Sy en aan de legioenen mindere Newyorkers die niets liever willen dan in zijn voetsporen in het zand treden. Het is het paradijs van de stedelingen: tennisclubs, jachtclubs, golfclubs; gezond ontbijt in de plaatselijke koffieshop waar 'iedereen' komt, gezonde softbalwedstrijden, gezonde dutjes en gezonde vismaaltijden. Het is de hemel van mensen uit Manhattan: zonovergoten onroerend-goedcontracten, filmcontracten en boekcontracten; huizen die architectonische *statements* worden genoemd; winkels die piepkleine kaasjes van buffelmelk verkopen, Franse bikinibroekjes van tachtig dollar, condooms van vijf dollar per stuk en *Variety*.

Maar langs die smalle strook van de flitsende walvisstaart liggen ook gehuchtjes met namen als: Tuckahoe en North Sea en Noyack en Deerfield. En er wonen ook mensen die niet weten en ook niet wìllen weten dat de bruine beuk de Uitverkoren Boom is en dat de Japanse ahorn Bijna Uit De Mode is of dat eend echt niet meer kan bij het diner. Er zijn mensen die hier niet op vakantie zijn, maar hier gewoon leven: boeren, winkelbedienden, tandartsen, uitkeringstrekkers, bibliothecarissen, vrachtwagenchauffeurs, koks, huisvrouwen, timmerlieden, kreeftenvissers, ziekenverzorgers. O ja – en politiemensen.

Mijn naam is Stephen Edward Brady. Ik ben geboren in het ziekenhuis van Southampton. Een paar dagen later ging ik naar huis met mijn moeder, naar Brady Farm in Bridgehampton. Het staat er nog steeds. Natuurlijk niet de boerderij. Mijn vader verkocht alles behalve het huis en wat grond in 1955, iets meer dan tien jaar voor de grote grond-hausse die hen rijk zou hebben gemaakt, het enige dat mijn moeder ooit heeft willen zijn.

Ik ben geboren op 17 mei 1949 als zoon van Kevin Francis Brady, boer en (volgens de grote traditie van South Fork) dronkelap, en van Charlotte Easton, huisvrouw en iemand die het hoog in haar bol heeft. In 1951 werd mijn broer Easton geboren.

Ik zat op de lagere school van Sagaponack, een schoolgebouw met één lokaal. (De vakantiegangers zeggen: 'O, te gek. Wat fantastisch!' Oké, dat is dus een tien voor sfeer. Een zes-min voor onderwijs. Een acht voor de ijzige vochtigheid waar je vingers 's winters van gingen tintelen. En een tien-plus voor de lucht van rottende knaagdieren onder de vloer in het late voorjaar.) Daarna ging ik naar de middelbare school in Bridgehampton. En toen de State University of New York in Albany.

Ik was niet bepaald een lieverdje op de middelbare school, maar ik wist tenminste wie ik was en dat ik er thuishoorde. Ja, natuurlijk was ik geen brave jongen in Bridgehampton – een beetje rijden onder invloed, een beetje inbreken. Diep in mijn hart wist ik dat het een fase was, dat ik op een dag een gerespecteerde burger zou worden, de boerderij van mijn vader terug zou kopen en plaats zou nemen in het schoolbestuur.

Maar ik had de verkeerde generatie uitgekozen en de verkeerde genen. Daar in Albany werd ik net zo'n sufgerukte idioot met bakkebaarden als al die anderen. Ik werd een vurige aanhanger van de Heilige Drieëenheid van mijn generatie: seks, drugs en rock 'n roll. Ik was een trouwe volgeling. Ik neukte en zoop en slikte en snoof tegelijk met Jim Morrison en Jimi Hendrix en Janis Joplin. Ik ging er alleen niet aan dood. Ik stopte gewoon met mijn studie.

Ik ging het leger in. Waarom? Tot de dag van vandaag heb ik er geen idee van. Ik kan me de jongen die ik was niet meer voorstellen, de jongen die uit was op zelfvernietiging. Een week voor ik me moest melden in Fort Hamilton, trouwde ik met mijn vriendinnetje van de middelbare school, Patti Warnecke. Waarom? Waarom niet? Ze had grote ogen, een klein neusje en donzig blond haar. Daar kwam bij dat in het tijdperk van Aquarius – de tijd van de vrije liefde, toen meisjes je verwelkte madeliefjes in je hand propten of je nu wilde of niet en je tussen hun ongeschoren benen trokken (wie had kunnen geloven dat de vrouwelijke homo sapiens zoveel haar op de dijen kon krijgen?) terwijl ze 'O, schat' gilden en daarna: 'God, ik schaam me zo. Maar ik ben je naam vergeten' – Patti zo ouderwets was dat ze achterlijk leek. Al die tijd op de middelbare school wilde ze niet met me naar bed; toen ze het uiteindelijk goedvond, na mijn eerste jaar op de universiteit, nam ze mijn gezicht in haar handen en fluisterde: 'Nu mag het, Steve.' Zo plechtig, waarmee ze me duidelijk maakte dat ze geen goedkoop nummertje was; ze was een Gedenkwaardig Moment.

Terwijl de andere meisjes zwart droegen of legerkleding, ging Patti gekleed in lila en zachtblauw. Ze bloosde. Ze gebruikte roze lippenstift. En dan haar gespreksstof: ze was al gek op me sinds de vierde klas van de lagere school (!) en de eerste keer dat ze zich realiseerde dat ze echt van me hield, was toen ik negen was en zo'n leuk Yankee T-shirt aan had, omdat ik op de rug Tony Kubek's nummer had geschreven met een blauw krijtje en dat hoewel iedereen op school me de stoerste vond, zìj wist dat ik verlegen was (!).

Pastel Patti. Jezus. Maar toch geloofde ik of wilde ik op een of andere manier geloven dat haar hersenloze gekwetter en mijn spaarzame ja's en nee's in de buurt van intimiteit kwamen. Moet je luisteren, ik was echt dankbaar. Patti haalde me uit het muffe, sombere huis van mijn moeder; zij liet me zien dat iemand niet alleen van me kon houden, maar ook nog achting voor me kon hebben. Dus: overweldigend aanbiddelijk. Mooi en levendig. Gewillig, maar geen slet. Hoor eens, er zijn mannen die op heel wat mindere gronden hebben gekozen voor een vrouw om hun leven mee te delen.

Was ik verliefd op haar? Natuurlijk zei ik: 'Ik hou van je.' Maar in alle eerlijkheid geloof ik niet dat ik maar een fractie van een seconde stilstond bij wat ik voor haar voelde. Waarom vroeg ik dan of ze met me wilde trouwen? Waarom niet gewoon samenwonen? Omdat ze uit Bridgehampton kwam. Je ging niet met een meisje uit je eigen stad met wie je op dezelfde dag je eerste communie had gedaan, samenwonen. Verder wilde ik ook echt een gerespecteerde burger worden, getrouwd zijn, veilig zijn. Ik hield van Bridgehampton. Ik wilde er deel van uitmaken. Ik wilde met mijn kind op het strand met een bal spelen bij zonsondergang, een onpartijdige knipoog geven naar de mensen van het stembureau op de dag van de presidentsverkiezingen, naar mijn buren zwaaien op weg naar mijn werk.

Ik wist niet wat er met me aan de hand was, maar ik wist dat het niet goed zat. Ik was met mijn studie gestopt. Ik had te veel hasj gerookt, te veel paddestoelen gegeten, te veel pillen geslikt, te veel meisjes genaaid, te veel wodka-jus gedronken. Ik had mezelf niet meer in de hand. Ik had iemand nodig om me aan vast te houden.

Ik had een gezin nodig, een thuis. Mijn vader ging ervandoor toen ik tien was. Hij liet een briefje achter voor mijn moeder waarop stond: 'Ik kan er niet meer tegen. Sorry.' (Toen hij nog thuis was zei hij weleens, voor hij te dronken werd: 'Je bent een goed joch' en dan probeerde hij te knipogen of gaf hij me een aai over mijn bol en noemde me: 'Stevie m'n jongen', maar meestal was hij gewoon een chagrijnige dronkelap die met rode, nietsziende ogen naar het nieuws of *The Partridge Family* zat te kijken.) Wat mijn moeder en broer betrof, voor hen was ik een jongere versie van mijn vader geworden, maar dan met een paardestaart en zwarte T-shirts en het enige dat ze van mij verlangden was mijn afwezigheid. Dus besloot ik voor de Warneckes te vechten. Ze waren er aardig genoeg voor. Patti's moeder zag eruit als een wellustige barmeid uit de tijd van Shakespeare, maar was in werkelijkheid diëtiste in een verzorgingstehuis. Ze knipoogde vaak naar me alsof we een enigszins stout geheimpje met elkaar deelden. Haar vader, een elektricien, grinnikte altijd naar me en bulderde: 'Hoe is het met je, Beest?' Haar broer speelde *football* voor DePauw en haar zuster was getrouwd met het hoofd van de reclameafdeling van de lokale omroep, een leuke vent. Verder was Patti drie weken over tijd. (Ze werd ongesteld in onze huwelijksnacht.)

Op mijn eerste dag van de basistraining werd mijn haar afgeknipt met een apparaat dat alleen wat stekeltjes achterliet. Ik herinner me dat ik in de houding stond en dat een klein Filippijns sergeantje die haartjes tussen zijn duim en wijsvinger nam, eraan trok en in mijn gezicht gilde: 'Smerige hippie!' Ik wilde alleen maar naar huis. Ik wist dat ik er niet tegen zou kunnen. Alleen, ik moest er tegen kunnen. Gedurende die acht weken probeert het leger je te breken en je daarna weer op te bouwen tot een machine die zonder gedachten of tegenwerpingen alle bevelen gehoorzaamt. Nou, ze hebben me inderdaad gebroken. Ik huilde mezelf iedere nacht in slaap. Daar lag ik dan: een soldaat, een grote vent met een trouwring, te janken in mijn kussen zodat niemand – en zeker die andere huilebalken niet – me kon horen.

Maar ik ging naar Vietnam als infanterist, bediener van de M79 granaatwerper. Ik vocht voor God, Amerika en de Warneckes. Nee. Eerlijk gezegd, vocht ik alleen voor mijn eigen leven. Ik vocht zelfs nog harder om me niet levend te voelen. Je dood voelen was een pré in Vietnam. Ik stapte van hasj en marihuana over op opium. En na een maand, op skag.

Skag is heroïne. Op straat in de V.S. is het voor vijf of tien procent puur. In Vietnam is het voor zesennegentig procent puur. Geen naalden: sigaretten. Je hoefde alleen maar te inhaleren, dus was je geen junkie. Daar waren we allemaal van overtuigd. We waren gewoon een stel mannen die 's avonds zaten te roken na een dag hard werken in het oerwoud: een beetje surveilleren, een beetje schieten en dan de stinkende Vietconglijken opstapelen zodat we ons quotum konden noteren en dan weer verdergaan.

Skag was goedkoop: drie dollar per sigaret. Skag was goed voor ons, volwassen soldaten, beter dan marihuana, want door marihuana gaat de tijd zo langzaam. Heroïne tilt je uit je lichaam, neemt je mee uit de tijd. Zo ben ik door die 365 dagen in de hel heengekomen. Nee, ik ben nooit gepakt. Als je het een beetje slim aanpakte liet je een maat voor je piesen en dan was er niets aan de hand. Ik werd eervol ontslagen.

Ik had niet iedere dag skag genomen. Bijna iedere dag. Ik zei tegen mezelf: 'Je bent niet verslaafd.' Maar toen we in Amerika landden na een vlucht van achttien uur, was ik ziek: pijn in mijn benen toen we tankten in Guam, maagkrampen en zweten op Hawaiï. De hele tijd verschrikkelijke diarree – bonzen op de deur van de w.c. in het vliegtuig en gillen: 'O God, laat me er alsjeblieft in!'

In San Francisco moest ik heroïne op straat kopen. Drie dagen, vijfhonderd dollar. Ik kon niet met een naald overweg. De dealer liet me in de kelder van een afgebrande kruidenierszaak wachten; toen het spul begon te werken stond ik daar te bibberen in het donker en mijn hoofd schudde alle kanten op. Ik rook het natte, verschroeide hout en ik kon het geritsel van ratten horen. Wanneer de handel even stilviel, kwam de dealer naar beneden gestommeld om me, met een zaklamp in zijn mond, een shot te geven. Hij had opgetrokken schouders en een naar voren gestoken schildpaddehoofd zoals Nixon. Zijn klamme, warme vingertoppen zochten naar een ader; er zaten groenzwarte boogjes vuil onder zijn nagels. Hij zei tegen me: 'Verwacht niet dat ik dit blijf doen. Dit is een speciale service omdat je een nieuwe klant bent.'

Die nacht had ik geluk. Ik kwam om twee uur 's nachts de kelder uit en liep regelrecht in de armen van een wijkagent. Het was een grote, zwarte agent met een rotkop die me beetpakte. Hij zou me juist een dreun verkopen, toen hij nog eens naar me keek en zei: 'Leger?' Ik zei: 'Ja' en hij zei: 'Stomme lul', maar in plaats van me in te rekenen, bracht hij me naar één van die gratis klinieken in Haight-Ashbury.

Aan het hoofd van die kliniek stond een vrouwelijke arts. Het duurde bijna een week voor ik was afgekickt. Daarna bracht ik nog twee weken in bed door – met de vrouwelijke arts. Ze heette Sharon. 'Een goede manier om aan te sterken,' zei ze. Zo noemde ze seks. Sharon hijgde veel; ik voel nog haar hete, vochtige pepermuntadem. Ze keek me altijd diep in de ogen zodra we klaar waren. Ben ik niet gewèldig? vroegen haar ogen.

Geweldig? Op de een of andere manier kreeg ik hem omhoog en blijkbaar kwam ik ook klaar. Maar het was net of ze novocaïne in mijn lul hadden gespoten, want echt waar, ik voelde niks.

Aan het eind van de tweede week drong Sharon erop aan dat ik weer zou gaan studeren – in San Francisco. Hé, wat een idee, dan kon ik bij haar intrekken! Een schitterend idee! We konden elkaar suf neuken! De kickers laten afkicken! Haar eiken vloeren opnieuw in de lak zetten!

Ik verloor mijn hart – of welk deel van me dan ook – niet aan San Francisco. Ik begreep wat nu belangrijk was; op het vliegveld haalde ik mijn trouwring uit mijn portefeuille. Ik was met Kerstmis thuis.

Ik zag Patti weer in het huis van haar ouders. Ze had haar blonde haar vastgebonden met een rood-met-groen geruite strik. Haar voorhoofd glom. Ze zag er zo schoon uit. Alle wreedheden van het afgelopen jaar, zelfs de afschuwelijke eenzaamheid die ik had gevoeld vanaf het moment dat ik uit Bridgehampton weg moest om te gaan studeren, vielen in dat ogenblik van me af. Dank u, Jezus, bad ik. Ik was thuìs, bij iemand die van me hield.

Patti liep voor me uit, de woonkamer door. Haar vader was er niet. Haar moeder zwaaide een beetje zenuwachtig naar me. Ik liep achter Patti aan naar beneden, het afgewerkte souterrain in. Ze hadden alle extra stoelen naar boven gebracht voor de visite die ze met Kerstmis zouden krijgen, dus zei ze dat ik maar op de biljarttafel moest gaan zitten. Ik bleef staan. Ze zei dat ze onvolwassen was toen ze met me trouwde. Ik zei heel snel dat ik dat wist. Geen probleem. O Christus, dacht ik, nu komt het. Dus bleef ik doorpraten: Patti, schat, ik was ook onvolwassen; maar nu...

Patti die me niet hoorde, onderbrak me. Ze was inmiddels volwassen geworden, vertelde ze me en gaan beseffen dat ze een man nodig had die ze kon koesteren; diep in haar hart wist ze dat ik haar niet echt koesterde, dus hoe kon ze mij dan ooit koesteren? Maar nu had ze een koesteraar gevonden. Inmiddels woonde ze al twee maanden met hem samen. Ze vond het echt heel, heel erg voor me, vooral zo direct na Vietnam en vlak voor Kerstmis. Ze had voor me gebeden. O ja, de gekoesterde heette Russell en hij gaf haar iedere maandag een witte roos om de week mee te beginnen en zijn vader had een loodgietersbedrijf in Montauk en hij zou straks komen en ze hoopte dat ik zo vriendelijk zou zijn om weg te gaan.

Dus volgde er een echtscheiding. En later een ongeldigverklaring van de Kerk: er was nooit echt sprake geweest van een huwelijk. Rome was hip; geestelijke onvolwassenheid was een grond voor ontbinding van het huwelijk en Patti en ik werden na een diepgaand priesterlijk onderzoek onvolwassen verklaard.

En wat was er verder nog? O, ik had werk nodig. Eén van mijn vrienden van de middelbare school was bij de politie in Southampton gegaan. Geen universiteitsgraad nodig. Redelijk salaris. Ik solliciteerde, maar er was een wachtlijst, dus in plaats daarvan ging ik bij de politie van Suffolk County. Ik werd een Bewaker van de Voorsteden, Handhaver van de Wet voor de tuiniers en bewoners van drive-in-woningen.

Ik begon algauw de ware Brady-aard te vertonen en dronk een paar biertjes per dag. Toen een kwart kratje. Ik was alcoholist – niet dat ik dat wist – en gewapende handhaver van de wet. Maar ik was wel een geweldige, ambitieuze smeris. Mijn werk was alles voor me. In het begin was ik zelfs diep onder de indruk van dat stomme spul: het uniform, het wapen, de sirene. Eindelijk maakte ik deel uit van iets goeds. Orde en gezag. Met een beetje inspanning, dacht ik, was mijn leven, net als Suffolk County, wel onder controle te krijgen.

Vrijwel het enige dat ik deed was werken. Ik bracht mijn vrije dagen door in Bridgehampton, waar ik vrouwen versierde of naar een wedstrijd van de Yankees ging kijken. (In een ideale wereld zou het tegelijk hebben gekund.) Ik geloof niet dat ik in die achttien jaar een verhouding heb gehad die langer duurde dan een maand. Ik zat inmiddels op een half kratje bier en een halve fles sterke drank per dag. Whisky in de winter, wodka in de zomer.

Zoals iedere alcoholist was ik er volkomen van overtuigd dat ik geen alcoholist was. Mijn geest was zo helder; ik kon me de kleinste details herinneren. En op mijn werk, wanneer ik met een moeilijke zaak bezig was, kon ik de drank rustig helemaal laten staan en rechtlijnig denken (of krom – wat me zo het beste uitkwam). Ik had helemaal geen probleem.

In 1984 werd ik brigadier bij Moordzaken. Ik werkte achttien, twintig uur per dag. Soms dronk ik een paar maanden niet en daarna gleed ik weer af. Maar ik kon het drinken heel goed verbergen.

Uiteindelijk niet goed genoeg. Ik was al veertien jaar alcoholist toen iemand op het bureau opmerkte dat wat zelfs mijn vrienden een driftbui noemden, weleens een drankprobleem zou kunnen zijn, toen ik ruzie kreeg met iemand van Vermiste Personen op de parkeerplaats bij het hoofdbureau in Yaphank. Ik trok mijn wapen, richtte en schoot zijn zijspiegel eraf. Ik kan het me absoluut niet herinneren. Ze vertelden me dat ik kwaad werd omdat die man iets buiten de streep had geparkeerd, te dicht bij mijn auto, een donkerblauwe Jaguar E-type uit 1963. Hij trok op van nul tot tachtig in 4,8 seconden. Ik hield van mijn auto.

Mijn directe baas, commissaris Shea, stelde voor dat ik op vakantie zou gaan naar South Oaks, het populaire drooglegingscentrum van het korps. Vakantie: ze namen mijn koffer mee en doorzochten hem; ze fouilleerden me; ze namen me mijn scheermes af.

Ik was zo bang. Niemand anders scheen er last van te hebben. Hé joh, schenen al die snelle jongens en meiden in hun trainingspakken te zeggen, 'iedereen' is aan het afkicken; de enigen die er niet bovenop kwamen, waren slonzige zuiplappen en dubieuze lui die ook aan ander spul verslaafd waren. Ze waren gek op de kringgesprekken; ze deden niets liever dan praten over hun klootzakken van vaders en krengen van moeders. Ze stonden te popelen om te kunnen vertellen hoe ze in hun eigen kots wakker werden. Ze huilden. Ze lachten. Het was net of ze allemaal dachten dat ze auditie aan het doen waren voor hun eigen tv-serie: *Debby (of Marvin): Portret van een Alcoholist.*

Ik herinner me van South Oaks dat ik het voortdurend koud had en dat ik zo weinig mogelijk praatte. Maar ik dacht de hele tijd na. Ik dacht: mijn leven is een puinhoop. Het enige dat ik heb is mijn werk – de dood – mijn lul en de t.v. Moet je horen, wanneer je in therapie bent in een gekkenhuis met zeven verslaafden en een psychiatrisch maatschappelijk werker en je kijkt terug op je leven en je beseft dat het hoogtepunt van de afgelopen tien jaar is geweest dat je kabeltelevisie kreeg zodat je nu de hele dag door sport kan zien, begin je erachter te komen dat er misschien iets mis is op het gebied van de menselijke contacten.

Ik kickte af in South Oaks. Daarna meldde ik me bij de AA. Op het bureau kreeg ik te horen dat ze me niet zouden ontslaan, maar ik moest wel weer bij de uniformdienst.

Dat was verschrikkelijk. Nee, het was vernederend. Vergeet maar dat ik ooit eens dolgelukkig was geweest in dat uniform. Ik was zevenendertig. Ik voelde me de grootste imbeciel op aarde in mijn Halloween-vermomming als politieagent. En dan dat eindeloze, geestdodende rondrijden in een surveillancewagen.

Ik werkte me een half jaar lang de pokken om terug te kunnen komen bij Moordzaken. Afgezien van de Yankees, was het werk – alle stukjes van de puzzel aan elkaar passen – het enige in de wereld waar ik echt om gaf, het enige dat me interesseerde, het enige dat me in leven hield. Ik kwam uiteindelijk terug, voornamelijk omdat Shea en Ray Carbone wisten hoe hard ze me nodig hadden en zij deden een goed woordje voor me. Maar ik was mijn rang van brigadier kwijt. Ik had duidelijk geen leidersgeest. Shea zei: 'Waar het op neer komt, Brady, is dat het me geen reet interesseert of alcoholisme een ziekte is. Dat is jouw probleem. Als ik hoor dat je ook maar in de buurt van een fles komt, lig je er voorgoed uit. Begrepen?' 'Ja,' zei ik. Eerlijk is eerlijk.

In januari 1989, toen ik van een AA-bijeenkomst kwam en op weg was naar huis, ontmoette ik Lynne, drieëntwintig jaar, oorspronkelijk afkomstig uit Annapolis, Maryland, onderwijzeres aan een school voor speciaal onderwijs, de Holy Spirit Academy in Southampton, toen ik stopte om haar te helpen met het verwisselen van een band. Lynne was intelligent. Serieus. Ze had stijl. Ze was mooi. En stond haar mannetje: ze had mij niet echt nodig voor het verwisselen van een band. En ja zeker, ze was stabiel. We verloofden ons op 4 juli.

Dat was het dan. *Mijn Leven* door Stephen Edward Brady. Niet direct een gouden persoonlijkheid. Om eerlijk te zeggen, een niet-zo-goede vent. Misschien wel een slechterik. Maar een man die als alle mensen, de mogelijkheid in zich herbergt om boete te doen. Waar of niet?

Hoe dan ook, dit is mijn autobiografie tot die niet-zo-mooie dag dat Sy Spencer werd vermoord en ik me realiseerde dat ik – tot de dood ons scheidt – rust en zelfs geluk zou vinden bij Lynne.

Maar ik zou misschien nooit meer lol hebben.

2

'Sy en Lindsay waren het perfecte stel,' verkondigde ik in de hoop dat ik zou worden tegengesproken. Jezus, ik wilde leven in de brouwerij. Geloof me, ik heb aan genoeg moordzaken meegewerkt om te weten dat de toon voor het hele onderzoek bij de eerste gesprekken wordt gezet. Je moet je bronnen opladen; iedere vorm van emotie: woede tegenover de moordenaar, razernij, verdriet, vijandigheid tegenover de politie, is beter dan een lege blik in de ogen en afgezakte schouders. Ik liep heen en weer. 'Kom op,' probeerde ik de knul aan te moedigen. 'Sy Spencer en Lindsay Keefe. Zij waren het stralende paar van de show-business: succesvol, verliefd, met een prachtige film bezig.'

'Nee,' fluisterde Gregory J. Canfield. Dat hij één woord had uitgebracht, betekende inderdaad dat hij een stofwisseling had, dat hij zelfs ademhaalde. Maar het was moeilijk te zeggen; hij was ongeveer net zo levendig als het gemiddelde slachtoffer van moord. Gregory was Sy's persoonlijke produktie-assistent, een stagiaire van de filmacademie in New York. Arme knul: hij had niet alleen een persoonlijkheid die grensde aan apathie, hij was ook nog eens een geboren griezel. Hij was één van de magerste mensen die ik ooit heb gezien en zijn strakke bruine T-shirt dat aan zijn ribbenkast zat geplakt en een korte bandplooibroek met wijde pijpen maakten het er niet beter op. Verder had hij van die enge wit-blauwe, bijna kleurloze ogen, ogen die bij een of ander slijmerig beest horen dat is opgegroeid in een donkere bioscoop. 'Eh, meneer Spencer en mevrouw Keefe waren niet bepaald Irving Thalberg en Norma Shearer.' Ik kon hem nauwelijks verstaan. Vergeleken daarbij klonk mijn stem ineens diep en bevelend als de stem bij een reclame van toiletreiniger. 'Wat bedoel je daarmee? Waren ze niet gelukkig?'

'Misschien heeft Lindsay Keefe u iets anders verteld, meneer,' mompelde Gregory J. Canfield. Veel zelfverzekerder zou hij waarschijnlijk nooit klinken. 'Maar ik denk eigenlijk dat het op een ramp zou zijn uitgelopen.'

'Wat bedoel je? Een persoonlijke ramp?'

'Nou eh, nee, meer de film. En misschien daarna persoonlijk.' Hij boog voorover en wurmde zijn vinger onder een bandje om zijn been dat te strak zat; hij droeg sandalen, van die handgemaakte dingen met leren bandjes die kruiselings om zijn spinnepoten zaten.

'Wat ging er mis met de film?' vroeg ik. Maar ik was hem alweer kwijt; hij richtte zijn aandacht op Sy en de mensen die zich op de plaats van de misdaad ophielden. Hij bekeek vluchtig alle activiteiten en concentreerde zich toen op een paar assistenten van Identificatie die een meetlint aan het uitrollen waren van de hoek van het terras naar de achterkant van Sy's schedel. Gregory begon een beetje groen te zien en hij zwaaide zachtjes heen en weer: een potentiële flauwvaller. 'Laten we even gaan lopen,' zei ik terwijl ik hem bij een schouder pakte en hem meeloodste naar de rustige omgeving van de duinen. 'Praat tegen me. Zo ja. Concentreer je. Nou, waarom denk je dat er problemen waren met *Starry Night*?'

'Eh, vanwege de eerste afdrukken. Ze waren niet... goed.'

'Niet goed of waardeloos?'

'Eh, erger dan waardeloos. Ze waren eerlijk gezegd het aankijken niet waard.'

Dat was precies waarop ik had gehoopt: problemen, spanning, misschien zelfs een dreigende ramp. Wanneer het leven gladjes verloopt, de mensen eerlijk zijn en de liefde zuiver is, vinden er geen moorden plaats; ik wilde weten wat er mis was geweest in Sy's leven. 'Kom op, vertel me eens wat je bedoelt met: het aankijken niet waard.' Maar hij had zich alweer omgedraaid en keek nu gefascineerd naar een medisch technicus die een reusachtig wattenstokje in Sy's neus stopte voor een uitstrijkje. Ik draaide hem weer om zodat hij met zijn gezicht naar de oceaan zat en hield mijn handen als oogkleppen aan de zijkanten van zijn gezicht. 'Hou eens op met dat gegluur naar dat politiegedoe, Gregory. Je bent een filmer, geen politieman. Je wordt hier alleen maar ziek van.'

Hij knikte en zei toen zachtjes: 'Lindsay verziekte de film. Je had Sy's gezicht moeten zien na de eerste afdrukken: het varieerde van teleurgesteld tot... zwaar gefrustreerd.'

'Wat zei hij?' vroeg ik.

'Eh ja, nou, niks. Hij was erg – hoe zal ik het zeggen – terughoudend.'

'Wat bedoel je? Was hij gewoon gereserveerd? Of kil? Of keihard?'

Gregory slikte; zijn adamsappel wipte op en neer. 'Nee. Hij eh...eh reageerde gewoon niet. Het was geen ontspannen Gregory Peck stilte. Meer een piekerende De Niro als De Niro een type uit de gegoede kringen speelt. Je wist dat er iets broeide, maar je wist niet wat. In ieder geval, Sy's secretaresse was op zijn kantoor in New York gebleven, dus bestond mijn werk uit altijd voor hem klaarstaan: telefoontjes plegen, lijstjes maken van wat mensen voor hem moesten doen, boodschappen doorgeven waarvoor zijn persoonlijke assistent, de assistent-producer, te belangrijk was. Ik was heel vaak in het huis, soms in dezelfde kamer. Maar hij zei nooit iets tegen me tenzij het een bepaald verzoek was zoals: haal eens een glas mineraalwater voor me; hij dronk het zonder iets erin, geen citroen. Of ik moest uitzoeken van wat voor bloemen de kostuumontwerpster hield, omdat Lindsay lullig had gedaan over een kostuum; Sy wilde het dan goedmaken.'

'Had hij het nooit over persoonlijke zaken met je?'

'Nee. Alleen 's ochtends "hallo" en 's avonds "dag" behalve wanneer hij aan de telefoon hing.'

'Heb je hem ooit kwaad gezien?' Gregory schudde zijn hoofd. 'Heb je hem ooit enige emotie zien tonen?'

'Nou, hij lachte weleens om een grapje door de telefoon, zulk soort dingen. Eén keer toen hij belde met iemand die, denk ik, belangrijk was, hoorde ik hem een soort William Powell-charme gebruiken. U weet wel, schalks. Maar verder niets. Niet waar ik bij was, meneer.'

'Het klinkt alsof hij een griezel was.'

'Hij was als een combinatie van William Hurt en Jack Nicholson. Eng met stijl. Ik denk dat als je waardevol voor hem was, hij erg aardig kon zijn. Maar ik had geen flauw idee of hij me aardig vond of een hekel aan me had.'

'Maar hoewel hij geen emoties toonde, zeg je toch dat hij niet blij was met de eerste afdrukken.'

'Ja. De laatste paar avonden zag hij zo wit als een doek nadat hij de stukken film had gezien. Hij moet hebben geweten dat Lindsay de film aan het verpesten was.'

'Maar weet je dat zeker?'

'Nee. Ik voelde het gewoon.'

'Hadden Lindsay en Sy ruzie gehad?'

'Ik heb nooit een directe botsing meegemaakt. Maar het grootste deel van de week was de sfeer geladen. Ik ben ervan overtuigd dat u, meneer, als rechercheur van Moordzaken beter weet dan de meeste mensen dat woede niet altijd in woorden wordt uitgedrukt.'

'Ja, dat weet ik, Gregory. Maar als je met die geladen-sfeertheorie op de proppen komt, zul je me toch wat voorbeelden moeten geven. Kom op. Hoe kwaad was Sy? Hoe kwaad was Lindsay? Kwaad genoeg om hem twee kogels in zijn bast te schieten?'

Daar vlak bij het strand kwam juist voldoende licht van de schijnwerpers om te kunnen zien dat er kippevel verscheen op de broodmagere armen van Gregory. 'Alstublieft, meneer Brady. Het laatste dat ik wil doen is de verdenking op iemand laden. Ik geef u alleen wat achtergronden. Mevrouw Keefe was misschien niet helemaal geschikt voor deze rol, maar ik heb alle respect voor haar, niet alleen als actrice, maar ook als mens. Ik weet zeker dat iemand met haar intellect en...'

'Gregory, hou op met dat gelul. Dit is verdomme geen onderhoud op de filmacademie.' In plaats van wit weg te trekken bij deze reprimande, begon Gregory's gezicht te gloeien. Het verbaasde me niets; ik gaf hem de zekerheid van het bekende. Ik was het levende, ademende filmcliché geworden: een detective met een grote bek, maar een klein hartje – blijkbaar ook nog een Ier – een detective zoals in de *film noir*. 'Oké, terug naar de film. Jullie waren nog maar drie weken aan het filmen. Is dat niet een beetje vroeg om te kunnen zeggen dat het niet goed gaat?'

'Nee. Iedereen voelde het. Weet u wel, zo'n intens gevoel van saamhorigheid. Heeft u *Day for Night* weleens gezien?'

'Nee. Maar hou nu eens op over films of acteurs, Gregory. Vertel me eens wat over het leven.'

'Op de set deed iedereen gewoon zijn werk en praatte over alle andere films waaraan hij of zij had meegewerkt. Maar geen woord over deze.'

'Maar hoe zat het nou met Lindsay Keefe? Waarom deugde ze niet? Men zegt dat ze een van de beste actrices van het moment is, klopt dat?'

'Ze is inderdaad een goede actrice. Maar haar rol vereist kwetsbaarheid onder een vastberaden uiterlijk. Het enige dat er in de eerste afdrukken uitkwam, was vastberadenheid. En geen subtiele vastberadenheid zoals van Sigourney Weaver. Het was gewoon hardheid, oppervlakkigheid. Heel erg zoals in die mini-series op tv.'

'Heb jij de eerste afdrukken persoonlijk gezien?'

'Ja.'

'En? Was ze slecht?'

'Ja, meneer.'

'Heeft Sy ooit tegenover haar of jou of iemand anders laten merken dat hij ontevreden over haar was?'

'Niet...echt. Maar hij was zo voorzichtig dat je geen enkel idee had van wat hij nu precies vond tenzij hij het je uitdrukkelijk vertelde.'

Gregory aarzelde. Ik kon niet nagaan of hij nu probeerde iets te bedenken om mij een plezier te doen of dat hij echt zijn best deed zich iets te herinneren. Maar juist op dat moment kwam Robby Kurz het gazon opgeslenterd.

Rechercheur Robert Kurz. Regen, zonneschijn, hagel of sneeuw. Pistoolschot, wurging, messteek of gif. Man, vrouw of kind: wat de omstandigheden van een moordzaak ook waren, rechercheur Robby vrolijkte iedere plaats van een misdaad op met zijn brede Ha-jongens-wat-gezellig-hier-grijns, zijn ontwapenend, jongensachtig gezicht en het helder stralende licht van zijn enthousiasme.

'Ha, die Steve!'

'Hallo.' Ik liep in de richting van het strand alsof ik wilde nadenken, in een poging te ontkomen aan zijn meedogenloze uitbundigheid. Natuurlijk holde Robby me achterna.

Gelukkig voor mij was Robby nog maar dertig. Dat schiep nog een beetje afstand. Ik had er bijna tien jaar meer opzitten dan hij bij het korps. In de tijd dat hij nog in zijn surveillancewagen zat te wachten tot er een forens in Dix Hills door het rode licht reed, was ik al aan mijn carrière bezig bij Moordzaken. In rang was hij mijn gelijke, omdat ik in rang achteruit was gezet. Maar omdat ik de leiding had in de zaak, was ik zijn meerdere.

Hij deed zijn best dat feit te negeren. Robby – ondanks het glimmende kale plekje dat hij probeerde te verdoezelen door zijn haar naar de zijkant te kammen en het plat te spuiten, ondanks zijn vrouw die zo graag vreemd wilde gaan (mevrouw Ha-jongens-wat-gezellighier met een zilveren hartje dat tussen haar borsten bungelde) en, wat veel belangrijker was, ondanks het aantal arrestaties dat hij had verricht, dat jammer en gênant genoeg drie keer zo groot was als het aantal veroordelingen dat hij op zijn naam kon schrijven – had zichzelf ervan overtuigd dat hij een uitstekend mens was. En een uitstekende politieman. Deze overtuiging maakte hem tot een vrolijk mens en je kon hem dan ook niet tegenkomen bij de koffieautomaat, op de w.c. of op de trap of je werd stralend toegelachen.

Robby kwam naast me op het duin staan en met één voet hoger dan de andere maakte zijn lichaam een eigenaardige knik. Je kon zien dat hij geen buitenmens was; hij had duidelijk liever de zekerheid van linoleum dan gras.

'Wat heb je gevonden?' vroeg ik. Ik liet mijn hand over de puntige toppen van het hoge helmgras gaan.

'Voetafdrukken in het gras vlak bij het huis!' riep hij geestdriftig uit. 'Van rubber teenslippers. De gewone, goedkope soort. Mitch van het lab zegt dat het een mannenmaat is, hoewel het duidelijk is,' hier pauzeerde Robby even, waarschijnlijk om mij de kans te geven me voor te bereiden op een briljant stukje logica, 'dat dit soort schoenen door iedereen kan worden gedragen. Maar als we erachter kunnen komen van wie ze...'

'Waar precies heb je ze gevonden?'

Hij wees langs het zwembad en het gazon naar de hoek van de grote veranda die langs de hele achtergevel van het huis liep. Ik strekte mijn nek en tuurde. Een man van het lab stond met zijn benen wijd boven een stuk gras tegen het huis aan. Hij had zojuist foto's van de voetafdrukken gemaakt en stond nu op het punt het spul aan te brengen dat we altijd gebruiken om mallen te maken van voetafdrukken. Op die bepaalde hoek bevond zich de ongeveer anderhalve meter hoge kruipruimte onder de veranda, netjes afgeschermd met een hekwerk. Vanaf de duinen, niet ver van waar wij stonden, op dertig meter afstand, zou je gemakkelijk iemand met een geweer kunnen zien staan. Maar niet vanaf het huis. Behalve wanneer je opzettelijk over de leuning van de veranda zou gaan hangen en precies naar het plekje zou kijken waar het gras tegen het hekwerk aan stond, zou iemand met een .22 waarschijnlijk in de veilige schaduw van het grote oude huis kunnen kruipen en je zou hem nooit zien.

'Dit zou weleens van heel groot belang kunnen zijn.' Robby zwaaide enthousiast met zijn hoofd. Er kwam geen enkele beweging in zijn platgespoten haar.

Maar ondanks zijn opwinding was ik niet van plan een orgasme te krijgen van die voetafdrukken; goede speurneuzen moeten niet te snel klaarkomen. Ik hou me graag op de vlakte. Ik kende de sterke en zwakke kanten van de mensen met wie ik werk vrij goed en de technici en laboranten van Identificatie hadden, hoewel ze heel zorgvuldig waren, altijd de neiging: 'Aha! Belangrijk bewijsmateriaal!' uit te roepen wanneer ze ook maar een stuk van een papieren zakdoekje van twintig jaar oud tegenkwamen. Ik wilde alle andere mogelijke verklaringen voor de voetafdrukken uitsluiten voor ik twee dagen verspilde aan een grootscheepse teenslipperjacht.

'Ga eens kijken of je iemand naar de tuiniers kan sturen,' zei ik tegen Robby. 'Zoek uit of iemand van hen teenslippers heeft gedragen. En kijk ook eens in Sy's garderobe. Er is me niets opgevallen toen ik erin keek en ik denk ook niet dat hij ze snel zou dragen, maar dit zou weleens de zomer kunnen zijn geweest dat kerels als hij hadden besloten dat de Hema toch wel *très amusé* was en dat hij vijftig paar heeft gekocht.' Ik dacht even na. 'Alleen misschien geen maat 42 of 43. Hij was een klein mannetje: kleine handen, kleine voeten, waarschijnlijk een kleine...'

Ik hield op voor ik nog maar was begonnen. Tuurlijk, ik weet wel dat kleine-piemelgrapjes niet het toppunt van subtiele humor zijn, maar het was half elf en ik had nog een lange nacht voor de boeg en als ik met een van de mannen van mijn dienst met wie ik meestal samenwerk, had gewerkt, zoals Marty McCormack, hadden we allang allerlei stomme grapjes lopen maken, gewoon om ons even mens te voelen tijdens het uitputtende werk dat het onderzoek op de plaats van de misdaad vereist. Maar Marty (die ik terecht Bolle noemde en die nooit medailles zou winnen voor hand/oog/voetcoördinatie) had een vrije dag genomen om zijn zolder te isoleren; hij was van de eerste trede van een ladder gegleden, op zijn kont terechtgekomen en lag nu thuis met een gescheurde tussenwervelschijf. We hadden geen officiële partners op onze afdeling en omdat Robby net met een zak doughnuts binnenstapte toen de politie van Southampton ons opbelde, zat ik nu met hem opgescheept. Zijn grapjes waren van de kinderlijkste soort. Zijn idee van praten over seks bestond uit de bekentenis dat hij en Decolleté Met Sproeten naar een huwelijksencounterweekend waren geweest.

'Was er verder nog iets?' vroeg ik hem.

Robby grinnikte (jongensachtig) en friemelde aan een manchet van zijn sportjasje, een glimmend blauw geval met een halve ceintuur op de taille van de rug gestikt. Hij ging altijd gekleed alsof hij één keer per jaar alle rommelmarkten in de voorsteden afstruinde. 'Er waren haren. In één van de logeerkamers, hoewel er geen logés waren.'

'Waren ze allemaal van Sy?'

'Er zat één schaamhaar bij, waarschijnlijk van hem. Vier hoofdharen van iemand die tegen het vlechtwerk van het hoofdeinde heeft geleund. De haren zijn erin blijven hangen.'

'Zijn erbij met wortels?' Met de nieuwe methode van het bepalen van het DNA (wat naar mijn idee weleens de grootste vooruitgang in het politieonderzoek zou kunnen zijn sinds de vingerafdrukkenmethode van Galton) kun je een genetisch plaatje maken van iemand met behulp van wat voor lichaamsweefsel dan ook of van vloeistoffen zoals bloed, urine, sperma – van iedere cel met een kern. Maar om haar te kunnen onderzoeken, heb je de cellen nodig uit de haarzakjes die aan de wortels zitten en hoewel je zo nu en dan toekan met één haar, is het beter om er een stuk of tien, twaalf te hebben.

'Complete wortels aan twee van de hoofdharen van het hoofdeinde. Het waren geen haren van Sy Spencer, want ze waren zwart of erg donkerbruin en nogal lang. Hij had kort, grijs...'

'Ja, dat heb ik gezien.'

Ik had ook al een glimp opgevangen van Lindsay Keefe toen haar agent haar min of meer uit de auto sjorde en ze had eruitgezien zoals ik me herinnerde van haar films. Blond. Het blondste dat je je kunt voorstellen.

'Is dat alles wat je hebt gevonden?' vroeg ik hem.

'Kom zeg,' zei hij opgewekt, 'je weet hoe lang het duurt voor je iets krijgt dat in de verste verte lijkt op een mening van Identificatie.'

'Dus toen je binnen was met Carbone heb je niet toevallig gevraagd of er personeel inwoont dat wellicht een vluggertje heeft gemaakt in de slaapkamer? Dienstmeisjes, huisknechten – dat soort spul?'

'Wat heb jij een haast! Is er brand? Ik wilde juist informeren naar de bedienden, maar het leek me beter jou eerst even op de hoogte te stellen.' Hij zweeg even. Het was al drie minuten geleden dat hij voor het laatst enige jongensachtige charme had tentoongespreid, dus kreeg ik een scheve glimlach. 'Kijk, we weten allebei dat dit een belangrijke zaak is, Steve. Ik wil hiermee scoren en dat zou jij ook moeten willen. Als we dit snel en netjes kunnen afronden, zou dat een hoop kunnen betekenen – voor ons allebei!'

Wanneer je samenwerkt met een groep politiemensen of wat voor mensen dan ook zitten er altijd wel een paar tussen die je irriteren. Of omdat ze vervelende karaktertrekjes hebben zoals luiheid, oneerlijkheid, slordigheid of vanwege irritante gewoontes zoals neuspeuteren, nagelbijten of te veel grinniken. Maar Robby was geen afschuwelijke vent. Hij was niet iemand die je haat. Soms, bijvoorbeeld wanneer hij over sport praatte, vooral over hockey, kon hij zelfs boeiend vertellen; niemand wist zoveel van de aanvalstactiek van de Islanders als hij. En wat zou het dat hij achter al dat geglimlach een zelfvoldane lul was? Ik bleef gewoon bij hem uit de buurt.

Maar waar ik niet omheen kon was het feit dat hij een slechte smeris was. En hij vond zichzelf de beste. Dagen, zelfs weken voor de lui van het openbaar ministerie het idee hadden dat ze voldoende bewijsmateriaal hadden, drong Robby aan op een arrestatie, omdat hij wìst wie het had gedaan. En hij zou hem wel te grazen nemen.

De lachjes en de doughnuts die hij uitdeelde aan smerissen verdwenen als sneeuw voor de zon zodra hij met een verdachte te maken had; de meeste van zijn verhoren bestonden uit wilde beschuldigingen. Tuurlijk, soms kon hij een jonge knul zo intimideren dat hij een bekentenis loskreeg, maar het gebeurde ook dat verdachten die dank zij andere rechercheurs op het punt stonden een bekentenis af te leggen, door zijn schuld weer dichtklapten en in plaats van dat ze instemden met een op de video afgelegde verklaring gilden ze om een advocaat.

Op een gegeven moment hadden Marty McCormack en ik een jonge vent te pakken van wie de vrouw was verdwenen. Ik wist – Jezus, iedereen wist – dat hij haar had vermoord en het lichaam ergens had verstopt. Maar hoe konden we erachter komen? We deden net alsof hij de treurende echtgenoot was; Marty liet hem naar zijn vrouw zoeken en bedacht waar ze mogelijkerwijs zou kunnen zijn. Ik hield hem aan de praat. Op een avond gingen Marty en ik even wat eten. Robby die zich alleen maar had beziggehouden met de achtergrond van die kerel, wandelde op zijn gemakje de verhoorkamer in. Hij speelde het grof. Vijandig. Agressief. Hij wist dat het een slechterik was. Wie niet? Maar hij had het bijna verpest.

En ik ging over de rooie toen ik erachter kwam; ik sloeg met mijn vuist op de muur en noemde hem een stomme klootzak waar iedereen bij stond. 'Je hebt het godverdomme bijna verknald!' schreeuwde ik. Hij zei alleen maar: 'Hou op, Steve' en bestond het om nog even jongensachtig met zijn hoofd te schudden alsof hij wilde zeggen: 'Jeetje, die Brady ook met zijn humeur.'

Het was niet zo dat ik hem haatte. We waren gewoon olie en water, vis en gevogelte, dag en nacht. En zonder het verder op te blazen, hadden we onze levens – en bureau's – zo geregeld, dat we niets met elkaar hadden te maken.

Totdat Sy op het toneel verscheen.

'Steve Brady!' riep Marian Robertson, de kokkin van Sy, uit. Toen maakte ze een draaiende beweging met haar wijsvinger waarmee ze wilde zeggen: draai je eens om, jongen. En ik draaide me gehoorzaam om zodat ze me van alle kanten kon bekijken. 'Ik kan niet zeggen dat je er ook maar een dag ouder uitziet dan toen je op de middelbare school zat,' vervolgde ze, 'je bent diezelfde jongen, maar met een mannengezicht. Op het moment dat je binnenstapte zei ik tegen mezelf: "Dat is die jongen die bij Mark in het team zat", al kon ik niet op je naam komen. Ik zie je broer nog weleens. Easton Brady is toch je broer?' Ik knikte. 'Zo'n knappe jongen. Hij kon zelf wel een filmster zijn.'

Mevrouw Robertson kletste door met het onwrikbare zelfvertrouwen dat voortkwam uit de overtuiging dat ze het meest Onvergetelijke Type van de South Fork was. Eerlijk gezegd, was ik haar totaal vergeten tot ik Sy's keuken binnenstapte.

En wat voor keuken – vooral als je een fan van de achttiende eeuw was. Er hingen strengen knoflook, takjes kruiden, koperen potten en rieten manden aan de muren en het balkenplafond. Er stond een ijzeren ketel in de bijna twee meter hoge open haard. Hij was zo reusachtig groot dat Sy er verstoppertje in had kunnen spelen.

Mevrouw Robertson draaide zich weer om en sneed de laatste korsten van de boterhammen die ze voor de politie en aanhang aan het maken was en begon er een prachtige, ingewikkelde stapel van te maken: onderop lag roomkleurige kaas, daarop zachtroze pâté en daar bovenop donkere gerookte ham zodat de schaal eruitzag als een maquette van een strandhuis van tien miljoen dollar. 'Vind je het niet mooi?' vroeg ze. 'Eén van mijn specialiteiten. Maar, in ieder geval Steve, op het moment dat je je penning liet zien, herinnerde ik me dat ik had gehoord dat je bij de politie was gegaan, hoewel je je, onder ons gezegd en gezwegen, wel kunt voorstellen dat jij zo ongeveer de laatste jongen van school was die ik had verwacht nog eens in uniform te zien, zogezegd.' Ze trok haar neus op alsof ze (denk ik) wilde zeggen: Je mag dan wel een wapen en een penning dragen, maar voor mij ben je nog steeds die ondeugende tiener met dotjes Clearasil op zijn gezicht. 'Ik zie dat je als rechercheur gewone kleren mag dragen. Als je een beetje rang hebt, heb je natuurlijk ook de voorrechten en dat is leuk, want je ziet er goed uit.'

Marian Robertson zag er nog net zo uit als toen ze op de eerste rij van de tribune zat bij iedere honkbalwedstrijd van school: een donkerbruine huid, klein, met een rond gezicht en een gezellig mollig lichaam alsof ze, als gevolg van een gemengd huwelijk, een halfzusje van Dik Trom was. Het enige waarin ze veranderd leek, was haar haar; het was net of ze een grijze pruik had opgezet, bij wijze van grap, bij de zevende inning om de Bridgies aan het lachen te maken.

Op de middelbare school was ze ook al een Onvergetelijk Type zoals ze koekjes meenam voor 'jullie jongelui' en ieder van ons een chocolaatje of een boterham toestopte wanneer we het veld afholden, terwijl ze ons toeriep dat ze er thuis nog meer had.

'Mevrouw Robertson, ik weet dat u al een verklaring hebt afgelegd, maar ik heb toch nog wat vragen. Hoe ziet het hulpje eruit?'

'Het hulpje? Heel gewoontjes.' Mevrouw Robertson deed een van de glazen deuren van de enorme koelkast open en bestudeerde de meloenen. Voor ze iets creatiefs met een suikermeloen kon gaan doen, zei ik: 'Waarom gaat u niet even zitten, mevrouw Robertson?'

'Nee. Als ik zit, hou ik op. Als ik ophou, val ik om.' Ze pakte een suikermeloen en een enorme lichtbruine bal die waarschijnlijk een genetisch gemanipuleerde kanteloep van vijfentwintig dollar was.

Ik keek even in mijn notitieboekje. 'Er is maar één hulpje, Rosa?'

'Dat klopt.'

'Is ze zwart, blank, Latij...'

'Portugees,' onderbrak Marian Robertson me. 'Klein maar langer dan ik. Misschien één meter vijfenvijftig. Weet je nog dat er vroeger zo'n liedje was?' Ze schraapte haar keel: ' "Eén vijfenvijftig/ Ogen zo groen/ O, wat die één vijfenvijftig kan doen..." O, hemel! Steve, dat ik zit te zingen! Het spijt me. Wat moet je wel niet van me denken! Maar ik werk al veertien zomers voor meneer Spencer en het is zo... Vermoord!'

'Rustig maar, je bent over je toeren. En dat kan ik me voorstellen.' Ik zweeg even. 'Was je erg op hem gesteld?'

'Tja... redelijk. Ik bedoel, hij was zo beleefd. Dat zei iedereen: "Sy is zo heerlijk beleefd. Zo hoffelijk." Je weet hoe die Yorkers praten.' Ik knikte. Met iedereen die hier is geboren delen we zelfvoldaan de wetenschap dat wij oprechter, fatsoenlijker en in moreel opzicht oneindig superieur zijn aan die griezels uit New York City. 'Nou, ik kan je wel vertellen dat die filmlui nog veel onechter zijn. Maar meneer Sy Spencer had echt stijl – niks geen kapsones.'

'Maar mocht je hem graag?'

'Tja... Nu ik er zo bij stilsta, ik weet het eigenlijk niet! Hij was een kouwe kikker.'

'Was hij kortaangebonden? Teruggetrokken?'

'Nee. Hij zei niet veel, maar hij was vriendelijk genoeg. Glimlachte veel. Lachte nooit. Behandelde me de veertiende zomer niet anders dan de eerste. Maar het was net of hij een scenario had van hoe je met een kok om moet gaan en dat was alles. Hij plaagde me, bijvoorbeeld dat hij een hypotheek op zijn huis moest nemen om al die kippen van me te kunnen betalen; ik maak altijd een hele volle kippebouillon. Maar het was al veertien jaar lang hetzelfde grapje.

En, eens even denken. Ja, hij was heel beleefd: een compliment na ieder dineetje en als hij iets niet lekker vond, dat was bijna nooit, was hij nooit onbeschoft. Hij zei dan alleen maar, bijvoorbeeld: "Ik ben niet zo dol op fruit met een chocoladelaagje."' Ze deed een plastic trommel open en gaf me een koekje. 'Weense amandelwafel.'

'Dank u. Om terug te komen op het hulpje, mevrouw Robertson. Hoe ziet ze eruit?'

'Klein, zoals ik al eerder zei. Gelige huid, maar pokdalig, arm kind. Haar man is behangershulp. Ze is niet slim, maar heel erg lief.'

Het koekje was lekker. Ik glimlachte. 'Wat voor kleur haar heeft ze?'

'Jeetje, wat ben jij knap als je lacht! Je moet wat vaker lachen. Je gezicht licht op als een kerstboom.'

'Het haar van Rosa, mevrouw Robertson?'

'Oorspronkelijk, dat weten alleen Onze Lieve Heer en haar moeder, maar ik vermoed bruin. De hele tijd dat ze hier werkt...' Ze schudde verdrietig haar hoofd. 'Vuurtorenrood.'

'Zijn u en Rosa de enige mensen die hier werken? Ik had eigenlijk wel knechten en butlers en chauffeurs verwacht.'

'Nee. Hij huurde kelners en barbedienden voor diners en feesten. Hij had een chauffeur in de stad, maar hij kwam hier altijd met een helikopter. Hij reed zelf altijd graag in die Italiaanse sportwagen van hem.'

Ik hield mijn hand op voor nog een koekje. Terwijl ze het aan me gaf, vroeg ik: 'Wie was er vandaag in de logeerkamer met Sy Spencer?'

'Wat?' Ze keek geschrokken.

'Er heeft iemand gebruikgemaakt van de logeerkamer.'

'Afgezien van meneer Spencer?'

'Ja.'

'Echt waar? Ik heb geen flauw idee, Steve. Weet je, Lindsay Keefe en hij woonden samen. Maar zij sliepen in de grote slaapkamer. Waarom denk je dat er iemand in de logeerkamer was?'

Ik nam nog een hap van mijn koekje. 'Er zijn wat aanwijzingen,' antwoordde ik. 'Heeft u iemand boven gehoord?'

'Alleen meneer Spencer. Hij was er de hele middag aan het inpakken om naar Los Angeles te gaan en aan het telefoneren. Hij zou eigenlijk vanochtend zijn gegaan, maar toen moest hij naar de set, dus ik denk dat hij wat plannen moest veranderen.'

'Was er niemand bij hem?'

'Nee.' Ze dacht even na en voegde eraan toe: 'Ik bedoel, ik durf er niet mijn erewoord op te geven, want om je de waarheid te zeggen kan je de keren dat ik boven ben geweest in dit huis, op de vingers van één hand tellen. Maar voorzover ik weet, was hij alleen.'

'Waar was Rosa?'

'Iedere ochtend maakt ze schoon en doet ze de was, daarna gaat ze naar huis... ze heeft een dochtertje. Ze neemt eventueel strijkgoed mee. Dan komt ze om zes uur weer terug om de keuken op te ruimen – de pannen schuren, de vloer dweilen, het vuil buitenzetten, dat soort dingen. Ze blijft tot na het eten, doet de afwas en dekt de tafel voor het ontbijt.'

'Mevrouw Robertson, ik wil u niet in verlegenheid brengen, maar tijdens een politieonderzoek moeten we soms openhartige vragen stellen.'

'Zeg het maar.'

'Was er enige aanwijzing dat meneer Spencer seksuele gemeenschap had in enige andere kamer dan de grote slaapkamer?'

'Ik ga na het avondeten naar huis. Dus wat mij betreft, zou hij kunnen rollebollen in de sauna of in de filmkamer of in de wijnkelder. Het enige dat ik met zekerheid kan zeggen, is dat hij het niet in mijn keuken deed, want dat zou ik meteen zien. Niemand, zelfs de baas niet, zelfs God Zelf niet, rotzooit in mijn keuken. Begrepen, Steve?'

'Begrepen.'

'Goed zo.'

De plaatselijke politie – in dit geval de politie van Southampton – bakent altijd de plaats van de misdaad af. Een van hun mensen, een slungelige knul die door mijn oma een lange slok water zou zijn genoemd, kwam de tent binnen aan de andere kant van het zwembad waar wij Marian Robertsons sandwiches zaten te verorberen. Hij riep: 'Is er hier ene Steve Brady?' Ik zette mijn beker koffie neer. 'Er staat een vent hier buiten. Knap overstuur van de moord. Hij zegt dat hij je broer is.'

Dus ging ik naar Ray Carbone om hem in te lichten over Eastons betrokkenheid bij Sy, al moest ik Carbone daarvoor storen terwijl hij juist een driehoekige pâté-sandwich had gepakt, met argwaan had bekeken en blijkbaar tot de ontdekking was gekomen wat het was. 'Kunnen we even buiten praten?' vroeg ik. Hij legde de sandwich terug op de schaal.

De groen-met-wit-gestreepte tent waarin we hadden gezeten, had drie zijden. Ik nam aan dat hij was bedoeld als kleedhok als je een exhibitionist was of als wind- en zonnescherm. Hij stond een meter of drie van het ondiepe eind van het zwembad, een uitstekende afstand voor een hapje voor de politie – ver genoeg verwijderd van de plaats van de misdaad zodat je niet net hoefde te doen of Sy's lichaam een verdwaald kleedje was terwijl je zijn eten naar binnen zat te werken. Nog een voordeel was dat als je een flintertje leverpâté liet vallen, de jongens van Identificatie het niet zouden oprapen en het onder het uitroepen van Halleluja! naar het lab zouden sturen voor een DNA-analyse.

'Moet je horen, Ray. Mijn broer – Easton heet hij – staat buiten. Hij wil me spreken.'

'Laat hem binnenkomen en rondkijken,' zei Carbone. In de schaduw van Sy's huis was hij ineens de populairste gastheer van Long Island geworden. Hij maakte zelfs een gebaar van welkom met zijn arm. Toen zei hij: 'Easton?'

'Ja.'

'Wat voor naam is nou Easton?'

'Van mijn moeder van die Yankee-familie in Sag Harbor. Het was haar meisjesnaam. Ze doen zulk soort dingen.'

'Wat betekent "Yank" eigenlijk precies?'

'De oude pioniers hier. De mensen die vanuit Engeland in de zeventiende eeuw naar het East End van Long Island kwamen.' Ik gaf het op. 'Blanke Angelsaksische protestanten, Ray.'

'Ik heb altijd gedacht dat jij Iers was.'

'Mijn vader was een Ier. Wat mijn broer betreft...'

'Is hij ouder?'

'Nee. Ik ben ouder.'

'Waarom heeft hij dan die familienaam gekregen en jij niet?'

'Ik denk dat het ouwetje één blik op me wierp, zag wiens genen ik had en toen maar besloot te wachten tot ze iets beters kreeg.'

Hij zei: 'Mm' – zijn Weens psychoanalytisch geluid – en zei toen: 'Vertel eens wat over je broer.'

'Het is een aardige vent. Hij heeft stijl.'

'Wat doet hij?'

'Stijlvolle dingen. Heeft ooit eens Jaguars verkocht, maar is er nooit zo dol op geweest als ik. Ik heb de mijne van hem gekocht. Daarna heeft hij duur onroerend goed verkocht. Heeft in een stel deftige boutiques in de buurt gewerkt.'

'Hij heeft nogal wat rondgezworven. Hij heeft zich nooit definitief aan iets verbonden.'

'Nou, kom op, zeg. Een heleboel kerels zijn zo, Ray. Easton is een goeie vent. Hij heeft zichzelf alleen nooit gevonden.'

'Hoe komt dat?'

'Ja zeg, ik ben zelf een grensgeval. Hoe moet ik nou weten wat er met mijn broer aan de hand is?'

In de tent stond nog steeds iedereen om de tafel die vol stond met Sy's eten.

'Heeft je broer...' Carbone leek naar een beleefd woord te zoeken.

'Nee, hij drinkt niet. Misschien weleens een pilsje. Nou ja, in het geval van Easton waarschijnlijk rode wijn met een vol bouquet, maar met een vleugje frivoliteit.'

'Waarom denk je dat hij zijn richting nooit heeft weten te bepalen?'

'Ray, hou op met dat psychiatergelul. Ik wil hier vanaf. Het heeft met de zaak te maken.'

'De zaak? Je broer?'

'Ja. Ik heb het wel gezegd toen het hoofdbureau me belde om hierheen te komen, maar ik heb vergeten het jou te vertellen. Easton werkte voor Sy. Ongeveer drie, vier maanden geleden zat hij zonder werk: niets nieuws. In ieder geval hoorde hij dat Sy een groot deel van *Starry Night* in East Hampton zou opnemen, dus peuterde hij een uitnodiging los voor een of ander swingend liefdadigheidsfeest. Om een lang verhaal kort te maken, hij werd voorgesteld aan Sy en hing een heel verhaal op over hoe hij hier was geboren en getogen en iedereen kende en dat hij hem zou kunnen helpen. Sy was nogal gecharmeerd van hem en nam hem in dienst als een soort tussenpersoon tussen hem en de plaatselijke bevolking; ik denk dat hij een beetje met geld moest strooien en iedereen tevreden stemmen en zorgen dat alles klaar was voor het filmen. Hij deed zijn werk zo goed dat Sy hem aanhield voor de film.'

'Zijn er problemen geweest?'

'Nee. Het ging echt heel goed. Dat is het lullige; eindelijk had mijn broer iets gevonden waarover hij enthousiast was en iets waarin hij goed was. Vorige week belde hij me op om te vertellen dat Sy hem steeds meer verantwoordelijkheden toeschoof en dat hij hem meer wilde betalen, maar dat de begroting dat niet toeliet, maar dat hij Easton produktie-assistent zou maken. Met zijn naam op het scherm. Niet direct aan het begin, maar bij die rij namen die je altijd aan het eind van een film ziet.'

'Heb je een sterke band met hem?'

'Wil je ook van alles weten over mijn anale stadium?'

'Hebben jullie een sterke band?'

'Nee. Niet bepaald. We zijn verschillend. Maar hij is mijn broer en vroeg of laat moet iemand zijn verklaring opnemen. Luister eens, ik vertel je dit allemaal alleen maar omdat ze op het bureau altijd zo over ethiek zeuren.'

'Nou, laat Robby zijn verklaring maar opnemen.' Ik denk dat hij zag wat voor gezicht ik trok. 'Steve, Robby is een goeie knul. Misschien een beetje te enthousiast naar jouw smaak.'

'Hij is niet evenwichtig.'

'Dat valt wel mee. En wat hij niet heeft, maak jij wel goed. Robby staat volledig achter je in deze zaak. Je zult zien dat het allemaal goed komt. Hij is vol overgave en geeft niet snel op. Trouwens, het staat ook beter als iemand die niet je beste vriend is, je broer onder handen neemt. Maar ik heb er overigens geen bezwaar tegen als je erbij zit, op de achtergrond. Zonder iets te zeggen.' Hij zweeg even. 'Is je broer, wat ze noemen, een stabiele figuur?'

'Nee. Hij is een doorgeslagen psychopaat die een .22 heeft gepakt en Sy overhoop heeft geschoten, omdat Sy een mentor-vaderfiguur voor hem was geworden en Easton zo'n lage eigendunk heeft dat iemand die hem respecteerde en hem zelfvertrouwen probeerde te geven, wel waardeloos moest zijn en daarom dood moest.'

Ik zie er niet slecht uit. Easton is knap. Hoewel we op elkaar lijken, zie ik eruit als een Ierse smeris en hij als een anglicaanse advocaat. Met andere woorden, hij is een meer Engelse, burgerlijke, verfijndere versie van mij: zijn ogen zijn blauwer, zijn kaak is hoekiger, zijn haar glanzender en hij is echt één meter tachtig. Ik zit er juist iets onder en dat heeft me altijd mateloos geërgerd, omdat meisjes – vrouwen – altijd aan je vragen: 'Hoe lang ben je?' en als ik dan zeg dat ik één tachtig ben, heb ik het gevoel dat ik lieg, maar als ik zou zeggen één negenenzeventig, dan zou ik me weer een joker voelen.

Easton stond op de oprijlaan, niet ver van de trap die naar de voordeur leidt. Hij was niet gekleed in zijn normale uitrusting: een felgekleurd jasje of een pastelkleurige trui waarmee hij er meer uitzag als een aristocraat met vakantie in Southampton dan de echte. Hij droeg een donkergrijs pak met een smetteloze paisley stropdas. Zijn geitenleren schoenen, opgelicht door de onopvallende lage lichtbundels die de oprijlaan en ingang verlichtten, waren beter zichtbaar dan zijn gezicht. Overstuur? Zelfs in het zwakke licht kon ik zien dat hij heel erg overstuur was. Hij zag spierwit. Zijn ogen waren rood, niet zozeer van het huilen, maar eerder omdat hij erin had gewreven uit ongeloof.

'Hé, East,' zei ik. Hij schrok. 'Alles goed?'

'Sorry. Weet je wat zo gek is? Ik sta hier te wachten op jou, te hopen dat jij er zou zijn, maar mijn gedachten gingen alle kanten op en nu net, toen ik je stem hoorde, was mijn eerste gedachte: Wat doet Steve hier nou bij Sy's huis?'

'Wanneer heb je het gehoord?'

'Toen ik terugkwam uit New York. Ik was daar vandaag heengereden om wat boodschappen voor Sy te doen en toen ik thuiskwam, stond er een boodschap op mijn antwoordapparaat. Van dat afschuwelijke filmacademie-type dat zijn p.a. is. Produktie-assistent. Zoiets van: "Hm, eh, ik eh wilde je laten weten dat eh meneer Spencer is vermoord of zo."'

'Gregory J.?' vroeg ik.

'Ja. Heb je hem ontmoet?'

'Ik heb hem verhoord. Die arme knul ziet eruit als iets uit *De Vloek van de Levende Doden*.'

Easton knikte. Hij kauwde zelfs even op zijn lip terwijl hij een sarcastische opmerking probeerde te bedenken die beter was dan de mijne, maar ineens gaf hij het op. Hij begon te trillen. 'Verdomme. Het is fris.' Net als mijn moeder gebruikte Easton woorden als 'fris' in plaats van koud of koel of kil, woorden die hem onderscheidden van het plebs. 'O, God.' Hij wreef over zijn armen, maar het hielp niet. Toen begonnen zijn tanden te klapperen, heel snel, als een stel van die stomme opwindtanden die je wel in feestwinkels ziet.

'Heb je Sy vandaag gesproken, East?'

'Gisteravond.'

'Iets dat op moeilijkheden wees?'

'Nee.'

'Heb je iets gehoord van bedreigingen die tegen hem werden geuit?' Hij schudde zijn hoofd als antwoord en in ongeloof. 'Heb je enige reden om te denken dat hij bang was voor iets of iemand?'

'Nee.'

'Was er enige verandering in zijn gedrag?'

Hij hield maar niet op met trillen. 'Alles was goed met hem, echt waar.' Voor mijn broer was trillen de volmaakte, smaakvolle manier van instorten: zo keurig. Het maakte geen geluid en in tegenstelling tot zweten of het in je broek doen, kon je rustig een inzinking hebben zonder je kleren te bevuilen en daarna naar een cocktailparty gaan zonder dat je je hoefde om te kleden.

'Ze kunnen morgen je verklaring opnemen. Waarom ga je niet naar huis? Je ziet er knap bedonderd uit.'

'Ik weet eigenlijk niet eens waarom ik hier ben.' Hij keek even naar het huis. 'Tenminste, ik geloof dat ik vond dat ik mijn neus moest laten zien. In mijn achterhoofd dacht ik: Met al die toestanden – de politie en God weet wat nog meer – kan ik beter even gaan kijken of Sy mijn hulp kan gebruiken. Het is een krankzinnige reactie, maar Steve, echt waar, het is zo'n schok. Ik bedoel, als je zo'n bericht krijgt.'

'Het moet wel een behoorlijke klap zijn geweest.'

'Ik heb er geen woorden voor. Ik plofte letterlijk neer in mijn stoel. Van de wereld. Ik kon het niet geloven. Maar toen ik hierheen reed, vroeg ik me telkens weer af wie hem in godsnaam kan hebben vermoord.'

'Wie denk je?'

'Niemand zou hem willen vermoorden,' verkondigde Easton. Hij klonk overtuigd. Hij stak zijn handen in de zakken van zijn deftige New York City-broek.

'De feiten wijzen anders op het tegendeel, vind je niet?'

'Waarschijnlijk een inbreker.'

'Nee.'

'Hoe weet je dat zo zeker?'

'Waar heb je het over? Het is mijn werk om dat te weten.'

'En je hebt zeker altijd gelijk?'

Zoals altijd na meer dan zestig seconden in elkaars gezelschap, vervielen we weer in het geijkte patroon: we ergerden elkaar. Ik besloot dat dit het moment was dat ik degene moest zijn die zich inhield. Meer dan dat. Hij was mijn broer. Hij was echt overstuur; ik moest vriendelijk zijn.

'Er is gewoon geen enkele aanwijzing dat er een poging tot inbraak zou zijn geweest,' zei ik zo vriendelijk mogelijk.

'Hoe is hij vermoord?'

'Neergeschoten. Van een afstand. Hoogstwaarschijnlijk met een wapen met een laag kaliber. Het ziet ernaar uit dat het in koelen bloede is gebeurd.' Het was even stil. 'Luister, een van mijn collega's zal je verhoren, morgen waarschijnlijk. Ik zou maar naar huis gaan.'

Hij rilde weer. 'Hij was echt goed voor me, Steve.'

'Ja. Hé, ik vind het rot. O, East, nog één ding. Denk even niet aan ruzies of dreigementen. Wekte Sy de indruk dat hij problemen met iemand had?'

Het pleitte voor hem dat hij er echt over na scheen te denken. 'Ik heb maar drieëneenhalve maand voor hem gewerkt. Ik ben dus niet echt deskundig. Maar afgaande op wat ik heb gezien, zou ik zeggen dat wanneer je een film produceert, je altijd problemen met iedereen hebt. Je hebt te maken met een cast en een filmploeg bestaande uit zo'n honderd prima-donna's – en hun impresario's en hun bonden. En dan zit je ook nog met de geldschieters waar je gestoord van wordt. Een producer moet een plaat voor zijn kop hebben – en keihard zijn. Dat was Sy. Hij schuwde geen enkele confrontatie. Hij ging gewoon overal op af.' Een glimlachje vol genegenheid verscheen even op Eastons gezicht. 'Sy was een bulldozer. Hij ging voor niemand uit de weg. Je deed een stap opzij of je werd verpletterd. Ik denk dat vrijwel iedereen op een gegeven ogenblik weleens heeft gezegd – of heeft willen zeggen: "Val dood."'

'Godverdomme!' Carbone spatte bijna uit elkaar van woede in het bijzijn van Robby Kurz en mij. Hij was razend op Eddie Pomerantz, de impresario van Lindsay, nu veilig op weg naar huis, die hem twee minuten eerder had verteld dat Lindsay een paar valiumpjes had genomen en nu even niet van deze wereld was, maar die, toen Carbone tegen hem begon te schreeuwen, toegaf dat ze er vier of vijf had ingenomen. Misschien zes, maar hij wilde heel duidelijk stellen dat zijn cliënte absoluut niet aan de drugs was. Carbone vertelde ons: 'Ik heb die dokter van onze medische afdeling – die met die olifantsoren – naar haar kamer gestuurd. Hij zegt dat ze de komende vier tot acht uur volledig van de wereld is. Manipulerend, passief-agressief kreng.'

We zaten in Sy's werkkamer, een kamer op de tweede verdieping die waarschijnlijk ooit eens kinderkamer was geweest. Je wist dat het een werkkamer was omdat er een telefoon stond met zoveel knoppen, dat hij eruitzag alsof je er een satelliet mee kon lanceren en verder een kleine computer. Maar dat was het enige moderne. De rest van de kamer zag eruit als de studeerkamer van een Engelse *gentleman* die gek was op vissen: er hing een opgezette marlijn aan de muur, er hingen aquarellen van zalmen die uit watervallen sprongen en er stond een zootje glimmende, nooit gebruikte hengels bestudeerd-nonchalant in een hoek. Er hing een paar lieslaarzen aan een haak, wat de indruk wekte dat Sy zojuist was teruggekeerd van een serieuze vispartij.

Carbone bestudeerde zijn notitieblok. 'Luister goed, het kan me niet schelen hoe laat we hier vannacht of morgenochtend weg zijn, ik wil dat jullie allebei hier om tien uur terug zijn om Lindsay Keefe te verhoren. Ik zal waarschijnlijk bij Shea zitten om te bespreken hoe we dit geval aan gaan pakken. Deze zaak is veel groter dan een artikeltje in *Newsday*. Dit is nationaal. Internationaal. Luister Robby, ik wil dat je voor tienen Easton, Steve's broer, onder handen neemt. Daarna ga je naar Lindsay. En wanneer je klaar bent met haar, ga je je bezighouden met de zakenrelaties van Sy. Eerst met die van deze film. En dan ga je terug. Steve, jij houdt je bezig met alle niet-zakelijke filmfiguren. O ja, en zijn vrouwen. Probeer erachter te komen of hij met iemand anders dan Lindsay scharrelde. En ga zijn ex-vrouwen na. Hij had er twee. Er woont er één in Bridgehampton, dus misschien kun je haar voor tienen te pakken krijgen.' Hij keek even op zijn notitieblok. 'Bonnie Spencer.'

Ik schudde mijn hoofd. De naam kwam me vaag bekend voor, maar ik dacht niet dat ik haar ooit had ontmoet.

'Een scenarioschrijfster.' Hij gaf me een stuk papier met het adres erop. 'Weet je waar het is?'

'Ongeveer twee minuten van waar ik ben opgegroeid.'

'De andere ex woont ergens in New York City. Zij was de eerste en we krijgen morgen haar adres. Oké? We gebruiken het politiebureau van Southampton de komende paar dagen als actiecentrum. Ik kom zo snel mogelijk morgen naar jullie toe.' Hij was even stil en keek me recht in de ogen. 'Ik denk dat dit de zaak wordt waarbij ik ontdek dat ik te oud ben voor dit soort werk.'

Ik belde Lynne vanuit Sy's sportzaal. Al dat vervelende gezeur waarmee ik de hele middag had rondgelopen, leek nu belachelijk. Gewoon de zenuwen van een verloofde vent, een laatste wanhopige verdediging van het vrijgezellenleven. Want, objectief gezien, was Lynne gewoon geweldig.

Een van de dingen die ik altijd zo goed van haar had gevonden, was dat ze net deed of ik een doodgewone, niet erg spannende baan had. Ik had beheerder van een zaak in auto-onderdelen kunnen zijn. Ze hield zich met opzet niet diepgaand bezig met mijn werk. Ik begreep waarom: moord is de ultieme afbraak van orde en recht en Lynne's hele leven, als lerares en als mens, was gericht op constructief bezig zijn. Het was haar taak om iemand een kans te geven, niet om iemand een kans te ontnemen. Moord had niets spannends en het was ook nog eens ongelofelijk oneerlijk. Waar het op neerkwam was: moorden was niet netjes.

En dan nog iets: ondanks het feit dat ze carrière had gemaakt en dat ze verbazingwekkend handig was, had ze genoeg van de traditionele vrouw in zich om niets te willen horen van de details van een knokpartij met dodelijke afloop of hoe de hoofdhuid wordt afgestroopt bij een lijkschouwing. Dus concentreerde ze zich niet op de essentie van mijn werk – de doden en hoe ze in die toestand waren terechtgekomen – maar op de levenden.

Dus babbelden we niet gezellig over de moord, behalve dat ik in het kort had verteld wat er was gebeurd en waar ik was. In plaats daarvan hadden we het over mensen. We besteedden dertig seconden aan de vraag hoe Carbone toch zo'n verschrikkelijke zeur kon zijn en tegelijkertijd een geweldige vent, anderhalve minuut aan de vraag waarom ik Robby niet kon uitstaan en toen kregen we het over mijn broer.

'Zei je iets in de geest van: "Goh, Easton, wat rot voor je. Ik weet hoe je op meneer Spencer gesteld was en hoe belangrijk hij voor je was"?'

'Laat me niet lachen, Lynne.'

Afgezien van de vloer was de hele sportzaal bedekt met spiegels. Ik was het enige daar dat niet glom. Behalve een hometrainer, een rollenband en een soort wandrek – allemaal uitgerust met ingewikkelde digitale displays die niet zouden misstaan in de cockpit van een 747 – stond er een stel trainingstoestellen. Ik ging meer rechtop staan; ik vroeg me af of Sy uit ijdelheid voor al die spiegels wilde trainen of dat hij een enorme stimulans nodig had.

'Steve,' zei ze geduldig, 'je hebt toch wel iets troostends tegen je broer gezegd?'

'Ja. Ik zei dat ik het rot vond.'

'Is dat alles?'

Juist toen ik dacht dat ik er niet onredelijk uitzag in één spiegel, zag ik mijn spiegelbeeld in een andere. Ik trok mijn schouders naar achteren. Ik wist dat ik geen buikje had, maar het leek net in de plafondspiegel, dus trok ik hem in.

'Toe nou. Hou op over Easton. Ik belde alleen maar om je welterusten te wensen en te zeggen dat ik van je hou.'

'Goed, welterusten en ik hou ook van jou. Maar ik weet gewoon hoe graag je een goede verhouding met hem zou willen hebben. Is dit niet een uitgelezen moment om een stap in de goede richting te zetten?'

Ik zei dat ik dacht dat ze wel gelijk had en toen deden we het stukje van welterusten en ik-hou-van-je nog een keer, want we hingen al bijna vijf minuten aan de telefoon en ik wilde teruggaan.

Nadat we hadden opgehangen, ging ik op de grijze vloerbedekking liggen en deed tien seconden lang mijn ogen dicht, waarschijnlijk de enige rust die ik de komende achtenveertig uur zou krijgen. Ik weet dat het sentimenteel was – en waarschijnlijk onjuist – om te zeggen dat Lynne me had gered, maar ik had echt het gevoel. Tuurlijk, ik was nuchter gebleven dank zij de AA. En sinds ik weer bij Moordzaken werkte, deed ik mijn werk beter dan ooit tevoren.

Maar rond de tijd dat ik haar ontmoette, voelde ik me bang. Ik voelde me helemaal alleen staan, zonder krukken. Geen drank. Helemaal geen drugs: twee maanden nadat ik uit South Oaks werd ontslagen kreeg ik griep en ik zweette liever mijn hoge koorts uit dan dat ik het risico nam aan aspirine verslaafd te raken. Bijna geen vrouwen: ik had helemaal geen zin meer. Vroeger liep ik warm voor alles wat oestrogeen produceerde, als ik in de stemming was om warm te lopen, maar in die tijd kwam ik zelden iemand tegen voor wie ik de moeite wilde nemen mijn broek uit te trekken. En ja, dan was er *football*: de Giants, daar was ik gek op. Maar geen Yankees: het was januari. Ik rende minstens acht kilometer per dag om in vorm te blijven en dat middel in de hersenen te blijven produceren; ik weet niet meer hoe het heet, maar in South Oaks vertelden ze ons dat het een natuurlijk verdovend middel van het lichaam was en dat het geen kwaad kon. Ik rende zestien, twintig, soms vijfentwintig kilometer op mijn vrije dagen om op die manier 'high' te worden – en om mezelf uit te putten, omdat ik de zenuwen kreeg van te veel vrije tijd en te veel energie.

Weet je, in dat gekkenhuis praatte die psychiater over wat ik diep in mijn hart altijd heb geweten – of in ieder geval gevoeld. Dat het drinken en de drugs en al die vrouwen eigenlijk allemaal op hetzelfde neerkwamen, onderdeel uitmaakten van wat hij mijn zelfvernietigende gedrag noemde. Tuurlijk, ik deed het ook om stoned te worden, maar het stoned-zijn was nooit mijn echte doel geweest. Waar ik al die tijd naar had gezocht, was niets voelen. Vergetelheid.

Dus daar stond ik dan eindelijk, mijn best te doen om de vergetelheid te negeren, de wereld mijn gezicht toe te keren en de dag te plukken.

Maar die hele zomer en herfst, na die eerste twee wilde jaren van nuchterheid, begon ik nachtmerries te krijgen: dat ik weer zou gaan drinken. Dan werd ik wakker uit een droom waarin ik een fles ijskoude wodka uit de koelkast nam, een glas volschonk – bijna tegen mijn wil – en een diepe, wanhopige teug nam. Dan raakte ik in paniek, gewoon misselijk van wanhoop. Want nu wist ik hoe kwetsbaar mijn stabiliteit was. En ik wist ook dat ik de veerkracht van een jonge knul niet meer had. Als ik nu mijn beheersing verloor, zou ik in een bodemloze put vallen en zou de kracht en de moed niet meer vinden om eruit te klauteren. Dan zou ik voorgoed verloren zijn. Dan zou ik doodgaan. Over vergetelheid gesproken.

En ineens stond Lynne daar naast haar auto de krik in elkaar te zetten. Ze was op haar hoede toen ik mijn auto bij haar neerzette, maar ze keek me recht in de ogen en zei: 'Dank je, maar ik kan het wel alleen.' Ik liet haar mijn penning zien en zei dat ik het best vond; ik zou wel toekijken. Ik vind het leuk om vrouwen banden te zien verwisselen.

Ze gaf me de krik en toen ik klaar was, nam ik haar mee uit eten. Ineens merkte ik dat ik weer eens een normaal gesprek voerde. Niet zomaar een lullig praatje om een vrouw duidelijk te maken dat ik er niet op uit was met haar het bed in te duiken. Een echt gesprek. Over de emotionele problemen die kinderen met dyslexie kunnen krijgen. Over de vraag of de uitstraling van een mens hem al dan niet gemakkelijk het slachtoffer van een misdrijf maakt. Over openbare scholen tegenover katholieke scholen. En over hoe ik een alcoholist was.

En twee weken later gingen we naar bed. Daarna lag ik te denken: O God, ik heb een echte verhouding!

3

Bonnie Spencer's hond blafte van plezier: 'Hoi! Hoi! Leuk dat je er bent!' Zijn staart ging als een bezetene tekeer: 'Hoera! We hebben visite!' Het was een enorm, vrolijk zwart beest dat eruitzag als een dikke, donkere Engelse *sheepdog*.

'Steve Brady,' riep ik en liet mijn penning zien.

Haar hond hield net lang genoeg op met blaffen om mijn hand en mijn penning te kunnen likken: 'Hoi! Lieve meneer!' Maar Bonnie Spencer stond zwijgend en bewegingloos in de deuropening – en staarde. Het was kwart voor acht, de ochtend nadat haar ex-man was vermoord. Het was duidelijk dat ze geen condoléancebezoek verwachtte; ze droeg een strakke turkooizen wielrenbroek, een enorm, vormeloos flets-geel T-shirt en sportsokken. Er bungelde een paar gympjes aan haar hand alsof ze op het punt stond te gaan hardlopen.

'Ik ben een rechercheur van de afdeling Moordzaken van Suffolk County,' voegde ik eraan toe.

Ze tuitte haar lippen alsof ze 'O' wilde zeggen, maar ze zei niets. Ze deed helemaal niets, ze keek niet eens naar mijn penning. Ze staarde alleen maar naar me. 'Bonnie Spencer?'

Ik stopte mijn penning weg en stak mijn handen in mijn zakken. Hoewel het een warme augustusochtend was, hing de herfstachtige geur van vochtige bladeren in de lucht. Het leek wel of Bonnie Spencer me niet aan wilde kijken. In plaats daarvan leek ze gehypnotiseerd door mijn auto die op haar oprijlaan stond. Ik weet wel dat de XKE uit 1963 een te gekke auto is, maar wanneer er een rechercheur van Moordzaken op je stoep staat terwijl je net uit je bed bent, mag hij toch verwachten dat alle aandacht naar hem uitgaat. 'Bent u Bonnie Spencer?' vroeg ik nog eens.

Ze knipperde met haar ogen om uit haar trance te raken. Haar ogen lichtten op. 'Of ik Bonnie Spencer ben?' lachte ze. Maar toen schuifelde ze verlegen met haar voeten. Ze had waarschijnlijk al gevoeld dat ze met haar houding niet in de prijzen zou vallen voor Het Treffendste Vertoon Van Stil Verdriet Bij Het Verscheiden Van Een Ex-Echtgenoot. Ze schakelde over op ingetogenheid. 'Natuurlijk ben ik Bonnie.' Toen voegde ze eraan toe: 'Jeetje.'

Jeetje. Bonnie Spencer.

Goed, nu moet je je eens de ex-vrouw van een filmproducent voorstellen. Wat zie je voor je? Een ijskoud, elegant kreng met bruinverbrande armen die juwelen om heeft op het strand. Een oogverblindende schoonheid met scherpe, gelakte nagels waarmee ze de hele tijd zit te roffelen alsof ze wil zeggen: 'Sodemieter op. Ik ben ontevreden.'

Maar Bonnie Spencer zag er niet ontevreden uit. En ze zag er zeker niet elegant uit, vooral niet met dat bakbeest dat naast haar stond te kwijlen van genoegen. Mooi? Geen plaatje, bij lange na niet. Ze kwam eerder op me over als een van die vlotte, kameraadschappelijke types: lang – één meter zeventig of tweeënzeventig – met brede schouders en sportief, waarschijnlijk afkomstig uit zo'n gezond stadje waar alle meisjes 'Jeetje' zeggen.

Het mooiste aan haar was haar donkere, glanzende haar dat ze in een paardestaart droeg. En verder...Goed, haar gezicht zag er wel leuk uit. Diepe lachrimpels om haar ogen. Een gezonde kleur die je vaker bij mannen dan bij vrouwen ziet: dat roze-bruin dat je meestal ziet bij mensen die een heel lichte huid hebben en die veel buiten zijn. Met andere woorden, Bonnie Spencer met haar gympjes in haar hand, zag eruit als iemand die je op de middelbare school nooit echt leert kennen: het grote, sportieve meisje dat over het eind van het hockeyseizoen heen komt door 's winters lacrosse te spelen.

Behalve dat ze geen meisje was – niet meer. Het sterke lichaam en het glanzende haar waren bedrieglijk. In eerste instantie zou ik haar op begin dertig hebben geschat. Maar ze had iets te veel rimpels in haar hals en haar lippen waren iets te bleek; ze begon al wat uit te drogen. Ze was achter in de dertig, misschien zelfs veertig.

Ik kon haar absoluut niet in verhouding tot Sy zien. Als je eerst de duurgeklede, tot in de puntjes verzorgde meneer Spencer had gezien met zijn luxe wereld van handbeschilderde zwembadtegels en daarna de grofgebouwde Bonnie op de houten vloer van een leuk, maar beslist niet adembenemend huis...De vraag was niet waarom Sy haar had laten vallen, maar eerder hoe zo'n man ertoe was gekomen om met zo'n vrouw te trouwen.

Ze keek me weer strak aan. Haar ogen waren grijs-blauw, de kleur van de oceaan. Ik keek haar aan; ze had weer die blik van: Hoe kom jíj nou hier?

'Mevrouw Spencer?'

'Noem me alsjeblieft Bonnie,' zei ze bijna verlegen.

En toen ineens sloeg haar stemming weer om. Plotseling werd ze vriendelijk en leek ze op haar gemak. Ze lachte naar me. Een brede, gulle lach. Prachtige, witte tanden, op een voortand na, die een beetje scheef stond alsof het geld van haar ouders een maand voor de orthodontist klaar was, was opgeraakt. Hé, het is altijd leuk als je zo wordt toegelachen, maar waarom lachte ze? Waarom keek ze zo blij?

'Heb je gehoord wat er is gebeurd met je vroegere echtgenoot, Seymour Spencer?'

'O God,' zei ze met stokkende adem. De glimlach verdween. Ze fronste haar wenkbrauwen die boogjes vormden als de vleugels van een vogel; wenkbrauwen die hoorden bij een fijner gebouwde vrouw. 'Ik hoorde het gisteravond op het nieuws van tien uur. Een van die afschuwelijke verhaaltjes over beroemde mensen die je niet kent. Behalve dan dat dit over Sy ging.' Heel even vertoonde haar gezicht de normale verwarring van de gemiddelde burger die wordt geconfronteerd met moord: eerst afschuw en dan meteen daarna onbegrip. 'Je hoort dit natuurlijk voortdurend, maar ik kan het niet geloven.' Haar stem klonk hartstochtelijk. 'Ik vind het zo erg.'

Te veel emotie. Te veel verdomde hartstocht. Zie je, ik draaide al heel wat jaren mee op Moordzaken. Iedere werkdag van mijn leven had ik te maken met mensen die overstuur waren, zenuwachtig, verdrietig, onverschillig. En daarom wist ik dat er iets niet klopte bij Bonnie Spencer. Allereerst dat 'Ik vind het zo erg', dat was te persoonlijk; het is moeilijk uit te leggen, maar zelfs de grootste flapuit ter wereld zou zich nooit zo persoonlijk uitlaten tegenover een smeris.

En dan verder: terwijl ze daar zo in de deuropening stond, bleef haar stemming maar veranderen. Niet op de normale manier van iemand die in de war is en probeert een onaanvaardbare werkelijkheid onder ogen te zien, maar alsof ze zocht naar de juiste toepasselijke emotie voor mij.

Hoe ik dit allemaal wist? Een beetje rechercheur weet wanneer hij moet ophouden met rationeel denken en moet overschakelen op zijn intuïtie. En mijn intuïtie zei me: 'Er is iets aan de hand met deze vrouw.'

Dus ineens, in plaats van een routineverhoor met de ex-vrouw van een dode beroemdheid om te zien of ik misschien wat aanwijzingen kon vinden, was ik op mijn hoede.

'Wil je niet binnenkomen?' vroeg ze.

'Dank je.'

Het was een ruim, stevig huis, gebouwd voor een boerenfamilie. Ik liep achter haar – en de hond – aan een grote keuken binnen en natuurlijk zei ik: 'Ja, lekker' toen ze vroeg of ik zin had in koffie. (Als je ja zegt tegen koffie tijdens een onderzoek, krijgen de mensen het gevoel dat je hen accepteert; daardoor ontspannen ze en gaan ze praten. Jammer genoeg drink je daardoor meestal spul dat smaakt als lauwe vloeibare stront, maar op den duur is het dat waarschijnlijk waard.) Ze haalde de ochtendbladen – de *Times*, *Newsday*, de *Daily News* met al hun verhalen over de moord op Sy – van tafel. Ze moest ze hebben gehaald toen de koffieshop openging, om zes uur, want ze waren allemaal gelezen. Ik ging met mijn stoel achterover zitten en zei niets zoals gewoonlijk. Ik wilde eens zien wat Bonnie Spencer zou onthullen. Maar ze wendde zich van me af om water op te zetten en koffie in de pot te doen, dus even was het enige dat ze onthulde een paar mooie dijen – een beetje overontwikkeld, maar stevig, gespierd. Ondertussen legde de hond zijn kop op mijn schoot en keek me diep in mijn ogen met de gevoelige blik van een niet al te slim meisje in een bar dat serieus wil worden genomen.

Bonnie draaide zich om. 'Moose,' beval ze, 'ga op je plaats!' Ze wees naar zo'n kleine, ovale gevlochten mat. De hond negeerde haar. Bonnie haalde haar schouders op, half in zichzelf, half bij wijze van verontschuldiging: 'Die hond heeft het I.Q. van een kakkerlak.' Toen deed ze een kast open en haalde een wit melkkannetje in de vorm van een koe uit de kast. Ze wachtte op het begin van het verhoor. Ik zei niets. Ze vroeg: 'Heeft Sy...' Ze deed haar mond dicht en begon opnieuw. 'Op de tv zeiden ze dat hij was neergeschoten.' Ik knikte. Ze hield de koelkast open met haar heup terwijl ze melk in het melkkannetje schonk. Ik keek naar binnen: geen koude witte wijn of geitenkaas daar. God weet dat ik jarenlang genoeg met toeristen heb gerotzooid om te kunnen weten dat Bonnie, in ieder geval op het gebied van eten, geen typische Newyorkse was. Misschien had ze weinig geld of was ze op dieet of had ze iedere hoop op bezoek opgegeven; ze had een kwart pak magere melk, volkorenbrood en een grote schaal, afgedekt met folie, die eruitzag alsof ze iets te enthousiast was geraakt over broccoli. 'Was hij meteen dood?' Haar stem klonk hoopvol.

'We weten meer na de lijkschouwing.' Juist op dat moment slaakte Moose een diepe, verliefde zucht en ging aan mijn voeten liggen. Of liever gezegd, op mijn voeten.

'Alles wat ik wil zeggen klinkt zo clichématig, maar ik hoop dat hij niet heeft geleden.'

'Dat hoop ik ook niet.'

'Tja,' zei ze, 'ik denk dat je niet zomaar toevallig in de buurt was en zin had in een kop koffie.'

'Dat denk ik ook niet.' Ineens realiseerde ik me dat ik haar eerder had gezien. Waarschijnlijk op het postkantoor, om haar post op te halen. (Bridgehampton heeft geen postbodes. Iedereen moet zijn eigen post ophalen. Newyorkers vinden het schitterend. Ze denken dat het echte folklore is. Terwijl het alleen maar verdomde lastig is.)

'Je zult wel wat vragen hebben,' zei ze.

'Ja.'

Maar ik stelde er geen. Ik ging net zitten doen of ik een vraag aan het formuleren was terwijl ik haar melkkannetje bestudeerde. Wat ik, eerlijk gezegd, zat te doen was kijken of Bonnie een lichaam had om over naar huis te schrijven, onder dat grote T-shirt. Natuurlijk werd ik nijdig toen ik mezelf erop betrapte, want ik heb er altijd een punt van gemaakt om nooit aan seks te denken tijdens het werk (over het algemeen is dat niet zo'n probleem, omdat je van een moordzaak nu eenmaal niet zo gemakkelijk een stijve krijgt) en ook omdat ik het belachelijk vond dat ik wilde weten wat er onder haar T-shirt zat. Ze was niet eens mooi: als ze in een film speelde, zou ze de hartelijke vriendin van de hoofdrolspeelster zijn, een kwajongen met een hart van goud. Maar daar zat ik nou, half te hopen dat ze iets van een hoge plank moest hebben. Dan moest ze haar armen strekken, haar shirt zou omhoog gaan en ik zou haar kont zien. Ik voelde me een klootzak. Sinds de AA en zeker sinds Lynne was ik opgehouden met dat gerotzooi, die automatische fixatie op alles wat vrouw was, dat gevoel dat ik bijna iedere vrouw die ik tegenkwam moest versieren.

'Vertel eens iets over jou en Sy Spencer,' zei ik snel. 'Hoe lang waren jullie getrouwd?'

'Drie jaar, van 1979 tot 1982.' Ze schonk het kokende water op de koffie in het filter. 'Maak je geen aantekeningen?'

'Ik denk dat ik 1979 tot 1982 wel kan onthouden.' Natuurlijk had ik vergeten mijn blocnote te voorschijn te halen. Die voelde plotseling aan als een stuk lood in mijn zak. 'Als vrienden uit elkaar gegaan?'

'Ook al was het oorlog geweest, denk je nou heus dat ik hem zeven jaar later zou doodschieten, omdat ik me plotseling bedacht dat we niet als vrienden uit elkaar waren gegaan?'

'Ik sta open voor iedere mogelijkheid.'

'Nou, ik heb hem niet neergeschoten.' Ze was ernstig, oprecht, keurig; als Bonnie Spencers mond uit New York kwam, moest de rest van haar toch wel zijn opgegroeid in dat aardige niet-Newyorkse stadje, waar het dan ook lag.

'Goed. Wil je dan nu mijn vraag beantwoorden? Hoe verliep de scheiding?'

'Vriendschappelijk.'

'Eerlijke regeling?'

'Ik kreeg dit huis. Het was vroeger een boerenhuis. Het is gebouwd rond 1810 en ...'

Ik onderbrak haar. 'Wat kreeg je nog meer?'

'Alleen het huis.'

'Was er een rechtszaak over?'

'Nee. We liepen allebei gewoon over van vriendschappelijkheid. "O Bonnie, neem alsjeblieft alimentatie van me aan." "Nee Sy, maar wat lief dat je aan me denkt." '

'Waarom geen alimentatie? Hij was rijk.'

'Dat weet ik. Maar toen interesseerde geld me niet. Ik was te deugdzaam. O ja, en ik voelde me hevig tekortgedaan. Weet je wel: "Denk je nu heus dat een cheque iedere maand opweegt tegen het verlies van een man, Sy?" ' Ze schudde haar hoofd. 'God, ik stond zo ver boven hem. Kun je je Sy voorstellen? En zijn advocaat. Ze hebben waarschijnlijk "Halleluja!" geroepen en elkaar omhelsd van opluchting.'

Het ging niet goed. Aan de ene kant was ik op mijn hoede en probeerde ik erachter te komen wat er met haar aan de hand was – want ik wist dat er iets was – en aan de andere kant kwam ik tot de ontdekking dat ik haar aardig vond. Misschien was ik bedwelmd door de huiselijke sfeer: ik zat aan die geschrobde houten tafel in die boerenkeuken en keek naar een vrouw die een kastje opendeed en even nadacht voor ze een stel mokken uitkoos. Of misschien was het die grote, zwarte haarbal, Moose, die mijn voeten verwarmde. Ik voelde mezelf gaan, ik werd helemaal week. Bonnie zette het melkkannetje en de suikerpot op tafel en gaf me een beker koffie. Op de beker stond: '*I love*' – en de 'love' was zo'n hart – '*Seattle!*' en er stond ook een plaatje op van een vrolijk figuurtje met vreemd uitziende zwemvliezen, een misvormde zeehond of misschien een otter.

'Ik weet dat het oubollig is,' zei ze. 'Het was de keuze tussen oubollig of stukjes eraf.'

'Kreeg je helemaal geen alimentatie?' Ik hield het melkkannetje schuin en er stroomde melk uit de koeiebek. Het was zo'n stom ding.

'Ik had nooit gedacht dat ik die nog eens nodig zou hebben. Weet je, toen ik Sy ontmoette, was ik een populaire scenarioschrijfster. Mijn film – *Cowgirl* – was zojuist in première gegaan. Hij kreeg heel goede recensies, was een redelijk kassucces. En gedurende de tijd dat we getrouwd waren, schreef ik er nog vier of vijf. Over drie ervan was ik in onderhandeling.' Ze ging tegenover me aan tafel zitten. 'Wanneer je meteen zoveel succes hebt, denk je dat het zo zal blijven.'

'En dat was niet zo?'

Ze schudde haar hoofd. 'Nee. *Cowgirl* was mijn eerste en laatste film. Er gebeurde niets met die andere. Hoe dan ook, Sy heeft me minstens drie keer aangeboden alimentatie te betalen. Maar ik wilde hem laten zien dat ik me alleen kon redden. En weet je wat? Uiteindelijk bleek dat ook veel beter te zijn.'

'Wat was de reden dat jullie uit elkaar gingen?' Ze was duidelijk geen Newyorkse. In plaats van me een socio-psycho-feministische analyse van de verhouding te geven, klapte ze dicht. 'Hoor eens, ik ben hier niet voor een lulpraatje en een kop koffie,' zei ik. 'Ik moet een beeld zien te krijgen van het leven van die man – een volledig beeld.'

Ze moest even slikken, maar toen begon ze te praten. 'Toen we elkaar ontmoetten, in Los Angeles, probeerde Sy zijn eerste film geproduceerd te krijgen. Ik geloof dat ik de belangrijkste van ons tweeen was: ik werd geroemd aan beide kusten. Oké, één kust dan. Maar ik kende een hoop mensen in het vak. Ik leidde een druk en opwindend leven. Hij vond het heerlijk met me mee te doen. Hij ontmoette een hoop mensen. Je weet wel, contacten.

Ik wil niet de indruk wekken dat hij me alleen maar gebruikte. Ik denk dat hij me echt, nou ja, geweldig vond. En hij was zo'n man van de wereld dat toen hij me ten huwelijk vroeg, ik dacht: Jeetje, als zo'n man verliefd op me is, dan bén ik misschien ook wel geweldig. Goed, al snel maakte hij zijn eerste film en toen zijn tweede. En ik kan je wel vertellen dat hij zijn succes verdiende. Hij was niet de eerste de beste rijke gozer die de filmwereld in wilde om met actrices te kunnen uitgaan en indruk te maken op zijn maten in Cleveland, het soort dat een troep mensen in moet huren om voor hem te denken en te lezen en zijn ruwe kanten bij te schaven. Hij was een geboren producent.'

'Wat maakt iemand tot een geboren producent?'

Bonnie hoefde er niet langer dan een seconde over na te denken; ze had alles wat Sy betrof allang op een rijtje. 'Hij moet een goed instinct voor een verhaal hebben. En dat had Sy zeker. En het talent om mensen warm te laten lopen voor zijn visie. En een trendsetter zijn. Als alle anderen hartverwarmende films maakten over boerenfamilies met lieve ouwe opa's en een mislukte alfalfa-oogst, maakte Sy iets gestyleerds en sciencefictionachtigs, omdat hij het een goed scenario vond en geloofde dat er een uitstekende film van te maken was.'

'Dus hij werd een beroemde producent. Wat gebeurde er met jou?'

'Tja...niet veel. Ik had niet langer een geheim telefoonnummer nodig.'

'Je wilt me toch niet vertellen dat hij je liet vallen toen je ineens geen populaire scenarioschrijfster meer was?'

'Zeker weten.'

Zeker weten? 'Waar kom je vandaan?' vroeg ik.

'Ogden, Utah. Heb je last van Moose?'

'Nee, hoor. Hij is leuk.'

'Zij. Ze is gek op mannen. Ze laat me ogenblikkelijk vallen voor alles met een broek aan. Zij is de dorpsslet.' Razendsnel verdween de vertederde glimlach van haar gezicht. Ze keek de andere kant op, naar de klok aan de muur, maar niet omdat ze wilde weten hoe laat het was. Ik moest eraan denken om eens in de stad naar haar reputatie te informeren.

'Hoe liet Sy je vallen?'

'Hoe? Niet zo hard, als je in beschouwing neemt hoe graag hij van me af wilde. Hij vertelde me – heel voorzichtig – dat hij een verhouding had met iemand. Van zeer goeden huize, zoals zijn eerste vrouw, behalve dan dat deze er niet uitzag of ze haver at en hinnikte. Goed, hij vertelde me dat hij verliefd op haar was en dat het hem ontzettend pijn deed mij te moeten kwetsen, maar dat hij graag wilde scheiden zodat hij met haar kon trouwen.'

'Maar hij is niet met haar getrouwd.'

'Nee, natuurlijk niet. Het was gewoon een elegante manier om van me af te komen. Hij had die verhouding toch, dus kon hij hem net zo goed gebruiken. Ik denk dat hij dacht dat het gemakkelijker voor me zou zijn als hij een ander had; hij wist dat ik heel wat minder moeite had met liefde dan wanneer hij zou zeggen: "Hé, Bonnie, ik vind het niet leuk meer om met je gezien te worden, nu je op je retour bent en bovendien ben je te lang."'

'En jij was niet kwaad over een dergelijke behandeling.'

'Natuurlijk was ik kwaad! Als je zeven jaar terug in de tijd gaat, vind je wel twintig getuigen die me hebben horen schreeuwen: "Ik hoop dat je erin stikt, klootzak." Maar de tijd heelt alle wonden. En uiteindelijk zijn we vrienden geworden.'

'Wanneer heb je hem voor het laatst gezien?'

'Ik weet het niet zeker.' Maar dat wist ze wel! Ik voelde het verdomme zomaar. Ze hief haar gezicht op, bestudeerde een plantenhouder aan een haak en deed net of ze nadacht. 'Een paar dagen geleden. Ik ging even op de set kijken.'

'En daarvoor?'

'Laat eens kijken...O, een week daarvoor. Hij vroeg of ik zijn huis kwam bekijken.'

'Ben je lang gebleven?'

'Nee. Hij leidde me alleen maar rond.'

'Waren jullie goede vrienden?'

'Redelijk goed.'

'Trok je veel met hem op?'

'Niet zo.'

'Kwam hij je hier weleens opzoeken?'

'Dat weet ik niet meer. Eens denken. Ik geloof dat hij hier weleens is geweest. Maar we belden meestal. Hij was mijn collega, we werkten samen. Kijk, ik had al een paar jaar geen scenario's meer geschreven, maar afgelopen winter toen ik het weer eens had geprobeerd, stuurde ik het meteen naar Sy. Ik bedoel maar, ik had hem sinds de scheiding niet meer gezien, maar ik wist dat het in orde was, dat hij het onbevooroordeeld zou lezen. En hij vond het goed!' Ze wreef over haar voorhoofd. 'O God, ik kan niet geloven dat hij dood is.'

'En het scenario?'

'Wat? O, we waren er samen mee bezig. Het was een soort spionagefilm met twee vriendinnen.'

'Wat houdt "ermee bezig zijn" precies in?'

'Het betekent dat je met een project bezig bent: de tekst, de financiering, proberen een goede regisseur of een ster te pakken te krijgen. Maar Sy ging nooit verder met een project zolang hij niet tevreden was over de tekst. En die van mij – het heet *A Sea Change* – was nog niet goed genoeg. Maar hij had een hoop goede suggesties. Ik was aan het herschrijven op basis van zijn suggesties.'

'En dan zou hij het produceren?'

'Zeker weten.'

'Betaalde hij je veel?'

'Nou...hij betaalde me nog niet echt. Maar als ik erom had gevraagd, zou hij me een voorschot hebben gegeven.'

'Waarom heb je er niet om gevraagd?'

'Ik denk om dezelfde reden dat ik niet om alimentatie vroeg. Ik wilde niet hebberig lijken. Ik weet dat het stom klinkt. Nee, het is stom. Maar Sy was altijd bang dat mensen – vrouwen – iets van hem nodig hadden. Ik wilde niet dat hij dat van mij zou denken, toen niet en nu niet. En ik wist ook dat hij gul genoeg zou zijn wanneer we echt aan het werk gingen.'

'Hoe voorzie je in je levensonderhoud? Geld van je familie?'

Ze lachte en keek de keuken rond. 'Ziet dit eruit alsof mijn familie geld heeft?'

'Woon je het hele jaar door in Bridgehampton?' Ik was oprecht verbaasd.

'Tuurlijk. O, ik snap het al: jij dacht dat dit mijn heerlijke zomerhuisje was waar ik heen ga als ik mijn appartement met veertig kamers in de stad beu ben. Nee, dit is alles. Ik verdien mijn boterham met schrijven. Ik schrijf de Goed Nieuws-rubriek in de *South Fork Sun*. Ik durf er wat onder te verwedden dat je naar het beste moment van de week toeleeft: bruiloften, baby's, vijftigjarige huwelijken. "Penny en Randy Rollins van de alombekende Wee Tippee Inne in Amagansett vierden hun negentienjarig huwelijk met een groots feest – met in de hoofdrol Penny's wereldberoemde *fish chowder*!" En ik schrijf kopij voor catalogi van postorderbedrijven. Dingen als: "Witte wolken synthetisch chiffon verfraaid met lichtgevende parelknoopjes." '

'En had je niet de pest aan Sy, dat je het schrijven van scenario's en je snelle manier van leven moest opgeven voor iets...minder opwindends?'

'De pest? Een vrouw heeft meestal de pest aan een man die tegen haar zegt: "Je boeit me niet meer." ' Ze wendde verlegen haar gezicht af. Toen vervolgde ze: 'Maar dat is puur persoonlijk. Beroepsmatig gezien kon ik moeilijk de pest aan hem hebben omdat andere mensen me niet meer wilden hebben als scenarioschrijfster. Dat kon Sy niet helpen. Acht studio's en vijftigduizend onafhankelijke producenten hebben mijn scenario's afgewezen. Ze zeiden dat ze lief waren. Lief staat in de filmwereld voor onbeduidend. Maar in al die jaren heb ik er nooit aan getwijfeld dat Sy me het beste toewenste. En toen ik hem het nieuwe scenario liet zien, was hij echt blij voor me.'

'Hadden jullie het ooit over iets anders dan over het project?'

'Ja, natuurlijk. Hoor eens, ik ken zijn familie, zijn vrienden.'

'Had hij broers of zusters?'

'Nee. Hij was enig kind. Zijn ouders zijn allebei na de scheiding overleden. Maar hij had tantes, ooms, een heleboel neven en nichten. Ik had hen allemaal ontmoet. We kenden elkaar al heel lang. Toen ik hem ontmoette, was hij nog steeds bezig met zijn poëzie-tijdschrift en probeerde hij zijn eerste film geproduceerd te krijgen, maar hij had nog steeds zijn kantoor in het gebouw van Spiegel Crown Kosher Provisions.'

'Spiegel?'

'Spiegel was zijn oorspronkelijke naam: Seymour Spiegel.' Ze schudde haar hoofd. 'Hij liet de zomer voor hij naar Dartmouth ging, zijn naam veranderen. Ik heb nooit begrepen waarom hij het idee had dat hij dat moest doen. Ik bedoel, wat was hij van plan te gaan zeggen bij zijn afstuderen? "Dit zijn mijn ouders, Helen en Morton Spiegel. Ze heetten oorspronkelijk Spencer, maar dat hebben ze verjoodst." Of, als hij zijn naam toch wilde laten veranderen, waarom dan niet alles en zichzelf Bucky laten noemen? Ik bedoel maar, Sy is nu ook niet zo ver verwijderd van Seymour.'

Op dat moment werd ze overweldigd door een bepaalde herinnering. Ze deed haar ogen iets te wijd open, zoals mensen doen wanneer ze proberen niet te huilen. Ze stond op en begon druk het schone fornuis te poetsen.

En toen gebeurde het weer: de geforceerde zelfbeheersing, gevolgd door steeds veranderende stemmingen. Toen ze zich omdraaide, had ze zich weer in de hand – maar juist met dat toepasselijke vleugje bezorgdheid. 'Heb je enig idee wie hem heeft vermoord?' vroeg ze. Oprecht. Verdrietig. Vol medeleven. Vol gelul.

'Jij?'

'Nee,' zei ze. Voor een vrouw van haar leeftijd had ze volgens mij een geweldig lichaam. Ik probeerde te bedenken waar ik haar eerder had gezien. Misschien bij het hardlopen. Ze had echt gespierde benen.

'Denk eens aan de laatste paar weken. Op wie was Sy kwaad?'

Ze ging tegen het aanrecht staan. 'Waarschijnlijk op iedereen. Wanneer hij een film aan het maken was, was iedereen die moeilijk deed, een vijand. Het was gek, want normaalgesproken was hij zo – wat is het beste woord daarvoor? Ondanks al zijn charme, al zijn gegrijns en zijn pretogen, was hij... afstandelijk. Toen we getrouwd waren, hadden we van die geweldige, eenzijdige ruzies. Ik schreeuwde, sloeg met de deuren, schopte tegen de koelkast. Dan stond Sy toe te kijken en te knikken alsof hij naar een actrice keek die een improvisatie deed: Echtgenote Raakt Uit Haar Humeur. Hij vond het grappig. Maar wanneer hij aan het produceren was – God, dat was een heel ander verhaal! Dan borg hij zijn charme op in een kast en haalde die er alleen uit wanneer het moest. Zijn geld en zijn reputatie stonden op het spel. Hij schreeuwde niet – dat was zijn stijl niet – maar hij ging mensen te lijf met die ijskoude stem van hem. Je werd daar echt zenuwachtig van – al die woede die eruit kwam op een volkomen rustige manier. En hij kreeg zijn zin; zijn kilte had zijn uitwerking. Niets hield hem tegen. Je kon "Nee!" tegen hem schreeuwen, er veertig advocaten bijhalen, van de set af lopen – het deed er niet toe. Sy nam de gevoelens van anderen nooit serieus, alleen die van hemzelf. Hij deed altijd alsof je diepste gevoel niet meer dan een gril was en wanneer je voet bij stuk hield – als het om iets belangrijks ging – was het maar een driftbuitje, alsof je een kind van twee was, dat vanzelf wel zou overgaan. Hij weigerde rekening te houden met wat andere mensen wilden. En weet je? Iedereen werd doodmoe van hem. Hij won altijd en hij wist niet of het kon hem niet schelen wat het de ander kostte.'

'Wie was dit keer zijn slachtoffer?'

'Lindsay, neem ik aan.'

'Maar ze woonden samen. Iedereen zegt dat ze verliefd waren.'

'Nou, ik moet je zeggen dat ik mijn twijfels heb over die liefde van hun. Maar zelfs al was het zo, dan nog hebben we het natuurlijk over de filmwereld: een producent houdt niet van een actrice die een project van twintig miljoen dollar in gevaar brengt. Sy vertelde me dat de eerste afdrukken afschuwelijk waren en dat verbaasde me echt omdat haar succes niet zomaar is gebaseerd op een opvallende schoonheid; ze is echt een goede actrice. Niemand in dat wereldje mag haar. Ze zeggen dat ze zich boven alles verheven voelt en dat ze de hele tijd rondloopt met een neerbuigend trekje op haar gezicht. Maar in een film – kan ze iedereen zijn.'

'Maar denk je dat Sy teleurgesteld was in haar, dat zijn liefde was bekoeld?'

'Sy werd nu eenmaal gemakkelijk verliefd en het was altijd weer net zo snel over.'

'We laten de liefde nu maar even buiten beschouwing. Was hij echt kwaad op haar?'

'Tuurlijk. Hij was woedend. Hij zei dat ze aan het schmieren was – dat ze geen enkele gedachte of energie besteedde aan de rol omdat het geen "belangrijke" film was. Daar was Sy echt razend over omdat het een geloofsartikel bij hem was dat elke film die oprecht is, die hele massa's ontroert – zelfs al is het een goedkope lachfilm – een belangrijke film is. Hij geloofde in *Starry Night*. En Lindsay niet. Wat het probleem nog groter maakte is dat Lindsay zo'n kolossaal ego heeft dat ze zelf niet kon inzien hoe slecht haar prestatie was. En dus kon ze haar best niet doen om te verbeteren wat ze volgens haar niet fout deed. Ik kan je wel vertellen dat als hij niet was vermoord, hij haar leven tot een hel zou hebben gemaakt.'

'Dus hij stond op het punt om over Lindsay heen te walsen?'
'Ja, en de regisseur ook.'
'Hoe heet hij?'
'Victor Santana.'
'Waarom was hij kwaad op hem?'
'Omdat Santana helemaal hoteldebotel was geworden van Lindsay en haar spel niet wilde of kon veranderen.'
'Verder nog iemand?'
'O, de gewone lijst. De cameraman die ze hadden ingehuurd – een jong Frans genie – deed alles te veel in pasteltinten. De line producer hield zich te strikt aan de richtlijnen van de NABET – de bond van filmtechnici. Sy was op iedereen kwaad.'
'Oké, maar wie van de filmmensen was echt kwaad op Sy?'
'Ik weet het niet. Ik hoor niet bij het gezelschap van *Starry Night*.'
'Lindsay Keefe?'
'Ik kan me zo voorstellen dat als je een alom bejubeld actrice vertelt dat ze maar wat aanrotzooit en dat de eerste afdrukken, na al die kleine aanpassinkjes die ze heeft gedaan, nog steeds waardeloos zijn... Nou ja, dat kun je zelf wel nagaan. Maar zelfs ik kan niet geloven dat ze Sy dood zou schieten vanwege zijn kritiek op haar werk.'
'Wie nog meer?'
'Ik weet het niet.'
Ik keek haar strak aan. 'Jawel, dat weet je wel. Hij was je ex-man. Hij kon met je praten.'
'Zoveel hebben we ook weer niet gepraat.'
'Jullie hebben genoeg gepraat. Waar zat hij verder over in?'
'Hij noemde nooit echt iets bepaalds.'
'Vertel het me toch maar.'
'Goed, maar je moet je wel realiseren dat dit mijn interpretatie is van wat hij niet heeft gezegd.'
'Toe maar.'
'Dit is een erg kostbare film voor een onafhankelijke produktie. Ik denk dat hij zich een beetje zorgen maakte over zijn geldschieters. Het is mogelijk dat de mensen die in de film hebben geïnvesteerd, hadden gehoord over problemen op de set en dat ze bezorgd waren geworden.'
'Wic waren het?'
Wil je namen? Geen idee. Ik denk dat er een stel bij waren die hij nog kende uit zijn tijd van het koosjere vleesbedrijf.' Ze zweeg even. 'Je weet wel dat er een paar ruwe jongens rondlopen in die wereld.'
'Ja, ze werken met maffiageld.'
'Gek, hè, dat ze echt overal in zitten. Drugs, prostitutie, leningen, vlees? Maar uit het kleine beetje dat Sy erover losliet, kon ik opmaken dat het niet om heel grote boeven ging. Meer van die zakenlieden in

driedelig grijs met van die zware gouden schakelarmbanden. Niet de types om hem in beton te storten.'

'Is dat alles? Is er verder niemand met wraakgevoelens?'

'Ik weet het vrijwel zeker.' Ik wachtte terwijl zij nadacht. 'Nee,' zei ze uiteindelijk. 'Verder niemand. Zeker weten.'

Ik stond op en ging tegenover haar staan. Ze liet haar hoofd zakken zodat ik neerkeek op haar glanzende, donkere haar. Haar ademhaling werd snel en oppervlakkig. Ik wist dat ik indruk op haar maakte. Niet als politieman, maar als man.

'Bonnie, je bent slim, er is weinig dat je ontgaat. Je bent ook lief en dat bedoel ik als compliment.' Ze probeerde me recht aan te kijken op een onverschillige manier. Maar ze bloosde. 'Je bent niet eerlijk tegen me. Ik heb het gevoel dat je iets achterhoudt en daar heb ik moeite mee.'

'Ik hou niets achter.' Heel even stokte haar stem.

Ik ging dichter bij haar staan. 'Je kunt me helpen een moord op te lossen, Bonnie.'

'Nee, niet waar. Eerlijk. Ik heb je alles verteld wat ik weet.'

'Luister, als er problemen waren met Sy's film, met Lindsay, aan wie kon hij die dan toevertrouwen? Wie kent de filmwereld? Wie kent hem? Jij.'

'Geloof me alsjeblieft. Ik heb je alles verteld wat hij me heeft verteld.'

'Ik moet je eerlijk zeggen dat er iets is waardoor ik aan je twijfel. Wat hou je achter?' Ze keerde haar gezicht van me af. 'Kom op, wil je dat ik ga denken dat jij er misschien iets mee te maken hebt?'

'Waarom zou je dat denken?' Ze was niet direct bang, maar ook niet op haar gemak.

'Vertel het nu maar, Bonnie.' Ik deed nog een stap vooruit. Zij ging achteruit tot ze tegen het aanrecht aangedrukt stond. Ik ging nog verder naar voren tot we elkaar bijna raakten. 'Vertel me waarover je niet wil praten. Wees nou verstandig. Want als ik begin te denken dat je er iets mee te maken hebt, ga ik je achterna en dan rust ik niet voor ik de waarheid uit je heb gekregen.'

Ik had nog wat tijd over nadat ik bij Bonnie was geweest, dus reed ik naar het strand. Ik was niet tevreden over de manier waarop het verhoor was geëindigd. Een klein beetje officiële charme is tot daaraan toe. Maar die laatste minuut waarin ik haar verleidde en tegelijkertijd dreigde, was een heel andere zaak. En dat ik haar verleidde was niet zomaar bedoeld om haar onder druk te zetten; ik wilde dicht bij haar zijn. Ik moest alles eens op een rijtje zetten.

Op het strand stond een stevige bries die het zand deed opwaaien zodat de ruwe korreltjes langs mijn gezicht en hals schuurden. De toeristen liepen bijna hysterisch rond om hun parasols dicht te klappen, hun stoelen op te vouwen, hun koelboxen op te pakken en snel naar hun auto's te lopen. Ze konden zich geen zandkorreltje veroorloven onder hun strakke gouden bikini's of in ogen die wijdopen moesten blijven voor de volgende bedreigende fusie. De natuur moest zich gedragen want anders deden de Newyorkers niet mee aan het feest.

Ik deed mijn schoenen uit, ging bij een duin op een stukje met helmgras zitten zodat ik tamelijk beschut tegen de wind zat en zag al die lichamen wegvluchten. Aan het eind van de jaren vijftig, toen ik een kind was, sliepen de mensen nog op het strand, precies waar ik nu zat, wanneer het 's zomers erg heet was. Volwassenen zetten meestal een tentje op, maar wij, als kinderen, maakten slaapzakken van onze dekens zoals we hadden geleerd op de padvinderij. Soms vertelden we elkaar griezelverhalen of vieze mopjes, maar rond elf uur werden we stil en gingen we naar de sterrenhemel liggen staren. De sterren waren zo mooi dat we er stil van werden.

Ik denk dat ik een jaar of tien was toen ik een of twee nachten per week het huis uitsloop om op het strand te slapen toen de zomer voorbij was. Dat deed ik het hele jaar door, behalve in de winter. Als het eenmaal donker was in huis, liep ik op mijn tenen de steile trap achter in het huis af, glipte de deur uit, pakte de deken die ik in de schuur achter het huis bewaarde, sprong op mijn fiets en reed met een bloedvaart over de pikdonkere weg.

Ik weet niet waarom ik eruit moest. Goed, zelfs toen waren mijn broer en ik al niet de beste maatjes; maar het was meer een kwestie van ergernis dan van echte afkeer. Op zijn ergst was Easton gewoon een vervelende snob die me smeekte er in godsnaam aan te denken om de bril en de klep van de w.c. omlaag te doen voor ik de badkamer uitliep – alsof dat de reden was dat hij nog steeds geen uitnodiging had ontvangen van Vanderbilt voor haar *dansant*.

Mijn moeder? Een dame. Ze sloeg me niet of schreeuwde niet tegen me. Ze vond me gewoon niet aardig en hield waarschijnlijk ook niet van me. Ik was het spiegelbeeld van die dronken boer die haar had genaaid en er toen vandoor was gegaan. Maar ik moet een hoop van zijn manieren hebben geërfd. Door gewoon mezelf te zijn: met mijn benen over de leuning van de bank bungelen terwijl ik lag te lezen of een paar valse noten fluiten terwijl ik met een geestdodend klusje, zoals ramen lappen, bezig was, maakte ik haar al woest. Dan liep ze langs en liet een hoop lucht door haar neus ontsnappen, een woedend gesnuif. Toen ik jonger was vroeg ik dan: 'Is er iets, ma?' En haar antwoord kwam dan in de vorm van een soort deftig gegniffel – hè-hè vanuit de keel. Vervolgens zei ze: 'Steve, schat, alsjeblieft.' (Haar stem kwam uit zo'n kwijlerige film uit de jaren dertig.) 'Alles behalve "ma". Ik heb toch geen boerenpummel opgevoed?' Mijn moeder gaf me altijd het gevoel dat niets aan mij deugde.

Ik weet het wel. Ze had het niet makkelijk. Ze was de boerderij kwijt en mijn ouwe heer. Er was bij lange na niet genoeg geld om mij en Easton te eten te geven en ons van spijkerbroeken en gympjes te voorzien, laat staan om de deftige dame uit te hangen die ze zo graag wilde zijn. Dus kreeg ze een baan – bij Saks Fifth Avenue in Southampton, waar ze dure kleding aan dure dames verkocht. En wanneer ze zich niet bezighield met het dichtritsen van hun jurken of het liefkozend aaien van hun namen op hun creditcards, werkte ze zich kapot voor hun liefdadigheidsfeestjes. Mijn moeder deed echt alles voor ze: driehonderd bridgestoeltjes neerzetten in de hete middagzon, duizend enveloppen dichtplakken tot diep in de nacht, om maar te worden toegelaten tot hun hoogstaande gezelschap.

Ik weet niet waar mijn moeder haar obsessie voor de hogere kringen vandaan had gehaald. Zeker, haar familie in Sag Harbor hoorde bij de oude families en wanneer je haar zo hoorde, zag je de portretten zomaar vóór je van Eastons met baarden en gekleed in het uniform van kapitein van een walvisjager. Alleen waren er geen portretten. En toen ik in de tweede van de middelbare school zat, ben ik een keer naar de bibliotheek van Sag Harbor gefietst en daar kwam ik tot de ontdekking dat er absoluut geen reden was om trots te zijn op onze voorouders. De vroegere Eastons gingen misschien wel naar zee, maar het waren duidelijk gewone zeelieden geweest; mannen met kromme benen en zwarte stompjes als tanden. Haar ouwe heer, die was overleden voor ik werd geboren, was kaartverkoper bij het veer van Sag Harbor naar New London, Connecticut.

Ondanks het feit dat alles wees op het tegendeel was mijn moeder er toch van overtuigd dat ze van stand was. Ze gaf geen donder om de plaatselijke vrouwelijke elite: de vrouwen van advocaten, dokters, hereboeren of zelfs de Yanks met geld – misschien omdat zij allemaal wisten wat ze was of niet was. Nee, zij leefde toe naar Memorial Day, de dag dat haar 'vriendinnen' hun zomerhuizen openden voor het seizoen. Zelfs toen we klein waren had ze het aan tafel al over haar 'vriendinnen' uit New York. Mensen met stijl.

Haar vriendinnen waren natuurlijk niet haar vriendinnen, maar haar klanten, de zomergasten die naar de grote oude huizen, 'zomerhuisjes' in Southampton – zoals die van Sy – kwamen voor het seizoen. Ze kon maar niet ophouden over de handgeborduurde Engelse hemdjes van mevrouw Oliver Sackett ('De schitterendste, kleinste steekjes!' of de eenendertig ('Norell! Mainbocher! Chanel!') jurken die mevrouw Quentin Dahlmaier had besteld bij de winkel in New York, één voor iedere avond van de maand juli.

Wat was het gevolg? Mijn moeder ('Steve, lieverd, je moet òf geen hemd dragen òf het bovenste knoopje van je overhemd dichtdoen.

Niemand is geïnteresseerd in dat witte driehoekje bij je hals.') voelde zich ieder moment van de dag weer verneukt omdat ze geen chauffeur had en geen dienstmeisje en geen sabelbontjas. Ze had zelfs geen dak dat niet lekte.

En ik denk dat ik daarom zoveel mogelijk uit huis was. Wanneer ik zo over mijn bord met haar *specialité de la maison*: macaroni met onverdunde Cheddar kaassoep van Campbell (waarvan ze natuurlijk wist dat het niet Stijlvol was, maar volgens haar wel Erg Lekker), zat gebogen en moest aanhoren wat ze aan Easton zat te vertellen met die onnatuurlijk hoge stem van haar – ze was een zware rookster en klonk normaalgesproken als koningin Elizabeth met keelontsteking – Jezus. Dan had ze het erover hoe dol mevrouw Gabriel Walker ('Een van de gezusters Bundy uit Philadelphia') was op linnen, maar dan ook werkelijk dol... Ze richtte zich altijd tot Easton, nooit tot mij. Maar ja, zij wist en ik wist dat het ook zonde zou zijn om haar tijd daaraan te verdoen.

Ik hoorde niet thuis in dat huis. Net als mijn ouwe heer had ik geen Stijl.

Hoewel ik de avond tevoren een glimp van Lindsay Keefe had opgevangen, moet ik in mijn achterhoofd een vijf meter hoge Godin van de Film hebben verwacht, een pop van ongelofelijke afmetingen met enorme, glimmende lippen en reusachtige benen die iedere man die er tussen lag, konden verpletteren. Maar Lindsay die bij het raam aan de dunne witte vitrage stond te frunniken, was van normale lengte, hoewel ze zo fijngebouwd was (met uitzondering van haar wereldberoemde tieten) dat ze eruitzag alsof ze alleen was geschapen om mannen het gevoel te geven dat ze groot en belangrijk waren. Ze was zo klein en fijn dat ze heel mooi bij Sy moet hebben gepast. Twee mooie minimensjes: een apart soort.

Nou ja, een apart soort vergeleken met Bonnie. Heel even probeerde ik me Bonnie en Sy samen voor te stellen. Het lukte niet. Ze waren allebei op een volkomen andere schaal gebouwd: grote vrouw van buiten en kleine man uit de stad.

Maar Lindsay Keefe. Ze was echt bijzonder. Geen wonder dat ze van esoterische Griekse tragedies in kleine theatertjes in kleine stadjes in het Midden-Westen was overgestapt op avant-gardefilms in Europa en daarna Amerikaanse filmster was geworden. Ze had mooie gelaatstrekken. Oké, ze waren niet perfect, maar ze kwam er heel dichtbij in de buurt. (Filmsterren hebben altijd één irritante schoonheidsfout – een wrat, een wijnvlek, lange, driehoekige oorlellen – die je niet over het hoofd kunt zien, zo'n foutje waarvan je je afvraagt of ze nou niet een paar duizend dollar over hadden voor een plastische chirurg. Lindsay had een moedervlek op haar hals, op de plaats waar bij een man zijn adamsappel zit. Het was iets waar je bij een gewoon iemand niet bij stil zou staan, maar ik kon mijn ogen er niet van afhouden.)

Lindsay's huid was heel blank, zo blank dat je je bijna het hele netwerk van bloedvaten eronder kon voorstellen. Haar haar was van een onvoorstelbaar wit-goud waarin zilver en goud de boventoon voerden. Haar ogen hypnotiseerden je. Ze waren pikzwart. Ze was helemaal in het wit. Een lange rok van dunne stof en een gewone schoolmeisjesachtige blouse. Engelachtig, met uitzondering van die bodemloze donkere ogen.

De woonkamer was ook helemaal wit, als een toneeldecor dat speciaal was ontworpen om blondjes goed in te laten uitkomen. Er stonden een heleboel antieke spullen, maar allemaal robuust: dikke banken en stoelen, allemaal bekleed met verschillende materialen – maar ook allemaal wit in verschillende schakeringen zodat het een soort kleur werd.

'Had meneer Spencer, voorzover u weet, dreigementen per brief of telefoon ontvangen?' vroeg Robby Kurz aan Lindsay Keefe.

Je kon zien dat Robby extra vroeg was opgestaan om goed voor de dag te komen. Hij had een gele zakdoek kunstig in de borstzak van zijn bruine colbert gevouwen. De geur van zijn dubbele dosis hairspray overschaduwde de geur die opsteeg uit een enorme schaal witte rozen die op de tafel stond voor de bank waarop hij en ik zaten.

Lindsay pufte. Ze deed haar uiterste best haar geduld niet te verliezen. 'Natuurlijk waren er geen dreigementen. Wat verwacht u nou? Dat zijn moordenaar naar hem toekwam en aankondigde: "Je bent er geweest"? En er hebben ook geen hijgers gebeld.' Voor een vrouw die diep geschokt was klonk Lindsay nogal nuchter. Je kunt zelfs stellen dat ze zich volledig in de hand had zonder een spoortje van hysterie. De zwakke, gevoelige *artiste* die onder de valium zat zoals haar impresario haar de avond tevoren had afgeschilderd, had iemand anders kunnen zijn geweest. 'Als u de waarheid wilt weten: Sy was volkomen onbedreigd. Hij had alles in de hand; hij was op de top van zijn kunnen. Intellectueel, emotioneel, financieel...' Ze zweeg even; toen ze verderging, klonk ze nog geïrriteerder over onze kinderlijk-vunzige smerisgedachten. 'Goed dan, ik zal het wel voor jullie invullen: seksueel.'

Vergeet even dat haar woorden bot waren, onbehouwen, grenzend aan ongelofelijk verwaand. Zowel Robbie als ik zat roerloos terwijl ze sprak. Haar stem had een zware, sensuele ondertoon, bijna als een bromgeluid. Ondanks alles wilde je haar verder horen praten. Ze kon over de dood van Sy praten of erotische poëzie voordragen of een recept opdreunen. Het zou niets uitmaken. Je hing aan Lindsay Keefe's lippen of je het nu wilde of niet.

Je wilde het allemaal in je opnemen. Want behalve Het Gezicht en De Stem was er Het Lichaam. Ze had een volmaakte houding voor het raam aangenomen. De gordijnen waren open en het late ochtendlicht achter haar was zo scherp dat je bijna kon zien wat ze die ochtend had gegeten. Alles lichtte op: haar benen, het elastiek van haar tanga-slip over haar platte buik, haar wespetaille – en in het bijzonder: het feit dat ze geen bh droeg. Ongelofelijk. Haar borsten waren perfect, van die ontzagwekkende gevallen die zich niets aantrekken van de zwaartekracht en die naar het noorden wijzen. En natuurlijk stond ze een beetje schuin naar ons toe zodat je haar tepels wel moest zien door de dunne stof van haar strak ingestopte bloes.

'Sy was artistiek en financieel gezien een groot succes. U moet weten dat niemand in de filmwereld een glas champagne op zijn gezondheid zou drinken. Dit is geen bedrijf waarin mensen elkaar iets goeds toewensen. Maar zou iemand hem vermoorden omdat zijn laatste film de Gouden Palm in Cannes heeft gewonnen en tweeënnegentig miljoen heeft opgeleverd? Neem me niet kwalijk!'

Robby knikte bij alles wat Lindsay zei, maar het was alsof hij niet meer op kon houden. Zijn hoofd bleef constant op en neer gaan, zoals van die poppetjes met een veer in plaats van een nek die je achter in auto's ziet.

Ik knikte helemaal niet. Want op de eerste plaats, hoewel ik misschien onder de indruk was geweest van De Stem, had ik alles goed genoeg op een rijtje om te beseffen dat ze ons niets vertelde. Ze gaf een korte, kribbige (en bewonderenswaardig goed belichte) voorstelling weg ten gerieve van twee boerenpummels van smerissen – zonder iets te onthullen.

En op de tweede plaats werkten mijn knikreflexen niet zo goed omdat ik was overdonderd door Lindsay's volkomen onverschilligheid ten opzichte van ons. Ja zeg, we waren niet komen binnenvallen voor een paar onbetaalde parkeerbonnen. Je zou toch denken dat zij, als actrice, ons wel zou trakteren op een paar hartverscheurende snikken of in ieder geval wat gesnotter in een kanten zakdoekje. Maar het enige wat ze deed was een verhoor ondergaan zodat ze niet te boek zou komen te staan als een onwillige getuige – en terwijl ze daarmee bezig was, probeerde ze ons te prikkelen, gewoon omdat het tegen haar natuur zou indruisen om in één kamer te zijn met een menselijke lul en niet te prikkelen. Maar het interesseerde haar werkelijk geen donder wat we van haar dachten. Dat was ik nog nooit eerder tegengekomen. Moord is geen gebruikelijke gebeurtenis in het leven van de meeste mensen en daarom is een rechercheur van Moordzaken ook niet iemand waarmee je regelmatig in aanraking komt. Ik had altijd wel een bepaalde reactie gekregen: ontzag, vijandigheid, onderdanigheid, waakzaamheid, sluwheid, meegaandheid. Het heeft niets te maken met persoonlijke eigenschappen: voor iemand die ook maar in de verste verte was betrokken bij een moord, waren Robby en ik personen van gewicht, symbolen van de Wet. Maar niet voor Lindsay. Voor haar waren we een stel jokers met goedkope sportjasjes aan.

Ze wendde zich even van ons af en duwde de gordijnen nog iets verder uit elkaar. Ze hief haar hoofd en staarde naar buiten alsof ze het licht zocht. Toen draaide ze zich weer om en haalde haar haar vanonder haar kraag zodat het over haar schouders viel. 'Is er nog iets anders dat u wilt weten?' vroeg Lindsay. Robby probeerde zijn hoofd erbij te houden. Het lukte hem niet. Hij begon een zure lucht van natte wol af te geven; hij zat te zweten van zenuwachtigheid en lust.

'Heeft meneer Spencer ooit iemand uit zijn verleden genoemd die een wrok tegen hem zou koesteren?' vroeg Robby. Lindsay legde haar handen op haar lendenen en ademde diep en langzaam in, vermoedelijk om ons te laten zien hoe ze haar best deed haar kalmte te herwinnen voor ze de rest van het verhoor kon doorstaan. Natuurlijk kwamen door dit gebaar van Gratie Onder Druk haar borsten naar voren. Eerlijk is eerlijk, Robby's stem piepte niet helemaal, maar hij zou er geen prijs voor resonantie mee hebben gewonnen.

Ze liep van haar plekje bij het raam weg en kwam in de stoel tegenover ons zitten, met haar benen onder zich en haar handen gevouwen in haar schoot – zodat haar armen haar twee grootste schoonheden tegen elkaar drukten. 'Nee.' Ze boog voorover en steunde met haar onderarmen op haar knieën. 'Kijk, ik heb u alle medewerking gegeven,' zei Lindsay. 'Ik weet echt niets meer.'

Die stem! Het was zo'n stem waarover je leest in oude detectiveverhalen waarin meisjes met een naam als Velma die hebben: diep, sensueel als warme room. Het gekke was alleen dat, ondanks de blanke huid en schitterende borsten en het blonde haar en de zwarte, mysterieuze ogen, ik helemaal niet zo stuk was van Lindsay Keefe. Tuurlijk, als je smaak uitging naar fantastische blondines zag ze er niet slecht uit. Maar tijdens mijn werk of daarbuiten ben ik nu eenmaal nooit het type geweest dat een kick krijgt van minachting. Oké (eerlijk is eerlijk) misschien deed ze gewoon een beetje stoer om haar kwetsbaarheid te verbergen – of een kleine indiscretie waarvan ze bang was dat het tegen haar kon worden gebruikt. Of (oneerlijk is oneerlijk) misschien was Lindsay gewoon een onbeschofte, minachtende, verwaande, koude trut zonder enig gevoel.

'Nou,' zei ze. 'Zijn er nog vragen?'

Robby was nog niet volledig van de kaart, maar hij scheen even te hebben vergeten dat hij de dodelijke ondervrager van de afdeling Moordzaken van de politie van Suffolk County was en de trouwe echtgenoot van Decolleté Met Sproeten. 'Ik geloof dat ik zo genoeg weet,' zei hij. 'Misschien hebben we later nog wat vragen voor u.'

'Goed,' zei ze en stond op. Robby stond ook op, maar niet zonder zijn scheenbeen te stoten aan de witmarmeren salontafel.

Ik bleef zitten. 'Heeft meneer Spencer u ooit verteld dat hij nog weleens collega's zag uit de tijd dat hij in de vleesverwerkende industrie zat?' Lindsay keek me een beetje nieuwsgierig aan. Ik had nog niet eerder iets gezegd behalve: 'Hallo' en 'Gecondoleerd'; tot dusver had ik het verhoor aan Robby overgelaten. 'Waarom gaat u niet nog even zitten, juffrouw Keefe.' Ze ging zitten en Robby ook. 'De vleesverwerkende industrie,' herhaalde ik.

'Nee,' antwoordde ze. 'Ik weet bijna zeker dat hij niemand daarvan nog sprak. Voor hem was het een andere wereld. Maar ik kan u wel zeggen, rechercheur... Ik ben uw naam vergeten.'

'Steve Brady. Heeft iemand die hij kende uit het vleesbedrijf geïnvesteerd in deze film, juffrouw Keefe?'

'Ja. Een of twee.'

'Weet u hun namen?'

'Van een van hen. Mikey. Michael, neem ik aan.'

'Geen achternaam?'

'Die weet ik niet.'

'Heeft u ooit gehoord dat meneer Spencer die Mikey ontmoette?' Ze schudde haar hoofd. 'Of met hem belde?'

'Sy belde meestal vanuit zijn werkkamer.'

'Goed, maar is het weleens voorgekomen dat u toevallig langsliep en hoorde dat hij met die Mikey zat te bellen?'

'Eerlijk gezegd, één keer. En ik liep toevallig langs – ik luisterde niet af, rechercheur Brady. Doe niet zo neerbuigend tegen me.'

'Oké. Wat hoorde u toevallig in het voorbijgaan?'

'Sy stelde de man gerust dat alles goed ging.'

'Maakte Mikey zich ongerust dat het niet goed ging?'

'Nee, natuurlijk niet. Het was gewoon één van die geruststellende, slijmerige, Je-bent-zo-belangrijk telefoontjes. Sy was er een kei in.'

'Geen problemen met *Starry Night*?' vroeg ik. Ze schudde haar hoofd en liet een lok van haar lange platinum haar voor haar schouder vallen. Ze begon hem om haar wijsvinger te winden; ik neem aan dat het de bedoeling was dat ik die draaiende beweging zou volgen tot ik gehypnotiseerd was. Maar ik kon mijn ogen niet van die moedervlek in haar hals houden; die was zo zwart dat hij eruitzag als een onderontwikkeld derde oog. 'Was meneer Spencer gelukkig met de opnamen?' vroeg ik.

'Ja.'

'Geen problemen met de regisseur? Met de acteurs?'

'Niets buiten het normale.'

'Was hij tevreden over uw prestaties?'

'Natuurlijk.' Nadrukkelijk. Kortaf. 'Waarom vraagt u dat?'

'Ik probeer alleen maar een indruk te krijgen,' zei ik.

'Laten we eerlijk tegen elkaar zijn, rechercheur Brady. Ik weet niet wat u heeft gehoord, maar er wordt op de set altijd geroddeld over de ster van de film. Soms zijn het meer dan kleinzielige hatelijkheden. Ik weet zeker dat er mensen zijn die afschuwelijke dingen zeggen, bijvoorbeeld dat ik een hardvochtig kreng ben. Dat komt omdat ik mijn werk serieus opvat – hartstochtelijk serieus. Of dat mijn prestaties iets onder de maat zijn. Of dat mijn verhouding met Sy er één was van wederzijds gemak. Het is waar, ik kan hard zijn. Maar ik ben toevallig ook een kwetsbaar mens.'

'Daarvan ben ik overtuigd.'

'En ik hield heel, heel veel van Sy.'

'Ik begrijp het,' zei ik.

'Ik hoop dat u ook begrijpt dat Sy van mijn werk hield.' Ze boog haar hoofd en was even stil. 'En hij hield van mij.'

'Ongetwijfeld,' zei ik en dacht aan de lange zwarte haren die waren verstrikt geraakt in het hoofdeinde in de logeerkamer.

'We zouden gaan trouwen.'

Ik vroeg: 'Wat weet u van zijn ex-vrouwen?'

'Ik heb ze geen van beiden ooit ontmoet.'

'Praatte hij weleens over hen?'

'Niet vaak. De eerste heette Felice. Hij trouwde met haar direct nadat hij was afgestudeerd. Zij is gepromoveerd aan Columbia University. Men zegt dat ze briljant is. Is van zeer goeden huize. Veel geld.'

'Wat ging er mis?'

'De waarheid?'

'Alstublieft.'

'Saai.'

'Heeft hij de laatste tijd nog contact met haar gehad?'

'Nee. Dat weet ik vrijwel zeker. Ze zijn aan het eind van de jaren zestig gescheiden. Zij is hertrouwd.'

'En zijn tweede vrouw?' vroeg ik.

'Bonnie. Komt ergens uit het Westen.'

'Weet u iets van dat huwelijk?' vroeg Robby.

'Ze pasten niet bij elkaar.' Lindsay legde de vingers van de ene hand in de palm van de andere; ze hadden rust nodig of misschien bestudeerde ze haar nagels. 'Zij is schrijfster. Nou ja, er is maar één scenario verfilmd en dat was in die tijd dat Sy haar ontmoette. Ik denk dat hij onder de indruk was van wat hij dacht dat een levendige, pretentieloze intelligentie was. Een en al pit en heldenvererende citaten uit scenario's van Joseph Mankiewicz. Dat trok hem aan – vijf minuten lang.'

'En toen?'

'De waarheid? Ze stelde niets voor. Ze was goed voor één film. Ze was al oud nieuws tegen de tijd dat ze trouwden.'

'Weet u of hij haar nog weleens zag?' vroeg Robby.

'Nee. Natuurlijk niet. Maar ze woont hier in de buurt. Toen ze uit elkaar gingen, kreeg zij hun oude zomerhuis. Maar wacht eens even, Sy heeft een paar maanden geleden wel van haar gehoord. Ze stuurde hem een nieuw scenario toe dat ze had geschreven.'

Ik vroeg: 'Was hij van plan het te produceren?'

'God, nee.'

Ik slikte heel hard. 'Heeft hij haar dat verteld?'

'Natuurlijk. Hij vertelde me dat hij het moest doen. Op een vriendelijke, waarschijnlijk groothartige manier. Maar heel, heel duidelijk, dat weet ik zeker. O, maar wacht even. Dat is ook zo. Ik was het vergeten. Ze kwam hem achternagelopen op de set in East Hampton. Het was afschuwelijk. Maar hij maakte het haar heel duidelijk: "Tabé. Blijf weg van de set van mijn film. En hou je scenario's bij je." Hij had geen andere keuze. Dit wereldje is een magneet voor allerlei labiele figuren.'

'Maar hij kende haar,' zei ik. 'Ze was zijn ex-vrouw. Vond hij haar labiel? Maakte hij zich zorgen over haar?'

'Nee. Voorzover ik weet dacht hij alleen maar dat ze het nooit zou redden. Maar als Sy haar ook maar de minste aanmoediging had gegeven, zou hij nooit meer van haar af zijn gekomen: Vind mijn scenario goed. Hou van me. Doe alles voor me. Maak me rijk, beroemd. Maak een ster van me. Mensen zoals zij zijn onverzadigbaar. Sy moest haar zien kwijt te raken.'

4

De vergadering van het team van Moordzaken bestond uit zes politiemensen die rond een schoolbord hun schouders zaten op te halen. Robby had Easton niet kunnen verhoren, omdat hij op het spoor was gekomen van de man van het koosjere vlees, Mikey oftewel Fat Mikey LoTriglio, wat je noemt een schatje. Net als de familie Spiegel-Spencer had Mikey's familie een grote vleesverwerkende fabriek gehad, maar hij had banden met een andere familie: de Gambino's. Hij had een indrukwekkend arrestatiedossier in verband met afpersing en zwaar lichamelijk letsel – onze soort jongen – maar hij was nog nooit veroordeeld.

Ray Carbone verklaarde dat hij niet veel had kunnen doen, omdat hij druk bezig was geweest de hogere heren te kalmeren en ze te helpen persberichten te schrijven, maar hij was er wel achter gekomen hoe Sy's eerste vrouw heette, namelijk Felice Vanderventer en ze woonde op Park Avenue.

Het mannetje van ons dat bij de lijkschouwing was geweest, Hugo Schultz, de Zure Bom, had te melden dat Sy, afgezien van zijn dood, in uitstekende conditie was geweest. Geen ziekten. Geen sporen van alcohol of drugs. Zijn laatste maal had bestaan uit brood en salade. Hij had blijkbaar kort voor zijn dood een zaadlozing gehad, waarschijnlijk na de salade. O, en hij was gedood door de eerste kogel die dwars door zijn hoofd was gegaan; de tweede, die door zijn hart was gegaan, was onnodig geweest: een schietoefening, zei Hugo.

De andere twee mannen luisterden en dronken koffie. Ik stelde iedereen op de hoogte van het verhaal van Bonnie over het scenario en de tegengestelde versie van Lindsay – en dat er iets was met Bonnie dat me niet zinde en dat me dwarszat. O, en dat Lindsay's bewering dat ze een uitstekende prestatie leverde in de film, werd tegengesproken door Bonnie en Gregory J. en dat ik dacht dat *Starry Night*, de twintig miljoen die hij had gekost en mogelijk Lindsay's reputatie wellicht richting schroothoop zouden gaan.

Met andere woorden, er kwam niet veel bruikbaars uit de vergadering. Tot ik ineens aan mijn filmman dacht. Jeremy. Germy.

Jeremy Cottman, de beroemdste filmrecensent op tv, was mijn enige rijke en beroemde vriend. Oké, we waren niet direct boezemvrienden. Eerlijk gezegd was het meer dan twintig jaar geleden dat ik hem voor het laatst had gezien.

Jeremy was als kind een zomergast in Bridgehampton, de zoon van rijke, niet-beroemde ouders. Zijn vader was aandelenmakelaar wiens enige cliënt hijzelf leek te zijn. Meneer Cottman speelde voortdurend golf; zijn huid zag eruit als een gegrillde boterham met kaas. Mevrouw Cottman die iedereen 'lieverd' noemde, droeg de hele zomer een zonnehoed die met een koordje onder haar kin zat vastgeknoopt en een snoeimes en ze snoeide alles dat niet kon weglopen. Hun grote, witte, houten Victoriaanse huis keek uit over Mecox Bay.

Rijke kinderen zoals Jeremy speelden de hele zomer: ze zwommen in elkaars zwembad, gingen naar elkaars strandfeestjes, kregen paardrijles in van die drollenvangers. Kinderen zoals ik werkten. Ik begon met het opruimen van kippepoep en het sorteren van aardappelen voor de boer die ons land had gekocht. Toen ik twaalf was, klom ik op tot schoonmaker van zwembaden en nog iets later tot caddy bij een van de plaatselijke golfclubs.

Maar ondanks het werk was de zomer altijd een magische tijd. Het werd pas laat donker, dus we haalden rond etenstijd snel iets te eten en renden naar ons honkbalveld. We waren in de vierduizendste inning van een wedstrijd die al bezig was sinds de zomer dat we in de eerste klas zaten: onze shirts die steeds sjofeler werden terwijl de jaren vijftig plaatsmaakten voor de jaren zestig, onze huid die steeds donkerder werd: van de magere witte borstjes van negenjarigen tot de brede, gebruinde, behaarde borsten van achttienjarigen.

De wedstrijd was uitsluitend voor de kinderen uit Bridgehampton. Zo nu en dan reed een vakantie-kind voorbij – op een Engelse racefiets. Nadat hij een paar avonden was langsgereden, remde hij, zette zijn fiets op de standaard en begon druk zijn band te inspecteren. Meestal negeerde we zo'n kind alsof we wilden zeggen: Dit is een club waar je niet bij mag, klootzak. Maar als hij eruitzag als een goede speler, waren we iets minder kieskeurig. Tuurlijk, die knul moest eerst wel de moed opbrengen om als eerste 'hoi' te brommen, maar daarna, als hij niet te goedgekleed was, vroegen we vaak of hij wilde meedoen.

Jeremy (ik was degene die hem Germy begon te noemen) was goed genoeg voor ons team. Hij was een geweldige werper, een middelmatige outfielder en een wrede en grappige imitator. Dan koos hij een filmster of een honkballer uit en die liet hij de vreselijkste dingen zeggen over een van de kinderen, dus dan was het net of je de wind van voren kreeg van Marilyn Monroe of Carl Yastrzemski (de grootste figuur die Bridgehampton ooit heeft voortgebracht, ook al speelde hij niet voor de Yankees).

Ik had nog nooit iemand zoals Germy Cottman ontmoet. Zoals hij die *line drives* kon raken. De manier die hij had gevonden om te zeggen wat hij wilde. God, wat een gevoel moest dat zijn! We werden dikke vakantievrienden en we vertrouwden elkaar na verloop van tijd voldoende om elkaar de intiemste sportfantasieën toe te vertrouwen. We waren de beste vrienden van ons twaalfde tot we gingen studeren.

Germy ging naar Brown. Ik naar Albany State. Ik zocht hem de zomer na ons eerste jaar op de universiteit op, maar zijn moeder die bezig was met het snoeien van rozen die iets deden dat haar ergerde, zei: 'Sorry, lieverd, maar Jeremy is in Bologna, Italiaans aan het leren.' Ik zag hem daarna nog een paar keer, maar we hadden elkaar niet veel te vertellen; hij was toen intellectueel en ik aan de drugs en we speelden geen van beiden meer honkbal.

Maar zo nu en dan werd Germy's naam ineens genoemd in de stad. Ik hoorde dat hij met zijn doctoraal bezig was in Chicago; hij werkte voor een krant in Atlanta; hij werkte voor een krant in Los Angeles; hij schreef filmrecensies – filmkritieken, neem ik aan – voor wat intellectuele bladen.

En toen op een avond was hij op de tv: de Germ! Ik herinner me dat ik op de bank lag, behoorlijk aangeschoten maar nog niet helemaal dronken en terwijl ik bier achteroversloeg, rommelde ik wat met de afstandsbediening. Daar zat hij in een grote leren stoel, met zijn benen over elkaar geslagen, de mensen thuis te vertellen – met die vertrouwde, dure-kostschool-stem van hem – waarom *Out of Africa* zo'n overschatte film was; toen gaf hij een korte, snijdende, maar briljante imitatie van Meryl Streep weg.

Germy had het gemaakt. Een beroemdheid. En zijn show werd over de jaren steeds beter. Hij was niet alleen maar negatief. Naast zijn overwegend vernietigende kritiek en scherpe imitaties, kon hij je ook boeien, informeren. Dan liet hij een stukje uit een film zien en dan legde hij uit hoe een bepaald shot was gemaakt of hij beschreef waarom die-en-die zo goed kon monteren of waarom iemand zo'n slechte produktieontwerper was. Hij kende de spelers ook; soms vertelde hij over de kwalijke invloed die een interne ruzie op een bepaalde film had.

Verwaande Germy. Heel Amerika keek naar hem: op vrijdagavond om half acht. En las ook over hem: in *People*, *Time*, *Newsweek*. Ik hoorde dat hij was getrouwd met de dochter van een beroemde regisseur uit de jaren veertig; hoorde dat zijn vader een hartaanval bij de achttiende hole had gekregen en was overleden voor ze hem naar het clubhuis hadden kunnen brengen; dat hij een huis op een rots had dat uitkeek op de Grote Oceaan; dat hij weer in New York was gaan wonen; dat hij na vijftien jaar van zijn vrouw was gescheiden en dat hij was hertrouwd met een beroemde toneelschrijfster, al had ik nog nooit van haar of haar toneelstukken gehoord; dat zijn moeder was overleden en dat hij het huis had geërfd. Maar hoewel ik altijd op de hoogte was gebleven van wat hij deed, had ik hem niet meer gesproken sinds ik shortstop speelde en hij outfield.

Ik vond het een beetje griezelig om hem te bellen, maar ik belde mijn contactpersoon bij de telefoonmaatschappij, Mary Louise, en werkte het gebruikelijke ritueel af: ik vertelde haar hoe sexy haar stem was, zij lachte en zei (zoals altijd) dat ze aan mijn stem kon horen dat ik een zielepoot was – drieënvijftig, kaal en een bierbuik, en toen zei ze dat ik even moest wachten terwijl ze Germy's geheime nummer in de stad voor me opzocht. Geen antwoord.

Maar toen dacht ik, omdat het zo'n schitterende zaterdagmiddag was, dat Germy misschien maar een paar kilometer bij me vandaan was. Misschien bracht hij zijn vrije dag door met het oefenen van een dodelijke Clint Eastwood-imitatie of lag hij met de toneelschrijfster in bed of (en ik glimlachte bij de gedachte terwijl ik zijn oprijlaan opreed) zat hij in kleermakerszit, zoals hij vroeger altijd deed, op zijn bed Neat's Foot Oil in zijn honkbalhandschoen te smeren.

Even later stond hij in de deuropening met zijn handen tegen de posten alsof hij zijn huis verdedigde tegen een of andere indringer die hem weleens opzij zou kunnen duwen en zijn woonkamer plunderen of die hem zou dwingen te vertellen hoe Chevy Chase in werkelijkheid is. 'Ja?' klonk het koel, bijna ijzig.

'Herken je me niet meer, Germy?'

Toen riep hij uit: 'O God, het is niet te geloven!' en we sloegen onze vingers in elkaar bij wijze van handdruk. Het was goed. We waren allebei behoorlijk onder de indruk van het weerzien, al waren we nog niet voldoende op ons gemak bij elkaar voor een omhelzing. 'Steve! Kom erin!'

Ik liep achter hem aan, de hal door, naar de woonkamer. Het was alsof ik terug in de tijd stapte en het weer 1959 was: de blauw met witte paraplubak vol met tennisrackets, de donkere, bekraste spiegel in een bewerkte houten lijst. 'Het is niet te geloven,' zei ik. 'Het ziet er nog eender uit. Ieder ogenblik kan je kleine zusje komen binnenrennen en naar me spugen.'

'Ja, dat is waar!' zei Germy op zijn langzame, nasale toon. 'Dat was ik vergeten. Ze spoog de hele zomer naar je. Ze vond je duidelijk onweerstaanbaar.'

'Wat doet ze nu?'

'Ze werkt als advocaat bij de Federal Home Loan Bank Board.'

'Spuugt ze nog steeds?'

'Alleen als hobby.'

Het huis van de Cottmans zag er nog steeds zo sjofel uit als toen we kinderen waren, het soort sjofelheid dat je alleen tegenkomt bij mensen die altijd rijk zijn geweest: verschoten gebloemde kussens, versleten kleden met bloemen die her en der over de houten vloeren lagen verspreid, oude rieten stoelen. Op het terras achter het huis stonden bloemen te bloeien in de oude aardewerken potten van zijn moeder en de oude, witgeschilderde smeedijzeren stoelen stonden nog op dezelfde plaats.

Net als het huis was ook Germy niet erg veranderd. Hij was lang, ongeveer mijn lengte, maar hij was niet uit zijn ronde baby-face gegroeid, met zijn dopneus en zijn opengesperde ogen. Tuurlijk, zijn voorhoofd was een beetje gerimpeld, er zat wat grijs in zijn bruine haar, maar met zijn bril met hoornen montuur en zijn witte tennisshirt, zag hij er meer uit als een lange knul die de kleren van zijn vader aan heeft. Hij gebaarde uitnodigend naar een stoel. 'Waar heb je zin in? Koffie?' Toen herinnerde hij het zich. 'Een biertje?' Ik schudde mijn hoofd. 'Steve! God! Vertel eens over jezelf. Waar woon je? Wat doe je?'

Germy was te goed opgevoed om te vragen: 'Wat wil je?', hoewel hij in zijn achterhoofd moest denken dat ik misschien geld van hem wilde lenen of dat ik met een vreselijk verzoek zou komen: Kun jij aan een foto met handtekening van Goldie Hawn voor me komen?

'Ik woon hier in Bridgehampton, ten noorden van Scuttle Hole...'

Getrouwd, vrijgezel, geschei...' Hij onderbrak mij en zichzelf in zijn enthousiasme. 'Ik ben vorig jaar weer getrouwd!' Hij zweeg even om me de tijd te geven me voor te bereiden op iets geweldigs. 'Met Faith Armstead!'

Ik knikte vol ontzag alsof ik wilde zeggen: O, ja natuurlijk, ik sla geen toneelstuk van Faith Armstead over. 'Gefeliciteerd.'

'Ze zit vandaag de hele dag in een repetitieruimte. Te gek, hè?' Zijn tweede huwelijk was goed; ik kon het plezier horen waarmee Germy de naam van zijn vrouw uitsprak. En het leek wel of hij trots was, bijna overweldigd door haar toewijding; ze had de eerste vrouw in de geschiedenis van de mens kunnen zijn die op zaterdag werkt.

'En jij?'

'Ik trouwde vlak voor ik naar Vietnam vertrok.'

'Vietnam,' echode Germy.

'Ik was een sufferd. Toen ik thuiskwam, had ze al een scheidingsovereenkomst voor me klaarliggen. Maar nu heb ik een fantastische vriendin. We trouwen in het weekend van Thanksgiving.'

'Dus jij zat in Vietnam,' zei hij zachtjes. De moderne reactie van Stille Ontroering. Nadat ze al die jaren waren uitgemaakt voor Aziatische kindermoordenaars, vielen de veteranen nu ineens onder monumentenzorg. 'Heb je ook acties meegemaakt?'

'Nee, lul, ze hadden een shortstop nodig in het team van Saigon, dus heb ik de hele oorlog op het veld doorgebracht. Maar moet je horen, ik wil dolgraag kletsen, maar eigenlijk ben ik hier voor mijn werk...' Ik zag zijn gezicht betrekken. 'Kom op, Je-re-my. Denk je nou heus dat ik je een levensverzekering wil verkopen?'

'Tja...' Zijn opgelatenheid verdween als sneeuw voor de zon. 'Nee.' Hij werd weer zichzelf, zijn bijtende tv-zelf. 'Ik zie je eigenlijk eerder aan voor encyclopedieën.'

'Ik ben rechercheur bij de afdeling Moordzaken van Suffolk County.'

'Jíj?'

'Ja. Nooit gedacht, hè, dat ik nog eens aan de goede kant van de wet terecht zou komen?'

'Moordzaken!' zei hij. 'Steve, dat is spannend. Flitsend!'

'Ja. Vooral een lijk dat in staat van ontbinding verkeert. De volgende keer dat ik een lichaam uit de Long Island Sound vis, dat daar twee maanden heeft rondgedreven, bel ik je wel.'

'Vind je het leuk werk?'

'Het is stimulerend voor mijn intellect.'

'Nee, serieus.'

'Ja, ik vind het leuk. Heel leuk. Maar nu begrijp je zeker wel waarom ik hier ben?'

Het kostte hem minder dan een tiende van een seconde. 'Sy Spencer.'

'Ik heb achtergronden nodig, voorgronden, wat je maar kunt bedenken. Kende jij hem?'

Hij draaide zijn stoel zo dat hij me aan kon kijken; hij zat met zijn rug naar de baai. 'Een beetje.'

'Maar je ging niet met hem om?'

'Nee. Hij zat in die kring van snelle veertigers en vijftigers: een klein beetje oud geld, veel nieuw geld. Schrijvers, financiers, restauranteigenaren, modeontwerpers. Al die uitgehongerde vrouwen met een facelift en vlezige mannen.'

'Sy was niet vlezig. Hij was een meter vijfenzestig en woog zestig kilo.'

'Hij was een uitzondering.' Germy aarzelde. 'Weet je hoeveel hij woog van de...'

'Ja. De lijkschouwing. Moet je horen, die vent was in topconditie. De lever van een achttienjarige. Prostaat in perfecte conditie. Als hij die kogels niet had opgevangen, zou hij gemakkelijk honderd zijn geworden. Maar weet je wat het is, Germy, ik weet alles van zijn organen. Maar ik moet erachter zien te komen wie hij was. Dus heb ik jou nodig. Zelfs al was je niet zijn beste vriend, dan zou je toch wel moeten weten wat voor figuur hij was en wat hij deed.'

'Natuurlijk.'

'Oké, wat weet je van *Starry Night*?'

'Roddel of feiten?'

'Allebei. Maar geef me eerst maar de feiten, dan hebben we dat gehad.'

Hij zette zijn bril af en begon nadenkend op het montuur te kauwen. 'Goed. Ik heb toevallig een concept van het scenario gelezen. Het is een actie-avonturen-liefdesverhaal over een charmante druiloor die een heel rijke vrouw trouwt om haar geld. Oppervlakkig gezien is ze ijskoud en deftig – een "Hamptons"-type, als je het niet erg vindt. Ze is overdonderd door de aantrekkingskracht van de druiloor. Welnu, om een opgeblazen verhaal kort te maken, zijn verleden – hij heeft een beetje in cocaïne gehandeld – achtervolgt hem en een paar Colombianen ontvoeren zijn vrouw om redenen die het scenario niet helemaal duidelijk maakt. Eerst kan het die druiloor niets schelen. Maar dan langzamerhand beseft hij dat hij eigenlijk stapelgek is op die vrouw en zij... Zij zit vastgebonden in een kelder in – ik weet het niet precies meer, maar ik geloof in Bogotá, al kan het ook Brooklyn zijn geweest. In ieder geval dringt het tot haar door dat hij meer is dan een charmante dekhengst; hij is de eerste echte liefde in haar leven. Hij gaat haar achterna, zij ontsnapt, bla-bla-bla, het ziet ernaar uit dat de slechteriken het gaan winnen. Maar op het eind leven ze nog lang en gelukkig.'

Ik zei niets, maar staarde naar het flikkerende gouden zonlicht op het water van de baai. 'Zou iemand als ik er een tientje voor over hebben om hem te gaan zien?'

'Da's moeilijk te zeggen, Steve. Het is een film die gaat over het doorbreken van je pantser, het ontdekken van je menselijke gevoelens. Er staan wat dialogen in het scenario, zo goed als ik ze in jaren niet heb gelezen. Echt geestig. En een paar mooie eerlijke momenten vóór de ontvoering, wanneer elk van de twee zich begint bloot te geven aan de ander en zich dan weer terugtrekt alsof ze zich realiseren dat ze een of andere ongeschreven Wet van Oppervlakkigheid van jet-set huwelijken aan het overtreden zijn. Maar het is niet vernieuwend. En voorzover ik me herinner is het plot middelmatig. Maar de karakters zijn verrassend goed geschetst voor een scenario van deze tijd.' Hij zette zijn bril weer op. 'Voor het geval je het niet wist: we leven als het erop aankomt in een post-literair tijdperk.'

'O ja, en of ik het weet. Het is een tragedie waar ik iedere dag weer mee moet leven.'

'Ik wist wel dat je er zo over dacht.'

We zeiden een paar minuten niets; het was een ontspannen stilte. Wanneer je iemand al vanaf je kindertijd kent, ontwikkel je een soort telepathie. Ik voelde zomaar dat Germy, net als ik, ontspannen en met zijn gezicht naar de zon, eigenlijk alleen maar wilde praten – dolgraag praten – over al die ongelofelijke dingen die met de Yankees waren gebeurd sinds Steinbrenner.

Maar ik had een moord waar ik voorlopig nog geen raad mee wist boven mijn hoofd hangen, dus dwong ik mezelf ertoe bij het onderwerp te blijven. 'Het klinkt alsof je het jammer vindt voor het scenario van *Starry Night.*'

'Nou ja, er zou een spannende, moderne film uit kunnen rollen. Maar het hangt allemaal van de uitvoering af. Zijn de acteurs geloofwaardig? Geloof je in de mogelijkheid van een grote liefde tussen Lindsay Keefe en Nicholas Monteleone? Zijn aantrekkingskracht is altijd meer emotioneel dan seksueel geweest. Hij is in wezen meer een man voor mannen; al zijn beste films gingen altijd over verhoudingen tussen mannen – rodeorijders, ontdekkingsreizigers...' Hij grinnikte. 'Rechercheurs. Maar de vraag of de film zal aanslaan, behelst veel meer dan de twee hoofdrolspelers: zijn de Colombianen beledigend stereotiepe knoflookvreters of zijn ze echt afschrikwekkend? Hoe goed is de regisseur in de achtervolgingsscènes? Komt de scène waarin ze jacht maken op de ontvoerders er wel uit? En het ware probleem – de reden dat geen enkele studio de film wilde financieren – is dat men het gevoel had dat er maar een beperkt publiek zou zijn voor dit soort onderwerp: Cary Grant-met-kloten. Hij slaat waarschijnlijk niet aan bij mensen onder de vijfentwintig. Hij is niet ontroerend genoeg om een tweede *The Way We Were* te worden. En de damp slaat er niet af; zelfs als Lindsay haar borsten weer eens ontbloot of besluit dat het tijd is voor iets anders en de camera verleidt, zal dat niet voldoende zijn. In de eerste plaats hebben de mensen haar lichaam nu te vaak gezien; je krijgt sterk de neiging om te zeggen: "Mevrouw, houd alstublieft uw bloesje aan." En verder bestaat de seks in het scenario uit luchthartige woordspelletjes tussen man en vrouw, geen seksspelletjes.' Hij leunde achterover en legde zijn handen in zijn nek. 'Is dat feitelijk genoeg?'

'Ja. En nu wat het geld betreft. Ik heb gehoord dat de film twintig miljoen kostte. Waar komt zoveel geld vandaan?'

'Particuliere investeerders. Of banken die vertrouwen hadden in Sy's reputatie.'

'Als jij een bank was, hoeveel vertrouwen zou jij dan hebben?'

Germy ging rechtop zitten en sloeg zijn armen over elkaar. 'Ik zou wel investeren, maar geen twintig miljoen. Dat lijkt me wel erg veel voor een film die voornamelijk hier en in Manhattan wordt opgenomen, zelfs met al die uitgebreide decors en een overbezorgde regisseur die erom bekendstaat dat hij alles zo vaak laat overdoen. Maar als we even de dollars en centen vergeten, Sy's films waren echt goed. Geen grote financiële risico's. Hij geloofde in een afgewerkt scenario. Hij had liever een getalenteerde acteur dan een grote naam. Ik heb zijn films altijd bewonderd.'

'Bewonderd?'

Hij nam even de tijd om over de vraag na te denken. 'Ik ben nooit echt gek geweest op zijn films. Ik kan het niet echt uitleggen, maar iedere film die hij produceerde had iets zelfvoldaans. Het was net of iedere film iets had van: "Ben ik niet gevoelig? Uitdagend? Ben ik niet perfect geproduceerd?" Het waren intelligente films en met zorg gemaakt, maar ze hadden niet echt een ziel. Ik denk dat zijn films net zo waren als hijzelf.'

'Ook al kende je hem niet goed, hoe kwam hij op je over?'

'Intelligent. Beschaafd. Een man van de wereld. Niet flitsend. En wat de filmwereld betreft, waar iedereen elkaar omhelst en kust en "Schat, ik hou van je" roept, daar had hij de naam een heer te zijn.' Germy zweeg plotseling.

'Waar denk je aan? Ook als het er niets mee te maken lijkt te hebben.'

'Tja, Sy was moeilijk te omschrijven. Hij deed me weleens denken aan een kameleon. Een populaire jongen bij populaire jongens. Don Juan bij vrouwen. Harde onderhandelaar bij de bonden – een echte, smerige straatvechter. En vol joodse warmte bij een stel van die oude, bekende verslaggevers, waarbij hij met Jiddisch strooide. De paar keren dat hij met me praatte, deed hij heel intellectueel – alsof hij alleen maar leefde voor gesprekken over het deterministische universum van Fritz Lang. Hij verwarde me waarschijnlijk met een andere criticus, want ik heb nooit een donder om Fritz Lang gegeven.'

'Welke van zijn persoonlijkheden kwam het dichtst bij de ware Sy Spencer?'

'Ik heb geen flauw idee.'

'Wat denk je dat zijn drijfveer was, Germy? Geld? Seks? Macht?'

'Nou ja, het is duidelijk dat hij van geen van drie vies was. Maar het leek wel of hij geen drijfveer had, al moet dat wel. Hij kon heel prettig in de omgang zijn – zelfs charmant. Maar een belangrijk onderdeel van zijn inwendig systeem – het draadje dat naar buiten komt en contact maakt met andere mensen leek... verkeerd aangesloten.'

'Wat weet je van zijn ex-vrouw, Bonnie Spencer?' Germy schudde zijn hoofd: nooit van gehoord. 'Ze heeft het scenario voor een film geschreven die *Cowgirl* heet.'

'Die herinner ik me. Aardige film.'

'Waar ging hij over?'

'De weduwe van een kleine boer trekt letterlijk de laarzen van haar man aan. Het gaat over haar verhouding met de knechten, met de buurvrouwen. Een paar ontroerende dialogen over haar liefde voor het land. Schitterende beelden.'

'Een A-film?'

'Nee. Maar een heel behoorlijke B-film.' Hij zette zijn bril weer af en ging verder met kauwen. 'Haar naam was niet Spencer toen ze het schreef. Die was anders.'

'Sy trouwde met haar nadat de film was uitgebracht. Maar daarna heeft geen enkel scenario van haar het gered.' Ik zag Bonnie voor me met haar wielrenbroek en haar te grote T-shirt zoals ze tegen het aanrecht stond geleund in haar keuken. Het was geen plaatje van iemand die thuishoort in de filmwereld. 'Hoor je weleens iets over haar?'

'Nee,' zei hij.

'Het schijnt dat hij haar de bons gaf toen hij besefte dat ze niet zo'n benijdenswaardig bezit was als hij dacht.'

'Dat klinkt me bekend in de oren. Voor wat betreft het filmwereldje en Sy.'

'En Lindsay Keefe? Ik heb gehoord dat ze dit keer niet zo best acteerde.'

'Oké, nu gaan we over op de roddel. Ik heb hetzelfde gehoord en ik twijfel er niet aan. Afgezien van haar borsten die ze altijd denkt te moeten ontbloten om redenen die ogenschijnlijk iets met het recht op meningsuiting hebben te maken, is ze een erg verstandelijke actrice. Haar karakters zijn meestal gedreven vrouwen, intelligent, toegewijd aan waar ze ook maar mee bezig zijn, soms in staat tot diepe emoties: mishandelde vrouwen die gedichten schrijven, dichters die zich aansluiten bij revolutionaire bewegingen. Dat soort dingen. Maar het karakter in *Starry Night* is anders. Zacht, lief. Het arme, kleine, rijke meisje. Ik denk zomaar dat Lindsay misschien wel actrice genoeg is om liefheid over te brengen, maar ze is een en al verstand; ze heeft geen hart. De rol moet erg zwaar voor haar zijn.'

'Denk je dat ze met de film stoppen nu Sy dood is?'

'Ben je belazerd. Films maken is business. Voor een acteur of een regisseur zouden ze een paar dagen moeten stoppen voor ze een vervanger hebben gevonden. Maar voor een producent? Ze stoppen nog niet eens voor een kop koffie.'

'Heb je nog van andere dingen gehoord die op de set zijn gebeurd?'

'De gebruikelijke kwaadaardige insinuaties.'

'Goed. Vertel op.'

'Dat Sy ontevreden was en dat hij en Lindsay zelfs ruzie hebben gehad over het acteren. Of, zelfs als dat niet waar is, ze voelde dat ze met hem uit moest kijken. In ieder geval haalde ze een keer diep adem... en richtte haar belangrijkste artillerie op de regisseur, Victor Santana. Maakte hem tot haar medestander.'

'Hoe kreeg ze hem aan haar kant?'

'Haar kant? Haar kant was wel het minste.'

'Ben je gek. Ging Lindsay met Santana naar bed?'

'Steve, wanneer de producer een dag weg moet en de regisseur en de hoofdrolspeelster houden vervolgens drie kwartier lang een tekstbespreking in de wagen van de regisseur met de gordijnen dicht zonder de script-girl uit te nodigen en men ziet de wagen op en neer gaan, wat denk jij dan?'

'Bingo.' De vraag is: wat dacht Sy ervan? Wat wist hij? En wat was hij van plan met Lindsay Keefe te doen?

We gingen in de keuken zitten en aten ijs uit grote bekers, net als vroeger. Halverwege ruilden we; we hadden allebei een smaak die nog niet was uitgevonden toen wij kinderen waren.

Hij vertelde me dat de kanker van zijn moeder was uitgezaaid en dat ze verschrikkelijke pijn had geleden en dat ze er uiteindelijk een eind aan had gemaakt door een overdosis slaaptabletten te nemen die ze een maand lang had opgespaard. Ik zei dat ik altijd had gedacht dat zij het eeuwige leven had met die gekke oude hoed en die snoeischaar en dat ik het echt heel erg vond dat zij er niet meer was om me 'lieverd' te noemen.

Hij legde zijn lepel neer. 'Steve, toen we klein waren, durfde ik het je nooit te vragen... Is jouw vader weggelopen? En onderhield jouw moeder het gezin?'

'Ja. Nadat hij de boerderij had verkocht, heeft hij een paar verschillende baantjes gehad, maar hij werd steeds ontslagen omdat hij dronken op zijn werk kwam. Ik heb het niet over een beetje met een dubbele tong praten of een beetje trillende handen; ik heb het over volkomen bezopen. Wanneer je bij Agway werkt als verkoper van veevoer en het is je eerste dag daar, pleit het niet voor je wanneer je de grootste boer in Bridgehampton onderkotst. In ieder geval trok hij aan zijn stutten toen ik acht was.'

'Heb je nooit meer iets van hem gehoord?'

'Nee. Misschien leeft hij nog wel ergens, al zou ik daar niet om durven wedden.'

'Mijn vader was een luie, walgelijke, smerige dronkelap. Hij was ook, in zijn zeldzame, min of meer nuchtere momenten, lief; dan praatte hij met me over sport, hij kocht een heleboel kauwgom voor mijn verzameling honkbalplaatjes. En soms ging hij bij Easton zitten die met zijn modelboten bezig was en dan zei hij: "Dat doe je keurig", al kon hij niet helpen omdat zijn handen zo trilden van de drank. En een enkele keer ging hij bij mijn moeder staan en dan zei hij: "Waar werd oprechter trouw dan tussen man en vrouw ter wereld ooit gevonden?" en dan kon je heel even zien dat er ooit iets was geweest tussen die twee.'

'Je liet me nooit bij je thuis komen,' zei Germy zachtjes. 'Je had altijd wel een smoes. De schilders waren bezig. Je moeder had visite.'

'We hadden helemaal geen geld. Ik had je geen koekjes of limonade kunnen aanbieden. En het huis was verwaarloosd. Jij woonde hier te midden van al die rijkdom en dit was alleen nog maar je zomerhuis.'

We waren even stil, want al hadden we vaak de problemen van Roger Maris besproken, we hadden nooit over onze eigen problemen gepraat; we hadden geen idee hoe we op een ander onderwerp moesten overstappen. 'Het moet verschrikkelijk zijn geweest voor zijn ouders, dat hij er zomaar vandoor ging,' zei Germy ten slotte.

'Nou en of.'

Hij glimlachte. 'Ik herinner me dat je net je rijbewijs had. Je nam me mee naar het huis van je grootouders, dat kleine huisje vlak bij Short Pond.'

'Dat klopt.'

'Je opa sprak dialect. Ik had nog nooit een echt mens zo horen praten. Nou ja, behalve Barry Fitzgerald dan.'

'Wie is dat? Een of andere acteur?'

'*Going My Way*, *Incendiary Blonde*...'

'Germy, ik weet dat je filmcriticus bent. Hou je mond.'

'Hou zelf je mond. *The Naked City*, *The Story of Seabiscuit*, *Union Station*... Nog meer?'

'Ik heb genoeg aan *The Story of Seabiscuit*.'

Hij werd weer ernstig. 'Leven je grootouders nog?'

'Nee. Mijn oma overleed toen ik in Vietnam was. Mijn opa een paar jaar later.'

'Ik vond het lieve mensen.'

'Ik ook.' Ik stond op, liep naar het eind van het terras en keek naar het felle rood-met-witte zeil van een windsurfer die over Mecox Bay stoof. Ik ging weer bij Germy zitten. 'Weet je nog, die boot van je? Je kreeg hem voor je zestiende verjaardag.' Hij knikte.

Ik wilde het hebben over die keer dat we te ver waren uitgevaren en dat we als de dood waren dat we zouden verdrinken of dat we in moeilijkheden zouden komen met de kustwacht. Maar ik bleef maar denken aan mijn oma Agnes en mijn opa Joe.

Ik stond op en haalde een glas water en ging weer zitten. 'Weet je, het goede dat ik in me heb – en dat is waarschijnlijk niet erg veel – heb ik te danken aan mijn grootouders. Het waren goede mensen. Niet van dat soort zout-der-aarde gelul. Gewoon goed. Opa Joe leed aan artritis waardoor zijn botten vergroeiden, dus deed hij de boerderij over aan mijn vader en nadat die er een zootje van had gemaakt en de boel had verkocht, moest mijn opa een baantje zoeken: hij werd opzichter bij de vuilnisbelt. Zijn handen en voeten waren zo vergroeid dat dat het enige werk was dat hij kon krijgen. Ik ging vaak op mijn fiets naar hem toe.' Ik rook de stank weer. 'Dan moest ik zijn verhalen aanhoren over County Clare en zijn preken over geheelonthouding. Maar meestal praatten we over honkbal. Weet je dat hij Babe Ruth zijn zestigste home-run heeft zien scoren in 1927?'

Germy ging, diep onder de indruk, voorover zitten. 'Was hij erbij?'

'Hij had het er vaak over. Het was waarschijnlijk het mooiste moment van zijn leven.'

Germy knikte eerbiedig en zei toen: 'Ik mocht je oma ook heel graag. Ze zei: "Kan ik een kopje thee voor u zetten, meneer Cottman?" Ik was toen een jaar of veertien. Ze was zo lief.'

'Alleen voor buitenstaanders. Voor ons was ze een kreng. Agnes Bridget McGuire Brady. Ze noemde mijn moeder "de protestant" alsof het een scheldwoord was in plaats van een godsdienst. "Heeft de protestant je vanavond goed te eten gegeven, jongen?" En ze hield me constant in de gaten. Toen ik eenmaal op de middelbare school zat, rook ze aan mijn adem of ik had gedronken. O, en één keer – God mag weten waarom ik het deed – zei ik "shit" waar ze bij was. Ik was zestien of zeventien. En meer dan een kop groter dan zij. Maar dat maakte haar niets uit. Ze gaf me een knal voor mijn kop! Ze zei: "Zeg dat nooit meer, rotjong. Nooit meer." '

'Ze waren goed voor je.'

'Nou ja,' zei ik, 'ze deden hun best.'

'Maar je werd behoorlijk ruig. Die laatste zomer voor we gingen studeren, dronk je veel, zelfs voor een opstandige jongen. Ik begon me...een beetje onbehaaglijk bij je te voelen.'

'Dat weet ik.'

'Je liep op te scheppen over hoe je die winter zou gaan inbreken en de boel kort en klein slaan in die huizen – voor de lol.' Hij keek me recht in de ogen. 'Was dat flauwekul?'

'Nee. En het was niet zomaar een beetje vandalisme. Het liep goed fout met me. Ik stal. Kleurentelevisies, stereo-installaties. Verkocht het grootste deel van het spul aan een heler in Central Islip. Ik verbraste het geld. Drank. Platen. Alleen één keer, toen ging ik naar het Yankee Stadium. Had een schitterende plaats, vlak bij het eerste honk. Het zou de dag van mijn leven worden. Maar we verloren. Het was een waardeloze wedstrijd.'

'Wanneer was dat?'

'Juli 1966.'

'Een rotjaar,' herinnerde Germy zich. 'We eindigden als laatste.'

'Ik weet het nog. Het was de eerste van een reeks rotjaren – voor mij. De Yankees werden beter. Ik niet. Dat duurde nog een hele tijd.' Ik deed mijn duim en wijsvinger een heel klein stukje uit elkaar. 'Zo weinig,' zei ik. 'Zo weinig heeft het gescheeld of ik was dood geweest of in de gevangenis beland.'

'Dat moet beangstigend zijn geweest.'

'Ja, dat was het ook,' zei ik peinzend. 'En dat is het nog.'

5

Oké, ik zal het maar toegeven. Ik bleef niet ijskoud onder de glitter van het sterrenwereldje. Ik zou niet 'Om de dooie dood niet!' hebben geschreeuwd en op mijn stuur hebben geramd als ik de opdracht had gekregen naar East Hampton te rijden, mijn identificatie te laten zien en te worden toegelaten op de film-set. Eerlijk gezegd zou ik ervan hebben gesmuld. Ik stelde me voor hoe een assistente van een jaar of negentien met een goedgevuld bloesje op een toon vol ontzag zou fluisteren: 'Dit is rechercheur Brady van Moordzaken.' De regisseur zou opspringen en alle acteurs zouden weleens een echte smeris willen ontmoeten en ik zou de binnenkant van een van die stacaravans te zien krijgen.

Het was alleen jammer dat het al na drieën was toen ik bij Germy wegging. En het was zaterdagmiddag en er was niemand op de set van *Starry Night*. Dus moest ik alle filmmensen naar mij toe laten komen in ons tijdelijk hoofdkwartier op het politiebureau van Southampton. Ik mocht gebruikmaken van de kopieer-annex-koffiekamer voor de verhoren – met de waarschuwing erbij dat ik kon worden gestoord in geval van een rampzalige kopieercrisis.

De kamer was niet meer of minder lelijk dan andere kleine dienstkamertjes van de overheidsbureaucratie: zonder ramen, met een tl-buis en metalen stoelen bekleed met groen kunstleer. De bedompte lucht rook naar prehistorische koffiebonen en kopieervloeistof en de vloer was versierd met de roze-wit-blauwe confetti van afgescheurde randjes van zakjes suiker en zoetstof en bovendien bedekt met een wit poederlaagje waarvan ik aannam dat het geen verboden genotsmiddel was, maar synthetische melkpoeder. De kamer verschilde in geen enkel opzicht van andere kamers waar smerissen werken: een plekje dat bewoonbaar was, maar tegelijkertijd een aantasting van de menselijke waardigheid.

Victor Santana, de elegante regisseur – met kortgeknipt haar en een grote snor – deed zijn uiterste best om boven zijn omgeving uit te stijgen. Het lukte hem verdomd goed. Hij hoorde niet in die kamer. Eigenlijk hoorde hij nergens anders dan in een driesterrenrestaurant, een viersterrenfilm of een vijfsterrenhotel. De man was het toonbeeld van elegantie: een wit overhemd met een donkerrode das, lichtgrijze broek en een donkergrijs jasje dat gemaakt moest zijn van een of andere onbetaalbare stof waarbij kasjmier vergeleken maar rotzooi was.

Zijn naam was Spaans en hij was behoorlijk beige, maar zijn accent was niet Spaans. Hij klonk alsof hij zijn best deed in Oxford te hebben gestudeerd. Het was niet helemaal geslaagd; zijn zinnen waren, net als zijn korte bakkebaarden, iets te veel afgebeten. Ik had het idee dat hij zijn afkomst niet zou verloochenen, maar dat hij nu ook niet direct '*Caramba*!' zou uitroepen wanneer hij werd gevraagd als hoofdpersoon in de Puerto Rican Day Parade op te treden.

Hij kwam over als een man van de wereld, het soort kerel waarmee James Bond grapjes zou maken aan een chemin de fer-tafel, wat dat dan ook moge zijn. Maar ondanks zijn beleefde glimlach en zijn blik van ik-ben-zo-mededeelzaam wist ik dat ik niet ver met hem zou komen. Het was net of hij hetzelfde scenario uit zijn hoofd had geleerd als Lindsay: *Starry Night* was geweldig; Lindsay was een geweldige actrice; Sy Spencer was een geweldige producent geweest. 'Het maken van een film,' verklaarde hij, zeer Brits en iedere medeklinker een juweel, 'is een samenwerkingsproces. Het was een ongelooflijk genoegen – uit artistiek én persoonlijk oogpunt – met Sy en Lindsay samen te werken.'

Dus zei ik: 'Meneer Santana, laten we alstublieft ophouden met dat gelul. Wij weten dat u en Lindsay Keefe een verhouding hadden.'

Zijn bovenlichaam maakte een spastische beweging alsof ik zijn stoel onder stroom had gezet. 'Dat is absoluut niet waar!' verklaarde hij zonder zijn Britse accent te laten varen.

'We hebben getuigen.' Natuurlijk was het enige dat we hadden informatie uit de tweede hand over een wippende stacaravan. Maar het was het proberen waard.

'Getuigen? Ik kan dat nauwelijks geloven. Getuigen van wat?'

'Van u en miss Keefe – in uw stacaravan.' Plotseling leek hij de aderen in zijn hand te bestuderen alsof het wegen op een kaart waren die naar een veilig toevluchtsoord leidden. Maar even later besefte ik dat hij niet was geïnteresseerd in aderen; hij bestudeerde zijn trouwring. Santana was halverwege de dertig en had al een paar successen geboekt. Misschien zat hij te berekenen hoeveel iedere schommeling van de stacaravan hem kostte als zijn huwelijk aan diggelen ging. Was Lindsay honderdduizend per stoot waard geweest? Of misschien voelde hij zich gewoon schuldig. 'Waarom vertelt u het mij niet gewoon?'

'Goed dan,' zuchtte hij. Wat een windbuil: een man van de wereld bij wie het niet in zijn hoofd opkwam om te vragen wie die getuigen waren en waarvan ze dan wel getuige waren geweest. 'Ik denk dat er niets anders op zit,' mompelde hij.

Natuurlijk zat er wel iets anders op. Maar ineens begreep ik waarom dit verhoor een makkie zou worden; Santana kon niet wachten om Alles Te Vertellen. Hij schoof zijn dure reet naar achteren en boog de rest van zijn lichaam voorover. Hij zat te popelen. Onder dat deftige accent en die dure kleding zat gewoon een jochie dat zo opgewonden was over zijn buit dat hij het iemand wel moest vertellen. 'We hadden een verhouding,' vertrouwde hij me fluisterend toe, alsof hij wilde zeggen: Erewoord dat je het niet verder vertelt? 'U moet goed begrijpen dat dit niet zomaar een slippertje is. We – tja – we houden echt van elkaar. Ik zou niet willen dat u dacht...'

Omdat hij er duidelijk zo'n behoefte aan had zijn hart uit te storten, besloot ik de begrijpende vriend uit te hangen. 'Ik snap het, meneer Santana. Kijk, normaalgesproken is het uw eigen zaak. Twee mensen die met elkaar samenwerken, kunnen op elkaar vallen. Dat gebeurt zo vaak. Het gaat er in dit geval alleen om dat het vriendje, of de verloofde of hoe je het ook wil noemen, van de dame in kwestie door het hart en het hoofd is geschoten. Dus moet ik u een paar vragen stellen.'

'Misschien... Denkt u dat ik eens met een advocaat moet gaan praten?'

'U mag praten met wie u wilt. Voor mijn part neemt u een heel advocatenkantoor in dienst. U bent een man van de wereld. U kent uw rechten. Maar waarom? U bent toch niet schuldig?'

'Natuurlijk niet.'

'Dus beantwoordt u gewoon een paar vragen. Nu, om het mij gemakkelijker te maken. Of later, als u dat wilt, met uw advocaat.' Ik probeerde hem er echt niet in te laten lopen. Maar ik had gewoon geen zin om tot halverwege volgende week maar een beetje rond te hangen tot een of andere griezel in driedelig grijs de tijd had vanuit Manhattan hierheen te komen om me een preek te geven over het recht dat iedereen heeft om te zwijgen over zaken die hem in diskrediet zouden kunnen brengen. 'Wist Sy van u en Lindsay?'

'Nee. Natuurlijk niet.'

'Hoe weet u dat?'

'Ik heb het haar gevraagd. Ik was een beetje nerveus, maar ze zei dat ze er zeker van was.'

'Leek alles rozegeur en maneschijn tussen hen?'

'Ik ben ervan overtuigd dat hij dat dacht.'

'Wat bedoelt u?'

'Ik bedoel dat hij niet wist wat Lindsay voor mij voelde – en ik voor haar.' Ken je die flutromannetjes waarin de ogen van de held beginnen te glanzen? Nou, Victor Santana's ogen begonnen te glanzen. Hij gloeide van liefde. Je had nooit kunnen denken dat een vent met zo'n duur jasje zo'n watje zou kunnen zijn, maar hij was het.

'Was Sy tevreden over haar acteerprestaties?' Dit was duidelijk niet Santana's favoriete vraag. Zijn gegloei nam wat af. Hij ging gespannen rechtop zitten. Hij probeerde zijn kalmte te herwinnen door zijn stropdas te aaien; er zaten een heleboel kleine tekentjes op waarvan ik aannam dat ze insignes van een club of een familiewapen moesten voorstellen. 'Luister, meneer Santana, ik heb een heleboel mensen gesproken. Ik heb een idee van wat er gaande was, dus doe ons allebei een lol en ga niet creatief zitten doen. Vertel het me eerlijk. Dat is het enige wat ik vraag. Was Sy tevreden over Lindsay?'

'Hij was er niet verrukt van.'

'Hoe deed ze het, objectief gezien?'

'Ze was geweldig. Dat meen ik oprecht.' Hij liet zijn stropdas met rust; hij begon aan zijn trouwring te frunniken.

'Dus Sy Spencer had ongelijk?'

'Ja. Absoluut.'

'Waarom zou een slimme producent zoals hij vinden dat een actrice – iemand van wie hij ook nog eens hoort te houden – zijn film verziekt? Vooral als ze dat niet doet?'

'Sy wilde ieder aspect van Lindsay's leven volledig beheersen. Wanneer ze ook het kleinste teken van onafhankelijkheid begon te vertonen, begon hij haar te ondermijnen, zodat ze meer afhankelijk van hem zou worden.' Santana's tekst verschilde een klein beetje van die van Lindsay, maar uit de mechanische manier waarop hij verslag deed, bleek duidelijk wie de zinnen voor hem had opgesteld. 'Sy was doodsbang dat hij haar zou kwijtraken. Dus speculeerde hij op haar kwetsbaarheid. Oppervlakkig gezien lijkt Lindsay sterk. Maar ze is een erg kwetsbare vrouw.'

'Wat zei Sy tegen u over haar acteerprestaties?'

'Ik begreep uit zijn woorden dat hij haar koud vond.' Santana schudde zijn hoofd over zoveel ongevoeligheid – behalve dan dat hij het te overdreven deed als een acteur in een stomme film.

'Wat wilde hij dat u eraan deed?'

'Hij zei dat ik haar moest opwarmen.'

'Heeft u geprobeerd haar op te warmen wat het acteren betreft?'

'Nee. Echt waar, het was niet nodig. Ze deed het geweldig.' Kom op, wilde ik zeggen. Doe eens normaal, Santana. Je ouwe heer was waarschijnlijk bouwinspecteur en jij zit nu hier met je 'gewàldig'. 'De warmte zat er wel degelijk in,' legde hij uit. 'Niet in woorden. Maar in talloze kleine gebaartjes. De camera liegt echt niet, weet u.'

'Zag u de warmte in de eerste afdrukken die ze vertoonden?'

'Absoluut.'

'Wie zag het nog meer? Behalve u en Lindsay?' Uit zijn stilte proefde ik hoe opgelaten hij zich voelde. Daarom veranderde ik van onderwerp voor hij een hekel aan me zou krijgen. 'En uw werk? Was Sy daar tevreden over?'

Santana liet zijn trouwring los en keek me aan. 'Afgezien van ons verschil van mening over Lindsay, geloof ik wel dat hij tevreden was. We waren nog maar drie weken aan het filmen.'

'Heeft hij u ooit verteld wat hij vond van de manier waarop u Lindsay regisseerde?' Weer een stilte. 'Kom op. Waarom zou ik een hoop opgefokte verhaaltjes van derden aanhoren als ik van u gewoon de waarheid kan krijgen?'

'Hij zei...' Hij schudde zijn hoofd alsof hij de woorden niet uit zijn mond kon krijgen.

'Wat?'

'Hij zei dat als Lindsay niet snel echte warmte zou tonen...'

'Wat dan?'

'Dan zou hij me vervangen door iemand die haar wel zou kunnen...'

'Zeg het maar.'

'Hij was... grof. Wat zeggen ze ook weer van mannen als Sy? Je kunt de jongen wel uit Brooklyn halen, maar je kunt Brooklyn nooit uit de jongen halen. Hij zei en ik citeer: "Geef haar een goeie beurt en laat haar een echte vrouw spelen."'

'Einde citaat,' zei ik.

'O ja, zeker,' stemde hij in. 'Einde citaat.'

Ik wist niet zeker waarom Nicholas Monteleone zo'n beroemde acteur was. Het was niet dat hij er beroerd uitzag. Hij had donkerbruin haar en ogen van dezelfde kleur. Dikke lippen die door critici waarschijnlijk sensueel werden genoemd. En voor een slanke vent, een hoop spieren, zelfs op onnodige plekken zoals zijn onderarmen alsof hij stiekem bijverdiende als smid. Als hij op Moordzaken had gewerkt, zou hij op twee of drie na de knapste vent zijn geweest. Maar dat iemand hem een miljoen per film betaalde omdat het zo'n stuk was? Ik had een paar van zijn films gezien en hij was bij mij nooit overgekomen als de hoofdpersoon. Hij had geen interessante duistere trekjes; ondanks zijn slaperige, halfgeloken ogen was hij het zonnetje in huis.

Maar hij zag er wel uit als zijn rol in *Starry Night*: een playboy. Zijn dikke haar dat bijna op zijn schouders viel, was uit zijn gezicht weggekamd. Hij had de manchetten van zijn zachtroze overhemd slechts éénmaal opgerold en op de een of andere manier bleven ze nog zitten ook. (Als ik dat probeerde, zouden ze in het rond fladderen als de mouwen van het hemd van een koorknaap en dan zou iemand op het bureau brullen: 'Hé, goorlap, maak je manchetten vast.') Maar toen hij in de kopieer-annex-koffiekamer zat, speelde Nick niet de gladde jongen. Hij deed eerder van: vergeet alsjeblieft dat ik een wereldberoemde ster ben. Ik ben een doodgewone jongen. Hé, zullen we vrienden zijn?

Een tijdelijke vriendschap vond ik best. Het leek me echt een aardige vent en ja, verdorie, het is toch leuk als een filmster zijn best doet beste maatjes met je te worden. Maar ondanks al zijn vriendelijkheid scheen Nick Monteleone niets bijzonders te weten. Had hij Sy kwaad gezien? Mm. Nee, ik geloof het niet. Was iemand kwaad geweest op Sy? Mm, ik weet er niets van. Zo ging dat twintig minuten door.

'Eh,' zei hij ten slotte, 'ik weet dat dit een ernstige zaak is en je zal me wel een egoïstische lul vinden, maar ik moet het gewoon vragen. Heb je me toevallig in *Firing Range* gezien? Ik speelde een rechercheur van Moordzaken.'

'Ja,' zei ik. Het was niet het soort film waarvoor ik naar de bioscoop ging; ik had hem toevallig op de tv gezien, maar dat wilde ik hem niet vertellen. 'Je was erg goed.' Hij had inderdaad een hoop dingen goed getroffen: de vriendschap, de noodgedwongen vierentwintigurige werkdagen en, vooral, de vermoeidheid. Maar hij had een schouderholster gedragen – bijna niemand die ik ken draagt er een – en hij was te langzaam, bijna onhandig. Tegen de tijd dat hij zijn wapen had getrokken, was hij al vijfenveertig seconden dood geweest; hij maakte gewoon de verkeerde bewegingen.

En nu ook, terwijl ik naar hem keek, viel me op dat hij niet goed zat. Hij zat op heel ontspannen, mannelijke manier op de twee achterste poten van zijn stoel toen hij ineens zijn evenwicht verloor en bijna achteroverklapte. Het ging maar net goed, maar toch wilde hij zijn nederlaag niet erkennen door gewoon alle vier de poten op de grond te zetten en zodoende moest hij een minuut lang zijn voeten een soort hysterische dans laten uitvoeren om zijn evenwicht te herwinnen. Vergeet die dure spieren maar; ik zag dat Nick de coördinatie van een opwindpoppetje had. Toen hij klein was, mompelden de andere jongens waarschijnlijk: 'Niet Monteleone' bij het samenstellen van de teams.

'Kwam mijn karakter een beetje bij je over?' vroeg hij. 'Ik bedoel, was het echt?'

'Zeker.'

Eerlijk gezegd, toen ik erover nadacht, herinnerde ik me dat ik mijn hoofd schudde en me afvroeg hoe het kwam dat die blanke inspecteur (in films zijn de politiehelden altijd inspecteur) van Moordzaken uit Chicago zo vreemd sprak: het was een combinatie van een negeraccent en Newyorks, uitgesproken zoals Rambo dat deed.

'Ik bedoel, je denkt waarschijnlijk dat er weer gewoon zo'n ijdele acteur tegenover je zit – en dat is misschien ook wel zo – maar ik ben er echt benieuwd naar: had ik iemand kunnen zijn met wie jij samenwerkt?'

Wat hij wilde, besefte ik plotseling, was mijn onvoorwaardelijke acceptatie van hem. Niet als vriend. Als collega. Ik moest volledig van hem houden – en mijn liefde laten blijken – anders zou hij zijn mond niet opendoen. Dus zwijmelde ik: 'Weet je, het was toch verdomme wat! Je had één van ons kunnen zijn,' zei ik tegen hem. 'Dat is geen gelul, je had zo aan het bureau naast me kunnen zitten op het hoofdbureau.'

Nicks hele lichaam ontspande. Hij hield op met dat macho-gedoe op die stoel. Hij strekte zijn benen en sloeg zijn voeten over elkaar. Hij droeg een soort instappers, gemaakt van een heleboel dunne reepjes leer; ze hadden waarschijnlijk zo'n buitenlandse naam die mijn broer vast wel zou kennen.

'Vertel me eens over de eerste afdrukken,' zei ik tegen hem, nu we de beste vrienden waren, om maar niet te spreken van collega's. 'Wat zijn dat precies? Alles wat er die dag aan film is geschoten?'

'De film moet worden ontwikkeld, dus wat je ziet zijn de opnames van de vorige dag. Alle opnames. De regisseur en de editor zitten achterin en praten – of eigenlijk fluisteren – over welke opname goed is, welke niet, wat voor licht- en kleurcorrecties ze willen laten aanbrengen.'

'Wie kijken er verder naar?'

'Acteurs. Soms. Persoonlijk ben ik heel kritisch wat mijn werk betreft en ik vind het ook belangrijk om te zien wat anderen eraan doen. Weet je wel. Zoals: hoe word ik belicht? Hoe ziet mijn kostuum eruit? Mijn make-up?'

'Ging Lindsay naar de eerste afdrukken?'

Nicholas klemde zijn dikke lippen op elkaar. 'Nee. Ze ging altijd meteen naar Sy's huis terug om te trainen. Ze trok baantjes in zijn zwembad. Ze moest die spieren in vorm houden.'

'Waarom ging ze haar eigen spel niet bekijken? Iedereen zegt dat ze zo slim is. Is ze niet zo kritisch over haar werk als jij?'

'Wil je de waarheid? Echt de waarheid? Lindsay is super-egocentrisch.' Aldus een man die zelf iedere avond gaat kijken hoe zijn make-up eruitziet. 'Ze is er volkomen van overtuigd dat ze precies kan inschatten hoe ze heeft gespeeld, dus waarom zou ze naar zichzelf gaan zitten kijken? Trouwens,' Nick schudde zijn hoofd een beetje vermoeid, 'als ze een reactie wil, hoeft ze alleen maar na iedere opname in Spaanse Ogen te kijken. Vat je 'm? Daar ziet ze zichzelf in schitteren.'

'Ze maakte dus echt indruk op Santana?'

'Indruk? Hij was haar schoothondje. "Ga liggen, Victor. Braaf! Af!" Echt een tragedie voor de rest van het gezelschap. De eerste week was Victor heel sterk; hij zat vol ideeën en energie, hartstikke fijn om mee te werken. En hij was niet gemakkelijk voor Lindsay, want vanaf de eerste dag – nou ja, misschien de derde of vierde – had ze het op hem gemunt. Sy was niet tevreden over Lindsay's prestaties.

En natuurlijk, omdat Lindsay nu eenmaal Lindsay is, voelde ze meteen dat het machtsevenwicht zich verplaatste – bij haar uit de buurt. Ze had een nieuwe medestander nodig. Dus zocht ze naar Victors zwakke plek. En dat is haar grootste talent: iemands gevoeligste plek vinden.'

'Wat was die van Santana?'

'O... dat hij in Filmland mag wonen. Kijk, Victor Santana was een verdomd goede cameraman en daarna ging hij regisseren. Hij heeft twee films geregisseerd die erg goed zijn ontvangen, nietwaar? Maar onder dat masker van "Ik ben zo'n man van de wereld" zit nog steeds dat jongetje dat zich niet kan voorstellen dat hij het heeft gemaakt. Diep in zijn hart kan hij niet eens geloven dat hij niet meer in een achterbuurt woont. Maar neem nu Lindsay met haar klassieke toneelopleiding, haar reputatie als sjieke communiste, haar foto op de voorpagina van *Vanity Fair*. Een mega-nimfo. De enige kerels die met haar tussen de lakens schieten, zijn kopstukken van de linkse beweging – of de heel zware jongens die goed zijn voor ten minste vijftig miljoen. Dus denkt Victor: als dezelfde vrouw die met de belangrijkste mannen van de wereld het bed induikt, met die Litouwse schrijver, met de minister van defensie van Fidel Castro, met Sy Spencer... Nou, als zij met mij naar bed wil, moet ik wel een echte man zijn.'

'Hoe heeft ze Sy te pakken gekregen? Wat was zijn zwakheid?'

'O, gemakkelijk. Sy was het toppunt van intellectueel snobisme. En hoewel ze in iedere film die ze maakt met haar tieten zwaait, wordt Lindsay beschouwd als een bijzonder serieuze actrice. Ze krijgt lovende kritieken in alle "juiste" kleine tijdschriften – die met die Franse namen en dat goedkope papier – en ook in de grote. En zij had al de juiste mening over Nicaragua voor ieder ander wist dat er een Nicaragua bestond. Ik zweer het je, die vrouw heeft iedere sandinist boven de rang van gewoon soldaat genaaid. Verder is ze echt mooi. Geen plastische chirurgie. En dat echte blonde haar.'

'Ben je gek. Is dat haar echt?'

'Ik heb uit hooggeplaatste kringen vernomen dat ze van onderen... het is dezelfde kleur.'

'Goh.' Toen zei ik: 'Oké, nu weer even terug naar de eerste afdrukken. Zag Sy ze altijd?'

'Dat moest hij wel. In de eerste plaats interesseerde het hem echt. En ze waren natuurlijk de enige manier om zijn investering in de gaten te houden.'

'Heeft hij ooit gezegd dat hij niet tevreden was?'

'Nee. Ik bedoel, het hangt van de regisseur af, maar meestal zijn er een heleboel mensen die de eerste afdrukken zien. Je hebt de cameraman, de schrijver, de geluidsmensen, assistent-regisseurs, produktieassistenten, de kappers en grimeurs, de decorontwerper. Iedereen die aan de film meewerkt, als ze er zin in hebben. Er komen meestal zo'n vijftien mensen, die hangen een beetje rond en kijken. Dus Sy – die zo prat ging op zijn goede manieren – ging heus niet zitten kreunen en klagen over Lindsay met al die mensen erbij.' De huid rond Nicks ogen glinsterde in het licht van de tl-buis, waarbij hij bijna iets van een wasbeer kreeg. Eerst dacht ik dat het een gekke speling van het licht was. Maar toen realiseerde ik me dat het gezichtscrème was.

'Maar hoe wist je dan dat hij niet tevreden over haar was?'

'Nou, op een dag, ongeveer een week geleden, hadden we tot heel laat gefilmd. Er kwam bijna niemand naar de eerste afdrukken. In ieder geval gingen ze alles draaien; het ging om een scène in de stromende regen waarin ik haar behandel als een stuk vuil en dan loop ik weg en zij komt me achterna gerend. De meeste mensen, waaronder Santana, waren die avond bekaf en ze waren meteen weggegaan nadat de lichten waren aangegaan. Ik hing er nog zo'n beetje rond, omdat ik Sy even wilde spreken en ineens begint Sy zijn hart uit te storten tegen een paar mensen. Niet hard en zelfs niet kwaad, waarmee ik maar wil zeggen hoe beheerst hij was, want als je zo naar Lindsay keek op dat scherm, was het net of je naar een enorme Barbie-pop keek. Echt waar, geen sprankje leven. In ieder geval was Sy superbeheerst; hij maakte een paar grapjes over de scène en dat het een kapitaal ging kosten om iemand onweer te laten inmonteren en dat we toch echt bliksem nodig hadden. Iedereen begon te praten over bliksem. Ineens lachte Sy en zei dat het het beste voor deze film zou zijn als Lindsay werd getroffen door de bliksem. Toen zei hij: "Grapje." Maar natuurlijk wist iedereen wat hij bedoelde.'

'Wat bedoelde hij?'

'Als er echt iets met haar gebeurde? Dat is wat de geldschieters altijd zeggen als een van de acteurs de film aan het verzieken is; als de bliksem doel trof, dan zouden de verzekeraars moeten uitkeren zodat ze de produktie opnieuw zouden kunnen beginnen met een andere actrice. Sy deed wel luchtig, maar tussen de regels door kon je lezen: vergeet dat gelul van die twee harten die zijn samengesmolten maar, hij wou dat hij van haar af kon.' Nicholas zweeg even. Hij zat moed bijeen te rapen. Inademen. Uitademen. Inademen. Eindelijk kwam het eruit: 'Mag ik je "Steve" noemen?'

Ik was bepaald geen acteur, maar ik wierp hem mijn charmantste politievriendje-glimlach toe. 'Ja, tuurlijk.'

Hij glimlachte terug. 'En noem jij me maar Nick. Steve, even onder ons. Wat betreft het feit dat Sy van Lindsay af wilde. Ik denk dat Sy de afgelopen week misschien wel besprekingen heeft gehad buiten de set om.' Nick had zware wenkbrauwen. Hij fronste ze betekenisvol. 'Voel je waar ik heen wil?'

'Had hij een ander?'

'Ik weet het niet zeker. Maar je zag zomaar dat Lindsay te veel haar best deed om het hem naar de zin te maken en dat het hem helemaal niet interesseerde of het hem naar de zin werd gemaakt. Ik bedoel, dan sloeg ze haar arm om hem heen en hij sloeg zijn arm om haar heen. De bewegingen klopten, maar Jezus, ik ben acteur. Waar denk je dat ze me die kapitalen voor geven? Dat is omdat ik intuïtie heb. Ik weet alles van lichaamstaal en zijn lichaam zei: "Ik heb vanavond hoofdpijn, schat." '

'Misschien voelde hij zich alleen maar rot over haar prestaties.'

'Misschien. Maar de eerste twee weken hing hij voortdurend om haar heen en hij was het grootste deel van de dag op de set. Hij wist toen ook dat ze haar best niet deed, maar hij was zo verliefd dat hij er niet kwaad om kon worden. Ik bedoel, je had hem moeten zien: opgekropte geiligheid. Maar ineens kijkt hij op zijn horloge. En hij gaat weg om elf uur.'

'Heb je iemand hierover iets horen zeggen – al zijn het maar vage geruchten?'

'Nee. Het is alleen maar mijn theorie.' Nicholas de Elegante stond op, strekte zijn armen en – bam! – sloeg met zijn hand tegen de muur. Hij ging weer zitten en deed net of zijn knokkels geen pijn deden. 'Hé, kan ik je echt vertrouwen, Steve?'

'Wat dacht je.' Ik boog voorover en gaf hem een zachte, kameraadschappelijke stomp op zijn arm. 'Dat weet je toch.'

'Ken je Katherine Pourelle?'

'De actrice? Ja, natuurlijk.'

'Dit mag niet bekend worden, maar ik heb weleens iets met haar gehad toen we allebei net begonnen. Zij woonde samen met die vent van ICM. Haar impresario dus eigenlijk. Nou ja, het was meer dan samenwonen. Ze was met hem getrouwd. In ieder geval was het grote liefde, grote breuk, grote haat. Maar afgelopen winter kwamen we elkaar tegen in Vail. Nieuwe man – een projectontwikkelaar. Nieuwe impresario. Maar ja, je kent het wel. We hielden op met die flauwekul en werden... ik denk dat je het vrienden kunt noemen.' Ik nam aan dat hij me duidelijk probeerde te maken dat hij in Vail met Katherine Pourelle naar bed ging terwijl haar man projecten aan het ontwikkelen was. Ik glimlachte begrijpend. 'Nou, ze belde me dinsdagavond. Vanuit Los Angeles. Ze wilde weten hoe het ging met de produktie. Eerst dacht ik dat ze had gehoord hoe slecht Lindsay was en dat ze wilde roddelen. Want Kat haat Lindsay en is gek op roddels. Jaren geleden hebben ze samen in een stuk gestaan. Iedereen die ooit met Lindsay heeft gewerkt, gaat over zijn nek van haar. Oké, dacht ik, dus we hadden het over Lindsay en Santana, dat hij haar eerste niet-communistische Latino is. O, en dat Lindsay altijd haar ogen dichtdoet wanneer de regisseur iets vertelt alsof ze zich concentreert op de stem van God en dat je dan de neiging hebt haar een draai om haar oren te geven. In ieder geval hadden we een heel lang, echt geweldig gesprek, maar er bleef iets in de lucht hangen. Ik kon het voelen. Ik bedoel, Steve, ik verdien mijn brood met het openstaan voor gevoelens.'

'Zeker,' zei ik aanmoedigend.

'Dus zei ik tegen haar: "Toe, Kat. Vertel me eens wat je hebt gehoord." Dus laat ze me zweren dat ik het niet door zal vertellen. Ze was die ochtend gebeld door Sy!'

'En?'

'Hij vroeg haar of ze *Starry Night* eens wilde doorlezen. Supergeheim. Vat je 'm?'

'Hij wilde haar eens laten kijken naar de rol van Lindsay.'

'Juist!' zei Nick. 'Ik denk dat Sy wist dat dit een potentiële ramp van twintig miljoen was. En ik denk ook dat hij iemand had gevonden met nog blonder haar of met *plus grande* tieten. Lindsay was haar macht over hem kwijt. En weet je wat, Steve? Ik denk dat Sy bereid was om Lindsay te dumpen.'

Toen Lynne een verhouding met me begon, wist ze dat we samen een goede toekomst hadden. Ik wilde wat zij wilde: liefde, vriendschap, een gezin en, omdat ze zo'n beetje om de twee weken een huwelijksaanzoek kreeg, haar van de hoge stoep gerolde familie een hak zetten. Maar door een verhouding met mij aan te gaan, koos ze willens en wetens voor het volledige pakket: gerehabiliteerde alcoholist (om maar te zwijgen van een vent met een vroegere voorliefde voor weed, hasj, barbituraten en heroïne), gerehabiliteerde versierder, aanstaande ouwe lul, dwangmatige hardloper, werkverslaafde. Ze accepteerde me volkomen en onvoorwaardelijk.

Was zij volmaakt? Nee. Ze was een verschrikkelijke zeur wat netheid betreft, zo iemand die op de lagere school een prijs wint voor de Netste Ringband. Ik was netjes; zij was gestoord. Ze moest zich inhouden om niet het bed op te maken als ik even opstond om naar de wc te gaan. Iedere avond controleerde ze haar potloden om te zien of ze wel waren geslepen voor de volgende dag. Lynne's idee van wilde spontaniteit was naakt zwemmen in het maanlicht – nadat ze haar lessen had voorbereid, maar voor het nieuws van elf uur. Maar toch, ondanks dat ik haar er vaak over aanviel, diep in mijn hart stelde haar netheid me op mijn gemak. Ik had een leven van regelmaat nodig, met geslepen potloodpunten en meteen na Johnny Carsons monoloog het licht uit. Haar onvolmaaktheden bleken deugden te zijn.

Dus waarom was ik dan niet helemaal wild van geluk? Waarom kon ik Lynne niet onvoorwaardelijk accepteren zoals ze mij had geaccepteerd? Waarom kon ik niet zeggen: Goed, ze is een beetje serieus, maar wat geeft dat verdomme met dat haar, die benen? Waarom liep ik maar te zeuren over het feit dat ik niet voor honderd procent in de zevende hemel was? Was negenennegentig procent niet genoeg? Wat was er toch met me? Ze had vijf miljoen schitterende eigenschappen. Waarom dacht ik steeds aan die ene die ze niet had? Waarom zat ik te wachten tot ze een beetje Lol in onze relatie bracht?

Het was niet dat Lynne geen gevoel voor humor had. Dat had ze wel. Maar het was een gevoel voor de humor van anderen. Ze glimlachte wanneer ik iets zei dat vaag iets ad rems had. Ze lachte om films met Eddie Murphy en Woody Allen, om die stomme domineerabbijn-pastoormoppen van mijn maat Marty McCormack (waarbij de pastoor natuurlijk altijd de uitsmijter kreeg) en om iedere poging tot lolbroekerij van de leerlingen van de Holy Spirit Academy, vooral van haar eigen leerlingen, die met leermoeilijkheden.

Het was niet dat Lynne zelf nooit iets grappigs zei. Ze miste levendigheid. Het was niet eerlijk om haar dat kwalijk te nemen; dat zou net zo iets zijn als tegen een vrouw zeggen dat je zou willen dat ze één meter vijftig was met een figuur als een betonblok, terwijl ze in werkelijkheid lang en slank is.

Toch kon ik maar niet afkomen van dat sombere gevoel dat me op de deken in mijn achtertuin was bekropen. Het was meer dan teleurstelling, minder dan angst. Ik wist verdomme niet wat het was. Maar wat doe ik? Ik bel haar op en maak het erger met een openingsvraag waarvan ik weet dat ze hem niet kan beantwoorden. 'Oké, wie vind je meer sexy? Mij of Nicholas Monteleone?'

En terwijl Lynne voorspelbaar 'Jou' antwoordde, zat ik me te schamen omdat ik hoopte dat ze zou zeggen: 'Ben je helemaal van de pot gerukt? Nicholas Monteleone natuurlijk!' en dan een hele verhandeling over hoeveel meer sexy hij wel niet was en dat ik eigenlijk maar een zielepoot was dat ik mezelf op één lijn stelde met een vent als hij.

'Is hij aardig?' vroeg ze.

'Ja. Levendig, vriendelijk, een goede prater voor iemand die de kost verdient met het zeggen wat andere mensen voor hem hebben bedacht. Toen ik klaar was met het verhoor, baalde ik ervan dat hij weg moest; hij was prima gezelschap. Maar hij is zo geweldig dat je je afvraagt of hij het echt is of een rol die hij speelt. Zo iets van: als hij zou denken dat hij in een beter daglicht zou komen bij Moordzaken wanneer hij door de kamer zou rennen als een imitatie van een miereneter, zou hij dan dat amicale laten varen en mieren gaan oplikken?'

'Wat denk jij?'

'Mieren,' zei ik. Ik keek op mijn horloge. Het was na vijven. 'Luister eens, schat, rekende jij nog op kreeft?'

'Nee, maar jij had tegen me gezegd dat jij erop rekende.'

'Heb je de boter al gesmolten?'

'Nee, natuurlijk niet. En jij hebt geen kreeften gekocht. Ik ken je. Ik ken je zo goed dat ik weet dat ik nu een diepvriesmaaltijd ga nemen en dat je rond tien uur komt binnenvallen – om even gedag te zeggen.'

'Ik ben een vriendelijk type.'

'En weet je wat? Je zult niet al te vriendelijk kunnen zijn. Mijn kamergenoten zijn vanavond thuis.'

'Verdomme. Nou goed, als ik om tien uur, half elf klaar ben, zal ik je dan ophalen en meenemen naar mijn huis?'

Juist toen Lynne zei: 'Goed, maar ik kan het niet te laat maken, want ik heb een hele stapel testuitslagen liggen van de kinderen van volgend jaar die ik nog moet doornemen', verscheen er een agent in de deuropening met een verrassing: Gregory J. Canfield.

Gregory staarde met open mond naar de kamer en probeerde alles in zich op te nemen alsof het decor – met inbegrip van het morsige bruine plaatje van het koffiezetapparaat en mijn eigen persoon met mijn voeten op het kopieerapparaat – het onderwerp zou worden van zijn eindexamenproject in Decorontwerp aan de filmacademie. Nu er geen lijk in de buurt was om zijn fijntjes afgestelde evenwicht aan het wankelen te brengen, was hij een en al filmer.

Ik zei: 'Mensen. Ik spreek je nog wel' tegen Lynne en 'Bedankt' tegen de agent die Gregory had binnengeloodst. Toen hing ik op, haalde mijn voeten van het kopieerapparaat en zei tegen Gregory dat hij kon gaan zitten. Maar hij was nog maar nauwelijks de deur door of hij bleef stokstijf staan. Je zag zomaar hoe zijn geest zich instelde op een close-up; hij ging voor het prikbord staan en staarde naar een vergeelde lijst met gezochte misdadigers van de FBI, naar handgeschreven kaartjes die een nest dobermannpups te koop aanboden, een Datsun 280 ZX uit 1981 en een Winchestergeweer; aan zijn gezicht te zien wenste hij dat er op dat ogenblik iemand van de academie bij hem was om het Moment met hem te delen.

'Oké, nu weet je hoe het leven van de gewone man eruitziet, Gregory. Tijd om te gaan zitten.' Hij ging zitten. 'Je bent hierheen gekomen om me te helpen, klopt dat?'

Hij knikte. Hij zag er iets minder weerzinwekkend uit dan de dag ervoor, hoofdzakelijk omdat hij zijn slobberige korte broek had verwisseld voor een slobberige spijkerbroek. Je zag zijn witte skeletachtige benen met die knokige knieën niet meer. 'Ik herinnerde me wat ik me gisteravond niet kon herinneren.'

'Prima,' antwoordde ik. Ik wachtte. Hij staarde naar mijn holster die ik aan mijn riem had vastgemaakt. 'Oké, wat herinner je je?'

'O. U vroeg me of iemand dreigementen had geuit tegen Sy Spencer.'

'En?'

'Ik weet niet of u het een dreigement zou noemen. Ik bedoel, een serieus dreigement.' Gregory aarzelde. Hij staarde me aan met dezelfde vurige intensiteit waarmee hij naar het prikbord had gestaard. Het was duidelijk dat hij had besloten dat ik de ster van zijn film was. Hij bloosde. Hij schoof heen en weer op zijn stoel. Hij straalde naar me. Ik was zijn Ware Detective.

'Luister Gregory, als er iets is dat ook maar in de verste verte bedreigend zou kunnen zijn – al was het maar een vuile blik – dan wil ik dat graag horen.'

'Weet u dat Sy een ex-vrouw had die hier in Bridgehampton woont?'

Mijn hart sloeg over. Ik ging rechtop zitten. Verdomme, ik had gelijk gehad. Er was iets met haar. 'Bonnie Spencer,' zei ik. Zijn gezicht betrok. 'Ja zeg, als ik nu nog niet had geweten dat Sy hier een ex had wonen, dan zou ik toch wel een bedonderde rechercheur zijn, denk je niet?' Gregory keek nog steeds of hij overwoog zwaar depressief te worden. 'Hé, toe nou. Jij bent de sleutelfiguur in dit onderzoek. Goed, ik heb je een naam gegeven: Bonnie Spencer. Maar nu is het jouw beurt om me de rest te vertellen.'

'Nou, Sy trouwde met haar toen hij aan het begin van zijn carrière als producent stond. Zij had het script geschreven... Dat is een ander woord voor scenario. Hoe dan ook, zij had aan het eind van de jaren zeventig een film geschreven die *Cowgirl* heette. Een onbeduidende film. Haar naam was toen Bonnie Bernstein.'

Ik kon me dat grote sportieve meisje uit Utah helemaal niet voorstellen als een Bernstein. 'Was ze eerder getrouwd geweest?' vroeg ik.

'Dat weet ik niet.'

'Oké, ga door.'

Het is gek; terwijl hij praatte, realiseerde ik me dat ik de hele tijd, sinds ik vanochtend bij haar was weggegaan, aan Bonnie had gedacht. Ik kon het beeld dat ik van haar had, niet van me afschudden. Het was zo levendig – en had zo helemaal niets met de werkelijkheid te maken. Ze had iets mouwloos aan, een jurk of een T-shirt, dat een deel van haar brede schouders onbedekt liet. Ik zag haar armen en schouders voor me: sterk, glad, bruinverbrand. Ongelooflijk zachte huid. Het was een behoorlijk, nou ja, opwindend beeld – en vreemd, want de Bonnie met de blote schouders die ik in gedachten had, was zo verleidelijk – en had echt niets te maken met het grote meisje met de slobberige trui dat ik had verhoord.

'Het huwelijk liep op de klippen,' meldde Gregory, 'en haar loopbaan als schrijfster liep ook op niets uit.'

'Hoe kwam dat?'

'Dat weet ik niet.'

Misschien, dacht ik, deed Bonnie Spencer me denken aan een of ander groot, aantrekkelijk meisje uit mijn verleden. Dat leek logisch.

Maar mijn huis was niet meer dan een kilometer of zes verwijderd van het hare; ik had haar op een zomeravond kunnen passeren toen ik aan het hardlopen was en mijn oog had net kunnen vallen op die paar mooie vierkante centimeters van haar. Of misschien had ik haar een fractie van een seconde in overweging genomen in mijn versierderstijd, maar toen gekozen voor iemand anders. Joost mag het weten. Door al die jaren van drinken – en zeker tegen het eind – waren er gaten in mijn geheugen gevallen. We hadden elkaar heel goed op een feestje kunnen ontmoeten en de hele nacht over Waarheid en Schoonheid kunnen praten zonder dat ik me er nog iets van herinnerde.

'Ik heb begrepen uit wat ik heb gehoord,' vervolgde Gregory, 'dat Bonnie helemaal niets voorstelt. Het enige belangrijke aan haar is dat ze met Sy getrouwd is geweest. Maar dan nog, zou ik waarschijnlijk nooit van haar hebben gehoord als ze niet naar de set was gekomen.'

Klopt. Bonnie had verteld dat ze erheen was geweest om Sy te spreken. 'Wat gebeurde er?'

Gregory wreef zijn handpalmen tegen elkaar alsof hij ze wilde opwarmen voor een hartstochtelijk gebed. 'Een van de andere produktie-assistenten kwam naar me toegerend om te vertellen dat Sy's ex-vrouw er was en hij wilde weten wat hij moest doen. Maar hij kon niets doen, want ze stond al achter hem. Ze was hem achternagelopen. Als je haar ziet... ze is heel gewoontjes, maar toch kon je merken dat ze het een en ander van Sy had geleerd, want voor ik iets kon zeggen of een van de assistent-regisseurs erbij halen, liep ze langs me en klopte op de deur van de stacaravan. Ik zei: "Neem me niet kwalijk, mevrouw, maar die caravan is privé. Ik moet u verzoeken alstublieft even buiten te wachten." Nou, op dat moment deed Sy de deur van de caravan open. Hij wierp één blik op haar en... nou, dat gezicht van hem!'

'Vertel eens.'

'Knalrood, letterlijk knalrood. Ze zei iets van: "Hoi, Sy!" alsof ze een warm welkom verwachtte wat hij haar natuurlijk niet gaf.' Gregory zoog zijn ingevallen wangen naar binnen. Het leek of hij op applaus zat te wachten.

Ik klapte niet. 'Gregory, je bent hierheen gekomen om me te vertellen over een dreigement.'

'O. Oké. Ja, nou, Sy keek haar vernietigend aan en zei: "Dit is geen Bonnie Bernstein-produktie. Je zou beter moeten weten. Je komt niet op een set tenzij iemand je uitnodigt." En geloof me, de manier waarop hij het zei, was beslist niet *sotto voce*. Ik bedoel, iedereen kon hem horen.'

Verdomme. Zelfs al wist ik dat er iets niet klopte aan Bonnie Spencer, vond ik het rot voor haar. 'Hoe reageerde ze?' vroeg ik.

'Geschokt. Volkomen geschokt. Ik bedoel, om wat voor reden dan ook had ze een rode loper verwacht. Ze moet hebben gedacht dat hij haar met open armen zou verwelkomen en...'

Ik onderbrak hem. 'Het dreigement, Gregory.'

'Oké. Nou, ze stond daar even, als verlamd. Ik bedoel, kan je je die vernedering voorstellen? Even dacht ik dat ze zou gaan huilen. Maar dat deed ze niet. Nee. Heel stilletjes, maar ook echt heel stil zodat ik waarschijnlijk de enige was die het kon horen, weet je wat ze tegen hem zei? Ze zei: "Sy, dit is de laatste keer dat je zo'n hufter bent geweest!" Dat zei ze. Dagen voor hij werd vermoord. En toen keerde ze hem haar rug toe... en liep weg!'

6

Jezus, wat een dag! Proberen te ontdekken wat er schuilging onder Lindsay's laagje ijs en achter Nicholas Monteleone's wolk van vriendschappelijkheid. Een rot gevoel omdat mijn broer zich rot voelde, me zorgen makend of hij nu weer zonder werk zou zitten. Hernieuwde kennismaking met Germy, geconfronteerd worden met mijn verleden. Lynne.

En Bonnie Spencer. Het moeilijkste van de hele dag. Al sinds die ochtend deed ik mijn best om niet aan haar te denken – aan de verleidelijke fantasie – Bonnie met de blote armen en de echte Bonnie, groot en gewoontjes. Nou goed, wel met fantastische dijen. Maar ik wilde haar uit mijn hoofd zetten en ze werkte niet mee.

Nadat Gregory was weggegaan – maar niet voordat hij luidkeels, in het bijzijn van een man of tien, had verkondigd dat ik een 'boeiende combinatie' was van Scott Glenn en Keith Carradine – nam ik de hoorn van de haak om Marty McCormack thuis te bellen. Ik wilde hem op de hoogte stellen en hem vragen of hij vond dat ik Bonnie Spencer moest oproepen voor een verhoor om haar een beetje bang te maken. Eigenlijk wilde ik gewoon met een vriend praten.

Maar ineens kreeg ik het gevoel... Het is moeilijk te omschrijven, maar iedere alcoholist kent het: je keel trekt een beetje samen, je hart begint wat sneller te kloppen en dan voel je je moe, gespannen. Dat gebeurt allemaal binnen een fractie van een seconde voor je hersenen zeggen: Hé, ik heb echt zin in een borrel. Ik hing op en reed naar Westhampton Beach.

En om vijf uur zat ik op een bruin metalen klapstoeltje in het souterrain van de Methodistenkerk in de gebruikelijke weerzinwekkende wolk sigaretterook bij een bijeenkomst van de AA. Maar het leek wel of ik mijn uiterste best deed om het geijkte, onbevreesde zelfonderzoek uit de weg te gaan. In plaats daarvan dook ik weg in een onvervalste geile dagdroom – ik deed de ontmoeting van die ochtend met Bonnie nog eens over, maar dan met de nodige correcties. Ik stond weer in haar keuken en liep op haar af. Ze stond met haar rug tegen het aanrecht, maar dit keer stond ik tegen haar aan. Ik kuste haar en zij kreunde van wellust en opluchting en sloeg haar armen om me heen. Haar armen voelden zo onbeschrijflijk heerlijk aan.

Ik merkte dat ik iets te diep ademhaalde en steeds mijn benen over elkaar sloeg. Ik dwong mezelf aan iets anders te denken.

De rokerige mist in het souterrain verzachtte de hardrode, veel te zwaar opgemaakte lippen van de spreekster. Ze heette Jennifer. Ze had brede donkerbruine make-upstrepen op haar wangen en donkerbruine oogschaduw die doorliep tot haar wenkbrauwen. Maar hoewel ze er hard uitzag, klonk ze niet zo; ze had zo'n hoog, dom, lief stemmetje van een meisje dat je vraagt je spierballen te laten zien en dan: 'Oooh!' zegt. Ze kon niet veel ouder dan Lynne zijn.

'Weet je, ik goot de zoutoplossing voor, je weet wel, mijn contactlenzen eruit en dan deed ik wodka in de flessen!' verklaarde Jennifer. We lachten en klapten allemaal; dat was er één die we nog niet hadden gehoord. 'In ieder geval bewaarde ik drie flessen in een la op mijn werk. Twee of drie keer per dag begon ik als een waanzinnige met mijn ogen te knipperen en in mijn ogen te wrijven.'

Meestal had ik een hekel aan de bijeenkomsten in de zomer. Op de een of andere manier was de AA toen ik even niet keek (of te dronken was om het te zien) in de mode geraakt. De verwaarloosde souterrains van kerken zaten ineens vol met yuppies die verhalen over moreel verval en visitekaartjes uitwisselden. Ondanks alle waarschuwingen werd er druk versierd. Het was een alcoholvrije versie van een *singles bar*. 'Hé schat. Een sponsor nodig?' De AA was ontdekt door de nieuwe Hampton clique en inboorlingen zoals ik voelden zich... nou, inboorlingen. Jennifer giechelde. 'Dan pakte ik een fles met zoutoplossing, hobbelde naar de wc en sloeg de wodka achterover! En na het werk deed ik stiekem de lege flessen in mijn tas, nam ze mee naar huis en vulde ze alvast voor de volgende dag!' Deze bijeenkomst was helemaal niet zo slecht; samen met de meeste anderen knikte ik instemmend bij het horen van Jennifers wanhoop en – ondanks haar gebrek aan wat ook maar in de verste verte op intelligentie leek – haar enorme geslepenheid. Ik dacht: 'We zijn allemaal zo sluw wanneer we onszelf moeten bedonderen.'

Ik strekte mijn benen en sloeg mijn voeten over elkaar; ik dwong mezelf te ontspannen, te luisteren, te begrijpen, te leren. Maar juist toen ik een verhelderende gedachte had – over hoe het komt dat zoveel alcoholisten een bijna godsdienstig geloof hebben in de onschuld en zuiverheid van wodka, omdat je die niet kunt ruiken – kwam Bonnie mijn gedachten weer binnengeslopen.

Wat zat er eigenlijk onder dat eerlijke, recht-voor-z'n-raap laagje vernis, achter die zelfspot van haar? Een psychopate als in *Fatal Attraction* die achter Sy aan zat, hem aan zijn kop zeurde of hij die rotzooi waarvan zij vond dat het een scenario was, wilde produceren – of omdat ze hem als man terug wilde? Of was ze gewoon een eeuwige verliezer zonder talent die de set was opgerold nadat ze eerst moed had opgedaan met drank of cocaïne of een boek over assertiviteitstraining?

En dan het dreigement dat Gregory toevallig had gehoord? Kijk, tegen iemand zeggen dat het de laatste keer is dat hij zich als een hufter gedraagt, stelt voor een rechercheur minder voor dan een vaag: 'Ik zal je wel krijgen' of een duidelijk: 'Ik hak je ballen eraf en maak er manchetknopen van.' Toch, toen ik haar verhoorde, deed Bonnie het bezoek aan de set met een paar woorden af en gaf de indruk dat die goeie ouwe Sy haar uit de goedheid van zijn hart had gevraagd eens binnen te komen wippen op de set: een vriendschappelijk kusje op de wang, een beetje: 'O, Bon, dit is nu Johnny, onze *key grip*', een babbeltje over een verkeerd voornaamwoord in haar scenario.

En dan haar verhaal over die rondleiding door Sy's huis op zijn uitnodiging? Waarom zou een slimme vent als Sy zich de Woede van Lindsay op zijn hals halen door zijn lange ex-vrouw mee naar huis te nemen om haar de grote slaapkamer met de inbouwkasten en het enorme bed te laten zien? Waarom zou hij Bonnie een rondleiding geven door een huis waarin alles haar attent maakte op: Schat, heb jij je even laten bedonderen met die alimentatie! Was hij zo gevoelloos? Zo'n lul? Of was Bonnie daar ook binnengedrongen? En waarom had ze mij erover verteld? Gewoon ouderwetse eerlijkheid? Of had iemand haar gezien, terwijl ze misschien een onbetamelijke scène schopte? Of in laden snuffelde? Iets had meegenomen dat niet van haar was? Was ze slim genoeg om te weten dat wij van alles de vingerafdrukken nemen – van de deurkrukken tot het blad van de keukenmachine van Marian Robertson – en wist ze dat de hare erbij zaten?

Die verdomde Bonnie. Ik kon het niet uitstaan dat ik de hele dag aan haar had gedacht. Toen ik erbij stilstond, was zij degene die Lindsay Keefe voor me had verpest. Had ik verwacht even lekker te worden opgegeild en wat gebeurde er? Ik knapte af, omdat Lindsay die ons, poserend voor haar raam, een gratis Tepelshow gaf, zo namaak had geleken na Bonnie's 'natuurlijkheid'.

Alsof dat zoveel voorstelde. Ze zag er heel gezond uit en ze... ik weet het niet. Ik vond haar grappig. Maar ik wist dat terwijl ik daar zat en de hele bijeenkomst langs me heen liet gaan, ik idioot bezig was door me zo te laten obsederen door Bonnie. Rationeel gezien had ik het niet beter kunnen treffen. Lynne was mooi, lief, jong. Maar daar zat ik nu te dagdromen over hoe mijn handen over de fluwelen huid van Bonnie's armen gleden, terwijl ze in werkelijkheid waarschijnlijk een klamme vissehuid had. Of een ruwe hagedissehuid. Of misschien was haar hele lichaam bedekt met grote bruine vlekken.

Ik begreep niet wat er aan de hand was. Was ik gek geworden op Bonnie Spencer? Of was ik gewoon gek geworden? Gregory had immers de spijker op de kop geslagen wat haar betreft: gewoontjes. Niet echt mooie ogen. Een gewone neus. Een mond die je meteen weer vergat, hoogstwaarschijnlijk met witte, droge lippen; het was me eigenlijk niet opgevallen. Dus wat was dat nou voor flauwekul dat ik haar wilde... ik kan niet eens zeggen: nog eens wilde zien. Gewoon: haar wilde.

Het had niets met de werkelijkheid te maken. En ik had veel te veel zin in mijn dagdromen om mijn ogen open te doen: ik had mijn jas op haar keukenvloer laten vallen. Ik had mijn das losgemaakt, mijn overhemd opengedaan en ik was net bezig Bonnie's bh los te rukken zodat ik haar tegen me aan kon houden, haar huid tegen de mijne.

Ik schrok van het applaus. Ik keek op. Jennifer, breed lachend met lippenstift aan haar tanden, stapte van het podium. De normale zenuwen van iemand die op het punt staat te trouwen. Dat was mijn probleem. Absoluut. Na meer dan een half leven lang aan de drank – en de vrouwen – te zijn geweest en bovendien een meester in het zelfbedrog ('Vanavond maar drie biertjes') en een ongeneeslijke leugenaar ('O schat, o je bent zo mooi, o ik hou van je') was het heel moeilijk alles eenvoudig te houden.

Willie, de voorzitter, een grote kerel met een geruit overhemd die van beroep monteur was, kwam naar voren. Jaren geleden waren tijdens een gevecht zijn tanden uit zijn mond geslagen; zijn kunstgebit zag eruit alsof het voor een reus was gemaakt en daardoor lispelde hij. 'Dif waf weer een geweldige bijeenkomft!' bulderde hij. 'Het is tijd om af te fluiten. Willen degenen die daar fin in hebben me volgen in het Ferenity Prayer?'

Had ik misschien alleen maar moeite met alles eenvoudig te houden, wat niet abnormaal is voor een alcoholist? Of zat ik dieper in de nesten en was ik werkelijk uit op zelfvernietiging? Lynne aan de kant zetten, wat overeenkwam met geluk, regelmaat, een kans om mens te worden aan de kant zetten? Voelde ik me nog steeds aangetrokken tot de vergetelheid?

We stonden met zijn vijfenveertigen op en gaven elkaar een hand. Ik kneep hard. Ik kreeg van die warme handdrukken vol medeleven terug, zelfs van die yuppie in zijn tenniskleding aan mijn rechterkant. Ik dacht: Daarom kom ik hier. Voor steun. Ik kan het niet alleen. Ik heb die mensen nodig. Ik heb God nodig. Ik heb...

Ik kon niet tegen Bonnie op. Er klopt iets niet met haar, dacht ik. En daarbij komt dat ze, objectief gezien, niets aantrekkelijks voor me heeft. En toch stelde ik me voor hoe ik haar zachte, warme huid kuste.

'God geve me de rust...' Ik hoorde mijn eigen stem boven alles uit.

Misschien kon ik het eenvoudig houden: ik hoefde alleen maar toe te geven dat zij een van die vrouwen was die, ondanks haar onopvallende uiterlijk, zelfs nu nog, zelfs nu ze te oud was om nog begeerlijk te zijn, een genie op het gebied van erotiek was. Een niet-huiselijke, niet-mooie vrouw die op straat niet opvalt, maar die, als je in haar nabijheid bent, precies weet hoe ze je moet bespelen. Of misschien was ze niet berekenend. Misschien deed ze het onbewust; misschien zond ze een soort oersignalen uit of gaf ze een of andere subtiele dierlijke geur af. Wat het ook was, ik was niet van plan het naar mijn hoofd te laten stijgen.

'... Te accepteren wat ik niet kan veranderen,' bad ik. 'De moed om te veranderen wat ik kan veranderen/ En de wijsheid om het onderscheid te maken.'

Amen.

Alleen al vanwege de architectuur zou het huis van mijn moeder, een oud geval van verweerd cederhout met een brede veranda aan de voorkant, charmant of bijzonder of uitnodigend moeten zijn. Dat was het niet. Er stonden te veel bomen te dichtbij: dominante eiken, donkere, druipende ahorns, grimmige sparren; hun klamme schaduwen gaven het huis iets spookachtigs. En binnen, nou ja, daar was het altijd vochtig, vooral in de woonkamer met meubelen die nooit echt droog waren; je zitvlak voelde altijd aan alsof er ieder moment schimmel op zou kunnen ontstaan. Geen wonder dat ik naar Vietnam was vertrokken en nooit teruggekeerd. Maar Easton was er nooit weggegaan.

Ja, oké, nu je dat hoort zou je kunnen zeggen: achtendertig en woont nog bij zijn mammie. Maar zo zat het echt niet. Mijn broer was geen moederskindje. Zeker, met zijn marineblauwe blazers en zijn gouden teint zag hij er misschien wel uit als de debiele erfgenaam van een groot fortuin. Maar in werkelijkheid was hij bepaald niet verwend. Mijn vader had hem bijna niets gegeven, behalve zo nu en dan een boer die je niet op de bank kunt zetten, en trouwens, hij ging er vandoor toen Easton nog maar zes was. Mijn moeder besteedde iedere cent die ze had aan haar eigen Schone Schijn, nooit aan die van hem, ook al was hij dan het lievelingetje. Ze zou nooit een kaartje van honderd dollar aan haar neus voorbij laten gaan voor een liefdadigheidsfeest voor hyperkinetische, anglicaanse Maori's bij een rijke society-figuur (met garnalen in gebeeldhouwde zwanebootjes van ijs) om eens iets aardigs voor haar zoon te doen.

Easton had de grootse dromen van mijn moeder geërfd, maar in tegenstelling tot haar was hij met beide benen op de grond blijven staan. Hij was niet die typische inwoner van Bridgehampton die zich inlaat met de zomergasten; die duizelig wordt van de champagne van de rijken. Hoeveel tijd hij ook doorbracht in hun huizen, hij wist donders goed dat hij niet een van hen was, dat hij in wezen arm was en dat hij bovendien niet was gezegend met dat geheimzinnige persoonlijke magnetisme dat geld aantrekt.

Dus zat het er helemaal niet in dat Easton zijn eigen huis zou kopen of zelfs maar een flat zou huren. Voor allebei had je een vast inkomen nodig en mijn broer begreep dat het behoud van een baan voor langere tijd – in tegenstelling tot het snijden van citroenschillen tot doorschijnende slingers – niet tot zijn sterkste kanten behoorde. Ik weet zeker dat hij nooit eens bij mijn moeder is gaan zitten en heeft gezegd: 'Moet je eens luisteren, ik speel golf, tennis en croquet en ik kan zeilen. Ik weet voor iedere dag van het jaar welke schoenen je hoort te dragen. Maar om de een of andere reden krijg ik steeds na een maand of zes de zak. Dus als je het niet erg vindt, blijf ik hier wonen. Dat bespaart me de ellende van een huis inrichten en er vervolgens weer te worden uitgegooid. Goed, mam?'

Eigenlijk kwam het feit dat Easton thuis woonde hen allebei wel goed uit. Easton hoefde geen huur te betalen; hij droeg gewoon zijn steentje bij wanneer hij toevallig geld had. En omdat hij in het grote huis woonde dat een eind van de weg lag, kon hij zich gemakkelijk voordoen als een aristocraat. Wie van zijn rijke kennissen uit de stad zou uit zijn Porsche stappen om het huis te inspecteren – en tot de ontdekking komen dat het aangrenzende land niet van ons was? Wie zou, tijdens een lange, luie zomer, de moeite doen zijn personalia na te gaan en te ontdekken dat zijn vader geen hereboer was, maar een dronkelap die de gewoonte had de vloer van het plaatselijk café onder te pissen?

(Ik noem Eastons vrienden kennissen. Net als mijn moeder leefde hij alleen voor de zomergasten. Vanaf het moment dat hij zijn rijbewijs haalde, liet hij zijn medeleerlingen op de middelbare school links liggen en ging om met de rijke lui in Southampton: zíjn vader werkt in Wall Street en, o jeetje, dan hoor ik dus ook bij het corps. Het maakte, volgens mij, niet uit wie die mensen individueel waren; ze hadden allemaal een boot om hem op uit te nodigen, golfclubs om hem mee naar toe te nemen, oude studiegenoten van hun vrouwen om hem aan te koppelen. Ze leken allemaal op elkaar: bijzonder bruinverbrand, redelijk rijk en tamelijk dom.)

In ieder geval kwam het Easton goed uit om thuis te blijven wonen. En ik neem aan dat mijn moeder ook wel blij was met zijn aanwezigheid omdat hij alle mannenklusjes deed: het gras maaien, de stormluiken voor de ramen zetten, de muizevallen in de kelder controleren. Als boerin had ze nooit veel voorgesteld, zelfs niet toen ze nog een boer had.

Omdat Easton bij haar woonde, had mijn moeder een publiek voor haar monologen. Dan ging ze aan tafel zitten, speelde wat met haar eten, stak een sigaret op en begon – puf, puf – te praten over de Franse jurk van vijfduizend dollar die mevrouw Preston Cortwright had geprobeerd te retourneren de maandag na haar grote feest; over het gerucht dat meneer Edward Dudley, echtgenoot van mevrouw Edward met haar maatje vierendertig – puf, puf – een verhouding was begonnen met die dikke zeventienjarige *fräulein* uit München, die ze in huis hadden genomen in het kader van hun Experiment in Internationale Betrekkingen. Of – en dan tikte mijn moeder de as van haar sigaret – hoe zijzelf alle juiste diplomatieke zetten had gedaan en eindelijk was benoemd tot vice-voorzitster van de jaarlijkse cocktailparty van het Southampton-Peconic Museum voor Schone Kunsten.

Mijn moeders opgeblazenheid, haar kilheid – haar absolute nietsheid – lieten mijn broer koud. In tegenstelling tot mezelf kon hij haar gebazel over Stijl aanhoren zonder te wensen dat ze zou stikken in haar verdomde sandwich met waterkers.

Niet dat ze veel met elkaar omgingen. Mijn moeder gebruikte de grote slaapkamer aan de achterkant op de benedenverdieping en Easton had de eerste verdieping in gebruik. Ik geloof dat geen van beiden behoefte had aan meer gezelschap. Toegegeven, vergeleken met mij, was Easton mijn moeders trots, maar vergeleken met wat zij van hem verwachtte – directeur van een grote makelaardij, compagnon van een advocatenkantoor in Wall Street – was hij een mislukkeling.

Maar een goedgeklede.

Robby Kurz bleef enige tijd met stomheid geslagen staan nadat we hadden aangebeld. 'Easton Brady,' zei mijn broer tegen Robby en gaf hem een hand.

Robby staarde naar Easton. Toen knipperde hij een paar maal met zijn ogen alsof hij het niet kon geloven. Hij had zich waarschijnlijk een twee jaar jongere versie van mij voorgesteld en dat was een beetje waar. Maar hij stond ook tegenover een heer met een grijze flanellen broek, een lichtblauw overhemd en een felblauwe pullover: een rijkuitziende vent die zijn haar achterover stond te kammen met zijn vingers – haar dat net iets te lang was. Geen hippie-haar of onverzorgd haar, maar haar dat scheen te zeggen: sorry dat het zo lang is, maar ik ben nog maar net thuis van een zeiltocht naar Bermuda.

Een half uur later zat Robby nog steeds stiekem ongelovig van Easton naar mij te kijken. Hij zat aan een inklapbaar kaarttafeltje tegenover Easton in de zitkamer van mijn broer – mijn vroegere slaapkamer. Als kind had Easton dat tafeltje gebruikt om er zijn modelschepen op te bouwen; nu lag er een enorm vierkant goudkleurig kleed op zoals je wel over piano's ziet liggen in oude films. Daardoor zag je nauwelijks de dunne metalen poten van het tafeltje. Ik zat vlak achter mijn broer op een mooie oude leren bank die hij waarschijnlijk op een rommelmarkt op de kop had getikt; de zieleknijper in South Oaks had er net zo één, van hetzelfde donkerbruin.

Ik had met Ray Carbone afgesproken dat ik bij het verhoor van Easton zou zijn zonder er te zijn. Maar zo nu en dan keek mijn broer even om als hij mijn geruststelling nodig had terwijl Robby hem ondervroeg over de acteurs en het technisch personeel. Wat donderde het ook: ik knikte naar hem om hem te laten weten dat alles goed ging. Nou ja, dat was ook zo.

'Wat deed u gisteren precies in New York?' vroeg Robby.

'Ik had een bespreking met onze casting director over een paar contracten en over een prijs voor wat extra werk dat moest worden gedaan. Sy en Santana hadden het gevoel dat we voor de rol van de Colombiaanse drugsleider iemand nodig hadden die dreigend over komt, maar wel subtiel dreigend.'

'Wilt u zeggen dat nog niet alle rollen waren verdeeld, zelfs nadat ze al waren begonnen met het maken van de film?' vroeg Robby.

'Dat klopt.' Easton klonk nonchalant, als iemand die al twintig jaar meeloopt in het vak in plaats van een paar maanden. 'Het gebeurt vrij vaak. We wisten dat we altijd een acteur konden gebruiken die al auditie had gedaan, maar we hoopten op iets speciaals. Het probleem was dat we niet wisten waar we moesten zoeken.' Ik legde mijn hoofd achterover tegen het koele leer van de bank, sloeg mijn armen over elkaar en begon mijn broer te bestuderen. Ik was onder de indruk; er was niets overgebleven van zijn nerveuze, overenthousiaste gezwam uit de tijd dat hij nog huizen of Jaguars of handgebreide truien verkocht. Easton was echt een filmfiguur geworden. 'We hadden zo'n beetje iedere donkere acteur van over de vijftig in New York en Californië gezien. We hadden pech, maar we waren niet van plan de moed op te geven. Tenminste, nog niet.' Het leek er echt op dat hij wist waarover hij praatte. Ik was ineens trots op hem.

Hij zat voortdurend aan de hals van zijn pullover te frunniken, waarschijnlijk om de V recht te trekken. 'De casting director wilde op zoek gaan naar acteurs in Chicago en zou het werk overlaten aan haar compagnon daar. Maar de prijsopgave die zij deed lag veel te hoog. Het leek Sy beter met haar persoonlijk te onderhandelen in plaats van telefonisch, maar hij kon het zelf niet doen. Hij had het druk op de set en stond bovendien op het punt naar Los Angeles te gaan, dus vroeg hij of ik het wilde doen.'

'Hoe lang duurde die bespreking?'

'Van twee tot – ik moet nu gokken – half vier of vier uur. Ik weet het niet zeker. Maar dat kunt u bij haar controleren.'

'Heeft u gedurende die tijd Sy nog telefonisch gesproken?'

'Nee. Ik zou na het avondeten, om een uur of negen, naar zijn huis rijden en een fax sturen naar Los Angeles.'

'Had hij nog een boodschap voor je achtergelaten?' kwam ik ertussen.

'Nee. Nou ja, dat hij een latere vlucht zou nemen.'

'Kwam u direct hierheen na de bespreking?' vroeg Robby.

'Nee. Ik ging naar Sy's kleermaker om hem een staal van het Egyptisch katoen dat Sy wilde gebruiken te geven en een paar hemden die klaar waren mee te nemen.' Vanaf de bank kon ik het gezicht van mijn broer niet zien, maar ik nam aan dat Easton naar Robby glimlachte, want Robby kreeg ineens die brede grijns van hem op zijn gezicht. 'Produktie-assistent,' vervolgde Easton, 'en staalkoerier. Het was mijn taak om dingen glad te strijken voor Sy. Ik ging naar besprekingen, voerde telefoongesprekken, onderhandelde over kleine zaken. En speelde zelfs voor boodschappenjongen.' Hij zweeg even en voegde er toen ernstig aan toe: 'Het was de beste baan die ik ooit heb gehad.'

Buiten mijn oude slaapkamerraam staken de takken van de eik bijna zwart af tegen de blauw-grijze avondlucht. Het is meestal een deprimerend tijdstip voor ex-drinkers, maar ik voelde me ineens in de gloria – vanwege Easton.

Mijn broer had duidelijk altijd een soort innerlijke afwijking gehad die iedere kans op een carrière voor hem verpestte. Maar uiterlijk was hij altijd het toonbeeld van gematigdheid geweest. Evenwichtig, sober, netjes, beheerst. Geen smeulende vuurtjes in zijn ziel. Je kon je niet voorstellen dat hij maar geen greep op zijn leven kon krijgen, omdat hij er zo evenwichtig uitzag. Hij ging nooit tot het uiterste; wanneer hij dronk, was het whisky met veel water of een paar glazen wijn. Wanneer hij drugs gebruikte, was het één trekje van een joint. Zelfs de vrouwen met wie hij uitging waren onopvallend – bijna onzichtbaar: welopgevoed, goedgekleed en met heel kleine borstjes.

Maar vreemd genoeg had de filmwereld die toch bekendstaat om zijn onwaarachtigheid, Easton iets menselijker gemaakt. Hij deed een stuk minder opgeblazen. Oké, hij was nog steeds niet iemand die je mee zou vragen naar een footballwedstrijd, maar hij was vriendelijker, losser. Een fatsoenlijke vent in plaats van de knappe, smetteloos verzorgde, elegant geklede, verwaande kwast van een zoon van Charlotte Easton Brady. Misschien, dacht ik voor het eerst in al die jaren, kunnen we nog weleens echt broers worden. Dan zou Lynne zeggen: 'Zullen we Easton te eten vragen?' en dan zou ik zeggen: 'Prima.'

'Waarom ging meneer Spencer naar Los Angeles?' vroeg Robby.

'Er waren vier of vijf projecten waarin hij was geïnteresseerd. Hij had een hoop vergaderingen.'

Ik mengde me in het gesprek. 'Is het niet wat ongebruikelijk dat een producent de stad uitgaat terwijl zijn film wordt gemaakt?'

Easton draaide zich om zodat ik tegen zijn profiel aankeek dat me weer eens duidelijk maakte wie van ons tweeën de beste genen had gekregen. 'Niet speciaal. Sy was "executive producer". Hij had een zogenaamde "line producer" voor de dagelijkse gang van zaken. En hij had mij voor de minder belangrijke zaken. Dus kon hij zich wel veroorloven een paar dagen weg te gaan.'

'Behalve dan dat het hier allemaal niet zo vlot verliep.'

'Wat bedoel je?'

'Die toestand met Lindsay.'

'Lindsay.' Easton leek wat minder op zijn gemak, alsof hij bang was dat hij Sy zou laten vallen wanneer hij toegaf dat er problemen waren. 'Ik begrijp dat je de geruchten hebt gehoord.'

'We hebben gehoord van de slechte eerste afdrukken,' vertelde ik hem. 'Waren ze zo slecht?'

Hij haalde zijn schouders op. 'Ik kan het niet met honderd procent zekerheid zeggen, Steve. Zolang draai ik nog niet mee. Ik bedoel, wanneer Sy me ernaar vroeg, deed ik net of ik een mening had en hield mijn vingers gekruist in de hoop dat ik niet al te achterlijk zou klinken. Maar hoe ik ook reageerde: het was nog altijd dezelfde soort reactie als van de man die een kaartje koopt en in de zaal popcorn zit te eten: verveeld of geamuseerd. Voorzover ik kon zien, deed Lindsay het wel goed. En ze zag er – ik heb er geen ander woord voor – adembenemend uit.' Robby begon weer met zijn dwangmatig geknik. 'Maar ik geloof dat ik begreep waar Sy het over had. Wanneer Lindsay in beeld kwam, bleef ik onberoerd, behalve door haar schoonheid. Ik keek wel, maar ik luisterde niet echt. Mijn gedachten dwaalden af. En eerlijk gezegd zou het nog erger zijn geweest als ik niet bij de film betrokken was geweest.'

'Maar ze was niet rampzalig?'

'Niet direct wat haar acteren betreft. Maar ik denk dat de film zelf, vanuit Sy's standpunt, een ramp dreigde te worden omdat het publiek van die vrouw moest houden. En zelfs ik kon zien in die eerste afdrukken dat je niet van Lindsay kon houden. Je vond haar zelfs niet eens aardig. Het kon je gewoon niets schelen.'

Robby nam het weer over. 'Ging Sy naar Los Angeles om met Katherine Pourelle te praten over het overnemen van Lindsay's rol?'

Juist voor Easton zijn hoofd omdraaide naar Robby, zag ik zijn reactie: hij was volledig overdonderd door het feit dat we in korte tijd zoveel te weten waren gekomen. 'Jezus, van wie weten jullie dat?' We reageerden geen van beiden. Ten slotte deed Easton zijn mond open. 'Nou, gefeliciteerd! Wie jullie bron ook is, hij of zij weet duidelijk waarover hij het heeft.' Hij draaide zich, oprecht nieuwsgierig, naar me om. 'Wie heeft je dat verteld?'

'Dat kan ik niet zeggen, East.'

'O goed dan,' zei hij. 'Sorry. Ik wilde niet opdringerig klinken...' Hij glimlachte. 'Tenminste, niet al te opdringerig. Hoe dan ook, Sy zou inderdaad met Katherine Pourelle gaan praten. Maar wat mij betreft, was het een typische Sy-zet. Hij zou laten uitlekken dat hij was gaan praten met Pourelle en haar impresario. Dan zou Lindsay knap bang worden en eindelijk eens beginnen... Nou ja, beginnen te acteren. Maar ik zweer het je, Sy zou haar nooit hebben ontslagen.'

'Heeft hij u dat verteld?' vroeg Robby en schraapte zijn keel. Hij begon schor te worden. Het was een lange dag geweest en hij zag eruit als een uitgeputte lolbroek. Zelfs de fiere punten van zijn gele pochet waren gaan hangen.

'Nee. Maar weet u, ik had Sy beter leren kennen. Hij kon objectief, hard, zelfs harteloos zijn over Lindsay als actrice. Maar tegenover Lindsay als vrouw was hij volkomen kwetsbaar. Ze had een enorme macht over hem.'

'Seks?' vroeg ik.

'Ja,' antwoordde Easton.

'Ging het puur om seks of had het ook nog iets met liefde te maken?' vroeg Robby.

'Het moet allebei zijn geweest.' Easton sloeg zijn ogen neer. Zijn schouders bewogen mee met iedere zucht die hij slaakte. En plotseling drong het tot me door. Easton was, net als Sy, objectief over de acteerprestaties van Lindsay, maar niet over Lindsay zelf. Hij kon het niet verbergen. Hij was verliefd op haar geworden.

'Het is niet alleen omdat ze mooi is of getalenteerd of intelligent,' legde hij uit, terwijl hij zijn best deed onverschillig te klinken, 'hoewel ze dat allemaal is. Je raakt als man gewoon geobsedeerd door haar.' Robby begon weer te knikken: Ja! Ja! Ja! 'Sy...Sy had Lindsay veel te hard nodig om haar te ontslaan.' Ik hoorde Easton slikken. Hij scheen haar ook nodig te hebben gehad. Hij had een behoorlijke brok in zijn keel.

'Hij had haar nodig zelfs als het hem twintig miljoen dollar kostte?' vroeg Robby.

'Ja.'

Maar hoe zat het dan met de theorie van Nick Monteleone dat Sy was afgeknapt op de schone Lindsay en ergens anders aan zijn gerief kwam wanneer hij iedere ochtend na elf uur de set verliet? Ik moest weer denken aan die lange, niet-blonde haren die we hadden gevonden aan het hoofdeinde in de logeerkamer.

'Was je bij het gesprek waarbij werd gesproken over: als Lindsay zou worden getroffen door de bliksem?' vroeg ik.

Easton schoot overeind. Weer leek hij stomverbaasd dat we echt hadden gedaan waarvoor we waren ingehuurd: speurneus zijn. Ten slotte zei hij: 'God, wat zijn jullie grondig! En... nou, ja. Ik hoorde dat Sy dat zei. Maar wensen dat Lindsay van het scherm verdween – letterlijk – dat was gewoon Sy's manier om stoom af te blazen.'

'Wat bedoel je?'

'Ze stelde hem enorm teleur, maar hij zou haar niet hebben ontslagen. Geloof me, Steve. Hij had zich nooit van haar kunnen losmaken.' Easton haalde zijn tong over zijn lippen. 'Hij was reddeloos verloren waar het Lindsay betrof.'

Normaalgesproken zou ik hem op zijn huid hebben gezeten en op een half plagerige, half bijtende manier naar het hoofd hebben geslingerd: 'Hij reddeloos verloren? En jij dan, schlemiel?' Ik zou hem een hoop lulligheden hebben verkocht over verliefd worden op een filmster. Maar ik was niet van plan mijn broer voor gek te zetten waar Robby bij was. Verder besefte ik ook dat al was het maar een hopeloze verliefdheid, het toch belangrijk was; dit was de eerste keer in Eastons leven dat hij emoties toonde. Het was zo on-Easton-achtig. Zo menselijk. Het was niet iets om lacherig over te doen.

'Hoe zit het met de andere investeerders?' vroeg Robby. 'Het was niet alleen het geld van Sy, hè? Hoe zit het met Mikey LoTriglio?'

'Mikey!' zei Easton. 'Ja natuurlijk. Daar had ik helemaal niet meer aan gedacht. God, je zou hem eens moeten zien. Wat een macho. Bij hem vergeleken is Marlon Brando in *The Godfather* een lammetje.' Hij zweeg even en dacht na over wat hij had gezegd. 'Maar misschien is dat niet eerlijk. Hij heeft een zwaar Newyorks accent. En hij ziet er zo... schurkachtig uit. Misschien lijkt hij daardoor harder dan hij in werkelijkheid is.'

'Was Sy op een of andere manier bang voor hem?'

Stilte. Easton moest er blijkbaar diep over nadenken. Ik keek om me heen. Er lag een scenario op de salontafel voor de bank. Ik pakte het. Mijn broer draaide zich om toen hij het geritsel van papier hoorde. Hij zag wat ik in mijn handen had. Hij zakte een beetje in; hij verloor zijn kalmte. Hij scheen Robby te hebben vergeten. 'Zie je dat scenario, Steve?' Hij klonk als een kind dat op het punt staat in huilen uit te barsten. 'Sy gaf het donderdag aan me, de dag voor... Hij gaf het aan me en zei: "Onze volgende film, Easton. Die zal geschiedenis maken." '

'Ik vind het echt rot voor je,' zei ik. 'Het ging je voor de wind met hem, hè?'

'Ik had eindelijk...' Hij maakte zijn zin niet af toen hij besefte dat Robby er ook nog was. 'Mijn leven was hiermee verbonden,' zei hij zachtjes. Hij haalde diep adem en toen hij weer sprak was hij de oude Easton: onaangedaan. 'Nou ja, ik denk dat ik me er doorheen moet slaan en iets nieuws moet zoeken.' Hij schudde zijn hoofd. 'Ik heb helemaal geen zin om naar Californië te verhuizen, maar het zal misschien wel moeten. Want daar gebeurt het toch allemaal.'

O verdomme, dacht ik. Easton had geen geluk gehad met Sy. Hij had eindelijk een baas gevonden die wel wat zag in zijn manier van doen en die het zeldzame en juiste instinct had om vertrouwen te stellen in Easton, om hem de kans te geven te laten zien dat hij was opgewassen tegen allerlei situaties, om zichzelf te bewijzen. Maar Sy kon hem geen referenties geven. En wat kon mijn broer in godsnaam zelf voor referenties geven in Hollywood? Mislukte autoverkoper? Jarenlang was Easton niet eens in staat geweest om geruite bermuda's te verkopen aan rijkeluiszoontjes. Hij miste iets: overtuiging, moed. Wat zou hij moeten doen in Los Angeles? Hoe zou hij zich redden in een stad van haaien?

'Eh, waar waren we gebleven?' vroeg Robby zich af. Hij masseerde de brug van zijn neus alsof het een pas ontdekt acupunctuurpunt was dat hem heldere ogen en een heldere geest kon bezorgen. Alleen hielp het niet. Jezus, was hij even uitgeteld! Ik dacht: Dertig jaar is te jong om al zo snel moe te worden. Misschien is hij daarom altijd zo aan het jagen om een arrestatie te forceren. Die vent had geen uithoudingsvermogen. Hij hield een langlopend onderzoek niet vol.

'We hadden het over Mikey,' hielp ik hem herinneren.

'O ja. Mikey.'

'Sy werd inderdaad... gespannen wanneer Mikey belde,' bekende Easton aan Robby. 'Maar "gespannen" betekent voor u of mij misschien dat we uit ons humeur raken of beginnen te nagelbijten. In het geval van Sy betekende het alleen maar dat er een beetje spanning in zijn stem doorklonk. En dan moest je hem nog goed kennen om het te kunnen horen.'

'Leek hij bang?' vroeg Robby.

'Ik weet het niet. Er was alleen maar die zweem van gespannenheid. Hoewel dat op zichzelf al wel ongebruikelijk was. Ik bedoel, Sy was nooit gespannen. Hij zorgde dat anderen het werden. Maar steeds wanneer Mikey belde, schudde Sy zijn hoofd en fluisterde: "Ik ben er niet."'

Terwijl mijn broer aan het praten was, sloeg ik het scenario open. 'Night of the Matador' en 'geschreven door Milton J. Mishkin'. Ik begon er een beetje in te lezen:

SHOT VANUIT LAGE CAMERASTAND van MATADOR, groot, dominerend, dreigend tegen zwarte ACHTERGROND.

MATADOR

Ik ben Roderigo Diaz de Bivar – El Cid.

En ik ben Francisco Romero, zevenhonderd jaar later, en ik doorboor de stier met mijn zwaard.

GELUID: Zware dierlijke ademhaling. Is het de matador? Of de stier?

En ik ben Manolete, dodelijk verwond. En de jonge El Cordobes.

CAMERA HOGER. ACHTERGROND wordt lichter en WE ZIEN Matador midden in de arena, omringd door PICADORS te paard en BANDERILLEROS. Hij zwaait met zijn rode *muleta*.

Ik ben Spanje.

CAMERA ZOOMT IN op *muleta* van Matador en terwijl we flamencomuziek HOREN:

Ik ben een man.

BEGIN TITELROL op rood beeld.

Ik dacht: al zouden ze me betalen om dit te lezen, of erger om het te zien, dan zou ik het nog niet doen, wat waarschijnlijk betekent dat het een waar kunstwerk is.

'Belde Mikey LoTriglio Sy vaak?' vroeg Robby.

'De afgelopen week wel, ja. Twee of drie keer per dag.'

Robby begon met de franje van de sjaal die over de tafel lag, te spelen: hij haalde zijn vingers erdoorheen. 'Waar gingen die gesprekken over?'

'Ik neem aan dat hij geruchten had gehoord dat er problemen waren met de film. Sy bleef die natuurlijk ontkennen.'

'Denk je dat die Mikey dreigementen heeft geuit?'

'Ik heb nooit zijn kant van het gesprek gehoord,' zei Easton. 'Maar wat hij zei, vond Sy wel... verontrustend.' Hij zweeg even. 'Dan verschenen er van die kleine zweetdruppeltjes op Sy's bovenlip. Dat kun je je niet voorstellen. Sy was er helemaal de man niet naar om te zweten.'

Je kunt in de staat New York niet worden gearresteerd op grond van het feit dat je iemand laat zweten, maar als je Robby's gezicht zag, zou je dat niet zeggen. Ineens was hij er weer helemaal bij. Mikey was onze man. Je kon de handboeien in Robby's ogen zien schitteren.

'Hé, rustig, Robby,' zei ik.

'Steve, dit is een goed aanknopingspunt,' was de reactie van Robby die Easton negeerde alsof hij ook een politieman was – of een familielid. 'Mikey is een slechte.'

'Natuurlijk, maar hij is niet achterlijk. Zou hij Sy neerschieten vanwege een slechte investering?'

'Kom nou. Hij zit bij de maffia.'

'Ja,' gaf ik toe, 'maar dit ziet er niet uit als het soort aanslag dat zij plegen. Ze zijn gewoonlijk wel wat persoonlijker dan een paar langeafstandskogels uit een .22.'

Maar misschien had Sy andere vijanden, dacht ik: een nijdige dichter van zijn vroegere tijdschrift; een oude connectie uit de show-biz met haatgevoelens; iemand van de South Fork die hij had beledigd – een pompbediende, een elektricien, iemand die zwembaden aanlegt – een vent met een neus vol coke en een zak vol munitie. En Lindsay? Berekenend, egocentrisch, arrogant, misschien meedogenloos, misschien op het punt uit haar rol als ster en maîtresse te worden gewipt. Kon zij met een vuurwapen omgaan?

En, verdomme: Bonnie. Hoeveel onderzoek had zij gedaan voor *Cowgirl*?

'Hoe zit het met de ex-vrouw?' vroeg ik Easton. 'Er is sprake van dat Sy aan de slag zou gaan met haar scenario.'

Easton schudde zijn hoofd. 'Nee. Sy gaf me het scenario vrij kort nadat ik voor hem was gaan werken voor we met de produktie begonnen. Hij vroeg me of ik er wat aardige dingen in kon vinden zodat hij, wanneer hij nee zei, kon zeggen: "O, maar de dialoog was zo verfrissend, zo eerlijk."'

'Hoe was de dialoog?'

'Ik weet het niet. Niet verschrikkelijk. Maar Sy zei dat ze zo'n veertig jaar te laat was geboren, dat ze B-films uit 1942 schreef.'

'Heeft ze hem ooit gebeld?' vroeg Robby.

'Ja. Inderdaad een paar keer per week. En ze kwam hem een keer opzoeken op de set en dat vond hij niet leuk. Dat weet ik omdat ik bij hem in de caravan zat. Je weet hoe beheerst Sy altijd was? Nou, ik dacht dat hij een beroerte kreeg.' Easton zweeg. Hij draaide zich naar me om.

'Wat denk je?' vroeg ik mijn broer. 'Afgewezen Vrouw?'

'Ik weet het niet,' zei mijn broer langzaam. 'Ik ben niet van de politie. Ik weet niet hoe ik dit soort dingen moet inschatten. Maar Steve, ik kan je wel vertellen: de trek op Sy's gezicht toen hij haar zag beviel me niets. Ik had het gevoel dat er iets niet goed zat.'

7

Als ik op tijd wilde zijn, had ik nog twee minuten voor de tien minuten durende rit naar Lynne's huis. Dus wat deed ik? Ik reed direct door naar Bonnie Spencer, parkeerde mijn auto om de hoek en ging schuin tegenover het huis staan.

Het huis zag er gewoon uit, gebouwd in die zakelijke, bijna strenge koloniale stijl – niet veel meer dan een grote doos, bestaande uit twee verdiepingen, met een dak en een schoorsteen. Maar er stond een grote wilg voor en in het maanlicht staken de oude grijze dakpannen zilver af tegen de donkere hemel.

De gordijnen waren dicht, maar toch kon ik nog het geflikker van een zwart-wit tv zien. Jezus, wat had ik Lynne ook weer beloofd toen ik haar vanuit het politiebureau belde? Dat ik om tien uur, half elf bij haar zou zijn? Het was twee minuten voor half elf. Ik stak de straat over en nam het stenen pad naar Bonnie's huis.

Die Moose stelde niet veel voor als waakhond. Er klonk niet eens een zacht gegrom tot ik aanbelde; toen liet ze een gehuil van vreugde horen. Door de lange, smalle ramen aan weerszijden van de voordeur, zag ik haar staart zo snel heen en weer gaan dat haar achterste bijna lostrilde.

De buitenlamp ging aan. Ik stak mijn handen in mijn zakken. Ik haalde ze er weer uit. Eindelijk stapte Bonnie de hal in. Even dacht ik dat ik haar misschien stoorde in wat ze met een vent aan het doen was met de tv aan. Maar toen ze dichter bij de deur kwam, zag ik dat er geen man was. Ze had een slobberige trainingsbroek en een rood T-shirt aan. Geen make-up, maar misschien had ze dat nooit op. Haar haar hing los tot op haar schouders, maar op haar achterhoofd stond het een beetje overeind alsof ze uren op een bank had gelegen.

Ik probeerde haar gevoelens van haar gezicht te lezen toen ze zag dat ik het was. Opluchting dat ik geen enge vent was, misschien vermengd met ongerustheid over wat ik nu weer kwam doen, en misschien – hoewel dat wat moeilijk is te zien door een smal raam – verwachtingsvol. Het kon zijn dat het feit dat ik die ochtend zo dicht bij haar was gaan staan, zijn uitwerking niet had gemist.

Alleen, dacht ik toen de deur openging, wie zat daar op te wachten? Ik voelde me zo'n idioot. Ik kon me niet voorstellen dat ik de hele dag over die vrouw had lopen dagdromen. 'Ik weet dat het laat is,' zei ik voor zij iets kon zeggen, 'maar het gaat hier om moord.'

'Eh, kom binnen.' Haar mondhoeken trilden even, alsof ze niet wist of ze zou glimlachen of niet. Ze koos voor niet. Ze draaide zich om en liep voor me uit de woonkamer, aan de rechterkant van de hal, in. Ze deed een paar lampen aan en zette de oude film uit die ze op haar video aan het bekijken was.

Ik kon zien waar haar hoofd op het kussen op de bank had gelegen. Ik ging er naast zitten; het kussen was warm. Moose ging bij mijn benen staan en strekte haar dikke, harige, zwarte nek; ze overwoog duidelijk of ze bij me op schoot zou springen. Uiteindelijk bleek ze realistisch genoeg om haar dikke achterste maar op de vloer te parkeren en nadat ze me een wulpse blik had toegeworpen, ging ze weer op mijn schoenen liggen. Het meisje mocht dan middelmatig blijken te zijn, de hond was in ieder geval net zo fantastisch als ik me herinnerde. Ik bewoog mijn voet heen en weer zodat ik over haar buik wreef.

Bonnie ging tegenover me in een schommelstoel zitten. De kamer was leuk – geel met zachtroze en wit – maar niet wat ik van haar had verwacht. Zeker, hij zag er comfortabel uit, maar het was meer een boerenkamer naar de ideeën van een binnenhuisarchitect uit Manhattan. Een kamer als deze moest er sober uitzien, op zijn best leuk, maar niet lieflijk. Maar het was er allemaal: gevlochten kleden op de eikehouten vloer, oude lappendekens, kussens gemaakt van nog meer oude lappendekens, ingelijste merklappen en een rij oude, witte waterkannen op de schoorsteenmantel. Verder nog, links van de open haard, een geschilderde blaasbalg die groot genoeg was om het luchtschip van Goodyear vol met lucht te blazen. Ze zag hoe ik ernaar keek.

'Toen we het huis kochten, raakte Sy geïnteresseerd in Amerikaanse volkskunst.' Ter illustratie wees ze naar een paar planken waar boeken werden afgewisseld met houten lokeenden. 'Als het eruitzag dat het kon kwaken, kocht hij het. En hij had een bod uitgebracht op een met de hand bewerkt weefgetouw uit 1813. Wat hij er nu precies mee van plan was? In zijn weekends vlas weven? In ieder geval, toen gaven we hier ons eerste feestje. Een beroemde uitgever stapte de kamer binnen, keek om zich heen en zei: "Wat schattig!" Wat was die man gemeen! Waarom moest hij dat nu zeggen? Maar vanaf dat moment haatte Sy het huis.' Ik reageerde niet en zij vervolgde snel: 'Nou, daar zit ik dan – met een hoop eenden. Eh, wil je iets drinken? Koffie? Een borrel?'

'Waarom bracht je Sy een bezoek op de set?'

Ze wachtte iets te lang met haar antwoord. 'Gewoon uit vriendschap. En ik denk dat ik een beetje heimwee had naar de goeie ouwe tijd.'

'Tussen jou en hem?'

'Nee. Tussen mij en de film. Soms...' haar stem brak een beetje. '... mis ik het zo. Niet alleen het schrijven – iets beters schrijven dan "Een heerlijke wolk bijna-zijde". Ik mis de mensen en...'

Ik onderbrak haar voor ze op de ik-ben-zo-alleen toer kon gaan. Ik wilde het niet horen. 'Je ging naar de set van *Starry Night*. Wat gebeurde er? Was Sy blij je te zien?'

'Ik denk dat je dat antwoord al weet.' Het licht wierp een heldere vlek op haar donkere haar, juist waar het op haar schouder viel.

'Ik wil jouw antwoord horen.' Ik trok mijn voeten onder Moose vandaan; de hond keek verbaasd over die onverwachte kilheid naar me op. 'Wat is het probleem? Was hij blij je te zien of niet? Dit is niet iets waarover je hoort na te denken.'

'Hij scheen nijdig te zijn dat ik daar zonder uitnodiging was gekomen,' zei ze ten slotte. 'Niet woedend alsof hij me tot een bloederige massa zou willen slaa...' Plotseling werden haar ogen groot van schaamte. 'O God, ik vergat even wat voor soort werk je doet. Het spijt me verschrikkelijk. Het was niet mijn bedoeling om grapjes te maken over...'

'Het geeft niet. Je wilde zeggen dat hij niet van plan was je zwaar lichamelijk letsel toe te brengen.'

'Inderdaad. Maar hij was ook niet van plan beleefd te zijn en te zeggen: "Foei, Bonnie lieverd, je had misschien beter eerst kunnen bellen." '

'Hoe deed hij dan?'

'Een soort kruising tussen – even kijken – onverschilligheid en woede.'

'Kun je iets duidelijker zijn?'

'Hij schreeuwde niet.' Ik onderwierp haar aan een onderzoek met de snelheid van het licht; haar T-shirt was net strak genoeg om te kunnen zien dat ze conventionele, doorsnee-borsten had. Als je de hele volwassen vrouwelijke bevolking van de wereld bekeek, zouden Bonnie's borsten ergens ertussenin zitten. 'Maar misschien deed hij dat alleen maar omdat hij zo zijn best deed niet te spugen.'

'Als jullie zulke dikke vrienden waren, waarom reageerde hij dan zo?'

'Dat weet ik niet. Waarschijnlijk zat hij net midden in een woedeaanval over iets anders en dook ik juist op het verkeerde moment op.'

'Oké.' Ik wilde mezelf snel even een schop voor mijn kont geven: te bedenken dat ik de hele dag zo had lopen fantaseren over deze zuster van de man van de Marlboro-reclame dat ze in mijn gedachten het toonbeeld van sensualiteit was geworden.

En toen deed Bonnie haar armen omhoog om haar haar uit haar gezicht te strijken. Heel even hield ze het in een paardestaart. De onderkant van haar armen was glad en parelwit. Ik zag haar voor me: uitgestrekt op de bank naast me, haar hoofd op het kussen, haar armen boven haar hoofd zodat ik die zachte huid kon zien. Ik zou me vooroverbuigen en haar huid kussen. Er met mijn tong overheen gaan.

Ik schraapte mijn keel. 'Was je naar hem toegegaan om over het scenario te praten?' Ik klonk zo vals, alsof ik een macho-rol aan het opvoeren was.

'Nee.' Ze liet haar haar los. Het was een prachtige beweging, gracieus als een herhaling in slow-motion van een perfecte worp. 'We hadden al zijn aantekeningen al doorgenomen. Ik was stukken aan het herschrijven.'

'En je zegt dat hij het goed vond?'

'Ja.'

'Heb je er weleens bij stilgestaan dat hij misschien alleen maar aardige dingen over je werk zei om je te lijmen?'

'Waarom zou hij dat doen?'

'De waarheid?'

'Zeg het maar.'

'Misschien vond hij jou interessanter dan je scenario. Misschien heb je dat diep in je hart wel gevoeld en...'

Haar gezicht werd dieproze. 'Zal ik je even inseinen? Ja? Ik ben niet een van die typisch Newyorkse neurotische wijven die alleen maar het slechtste van zichzelf willen geloven. Sy vond mijn werk goed. Dat weet ik. Wat denk je nou, dat hij zo'n slijmbal was die zegt: "O, schat, wat een fantastische tekst" en ik zo'n slet die dan meteen haar slipje in de lucht gooit?'

'Hé, ik probeer je gevoelens niet te kwetsen. Het is alleen maar mijn werk om dingen uit te zoeken. Oké?'

Ze werd weer rustig. 'Echt waar, Sy en ik waren echt vrienden. Kijk, ik was zijn type niet, zelfs niet toen hij met me trouwde en ik ben er in die tien jaar niet weelderiger op geworden. Ik weet wat hij wilde. Een Lindsay, iets adembenemends. Of iets broodmagers en intellectueels en tweeëntwintig en net van Yale. Of een jet-set type met een Frans accent die Racine kan citeren – met okselhaar en een *château*. Ik was zijn ex-vrouw; hij had geen enkele reden iets met me te willen. Hij wist beter dan wie ook wat ik had te bieden – en hij had al eens nee, dank je gezegd.'

'Maar misschien vanwege die goeie ouwe tijd?' Ze schudde heftig haar hoofd. Haar haar zwaaide zachtjes mee. 'Bonnie, ging je met Sy naar bed? Voelde je je daarom zo vrij om bij hem binnen te vallen? Misschien gewoon een aardig, spontaan gebaar?'

'Nee!'

'Of wilde je misschien de hele wereld laten weten dat je weer bij hem hoorde?'

'Nee!'

'Want als dat zo is, dan zou je buiten alle verdenking vallen.' Waanzin, natuurlijk. 'Kijk, zo zat het: twee volwassen mensen die elkaar goed kenden, elkaar graag mochten...'

'Niet persoonlijk bedoeld, hoor, maar dat is gewoon gelul.'

'Oké, ik heb verder geen vragen meer,' zei ik terwijl ik opstond en naar haar toeliep. Moose, de dorpshoer, bleef naast me. 'Voorlopig.' Toen legde ik het er dik bovenop. Glimlach. Knipoog. Charme, charme. 'Het spijt me als ik je heb gekwetst.'

'Het geeft niet,' zei ze en haar stem klonk zachter. Mijn charme won het. Ze keek naar me op; haar ogen werden een beetje omfloerst, bijna alsof ze verwachtte dat ik haar zou kussen.

'Goed,' zei ik. 'Blij dat je het hebt begrepen.' Ik stak mijn hand uit en gaf haar een aai over haar hoofd. Vervelend: de knoop aan de mouw van mijn jasje bleef in haar haar hangen. 'Sorry,' zei ik heel oprecht en probeerde de knoop los te maken. Haar haar rook naar een voorjaarsbloem die ik niet thuis kon brengen: sering misschien of hyacint. Ik kreeg de knoop te pakken en trok hem weg, maar jammer genoeg bleven er wat haren aan hangen. 'Hé, dit geldt niet als mishandeling, hoor.'

Ze glimlachte. Een brede, open glimlach. 'Dat weet ik.'

'Tot kijk, Bonnie.'

Toen ik weer in de auto zat, deed ik vier strengen van Bonnie's haar in een kleine plastic envelop. Drie ervan hadden wortels. Genoeg voor een DNA-vergelijkingsanalyse.

Ik heb altijd een hekel gehad aan vrouwen die bij het vrijen hun mond niet kunnen houden. Hé, geen enkele man heeft moeite met zo hier en daar een aanmoediging, een nuttige wenk of een oprechte kreet van enthousiasme. Maar al die tijd voor ik Lynne ontmoette, was bijna iedere vrouw die ik versierde een ANWB Toergids voor seks.

Ze hebben allemaal dezelfde tekst. Over het verloop van de reis: O, het is zo'n lekker gevoel. O, niet ophouden... Aanwijzingen voor de chauffeur: Een beetje harder, nee, zachtjes, langzaam, nee, hoger, hoger... En over de toeristische attractie om de hoek: Nu neem ik je/hem in mijn mond (een aanbod waar ik nooit nee tegen zei, aangezien het twee genoegens omvatte: bevrediging en stilte)... En natuurlijk lieten ze je altijd weten wanneer het eindpunt van de reis was bereikt: O, nu gebeurt het. O, ja. Wacht, heel even. O, dit is te veel. O, nee, God, Jezus.

Maar Lynne was stil. Wat een opluchting. Natuurlijk had ze het zelfvertrouwen van een mooie jonge vrouw: ze wist dat ze geen monoloog hoefde te houden om de aandacht van een man vast te houden. En ze was ook stil omdat ze ergens – misschien op het Manhattanville

College – had geleerd dat beschaafde jonge dames niet 'Neuk me harder!' gillen in de armen van een heer.

Maar die avond had haar stilte iets van koelheid. Ze was kwaad op me omdat ik om kwart over elf nog had aangebeld en ik: 'O, verdomme, het spijt me' had gezegd toen ik zag dat ze alle hoop dat ik nog zou langskomen, had opgegeven en zich al had uitgekleed. Verder was ze kwaad op zichzelf omdat ze me naar haar kast had laten gaan om haar regenjas te pakken en over haar nachtjapon aan te trekken en dat ze zich door mij naar de auto had laten brengen met een vermoeid zinnetje als: 'Ik wil vannacht alleen maar bij je zijn.' Ze had geen woord gezegd in de auto.

En ze probeerde niet alleen maar haar gram te halen door zwijgzaam te zijn. Toen ik de riem van haar regenjas losmaakte en de jas van haar schouders liet glijden, stak ze haar hand uit naar het lichtknopje en deed ze het slaapkamerlicht uit. Ze onthield me ook het genoegen haar te zien.

'Je bent echt kwaad,' zei ik. Ik haalde mijn wapen van mijn riem en legde hem zachtjes op mijn ladenkast zodat ze niet nog nijdiger zou worden van het irritante gekletter. 'Waarom zeg je het niet?'

'Goed. Ik ben kwaad.'

'Waarom?'

'Omdat je zomaar aanneemt dat ik altijd beschikbaar voor je ben, dag en nacht. Ik begrijp wel dat je op vreemde tijden werkt. Maar je schijnt maar niet te begrijpen dat ik ook mijn eigen leven heb. Nee. Jij wil vrijen, je wil praten, dus verwacht je maar dat ik alles laat vallen waarmee ik bezig ben. Dat is niet eerlijk.'

'Het spijt me.' Ik ging bij haar staan en gleed met mijn handen onder het lichte katoen van haar nachtjapon; ik schoof hem omhoog en deed hem uit. Ik trok haar naar me toe. Ze was niet meer zo boos, maar toch ook niet zo ver dat ze me een helpende hand bood. Ik hield één arm om haar heen terwijl ik met de andere hand mijn eigen kleren uittrok. 'Ik hou van je.' Ik wachtte. Er kwam geen 'Ik hou ook van jou'-reactie.

Oké, het was tijd voor het romantische gebaar. Ik was zo verdomde moe. Maar ik tilde haar op, droeg haar naar het bed en legde haar neer. Een beetje riskant in het donker, zeker voor een man van mijn leeftijd, gezien het gevaar voor hernia. Maar Lynne was licht, ik wanhopig en zie daar, het hielp. Ze zei niet: 'Alles is vergeven.' Ze zei geen woord. Maar ze stak haar armen uit en trok me naast zich.

Dus begonnen we in het pikdonker te vrijen. Lynne's koelheid was eigenlijk nog niet zo gek, dacht ik. In zekere zin beter dan haar gebruikelijke stilte waarin ze toch nog weleens een paar woorden kon zeggen; het verhoogde het genot. Ik kon me op alles concentreren – het geluid van haar lichaam tegen het laken toen ze heftiger begon te bewegen, haar ademhaling die dieper werd.

Dit was interessant; hier zat meer in dan een routinenummertje. Maar juist toen ik 'Lynne' wilde uitroepen, raakte ik alle besef van haar kwijt.

Ik vrijde niet langer met mijn verloofde. Ik neukte zoals ik dat vroeger deed: het gaf niet wie er naast me, op me, onder me lag zolang het alle gebruikelijke onderdelen maar had. Ik wilde hem er alleen maar instoppen en klaar. En toen...

Verrassing. Voor mij tenminste.

De vrouw zonder gezicht verdween. Bonnie Spencer lag bij me in bed. Ze was wild. De zachte, strelende handen waren misschien die van Lynne, maar de Bonnie in mijn geest had haar benen stevig om me heengeslagen en ze klauwde aan mijn rug. Toen kreunde ze van genot en maakte dezelfde dierlijke geluiden als ik. Harder. Haar donkere haar lag over het kussen verspreid; ik werd dronken van de bloemengeur. Toen ik in Bonnie drong, liet ze een snik horen. O God, dacht ik, dit is het. Ik riep: 'Ik hou van je. O God, wat hou ik van je!' en ik hoorde Bonnie schreeuwen: 'Help me!' toen ze begon klaar te komen en toen: 'Ik hou zoveel van je.'

Het was perfect.

Het was voorbij.

Lynne zei na een tijdje: 'Dat was lekker.'

'Ja, zeker.'

'Wil je me om zes uur wakker maken? Ik wil vroeg thuis zijn. Ik wil nog rollers in mijn haar zetten en dan naar school rijden om een paar boeken op te halen die ik nodig heb.'

'Goed,' zei ik. Toen sloot ik mijn ogen tegen de duisternis.

Ik duwde om vijf over negen de zware glazen deur open en stapte meteen af op Rochelle Schnell, eerste adjunct-directeur van de South Fork Bank and Trust, kantoor Bridgehampton.

'Ik respecteer je verstand,' zei ik tegen haar.

'Dat vertelde je me twintig jaar geleden ook al.'

'Heeft het geholpen?'

'Nee, natuurlijk niet. Maar ik heb je pogingen altijd wel gewaardeerd.'

Rochelle was veertig. Dat wist ik omdat we samen op de kleuterschool hadden gezeten en omdat onze verjaardagen maar twee dagen uit elkaar lagen, moesten we onze verjaardag op school tegelijk vieren. (Haar moeder, mevrouw Maziejka, moest de gebakjes brengen en mijn moeder de limonade, maar aangezien mijn moeder werkte, bracht mevrouw Maziejka altijd beide. Ze deed er nooit moeilijk over; integendeel, ze schreef op de ene helft van de gebakjes altijd 'Rochelle!' in het roze en op de andere helft 'Steve!' in het blauw.)

Rochelle zat achter een enorm houten bureau, gekleed in een donkergrijs mantelpak, maar toen ze naar me toekwam om me een kus te geven en uitriep: 'Ik heb je in geen maanden gezien. Je ziet er fantastisch uit!' zag ik dat haar rok zo'n stretch minirok was, zo'n ding dat eruitziet als een uit de kluiten gewassen steunverband.

'O ja? Nou, jij ook, Rochelle, alleen zit je met een enorm probleem. Niemand staat zijn spaarcenten af aan een bankier met zo'n strakke rok dat je bijna haar venusheuvel kan zien.'

'Steve, wanneer word je nu eens volwassen?'

'Oké, het spijt me.'

Ze grinnikte. 'Welnee, het spijt je helemaal niet. Nou, wat kan ik voor je doen? Een hypotheek tegen de laagste rente? Die krijg je niet.'

Ik legde mijn hand op haar rug en bracht haar terug naar haar stoel. Ik ging tegenover haar aan het bureau zitten. 'Dit moet onder ons blijven. Ik wil weten of je een rekeninghouder hebt die Bonnie Spencer heet...'

Rochelle onderbrak me. 'Geen sprake van. Ik hou van een geintje, maar je weet dat ik eerlijk ben. Ik mag je zelfs geen naam geven. Ik zal het eens navragen bij onze juristen, maar je moet me een dagvaarding geven en als dan blijkt dat ze een rekening heeft, moet ik bellen naar...'

'Het enige dat ik wil weten is of ze hier een rekening heeft. Geen bijzonderheden. Alsjeblieft. Voor mij, Rochelle. Ik ben toch niet zomaar een idioot die je niet kent?'

'Nee, je bent een idioot die ik wel ken.' Ze blies langzaam haar adem uit. Toen draaide ze zich met stoel en al om zodat ze voor haar beeldscherm zat en legde haar handen op het toetsenbord. Haar diamanten trouwring, een kadootje van meneer Schnell die de bank had gekocht om haar aandacht te trekken, schitterde; haar lange roze nagels klikten terwijl ze typte. 'Ja, ze heeft een rekening hier.'

'Dank je.'

'Geen dank.'

'Vertel me eens hoeveel er op haar rekening staat.'

'Nee. Jij bent een smeris. Hou je aan de wet. En geloof maar niet dat je me kunt overhalen. Ik heb je al meer verteld dan ik mag. Ga maar naar de officier van justitie en haal een dagvaarding.'

'Maar Rochelle, met die verdomde geheimhoudingsplicht moet je haar dan laten weten dat er onderzoek is gedaan door een vertegenwoordiger van de wet.'

'Is dat zo'n ramp?'

'Ja. Luister even naar me. Het is een ramp omdat Bonnie Spencer een aardige vrouw is en ik wil haar niet laten schrikken. Haar exman...'

'O, die Spencer!'

'Ja. Nou, de hoge omes beginnen een beetje zenuwachtig te worden en het zou helpen als ik er snel – zonder te hoeven wachten op een dagvaarding – achter kwam dat ze werkelijk zo bonafide is als ze lijkt, dat er niet een hoop geld op haar rekening is gestort of eraf gehaald. Ik wil graag dat haar naam uit het onderzoek wordt geschrapt. Begrijp je wat ik bedoel? Het is echt een schat van een vrouw. Ze heeft nooit iets met moord te maken gehad. Ze had niets met hèm te maken. Ik heb alleen maar wat cijfers nodig ter ondersteuning zodat we haar naam van de lijst kunnen halen. Tijd speelt in dit geval een grote rol. Of wil je soms dat een overenthousiaste eerstejaars rechercheur haar werkgever belt en zegt: "Ik ben van de afdeling Moordzaken van Suffolk County en ik doe onderzoek naar Bonnie Spencer"?'

Rochelle's nagels begonnen weer te klikken. 'Er staat honderdvijf dollar op haar lopende rekening. Er wordt regelmatig geld gestort en opgenomen, dus ik neem aan dat we haar bank zijn.' Klik. 'Zeshonderdvierendertig op haar spaarrekening waar vorige maand nog iets meer dan zevenhonderd op stond.' Klik-klik. 'En haar Visa card... Die gebruikt ze bijna nooit.'

Ik wees naar het beeldscherm. 'Wat zegt jou dit allemaal?'

'Dat haar ex-man erg achter was met zijn alimentatie.'

'Ze kreeg geen alimentatie.'

'In dat geval is ze zo arm als een kerkrat.'

Het enige aantrekkelijke aan Bonnie's buurvrouw, Wendy Morrell, was haar naam; die riep beelden op van een maagd, dansend in de dageraad in een veld met klaver. Maar in het ochtendlicht leek Wendy eerder op de heks – in een olijfgroene jumpsuit – dan op Sneeuwwitje. Haar gezicht zat vol met van die luchtbeldingen die onder de huid groeien. Er zat een grote op haar linkerwang en ik merkte dat ik mijn vinger uitstak naar mijn eigen wang, misschien omdat ik wilde proberen die bobbel symbolisch door te prikken; ik deed hem snel weer naar beneden.

'Ik bedoel, natuurlijk heb ik alles over de moord gelezen wat er maar te lezen viel,' zei ze, 'maar het zou in geen miljoen jaar in me zijn opgekomen dat Bonnie Spencer iets had te maken met Sy Spencer.'

Wendy Morrell was waarschijnlijk begin dertig. Mager op z'n Newyorks, een lichaam dat in de Derde Wereld medelijden zou opwekken, maar dat in Manhattan bewondering afdwong. Onder de brede gouden armband om haar onderarm zag je de omtrekken van haar spaakbeen en ellepijp. Haar haar was geknipt in die afgehakte stijl die alleen jongens die net hun basistraining achter de rug hebben (of heel, heel mooie vrouwen) zouden moeten dragen.

We stonden bij de voordeur van haar moderne huis. Ze had me niet gevraagd binnen te komen. Misschien was ze een elitaire trut. Misschien schaamde ze zich; huizen als die van haar vingeroefeningen in ruimtelijke meetkunde van miljoenen dollars – waren zomaar ineens Uit De Mode geraakt op de South Fork. Ze waren vervangen door postmodernistische landhuizen die zo groot waren dat ze gemaakt leken voor een volk van reuzen in plaats van de periodontisten en tassenontwerpers die ze bevolkten. Wendy was midden in de deuropening gaan staan alsof ze bang was dat ik haar opzij zou duwen, omdat ik wilde zien hoe de rijken leefden – of, als ik modebewust was, dat ik stiekem naar haar hopeloos verouderde hi-tech keuken zou kijken en zou grinniken.

'Dat die twee Spencers op dezelfde planeet woonden was op zich al een wonder,' vervolgde ze. 'Ik bedoel, ik wil niet denigrerend over haar doen, maar het is zo'n tegenstelling in stijl: élégance versus flodderigheid. Snapt u? Kijk, ze is een hardloopster. Ik ben wel de laatste persoon op aarde die een pleitbezorgster is voor joggingpakken. Zie ik eruit alsof ik een lans zou willen breken voor pastelkleurige trainingsbroeken en bijpassende jacks? Ik weet dat het u misschien overdreven in de oren klinkt, maar ze woont wel in de Hamptons en niet in Kalamazoo of waar ze ook vandaan komt. Ze zou toch weleens wat aandacht aan haar uiterlijk mogen besteden en geen kleren dragen die eruitzien alsof ze de jongenskleedkamer van de middelbare school heeft geplunderd aan het eind van het schooljaar. Ik bedoel, ze moet toch wel een klein beetje gevoel voor wat wel en wat niet kan van Sy hebben meegekregen?'

'Kende u hem?'

'Nou, we zijn nooit aan elkaar voorgesteld. Maar u weet wat ze zeggen: er zijn feitelijk maar driehonderd mensen op aarde.' Ze realiseerde zich ineens dat ze het tegen een vertegenwoordiger van de drie miljard min driehonderd had, want legde ze uit: 'Dat is een Newyorks-Hamptonse opvatting: Je weet dat er een paar plaatsen zijn in bijvoorbeeld SoHo of East Hampton waar je binnenstapt en dan Calvin Klein of Kurt Vonnegut of Sy Spencer tegenkomt. Sy was toevallig een vriend van een heel goede vriend. Teddy Unger. Projectontwikkelaar. Kent u hem? Nou, hij bezit half New York. De betere helft. Dus, al hadden we elkaar nooit formeel ontmoet, Sy en mijn ex-man en ik maakten allemaal deel uit van dezelfde wereld.'

Zelfs al zou je de definitie van de 'Beautiful People' tot over de grenzen van het rationele verruimen, dan nog zou Wendy Morrell er niet bij horen.

'Hoe zit het nu met de ex-vrouw?' wilde ze weten. 'Staat ze onder verdenking?'

'Nee. Dit is strikt een onderzoek naar de achtergronden. Ik probeer alleen een idee te krijgen van wat voor soort vrouw Bonnie Spencer eigenlijk is.'

'Ik kan u niet helpen. Ik ben niet zo'n type dat op de buren let.' Wendy gluurde naar het huis van Bonnie, toen naar haar eigen oprijlaan waar ik mijn Jag zo had neergezet dat Bonnie hem vanuit haar huis niet kon zien. Ze keek argwanend naar mijn auto alsof hij iets engs, seksueels en vooral iets onvergeeflijk opdringerigs vertegenwoordigde, omdat het nu eenmaal geen auto was waar een smeris in hoorde rond te rijden.

'Maar misschien heeft u toevallig iets opgevangen vanuit uw ooghoek,' zei ik. 'Had ze vaak bezoek?'

'Ik wou dat ik u een volledig verslag kon geven, maar ik heb het bijzonder druk. Geloof me, ik breng mijn tijd heus niet door met letten op wat Bonnie Spencer uitspookt.' Ze legde haar hand op de gouden speld die haar jumpsuit, godzijdank, gesloten hield. Hij zat op de plek van haar lichaam die je bij een vrouw die zich niet had uitgehongerd decolleté zou noemen. 'Ik heb een bedrijf.' Ze zei 'bedrijf' alsof ze General Motors bedoelde.

'Wat voor bedrijf?'

'Wendy's Soepen. Ik ben directeur en grootste aandeelhouder.' Als in: Iedereen kent Wendy's Soepen. Tenminste iedereen die iets voorstelt en daar hoorde ik duidelijk niet bij. 'Er zijn al heel wat grote artikelen over me verschenen. In de *New York Times*, *Vogue* enzovoort. *Elle*...Kent u *Elle*? Het stuk heette "Superbe Soepen!" '

'Kookt u ze hier?'

Ze glimlachte. Foutje. God had Wendy Morrell een hoop tandvlees meegegeven. 'Nee. De fabriek staat in een kleine etnische buurt in Queens. Ik heb zesenveertig mensen in dienst.'

'Dus u woont hier niet het hele jaar door?'

'Nee. In New York. Ik ben hier alleen met lange weekends. Vroeger ook altijd de hele maand augustus, maar toen verscheen dat hoofdartikel in *New York Woman*.' Met, hoopte ik, een foto van een kop erwtensoep over dat gezicht uitgegoten. 'We gingen uit ons dak. Kunt u zich voorstellen?!'

'Luister, mevrouw Morrell, u bent duidelijk een drukbezet persoon, maar drukbezette mensen zijn over het algemeen het efficiëntst.' Daar was ze het duidelijk mee eens. 'U bent niet het type van de nieuwsgierige buurvrouw, maar...'

'Ik weet niets van haar. We knikken alleen maar tegen elkaar. Dat is alles. Wanneer ik hier ben, word ik nog achtervolgd. De telefoon, de fax. Ze kunnen me op kantoor maar niet met rust laten. Ik sta voortdurend onder druk. Ik moet mezelf zo nu en dan dwingen eens wat rust te nemen. Ik doe niet aan koffievisites.'

'Doet Bonnie daaraan?'

'Niet dat ik ooit heb gezien.'

'Waar ik heen wil is: krijgt ze vaak bezoek?' Ze keek weer naar mijn Jag. 'Mannen met sportwagens?'

'Mannen met sportwagens. Mannen met personenauto's. Mannen met wat voor soort voertuigen dan ook. Is dat iets nieuws voor u?' Ze zweeg even. 'Ik heb... eenmaal een kleine vrachtwagen gezien. Het viel me toevallig op omdat het nogal laat was. Nou ja, laten we haar het voordeel van de twijfel geven. Misschien was er iets kapot dat snel moest worden gerepareerd door een jonge knul van niet ouder dan tweeëntwintig met een strakke spijkerbroek en werklaarzen.'

'Ik ga u een directe vraag stellen, mevrouw Morrell, maar ik heb het gevoel dat ik dat wel kan doen aan iemand die een groot bedrijf leidt.' Ze beloonde dat eerbewijs met een mond vol tandvlees. 'Heeft u de indruk dat mevrouw Spencer een actief seksleven heeft?'

'Misschien interviewt ze de halve mannelijke bevolking van Bridgehampton voor die "happy news"-rubriek van haar. Ze is ook wel eens bij mij geweest met de vraag of ze mij mocht interviewen! Ik deed heel vriendelijk. Ik zei dat ik het ontzettend druk had, maar dat het me leuk leek – een andere keer.' Ze zweeg. 'Bent u echt van de politie?'

Ik gaf haar mijn penning. Ze hield hem tot vlak onder haar neus, blies ongetwijfeld smerige, natte, linzen-dille adem op het plastic en bestudeerde hem. Toen gaf ze hem terug.

'Heeft u kortgeleden nog een auto voor Bonnie's huis zien staan? Een zwarte sportwagen?'

'Meneer Hoe-u-ook-heet,' glimlachte ze, 'ik weet hoe een Maserati eruitziet. Mijn ex-man had een Ferrari 250 GT uit '62. Geloof me, ik droomde sportwagens tijdens dat huwelijk.' Ze keek naar de mijne. 'En ik herken zo een E-type Jaguar roadster.' Ik baalde ervan dat die heks zoveel wist van mooie auto's. 'En het antwoord op uw vraag is ja.'

'Ja, wat, mevrouw?

'Er stond een Maserati op haar oprijlaan. Vorige week. Iedere ochtend dat ik hier was. Om kwart voor twaalf. Ik kon de klok erop gelijkzetten. En er stapte een fantastisch geklede man uit. Ik bedenk me nu dat dat Sy Spencer moet zijn geweest. Maar ik weet zeker dat er een onschuldige verklaring voor is. Misschien luncht ze gewoon vroeg.'

'Misschien. Hoe laat ging hij weg?'

'Twee uur, drie uur, vier uur.'

'Nog geluiden van ruzie?'

Ze schudde haar hoofd. 'Ik kan het niet geloven! Hij was zo knap – en beschaafd. Ik bedoel, die man kon iedere vrouw krijgen. Waarom zou een man als hij zijn tijd verdoen met een mislukkelinge als zij?'

'Misschien is ze aardig.'

'Aardig?' Wendy Morrell hield haar hoofd schuin, fronste haar wenkbrauwen alsof ze voor het eerst over een nieuw modeverschijnsel hoorde. 'Aardig?'

8

Die aardige Bonnie Spencer!

Nou, voor mij kon ze de pot op. Ik had de hele tijd al het gevoel gehad dat er iets niet in de haak was. Ik had de hele tijd al het idee gehad dat ze tegen me loog over Sy. Maar ondanks alles had ik toch nog de hoop gekoesterd dat ze een goed mens was, dat de band die ze nog met haar ex-man had alleen met films had te maken. Want als ik ooit bevriend zou raken met een vrouw, dan zou Bonnie precies het soort vrouw zijn geweest dat ik had uitgekozen. Ze leek zo eerlijk dat ik, ondanks mijn twijfels, echt geloofde dat toen Wendy haar mond opendeed, ze zou zeggen: 'Een zwarte sportwagen? Nee! De enige wagen die ik ooit op haar oprijlaan heb zien staan, was die van de meteropnemer – en hij was nooit langer dan negentig seconden binnen.'

Bonnie kon voor mij naar de hel lopen. Ik schakelde over naar de derde versnelling.

De rit van Bridgehampton naar het hoofdbureau in Yaphank was zestig kilometer en het grootste deel bestond uit een recht stuk vierbaans autoweg. Ooit was het mijn persoonlijke testcircuit. Maar sinds mijn drooglegging was ik een ouwe zak geworden en reed ik nooit harder dan hondertwintig.

Maar nu terwijl ik tegen het verkeer dat van het strand kwam, in reed, besloot ik dat ik behoefte had aan snelheid. Ik kon me niet voorstellen dat ik haar zo verkeerd had beoordeeld. Moose was niet de dorpshoer; het was niet het beest dat het beest was. Die stomme trut Bonnie kon haar benen niet bij elkaar houden. Ik schakelde over naar de vierde versnelling, hoorde het zware gebrom van de uitlaat en zag de tachometer in het rode gedeelte komen. Ik deed het wat rustiger aan toen ik op honderdzeventig zat. Mijn rug op met Bonnie Spencer! Dit was geweldig. In de meeste sportwagens krijg je in de laatste versnelling het gevoel dat je opstijgt, maar de XKE gaat dan juist lekker op de weg liggen. Het is een heerlijke ervaring.

Er is geen fijnere afleiding dan snelheid, vooral wanneer je nuchter bent. (Als je dronken in de auto zit, voel je zomaar dat de man met de zeis, met die badjas met capuchon – zoiets als die van Sy, alleen niet van dezelfde kwaliteit badstof – bij de volgende bocht op je staat te wachten.)

Oké, dus opgelazerd met Bonnie. En opgelazerd met deze zaak. Zodra alles voorbij was zou ik tegen Lynne zeggen: 'Kom mee. Ik kan niet wachten tot Thanksgiving. We zoeken een priester die niet zo'n lange wachtlijst heeft als die van jou. Dan trouwen we meteen. En we gaan niet naar St. John. We gaan naar Londen. Ik ga met je naar museums. Naar Shakespeare. Ik ga met je naar Engelse scholen en ik zal naast je staan en alles leren over de nieuwste methodes om rekenproblemen te lijf te gaan. En ik zweer het je, ik ga zelfs naar de opera.'

Brigadier Alvin Miller van de politie in Ogden, Utah, praatte héééél langzaaaam alsof ieder woord eerst moeizaam over een lang karrespoor moest gaan voor het eruit kwam. 'Nou, rechercheur Brady. Een van de jongens heeft me gisteravond je boodschap doorgegeven. Rond tienen. Ik zit niet meer op het bureau. Ik ben met pensioen. Al elf jaar.' Ik legde de hoorn tegen mijn andere oor. 'Maar omdat je zei dat het geen haast had, wou ik je niet bellen daar in New York, omdat het daar midden in de nacht was.' Hij zei 'New York' op een sarcastische manier net als veel van de mannen in mijn compagnie in Vietnam alsof gewone mensen en gewone plaatsen – voorsteden, boerderijen, stranden en bossen – alleen maar een dekmantel waren voor een staat die als enige taak had op de rest van Amerika neer te kijken. 'Ik hoop dat de zaak niet is opgehouden omdat ik niet meteen heb teruggebeld.'

'Nee, hoor.' Aan de andere kant van de kamer zat een nieuwe vent, Chris, aan zijn bureau. Hij hield een *jelly doughnut* uit een zak Dunkin' Donuts die Robby iedere ochtend meebracht en ronddeelde, in de lucht. Hij liet de donkere vulling in zijn mond druipen. De foto's op mijn bureau van Sy met zijn twee kleine, keurige wondjes waren heel wat minder weerzinwekkend dan Chris die zijn tong uitstak om een klodder van het rode spul dat langs zijn plakkerige kin naar beneden droop, af te likken. 'Ik ben blij dat u terugbelt,' zei ik tegen Miller.

'Ja, tuurlijk. Nou, je wilde wat weten over dat meisje van Bernstein. Ze heeft zich toch niet in de nesten gewerkt?'

'Nee, met haar gaat het goed. Haar ex-man...'

'Is ze gescheiden?'

'Ja. Een paar jaar geleden.'

'Echt waar? Wat was haar voornaam ook weer?'

'Bonnie.'

'Da's waar ook. Bonnie Bernstein. Woont ze in New York?'

'Nee. In Bridgehampton. Dat is een stadje aan de oostkant van Long Island.'

'O. Ik hoorde dat ze naar Hollywood was gegaan. Ze heeft een film gemaakt, wist je dat? Ik ben de naam kwijt, maar ik heb hem gezien. Niet slecht.'

'De rechercheur met wie ik sprak zei dat u de familie misschien kende.'

'Tuurlijk. Ik heb ze gekend. Vrij goed op een gegeven moment.' Ik wilde het liefst die oude zeur bij zijn halsdoek pakken en hem door elkaar rammelen zodat hij wat sneller zou gaan praten.

'Kunt u me iets over hen vertellen?'

'Tuurlijk.' Ik likte aan mijn vingertop en begon een kring op het bureau uit te vegen terwijl ik op zijn volgende woord zat te wachten. 'Als ik me goed herinner, zijn de Bernsteins – Bonnie's grootouders moeten dat zijn geweest – met de winkel begonnen.'

'Mm-mm,' mompelde ik aanmoedigend.

'Ze noemden die Bernstein.'

'Namen haar ouders de zaak over?'

'Ja, die hebben de zaak goed gerund.'

In de aangrenzende kamer gaf Ray Carbone een van de twee secretaresses van Moordzaken een stuk papier. Afgaande op de gekwelde blik in zijn ogen was het waarschijnlijk een kladje van het volgende persbericht, wat er eigenlijk op neerkwam dat we nog niets wisten. De secretaresse ging op zoek naar haar bril, kon hem niet vinden, dus strekte ze haar arm en deed haar hoofd achterover zodat ze kon lezen. Boven haar hoofd hing het grote spandoek dat niemand over het hoofd kon zien wanneer hij op Moordzaken moest zijn, met daarop: GIJ ZULT NIET DODEN.

'Wat voor soort winkel hadden de Bernsteins?'

'Een sportwinkel.'

'Slaghouten, ballen?'

'Nee. Wapens, vistuig.'

'Vuurwapens?'

'Tuurlijk, vuurwapens. Dit is Utah.'

'Geweren?'

'Ja.'

'Bestaat de winkel nog?'

'Nee. Mevrouw Bernstein – Bonnie's moeder dus – overleed. Dan – dat is haar vader – verkocht de zaak en ging met pensioen. Ik geloof naar Arizona, maar daar durf ik niets om te verwedden. Misschien New Mexico. En de jongens – er waren er drie of vier – bleven niet in Ogden. Een van hen is professor aan de universiteit van Utah en ik weet niet wat de anderen deden.'

'Bonnie was het enige meisje.'

'Voorzover ik me kan herinneren en ik herinner me haar omdat ze bevriend was met de jongens en meisjes in de Mutual van mijn Eddie. Je weet zeker niet wat dat is?'

'Nee.'

'Dat is een groep voor mormoonse kinderen van de lagere en de middelbare school.'

'Waren de Bernsteins mormonen?'

'Nee, natuurlijk niet. Je komt uit New York. Dat zou je moeten weten.'

'Dat is zo. Goed, ik zal eerlijk zijn, brigadier Miller.'

'Da's altijd het beste.'

'De zaak die ik aan het onderzoeken ben...'

'Ik weet wat voor soort zaak. Ze zeiden tegen me dat je van de afdeling Moordzaken was. Hebben jullie daar op Long Island een hele afdeling voor nodig, voor moord?'

'Ja. Het slachtoffer was Bonnie's ex-man. Hij is neergeschoten met een .22. De dader kon goed schieten. Ik wil Bonnie graag uitsluiten.'

'Wat wil je van me weten?'

'Wat ik wil weten is of u enig idee heeft of zij met een een .22 overweg kon.'

'Dat weet ik niet.'

'Wat denkt u?'

'Nou ja, kijk, een meisje als Bonnie – een halve jongen – die een sportzaak in de familie heeft en waarvan de vader zo'n beetje de beste schutter in Ogden was... Ik ging vroeger nogal eens naar Wyoming met hem en nog een paar lui om herten te schieten. Nou, en ze was haar vaders lievelingetje. Het zou wel kunnen dat hij of een van haar broers haar heeft geleerd te schieten met een .22.'

'Dank u.'

'En nou verwacht je zeker van me dat ik zeg dat ze het niet gedaan kan hebben, hè?'

'Het zou me niets verbazen als u dat deed.'

'Nou, ik zeg het niet. Ze is uit Ogden weggegaan. Naar Hollywood, daarna New York. Dan kan ik je geen garanties meer geven, hè?'

'Nee.'

'Maar onder ons gezegd en gezwegen, rechercheur Brady. Je mag dan uit New York komen en denken dat je heel wat bent en zeggen dat je Bonnie Bernstein wil uitsluiten, maar het klinkt alsof je denkt dat zij haar vroegere man heeft neergeschoten. Met voorbedachten rade. Misschien.' Hij slaakte een diepe zucht. 'Maar als het meisje dat je verdenkt ook maar in de verste verte lijkt op dat aardige, vrolijke meisje in de Mutual van mijn zoon Eddie, weet je wat ik dan denk? Dat je op het verkeerde paard wedt. Snap je wat ik bedoel? Volgens mij sta je tegen de wind in te pissen.'

Robby Kurz zette zijn geld op Fat Mikey LoTriglio. 'Oké, hij is nooit veroordeeld, maar zijn naam wordt in verband gebracht met drie – let op, drie – maffiamoorden. Hij hoeft maar met die dikke vingers van hem te knippen en er gaat iemand dood.'

'Nee, hoor,' zei ik. 'Bonnie Spencer. Motief en gelegenheid.'

Ray Carbone legde zijn twintig dollar bij die van ons. 'Wie is er nog over? Lindsay Keefe? Goed. Zij voelde zich misschien in een hoek gedreven; haar baan en reputatie stonden op het spel. En ze heeft waarschijnlijk weinig scrupules als het om de aantasting van haar superego gaat. Het zou te veel op een film lijken als ze het heeft gedaan, maar toch durf ik op haar in te zetten.'

Charlie Sanchez ging bijna met pensioen en het kon hem allemaal te weinig schelen om nog aan de weddenschap mee te doen. Hij noteerde de namen die wij hadden genoemd, vouwde het geld op en stopte het in de zak van zijn geliefde suède vest.

De verhoorkamer op het hoofdbureau waarin we zaten, was meer dan een kaal peertje en een stoel, maar zou toch nooit een prijs voor binnenhuisarchitectuur winnen. Het hoofdbureau zelf had oorspronkelijk de sociale dienst gehuisvest en het gebouw stak, midden in het hart van het zachtgroene en bruine akkerland van Yaphank, ongenaakbaar lelijk boven alles uit. Binnen lagen er grijze asfalttegels en stonden er oranje plastic stoelen – om de zachtmoedigen eraan te herinneren dat hoewel ze wellicht op een wachtlijst stonden om de aarde te erven, hun huidige levens tamelijk bedonderd waren en dat waarschijnlijk ook wel zouden blijven.

We zaten met zijn vieren om de namaak-houten tafel. Charlie die al twintig jaar op de afdeling werkte en binnen enkele weken hoofd van de beveiliging van een winkelcentrum in Bay Shore zou worden, aaide over zijn vest dat zijn vriendin hem had gegeven voor zijn tweeënveertigste verjaardag. Hij droeg het binnen en buiten, zelfs bij vijfendertig graden boven nul. Hij hield bijna net zoveel van dat vest als van de vriendin. (Zijn vrouw had hem een sneeuwruimer voor zijn verjaardag gegeven, waarschijnlijk als reactie op de elektrische puntenslijper die hij haar voor haar verjaardag had gegeven.)

'Er zijn duizend dollar zoek,' begon Charlie. Hij had achtergronden van Sy nagetrokken. 'Dat is wat ik heb ontdekt. Om veertien over acht op vrijdagmorgen stond Sy bij de geldautomaat van de Marine Midland Bank in Southampton.'

'Zijn secretaresse in New York zei dat hij tegen haar had gezegd dat hij contant geld zou opnemen voor zijn reis naar Los Angeles,' voegde Ray eraan toe.

Charlie vervolgde: 'Sy mocht een bedrag tot duizend dollar per dag opnemen. En dat heeft hij ook gedaan. Is een van jullie duizend dollar tegengekomen?'

Robby schudde zijn hoofd. 'Nee. Er zat...' Robby keek in zijn notitieboekje '... honderdzevenenveertig dollar in zijn portefeuille.'

Ik deed mijn ogen dicht om me te concentreren. Toen zei ik: 'Hé! Wacht eens even. Moet je eens luisteren. Sy ging om veertien over acht naar de bank. Hij kwam om vijfendertig, veertig over acht op de set, dat is ongeveer de tijd die je nodig hebt om van Southampton naar East Hampton te rijden als je onderweg niet stopt. Toen hij daar eenmaal was bleef hij de meeste tijd in zijn caravan om met allerlei mensen te praten. Ja? Die knul Gregory hing om hem heen en we hebben met alle anderen gepraat die met Sy hebben gesproken. Niemand heeft iets gezegd over geld dat aan iemand werd gegeven. De mensen die hij sprak waren hoofdzakelijk van het technisch personeel – een man van de special effects die iets met vuur en geweerschoten deed, Nick Monteleone en zijn grimeuse. Hij bracht een paar minuten met Lindsay door, maar zij was een kostuum aan het passen, dus de dame van de kostuums en een naaister waren er de hele tijd bij. Hij heeft niet met vakbondslieden of politiemensen of politici gepraat – mensen aan wie hij eventueel geld zou afschuiven. Volgen jullie me?' Robby en Ray knikten. Charlie aaide nog eens over zijn vest. 'Oké, aangenomen dat hij niemand een biljet heeft toegeschoven verlaat hij om ongeveer kwart over elf de set met duizend dollar op zak. Dit keer gaat hij niet naar Bonnie. In plaats daarvan is hij vermoedelijk rechtdoor naar huis gereden; hij was daar om tien voor twaalf. Dat weten we van de kokkin omdat hij haar om brood en een salade vroeg voor de lunch en wel zo snel mogelijk.'

'En dat is een lunch?' Charlie schudde zijn hoofd. 'Dat kan je je toch niet voorstellen? Heeft iemand zijn eigen kok en dan vraagt-ie nog om een salade! Die Newyorkse mietjes, neem me niet kwalijk. Ik word er niet goed van.'

'Wat wil je hiermee zeggen, Steve?' wilde Ray weten.

'Wat ik hiermee wil zeggen is dat Sy behalve de kokkin maar één persoon heeft gezien: de persoon die hij blijkbaar als praktizerend niet-mietje heeft gepakt in de logeerkamer. Nou, we hebben een Bonnie Spencerachtige haar op het kussen in de logeerkamer gevonden – goed, we moeten even wachten tot de DNA-analyse is afgerond, maar ik durf te wedden dat die van haar is.'

'Waarom ben je zo op haar gefixeerd?' vroeg Ray.

'Omdat dit een intelligente moord is en zij is heel intelligent. Omdat hij haar heeft gebruikt – twee keer – en ze mij niet het type lijkt dat wacht op een derde keer. Ik denk dat ze iets hards in zich heeft. En omdat ze iets voor me verzwijgt, al vanaf het moment dat ze zaterdagochtend de deur voor me opendeed. En omdat ze die vrijdag bij hem was. Motief en gelegenheid, Ray.'

'Weet je wat ik niet snap? Dat hij Lindsay Keefe bedroog met zijn ex-vrouw,' zei Charlie. 'Wat was hij eigenlijk? Ernstig gestoord?'

'Laten we die verdwenen duizend dollar goed in de gaten houden,' zei ik. 'En vraag je af waar de portefeuille was waar wel geld in zat.'

'In de binnenzak van zijn blazer,' zei Ray.

'Waar?'

'In de slaapkamer van Lindsay aan een hanger aan de buitenkant van de kastdeur. Alles wat hij voor de reis nodig had lag klaar – een ingepakte weekendtas, een leren map met een paar scenario's.'

'Goed,' zei ik. 'Maar de zakken van de broek die hij die dag droeg waren leeg, op wat kleingeld en zijn autosleutels na en die broek lag in de logeerkamer. Ik denk dat hij klaar was met pakken, bedacht dat hij nog een uur of wat over had, besloot dat hij zin had in een nummertje en Bonnie belde of ze zin had naar hem toe te komen. Hij laat haar stiekem binnen zodat de kokkin haar niet ziet, gaat de trap op, neukt haar en dan...'

'En dan?' vroeg Ray. 'Dit is voor het eerst dat ik meer hoor over die persoon dan dat ze zijn ex-vrouw was die dichtbij woont. Wat denk je dat er speelde?'

'Mijn beste gok? Dat ze ruzie kregen. Hij zegt dat ze zich moet aankleden en ophoepelen. Of hij hoeft het niet te zeggen; ze merkt het zelf wel. Wat dan ook. Maar hij pakt een badjas en laat haar daar achter terwijl hij snel een paar baantjes trekt voor hij naar het vliegveld moet. Hoe dan ook, zij voelt zich genomen. Ze doorzoekt zijn zakken en haalt er de duizend dollar uit.'

'En dan gaat ze naar buiten, vindt een .22 en schiet hem dood?' vroeg Charlie. 'Kan een schrijfster van vijftien meter afstand twee keer raak schieten?'

'Zou jij het kunnen, Charlie?'

'Van vijftien meter? Waarom niet?'

'Ja nou, waarom zij dan niet?' zei ik. Ik vertelde hen wat de trots van Ogden me over de familie Bernstein had verteld.

'Nou, ik kan Bonnie niet zien als een serieuze verdachte,' zei Robby.

Hij ging verzitten en zijn polyester broek gleed langs het plastic van de stoel; het effect was het geluid van een scheet. 'Zelfs al heeft ze lang donker haar, zelfs al ging ze met hem naar bed, zelfs al kan ze goed schieten waar ik ernstige twijfels over heb, waarom zou ze hem vermoorden?'

'Om een heleboel redenen.' Ik begon er plezier in te krijgen: het uitleggen, overreden en het idee dat alles in elkaar begon te passen. Maar ik genoot vooral van het besef dat ik er totaal geen moeite mee had om een zaak tegen Bonnie te beginnen, dat mijn hoofd eindelijk, wat haar betreft, harder was dan mijn lul. 'In de eerste plaats leeft ze van de hand in de tand,' legde ik uit. 'Ze heeft aan die scheiding niets overgehouden. Ze heeft gezien hoe Sy nu leeft, dat er niets is overgebleven van dat eenvoudige boer Spencer-gedoe toen hij met haar getrouwd was, van die denim werkrokken en karntonnen. Nu leeft hij als de multi miljonair die hij ook is. Zij ziet de rijkdom van zijn leven en vergelijkt die met haar armoede. Heeft hem waarschijnlijk al eens verteld dat ze het moeilijk heeft, heeft hem al eens om hulp gevraagd. En verwacht die ook wel nadat ze hem waarschijnlijk de afgelopen week iedere dag tijdens de soep en de boterhammen heeft gepijpt. Alleen hij zegt nee.'

'Waarom heeft ze het daar niet gewoon bij gehouden?' vroeg Ray. 'Op zijn gevoel werken? Of een schuldgevoel bezorgen?'

'Misschien had ze al alles gegeven wat ze had – en dat is niet zoveel: ze kan neuken en ze is aardig. Wat heeft ze nog meer te bieden? En trouwens, het ging niet alleen om het geld. Misschien was ze verliefd op hem en geloofde ze echt dat ze hem terug kon krijgen. Maar wat ze ook van hem wilde, Sy zei: "Vergeet het maar."'

'Dus omdat hij haar afwees heeft ze hem vermoord?' vroeg Robby. Hij klonk niet overtuigd, maar tenslotte had hij ook twintig dollar op Mikey LoTriglio gezet.

Ik drong wat harder aan. 'Het enige wat ze heeft gedaan is dingen verzwijgen en tegen ons liegen. Waarom? Zodat we niet zullen denken dat zij het soort meisje is dat een man zijn ding in haar je-weet-wel laat stoppen? Nee. Omdat ze iets te verbergen heeft. Een moord.'

Robby moest er even over nadenken. Toen vroeg hij: 'Maar waarom heeft ze hem doodgeschoten? Wraak?'

'Wraak. En wanhoop. En hebberigheid.'

'Waar zou ze die .22 vandaan hebben gehaald?' vroeg Charlie.

'Ze woont alleen. Heeft het ding misschien al jaren, een kadootje van papa Bernstein. Misschien had ze het gevoel dat dit weleens de laatste vrijpartij kon zijn en nam hem mee. Of misschien is ze hem gaan halen. Toe nou, jongens. Sy had zijn broek aan op de set, dus niemand kan hem daar zijn portefeuille afhandig hebben gemaakt. Dan gaat hij naar huis, pakt een voorlopig onbekende brunette waarvan wij weten dat het Bonnie wel moet zijn, gaat zwemmen en knal! Weg is hij en zijn geld.'

'Zelfs als zij daar was kan het iemand anders zijn geweest die hem heeft neergeschoten,' zei Carbone.

'Dat kan. Maar wie? Waarom? We weten al van alles over Bonnie.'

'Dus heeft ze hem vermoord voor duizend dollar?' vroeg Robby. 'Echt, Steve, het klopt niet helemaal. Niet met hoe je haar hebt beschreven. Ze klinkt niet onaardig. Behalve dat ze met allerlei mannen naar bed gaat, maar Jezus, ze is eenzaam.'

'Maar waarom is ze eenzaam?' Natuurlijk keek ik niet naar Ray Carbone, al was mijn psychologisch spelletje op hem gericht. 'Vraag je eens af: welke normale, ongebonden vrouw zou in een stad blijven waar ze geen binding mee heeft, een stad die driekwart van het jaar verlaten is op de plaatselijke bevolking na en een handvol antiekhandelaren die praten over dingen als de naakte schoonheid van het winterse landschap en dat soort gelul. Waarom heeft ze het huis niet verkocht, wat haar veel geld had kunnen opleveren ondanks het feit dat de huizenmarkt is ingezakt en is ze niet naar Manhattan verhuisd en heeft ze geen behoorlijke baan gezocht?' Charlie wreef over zijn kin, Robby keek belangstellend en Ray leunde voorover. 'Ik zal jullie vertellen waarom niet. Ze is een mislukkelinge en dat weet ze. Ze heeft een moment van succes beleefd dat misschien gewoon een kwestie van stom geluk was en op dat moment slaat ze Sy aan de haak. Weet je wat dat huwelijk voor haar betekende? Het betekende: "Hé, Bonnie, je bent geweldig." Maar dan gaat hij zich vervelen en laat haar zitten. Ze blijft in het afgelegen huis wonen omdat ze weet dat als ze naar de grote stad verhuisde, ze geen excuus meer zou hebben om een mislukkelinge te zijn. Op deze manier leeft ze van de hand in de tand – maar ze kan haar illusies behouden. Dat Sy terug zal komen. Dat er van een van haar waardeloze scenario's een film zal worden gemaakt. Dat ze iets waard is. En wat gebeurt er dan?'

Ondanks het feit dat Mikey LoTriglio ieder moment met zijn advocaat kon binnenstappen, werd Robby enthousiaster. 'Wat gebeurt er dan?' vroeg hij alsof hij zat te wachten op het eind van een verhaaltje voor het slapen gaan.

Ik bracht het met al het vuur dat ik in me had; het zou heel prettig zijn als Robby aan mijn kant kwam staan in plaats van achter de maffia aanjagen. 'Sy gaat weer met Bonnie naar bed zodat ze hoop krijgt. Ineens denkt ze: Zie je wel dat ik geweldig ben. Er is toch een leven voor me weggelegd. Ik krijg mijn man terug en ik ga weer in New York wonen, op Fifth Avenue en in een strandhuis van zeven miljoen. En ze moet haar droom hebben verteld aan Sy want ineens wijst hij haar af. Misschien op een vriendelijke manier. Of misschien heeft hij haar de waarheid verteld: "Bonnie, schat, ik was kwaad op Lindsay en ik had wat afleiding nodig en jij was beschikbaar. Het had niets te betekenen." '

Ray brak zijn lege plastic koffiebeker in kleine witte stukjes. 'Goed. Ze is gekwetst door zijn afwijzing. Kapot. Maar zou ze daarom door het lint gaan?'

'Ja, want dit keer liet hij haar geen enkele illusie. Hij wilde haar niet. Je moet niet vergeten dat hij haar had vernederd, dat hij haar als een goedkope hoer behandelde toen ze hem op de set kwam opzoeken. En hij hechtte te weinig waarde aan die goeie ouwe tijd om haar financieel uit de nood te helpen. Kijk, ze heeft tweemaal een klap te verwerken gekregen: hij had haar al eens gebruikt om toegang te krijgen tot de filmwereld en hij gebruikte haar weer, als uitlaatklep omdat hij kwaad was op Lindsay. En nu was het: kusje, dag schat, ik ben weg naar Los Angeles. Echt, hij liep die logeerkamer uit en toen had ze niets meer.'

'Het is maar een theorie,' mompelde Robby, maar hij klonk al aardig overtuigd.

Ray ook. 'Oké, Steve en Robby, blijf aan de andere mogelijkheden denken, maar ga achter die Bonnie aan. Ik geloof dat ze wel wat extra aandacht verdient.'

Fat Mikey LoTriglio zag eruit als de Siciliaanse versie van Dik Trom. Hij had een onzichtbare nek: het was net of zijn zijden stropdas, die donkerblauw was maar gevaarlijk dicht tegen paars aan zat, aan een van zijn kinnen hing die op zijn borst rustten. 'Ik ben met Sy opgegroeid,' vertelde hij Robby en mij. 'Hij was als een broer voor me. Zal ik je eens wat vertellen: als jullie die vent vinden die hem koud heeft gemaakt, moet je mij maar bellen. Dan zeg je: "Hé, Mikey, we hebben de vent die Sy om zeep heeft geholpen" en ik zweer het je, dan zal ik hem godverdomme...'

'Op het tijdstip dat meneer Spencer werd vermoord,' viel Fat Mikey's piepjonge advocaat die zijn uiterste best deed er hip uit te zien, hem in de rede, 'dronk meneer LoTriglio cocktails met enkele zakenrelaties die zijn aanwezigheid natuurlijk kunnen bevestigen.' De advocaat droeg een brilletje met een metalen montuur alsof hij hoopte dat iemand tegen hem zou zeggen dat hij op John Lennon leek.

'Hé,' zei Mikey tegen zijn advocaat. 'Ik drink geen cocktails, als je het niet erg vindt. Ik drink borrels.' Hij keek weer naar ons en verklaarde: 'Dit is een nieuwe advocaat. Mijn oude was Terry Connelly. Ooit met hem te maken gehad? Beroerte. Ze hebben hem ergens in een ziekenhuis in Rhode Island gestopt. Je zou hem moeten zien: een kasplantje. Triest, triest. En nu die rotmoord...' hij schudde zijn hoofd in ongeloof. 'Het is een dolk in mijn hart, hoor, dat Sy dood is.'

'Wat gaat er gebeuren met je investering in *Starry Night*?' vroeg ik.

'De deelname van meneer LoTriglio aan die onderneming is niet vastgesteld,' zei de advocaat.

'We weten dat Mikey vierhonderdduizend in de film heeft gestopt en zijn zwager en een oom heeft overgehaald er nog eens zeshonderdduizend bij te lappen,' zei Robby, maar zonder zijn gebruikelijke ik-zal-je-wel-krijgen wraakzuchtigheid. Op een bepaald ogenblik, tussen het moment dat Ray en Charlie de verhoorkamer uitliepen en het moment dat Mikey en zijn advocaat binnenkwamen, was Robby overgeschakeld op Bonnie Spencer. Ik glimlachte in mezelf. Ik was echt gelukkig. Ik had Robby kunnen overhalen. Ze was nu van hem en hij zou haar wel krijgen.

'Hoe ging het met je investering, Mikey?' vroeg ik.

Mikey rolde heel even met zijn ogen: zijn kinderlijke uitdrukking. 'Wat weet ik nou van films produceren?'

'Je moet toch wel iets van weten als je er een miljoen instopt.'

'Ja zeg, als mijn vriend Sy vraagt of ik er geld in wil stoppen, stop ik er geld in.'

'De accountants van meneer LoTriglio waren onder de indruk van de verkoopcijfers van meneer Spencers films,' zei de advocaat zachtjes. 'Ze dachten dat *Starry Night* een uitstekende investering zou zijn – zij het dan dat iedere investering in een film enig risico met zich meebrengt, een feit waarvan zij zich zeker bewust waren.'

'Hield Sy je op de hoogte van de ontwikkelingen rond de film?' vroeg ik. Fat Mikey schudde zijn hoofd; zijn kinnen schommelden. 'Een miljoen dollar, Mikey. Was je niet nieuwsgierig?'

'Ach nee, wat kan mij dat nou schelen? Sy zegt dat hij er een Oscar mee gaat winnen. Hij zegt: "Mikey, breng je smoking maar vast naar de stomerij voor maart over een jaar." Dat is alles wat ik hoefde te weten.'

'Heb je helemaal niets gehoord over problemen met de film?'

Mikey glimlachte. Dat wil zeggen zijn mondhoeken krulden. Hij sloeg zijn armen over zijn buik. 'Wat voor problemen?'

'Problemen, bijvoorbeeld dat de film er waardeloos uitzag.'

'Verdomme. Daar heb ik niets van gehoord.'

'Problemen, bijvoorbeeld dat de enige manier om de film te redden was om Lindsay Keefe te ontslaan waardoor de producenten – jij dus – nog een paar miljoen zouden moeten bijlappen voor ze weer opnieuw zouden kunnen beginnen.'

'Gelul,' zei Mikey.

'Je hebt de afgelopen week veel met Sy Spencer gebeld. Waar gingen die gesprekken over?' wilde Robby weten.

Mikey keek naar zijn advocaat die een diepgaande studie van zijn nagelriemen leek te houden. 'Hé, jij van Harvard. Kijk eens levend. Mijn geheugen laat me in de steek. Je moet me helpen. Misschien heb ik het tegen jou gezegd. Waarover had ik het met Sy? Misschien dat Sy en ik een paar keer hebben gebeld, maar ik kan me echt niet herinneren waarover we het hadden.'

'Ik geloof dat u heeft gezegd dat u alleen in zeer algemene termen met meneer Spencer heeft gesproken. Hallo, hoe is het, hoe gaat het ermee... en hij verzekerde u dat alles goed ging.'

'Dat klopt,' zei Mikey. Hij draaide zijn hoofd weer om en keek Robby recht in de ogen. 'Alles ging goed. En toen – zo'n verdomde kogel. Twee verdomde kogels. Echt waar, iets in me stierf tegelijk met Sy. We waren als vlees en bloed. Toen we jong waren liepen we achter zijn ouweheer en mijn ouweheer aan, door een van de fabrieken en terwijl zij het hadden over al die rotzooi die ze in hun salami stopten, hadden Sy en ik het over... het Leven.'

'Het Leven?' herhaalde ik.

'Ja, het Leven. Filosofie en zo. Nu herinner ik het me. We hebben het vorige week door de telefoon over filosofie gehad.' Zijn advocaat legde een waarschuwende hand op Mikey's enorme olifantsdij, maar

Mikey voelde het niet of wilde het niet voelen. 'Ja, zo was het, twee zakenlieden, maar zulke goede vrienden dat we niet over zaken praatten. We praatten over... Plato!'

'Waar was je afgelopen vrijdagavond, Mikey?' vroeg Robby.

'Bedoel je wat mijn alibi is?'

'Meneer LoTriglio zat bij Rosie, een bar in de buurt van de worstfabrieken,' zei de advocaat. 'Iedereen kent hem daar. Veel mensen hebben hem gezien en sommigen hebben met hem gepraat.'

'Over Plato?' vroeg ik.

'Nee, klootzak,' antwoordde Mikey. 'Over leverworst.'

Een van de mannen met wie ik soms hardliep, T.J., een marathonloper, had een paar videozaken op de South Fork. Hij was verliefd op mijn Jag, dus had ik een afspraak met hem gemaakt. Wanneer ik onopvallend wilde zijn nam ik een van zijn getrouwde-mannenauto's – zijn Honda Accord of Plymouth Voyager – en liet mijn auto bij hem achter. Iets na vier uur 's middags parkeerde ik de Voyager tegenover Bonnie's huis en wachtte.

Een huis in de gaten houden was altijd een makkie voor me geweest. Ik nam altijd een fles bronwater mee, een thermoskan met koffie en een fles om in te plassen en dan ging ik achterover zitten terwijl mijn geest in een soort droomtoestand raakte. Het was net of ik sliep met mijn ogen open; ik kon de wacht houden, maar mijn geest was ergens anders en ik was me absoluut niet bewust van de tijd. Ik wist pas dat ik ergens een hele nacht had gezeten wanneer ik de hemel rood zag kleuren bij zonsopgang.

Maar nu was ik ongeduldig en keek iedere paar minuten op mijn horloge alsof de tijd zo sneller zou gaan en wou dat ik onderweg even bij een snackbar was gestopt om een ijsje te eten, want ik had het gevoel dat ik wel wat chocolade kon gebruiken. Ik was nijdig op mezelf dat ik niet een van mijn jongere collega's op deze klus had afgestuurd. Uiteindelijk bleek dat ik toch niet zo lang hoefde te wachten.

Ze kwam om vijf uur de deur uit, gekleed om te gaan hardlopen. Het gekke was dat ze zich voor het lopen precies zo kleedde als ik deed. Korte broek en een T-shirt, wollen sokken en een licht sweatshirt om haar middel gebonden, voor als het wat fris werd bij de zee. Ze had een rode bal bij zich; Moose blafte van blijdschap en sprong om haar heen. Ik gleed onderuit. Ze ging tegen haar brievenbus staan en rekte haar kuitspieren en toen haar dijspieren. Wat een benen. Alsof ze al sinds de kleuterschool aanvoerster van het damesvoetbalelftal was. Zij en Moose begonnen in een rustig tempo en versnelden toen ze bij de hoek kwamen en op weg naar het strand gingen.

Jezus, dacht ik, toen ze om de hoek verdwenen, ik vind die hond het einde. Misschien omdat ze zwart was deed ze me denken aan een labrador die we op de boerderij hadden, Inky, een dom vriendelijk teefje dat mij en Easton beschouwde als haar pups: ze bewaakte ons wanneer we aan het spelen waren, blafte als we te ver van huis gingen en gromde tegen iedereen die naar het huis kwam gereden en bij ons in de buurt kwam.

Ik trok een paar rubberhandschoenen aan die we altijd gebruiken op de plaats van een misdaad, zette mijn pieper uit en keek om me heen. De kust was veilig. Ik stak de straat over en bekeek het huis. Ik kon waarschijnlijk door een raam in het souterrain glippen, maar zelfs als ik een ruit moest inslaan, zou ze het waarschijnlijk pas over een paar dagen merken. Of misschien zou ik de voordeur kunnen openwurmen. Maar zoals ik al vermoedde was geen van beide nodig. Bonnie had de voordeur niet op slot gedaan.

Zelfs als ze hard liep en maar een keer met de bal zou gooien op het strand, had ik zeker twintig minuten. Maar ik doorzocht eerst de bovenverdieping voor het geval ik haar zou horen en via de achterdeur naar buiten zou moeten.

Bingo! Ze gebruikte een van de slaapkamers als kantoor en daar, onder een grote ingelijste poster van de film *Cowgirl*, naast een computer die voor de helft schuilging onder memoblaadjes, in een volgepropte map waarop 'Lopende Zaken' stond, zat een fotokopie van een taxatierapport van haar huis. De datum op het rapport was vier augustus, dus ze had besloten het huis op de markt brengen zolang er nog zomergasten waren die zouden komen kijken en uitroepen: 'O, Ian, zie je dat verrukkelijke balkenplafond?' Ging ze toen al opnieuw met Sy om? Wilde ze het verkopen omdat ze al droomde van een landhuis aan het strand, een filmkamer, een grote bankrekening, een trouwring? Of was het taxatierapport voor Sy? Was ze de wanhoop nabij geweest? Ik noteerde het telefoonnummer van de makelaar.

Ik moest snel werken – en netjes. Netjes werken was niet zo'n probleem omdat Bonnie nog net geen rotzooi maakte van haar papieren. Maar dit was niet bepaald wat je een wettige handeling kon noemen, dus mocht ik geen spoor achterlaten.

Ik doorzocht ook haar slaapkamer waar ik tot de conclusie kwam dat ze de plaatselijke bibliotheek aan het werk hield en dat ofschoon haar bh's waren wat je kon verwachten van een sportieve meid: verstandig en fantasieloos, haar slipjes dat juist helemaal niet waren: piepkleine tanga's in rood en zwart. Ik begon weer over haar te fantaseren, maar bande die gedachten snel uit mijn hoofd. Tijd. Verder had die slaapkamer iets waardoor ik me niet zo op mijn gemak voelde: het was een rustige kamer met witkanten gordijnen, een eenvoudig hemelbed en een ouderwets dressoir waarop een kanten kleedje lag. Ik wilde er weg. Ik was bijna de kamer uit, op weg naar beneden, toen ik terugliep om een kijkje in haar kast te nemen.

Weer bingo! In de teen van een paar laarzen – een van die plekken waar vrouwen altijd hun kostbaarheden verbergen – vond ik het: een rol bankbiljetten met een elastiekje eromheen. Achthonderdtachtig dollar. Meer dan ze op haar spaarrekening had. Een hoop geld voor een arm meisje als Bonnie.

Terug van een biljet van duizend.

9

Seks kan een sleur worden, zelfs met iemand die zo geweldig is als Lynne. Dus wat doe je: je stelt je een andere vrouw voor dan de vrouw van wie je houdt en ineens wordt het voorspelbare vluggertje seks die de wereld op zijn grondvesten doet trillen. Dat kan gebeuren, vooral als een man gewend is aan wisselende contacten. Waarom is dat zo erg? Er is geen sprake van bedrog. Niemand wordt gekwetst.

Maar het was niet alleen dat ene fantasietje. Mijn hele leven – niet alleen de zaak – begon zich te richten op Bonnie. Zoals die keer dat ik naar de bank ging om Rochelle Schnell te spreken en ik bij de balie stopte om een paar rollen kwartjes te halen. Meer dan een paar: genoeg voor iedere telefooncel op de South Fork. En dus een of twee keer – goed, drie of vier keer – per dag gooide ik een kwartje in de automaat om Bonnie 'Hallo' te horen zeggen. Een keer toen ik de spanning in haar stem hoorde (ze moest hebben geweten dat het weer een anoniem telefoontje zou zijn, want wie zou haar anders moeten bellen?) stond ik bij de telefoon buiten het postkantoor van East Hampton en kreeg een enorme brok in mijn keel alsof ik op het punt stond voor haar in huilen uit te barsten.

Misschien was ik zo bevangen door medelijden omdat ik een uur daarvoor alle dossiers had doorgenomen die we over haar konden vinden en ik tussen de gegevens van Motorvoertuigen had ontdekt dat ze niet alleen een meter drieënzeventig was, wat niet bepaald aantrekkelijk was voor een vrouw, maar ook dat ze vijfenveertig was. Vijfenveertig verdomme! Ik had drie keer zitten rekenen. Ik kon het niet geloven. Maar waar sloeg het nu op dat ik helemaal over mijn toeren was van medelijden met een mislukkelinge van middelbare leeftijd die een paar keer belazerd was als ik de idioot was die in de regen in East Hampton stond te bidden dat ze nog een keer 'hallo' zou zeggen voor ze de hoorn op de haak gooide.

Luister, zei ik tegen mezelf, dit is ongetwijfeld een kwestie van seksuele obsessie. Maar in plaats van dat ik het negeerde of probeerde te begrijpen, bleef ik auto's lenen van T.J. zodat Bonnie mijn Jag niet zou zien. Ik reed langs haar huis op weg naar mijn werk en op weg naar huis. Soms ook tussendoor. En als ik een schaduw langs een raam op de eerste verdieping zag gaan of ik zag een wit gordijn wapperen, was ik de koning te rijk. Op een keer zag ik Moose op het grasveld voor het huis liggen; ze lag haar voorpoot met haar grote roze tong te wassen en ik voelde me zo gelukkig dat ik er bijna licht van in mijn hoofd werd.

En die keer dat ik haar huis had doorzocht...had ik even een kijkje genomen in de garage, vlak voor ik wegging en een oude Jeep Wrangler zien staan. Ik voelde me zo ongelofelijk, idioot gelukkig dat Bonnie in een jeep reed. Maar dat geluksgevoel was bijna net zo groot als de blijdschap die ik voelde toen ik die rol bankbiljetten in haar laars vond, dat ik die trut eindelijk te pakken had.

Dus toen Carbone en de inspecteur, die Jack Byrne heette en zo verlegen of vreemd was dat hij meer fluisterde dan sprak, me bij zich riepen en zeiden: 'Luister, er moeten een paar mensen in de stad worden opgezocht. De eerste echtgenote en Sy's advocaat die de echtscheiding heeft behandeld. Jij moet gaan en niet Robby want we hebben iemand nodig met wat meer stijl'... Nou, toen had ik opgelucht moeten zijn. Dit was het dan: de kans om van de South Fork af te gaan, de obsessie van me af te schudden, ophouden met die Bonniemanie, ophouden met die flauwekul.

Alleen, toen ik in westelijke richting reed over de Long Island Expressway, was mijn enige gedachte die aan haar donkere, glanzende, zoetgeurende haar. Ik wilde het uit haar gezicht wegstrijken, ermee spelen, om mijn vinger winden nadat we hadden gevrijd. Maar ik wilde het ook in een envelop zien: Bewijsstuk D.

Verdomme, ik wilde T.J.'s Voyager lenen, in de straat parkeren en haar huis de hele dag in de gaten houden in de hoop een glimp van haar op te vangen. Ik wilde niet werken. En ik wilde al helemaal niet naar Manhattan.

Stel je een striptekening voor van een hooghartige, bekakte, rijke Amerikaanse. Zo zag Felice Tompkins Spencer Vanderventer eruit, alleen driedimensionaal. Ja, ze had gehoord dat haar eerste echtgenoot was vermoord. Spijtig.

Niet echt spijtig. Of verschrikkelijk spijtig; ze liet er geen traan om. Alles aan Felice was streng, van haar gezicht (dat heel lang en rechthoekig was als een kadodoos voor een fles drank, behalve dat ze erbovenop in plaats van een strik, een dun grijs-bruin knotje had zitten) tot aan haar jurk die eruitzag als een vochtige, bruine papieren zakdoek die werd bijeengehouden door een smalle bruine ceintuur.

Ze was van Sy's leeftijd, drieënvijftig. Misschien hadden ze er op hun eenentwintigste als een stelletje uitgezien, maar nu, als hij nog had geleefd en ze waren nog getrouwd geweest, zou ze heel wat vervelende opmerkingen over haar zoon te verwerken hebben gekregen; ze leefden niet alleen in verschillende werelden, maar ook in verschillende generaties.

Net als Felice was haar woonkamer aan Park Avenue niet meer van deze tijd. Maar hij was niet streng ingericht. In de eerste plaats was hij zo groot dat je er basketbal in kon spelen, behalve dat je je nek zou breken over alle troep die erin stond; het was alsof iemand de volledige inventaris had opgekocht van een winkel gespecialiseerd in lelijk, donker antiek. Er was geen sprake van een verschoten, vredige huiselijkheid die je vaak aantreft bij 'oud geld' zoals bij Germy thuis, alleen maar een hoop heel hoge, zware meubelen met veel te dikke kussens en krulpoten. Om een van haar afschuwelijke bewerkte zwarthouten stoelen op te tillen zou je al vijf verhuizers nodig hebben. De schilderijen waren zware, te donkere olieverfschilderijen met fruit en kannen en dode konijnen en uitdrukkingsloze vrouwen die op een mandoline speelden in krullerige gouden lijsten die wat mij betreft Hollandse meesters of Franse impressionisten konden zijn geweest, maar in het gedempte licht (alsof een peertje van zestig watt net zoveel kostte als een van die vette parels die om de hals van Felice hingen) er net zo kleurloos uitzagen als Felice zelf.

'Wanneer heeft u meneer Spencer voor het laatst gesproken?' Mijn linkerschoen kraakte iedere keer dat ik mijn gewicht op een ander been liet rusten. Ze had me niet gevraagd te gaan zitten.

'Ongeveer tien jaar geleden.' Zelfs in het scherpe licht van de vroege middagzon was de kamer zo schemerachtig dat ik haar gelaatstrekken nauwelijks kon onderscheiden – behalve haar tanden. Ze waren twee keer zo groot als normale mensentanden; ze zagen eruit alsof ze van een volbloedmerrie naar haar mond waren getransplanteerd. Felice was zo aanstootgevend onaantrekkelijk dat wanneer je haar omgeving in beschouwing nam, je wist dat zij het was en niet meneer Spencer of meneer Vanderventer, die het eigendomsrecht had van al die vijf meter hoge plafonds en alles wat zich daaronder bevond.

'Heeft u zijn tweede vrouw, Bonnie Spencer, ooit ontmoet of gesproken?'

'Ik heb hen eenmaal samen ontmoet voor Carnegie Hall. Sy stelde ons aan elkaar voor.' Buiten het raam waar Felice zat, het enige lichte plekje in de kamer, strekte Park Avenue zich uit als een reusachtige paradeplaats voor de rijken. Op het eiland midden in de straat stonden bakken met felgele bloemen; ze schitterden als enorme stapels geld. Bij het trottoir aan de overkant hielden oudere portiers deuren open van limousines en hielpen ze de rijken en niet-gehandicapten bij het uitstappen.

'Heeft Sy het gedurende de tijd dat u hem kende ooit over een man gehad die Mikey LoTriglio heette?'

'Dat geloof ik wel.'

'Wat heeft hij over hem gezegd?'

'Dat weet ik niet meer. Iets over het feit dat hun vaders allebei in de vleesverwerkingsindustrie zaten.' Ze zei 'vleesverwerkingsindustrie' met een vies gezicht alsof Sy in een groothandel in aas had gezeten. 'Ik heb nooit enige aandacht besteed aan dat aspect van zijn leven.'

Ik besloot nog vijf minuten aan haar te besteden, maar het enige dat ik uit haar wist te krijgen was dat ze met Sy was getrouwd omdat hij de volledige 'Intimations of Immortality from Recollections of Early Childhood' van Wordsworth kon citeren. Ze was van hem gescheiden omdat ze er uiteindelijk achter kwam dat hij meer belangstelling had voor status dan voor poëzie. En toegegeven, ja, omdat ik ernaar vroeg (ze trok haar bovenlip op zodat de helft van haar reusachtige tanden werd ontbloot), omdat ze hem had betrapt op een verhouding met een andere vrouw. Met wie? Met haar volle nicht Claudia Giddings van het bestuur van de New York Philharmonic. Hij vertelde haar dat hij verliefd was geworden op Claudia en dat hij met haar wilde trouwen, maar dat had hij natuurlijk nooit gedaan.

De rit naar Manhattan was zonde van de tijd, dacht ik. Wat had ik nu? Het bewijs dat Sy een vent was die zijn broek niet aan kon houden, vooral bij iemand die te neuken was en die hem kon helpen bij zijn status of carrière. En dat Germy het bij het rechte eind had wat Sy betrof: hij was inderdaad een kameleon. Een beschaafde poëziewaterval tegenover Felice. Een gevoelig, nuchter Mens tegenover Bonnie. Een koele, geniale filmbons tegenover Lindsay. En niet alleen tegenover vrouwen: hij werd steeds de persoon die men van hem verwachtte. Een God van de Film in een ivoren toren voor Gregory J. Canfield. Een gezellige producer-vriend voor Nicholas Monteleone. Een bloedbroeder voor Mikey. Een redder voor Easton.

Ik liep over Park Avenue van het bruine fort waarin Felice woonde naar een kantorencomplex dat uit glas en graniet bestond om mijn benen te strekken en mijn schoenen te laten ontkraken. De natuur had Manhattan opgegeven; misschien zweefde die over New Jersey of Brooklyn. Maar op Park Avenue zag je alleen maar de stijve, gekweekte goudkleurige bloemen en een dun streepje hemel. Jezus, wat haatte ik New York.

Nou ja, misschien is haatte een te groot woord. Maar ik was als kind eens op schoolreisje naar New York geweest om naar de top van het Empire State Building te gaan en de kerstboom in Rockefeller Center te zien en ik had heel hard: 'Oooo!' geroepen omdat ik het zo mooi vond. Maar sinds die tijd weet ik gewoon niet wat ik moet doen als ik in de stad ben; ik heb alleen het gevoel dat ik iets moet doen – bijvoorbeeld iets cultureels. Ik moest een keer voor een zaak op het hoofdbureau van de Newyorkse politie zijn en had toen de metro genomen naar het Metropolitan Museum of Art. Maar het was zo groot. En ik moest mijn wapen achterlaten bij de Beveiliging die me met minachting behandelde alsof ik een of andere jandoedel was uit Shit's Creek, Nebraska, en toen ik eindelijk in een zaal met Romeinse sarcofagen belandde en ik een suppoost tegen wie ik zelfs nog had geglimlacht omdat hij een oudere versie van Dave Winfield leek, vroeg waar de schilderijen hingen, wilde hij weten: 'Wat voor soort schilderijen?' Toen had ik meteen de buik vol van Cultuur.

En wanneer ik alleen maar door de straten liep zag ik daklozen en zieke hoeren en drugstransacties of – terwijl ik de zware deur van het kantorencomplex openduwde – modieuze, Sy-achtige mensen die 'Hoiii' tegen elkaar kraaiden. Ik voelde me er altijd een schlemiel. Opgedoft maar niets om naar toe te gaan. En het maakte niet uit wat voor colbert ik in Bridgehampton had aangetrokken, zodra ik in Manhattan was waren de mouwen te kort.

De mouwen van Jonathan Tullius hadden uiteraard de juiste lengte. Hij had Sy's beide echtscheidingen behandeld. Zo te zien liepen de zaken goed. Zijn kantoor dat vol stond met zachte leren meubelen, rook als de binnenkant van een dure schoen. 'Gaat u zitten, rechercheur Brady.' Hij had een diepe, melodieuze stem en de borstkas van een operazanger. Hij zei: 'Ik heb uw bureau gebeld en met een brigadier Carbone gesproken. En ik begrijp nu dat het terecht was. U moet wel belangstelling hebben voor Bonnie Spencer, anders had u natuurlijk niet gereageerd op mijn telefoontje.' Wat was hij gek op het geluid van zijn eigen stem. 'Waar het om gaat, rechercheur Brady, is dat brigadier Carbone erin heeft toegestemd dat dit gesprek niet officieel plaatsvindt en alleen aan het licht wordt gebracht wanneer het strikt noodzakelijk is.'

'Juist.'

'Ziet u, aan de ene kant blijft de vertrouwelijkheid tussen advocaat en cliënt ook na de dood gehandhaafd.'

'Ja.'

'Daarom zou ik niet met u mogen praten.' Hij draaide een keer om in zijn troon van een leren stoel en zette toen zijn ellebogen op zijn bureau. 'Aan de andere kant was Sy niet alleen mijn cliënt, maar ook een dierbare vriend. Hij belde me afgelopen donderdag. De dag voor hij werd vermoord. Hij maakt zich grote zorgen.' Tullius had een van die verzorgde, zelfgenoegzame gezichten die je ook altijd ziet op landelijke conventies van de Republikeinse partij.

'Waar maakte hij zich zorgen over, meneer Tullius?'

'Geld.' Ik wachtte. 'En over zijn ex-vrouw, Bonnie Spencer.'

Ik dacht: O, verdomme! 'Zat ze achter zijn geld aan?'

'Nee. Maar Sy was wel bang dat dat zou gebeuren. Weet u, hij was haar weer tegengekomen in de Hamptons. Ze woont daar het hele jaar door. Ze heeft hun vroegere zomerhuis. Hij had na de echtscheiding niets meer met haar van doen tot ze hem een briefje schreef over een scenario dat ze had geschreven...' Hij zweeg even. 'U weet toch dat ze een tijdje scenarioschrijfster is geweest?'

'Ja,' zei ik tegen hem. 'Ik ben de Bonnie Spencer-deskundige van het korps.'

'Ze hebben er een paar keer over gebeld. Hij probeerde vriendelijk te zijn en haar aan te moedigen. En toen was hij daar bijna de hele zomer om *Starry Night* te filmen. Wel, op een keer, in een opwelling, ging hij haar opzoeken. Van het een kwam het ander.' De advocaat schraapte zijn keel.

'Seksuele gemeenschap,' deed ik een suggestie.

'Ja. Hij belde me erover.'

'Tijdens?'

'Erna, rechercheur Brady. Ze heeft het blijkbaar financieel nogal moeilijk en Sy – *post hoc ergo propter hoc* – was bang dat ze zou proberen alsnog alimentatie van hem los te krijgen omdat ze hun seksuele betrekkingen weer hadden opgevat. Ik verzekerde hem dat ze dat niet kon doen. Het huwelijk was voorbij en dus ook zijn verantwoordelijkheid jegens haar.'

'Zei hij dat ze maar een keer met elkaar naar bed waren geweest?'

'O ja. Zeker. Ziet u, hij woonde samen met Lindsay Keefe. Waarom hij gezien die omstandigheid toch koos voor een slippertje met Bonnie, is een van die raadsels die alleen de Hogere Machten kunnen bevroeden, maar het was nu eenmaal zo.'

'Heeft Bonnie gedreigd?'

'Nee, maar Sy scheen zich bijzonder veel zorgen over haar te maken. Hij was uit het lood geslagen, voelde zich schuldig. En dat over één misstap. Het zat hem niet lekker. Daarom besloot ik uw bureau te bellen. Er zat iets niet goed met Bonnie. Ik heb haar tijdens de echtscheidingsprocedure een paar maal ontmoet en eerlijk gezegd, moest ik niets van haar hebben. Dat gezonde, vrolijke gedoe; het kwam heel gemaakt op mij over. Ik vertrouwde haar eenvoudigweg niet. Ik heb het idee dat Sy ook lont rook. Misschien maakte hij zich zorgen over afpersing: Betaal me of ik zeg het tegen Lindsay. Of misschien heeft hij gedacht dat ze zich op hem of zijn bezittingen wilde wreken. Ziet u, hij was zeer uit het lood geslagen door Bonnies armoede. Hij zei dat hij gaten in een van de kussenslopen had gezien. Zuiver symbolisch natuurlijk, maar hij zei wel over zijn avontuurtje met haar: "Ik vraag me af wat me dit gaat kosten." Wat me nu al die tijd sinds de moord al dwarszit, is... Denkt u dat hij enig idee had dat de prijs weleens zijn leven kon zijn?'

Wat een opgeblazen kwal, dacht ik toen ik weer op Park Avenue liep, op weg naar mijn auto. Ik kon me niet voorstellen dat Carbone en Byrne erop hadden gestaan dat ik een hele dag zou verpesten aan die twee eikels. De hele bureaudienst van Suffolk County was de kluts kwijt; ze deden het allemaal in hun broek vanwege de belangstelling van de media voor deze zaak. CBS, NBC, CNN en ABC lieten vanuit een helikopter opnamen zien van Sandy Court en een of andere society-fotograaf had met een telelens foto's gemaakt van Lindsay op het strand. Verder waren er wel een paar duizend close-ups van commissaris Shea voor een boeket microfoons waarin hij zegt: 'We zijn op het ogenblik verscheidene mogelijkheden aan het onderzoeken.' Noch Peter Jennings noch Bryant Gumbel leek hoopvol gestemd over een snelle afwikkeling. De *New York Times* was recht voor zijn raap en zei dat de politie van Suffolk County 'met de mond vol tanden bleek te staan'. En *Newsweek* was het ermee eens: 'Het lijkt erop dat de politie geen enkele aanwijzing heeft...' Het korps wilde er alleen maar knap op komen te staan en zichzelf op alle mogelijke manieren indekken en dat hield in dat ieder eventueel aanwijzinkje moest worden onderzocht, zelfs de belachelijkste. Dus een hele dag naar de kloten. Honderdzestig kilometer naar New York en honderdzestig kilometer terug om te horen te krijgen dat Sy graag met rijke en/of beroemde vrouwen naar bed ging en dat een of andere verwaande advocaat ervan overtuigd was dat Sy zijn noodlot had gezien in een versleten kussensloop.

Ik sloeg een zijstraat in, ging een drugstore binnen en kwam met een handvol kwartjes naar buiten. Ik staarde naar de reusachtige vitrine met condooms, vroeg me af welke idioot blauwe, geribbelde condooms zou kopen en draaide 1-516, het kengetal van Long Island. Maar in plaats van het hoofdbureau te bellen draaide ik Bonnies nummer. Ze nam op. 'Hallo.' Ze klonk voorzichtig, op haar hoede alsof ze weer een anoniem telefoontje verwachtte. Ik zei niets. 'Hallo?' zei ze weer. Ik hing op en belde Robby. Nog steeds geen DNA-rapport. Helemaal niets. Om de tijd te doden – ik wilde het spitsuur vermijden – vroeg ik Robby de namen, adressen en telefoonnummers van Mikey LoTriglio's zakenrelaties die hij van de FBI en de Newyorkse politie had gekregen.

Drie van de namen waren van de kerels die hadden gezworen dat Fat Mikey bij hen had gezeten in Rosie's Bar op vrijdag 18 augustus van ongeveer drie uur 's middags tot – minstens – zes of zeven uur 's avonds. Een paar andere namen zaten in de Allenwood-gevangenis in Pennsylvania. Mevrouw Fat, Loretta LoTriglio, was twee dagen voor de moord opgenomen in het Mount Sinai ziekenhuis voor een nieuwe siliconenborst omdat een van haar oude was weggegleden en in haar oksel was terechtgekomen of iets dergelijks.

Dus, omdat ik niets beters te doen had, besloot ik eens een praatje te gaan maken met Mikey's vriendin Terri Noonan, een parttime receptioniste bij een opticien, die tien minuten van de Triborough Bridge in Jackson Heights, Queens, woonde.

Ik zag een gangsterpoes voor me met blond, getoupeerd haar en een dikke bal kauwgom in haar mond. Terri Noonan had gewoon bruin, krullend haar en geen make-up op. Ze droeg een witte gesteven bloes met een rond kraagje en een lichtblauw vest dat tot boven toe was dichtgeknoopt. Geen sieraden. Ze zag eruit alsof ze bij een nonnenorde hoorde die wel het habijt had afgelegd maar niet de gelofte. Behalve wanneer je nog eens beter keek – en dat moest want ze liep er absoluut niet mee te koop – dan kon je zien dat ze een spectaculair lichaam had, als een showgirl met lange benen en grote borsten. Ik had het idee dat Mikey alles door elkaar had gegooid: hij was getrouwd met de slet en hield het met het brave vrouwtje. Terri deed een dappere poging door 'Welke Mikey?' te fluisteren, maar gaf de strijd op nadat ik 'Schei uit, Terri' had gezegd. Ze vroeg of ik binnen wilde komen en zette thee voor me. De flat was, net als de vrouw, netjes en eenvoudig hoewel ik toen ik langs de slaapkamer liep, een glimp opving van een rond bed met een paarse sprei. Maar in de woonkamer stond een groengeruite bank, een stel groene stoelen, een paar planten in enorme potten en er lag groene vloerbedekking. Leuk, het soort spul dat de vrouw van een politieman zou kopen. Ze schonk de thee uit een pot met bloemen erop, liep weer naar de keuken en kwam terug met een doos koekjes; ze kocht ze waarschijnlijk iedere dag vers voor het geval Mikey langskwam. Ze legde er een paar op een schaaltje. Ik kon mijn ogen niet van haar afhouden; in plaats van dat nonnenvest en die marineblauwe rok zou ze kwastjes en een tanga moeten dragen. Ze zei: 'Goh, Mikey was helemaal uit zijn doen van Sy. Echt waar.' Ze wees naar een koekje. 'Daar zit frambozenjam in.'

'Bedoel je dat Mikey over zijn toeren was omdat ze ruzie hadden over hoe het met de film ging?' Ik geloofde niet dat Terri haar best deed schaapachtig te kijken; Mikey had haar waarschijnlijk niets verteld. 'Je weet wel,' zei ik. 'De film die Sy aan het maken was, *Starry Night*. De film waar Mikey geld in had gestopt.'

'Ik zweer u, agent, hij heeft nooit iets over een film of een investering gezegd.'

'En hij heeft ook nooit verteld dat Sy en hij ruzie hadden?'

Ze sloeg een kruis, stak haar hand omhoog en zei: 'Erewoord. Geen woord. Ik bedoel, ik wist dat hij Sy kende omdat hij erg beroemd was en op een keer toen Loretta – de vrouw van Mikey – naar La Costa was, gingen we naar een première en een groot feest daarna voor een van Sy's films. Maar ze waren vrienden van vroeger en Mikey praatte niet eens zo vaak over hem, behalve dan als hij het over vroeger had. Maar toen hij dood was, kwam Mikey meteen naar me toe.' Terri knipperde met haar ogen. 'Hij was in tranen en Mikey is niet een van die slapjanussen die de hele dag lopen te grienen. Ik heb hem nog nooit eerder zo meegemaakt. Zo over zijn toeren.'

'Wanneer was dat, Terri?'

'Eh, even denken. Ik denk dat het zaterdagochtend was want dan maak ik altijd een kaasomelet voor hem.'

'Je weet dat Sy vrijdag laat in de middag is vermoord. Om twintig over vier.'

'Ik wist niet precies hoe laat,' zei ze en brak een klein stukje van een chocoladekoekje af en stopte het in haar mond.

Ik zette mijn theekop neer en keek haar recht in de ogen. 'Terri, dit is belangrijk. Waar was Mikey op het tijdstip van de moord?'

'Vrijdag?'

'Vrijdag.'

'Waarom is dat belangrijk?'

'Moet ik het voor je spellen?'

Terri deed het stijve kraagje van haar bloes goed zodat het plat op haar vest lag. 'Mikey was hier. In deze flat.'

'Met jou?'

'Ja.'

'Wat deed hij?'

Ze tuurde naar haar platte schoenen. 'Dat is persoonlijk.'

'Hadden jij en Mikey op of omstreeks vier uur afgelopen vrijdag gemeenschap?'

Ze stak haar rechterhand op. 'Van drie tot zes,' zwoer ze.

'Mikey moet wel een mannetjesputter zijn.'

'Hij is een beetje aan de zware kant, maar zijn gezondheid is heel goed.'

'Wil je een verklaring tekenen waarin staat dat hij hier bij je was?'

'Ja,' zei ze. 'Met bloed.' In plaats daarvan gaf ik haar mijn ballpoint en keek toe terwijl zij opschreef: 'Ik, Theresa Kathleen Noonan, zweer hierbij...' 'Zie je wel,' zei ze nadat ze de verklaring had ondertekend, 'Mikey had helemaal niet in de Hamptons kunnen zijn toen Sy werd vermoord omdat hij hier bij mij was!'

Maar nu had Mikey twee alibi's – wat zo ongeveer neerkwam op helemaal geen.

Dus ik had me een stuk beter over Bonnie moeten voelen, toch? Het moet wel een troostende gedachte zijn dat je zieke obsessie misschien een aardig meisje blijkt te zijn dat niet in staat is tot moord.

Terwijl ik naar huis reed over de Northern State, begon ik ergens halverwege Nassau County te dagdromen over hoe ik bij Bonnie zou aankloppen en zou zeggen: 'Ik heb geen spaander heel gelaten van Mikey LoTriglio's alibi en toen zijn we zijn telefoon gaan afluisteren en weet je wat er gebeurde? Hij kreeg een telefoontje van een smerig, laag-bij-de-gronds stuk vreten dat, zo is gebleken, de trekker van de .22 heeft overgehaald in opdracht van Mikey. Je hoeft je nergens meer zorgen over te maken, Bonnie.'

Toen verzon ik een andere versie waarin ze terugkomt van het hardlopen: hijgend en met gloeiende wangen en ik stop, stap uit de auto en zeg tegen haar: 'Hé, moet je horen, alles is in orde. We deden een routineonderzoek en het blijkt nu dat Victor Santana, de regisseur, een huis huurde waar een geweerkoffer inlag – en de eigenaar heeft bevestigd dat er een .22 ontbrak. O, nee, niet Santana. Lindsay! Ze wist dat Sy naar Californië ging om een vervangster voor haar te zoeken en ze ging door het lint. Moet je je voorstellen, ze ging naar een sportzaak op vijf minuten afstand van de set van *Starry Night* en kocht kogels. Ze droeg een donkere zonnebril – alsof die vent in de winkel nooit een film had gezien en haar niet zou herkennen! Luister, Bonnie, ik weet dat het een rottijd voor je is geweest. Het spijt me.' En dan zegt Bonnie: 'Godzijdank' en is zo dankbaar dat ze haar armen om me heenslaat en ik zeg: 'Niets te danken' maar dan ga ik met mijn gezicht langs haar zachte huid en van het een komt het ander en dan zijn we binnen, in haar slaapkamer en dan volgt er een ongelofelijke vrijpartij die de hele nacht duurt.

De dagdroom duurde helemaal tot aan Southampton, tot het punt waarop ik wilde uitroepen: 'Bonnie!' en voor de vierde keer zou klaarkomen toen ik vanuit mijn ooghoek de afslag naar Lynne's huis zag. Dat werkte zo ontnuchterend dat mijn hersenen weer begonnen te functioneren.

En volgens mijn hersenen maakte het niet uit hoeveel valse alibi's hij had: het was niet Mikey LoTriglio of Lindsay die Sy Spencer had vermoord. In mijn hart wist ik dat het Bonnie was.

Het werd bevestigd. Het werd bevestigd door Bonnie's makelaar dat Bonnie grootse dingen van Sy verwachtte. Ik kreeg de makelaar eindelijk thuis te pakken. Ze nam de telefoon op met een joviaal: 'Hoi! Met Regina!' Ze klonk als een van die overweldigend vriendelijke gescheiden vrouwen, vrouwen die door hun rijke echtgenoot in de steek zijn gelaten en vastzitten op de South Fork en die andere vrouwen met rijke echtgenoten een huis aansmeren dat zo duur is, dat de echtgenoot zich genaaid voelt en na een paar peperdure seizoenen weggaat, waardoor er weer een stel makelaren bijkomt.

Ze zei: 'Ik heb nog tegen Bonnie gezegd: "Kind, dit is de verkeerde tijd om je huis te verkopen. Wacht nou nog even."' Het was na negen uur 's avonds, maar de stem van de makelaar klonk nog steeds afschrikwekkend hartelijk, zij het dan een beetje met een dikke tong, waarschijnlijk van een paar cocktails. 'Maar ze zei dat ze echt geld nodig had en dat ze het zou proberen.'

'Heeft ze ook gezegd wat ze zou gaan doen als ze het verkocht?'

'Even denken.' Ik wachtte. 'Iets over teruggaan naar waar ze vandaan was gekomen, ook al zei ik tegen haar: "Bonnie, je kunt nooit meer terug naar huis." Nietwaar?'

'Was er belangstelling voor het huis?'

'Een enkel bod, maar heel laag en ze wilde vasthouden aan de vraagprijs ook al was die niet realistisch en dat heb ik haar ook verteld.'

'En toen?'

'Ik belde haar om te vragen of ik naar haar toe kon komen om het huis te laten zien aan wat mensen en ineens zei ze: "Sorry, maar ik heb gasten." Dat gebeurde een paar keer. Nou, uiteindelijk zei ik: "Bonnie, ze lopen niet bepaald de deur plat om een huis als het jouwe te kopen, want daar zijn er letterlijk honderden van tussen Quogue en Montauk, dus de volgende keer dat ik je bel, neem je je gasten maar voor een half uurtje mee naar het strand of de stad in." En toen lachte ze – ze heeft gevoel voor humor – en zei dat het een man was. En de volgende dag belde ze mij om te zeggen dat ik het huis nog maar even moest vasthouden, omdat alles er wat rooskleuriger voorstond. Ik vroeg haar of dat Frans was voor een man en ze zei ja. Dat hij iemand was met een hoge positie, maar dat hij toch de afgelopen dagen iedere dag kans had gezien bij haar langs te komen en dat ze dus geen zin had in allerlei mensen over de vloer om naar het huis te komen kijken. "Een trouwlustig type?" vroeg ik. En zij zei dat ze allang blij was als ze met oudejaarsavond iemands hand kon vasthouden. Lief. Nietwaar? Maar waar het om gaat is dat ze voorlopig niet wilde verkopen. Dus volgens mij had ze meer in gedachten dan een afspraakje voor oudejaarsavond; het klonk nogal serieus. Weet u wel? Ik herinner me dat ik een grapje maakte en vroeg of haar man ook een vriend had en we hebben nog zitten lachen over twee oude vrouwen als wij – niet echt oud, we zijn in de veertig – en een dubbele bruiloft.'

Dus Bonnie had iets van Sy verwacht. Nou ja, waarom ook niet? Ze had er hard voor moeten werken. Ook dat werd bevestigd: het DNA-rapport lag de volgende ochtend vroeg op het bureau van Carbone. De haar die ik uit Bonnie's hoofd had getrokken kwam overeen met de haar die aan het hoofdeinde in Sy's logeerkamer was gevonden. Ze was de middag van de moord bij Sy in huis geweest.

Motief? Ja. En nu, ontegenzeglijk, gelegenheid.

10

Ik had Bonnie uit bad gehaald. Ze droeg een wit met blauw gestreepte badjas en de onderkant van haar paardestaart was nat. Haar polsen gloeiden van het te warme water. Ik denk dat ze had geprobeerd de spanning te verdrijven. Misschien was het haar gelukt, al waren haar ogen opgezet, waarschijnlijk door gebrek aan slaap, misschien van het huilen. Ze wist dat ze op onze Top Tien voorkwam. Misschien wist ze zelfs dat ze Nummer Een stond.

Maar ze voerde niet het nummer van de geknakte bloem op. Ze sloeg haar armen over elkaar en stond rechtop: een houding van ik-laat-niet-met-me-sollen. 'Ik zou het prettig vinden als je tijdens normale kantooruren zou langskomen,' zei ze. Doordat ze haar armen over elkaar had geslagen, werden haar borsten omhoog geduwd. Ze zag me kijken en deed langzaam, terwijl ze haar best deed onverschillig te kijken, haar armen naar beneden en stopte haar handen in haar zakken. Ik stelde me voor dat ik achter haar stond, haar zoetgeurende haar kuste en haar nek en dat ik dan mijn handen in haar zakken zou stoppen en haar dijen zou strelen.

Het was zo'n zij-weet-dat-ik-weet-dat-zij-weet-moment. We wisten allebei dat ze niets aan had onder haar badjas. We wisten allebei dat ik me daarvan bewust was. En we wisten allebei dat als ik een ruk gaf aan de ceintuur, de badjas open zou vallen. Dan zouden we het staande doen in dat halletje, omdat we zo'n zin hadden in elkaar dat we niet konden wachten.

Ik zei: 'Ik begrijp dat je het vervelend vindt zo laat nog te worden gestoord. Maar dit zijn mijn normale kantooruren.'

Ze zei: 'Goed. Je moet me even verontschuldigen. Dan trek ik wat aan.' Ze liep de trap op. Ik deed mijn ogen dicht, leunde tegen de muur en begon me voor te stellen dat ik aan die ceintuur had getrokken. De badjas valt open en ik trek haar tegen me aan – ze is nog steeds warm van het bad – maar voor ik de badjas van haar schouders kan laten glijden, trekt ze de rits van mijn broek open, haalt hem eruit, houdt hem in haar handen en...

Ik hoorde haar op de overloop en deed snel mijn ogen open, net op tijd om haar van de trap af te zien komen. Ze had een spijkerbroek aangetrokken en een wit T-shirt, een mannenhemd met een V-hals van gebleekt katoen dat ze zo strak in haar broek had gestopt dat je ieder draadje van het witte kant van haar bh kon zien. Deze was ik niet tegengekomen tijdens mijn illegale speurtocht; het was zo'n kleine bh die vrouwen niet dragen als steun maar voor mannen. Ik dacht, opgefokte trut. Alleen zag ze er fantastisch uit. Ik merkte dat ik mijn vingertoppen verwachtingsvol tegen elkaar wreef.

'Eh,' zei ik. O, wat was ik een harde smeris.

'Sorry?'

'Waar is je hond?' Dat was het enige dat ik kon bedenken.

'Mijn hond?' Ze begon zich te ontspannen. Ze werd zelfs een beetje lollig. 'Hoezo? Wil je haar verhoren?'

'Ja. Ik wil alles weten over haar relatie met de overledene.'

'Ik heb haar twee jaar geleden uit het asiel gehaald, dus ik denk niet dat ze Sy echt heeft leren kennen. Ik bedoel, afgezien van de gebruikelijke sociale prietpraat. "Hoi, schat. Wat zit je haar leuk." '

Ik begon te lachen. 'Ik vroeg alleen maar waar je hond was.'

Bonnie's toon bleef luchtig, plagerig. 'Ik heb haar doodgeschoten.'

Mijn glimlach bevroor. 'Hou op.'

'Ha!' riep ze uit als een televisieadvocaat die zojuist een bewijs ten nadele van zijn cliënt heeft ontkracht tegenover een jury. 'Zie je wel? Diep in je hart geloof je niet dat ik tot moord in staat ben.'

'Nee. Ik geloof alleen niet dat je in staat bent je hond te vermoorden.' Bonnie lachte iets te uitbundig. Ze deed een stap achteruit. Ze trok haar schouders op alsof ze slagen verwachtte. Dit was te echt en ze besefte hoe bang ze was. Maar ze dwong zichzelf diep adem te halen. Rustig, zei ze tegen zichzelf. Ontspan je. Ze stak haar duimen door de lusjes van haar broek op de manier van een cowgirl, alsof ze wilde zeggen: 'Van mijn erf af, jij.' 'Waar is ze?' Ik had de pest in dat ik die stomme vraag nog een keer moest stellen, maar omdat ik mezelf al voor joker had gezet door naar de hond te vragen, moest ik nu wel doen of het in het belang van het onderzoek was.

'Ze gaat 's avonds graag naar buiten.' Een koele, nuchtere reactie. Nee, koud. 'Zo rond een uur of tien doe ik de achterdeur open en roep haar. Dan is ze binnen twee minuten binnen.' Bonnie wendde zich van me af, waarschijnlijk om te verbergen dat er ondanks haar kalme, stoere houding een angstige uitdrukking op haar gezicht was verschenen: ze had haar kaken op elkaar geklemd en haar ogen waren groot.

Ze liep met grote passen de keuken in, deed de deur open en schreeuwde: 'Moose! Koekje!' Terwijl we wachtten liep ze naar de koelkast en haalde er een flesje bier uit. Ze bood mij er geen aan zodat ik niet 'Nee, dank je' kon zeggen. Terwijl ze de dop van de fles wipte, vloog Moose tegen de hordeur op. Ik deed de deur voor haar open. Ze blafte gelukzalig en begon mijn hand te likken.

Maar Bonnie was minder gelukkig. Ze was veel te druk bezig stoer te zijn. Ze trok de hond bij me weg, aaide over haar kop, haalde een hondekoekje uit een trommel en stopte het in haar bek. Een ogenblik lang vergat Bonnie zichzelf en was ze teder als een moeder die haar kind een lolly geeft. Moose wierp in de tussentijd duistere blikken naar me. Ze mocht dan gek op me zijn, ik maakte geen deel uit van het ritueel. Ze kwam tot de conclusie dat ik haar haar schat weleens zou kunnen afnemen en liep met haar staart in de lucht en het koekje in haar bek de keuken uit. Ik grinnikte. Bonnie niet.

'Wat wil je weten?' vroeg ze. Ze deed haar hoofd achterover en nam een grote slok bier. Ik keek naar de welving van haar keel en de ronding van haar borsten. Ik verlangde zo naar haar. 'Nou?'

Goed. Als ze het wilde hebben, kon ze het krijgen. 'Kun je met een .22 overweg?'

In een film zou het bier uit haar mond zijn gespoten. In het dagelijks leven krijgen grootse gebaren of zelfs spectaculair smerige nauwelijks een kans. Ze slikte gewoon iets harder dan normaal. 'Dat is niet grappig.'

'Ik probeer niet grappig te zijn. Jij bent de grappenmaker. Ik ben de smeris. En ik ben heel, heel serieus. Ik wil weten of je met een .22 kunt omgaan.'

'Daar hoef ik geen antwoord op te geven.'

'Dat heb je al gedaan. Je hebt niet nee gezegd.'

'Ik heb ook niet ja gezegd.' Plotseling zette haar angst zich om in woede. Ze zette het bierflesje met een klap op het aanrecht neer. 'Ik zal je eens iets vertellen. Ik kijk al vanaf mijn achtste naar detectivefilms. Ik weet alles van de harde aanpak en de zachte aanpak. Ik weet dat je me moet intimideren zodat ik je alles vertel wat ik heb te vertellen. Of je moet lief doen tegen me zodat ik licht in mijn hoofd word en er al mijn meisjesachtige geheimen uitflap. Nou, wat dacht je, broer? Je bent Humphrey Bogart niet. En hier komt er nog een. Ik heb niets verkeerds gedaan. Je loopt je tijd te verdoen.'

'O ja?' Ik zette een denkbeeldig geweer tegen mijn schouder. Ik richtte. Ik haalde de trekker over. 'Bonnie Bernstein Spencer. Haar familie had Bernstein's Sportartikelen in Ogden, Utah, een sportwinkel waar geen lacrosse sticks voor kinderen werden verkocht. Nee: geweren en pistolen. Mevrouw Spencer-Bernstein groeide op met een paar oudere broers en stond bekend als een jongensachtig meisje. Haar vader stond bekend als een goede schutter; hij ging zelfs weleens naar Wyoming op hertejacht. Vertel me eens, Bonnie, is Ogden een leuke plaats om te bezoeken? Want als je mijn vraag niet onmiddellijk beantwoordt, zit ik in het eerste het beste vliegtuig, hang een halve dag in de stad rond en ik verzeker je, ik kom terug met wat er is overgebleven van het konijn dat je in 1965 tussen de ogen hebt geschoten plus ondertekende verklaringen van tien getuigen die je hebben zien schieten.'

Ze begon te huilen, van die ronde, stille tranen die over de wangen rollen en een spoor achterlaten. 'Doe me dit alsjeblieft niet aan,' fluisterde ze.

'Ik moet gewoon de waarheid weten.' Ik realiseerde me dat ik ook fluisterde. 'Bonnie, kan je schieten?'

'Ja.' Ik kon haar nauwelijks verstaan. 'Maar ik zweer dat ik Sy niet heb vermoord.'

Jezus, dacht ik, ik heb haar bijna. Bijna. 'Je moet begrijpen,' vertelde ik haar zachtjes, 'dat mensen de hele tijd zweren. "Ik zweer dat ik onschuldig ben." '

'Maar dat ben ik ook.'

'Bewijs het dan.'

'Hoe?'

Het enige wat ik nu moest doen was haar heel langzaam en zachtjes binnenhalen alsof je de weerbarstigste vrouw probeert te verleiden. 'We kunnen je als verdachte schrappen door middel van een eenvoudige kleine test. Kom met me mee. Ik breng je naar het hoofdbureau en ik blijf de hele tijd bij je. Je moet alleen maar wat speeksel en bloed afstaan – een speldeprikje, meer niet. En dan ga je vrijuit.'

Het was heel lang stil. Ik hoorde het zware gebrom van de koelkast en toen het geklik van Moose's nagels op de tegels toen ze de keuken kwam binnengelopen. Ze keek naar ons op. Ze begreep niet waarom we geen lol hadden.

'Kom op, Bonnie.'

Ik stelde me voor dat ze naast me zat in de Jag op weg naar het hoofdbureau en dat onze armen en schouders elkaar raakten in de bochten; ik dacht aan de hitte die door dat moment van wrijving vrij zou komen. Verdomme, ik kon die fantasie niet gebruiken.

Maar dan, op het hoofdbureau, zou de betovering worden verbroken. In het harde licht zou ik Bonnie Spencer zien zoals ze was: een moordenares. Natuurlijk was het niet echt haar bedoeling geweest. Natuurlijk, als ze het allemaal mocht overdoen, zou Sy nog leven. En natuurlijk had ze er oprecht spijt van. Maar toch, een moordenares. En wanneer ik haar in dat onbarmhartige licht bezag, zou ik niet langer kunnen begeren wat ik het meest haatte. Een moordenares.

Ik zou niet meer iedere kloteminuut een ander scenario bedenken waarin ik haar kuste, streelde, neukte: in bedden, in stoelen, op tafels. Onder de douche, op vloeren, in auto's, op het strand, in de oceaan, in het bos. Ik zou worden verlost van mijn waanzin. Ik zou me duizenden besparen door uit de buurt te blijven van telefooncellen. Ik zou naar mijn bruiloft gaan met vrede en liefde in mijn hart.

Ineens voelde ik me misselijk, afschuwelijk – het tegenovergestelde van duizelig: een zwaar hoofd. Ik voelde me wanhopig. Gedurende dat verschrikkelijke ogenblik vroeg ik me af hoe ik in godsnaam de rest van mijn leven zonder haar moest doorbrengen. Even kon ik geen woord uitbrengen. Toen, ik weet niet meer hoe, bracht ik eruit: 'Laten we gaan, Bonnie.'

'Nee.'

'Kom op. Je hebt niets te verliezen, alles te winnen. Het is zo voorbij.'

'Ik wil dat je weggaat.'

'Bonnie...'

'Kom niet terug. Ik wil nooit meer met je praten.'

'Meisje, het spijt me, maar het zal moeten.'

'Nee. En ik ben niet je meisje. Bij lange na niet, klootzak. Als je nog meer vragen hebt, bel je mijn advocaat maar. En nu, opgedonderd.'

Robby Kurz kwam heupwiegend naar mijn bureau gelopen, likte aan zijn pink en wreef ermee over zijn wenkbrauw. Ik zei tegen hem: 'Hé, je vertelt me niets nieuws over jezelf, hoor.'

'Gideon staat buiten,' zei Robby op een overdreven nichterige manier. Tja, wat kan je verwachten van een smeris? Een roze driehoekje? 'Hij staat te trappelen om je te spreken.'

'Gideon wie?'

'Hou je vast.' Hij zwaaide met een visitekaartje. 'Meester Gideon Isaiah Friedman. Uit East Hampton, schat. Advocaat van Bonnie Spencer.'

Gideon Friedman kwam naar me toelopen. Hij nam geen kleine stapjes. En hij lispelde niet en zwaaide niet met een slappe pols. Toch wist je wat hij was. Misschien kwam het omdat hij eruitzag als een uiterst verzorgde Engelse plattelandsadvocaat: een indrukwekkend nonchalant, perfect gesneden bruin tweed pak, een groene gebreide das en bruine suède schoenen. Of misschien kwam het door zijn perfecte kapsel waarvan ieder plukje bruin haar zich tegen zijn hoofd vlijde alsof zijn schedel een magneet was. Of misschien kwam het omdat hij er te jongensachtig knap uitzag voor een vent van achter in de dertig met van die onschuldige, verwonderde ogen die je ook bij mannelijke modellen ziet, bij degenen die altijd hele lange sjaals op allerlei interessante manieren om hun nek hebben hangen. Zijn naam deed er niet toe; hij zag eruit als een man die met een houten racket in zijn hand over het net springt op de Meadow Club.

Of misschien kwam het door de manier waarop hij me onderzoekend aankeek toen ik overeind kwam om hem een hand te geven. 'Hoi,' zei hij.

'Hoi,' zei ik terug.

'Ik vertegenwoordig Bonnie Spencer.' Hij praatte met valse lucht als een ober in een van die moderne dure visrestaurants, Fish Hampton of zo, die iedere zomer weer worden geopend en gesloten, omdat niemand, zelfs de meest opgeblazen klootzak uit New York niet, zich vaker dan een keer vrijwillig aan de rauwe st. jakobsschelpen waagt. Ik keek naar hem en dacht: O God, dat wordt vijfentwintig jaar tot levenslang voor Bonnie.

'Ga zitten,' zei ik. Hij ging op de plastic stoel naast mijn bureau zitten en keek om zich heen. Ik dacht dat hij zou mompelen: 'O, wat mannelijk' of ten minste zijn benen bij de knieën over elkaar zou slaan. 'Meneer Friedman, wat kan ik voor u doen?'

'Wel...' En plotseling was hij geen homo meer. Hij was advocaat. 'Als je nou eens zou beginnen met me uit te leggen wat voor flauwekul het is dat Bonnie hierheen moet komen en dat er bloed- en speekseltests moeten worden gedaan om haar "van de verdachtenlijst te schrappen".'

'Ik meende het. Oprecht.'

'Laat me niet lachen. Je doelde op die DNA-test, nietwaar?' Ik haalde mijn schouders op. 'Wat is er aan de hand? Sy Spencer werd van een afstand doodgeschoten. Hebben we het over transpiratie die op het moordwapen is terechtgekomen? Een beetje speeksel? Kwijlde de dader?' Het was gek om dat harde-advocaatsarcasme te horen in die fluisterende-oberstem. 'Of was er sprake van een worsteling en hebben jullie bloed- of huidcellen vanonder Sy's nagels gehaald?' Voor een gewone advocaat die geen idee had wat we hadden of waar we heen wilde, was hij behoorlijk goed.

'Ik ben niet bereid op dit moment over de bewijsvoering te praten.'

'Waarom niet?'

'Dat zou je moeten weten. Er zit geen brood in.'

'Oké,' zei hij, 'dan neem ik aan dat er ook geen brood in zit om iemand bloed te laten afnemen.' Hij stond met tegenzin op alsof het hem speet dat hij me er niet van kon weerhouden de ernstigste misstap van mijn carrière te begaan. 'Ik zal mijn cliënte adviseren zich te beroepen op het recht geen bewijzen tegen zichzelf te leveren en geen onderzoek te ondergaan.'

Toen pas drong het tot me door dat Gideon waarschijnlijk modeontwerpers vertegenwoordigde. 'Je bent geen strafpleiter, hè?' vroeg ik.

Ik had verwacht dat hij kwaad zou worden of in ieder geval zou gaan mokken, maar ik moet hem nageven dat hij kalm bleef. Hij ging weer zitten en bestudeerde de punt van zijn Engelse schoen zoals God neerkeek op de wereld die Hij had geschapen. 'Waarom vraag je dat?'

'Omdat een strafpleiter wel weet dat een verdachte in een moordzaak geen bloedproef kan weigeren.'

'Waarom niet?'

'Omdat bloedproeven en andere medische onderzoeken feiten

zijn, geen bewijsstukken. Ze vallen niet onder het recht geen bewijs tegen jezelf te leveren.'

'Wie beweert dat?'

'Het Hooggerechtshof van de Verenigde Staten van Amerika beweert dat.'

'Echt waar? Pas geleden?'

'Ja, ik denk vijf of tien jaar geleden.'

'Dat moet dan na mijn studie zijn geweest. Ik zal het eens nakijken.'

Goed, misschien vertegenwoordigde hij een promotiegroep voor kappers of deed hij in onroerend goed voor de rijkere types uit de toneelwereld. Maar hij was geen slechte vent. Geen kapsones. Niet vol van zichzelf. Alleen, wat zou hij doen als hij in de rechtszaal moest verschijnen? Zich verkleden, een toga aantrekken en een witte pruik opzetten? En wat zou hij doen wanneer het hoofd van de afdeling Moordzaken van het openbaar ministerie Bonnie aan een kruisverhoor onderwierp? Vlugzout nemen?

'Wat voor advocaat ben je?' vroeg ik.

Hij lachte. Perfecte, witte tanden. 'Ik ben gespecialiseerd in onroerend goed.'

'Onroerend goed,' herhaalde ik. 'Dan zul je het wel druk hebben, daar in East Hampton.'

'Zal ik je eens vertellen wat je denkt?' zei Gideon. 'Oke?' Ik haalde mijn schouders op. 'Je denkt: Ha, lekker! Ik kan Bonnie Spencer voor de rest van haar leven de bak insturen en die onroerend-goednicht van een advocaat die haar moet verdedigen zal niet anders kunnen doen dan haar uitzwaaien.' Ik leunde achterover en probeerde stomverbaasd te kijken over zo'n belachelijke – wat, bevooroordeelde – veronderstelling. Dat was nog niet zo eenvoudig want hij had eigenlijk gelijk. 'Nou, zo zal het echt niet gaan, Brady. Ik zal je eens vertellen hoe het wel zal gaan. Als je alleen maar een spelletje met haar speelt, kun je nu meteen ophouden. Voor ik een scène schop tegenover je meerderen.'

'Denk je dat me dat een reet interesseert? Toe maar. Schop maar een scène. De commissaris zit in dat kantoor daar.'

'Het zou je toch wel moeten interesseren, vind je niet?'

'Nee.'

Hij zweeg even. 'Goed. Als je oprecht gelooft dat je een zaak tegen haar hebt, zou ik het op prijs stellen als je het me liet weten. Want in dat geval zal ik eruit stappen en het laten overnemen door Bill Paterno.' Ik pakte een pen op en draaide hem rond tussen mijn handpalmen. Paterno was de beste strafpleiter van Suffolk County.

'Denk je dat Bonnie Spencer Bill Paterno kan betalen?' zei ik op een nonchalante manier alsof ik niet wist hoe blut ze was.

'Nee. Maar ik wel.' Gideon nam het accent van een klein, oud, joods mannetje aan. 'Ik verdien een aardige boterham, de Heer zij geloofd, en heb een paar goede investeringen gedaan.' Toen voegde hij eraan toe: 'Bonnie is een van mijn beste vrienden.'

Ja, dat zat er wel in. Ik zag ze voor me. Giddie en Bonnie. Hij nodigde haar uit in zijn huis in East Hampton voor Mexicaans bier en guacamole of door welke *nouvelle hors d'oeuvre* dat nu weer was vervangen en dan gingen ze zitten giechelen en roddelen en praten over films met Fred Astaire – of elkaars Diepere Gevoelens Toevertrouwen.

'U kunt Paterno in dienst nemen, meneer Friedman. Voor mijn part wekt u Clarence Darrow op uit de dood. Bonnie moet toch de tests ondergaan. En dan valt ze door de mand.'

'Waarom? Omdat ze je heeft verteld dat ze kan schieten? Neem me niet kwalijk. Meisjes in Utah doen dat soort dingen.'

'Geven ze een .22 bij ieder pak maandverband?'

'Waar is het geweer?' wilde hij weten. Ik zei niets. 'Bonnie heeft geen geweer. Ze kan er niet aankomen.' Gideon wachtte. 'Je hebt het moordwapen niet, hè?' Ik hield mijn mond. 'Waarom Bonnie? Waarom niet Lindsay?'

'Lindsay?'

'Lindsay kan schieten. Geloof je me niet? Huur *Transvaal* dan maar eens. Vreselijke film, maar je ziet haar wel met een geweer.'

'Ze is actrice. Het feit dat ze een geweer in haar handen heeft wil nog niet zeggen dat ze ermee kan schieten.'

'Waarom probeer je daar niet achter te komen?'

'Meneer Friedman, we weten waar Lindsay Keefe was op het tijdstip van de moord.'

'Ja en?' vroeg hij en plukte een niet-bestaand pluisje van zijn tweed mouw. 'Wil je beweren dat mijn cliënte zelfs maar in de buurt was van het huis van Sy Spencer?'

'Mogelijk.'

'Ik geloof je niet.' Ik haalde mijn schouders op. 'Hou op met dat schouderophalen!' zei hij. 'Dat is heel irritant. Nu even serieus. Je wil die vrouw toch niet kwellen? Je wil haar alleen maar een beetje zenuwachtig maken. Nou, dat is je gelukt. Ze is bijzonder nerveus. Nou, waarom zou je me niet vertellen waarom je wil dat ze die tests ondergaat? Doe niet zo moeilijk. Dan kan ik haar misschien adviseren ze te ondergaan – als het niet onredelijk is of schadelijk voor haar belangen.'

Ik dacht erover na. De enige reden dat je een verdachte vertelt wat voor bewijs je hebt is wanneer je besluit een onderzoek kort te sluiten en afstevent op een bekentenis. Ik had niet zoveel haast; ik kon nog wel vierentwintig uur wachten. Ik vermoedde dat er nog wel meer aanwijzingen waren. En ik moest mezelf indekken tegen mijn clandestiene huiszoeking bij Bonnie door een huiszoekingsbevel aan te vragen en vervolgens het taxatierapport en het geld in haar laars te 'vinden'. Die twee bewijsstukken zouden het openbaar ministerie wat meer touw geven om haar mee op te knopen.

'Weet je,' zei ik tegen Gideon, 'de dader was erg intelligent. Maar niet intelligent genoeg. Hij of zij' – Gideon trok een gezicht – 'heeft zoveel sporen achtergelaten dat we er nog steeds over struikelen. De doos met bewijsstukken in deze zaak zal zo zwaar zijn dat ze in het gerechtsgebouw een verhuiswagen nodig zullen hebben. Dus wat voor zin heeft het om u nu te vertellen wat we hebben wanneer we u vanmiddag al volledig op de hoogte kunnen brengen?'

'Je speelt poker,' was het commentaar van Gideon.

'Doe me een lol, meneer Friedman. Geef deze boodschap aan uw cliënte door. Zeg tegen haar dat als ze het heeft gedaan, ze zich nu moet aangeven. Misschien kunnen we de zaak dan afronden op een manier die voor beide partijen bevredigend is.'

'Waar zit je fatsoen? Het is zo'n fantastische vrouw. Waarom geef je haar niet het voordeel van de twijfel?'

'Laat me uitspreken. Als ze wacht tot de zaak is opgelost, als ze niet met een bekentenis komt, wordt het veel moeilijker voor haar.'

'Vertel me eens,' zei Gideon. 'Geloof je echt dat je mijn cliënte objectief kunt beoordelen?' Ik moest niets hebben van de manier waarop hij naar me keek; ik werd er heel even kotsmisselijk van. Had hij iets gevoeld? Had Bonnie hem iets verteld? Maar wat had ze hem kunnen vertellen? Dat ik een keer te dicht bij haar had gestaan? Dat ze een paar keer een bobbel onder mijn kleren had vermoed die niet werd veroorzaakt door mijn wapen?

'Ja, ik kan wel objectief zijn. Het is een schat van een vrouw. Ze heeft gevoel voor humor. Ze is vriendelijk. Persoonlijk vind ik haar een schat.' Gideon luisterde belangstellend. 'Maar een schat met een hard trekje in zich.'

'Je vergist je.'

'Het is vervelend, maar ik heb gelijk. Zie je, ik denk dat Bonnie – hoe noem je dat? – gepikeerd was over Sy. Ze was eenzaam, gescheiden, arm, had geen succes. En ineens komt haar ex-man weer opduiken, knipoogt en gaat een paar keer met haar naar bed... Ja, dat weten we, ook al zweert ze dat het niet waar is. Maar ze liegt de hele tijd. Hoe dan ook, hij gaat met haar bed. En dan zegt hij haar gedag. Geen vriendschap, geen huwelijk, geen geld. O, en geen film. Helemaal niets. Dus schiet ze hem dood.'

'Dat geloof je zelf niet.'

'Jawel.'

'Je hebt geen bewijs.'

'We hebben een heleboel bewijs.' Ik legde mijn voeten op het bureau. 'En dit moet ik nog kwijt, ik vind moordzuchtig gedrag niet passen bij een schat van een vrouw. Maar wat ik denk is niet belangrijk. De dame gaat achter slot en grendel. Dus bereid je maar voor. Misschien kun je een afscheidsfeestje voor haar organiseren.'

Marian Robertson, de kokkin van Sy, werd door de produktiemaatschappij betaald om op haar post te blijven tot Lindsay klaar was met *Starry Night*. 'Kokkin?' sneerde ze. 'Heeft zij een kokkin nodig? Weet je wat ze eet? Fruit. Oké, zo nu en dan een noot. Geen wonder dat ze er uitziet als een glas melk. Ik zit hier de hele dag zodat ik misschien, wanneer ze thuiskomt, zeven meloenballetjes voor haar mag maken. Wie kan er nou leven op meloenballetjes?'

Ik was tijdelijk sprakeloos omdat ik een volle mond had. Ze had erop aangedrongen dat ze eieren met spek voor me zou bakken, om nog maar te zwijgen over de toren Engelse *muffins* en koffie. 'U mag haar niet,' bracht ik met moeite uit.

'Er zijn ergere.'

'Wie?'

'O, die opdringerige lui. En de opscheppers. Degenen die twee minuten voor een diner voor twintig mensen komen zeggen dat ze op dieet zijn. Degenen die een gekleurde vrouw moeten uitleggen wat *milles feuilles* is.'

De marmelade zat in een wit schaaltje, een soort soufflévorm voor dwergen. Ik lepelde nog wat op een *muffin*. 'En hoe zit het met iemand als Bonnie Spencer?' vroeg ik. Marian Robertson beet op de binnenkant van haar wang. 'Herinnert u zich Bonnie? Sy's ex-vrouw?'

'O, natuurlijk! Een lief meisje!'

'Mevrouw Robertson, dit is erg moeilijk voor me. Ik ken u al vanaf dat we klein waren. Ik kijk tegen u op. Ik zou het heel vervelend vinden als u in de problemen kwam.'

'Ik?'

'Ja. We hebben bewijzen dat Bonnie Spencer op de middag van de moord in het huis was. Nou kunt u me wel vertellen dat u niet wist dat ze hier was, maar vroeg of laat zullen we Bonnie confronteren met onze bewijzen. En dan zegt ze misschien dingen als: "En die lieve mevrouw Robertson die me zo goed kende toen ik met Sy was getrouwd. Ze maakte altijd mijn lievelings... wat dan ook – kumquatpudding – voor me klaar. Nou, mevrouw Robertson en ik hebben die middag zo gezellig zitten kletsen." En dan zit u in de problemen omdat er in uw verklaring staat dat hier niemand was.'

'Nog wat koffie?'

'Mevrouw Robertson, het achterhouden van informatie, liegen tegen de politie... is een misdaad.'

Ten slotte zei ze: 'Je wedt op het verkeerde paard, Steve. Bonnie is een prima meid.'

'Als ze zo prima is, waarom heeft u dan gelogen om haar te beschermen? Denkt u niet dat het beter zou zijn haar goedheid aan het licht te laten komen?'

'Als ze je wilde vertellen dat ze hier was, is dat haar zaak, niet de mijne.' Ze haalde de slagroom en de marmelade van tafel. Ik was niet langer een welkome gast.

'Was ze hier afgelopen vrijdagmiddag?' Ze haalde de suikerpot weg.

'Ja.' Kortaf. Nee, Steve, je ziet er goed uit. Nee, je was de beste shortstop die de Bridgies ooit hebben gehad.

'Heeft u haar gesproken?'

'Alleen hallo, hoe gaat het met je en we hebben een paar minuten bijgepraat.'

'Ging het vriendelijk? Gaf ze u een kus? Maakten jullie er een hele show van? "Fijn u weer te zien, mevrouw Spencer!"'

'Ik noem haar Bonnie. En ik was blij haar te zien en zij was blij mij te zien. Ik heb haar een dikke kus gegeven. Wat ga je daarmee doen? Me naar de elektrische stoel sturen?'

'Mevrouw Robertson, ik probeer alleen maar de stemming van die middag na te gaan.'

'De stemming was dat meneer Spencer Madame Meloenballen beu moest zijn, omdat hij Bonnie mee naar huis nam. En hij lachte, hij was blij dat ze samen waren – net als vroeger. En ze bleven niet in de keuken kletsen. Ik denk dat ze iets anders boven te doen hadden. Maar dat gaf niet, want ik had het gevoel dat Bonnie naar de keuken terug zou komen. Dan hadden we tijd genoeg om bij te praten. Ik ken haar; meneer Spencer zou wel weer aan de telefoon gaan hangen en dan zou zij naar de keuken komen en dan zouden we eens lekker gaan kletsen.'

'Nu wil ik graag de waarheid horen. Heb je geluiden van een worsteling boven gehoord?'

'Nee.'

'Helemaal geen geluiden?'

'Nee. Luister naar me. Hij zou niet naar het zwembad zijn gegaan en allerlei telefoongesprekken hebben gevoerd terwijl Bonnie nog boven was. Je kan zeggen wat je wil over hem, maar hij had uitstekende manieren. Het lag niet in zijn aard om een dame niet thuis te brengen of als ze alleen was gekomen, haar niet naar haar auto te brengen. Geloof me, na Bonnie en voor Lindsay heb ik heel wat vrouwen naar boven zien gaan om zijn uitzicht op zee of wat dan ook te bewonderen. Hij nam altijd fatsoenlijk afscheid.'

'Hoe komt het dan dat u niet heeft gehoord dat hij haar uitliet?'

'Dat weet ik niet. Misschien was ik eiwitten aan het kloppen. Misschien was ik naar het toilet.'

'Heeft u meneer Spencer naar beneden horen komen en naar het zwembad horen gaan?'

Ze beet weer op de binnenkant van haar wang voor ze knikte. 'En Bonnie? Heeft u haar horen weggaan voor hij naar buiten ging?' Ze gaf geen antwoord. 'Goed, wat heeft u precies gehoord tussen de tijd dat Bonnie met Sy naar boven ging en het moment dat u het schot hoorde? Haar stem? Haar voetstappen? Het geluid van haar auto?'

'Ze heeft hem niet vermoord.'

'Wat heeft u gehoord, mevrouw Robertson?'

'Ik heb niets gehoord.' Ze haalde de *muffins* en mijn bord weg. 'Ben je nu gelukkig, Steve?'

Ik wist dat het oude gezegde waar was: je herinnert je pijn niet. Lichamelijke pijn zoals in Vietnam toen een knul uit Californië die zo doorgedraaid was dat bij hem vergeleken mijn eigen voortdurende angst een toestand van volkomen rust leek, vijandelijk vuur hoorde, zijn M-60 richtte, omhoog stak, weer richtte, weer de lucht instak – en mij door mijn schouder schoot. De hospik spoot me vol met troep, maar ze moesten een prop in mijn mond stoppen zodat ik niet zou schreeuwen en onze positie verraden toen ze mijn hemd openknipten. Ik die weleens naar gewonde, schreeuwende mannen keek en dan dacht: Oké, het zal wel pijn doen, maar kan hij niet gewoon op een kogel bijten? Omdat ik zo luid bleef kreunen, lieten ze die prop in mijn mond zitten en haalde hem er pas uit toen ik moest kotsen en bijna stikte in mijn eigen braaksel.

Ik kan me herinneren dat ik dacht, toen er tegen mijn schouder werd gestoten toen ze me op de brancard legden waarmee ze me naar de helikopter brachten: ik overleef die vlucht niet want ik ga dood van de pijn. Ik kan het echt niet verdragen. Ik brulde voortdurend: 'Haal een priester!', ik, van wie de laatste biecht zo'n beetje was samengevallen met mijn eerste communie. Maar ik herinner me de pijn zelf niet.

En je herinnert je emotionele pijn ook niet. Zoals wanneer je als jongen van zeven aan het honkballen bent en je vader rijdt het veld op met een tractor van een of andere boer voor wie hij die dag werkt en hij zet de motor uit tussen de werpheuvel en het eerste honk, bijna zijn nek breekt terwijl hij van die tractor klautert en vervolgens het slaghout uit de handen van een van mijn vriendjes rukt omdat hij er een paar wil slaan.

Of zoals wanneer je eenentwintig bent en soldaat in Vietnam en je moet op een ochtend een zware aanval van de Vietcong doorstaan. Mijn enige echte maat, Mickey, werd geraakt. Hij werd letterlijk uiteengereten door mortierscherven. Hij kwam uit Greenport op de North Fork. Hij werkte bij zijn vader in het bedrijf. Hij was de zachtaardigste man die ik ooit heb gekend. Hij lag op de grond: zijn been was weggeschoten en zijn ingewanden puilden uit zijn lichaam. Twee uur later zag ik hoe een bulldozer hem en ongeveer zestig anderen opnam en in een vuilniswagen liet vallen.

Nog meer pijn? Toen ik vijfendertig was en zag dat mijn vriend, mijn vertrouwenspersoon, de enige mens met wie ik buiten mijn werk echt praatte, de enige persoon die ik een kerstkaart stuurde – de eigenaar van de drankwinkel – zijn vrouw een blik van afkeer toewierp toen ik binnenkwam.

Je weet dat je al die pijn en nog veel meer hebt gevoeld. Wanneer je er aan terugdenkt voel je misschien verdriet of misschien krimp je zelfs ineen. Maar je herinnert je de pijn zelf niet.

Dus toen ik bij Bonnie aanbelde en er niemand opendeed en ik vervolgens naar de garage rende om te zien of haar auto weg was en haar daarna in haar tuin zag waar ze groente aan het plukken was, moest ik bijna lachen om de paniek die ik had gevoeld, de steek in mijn hart – de pijn – bij de gedachte dat ze weg was. En al was ze weggegaan? Je komt wel over dit soort dingen heen.

Toen Moose me blaffend verwelkomde en Bonnie opkeek en me zag en er een rilling door haar heen ging – een heftige, wilde rilling van angst, wilde ik in rook opgaan of doodgaan, zoveel pijn deed het. Maar ik zei tegen mezelf: Hé, ik kom er wel overheen.

Ze zat gehurkt bij een mand met aubergines. ‘Wat ga je met al die dingen doen?’ vroeg ik.

‘Ga weg,’ fluisterde ze met schorre stem. Ze zette haar handen op haar knieën en duwde zich langzaam, alsof het te veel kracht kostte, omhoog. Al haar geestkracht, al haar energie, al haar humor was weg.

‘Kijk, ik wil alleen maar dat je begrijpt...’ Wat wilde ik zeggen? Niet persoonlijk bedoeld? ‘Je hebt gelogen, Bonnie.’

Ze liep de tuin uit, de aubergines, een plastic emmer vol tomaten, Moose – alles – achter zich latend. Ze liep onzeker naar het huis toe, zonder een spoor van haar geweldige energieke gratie, alsof ze haar zwaartepunt kwijt was. Ik liep haar achterna. ‘We hebben een buurvrouw die niet alleen kan getuigen dat het Sy’s auto was die hier stond, iedere dag van de week waarin hij stierf, maar die Sy ook heeft herkend. Ik bedoel, we weten dat je hem vaak genoeg zag... Waarom heb je over zoiets gelogen?’

Ze gaf geen antwoord, reageerde niet toen ik haar arm greep om haar te ondersteunen of zoiets. ‘En waarom heb je over het scenario gelogen? Heb je er helemaal niet bij stilgestaan dat hij tegen de mensen met wie hij werkte, zou zeggen dat het rotzooi was?’

Ze struikelde over een boomwortel. Ik verloor mijn greep op haar en ze kwam op haar handen en knieën terecht. ‘Gaat het?’ vroeg ik. Ze kon niet overeind komen. Ze ging met ingehouden adem op de grond zitten en bekeek de steentjes en grassprietjes in haar handen, het dunne stroompje bloed dat naar haar pols liep, maar ze vertrok haar gezicht niet en begon niet te huilen. 'Bonnie,' zei ik. Ze had totaal geen puf meer.

Moose liep op haar af, kwispelde en likte Bonnie's hand, maar Bonnie reageerde niet. 'Alsjeblieft,' zei ik. Ik trok haar omhoog. Ze liet het toe. Toen ze weer stond, vervolgde ze haar onzekere gang naar het huis. 'Luister, die vriend van je, die advocaat... Hij neemt de beste strafpleiter in de buurt voor je in de arm.'

Ik voelde me ziek. Leeg. Maar ik had al te veel meegemaakt. In zekere zin wist ik dat ik over twee weken weer alcoholvrij bier zou zitten hijsen, chips zou eten en dat Lynne zou zeggen: 'Nog afgezien van het feit dat je de dikste buik van Bridgehampton krijgt. Heb je enig idee wat voor effect die chips hebben op je ingewanden?'

Je vergeet pijn. Echt waar.

Bonnie deed de hordeur van de keuken open. 'Gefeliciteerd,' zei ze zachtjes.

'Ik wil niet gefeliciteerd worden. Echt, het spijt me.'

'Nee. Je hebt gedaan wat je steeds van plan was te doen. Je hebt me te pakken. Dat is alles. Mijn leven is voorbij. Wat jij hebt gedaan is geen moord, maar het resultaat komt op hetzelfde neer: een dood mens.'

Er klonk zoveel verdriet in haar stem alsof ze treurde om iemand van wie ze heel veel had gehouden.

'Het moet wel,' zei ik.

'Waarom?'

'Omdat je iemand hebt gedood.' Ze liep naar binnen en deed de hordeur achter zich dicht. Ik keek naar haar door het gaas. 'Probeer niet weg te gaan. Je zult vierentwintig uur per dag in de gaten...'

'Is er een plek waar je me niet zou vinden?'

'Zo is dat.'

'Het is zo triest.'

'Dat is het zeker.'

'Nee, het is triest omdat ik het niet heb gedaan. Jij weet dat ik het niet heb gedaan.' Het was ongeveer achttien graden. Ik begon te trillen. Ik wist het: dit was de pijn die ik niet zou vergeten. 'Wees maar niet bang,' zei Bonnie vlak voor ze de keukendeur dichttrok, 'je komt er wel overheen.'

11

We kwamen de volgende ochtend iets voor achten bij Bonnie's huis aan. Een minuut later keek ze op van de kleine lettertjes op het huiszoekingsbevel, slikte en zei: 'Ik moet mijn advocaat bellen.'

'Doe wat je niet laten kunt,' zei Robby grootmoedig, even voor hij en de andere rechercheur, een kleine bodybuilder van achter in de twintig, langs haar heen het huis wilde binnenstappen. De dijbenen van die knul waren zo gespierd, zo overontwikkeld, dat hij zijn benen niet tegen elkaar kreeg. Hij liep als een chimpansee.

'Dit kunnen jullie niet doen!' riep Bonnie uit. Ze probeerde ons tegen te houden. Ik was degene die haar opzij schoof.

'Redelijk geweld bij verzet,' zei ik. 'Bel je burgerrechtenorganisatie maar.'

Eerst verwachtte ik hysterie. Vervolgens – vooral toen ik zag dat ze die strakke turkooizen wielrenbroek en een T-shirt aan had – gaf ik me over aan een korte dagdroom. Ze viel flauw. Ik tilde haar op en bracht haar naar een stoel en terwijl ik iets kalmerends mompelde in de trant van 'Rustig maar, Bonnie' liet ik haar langzaam los. Rustig, Bonnie: ik wilde haar naam graag hardop zeggen.

Maar ze stond volkomen stil bij de trap. Ze was er, maar ze was er niet. De wereld waarin ze leefde was zo afschuwelijk dat ze zich terugtrok en een andere – misschien betere – wereld binnenging. Ik stond naar haar te kijken, maar ik geloof niet dat ze zich van me bewust was. Ten slotte kwam ze weer op de aarde terug en liep langs me de keuken in om Gideon te bellen. Ik had een geest kunnen zijn, lucht. Moose nam Bonnie's stemming over en bleef bezorgd naast haar lopen zonder ook maar een keer naar me te kwispelen.

Ik ging hen achterna en begon haar kasten te doorzoeken alsof ik het vermoeden had dat ze een beker vol .22 kogels achter de barbecuesaus had verstopt. Voor iemand die bijna blut was, gaf ze te veel geld uit aan mosterd: honingmosterd, Dijonmosterd, groene pepermosterd. Ik keek haar richting uit. Misschien kon ik een grapje over mosterd maken en zo proberen de lucht te zuiveren. Maar ze stond met haar rug naar me toe en praatte zachtjes in de telefoon.

Ik schudde met een bus popcorn alsof ik een of andere idioot met rumbaballen in een latijnsamerikaans orkestje was. Ik wilde aandacht. Misschien als zij mijn bestaan erkende zou ik me weer levend kunnen voelen. Ik was zo verdomd gedeprimeerd.

Hou toch op met dat gelul over verdriet, zei ik tegen mezelf. Je obsessie is voorbij. Wees blij. Maar ik kon het niet laten rusten. En ik moest blijven proberen weer wat leven te wekken in Bonnie.

Ik maakte een hele show van haar handtas. Verdorven. Opdringerig. Inbreuk op privacy. Ik wist dat vrouwen er een hekel aan hebben. Ik bestudeerde iedere sleutel, streek een paar pluizige zakdoekjes glad en keek aandachtig naar een kassabon. Ik haalde in slow-motion haar portefeuille uit elkaar: zeventien dollar in biljetten, vierenveertig cent in munten, haar rijbewijs, Visacard en bibliotheekpas. En de foto's: vader met een geruit overhemd die een reusachtige forel omhoog houdt, vader en moeder – lang en breedgeschouderd zoals Bonnie – in hun zondagse kleren, stijfjes lachend. Je kon zomaar zien dat ze zich meer op hun gemak voelden in hun geruite overhemden. Broers en schoonzusters op ski's, nichtjes op paarden, neefjes met honden. Op alle foto's van de Bernsteins zag je bergen op de achtergrond.

Ik zat te wachten tot ze zou terugvechten: weglopen, me proberen te slaan, iets schreeuwen in de trant van 'Ik haat je!' Niets van dat alles. Dus maakte ik met een demonstratief gebaar een paars plastic doosje open waarin een paar tampons zaten. Ik hield iedere tampon tegen het licht alsof ik een lont verwachtte in plaats van een touwtje. Geen reactie. Zou ik haar uitdagen? Zou ik zeggen: 'Hé, zeg. Word jij nog steeds ongesteld?' en het ontkennen als haar advocaat me aanviel op het bezigen van beledigende taal? Maar ik hield mijn mond; Dikke Dijen, de jonge rechercheur, was in de buurt. Ik wilde niet dat hij zou denken dat ik iets anders dan onpartijdig was.

Bonnie hing op. Ik keerde terug naar de handtas. Er lag wat rode poeder op de bodem, waarschijnlijk van dat spul dat vrouwen op hun wangen smeren met van die grote kwasten. Maar ik maakte ook hier een hele vertoning van: ik deed het in een plastic envelop alsof het een nieuwe dodelijke soort cocaïne was waarbij crack maar een soort aspirine leek. Ze maakte geen scherpe opmerkingen. Met het huiszoekingsbevel in haar hand geklemd liep ze gewoon de keuken uit. Ik stond daar als een volkomen debiel en zag hoe haar turkooizen achterwerk de hoek naar de hal om verdween.

Ik was met stomheid geslagen – als een man wiens vrouw zojuist is weggelopen. Ik liet me in dezelfde stoel vallen waarin ik die eerste dag koffie had zitten drinken. Ik had haar tasje nog in mijn hand.

Ongeveer tien minuten later, toen ik klaar was met de keuken en daar absoluut niets was tegengekomen, vond ik haar. Ze zat op het tegelvloertje voor de open haard met het huiszoekingsbevel naast zich. Ze had haar armen om zich heengeslagen alsof ze zat te wachten tot de houtblokken zouden gaan branden en ze het eindelijk warmer zou krijgen. Maar natuurlijk was er geen vuur. Het was buiten al over de twintig graden. Er was geen wolkje aan de hemel en het blauw deed bijna pijn aan de ogen, het felle ochtendlicht aan het eind van augustus. De zon scheen door het raam van Bonnie's woonkamer naar binnen en wierp heldere vlekken op de slapende Moose en de donkere houten vloer onder haar.

Bonnie's hoofd hing naar beneden, dus zag ze niet dat Dikke Dijen naar me toe kwam lopen met een zware boodschappentas. Aangezien hij niet meer boven water had weten te halen dan een van Moose's aangevreten rubber botten vanonder de bank, was het duidelijk dat hij hoopte op een wat overtuigender bewijs van Bonnie's schuld.

Ik zette de inhoud van de boodschappentas op de salontafel. Bonnie keek even. Er zaten twee ongeopende dozen in: een koffiemolen en een duur espresso-cappuccinoapparaat. Onder in de tas zat een reçu van American Express: Seymour Spencer, kaarthouder sinds 1960, had ze betaald.

Ik liep naar haar toe, ging aan de andere kant van het huiszoekingsbevel zitten en liet het reçu voor haar ogen wapperen. 'Dronk Sy graag een kopje espresso erna?' wilde ik weten. 'Of ervoor? Sommige mannen hebben een oppepper nodig.' Ze gaf geen antwoord, maar dat had ik ook niet verwacht. Ik was lucht voor haar. Verder was het duidelijk dat Gideon haar had gewaarschuwd niets te zeggen en dat nam ze ter harte. 'Komt je advocaat?' vroeg ik. Ze pakte het huiszoekingsbevel. Ze zocht naar een zak waar ze het in kon stoppen, maar omdat ze alleen maar een korte broek en een T-shirt droeg had ze er geen. Ze hield het gewoon in haar handen. Ik ging verzitten zodat ik tenminste naar haar kon kijken. Haar T-shirt was van een of ander filmfestival, waarschijnlijk iets feministisch. Dwars over haar borsten stond: WOMEN MAKE MOVIES' in rood, groen, geel en blauw.

Ik legde het reçu boven op het huiszoekingsbevel dat ze in haar handen had en wees naar Sy's naam. 'Driehonderdvijfenvijftig ballen voor een kopje koffie.' Aan de overkant van de kamer giechelde Dikke Dijen; hij dacht waarschijnlijk dat het klonk als een volle mannelijke lach. Bonnie zwiepte het reçu weg. Het dwarrelde op de vloer.

Het enige geluid dat we hoorden was het gebonk van Robby die boven rondliep. Ik wilde dat hij het geld in haar laars en het taxatierapport zou vinden. Ik had tegen hem gezegd dat ik beneden zou blijven om op haar te letten.

Maar zij was niet van plan ergens heen te gaan en ik kon me niet meer verroeren. Dus bleef ik gewoon naast haar zitten. We hadden een diepbedroefd paar kunnen zijn dat samen een trieste afspraak had bij een kankerspecialist of een huwelijksadviseur. Ik keek steeds stiekem naar haar; in plaats van dat ze haar haar los droeg of achter haar oren of in een paardestaart, had ze een vlecht. Ik had de neiging om mijn hand uit te steken en met mijn wijsvinger elk van de glanzende strengen te strelen. Ik zou zeggen dat alles goed zou komen. Maar wat ik zei, was: 'Waar heb je het geweer verstopt?' Ze zat doodstil. 'Bonnie, je kansen zijn bijna op. Als je het ons moeilijk maakt, maken we het jou moeilijk.'

Op dat moment kwam Gideon Friedman binnenstappen. Ninja-advocaat: hij droeg een zwarte katoenen slobberbroek waarvan de pijpen waren omgeslagen, een zwarte trui en hij had zijn haar met gel achterovergekamd. Ik ging staan. 'Ha, raadsman Friedman,' zei ik. 'Goed u te zien.'

Hij liep langs me heen en ging gehurkt voor Bonnie zitten. 'Heb je iets tegen hem gezegd?' vroeg hij haar. 'Al was het maar een woord?' Ze schudde van nee. 'Grote meid.' Hij pakte het huiszoekingsbevel, ging staan en las het door. Hij zag dat het in orde was. Hij wilde er van af, maar omdat hij ook geen zakken had, hield hij het in zijn hand en trok met zijn andere hand Bonnie overeind en nam haar mee de keuken in.

Ze moeten daar heel zachtjes hebben gepraat, want ik hoorde helemaal niets, zelfs geen gemurmel. Ik liep naar haar boekenplanken. Het waren voornamelijk pockets: honderden thrillers, wat populaire romans, boeken over films – biografieën van acteurs en regisseurs, *Het Handboek voor de Filmer*, *Klucht in de Film* – en een hoop spul over de natuur. *Bloeiende Planten van Strand en Duin*. *Op Trektocht door Long Island*. Er stonden geen seksboeken achter *Vogels van Noord-Amerika*, geen *Memoires van een Victoriaanse Dienstmaagd* of een van die *Wees Niet Langer een Gewillige Trut, maar Zorg dat Hij Met Je Trouwt*-boeken die je veel aantreft bij alleenstaande vrouwen.

Juist op dat moment kwam Robby de trap afgestommeld. Het klonk of hij stukjes metaal onder de dikke zwarte zolen van zijn beige instappers had. Hij grinnikte en zwaaide met een plastic zak waarin de biljetten afkomstig uit Bonnie's laars zaten. Ik ging naar hem toe. 'Achthonderdtachtig!' verkondigde hij.

'In briefjes van tien of twintig?' deed ik een dappere poging verbaasd en blij te kijken. 'Alsof ze uit een geldautomaat komen?'

'Juist.'

'Nog iets?'

'Niet echt.' Robby leek een beetje teleurgesteld. Hij had waarschijnlijk gehoopt op een rokend geweer.

'Geen vibrator in de la van haar nachtkastje?' Robby schudde zijn hoofd. 'Interessante papieren?'

'Niks.' Verdomme, dat betekende dat ik naar boven moest om een laatste – nonchalante – blik te werpen en dan het taxatierapport te vinden. Tenzij ze het had weggegooid. 'Alleen een hoop filmscenariospul in haar werkkamer. Afwijzingen in een dossier. Maar luister, we hebben genoeg. Dat geld doet haar de das om. En als we eenmaal bloedmonsters van haar hebben, gaat ze voor de bijl.'

'Ook afwijzingen van Sy?'

'Nee, maar die hebben we niet nodig. Waar is ze?'

'In de keuken met haar advocaat.'

'Zullen we haar nu maar pakken dan?' Hij was net een aangelijnde doberman; hij kon niet wachten.

'Ja,' zei ik. 'Dan hebben we dat tenminste gehad.'

Ik had een brok in mijn keel. Ik zette mijn borst uit, maar ik kreeg niet genoeg lucht.

We liepen de keuken in. Robby zwaaide met het geld in Bonnie's gezicht. 'Achthonderdtachtig dollar in briefjes van twintig,' zei hij tegen haar.

'Als u iets te zeggen heeft, doe dat dan tegen mij,' antwoordde Gideon.

'O, neem me niet kwalijk,' zei Robby met een grote, valse grijns. 'Ik wil alleen maar weten waar dit geld vandaan komt. Misschien kan uw cliënte ons dat vertellen.'

'O,' begon Bonnie, 'dat is...'

'Hou je mond,' snauwde Gideon tegen haar.

'Maar Gideon, het heeft helemaal niets met Sy te maken.'

Gideon keek niet bepaald blij naar haar. 'Zou je ons alsjeblieft even alleen willen laten?' vroeg hij. We liepen het halletje buiten de keuken in en hoorden gefluister. Ik haalde diep adem, maar werd er alleen maar duizelig van. Toen riep Gideon: 'Kom maar.' Toen we binnenkwamen, knikte hij naar Bonnie.

Ze praatte tegen Robby alsof er maar één smeris in de keuken was. 'Het geld dat u heeft gevonden is een restant van de 2500 dollar die ik vorig jaar december heb ontvangen. Ik werk veel voor een bedrijf dat catalogi uitgeeft en de eigenaar betaalt me één keer per jaar. Contant.' Toen voegde ze eraan toe: 'Zwart.'

'Dus je hebt geen bewijs dat je de betaling hebt ontvangen,' zei ik. Bonnie dwong zich ertoe mijn richting uit te kijken, maar ze keek me niet recht in de ogen. Het was of ze haar ogen op niets richtte – of op een onzichtbare stereobox waar geluid uitkwam.

'Dat is het idee achter zwartwerken,' legde ze op geduldige toon uit alsof ze had te maken met iemand met een I.Q. van nul komma nul. 'Dan heb je geen bewijs.'

'Dus we moeten je op je woord geloven dat het geld daarvan afkomstig is?'

'Waar zou ik anders achthonderdtachtig dollar vandaan halen?'

'Op de ochtend van zijn dood heeft Sy Spencer nog duizend dollar uit een geldautomaat opgenomen. Dat geld was verdwenen toen we hem vonden.'

Gideon kwam tussenbeide. 'Nu moet je toch ophouden. Noem je dit speurderswerk? Jullie onderzoeken niet. Jullie gooien gewoon alles waarvoor jullie geen verklaring hebben bij Bonnie Spencer op de stoep. Sy heeft het blijkbaar aan iemand gegeven. Of er iets voor gekocht.'

'Nee,' zei Robby.

'Wat nee? Ik kende de man. Hij hield van mooie dingen en verwende zichzelf graag. Als hij een das van honderd dollar zag, kocht hij er een van in iedere kleur.'

'Geloof me nou maar, we hebben alles nagetrokken,' zei Robby. 'Hij had geen tijd om iets te kopen. En hij heeft niemand iets gegeven. Degene die het laatst bij Sy Spencer was heeft het geld meegenomen. En we weten dat degene die hem het laatst heeft gezien mevrouw Spencer hier was.'

'Jullie weten dat? Hoe weten jullie dat?' vroeg Gideon alsof hij niet kon geloven dat we zo stom waren. Maar ik merkte aan hem dat hij het ook wist.

'Omdat ze die middag samen in bed lagen in de logeerkamer van zijn huis.'

'Echt waar?' Er is niets zo leuk als een wanhopige advocaat te zien doen of hij geamuseerd is.

'Ja, echt waar,' kwam ik ertussen. 'Er lag een haar in het bed die niet van Sy was. We zijn ervan overtuigd dat wanneer we monsters hebben van het bloed van mevrouw Spencer, we zullen zien dat ze perfect overeenkomen.'

Bonnie's hand vloog naar haar hoofd. Ze herinnerde het zich. Ze begreep het. Ze keek me aan met een hartverscheurende mengeling van woede en verdriet.

'Wil je nu weten wat er is gebeurd, die middag dat Sy werd vermoord?' Ik kon alleen nog tegen Gideon praten. Ik kon Bonnie niet meer aankijken. 'Je cliënte had gemeenschap met Sy Spencer. Ze kregen ruzie. Hij liep de slaapkamer uit. Zij haalde die duizend dollar uit zijn broekzak. Toen hij ging zwemmen, deed ze een paar teenslippers aan...'

'Ik heb geen teenslippers,' zei ze tegen Gideon.

'... en ging naar beneden. Op een gegeven ogenblik is ze naar een plek bij de veranda achter het huis gelopen vanwaar ze...'

Ik voelde hoe Bonnie naar me staarde. Haar ogen waren enorm. 'Nee. Ik heb het niet gedaan. Dat geld... ik heb het gekregen van...'

'Oké,' onderbrak ik haar. 'Geef me het nummer maar van die man van het catalogusbedrijf.'

Bonnie keek naar Gideon, maar wachtte niet op een teken. Juist toen hij nee wilde schudden, zei ze: 'Zijn naam is Vincent Kelleher. Hij woont in Flagstaff, Arizona. Ik doe drie catalogi voor hem. *Coun-*

try Cookin', *Juno* – dat is voor zwaarlijvige vrouwen – en ...o God, ik weet die andere niet meer. O ja, *Sugar and Spice*. Sexy lingerie.'

Voor ik iets kon zeggen, liep ze snel de keuken uit en ging de trap op naar haar werkkamer. Ik liep haar achterna. Haar handen trilden terwijl ze de blaadjes van haar agenda omsloeg. 'Hier.'

Ik draaide het nummer. De zaak was nog niet open. Gideon kwam de werkkamer in, gevolgd door Robby. Uiteindelijk kreeg ik Kellehers privé-nummer van Inlichtingen en belde hem uit zijn bed. Ja, hij was Vincent Kelleher. Dikke Dijen had waarschijnlijk gevoeld dat er iets aan de hand was, want ook hij kwam de trap op, maar hij paste niet meer in de kleine, overvolle werkkamer; hij bleef buiten de deur staan en staarde naar de poster van *Cowgirl*. Ja, bevestigde Vincent Kelleher, hij was eigenaar van verscheidene postorderbedrijven. Ja, rechercheur Brady, ene Bonnie Spencer had weleens voor hem gewerkt. Zwart? vroeg ik hem. Contant? Nee! Heeft u mevrouw Spencer vorig jaar 2500 dollar contant betaald? Nee! Ook niet op een ander tijdstip? Nee! Ze had een paar jaar geleden weleens wat voor hem gedaan en toen had hij haar betaald...met een cheque. Had ze problemen, rechercheur Brady?

Ik hing op. Ik wendde me tot Robby. 'Hij heeft haar nooit contant betaald.'

'Precies wat ik dacht,' zei hij.

Bonnie pakte me bij mijn revers. 'Ik zweer je...' Dit was de eerste keer dat ze me ooit had aangeraakt. Ik duwde haar handen weg.

'En gewoon uit nieuwsgierigheid,' vervolgde ik, 'wil meneer Kelleher weten of de dame in kwestie problemen heeft.'

'Dat zou ik denken,' zei Robby. 'Grote problemen.' Hij keek naar Gideon en glimlachte. 'Ik denk zelfs dat de dame morgen weleens gearresteerd zou kunnen worden.'

'Ik denk dat jij en ik eens moeten praten,' zei Gideon tegen me.

'Ik denk dat het daar te laat voor is,' zei ik.

'De man heeft gelijk,' zei Robby tegen Gideon. 'Het is te laat voor afspraken.'

'Het gaat niet om afspraken,' zei Gideon.

'Dat klopt,' zei Robby tegen hem. 'Geen afspraken. Weet je waarom? Omdat Bonnie Spencer hangt – en dat weten we allemaal.'

O ja. Vietnamveteraan met een Purple Heart en een Bronze Star. Grote, dappere smeris. Stoere bink met ijzeren kloten. Alleen toen de auto's – met Bonnie en Gideon in Gideons BMW 735i, Robby en Dikke Dijen in Robby's zilverkleurige Oldsmobile die in werkelijkheid grijs was en ik – als een begrafenisstoet voor Bonnie's huis stonden om haar mee te nemen naar het hoofdbureau voor een bloedproef die Gideon nog probeerde te verkopen als een bewijs van goede wil-

...was ik zo'n mannetjesputter: ik had de moed niet met hen mee te gaan. Zodra we de lange rij winkels in het centrum van Bridgehampton waren gepasseerd, sloeg ik met gillende banden af en scheurde door de zijstraten naar de autoweg. Toen gaf ik plankgas. Honderdtachtig. Een stoere hengst in een Jaguar. Toen ik lang voor de stoet voor Bonnie Spencers begrafenis op het hoofdbureau aankwam, kon ik me er niet toe zetten naar Moordzaken te gaan. Ik ging een hokje in de herentoiletten binnen en ging op de pot zitten.

Ik durfde Bonnie niet onder ogen te komen.

Nee, ik was bang onder ogen te zien wat ik had gedaan. Ik zat me met een droge mond en een bonkend hart te realiseren dat ik het mikpunt was van een of andere grap van Onze Lieve Heer: deze vrouw die op een of andere manier veel – nee, alles – voor me was gaan betekenen, deze vrouw zonder wie ik niet meer zou willen leven, zou dank zij mijn scherpe speurderscapaciteiten, mijn sluwe overredingskracht, mijn feilloze logica naar de gevangenis gaan en er als een oude dame uitkomen. Ik zou deze vrouw, deze tovenares, nooit meer zien.

Wat haar toverkunst ook in mocht houden, deze vrouw had iets gedaan dat nog nooit iemand was gelukt: mij tot leven brengen. Maar voor ik het mysterie van haar toverkracht kon oplossen had ik het mysterie van de moord op Sy Spencer al opgelost. O, ik was toch zo'n wakkere vent. Het was me gelukt haar betovering te verbreken.

En dus was ik haar nu volkomen, volledig, geheel en al kwijt. Zonder enige hoop haar aan te raken of met haar te praten voor de komende dertig of veertig jaar van mijn halfdode leven. Ik zou me een weg banen door het huwelijk, kinderen krijgen, nog meer moordzaken oplossen, kleinkinderen krijgen, met pensioen gaan alsof ik door een smerige, dichte mist dwaalde.

Het is geweldig een echte man te zijn. Een rechercheur van Moordzaken – compleet met lul, wapen en brede schouders – die op de wc zit omdat hij een moordenares met een glanzende vlecht, die lekkere koffie kan zetten en een fantastische hond heeft niet onder ogen durft te komen.

Maar ik kreeg mezelf onder controle, op wat beverige zuchten na. Toch bleef ik nog vijf minuten zitten, omdat er iemand van Zedenmisdrijven of Robby kon binnenkomen om te plassen en wanneer ik langs hem liep, was het goed mogelijk dat ik zou gaan beven of zelfs in tranen zou uitbarsten. Hij zou dan beseffen dat ik eigenlijk toch niet de stoere bink was waarvan hij en ik en iedereen zo overtuigd waren.

Dus hield ik me schuil op het toilet tot ik weer een man kon worden.

Hoewel Bonnie en Gideon niet oorspronkelijk uit de streek afkomstig waren, woonden ze waarschijnlijk lang genoeg op de South Fork om te weten hoe ze op de Long Island Expressway moesten komen zonder eerst in allerlei files te staan die werden veroorzaakt door Newyorkers – normaalgesproken de opdringerigste mensen ter wereld – die volkomen onbeholpen waren wanneer het op autorijden aankwam: die gelaten in hun oververhitte auto's zaten te wachten of zich voortbewogen met de vaart van een bejaarde slak. Hun stadshersenen konden het idee dat je hoofdwegen links kon laten liggen niet omvatten. Natuurlijk zou dit alles veranderen zodra het *New York Magazine* een 'Kortste Routes door de Hamptons voor Ingezetenen' uitbracht.

Maar Bonnie en Gideon zouden geen korte route nemen. Waarom zouden ze zich haasten? En Robby en Dikke Dijen zouden hen niet opjagen; ze wisten voldoende van de South Fork van Suffolk om te weten dat een weg op een kaart niet altijd een echte weg hoeft te zijn. Waarom zouden ze een verkeerde afslag riskeren waardoor ze misschien in een bloemkolenveld zouden belanden en Gideon zich misschien zou bedenken en zou besluiten nog een paar dagen lang de bloedproef aan te vechten, aanvechten wat niet aan te vechten valt? Het kon nog wel een minuut of dertig, veertig duren voor ze op het hoofdbureau waren. Misschien wel een uur.

Ik liep het herentoilet uit en sleepte me naar Moordzaken. Omdat we in ploegen werken, delen twee of drie man een bureau. Hugo de Zure Bom zat aan mijn bureau, maar ik gebaarde dat hij kon blijven zitten en ging zelf aan Robby's bureau zitten. Twee minuten later stak Ray Carbone zijn hoofd om de deur. Hij keek alsof hij om een praatje verlegen zat, alsof hij het wilde hebben over het gaatje in Sy's schedel of over Jungs persoonlijkheidstheorie, dus draaide ik snel het nummer van de tijd en deed net of ik zat te wachten op een gesprek met de Belangrijkste Getuige. 'Bij de volgende toon is het tien uur, veertien minuten... en twintig seconden,' zei het bandje. Carbone riep gedag en ging weg. Ik was uitgeput. Ik had totaal geen puf meer. Dus bleef ik zitten waar ik zat en luisterde hoe de tijd voorbijging. 'Bij de volgende toon is het tien uur, zestien minuten... en dertig seconden.'

Ik trok Robby's la open, omdat ik een pen zocht zodat ik net kon doen of ik aantekeningen zat te maken. Geen pennen, maar wel een paar bijna lege flesjes mentholsnoepjes, een visitekaartje van de advocaat van Mikey LoTriglio en achterin Robby's dossier van Mikey. Ik haalde het eruit: Michael Francis LoTriglio, alias Mikey LoTriglio, alias Fat Mikey, alias Mickey Lopkowitz, alias Mr. Piggy, alias Michael Trillingham. Faxen en computeruitdraaien van de Newyorkse politie en de FBI toonden een lijst van zijn arrestaties: wegens afpersing, het vragen van woekerrente, een complot om gestolen obligaties te verkopen, belastingontduiking. En twee keer moord. Richie Garmendia van de Slagersbond werd drijvend met een ingeslagen schedel onder een steiger in de West Side aangetroffen. En Al Jacobson, boekhouder bij een vervoersbedrijf, werd vermist en men nam aan dat hij dood was; de dood was vermoedelijk veroorzaakt doordat hij in een betonmolen was gegooid en zodoende nu deel uitmaakte van Battery Park City in Lower Manhattan.

Ondanks al zijn arrestaties was Mikey slechts éénmaal voor de rechter verschenen in verband met belastingontduiking. Nou ja, twee maal. Twee omgekochte jury's en de overheid lieten hem vrijuit gaan.

'Bij de volgende toon is het tien uur, achttien minuten... en tien seconden.' Ik deed mijn ogen dicht en zag Bonnie voor me zoals ik haar het laatst had gezien; ze had zich verkleed om naar het hoofdbureau te gaan. Ze was naar beneden gekomen in een zwarte katoenen trui die ze in een strakke witte rok had gestopt en ze droeg zwart met witte hoge hakken. Ik zag geen make-up, maar ze moest het toch hebben opgedaan, want haar oogleden waren bronskleurig en haar lippen zagen eruit alsof ze frambozenjam had gegeten. Het was Bonnie niet; het was een lange, elegante, tragische figuur. Ze had lange gouden oorhangers in en zag er ellendig uit. Ik deed mijn ogen open, maar kon het beeld niet van me afschudden.

Ik dwong mezelf weer in het dossier te kijken. Robby had een heleboel aantekeningen gemaakt in dat slordige lagere-schoolhandschrift van hem: over Mikey's connecties met de maffia, over zijn gebruik van het familiebedrijf als dekmantel voor het Familiebedrijf, over zijn vriendschap met Sy en zijn investering in *Starry Night*. Bladzijden vol gedetailleerde aantekeningen. Ik kon zien hoe hij zich had voorbereid op het maandagberaad van Moordzaken om zijn mening dat Mikey onze man was hard te maken.

Maar tijdens het beraad had ik hem weten te overtuigen dat Bonnie onze man was. En na het beraad waren de bladzijden alinea's geworden, de alinea's zinnetjes. '22 aug. 4.10.' Dat was ongeveer een half uur nadat Mikey en zijn advocaat waren binnen geweest, niet dat het Robby en mij veel kon schelen. We wisten toch al wie Sy had vermoord. 'Gepraat met Nancy Hales, boekhoudster van Starry Night Productions, Inc.,' had hij geschreven. 'Eindelijk toegegeven dat Mikey omkoping had geprobeerd voor info geld film.'

Ik wilde omslaan naar de volgende bladzijde, maar die was er niet. Ik hing eindelijk de tijd op. Er klopte iets niet. Verder geen aantekeningen? Zelfs al had Robby video-opnames gehad van Bonnie terwijl ze Sy doodschoot, dan nog had hij meer vragen moeten stellen. Bijvoorbeeld wat 'eindelijk toegegeven' betekende. Om hoeveel geld ging het bij die omkoping? Hoe was het aangeboden? Telefonisch? Persoonlijk? Wist die boekhoudster wat voor slechterik Mikey was? Hoe had ze nee gezegd? Of had ze dat niet gedaan? Ik legde het dossier terug in de la, leunde achterover en deed mijn ogen dicht. Ontspan je. Niet mijn probleem.

Maar toen deed ik mijn ogen open, boog voorover en belde Nancy Hales op het kantoor van Starry Night Productions in een filmstudio in Astoria, Queens. Ik verzon een verhaaltje dat Robby een andere zaak was toegewezen en dat ik zijn aantekeningen aan het controleren was.

'Hoe vaak heeft u rechercheur Kurz eigenlijk gesproken?' vroeg ik tussen neus en lippen door.

'Alleen die ene keer persoonlijk.'

'Op uw kantoor?'

'Ja. En twee keer door de telefoon.' Haar stem klonk hees en overdreven sloom. Of ze was enigszins debiel of ze kwam enigszins uit het Zuiden of ze werkte voor een sekslijn.

'Vertel me eens over Mikey LoTriglio.'

'Ik heb al...'

'Dat weet ik, maar ik wil het in uw eigen woorden horen; ik wil niet afgaan op zijn aantekeningen.' Toen voegde ik eraan toe: 'Geloof me, dat is echt beter voor u.'

'Hij zei...' Ze was zenuwachtig. 'De rechercheur zei dat ik niet in de problemen zou komen als ik meewerkte.'

'Dat is ook zo. Vertel me nu maar eens wat er is gebeurd.'

'Meneer LoTriglio kwam op een keer naar het kantoor omdat hij meneer Spencer wilde spreken, maar ik geloof dat hij wel wist dat meneer Spencer er niet zou zijn. Begrijpt u wat ik bedoel?'

'Ja.'

'Hij vroeg naar de boekhouder en iemand bracht hem naar mijn bureau. Hij schoof een stoel bij en vroeg of er iets vreemds gaande was. Ik zei "Vreemds?" en toen zei hij "Zit niet te lullen". Dus zei ik tegen hem dat ik geen zaken met hem mocht bespreken en hij zei dat hij een van de hoofdinvesteerders was en ik zei dat ik dat wel wist, maar dat hij toch eerst toestemming moest vragen aan meneer Spencer.' Ze zweeg even. 'Hij was... Ik had het gevoel dat hij een gangster was. Niet zoals *Scarface*, maar toch was ik bang. Daarom heb ik het gedaan.'

'Zijn geld aangenomen?' vroeg ik.

'Uh-huh.'

'Hoe heeft hij het u gegeven?'

'Hij schoof het zo'n beetje onder mijn telefoon.'

'Ik bedoel in wat voor biljetten?'

'Van vijftig.'

'Hoeveel vijftigjes?'

'Heeft die andere rechercheur...?'

'Ik dacht dat u wilde meewerken.'

'Tien briefjes van vijftig.'

'En wat heeft hij gekregen voor die vijfhonderd dollar?'

'Het verhaal over Lindsay Keefe.'

'Doe me een lol, Nancy. Ik maak mijn eigen aantekeningen. Laten we met een schone lei beginnen. Wil je alles over Lindsay nog eens op een rijtje voor me zetten?'

'Dat van die extra locatie-scout en die twee extra stacaravans en die bonus voor Nicholas Monteleone bij het tekenen van het contract en die vier binnensets die we hebben gebouwd... Nou, dat was allemaal niet waar. Ik moest van Sy gewoon een paar facturen verzinnen en het geld zo'n beetje... doorsluizen.'

'Naar Lindsay?'

'Ja.'

'Om hoeveel ging het?'

'Een half,' fluisterde ze.

'Een half miljoen?'

'Ja.'

'Waarom kreeg Lindsay Keefe een half miljoen extra?'

Haar gefluister werd bijna onhoorbaar. 'Ik weet het niet. Ik denk dat ze dreigde ermee op te houden.'

Ik begreep er niets van. Sy wilde juist van haar af. 'Wanneer is dat gebeurd?'

'Drie dagen voor de opnames begonnen.'

Ik haalde diep adem. 'Nancy, waarom zou hij haar een half miljoen extra geven? Ze had toch een contract?'

'Ja?'

'Nou?'

'Nou, hij was stapelgek op haar. Echt stapelgek. Hij zou echt alles hebben gedaan om haar gelukkig te maken.'

Of op dat moment haar in zijn bed te houden. Dat was een peuleschil. Hij was Sy Spencer. Hij kon met het budget rommelen en wanneer *Starry Night* negentig miljoen opleverde, wie zou er dan nog zeuren over een paar honderdduizend die de mist in waren gegaan? En dus had Sy voor één miljoen en nog een half een prachtige bedpartner gekocht – en een zuurpruim van een actrice die zijn film verziekte. Dat moet een schop voor zijn arrogante kloten zijn geweest. 'Kreeg je het gevoel dat Mikey LoTriglio iets had gehoord van die negatieve praatjes die de ronde deden over Lindsay's acteerprestaties?'

'Ik denk dat...er werd zoveel gekletst. Ik ben er zeker van dat hij er iets over heeft gehoord.'

'Hoe?'

'Ik denk dat hij iemand van het personeel heeft omgekocht.'

'Wie bijvoorbeeld?'

'Dat weet ik niet.'

'En toen hoorde hij van jou dat Sy met de boeken had geknoeid om Lindsay een opslag van vijfhonderdduizend dollar te geven.'

'Ja.'

'En hoe reageerde Mikey daarop?' Stilte. 'Heeft rechercheur Kurz je dat niet gevraagd?'

'Eigenlijk niet.'

'Nou, dan vraag ik het je.'

'Meneer LoTriglio liep helemaal rood aan. En hij sloeg dreigende taal uit.' Ze zweeg. 'Ik zou het die andere rechercheur wel hebben verteld, maar hij vroeg er niet naar.'

'En je vertelde het niet uit jezelf.'

'Nee.'

'Je was bang.'

'Erg bang.'

'Vertel me eens wat meneer LoTriglio zei.'

'Hij zei – toen hij het juiste bedrag hoorde van wat Lindsay had gekregen – hij zei: "Ik ben diep, diep teleurgesteld in mijn goede vriend Sy. Mijn goede vriend zegt tegen mij dat alles goed gaat, dat ik een hoop terug kan verwachten van mijn investering. Maar ondertussen schuift mijn goede vriend een bonus van vijftig procent naar zijn filmster-vriendinnetje die de film zo erg aan het verzieken is dat zelfs Rotzooi TV hem niet wil kopen. Is dat waar? Is het waar dat mijn goede vriend Sy me aan het verneuken is? O, dat hoop ik niet."'

12

Wat was er in godsnaam met Robby aan de hand? Jezus, als ik Mikey LoTriglio op me had genomen, zou ik met stoelen hebben gegooid en hebben geschreeuwd tegen die idioot die bleef volhouden dat de ex-vrouw het moest hebben gedaan. Nou, en, dan was Bonnie met Sy naar bed geweest, zou ik hebben geschreeuwd. Is dat bij de wet verboden? Ze ging met hem naar bed, kuste hem gedag, zei dat hij maar moest bellen wanneer hij weer terug was uit Los Angeles en ging toen naar huis. Punt uit. O, je ze-kan-schieten theorie? Zit je daarmee, halve zool? En Mikey dan – of een van zijn mannetjes? En Lindsay dan? Zij heeft in een film gespeeld waarin ze met een geweer moest schieten.

En zelfs al had de ex-vrouw als kind in Utah al die jaren met een geweer tusen haar benen geslapen, zou ze in staat zijn Sy neer te schieten? Zou zo'n aardige, hartelijke vrouw zo'n koelbloedige moord kunnen beramen? En maak het nou: stel dat ze genoeg had van Sy. Waar zou ze zo snel een geweer vandaan moeten halen? We hebben het over de realiteit, niet een of andere verdomde Agatha Christie waarin de neef van Lord Smedley-Bedley die altijd het zwarte schaap is geweest, op een regenachtige middag wordt doodgeschoten nadat hij op theevisite is geweest bij de dominee.

En luister sufferd, zou ik brullen en misschien zelfs mijn pen op hem richten alsof het een pijltje was, luister! Hoe zit het met de misdadige persoonlijkheid? Wie denk je dat er eerder schiet wanneer ze zich beduveld voelen? Een afgeschreven scenarioschrijfster die met zo'n beetje iedere vent op de South Fork naar bed is geweest, die zo gewend is dat een vent haar laat barsten dat zij hun smoesjes voor hen kan schrijven? Of een Bekende Zware Jongen die zojuist heeft ontdekt dat zijn zogenaamde goede vriend hem een oor heeft aangenaaid voor een half miljoen?

Als ik Robby was geweest zou ik geknokt hebben. Ik zou een geweldig pleidooi tegen Fat Mikey hebben gehouden. Trouwens, tegen Lindsay ook. Ze was een filmster, een egoïste van de eerste orde en Sy had op het punt gestaan haar de laan uit te sturen.

Dus wat was er aan de hand? Toen ik op het beraad al mijn argumenten tegen Bonnie op tafel legde, waarom heeft Robby er toen niet een paar ontkracht? Het zou zo gemakkelijk zijn geweest.

Ik dacht even: O, Jezus, ik zal toch geen onschuldig leven hebben verpest?

Maar toen zei ik tegen mezelf: Kijk eens wat ze jou heeft aangedaan! Mevrouw Puur Natuur kan de boel knap belazeren. Eerst kijkt ze je aan met die blik vol pijn. Dan dat ongelovige hoe-kan-je-me-dat-aandoen? En dan negeert ze je. Ze kan gedachten lezen, die Bonnie. Je dacht dat je zo subtiel was, zo beheerst, maar ze heeft al die tijd geweten dat je iets voor haar voelde. Dus zit ze voor de open haard te trillen op een warme dag. Ze laat haar mond beven. Ze zweert dat ze het niet heeft gedaan. Waarom niet? Ze weet dat de bedrogene graag bedrogen wil blijven worden. Maar dan ziet ze dat ze je niet raakt... Nou, jammer dan; ze heeft haar best gedaan. Dus gaat ze naar boven en doet een paar gouden oorhangers in.

Maar als ze nu eens de waarheid spreekt?

Waarom heeft ze dan zo gelogen?

Nou, maar als ze nu eens heeft gelogen... maar hem toch niet vermoord?

Niet heeft vermoord? Neem Bonnie Spencer, Mikey LoTriglio en Lindsay Keefe. Wie van de drie is de waarschijnlijkste...

Juist op dat moment kwam Robby binnen en stormde op zijn bureau af. Hij vond het vervelend wanneer ik mijn voeten vlak bij zijn pennenset op zijn bureau legde, maar hij was te opgewonden om er aandacht aan te besteden. 'Bonnie is in het laboratorium!' Alleen de angst dat ik met mijn schoen langs het koperen bordje met 'Rechercheur Robert Leo Kurz' zou gaan, weerhield hem ervan te kirren van plezier. 'Ze is nu beneden. Met de advocaat.' Ik reageerde niet. 'Wil je niet gaan kijken?'

'Hoe zit het met het smeergeld van Mikey?' vroeg ik hem. Hij wierp me een blik van de dorpsgek toe die zo debiel overkwam dat ik wist dat hij deed alsof. 'Zijn smeergeld aan de boekhouder van Starry Night Productions.'

'Wat maakt dat nou uit?'

'Het maakt in zoverre wat uit dat we weten dat Mikey's alibi niet deugt. Dus had hij gelegenheid. En nu naar aanleiding van wat de boekhoudster ons heeft verteld, een motief. Waarom ben je verdomme niet doorgegaan met dat verhoor en...'

Robby stak zijn hand op. Stop! Agressief en nijdig als een van die neo-nazi's op de politieschool die voordoen hoe je het verkeer regelt. 'Wacht eens even, Steve.' Op zijn pik getrapt. Absoluut op zijn pik getrapt. 'We hebben onze dader, waarover we het allemaal eens zijn, hier in het laboratorium.'

Hij maakte een bocht van honderdtachtig graden en marcheerde Moordzaken uit op weg naar het lab. Ik liep hem achterna. Wat was die Robby toch een tuthola zoals hij daar snoepjes liep te kauwen in een wolk van haarlak en dan nog het ergste, dat pak van hem, dat bij zijn lichtbeige instappers hoorde. Het was de bedoeling dat de stof er duur uitzag zoals linnen, maar in plaats daarvan zag die eruit alsof die was gesneden van een rol die een allergische reactie had gekregen van haar eigen lelijkheid. Je zag de ongezonde glans; zij was bedekt met heel kleine bobbeltjes.

'Hé, ik wil even met je praten,' zei ik. Hij stopte niet.

We kwamen bij de deur van het laboratorium juist toen Bonnie en Gideon naar buiten kwamen. Ze drukte een gaasje tegen de holte van haar arm waar ze bloed hadden afgetapt, dus zag ze me niet tot ik zei: 'Hoe ging het?' Ze keek op en schrok; ze was het lieve meisje in een griezelfilm dat zojuist een monster heeft gezien. Ik had dat monster kunnen zijn. Ze probeerde zo snel weg te komen dat ze op haar eigen schoen trapte en zou zijn gevallen als Gideon haar niet bij de arm had gegrepen. Ze hing even tegen hem aan tot ze haar evenwicht weer had gevonden.

Maar in dat eventjes waren haar ogen op mijn gezicht gericht. Ten slotte zag ik het: doodsangst. Haar irissen dwaalden doelloos door het wit van haar ogen uit angst voor het monster dat haar op de hielen zat. En toen haastte ze zich de gang door. Haar strakke rok weerhield haar ervan grote stappen te maken zodat Gideon haar bij kon houden.

Toen ze de hoek om waren verdwenen, zei Robby: 'Ik ga naar het gerechtsgebouw om een arrestatiebevel te halen.' Hij wilde weglopen.

Ik greep hem bij de mouw van zijn wanstaltig pak. 'Nog niet.'

'Wat bedoel je, nog niet?'

'Ik bedoel dat het fout is overhaast te werk te gaan.'

'O nee.'

'O ja.'

'Nee!'

'Robby, hoeveel manuren heb jij gestopt in het zoeken naar die .22? We moeten eerst nog eens verder kijken.'

Hij trok zijn bovenlip op alsof hij wilde grommen. Zijn ontblote tanden hadden ongeveer dezelfde kleur als zijn beige pak en instappers.

'Wat is er verdomme met je?' wilde hij weten. 'Last van tedere gevoelens? Wil jij het risico lopen dat ze ervandoor gaat?'

'Waar zou ze heen moeten?'

'Waar dan ook. Luister, ik heb haar kast doorzocht. Ze heeft bergschoenen. Een rugzak!'

'Jezus, ze is joods. Wat zou ze verdomme moeten doen? Zich verstoppen in het moeras? Een eend uit het water sleuren en boven een vuurtje roosteren dat ze heeft gemaakt met twee takjes?' Ik vertelde hem niet dat het daar juist om ging: mijn nachtmerrie die me de nacht daarvoor vijf uur slaap had ontnomen. Bonnie kon ontkomen. Ik was bijna gestikt in mijn bezwete, verfrommelde laken terwijl ik lag te woelen. Ze kon verdwijnen, van het land leven, langzaam in noordelijke richting trekken, een boot stelen en van Long Island afkomen. 'Of denk je dat die flikkeradvocaat haar in zijn wijnkelder wil verstoppen?'

'Ze zou naar Utah terug kunnen gaan!'

'En dan? We hebben het adres van al haar broers en haar vader in Arizona. Ze kan zich niet schuilhouden.'

'Als we haar nu, voor het weekend, arresteren zijn we helden. Verdomme, kan jouw carrière je niets schelen?'

'Krijg de klere, Robby.'

Robby sloeg met zijn vuist op de muur. Het gaf een dof, weinig sensationeel geluid. Maar hij compenseerde het met zijn schallende stem die werd versterkt door de smalle gang zodat de hele verdieping hem kon horen. 'Jij verziekt deze hele zaak!'

'Nee! Ik doe mijn werk; ik wil alle tips natrekken. Ik ben niet zo'n retenlikker die dingen overslaat omdat hij te veel haast heeft een wit voetje te halen.' Ik maakte een vochtig kusgeluid. '"Joehoe, commissaris Shea. Hier is de ontknoping van die afschuwelijke moord die zo de aandacht van de landelijke pers heeft getrokken. Neemt u maar alle eer op u. Ik neem graag genoegen met het bevredigende gevoel dat ik mijn werk goed heb gedaan..."' Robby balde zijn vuisten en ging op zijn tenen staan. Zijn sleutels rammelden in zijn zakken. 'O Jezus! Niet slaan, Robby!'

'Hou je gore bek, Brady!'

'Niet slaan, niet slaan. Ik ben al veertig!'

'Luister, klootzak, zuiplap, ik ga naar het gerechtsgebouw om een arrestatiebevel te halen. Nu.'

'Goed. Sodemieter maar op. En terwijl jij weg bent, stap ik naar Shea en zal ik hem precies vertellen wat voor luie klootzak jij bent geweest en hoe je op de zaken vooruitloopt en dat je hem een zaak aanbiedt die binnen vijf seconden in elkaar kan donderen zodra hij voor de rechter komt.'

Het was bijna een foto. Ik stond doodstil. Robby hield zijn vuisten gebald, maar begon ze langzaam te ontspannen; het was net of hij van gedachten veranderde en me wilde wurgen. Ten slotte zei ik: 'Rustig maar.'

'Sodemieter op, lul.'

'Luister. Je moet dit niet overhaasten. Als je nu naar Shea rent, komt de officier van justitie nog allerlei onbeantwoorde vragen tegen – zoals Mikey LoTriglio. Zoals Lindsay.'

'Lindsay,' zei hij snerend.

'Snap je het dan niet? Een of ander vod van een krant drukt een foto van haar af uit *Transvaal* terwijl ze een geweer in haar handen houdt. Met daarbij: "Lindsay Keefe Getraind Om Te Doden?" Snap je niet dat de *Daily News* hele stukken zal wijden aan de banden die Sy met de maffia onderhield? En snap je niet dat als we niet met antwoorden komen die maar op één kant op kunnen leiden, namelijk die van Bonnie Spencer, de politie op haar brood krijgt dat ze probeert een aardige, arme ex-vrouw een oor aan te naaien en dat jij en ik degenen zijn die daarvoor zullen boeten?'

Robby gaf geen antwoord. En hij wurgde me niet. Hij deed alleen maar zijn handen omlaag, draaide zich om en beende op zijn luidruchtige instappers weg naar Moordzaken.

'Vraag me niet naar de zaak, Germy,' zei ik door de telefoon.

'Ik vraag helemaal niet naar de zaak,' toeterde hij met zijn durekostschoolstem. 'Ik ben filmcriticus, geen roddeljournalist. En ik vroeg niet wat er mis is met de zaak. Ik vroeg wat er mis is met jou.'

'Niks.'

'Nee. Je klinkt – het is moeilijk te omschrijven – leeg. Moe.'

'Ja nou, wat er mis is met me is gewoon de zaak. Ik ben te oud voor dit soort rotzooi.'

'Wat voor rotzooi?'

'Ik mag er niet over praten met burgers.'

'Je wil er niet over praten.'

'Klopt.' Nadat ik de Zure Bom van ons gezamenlijke bureau had gewipt, had ik al mijn dossiers ongeopend als een waaier voor me gelegd. 'Vertel me eens over Lindsay Keefe.'

'O. *Laura*, *Someone to Watch Over Me*, *Sea of Love*.'

'Wat?'

'Films waarin een ongure, maar aantrekkelijke smeris valt voor een mooie, wereldse vrouw die een rol speelt in een zaak.'

Het was hem gelukt; ik had even gelachen. 'Germy, stomme klootzak,' zei ik. 'Ik ben heel guur. En ik ben niet gevallen voor Lindsay. Ik wil alleen maar iets weten over *Transvaal*.'

'Waarom?'

Ik aarzelde, maar toen zei ik: 'Ik ken je lang genoeg om te weten dat je je mond dicht zal houden, Jeremy.'

'Dat klopt, Steve.'

Ik zag dat ik op de omslag van Bonnie's dossier had zitten krabbelen. Driedimensionale blokjes. Haar initialen: ik realiseerde me dat het dezelfde waren als die van mij, maar dan omgekeerd. 'Oké, ik heb gehoord dat Lindsay in die film met een geweer heeft geschoten.' Germy maakte dat bekakte geluid dat tussen Ah! en O! in zit. 'Wat ik wil vragen is of je – zonder dat er allerlei vragen worden gesteld – achter de naam kunt komen van iemand die weet wat er gebeurde toen ze die film aan het maken waren.'

'Iemand die weet of Lindsay werkelijk kon schieten of dat ze alleen maar de trekker overhaalde terwijl de geluidsman "Knal!" deed.'

'Ja.'

'Bel me over een uurtje terug.' Hij zweeg. 'En luister, dit als oude vrienden onder elkaar... Je klinkt niet helemaal jezelf. Doe het rustig aan, hè?'

'Tuurlijk,' zei ik. 'Dat zal wel lukken.'

Ik belde Lynne in de hoop dat ik haar antwoordapparaat zou krijgen. Maar ze nam op. 'Hallo!' klonk het vrolijk en warm. Ik had haar niets te zeggen. Ik hing op en belde mijn broer.

'Easton. Hé! Luister eens. Herinner je je dat je me vertelde dat Sy Lindsay nooit zou hebben ontslagen?' vroeg ik.

'Eh, hij wilde dat ze het dacht, maar hij zou het nooit hebben gedaan.' Easton klonk een beetje stoned.

Het was duidelijk dat ik hem had gestoord in een van zijn rituele marathondutten: zijn gestreepte pyjama aan, telefoon op een kussen op de vloer zodat het geluid werd gedempt en de gordijnen met veiligheidsspelden vastgemaakt om zeker te zijn van voortdurende duisternis. Het waren vluchtpogingen die weken konden duren, afgezien van wat geschuifel naar de keuken op zijn leren pantoffels, waar hij lusteloos wat zacht voedsel – ijs of fruitcocktail uit blik – naar binnen werkte. Het deed denken aan het voeden van een baby die geen honger heeft. Zo nu en dan kwam hij met een mager excuus: de dokter had het gezegd dat het misschien een kou was of een griepje en dan hoestte hij zwakjes. Eastons slaapbuien kwamen wanneer hij zich realiseerde dat hij nooit een super-verzekeringsagent zou worden of de held der herenkledingbranche. Het begon met dat hij laat op zijn werk kwam en weer vroeg thuis was – soms direct na de middagpauze. Dan belde zijn chef, eerst om een preek te geven, later om hem te ontslaan en Easton mompelde dan: 'Doe wat je niet laten kunt', hing op en ging weer slapen.

En waarom zou hij dit keer wakker blijven, nu Sy dood was? 'East, toe nou. Concentreer je.'

Geïrriteerd. 'Dat doe ik ook.'

'Denk je dat het mogelijk is dat Lindsay wist dat Katherine Pourelle het scenario van *Starry Night* had gekregen of dat Sy een afspraak met haar had in Los Angeles?'

Easton deed zijn best. Ik kon me zomaar voorstellen hoe hij zijn hoofd schudde om die mist te verjagen. 'Wist ze het?' herhaalde hij. Plotseling klonk hij wakker, belangstellend, beschermend. 'Waarom vraag je naar Lindsay?'

'Kijk, ik weet dat je – je weet wel – op haar gesteld bent, maar probeer objectief te zijn, East. Het gaat hier om moord.'

'En jij denkt dat als Lindsay op een of andere manier had ontdekt dat...Steve, dat is idioot.'

'Misschien wel. Maar ik moet alle mogelijkheden natrekken.'

'Wacht eens even,' zei hij. 'Ik denk dat ik even was weggesukkeld. Ik ben nog steeds een beetje duf.' Ik stak mijn hand in mijn la en haalde er een sleutelring annex nagelknipper uit die ik had gekregen bij de grootse opening van een autowasserette en gaf mezelf een soort manicure. Het zag er naar uit dat ik tijd over had om mijn schoenen en sokken uit te trekken en aan mijn teennagels te beginnen, maar uiteindelijk sprak Easton, zij het aarzelend. 'Lindsay was wel... belangstellend naar Sy's zaken.'

'Wat betekent dat in het dagelijks leven? Dat ze nieuwsgierig was?'

'Als je het zo oppervlakkig wil bekijken.'

'Wat deed ze?' Hij gaf geen antwoord. 'Hou op met dat achterlijke hoffelijke gedoe. Ik ga haar niet arresteren. Ik wil alleen maar het papierwerk hier afronden.'

'Is Lindsay een serieuze verdachte?'

'Nee.'

'Wie wel?'

'Niet bestemd voor Jan en Alleman, oké?'

'Natuurlijk niet.'

'De ex-vrouw, Bonnie. Maar Lindsay heeft met een geweer geschoten in een film die *Transvaal* heet, dus moet ik dat even natrekken. Nou, was ze nieuwsgierig?'

'Het woord dat ik gebruikte was "belangstellend". Zie je, Sy trok meestal een paar baantjes nadat zij de hare had gedaan. Dus wanneer ze weer in huis was, zogenaamd om te douchen, ging ze zijn werkkamer in.'

'Ja, en?'

'En dan deed ze net of ze een postzegel of een paperclip zocht, maar in werkelijkheid las ze de papieren die op zijn bureau lagen. O ja, dat is waar. Sy had zo'n zakcomputer-agenda. Op een keer zag ik dat ze een paar toetsen indrukte. Volgens mij probeerde ze zijn afspraken na te gaan. Ik weet dat het heel stiekem klinkt. Maar zo was ze echt niet. Sy was niet zomaar haar minnaar. Hij was ook haar werkgever. Zij wist net zo goed als ieder ander hoe meedogenloos hij kon zijn tegen iemand over wie hij niet tevreden was en hij was duidelijk niet te spreken over haar. Dus ze beschermde zogezegd haar eigen belangen.'

'Laatste vraag, Easton. Denk je dat ze wist waarom hij naar Los Angeles zou gaan?'

'Laatste vraag?' Hij dacht er echt over na. Ik wachtte. 'Ze kreeg wel steeds meer belangstelling. Extra bezoekjes aan de werkkamer. 's Ochtends vroeg naar de fax voor Sy zijn bed uit was voor ze naar de set ging.'

'Hoe weet jij wat er 's morgens vroeg gebeurde?'

'Ik kwam graag vroeg. Ik vind dit... vervelend.'

'Hoor eens, denk je nou heus dat je de eerste man in de geschiedenis bent die gek is op een vrouw? Ik ben je broer. Je kunt het mij wel vertellen. Je kwam graag vroeg omdat je haar wilde zien?'

'Ja. Maar ze probeerde voor mij haar belangstelling nooit te verbergen. Of ze vond dat ik zozeer deel uitmaakte van het meubilair dat ik zoiets als behang was – dus geen bedreiging. Of ze voelde hoe ik over haar dacht en voelde zich veilig.' Easton zuchtte. 'Ik denk dat het dat moet zijn geweest. Maar in ieder geval, wat je wil weten is of ik denk dat Lindsay wist dat Sy stappen zou ondernemen? Het antwoord is ja. Dat denk ik.'

Germy belde een half uur later terug. Hij had de producent van *Transvaal* gesproken. Ze hadden een Zuidafrikaanse jachtopziener in dienst genomen als technisch adviseur en hij had Lindsay een paar uur schietles gegeven. De producent had geen idee of ze goed kon schieten, maar hij had er wel aan toegevoegd dat ze een bliksemaffaire met de jachtopziener had gehad voor ze overschakelde op een zwarte acteur die de rol van anti-apartheidsactivist speelde.

Gideon belde rond het middaguur. Hij was weer op zijn kantoor. Hij had Bill Paterno ingeschakeld voor Bonnie's verdediging, maar wilde toch nog een keer met me praten. Persoonlijk. Mannen onder elkaar. Zo stelde hij het schaamteloos. Kon hij naar mijn kantoor komen? Ik had al eens een blik op Robby geworpen. Hij zat, over zijn bureau gebogen, alle DNA- en laboratoriumrapporten door te nemen; hij ging met zijn wijsvinger over de bladzijden terwijl zijn lippen bewogen alsof hij de God van de Wetenschap opriep zijn kruistocht tegen Bonnie Spencer te zegenen. Hij zag er ongezond en gedreven uit – en een beetje gek – dus vertelde ik Gideon hoe hij bij het dichtstbijzijnde cafetaria kon komen, zei dat ik hem daar om half twee verwachtte en voegde er aan toe dat hij zoveel tijd had als het mij kostte om een broodje kip met salade en bacon en een milkshake naar binnen te werken – dat betekende, wanneer ik aan mijn tafelmanieren dacht, ongeveer vier minuten.

De Blue Sky was vroeger een echt vette tent, maar de Griek die hem had overgenomen had hem opgeknapt. De muren waren bedekt met namaak-eiken, aan de plafonds hingen kroonluchters en plastic hangplanten en het menu dat bestond uit alles dat je in de magnetron kon stoppen, was zo dik als de bijbel. De eigenaar hing om ons heen met zijn notitieboekje opengeslagen, klaar om alles te noteren wat we toevallig zeiden.

Ik keek naar Gideon. 'De kok wast meestal zijn handen nadat hij heeft gepoept, dus je kan rustig de kipsalade of tonijn nemen zonder dood te gaan. De hamburgers smaken naar sneeuwbanden. En de rest wordt bestraald.'

'U moet niet naar hem luisteren,' zei de eigenaar. 'Hij doet altijd gek. Al mijn eten is goed. De specialiteit van de dag is een lekkere bot op een bedje van spinazie met feta.'

Gideon zei nee, dank u, hij had al gegeten. Alleen een ijskoffie. De eigenaar slenterde naar de keuken.

'Nou,' zei ik. 'Zeg het maar.'

Gideon legde zijn lepel, mes en vork recht en deed er een minuut over om zijn servet volkomen parallel aan de tafelrand neer te leggen. Toen hij dat voor elkaar had, vouwde hij onmiddellijk zijn servet open en legde het op zijn schoot. Ik zag dat ondanks zijn knappe uiterlijk, de brug van zijn neus waarschijnlijk was ingedeukt in het geboortekanaal of tijdens een gevecht en dat het nooit meer goed was gekomen. 'Ik had gehoopt dat dit gesprek niet nodig zou zijn,' zei hij zachtjes.

'Dat is het ook niet. Je had jezelf de rit kunnen besparen – en maagzuur van de ijskoffie. Het enige wat we nog moeten doen is een paar dingen natrekken. Waarschijnlijk zullen we morgen je cliënte arresteren.'

'Ze heet Bonnie.'

'Dat weet ik.' Mijn wangen begonnen pijn te doen; ik voelde de druk van tranen ergens achter mijn ogen. Ik was niet van plan me te laten gaan, maar als het toch gebeurde, dan in ieder geval niet waar hij bij zat. 'Ga verder.'

'Waarom moet je haar hebben?'

'Meneer Friedman, met alle respect, u bent haar vriend. En dit is niet uw terrein. U trekt een onderzoek naar een misdaad in het persoonlijke. En u verdoet mijn tijd en het is niet in het belang van uw cliënte. Doe iedereen een lol en wacht tot morgen. Laat Paterno de zaak overnemen. Hij is gewend met ons en de officier van justitie te werken.'

De eigenaar kwam terug met de ijskoffie en een schaaltje met kleine bakjes halfvolle melk. Gideon wachtte tot hij weg was. 'Jij bent degene die de zaak in het persoonlijke heeft getrokken,' zei hij.

'Wat bedoel je?'

'Ik bedoel dat het moreel en ethisch verkeerd is een onderzoek uit te voeren naar iemand met wie je...'

Zet de paraplu op, dacht ik, want hier komt een bui stront. 'Met wie ik wat?'

'Naar bed bent geweest.'

De hitte slaat toe. Het bloed stroomde naar mijn voorhoofd en mijn oren. Ik was zo verdomd kwaad. Ook teleurgesteld: ik kon niet geloven dat ze haar toevlucht zou zoeken tot zoiets banaals – waarmee meteen duidelijk wordt hoe ik me voelde. Ik had er geen moeite mee aan te nemen dat ze een moord had beraamd en uitgevoerd. Maar een dubieuze leugen vertellen? Niet mijn Bonnie! 'Dat is volkomen gelul,' zei ik.

'Nee, het is geen gelul.' Hij was kalm, op zijn gemak. Wat voor gelul het ook was, die trut van een Bonnie had hem wel overtuigd.

'Je vriendin heeft een beetje moeite met de waarheid, raadsman. Ik heb haar nooit aangeraakt. Ik heb nooit een oneerbaar voorstel gedaan. Niets.'

'Dat is gelul!'

'Luister, je hebt niet echt zin in die koffie. Ga terug naar East Hampton, rommel wat met onroerend goed en vergeet dit gesprek.' Hij bleef zitten. 'Oké, de commissaris heet Shea. Vooruit. Vertel het hem maar. Of dien maar een formele klacht in.'

'Wat is er tussen jullie twee gebeurd dat je haar zo graag te pakken wil nemen?'

Ik keek op en zag de eigenaar met mijn broodje en de milkshake naar ons toekomen. Het eten zag er bleek, gezwollen, dood uit – als iets dat we weleens uit het water halen, iets waarvan je moet kotsen. 'Luister,' zei ik tegen Gideon, 'ik begrijp dat ze je ervan overtuigd heeft dat er iets tussen ons was. Ik ga niet proberen het uit je hoofd te praten.' Er hing een stukje bacon uit het broodje: zwart en kronkelig. 'Maar ik ga niet mijn lunch verpesten en zitten aanhoren hoe ik haar heb betast terwijl ik haar verhoorde of dat ik haar mijn penning liet zien en heb gezegd: "Mee naar bed of de cel in." Oké? Dus, bekijk het maar, meneer Friedman.'

Ik kon hem nauwelijks verstaan. 'Ik heb het niet over het onderzoek. Ik heb het over vijf jaar geleden.'

'Wat?'

'Vijf jaar geleden. Jullie... ik zou het geen verhouding willen noemen. Maar het was ook niet zomaar voor één nacht.'

'Je hebt de verkeerde voor je,' snauwde ik.

'De volgende dag belde ze me erover op. Ik herinner het me. Ze klonk in de wolken. Ze zei: "Gideon, ik heb zo'n fantastische man ontmoet!"'

'Ze liegt. Of misschien is ze gewoon... Misschien is ze door deze hele toestand een beetje malende geworden, als ze dat al niet was.'

'Ze is zo on-malende als maar mogelijk is.'

'Nou, dan is het misschien een eerlijke vergissing en heeft ze gewoon gedacht dat ze mij onder de lakens had gezien. Kijk, ik neem aan dat je weet dat het niet bepaald een geheim is dat er nogal wat mannen in dat bed hebben gerollebold.'

Gideon trok een olijfgroene blazer aan over zijn Ninja-uitrusting. Waarschijnlijk zijde. Hij rolde een mouw op. 'Bonnie zei: "Hij is hier in Bridgehampton opgegroeid. Op een boerderij. Ongeveer twee minuten hiervandaan." ' Ik zei niets. Ik schudde mijn hoofd. 'Ik herinner me dat gesprek, meneer Brady. Ik heb haar nooit zo blij gehoord. Ze zei: "Het is nota bene een smeris. Een rechercheur. Heel slim. En een geweldig gevoel voor humor. Ik heb lol gehad!" '

'Maar niet met mij.' Hij begon aan de andere mouw. 'Het spijt me. Ik weet dat je gelooft wat je zegt, maar ik was het niet.'

Gideon peuterde het deksel van het bakje los en schonk de koffiemelk in zijn glas. 'Ze zei...'

'Hou alsjeblieft op. Dit heeft geen enkele zin.'

'Laat me uitpraten. Ze zei: "Hij heet Stephen Brady." ' Ik zat tegenover hem nog steeds nee te schudden. 'Ik herinner me je naam, omdat we een lang, zeg maar grappig, gesprek hadden over de vraag of Brady nu een Engelse of Ierse naam is en over het libido van iedere groep. Bonnie zei dat ze het je de volgende keer zou vragen.' Gideon pakte een suikerzakje en strooide er wat van in zijn koffie. 'Ze twijfelde er niet aan of ze zou je weer zien. Dat was het gekke: haar vaste overtuiging dat die nacht iets speciaals was geweest. Ze had al heel wat van de wereld gezien, ze wist wat ze kon verwachten. Ze heeft zichzelf nooit een rad voor ogen gedraaid. Ze wist wat er gebeurt wanneer je iemand mee naar huis neemt die je in een bar...'

'Welke bar?'

'De Gin Mill. In de...'

'Ik weet waar die is. Ga door.'

'Wat valt er verder nog te zeggen? Bonnie wist dat wanneer je een man in een bar ontmoet en je neemt hem mee naar huis, dat je niet hoeft te verwachten dat hij je de volgende dag bloemen stuurt.'

'Zei ze dat ik haar bloemen heb gestuurd?'

'Nee. Beeldspraak voor romantiek. Maar ze had het gevoel dat er iets bijzonders tussen jullie was gebeurd.' Ik legde mijn hand op mijn voorhoofd en wreef heen en weer. 'Je kunt het niet zijn vergeten. Zelfs als het maar een kortstondig avontuurtje voor je was geweest, dan zou je toch toen je haar zag, het huis zag...'

'Echt, ik herinner me niets.'

Gideons jonge, knappe gezicht met de ingedeukte neus stond eerder niet-begrijpend dan kwaad. 'Maar waarom die wraakzucht als je je niets herinnert?'

'Er is geen sprake van wraakzucht. Ze is schuldig.'

Zijn lepel kletterde tegen het glas terwijl hij roerde, maar zijn stem klonk heel vriendelijk. 'Waarom heb je dan niet een van je collega's gevraagd het deel van het onderzoek, waar het Bonnie betrof, over te nemen?'

'Er was geen enkele reden voor. Ik had haar nooit eerder ontmoet.'

'Wel waar. Het is gebeurd.'

Het duurde heel lang, maar ten slotte zei ik: 'Luister, ik ben alcoholist. Ik sta nu bijna vier jaar droog. Maar er zijn hiaten in mijn leven. Dagen, misschien wel weken die ik me nooit meer zal kunnen herinneren. Misschien... Er waren een heleboel vrouwen. Misschien was ze er wel één van. Ik had wel vanaf het begin al het gevoel dat ze me bekend voorkwam. Ik dacht dat ik haar misschien in de stad had gezien.'

'Dus je ontkent het niet.'

'Nee. Maar ik geef het ook niet toe. Misschien ben ik met haar naar bed geweest. Misschien heb ik haar verteld dat ze geweldig was. Dat was een van die dingen die ik altijd zei: "Het gaat niet alleen om de seks, schat. Het gaat om jou. Je bent een geweldige vrouw." Maar als ik inderdaad met haar naar bed ben geweest, zal ik nooit te weten komen wat ik heb gedaan of wat ik heb gezegd.'

'Nou, je hebt bijvoorbeeld gezegd dat je van haar hield.'

'Maar ik ben haar nooit meer op gaan zoeken, hè?'

Gideon ging achterover zitten en sloeg zijn armen over elkaar. Ontspannen, alsof we een gezellig babbeltje aan het maken waren. 'Ze zei dat je toen zwaarder was.' Ik was negen kilo afgevallen sinds ik was gestopt met drinken en was begonnen met hardlopen. 'En je had een snor. Een volle druipsnor.' Ja. 'Daarom duurde het even voor ze in de gaten had dat jij het was die aan de deur stond. En weet je wat er toen door haar hoofd ging? Ze dacht: Wat kan mij het schelen dat hij niets meer van zich heeft laten horen. Hij is terug!'

'Meneer Friedman, snapt u het niet? Of ze heeft hier en daar in de stad naar me geïnformeerd en het hele verhaal verzonnen – of het is echt gebeurd. Maar het doet er niet toe. Ze kunnen me de zaak afnemen, iemand anders hem laten overnemen en de uitkomst zal nog steeds dezelfde zijn. Bonnie Spencer zal voor het gerecht worden gedaagd op grond van indirecte bewijzen. Maar sterke indirecte bewijzen. Ze zal hoogstwaarschijnlijk schuldig worden bevonden. En ze gaat de gevangenis in. En of ik nu met haar naar bed ben geweest of haar heb verteld dat ik van haar hield of haar nooit eerder had ontmoet voor ik bij haar aanbelde, maakt geen bal uit.'

'Bonnie had gelijk. Je bent heel erg slim.'

'Dank je.'

'Luister naar me. Je hebt een intelligente, vindingrijke theorie in elkaar gedraaid over hoe Sy is vermoord. Het enige dat ik je nu vraag is dat je je gegevens nog eens bekijkt en dat je diezelfde creativiteit gebruikt om de zaak te herzien.'

Ik schudde mijn hoofd.

'Probeer het. Maak er een nieuwe zaak van. Een die op de werkelijkheid is gebaseerd, geen fictie.'

'Dat kan ik niet.'

'Denk erover na, rechercheur Brady.'
'Er is niets om over na te denken.'
'Jawel. Dat weet je donders goed.'

13

Mijn eten bleef onaangeroerd achter toen ik de cafetaria uitliep. Het was buiten tropisch warm geworden. Ik dacht eraan om een AA-bijeenkomst te zoeken, maar reed in plaats daarvan doelloos in noordelijke richting, steeds verder weg van het hoofdbureau. Ik zette de auto op de parkeerplaats van een winkelcentrum. Paradijs der slaapsteden: niet alleen een supermarkt die vierentwintig uur per dag open was, maar je kon daar ook je kokosnootavocadodoucheschuim en je valium bij de drogist halen, je ontvlekte sportjasje bij de stomerij, Nintendo-cassettes voor je kind bij de videowinkel, je linksdraaiende yoghurt bij de zuivelwinkel en je papieren tafelkleden, bordjes en bekers met Charlie Brown erop bij de papierwinkel.

Ik deed de kap omhoog, legde mijn wapen achter slot en grendel en trok mijn korte broek en gympen aan die ik altijd achter de voorstoelen had liggen – mijn rijdende kledingkastje. Ik haakte mijn pieper aan de tailleband van mijn korte broek. Ik had mijn shirt gebruikt om de oliepeilstok af te vegen, dus moest ik met ontbloot bovenlijf lopen.

Door de hoge vochtigheidsgraad was het om te stikken. Ik wou dat ik zo'n stomme, moderne boerenzakdoek had die art-directors en aandelenmakelaars in Bridgehampton bij het joggen oprollen en om hun hoofd binden om het zweet uit hun ogen te houden. En ik zou ook niet nee zeggen tegen zo'n konttasje waar ze hun fles bronwater in bewaarden.

De eerste paar kilometer door midden-Suffolk – langs nieuwbouwhuizen die nu reeds de eerste sporen van verval vertoonden, waar niemand blijkbaar genoeg trots had om een brievenbus met hun naam erop in de voortuin te zetten of een appelboom of een rozestruik te planten of iets anders dan de armetierige gratis jeneverbes die het bouwbedrijf in de voortuin had gezet, langs open stukken bouwterrein met borden met 'Te Koop' erop – dacht ik niet aan Bonnie. Ik dacht aan helemaal niets.

Ik rende langs een boerderij zoals je er zoveel ziet op de South Fork, behalve dat hier niet die frisse zeelucht hing om de doordringende geur van mest en pesticiden te verdrijven. Maar wel mooi: een bruin veld met winteraardappelen, bijna zover om te worden geoogst, omringd door een rand donkerroze klaver en klimplanten met witte bloemen. De aardappelen staan er goed bij, dacht ik. Een hoop boeren op Long Island moeten niets hebben van winteraardappelen, omdat ze knobbelig kunnen worden, maar er was juist voldoende regen gevallen...

Bonnie! Geen fantasie dit keer. Een heuse herinnering.

Labour Day, ongeveer vier uur 's middags. In de bar – ja, Gideon, de Gin Mill – was het donker en overvol, net als de vrijdagavond voor het weekend van Memorial Day. Maar het seizoen was voorbij en de lui die te oud waren om yuppies te zijn, hingen er niet langer vrolijk, uitgelaten en verwachtingsvol rond. Dezelfde bekakte Newyorkers stonden nu weer, elkaar verdringend, tegen de bar geperst. Ze waren te bruin en te wanhopig met hun uitgestoken armen en handen die een margarita ('Geen zout!') omklemden; ze dronken te veel om hun wanhoop te verdringen dat er weer een zomer voorbij was gegaan zonder dat ze verliefd waren geworden of in ieder geval iemand hadden gevonden die hen niet in verlegenheid bracht door te bulderen van het lachen bij een film in de Upper East Side of door dik te zijn in TriBeCa of door een geruite broek te dragen in Central Park South.

Dit was de juiste periode voor een plaatselijke bewoner die zich in juni, juli en augustus tevreden had moeten stellen met al die receptionistes en verpleegsters, die (voor één nacht) wel zin hadden in een volwassen wip. De vrouwen lagen voor het oprapen: tegen die eerste maandag in september hielden de vijfendertigjarige bedrijfsdirecteuren zich niet meer zo aan het aardrijkskundespel met een automatisch 'Geen Schijn van Kans!' voor boeren als ik; al die hoogblonde financiers met hun lipgloss en zwanehalzen zouden niet langer 'O ja?' mompelen en dan twee seconden later met een suikerzoet 'Sorry' weglopen wanneer ze hoorden dat ik een smeris was.

Die vrouwen in de Gin Mill hadden geen bankier of dokter of zelfs maar een accountant te pakken kunnen krijgen. Dus nu werd het: 'Ik ben gewoon jaloers dat je hier het hele jaar door woont.' En: 'Rechercheur! Je moet me eens vertellen hoe je het kan verdragen om iedere dag te worden geconfronteerd met... Hoe kan ik het het beste zeggen? De donkere kant van de menselijke natuur.'

Alleen kwam ik niet een van die types tegen, maar zag ik Bonnie. Als ik zou moeten zeggen waarom ik naar haar toeging, was het, denk ik omdat het de Zomer van het Permanent was en zij de enige vrouw was zonder een waterval van krullen. Of misschien kwam het omdat ze niet zo'n ding droeg met ruiten en strepen en bloemetjes waarbij opzettelijk niets bij elkaar hoort. Ze leunde tegen de bar met haar voet op de stang, lang tussen de andere vrouwen. Ze baande zich een weg tussen allerlei papiertjes en sleutels in de zak van haar korte, rood-met-blauw geruite rok op zoek naar geld voor een pilsje. Ze droeg een rood topje met smalle schouderbandjes. Terwijl ik me een weg naar haar baande, zag ik de glans van haar brede, gebruinde schouders. Zijdeachtige huid, dacht ik, niet leerachtig. Ik legde mijn hand op haar schouder. Hij was zijdeachtig. Ik zei: 'Mijn rondje' en gaf de barkeeper drie dollar voor haar bier. Ze lachte. 'Bedankt.'

Maar dat was het enige dat ik me herinnerde: een beeld. Terwijl het zweet van me afdroop bleef ik nog drie kilometer hardlopen: om de boerderij heen, terug langs de braakliggende grond en langs die trieste rij nieuwbouwhuizen. Maar het enige dat ik me in die moordende hitte kon herinneren was Bonnie in die koelte van de Gin Mill met haar bier voor zich uit in haar beide handen zoals een bruid haar boeket vasthoudt. Haar haar was toen kort, een beetje piekerig, alsof ze had geprobeerd een modern kapsel te knippen en in plaats daarvan er nu uitzag als de grote zus van een boself. Door het indirecte licht boven de bar glommen haar armen en schouders.

Ik liep een paar keer om de parkeerplaats om af te koelen, maar de lucht was zo vochtig dat ik alleen maar ophield met hijgen. Ik bleef nog een minuut of vijf wachten op een briesje, maar toen dat uitbleef, stapte ik in de auto en gebruikte het met olie besmeurde T-shirt als handdoek. De pieper had langs mijn huid geschuurd en er zat een schaafplek op mijn rechterzij.

Ik spoot een beetje deodorant onder mijn oksels en wrong mezelf toen in allerlei bochten om snel mijn overhemd, das en pak aan te trekken voor de een of andere huisvrouw naar binnen gluurde en me betrapte op een suggestieve houding ten aanzien van het stuur terwijl ik mijn rits dichttrok. De scène bleef zich in mijn hoofd herhalen.

'Mijn rondje.' Ik zette mijn borrel neer, wodka met een schijfje limoen, en gaf drie briefjes van een dollar aan de barkeeper.

Bonnie's glimlach, zo stralend dat het me even duizelde. 'Bedankt.'

Ik ging de supermarkt binnen en kocht een grote fles bronwater. Misschien zag ik bijna paars, want het meisje aan de kassa zei tegen me: 'Ik zou maar uitkijken, met die hitte en zo.' Of misschien rook ze me en hadden ze een aanbieding van iets beters dan mijn deodorant.

'Mijn rondje.'

'Bedankt.'

Ik ging in de auto zitten, zette de fles bronwater aan mijn mond en probeerde me te herinneren wat er daarna gebeurde. Logisch gesproken zou ik hebben gezegd: 'Steve Brady' en zij: 'Bonnie Spencer' en een paar minuten later zouden we hebben gelachen om de vreemde situatie dat twee mensen die al heel lang in Bridgehampton wonen, elkaar moeten ontmoeten in East Hampton, in een zogenaamde 'echte' visserskroeg met een aanstellerige plafondventilator en barkeepers die zich expres niet schoren omdat het mode was er verlopen uit te zien, omringd door stadslui op sandalen van tweehonderd dollar.

Alleen kon ik me verder niets herinneren. Misschien was er verder niets gebeurd. Misschien had ze zich, om de een of andere reden, alleen iets herinnerd dat later een mislukte versierpoging bleek te zijn. Als scenarioschrijfster had ze er een liefdesverhaaltje omheen bedacht met haarzelf in de hoofdrol en tegen haar advocaat gezegd: 'Hé, misschien kan je dit gebruiken.' Maar Gideon herinnerde zich hoe gelukkig ze was en ook dat ze mijn naam had genoemd. Wat hij verder ook mocht zijn, hij was in ieder geval intelligent en een integere advocaat. Ik geloofde niet dat hij tegen de politie zou liegen, zelfs niet om een vriendin te helpen.

Nou, wat er ook was gebeurd met Bonnie, ik zou er nooit meer achter komen. Jammer. Ik had graag willen weten hoe het was geweest met haar in bed. Ik reed terug naar de boerderij, deed de kap weer naar beneden, deed een plas langs de kant van de weg en stapte weer in de auto om naar het hoofdbureau te rijden. Ik legde mijn hand op de versnellingspook.

Jezusmina, ineens kwam het allemaal terug.

We namen een slok en vertelden elkaar toen hoe we heetten en kwamen tot de ontdekking dat we allebei in Bridgehampton woonden, zij het dan aan een verschillende kant van de spoorlijn. 'Je bent hier niet geboren,' zei ik.

'Wat betekent dat jij het wel bent.'

'Dat klopt. Waar kom jij vandaan?'

Ze zuchtte alsof ze die vraag al zo vaak had moeten beantwoorden. Maar het was geen zucht van ergernis. Dat voelde ik zomaar: daar was ze veel te vriendelijk voor. 'Je verwacht Dayton, Ohio.'

'Waarom? Als mannen naar je kijken, denken ze dan altijd Dayton, Ohio?'

'Daar komt het wel op neer. Ik wou dat iemand die naar me keek, eens een keer uit zou roepen: "*Mon Dieu*, Parijs!" '

Dus ik zei: 'Parijs' en toen kregen we het over Utah en toen over hoe het Westen verschilde van het Midden-Westen en van de Westkust. Een geweldig gesprek voor een drukke, lawaaierige kroeg. Ik herinner me dat ze me vertelde over haar theorie dat mensen door de grootsheid van de bergen, de Rocky Mountains en de Wasatch, de neiging hadden zich minder te bekommeren om wereldse zaken en dat mensen in Utah, Idaho en Wyoming er niet zo op gebrand zijn magnaten te worden of hun naam in neon te zien. Het Westen, het tegenovergestelde van de Hamptons, waar niemand bang was voor anonimiteit, waar het een prestatie was tot de middenklasse te behoren in plaats van iets waarvoor je je schaamde. Ik vond het een leuk gesprek en ik was blij dat het niet zomaar flauwe kroegpraat was; ik merkte dat ze er veel over had nagedacht en dat ze nu die gedachten uitsprak.

Op de een of andere manier kregen we het over het vissen op forel. Het bleek dat zij haar eigen vliegen kon maken. Ik zei: 'Nou, ik ben niet zo'n visser. Ik heb wel een paar keer op platvis gevist, maar misschien kunnen we een dagje samen gaan.' En ze zei: 'Voor forel kun je beter 's nachts gaan' en toen glimlachte ze en voegde eraan toe: 'Weet je wat. Je moet me maar eens bellen als je je eigen vliegen kunt maken.' Ik zei: 'Mag ik je niet eerder bellen?' en toen glimlachte ze zo lief naar me.

Juist toen ik dacht: dit is een ongelofelijke vrouw, duwde iemand me tegen Bonnie aan. O, Jezus!

Elektriciteit. Magnetisme. Wat het ook was, het was een onbeschrijflijk gevoel. We stonden tegen elkaar aan zonder dat we van elkaar los konden komen, als slachtoffers van een opstandige menigte tegen elkaar aangedrukt. Alleen hadden we zonder al te veel moeite uit elkaar kunnen gaan. We werden alleen maar omringd door gewone, opdringerige Newyorkers. Maar ik was zo opgewonden en het was zo'n lekker gevoel.

En die nuchtere Bonnie – beleefd ('Aardig van je om mijn bier te betalen'), kameraadschappelijk, humoristisch, liefhebster van bergen en forelvisser – was net zo opgewonden en geëmotioneerd als ik. Haar hand gleed tussen mijn benen. Jezus! In het gedempte, rokerige licht van de kroeg, te midden van opdringerige lijven, in de droge lucht van parfum, after-shave en mondwater en het geluid van harde stemmen en rinkelende glazen – vergat ze alles om zich heen – en liet zich gaan. Niet zozeer om mij uit te dagen, maar omdat ze het lekker vond en dat vond ik op mijn beurt natuurlijk weer lekker. Ze kreunde zachtjes; ze was vast een luidruchtige. Een wilde.

'Zullen we weggaan?' zeiden we tegelijkertijd. Normaalgesproken moet je lachen wanneer zoiets gebeurt, maar we hadden een bepaalde grens overschreden en waren nu ergens waar je geen grapjes meer maakt.

We gingen met mijn auto naar haar huis. Ze zei niet veel behalve: 'Eerste straat links.' Ik moet helemaal hoteldebotel zijn geweest want ik herinner me niets van de straat waarin ze woonde of van de benedenverdieping van haar huis; ik herinner me alleen dat ik haar achterste achternaliep op weg naar de slaapkamer en dat ik haar kleren van haar aftrok zodra we de drempel over waren.

We begonnen nog maar net, maar we waren allebei zo opgewonden dat we onze nagels in elkaar sloegen en kreunden zoals je vlak voor het einde doet. We lieten elkaar even los; Bonnie's handen trilden en ze kreeg mijn knopen niet los, dus kleedde ik mezelf uit. Ze staarde als in trance naar me en daar raakte ik zo opgewonden van dat ik me niet langer in een gewoon tempo kon uitkleden. Ik scheurde mijn broek en onderbroek van me af en schopte mijn schoenen uit.

Bonnie kwam weer naar me toe. Ze raakte me even aan om zich ervan te vergewissen dat het niet over zou gaan. Ze deed haar heupen omhoog en sloeg haar benen om me heen. Geen plagerijtjes, geen voorspel; dat stadium waren we al gepasseerd. Ik gleed meteen in haar en we neukten elkaar suf terwijl we stonden, zij met haar rug tegen een van de steunen van het hemelbed.

Ze kwam snel klaar. Ik legde haar op het bed. Ik wilde boven op haar klaarkomen. Met haar armen en benen om me heengeslagen werden we twee helften van een groter mens.

Ik had nog nooit zo gevrijd. Het kwam niet doordat ik mezelf vrijwillig liet gaan; het kwam doordat ik me niet kon inhouden. Juist wanneer ik dacht dat de laatste golf voorbij was, dat ik op adem kon komen, het wat rustiger aan kon doen om daarna te versnellen en haar aan me te onderwerpen, werd ik overspoeld door een volgende, grotere golf.

Ten slotte veranderden haar kreunen in kreten van genot. Ik deed met haar mee. Ik hoorde mezelf zo hard schreeuwen dat ik er bang van werd.

We lagen boven op de witte sprei en wisten niet wat we tegen elkaar moesten zeggen. Dat was het moment dat mijn voet of hand altijd over de vloer gleed op zoek naar mijn sokken of onderbroek. Alleen kon ik me niet verroeren. En ik wilde niet weg. Uiteindelijk zei Bonnie: 'Bedenk jij eens iets om over die vervelende stilte heen te komen.'

'Vertel nog eens wat over forelvissen.'

'Je hebt een hengel van glasvezel nodig,' mompelde ze. 'Laat je geen bamboe aansmeren.'

Ik hield haar losjes in mijn armen en ging met mijn hand over haar rug. Haar huid was net fluweel. De witte kanten gordijnen bewogen zachtjes in de wind die een herfstgeur met zich meedroeg.

'Dit is heerlijk,' zei ik.

'Ja.'

'Ik bedoelde de wind.'

Ineens zag ze dat het raam open was. Ze kwam overeind. 'O God.'

'Wat is er?'

'Nou, we waren nogal luidruchtig. Let maar op. Een van de buren denkt vast dat ik ben vermoord en belt de politie – nadat ze de *carpaccio* heeft opgediend.' Ik begon te lachen. Ik had haar niet verteld wat mijn beroep was. 'Straks lach je niet meer wanneer je de sirenes hoort.'

'Wedden?' Ik trok haar naar beneden zodat ze weer naast me lag en me aankeek. 'Ik ben een smeris. Rechercheur van Moordzaken.'

'Nee. Dat zou te interessant zijn. Dat ben je niet.'

'Natuurlijk wel.' Ze schudde haar hoofd. 'Wat ben ik dan wel?'

'Ik weet het niet. Je ziet er wel wat macho uit, maar je doet waarschijnlijk iets schattigs. Kinderschoenen verkopen. Pietepeuterige schoentjes met een gratis ballon.' Ze beet op haar lip. 'Jezus, ik zak door de grond als je dat echt bent.'

Ik dwong mezelf op te staan en haalde mijn broek van waar ik hem had neergegooid tussen een krukje en zo'n kaptafel met een gordijntje langs de onderkant. Bonnie keek eerst verbaasd en toen gekwetst; ze kamde haar korte haar met haar vingers alsof ze zich voorbereidde op een waardig afscheid. Maar ik wierp haar mijn penning toe. Ze ving hem ook nog, ondanks dat het een slechte worp was. Haar linkerhand schoot uit.

'Goede reflexen,' zei ik.

'Die heb ik ook wel nodig. Je bent niet bepaald een Sandy Koufax.'

We staarden elkaar aan; zij verbaasd dat ik bij de politie was en ik doordat zij iets van honkbal wist. Om de een of ander idiote reden, na alles wat er was gebeurd, was dit te intiem. We begonnen heel snel door elkaar te praten; zij zei iets onnozels over dat ze van detectiveverhalen hield en ik vroeg of ze iets te drinken had. Ze bood me ijsthee of Coca-Cola Light aan, maar toen zei ik: 'Drank-drinken.' Het enige wat ze had was alcoholarm bier en een fles goedkope hoofdpijnwijn die ze had gekocht om sangria van te maken voor een picknick, alleen was het gaan regenen. Ik koos voor de wijn. Ze deed een ochtendjas aan en ging naar beneden.

Zodra ze de kamer uit was, kreeg ik ruimtevrees; ik wilde weg. Het lag niet aan de kamer. Dat wist ik wel. Het was een grote, gezellige kamer, helemaal wit behalve de oude houten balken en de leuningen van de stoel die blauwgroen waren geschilderd. Er stond beslist niet veel meubilair in: een hemelbed met aan iedere kant een nachtkastje van ongeschilderd hout, het krukje en de kaptafel met het wit-met-geel gestreepte gordijntje en een grote, gezellige fauteuil bekleed met glanzend katoen – grote gele bloemen met blauw-groene bladeren – en daarnaast een staande lamp.

Maar ook al was er dat windje dat door het open raam naar binnen kwam, ik wilde toch naar buiten. Naar huis, een paar borrels nemen, misschien daarna naar de baai naar de zonsondergang kijken. Ik trok mijn onderbroek aan.

Ik hoorde haar naar boven komen, dus pakte ik snel de hoorn van de telefoon. Ik zou zeggen: 'Verdomme, ja. Ik kom er meteen aan' op het moment dat ze de kamer binnenstapte en haar dan een snel, maar gruwelijk moordverhaal vertellen; misschien een steekpartij gevolgd door brandstichting. Iets lekker beeldends vol met gapende luchtpijpen en verminkte genitaliën. En dan wegrennen terwijl zij nog zat te kokhalzen.

Alleen, ze kwam binnen met een blikje cola, een wijnglas, de fles en met de kurketrekker tussen haar tanden. Ze zag er zo maf uit. Ik legde de hoorn op de haak en nam de kurketrekker uit haar mond. 'Belde je naar het bureau?' vroeg ze en gaf me de wijnfles.

'Ja. Niets bijzonders.' Ik maakte de fles open, schonk een glas vol en nam een slok. De drang om te ontsnappen nam een beetje af. 'Toe, doe je ochtendjas eens uit.'

'Niet nu.'

'Nu.'

'Ik geloof niet dat ik volkomen naakt priklimonade kan drinken.'

'Probeer het maar, Bon.' Zonder enig schaamtegevoel liet ze de ochtendjas van zich afglijden. 'Je hebt een mooi lichaam.'

'Dank je.'

Ik dronk mijn glas leeg en schonk het nog eens vol. 'Weet je dat je een mooi lichaam hebt?'

'Ja, ik geloof het wel.' Ze trok de sprei naar het voeteneind. 'Nou ja, ik raak niet bepaald opgewonden als ik mezelf in de spiegel bekijk.' Ze zette het ongeopende blikje op het nachtkastje, gleed onder de witte katoenen deken en hield hem uitnodigend omhoog.

Als ik haar in mijn armen had genomen, zou ik weer verloren zijn geweest. Dus bleef ik op mijn zij liggen en streelde haar ongelofelijke huid zonder te dichtbij te komen. Ze vroeg waarom ik bij de politie was gegaan, omdat het haar een eenvoudige, directe beroepskeuze leek en ik niet op haar overkwam als een eenvoudig en direct mens. Ik vertelde haar wat voor puinhoop ik was geweest nadat ik uit het leger was gekomen.

En ineens vertelde ik haar hoe schuchter – nee, doodsbang – ik was geweest. Wanneer ik in '71 of '72 over straat liep en er lag een blikje of een papieren zak op de stoep, bleef ik stokstijf staan en voelde de paniek in me opborrelen. Langzaam liep ik er omheen. Voorzichtig! Zachtjes! Ontwijken! Mijn hart bonsde dan in mijn keel en ik wilde schreeuwen: 'Uit de buurt! Weg hier! Let op dat verkreukelde hamburgerzakje!' Ja, ik wist dat ik gestoord was. Maar toch was ik bang dat het zou ontploffen.

Ik hoorde mezelf bekennen: 'Ik durfde geen hoek om te gaan. Want wat zou zich daar ophouden? Een spleetoog met een AK-47?'

'Maar waarom ben je nou bij de politie gegaan?'

Ik moest er een luchtige draai aan geven. 'Dan hoefde ik tenminste geen schoentjes te verkopen aan kleine snotneusjes met een broekvol.'

'Toe nou. Het moet een verschrikkelijke tijd voor je zijn geweest. Waarom koos je nou iets betrekkelijk gevaarlijks in plaats van iets veiligs?'

'Ik geloof niet dat ik het ooit als gevaarlijk heb beschouwd. Ik geloof – kan je nagaan hoe onbesuisd ik was – dat het me wel veilig leek.'

'Kwam het misschien omdat je als politieman gewapend bent? Dat je wist dat je een kans maakte wanneer je die hoek omging?'

Ik dacht er even over na. 'Dat zou wel kunnen. Ik heb er nooit zo bij stilgestaan.' Ik ging dichter bij haar liggen en sloeg mijn armen om haar heen. Zij sloeg haar armen om mij. 'Nog niet,' zei ik.

'Dat weet ik.'

Ze was opmerkzaam – en meelevend. Ze was wijs genoeg om niet de gebruikelijke wrede vragen te stellen: 'Heb je weleens iemand gedood?' of 'Heb je nog steeds nachtmerries?'

'Het was niet alleen om psychologische redenen dat ik bij de politie ging. Ik zocht werk. Zo simpel lag het. En nu ik rechercheur ben en met overwerk en zo erbij, kan ik heel aardig rondkomen.'

'Waarom denk je dat ik me door jou liet versieren in de Gin Mill? Ik zag zo dat je stinkend rijk was.'

'Ik jou versierde?'

Bonnie zei: 'In ieder scenario zitten stukken die moeten worden herschreven.'

Het was heerlijk om daar zo te liggen met de warmte van haar lichaam en de koelte van de wind. De lucht was niet meer zo schreeuwerig blauw; het licht was zachter geworden: blauw vermengd met roze en goud.

Ik fluisterde om de schoonheid niet te verstoren. 'Ik vind dit het fijnste moment van de dag.'

Bonnie keek naar het raam. 'Het magisch uur.' Ze kuste me op de mond, maar zachtjes en vluchtig. 'Zo noemen ze dat in de filmerij. Het uur na zonsopgang en het uur voor zonsondergang. Voldoende licht om opnames te kunnen maken, maar er zit een zachtheid, een rust in – magisch licht. Je moet snel werken, want voor je het weet is de betovering verbroken, maar zolang het er is... kun je iets heel moois krijgen.'

Ik dronk nog wat wijn. Ik moet even in slaap zijn gevallen. Toen ik wakker werd, zag ik dat Bonnie mijn gezicht lag te bestuderen. Ze wendde haar ogen af en zei te snel: 'Ik vroeg me juist af hoe je er uit zou zien zonder snor.'

'Nee, je dacht: Wat een man.'

'Ja.'

Ik liet mijn vingers over haar keel en borsten glijden. Ik streelde haar buik en voelden haar spieren samentrekken. Twee of drie lange, intense kussen. En toen waren we er weer, maar ditmaal met een wellust waarbij de vorige keer een luchtig stoeipartijtje leek. We beten en krabden elkaar. Ik hoorde mezelf grommen.

Bonnie trok zich terug. Ze had geen zin in dat wilde gedoe. Ze wilde weer beschaafd zijn, een sexy vrouw, geen wild dier. Ze werd koel en ingehouden en haalde wat kunststukjes uit met het puntje van haar tong. Toen ging ze op haar knieën zitten om op mij te klimmen. Ik wist wat er zou gebeuren: ze zou haar hoofd achterover laten hangen en met haar borsten zwaaien. Dan zou ze zich vooroverbuigen en nog wat spelletjes met haar tong doen. Ze wilde wat ik wilde: overwicht.

Maar ik wilde geen beschaafde seksspelletjes. Ik duwde haar op haar rug. We waren een stel dieren en ik was het mannetje. Ik wilde haar dat laten merken. Ik hield haar handen tegen het matras gedrukt, duwde haar benen uit elkaar met mijn knie en begon er op los te rammen. Ze was sterk en probeerde los te komen, maar tegelijkertijd riep ze snikkend steeds dezelfde woorden uit: ga door.

Toen het voorbij was rolde ze op haar zij. Ik hoorde niets, maar ik voelde haar rug schudden terwijl ze huilde. Ik was ook een beetje trillerig. Ik had mezelf helemaal niet meer in de hand. Stel je voor dat ze niet had geroepen dat ik door moest gaan. Stel je voor dat ze had gewild dat ik op zou houden. Zou me dat dan zijn gelukt?

Ik legde mijn wang tegen haar nek. 'Bonnie, stil maar.' Ze zei niets. 'Te ruw?'

'Nee.'

'Te wat?'

'Te veel.'

'Te veel wat?'

'Ik weet het niet.'

Ik rolde haar op haar rug en kuste haar. Haar wangen waren nat. 'De volgende keer zal ik heel beschaafd zijn. Goed? Zo dat je denkt: Goh, wat een techniek! Die vent is vast doctor in Kama Sutra.' Bonnie's gezicht lichtte op toen ze glimlachte; ik wist dat ze niet knap was, maar op dat moment was ze zo mooi. 'Weet je wat, dan bedenk ik een standje waarbij ik helemaal in de knoop zit, dat mijn hoofd uit mijn reet steekt en mijn lul naar het oosten wijst. Dan moet jij er langszij opglijden.'

Ze veegde de laatste traan weg met de top van haar wijsvinger, een mooi, gracieus gebaar voor zo'n groot, sportief meisje. 'Toen je me zo vasthield...'

'Zeg het maar.'

'Als je nou eens kwaad in de zin had gehad?'

'Dat heb ik niet. Ik ben een hartstikke goed mens. Laten we over iets anders praten. Zijn je ogen blauw-grijs of grijs-blauw?'

'Kom op. Ik meen het.'

Ik draaide het kussen om zodat de koele kant boven lag. 'Nou, als je het meent, zou je je misschien eerst eens moeten bedenken voordat je mannen, die je pas hebt ontmoet, meeneemt naar huis.' Tot ik het zei, had ik me niet gerealiseerd hoezeer het me dwarszat. Hoe nijdig het me maakte. Verdomme, ze was zo gemakkelijk. Ik wilde helemaal niet dat ze mij, een vreemde, zomaar aanraakte. Met me speelde. Nog in het openbaar ook, verdomme. Het was zo'n fantastische vrouw: lang en onbedorven en lief en ze maakte haar eigen vliegen. Maar in plaats van een vluchtige kus of een glimlach om de thermostaat wat terug te draaien nadat we tegen elkaar waren aangeduwd, had ze mijn ballen in haar hand genomen en mijn lul geaaid; haar hand was nog koud van het bierglas. 'Je wist absoluut niets van me en toch zei je: "Zullen we weggaan?"'

Bonnie kreeg niet die schuldige Je-vindt-me-een-hoer-blik die ik had verwacht, misschien wel had gewild. 'Ik had niet gedacht dat jij er zo één was.'

'Nee, ik heb het niet over moraal. Ik praat als een smeris die nogal eens wat meisjes heeft gezien die er niet te best aan toe waren nadat het uit de hand was gelopen.'

'Ik kan wel voor mezelf opkomen.'

'Jij bent sterk. Een vrouw uit de bergen van Utah, nietwaar? Als het misgaat met iemand die je in een kroeg hebt ontmoet, dan maak je gewoon gebruik van die zelfverdedigingstechnieken waarover je in *Ms.* hebt gelezen. Nou, ik zal je eens wat vertellen, dame. Voor je je vingers in zijn ogen heb gestoken of hem een knietje hebt gegeven, ben je al verkracht – of dood.'

'Ik heb mensenkennis.'

'Denk je dat al die aardige dode meisjes tegen zichzelf hebben gezegd: "Die vent is wel een psychopaat, maar hij heeft van die leuke kuiltjes in zijn wangen"? Nee, ze hebben gezegd: "Ik heb mensenkennis."'

Ze zei een minuut lang niets. Toen steunde ze op haar elleboog en zei: 'Heb je geen honger?'

'Ja, nu je het zegt.'

'Roereieren? Omelet?'

Ik ging onder de douche terwijl zij naar beneden ging om eten klaar te maken. Ik trok mijn kleren weer aan, maar ging op blote voeten naar beneden. Terwijl ik in de keuken zat en haar in haar ochtendjas in de weer zag met een omelet, voelde ik me lekker; ik dacht: Zo voelen getrouwde mannen zich nu. Maar het was gek: het was net of dat huiselijke vrouwtje niets te maken had met die wilde meid met wie ik in bed had gelegen. Toen draaide ze zich om en ik zag dat haar mond opgezet was van al het gezoen.

Bonnie gaf me een blauw-met-wit bord waarop de omelet lag en stukjes geroosterd brood met boter. Ik liep naar de koelkast, haalde er een paar van die smerige alcoholarme biertjes uit en zei: 'Ik moet na het eten weg. Ik heb nachtdienst. Ik moet nog wat papieren ophalen en me verkleden.'

Ze boog haar hoofd en zei 'Oké' tegen de koekepan.

'Lekkere omelet. Je kunt goed koken.' Ik had mijn zakelijke stem opgezet.

'Nee, ik kan een omelet maken, gehaktbrood en gegrillde kip. Dat is alles. O ja, en geroosterd brood, gebakken aardappelen, gestoomde broccoli en koekjes.'

'Ben je ooit getrouwd geweest?' Ze knikte. 'Verveelde het je man niet een beetje?'

'Tja, dat is moeilijk te zeggen. Nee, mijn gehaktbrood verveelde hem niet, omdat we een kok hadden.'

'Hadden jullie een kok?'

'Ja. Trouwens, hij was ook geen type voor gehaktbrood. Zijn smaak ging meer uit naar gepocheerde zeebaars met een luchtig, maar smaakvol sausje.'

'Wat heb je in vredesnaam gedaan? Een rijke oude zak getrouwd om zijn geld?'

'Nee, ik was verliefd.'

'Wat deed luchtig, maar smaakvol voor de kost?'

'Filmproducent.'

'Kinderen?'

Haar glimlach verdween. Gevoelig onderwerp. 'Nee. En jij?' Ze ging tegenover me zitten en pakte een stukje toast. 'Vertel me je hele leven eens.'

En dat deed ik nog ook. Ik begon met een stukje toast in de lucht te houden en te vertellen dat mijn moeder zo'n Engels toastrekje had en dat we iedere ochtend bij het ontbijt zaten te wachten tot zij het rekje met koude toast op tafel zette. Ik vertelde dat we eigenlijk uit twee gezinnen bestonden: tot hij wegging, mijn vader en ik, echte Ierse katholieke boeren, die onze neus afveegden met onze hand en mijn moeder en Easton, episcopalen die nooit een snotneus hadden.

Toen we klaar waren met eten, gingen we in de woonkamer zitten. De zon was juist ondergegaan en Bonnie had geen licht aangedaan zodat we de horizon – koningsblauw en vlammend oranje – konden zien. Toen stak ze een paar kaarsen aan en gingen we gemakkelijk zitten in het flikkerende licht. Ze vertelde dat ze van de South Fork was gaan houden, van de mooie, uitgestrekte luchten, de oceaan, de moerassen, de vogels – ze zei dat zij een van die griezels was die met een verrekijker rondlopen – maar dat ze de bergen miste. Niet alleen vanwege het vissen of de trektochten of het skiën. Toen ze opgroeide in Utah, hoefde ze maar uit het raam op school te kijken of naar de winkel te fietsen om een pak melk voor haar moeder te halen of in bed naar de sterren te liggen kijken – en de bergen waren er altijd.

'Het klinkt alsof je een beetje heimwee hebt,' zei ik.

'Soms,' zei ze heel stilletjes.

'Denk je er weleens over terug te gaan?'

'Vaak, maar er is niet veel overgebleven. Mijn moeder leeft niet meer. Mijn vader is hertrouwd en woont nu in Arizona. Mijn broers wonen niet meer in Ogden. Ik zou er alleen zijn met de bergen en de mormonen.'

'Jij bent geen...'

'Nee. Maar het is in ieder geval leuk dat jij je familie hier nog hebt wonen, ook al zijn het episcopalen zonder snot. En het is fijn om je moeder in de buurt te hebben.' Waarschijnlijk lachte ik nogal droog, zonder vrolijkheid, want ze vroeg: 'Was mama geen moederlijk type?'

Sinds Vietnam had ik last van geheugenflitsen; het was vervelend, maar voorspelbaar – een deel van mijn leven. Dan stond ik bijvoorbeeld in een winkel koolsla te kopen en dan zag ik ineens het verblindende licht van een exploderende mortier en de klap van een scherf die zich in mijn schouder boorde. Maar dit was een flits van lang voor de oorlog.

Jezus, ik begon ervan te schudden. Ik boog me voorover en blies de kaarsen uit zodat we in het donker zaten. Bonnie zei niets.

'De zomer dat ik twaalf was, stopte ik met werken voor de boer die naast ons woonde en kreeg een baantje als schoonmaker van zwembaden. Het betaalde beter. Een man, Stan, kwam ons 's ochtends ophalen en reed de hele dag rond in zijn Cadillac om ons van karwei naar karwei te brengen; we gingen langs alle grote huizen van Southampton. Een van de families was Cortwright. Heel deftig. Weleens van gehoord?'

'Ja.'

'Ken je ze?'

'Nee.'

'Ze waren wat ouder. Achter in de veertig en dat is echt oud wanneer je twaalf bent. Geen kinderen of kinderen de deur uit. Hij speelde polo, zij maakte of kraakte feestjes. Ik herinner me dat toen ik mijn moeder vertelde wiens zwembad ik schoonmaakte, haar mond openviel en dat ze zei: "Ieder sociaal gebeuren in Southampton staat of valt met Melissa Cortwright!" Ze wilde alles over haar weten – wat ze droeg, wie ze uitnodigde. Het enige dat ik kon bedenken was dat ze mager was. Dat was ze ook. Ze liep rond in haar badpak en haar knieën waren dikker dan haar bovenbenen. Ik kon haar niet uitstaan; ze kwam altijd kijken wanneer ik aan het werk was en als ik dan klaar was, zei ze: "Keurig!" Ik voelde me helemaal niet op mijn gemak.

In ieder geval werd mijn moeder een keer bij een of andere liefdadigheidsgelegenheid aan haar voorgesteld en vertelde haar dat ik haar zwembad schoonmaakte en toen zei mevrouw Cortwright dat ze me toch zo'n schatje vond. Ik herinner me dat mijn moeder dat tegen me zei. Ze vroeg of ik met iemand samenwerkte.'

'Met andere woorden: ze kon zich niet voorstellen dat iemand jou een schatje vond.'

'Precies. Hoe dan ook, de volgende keer dat ik er weer was, kwam mevrouw Cortwright naar me toe en zei dat ik zo'n lieve moeder had. De woorden waren wel goed, maar ze kwamen er heel kil uit. Ik wist dat ze mijn moeder een waardeloze status-jaagster vond. Maar wat kon mij dat schelen? Ik bleef er werken en ze was heel aardig tegen me. Ze begon me cola te brengen terwijl ik aan het werk was en stelde me allerlei vragen over de pomp van het zwembad.

Om een lang verhaal kort te maken, ze vroeg of ik even meeging naar het badhuis bij het zwembad om een andere lamp in te draaien. Ze begon...ze begon me te betasten.'

'Is er ooit echt iets gebeurd?'

'Ja. Iedere dinsdag en vrijdag.'

'Had je het gevoel dat je werd gedwongen?'

'Eerlijk waar, ik weet het niet. Het was net of ik was uitgekozen voor een team waar ik niet echt bij wilde horen – maar de eer! En het was net alsof je werd gecoacht door Vince Lombardi. "Doe dit! Nee! Haal hem eruit en begin opnieuw. Als je voelt dat je klaarkomt, moet je het tegen me zeggen. Dan doe ik er wat aan." En dat deed ze ook.

Ze was zo weerzinwekkend met die leerachtige huid die aan de binnenkant van haar dijen bungelde. En haar tieten. Ze waren heel klein, net hangende U's. Ik vond het afschuwelijk om ze aan te raken. En ik vond het afschuwelijk dat de tuinman zag dat ze me meetroonde naar het badhuis en dat ze me Lieverd noemde. En ik vond het afschuwelijk dat ik een stijve kreeg en dat ik haar wilde neuken.'

'Heb je ooit geprobeerd ermee op te houden?'

'Nee. Ik wilde er niet mee ophouden. Ze zag mijn moeder vaak op die liefdadigheidsfeesten en dan zei ze: "Charlottes zoontje is zo lief!" tegen de andere dames. Voor het eerst in mijn leven betekende ik iets voor mijn moeder. Ik herinner me dat ik daar hanig rondliep met het gevoel dat ik lief was, een echte grote vent. Mijn moeder was zo trots op me. En mevrouw Cortwright... ik dacht dat ze verliefd op me was. Verdomme. Weet je wat nog meer?'

'Nou?'

'Ik dacht dat ze heel oud was en dat ze wel snel dood zou gaan en dat ze me al haar geld zou nalaten. Ik bedoel, ik had echt op haar begrafenis kunnen huilen, omdat ik echt verdrietig zou zijn geweest. Maar toen, op een middag... Ze zei nauwelijks iets tegen me. Ze zei: "Ik heb je ragger nodig om mijn leidingen schoon te maken." En toen realiseerde ik me dat ik alleen maar een godvergeten stuk gereedschap was. Ik begon te huilen. Niet blèren of zo. Gewoon snuffen.'

'Wat deed ze toen?'

'Ze stond op en liep weg. Ze keek me aan met een blik vol – ik weet het niet – walging of minachting. En toen belde ze Stan om te zeggen dat ik lui aan het worden was en dat ze een andere jongen wilde.'

'Hoe reageerde je moeder?'

'Haar liefde voor me was meteen over. Maar ja, ze was ook pas van me gaan houden nadat mevrouw Cortwright tegen haar had gezegd dat ze me lief vond. Ik was er nog niet echt aan gewend geraakt. Dus miste ik het ook niet.'

'Stephen,' vroeg Bonnie, 'denk je dat je moeder wist wat er gaande was?'

'Ik denk het...wel. Ik weet zeker dat ze nooit echt over de bijzonderheden heeft nagedacht, maar ze wist donders goed dat ik iets speciaals voor Melissa Cortwright deed, behalve de filters schoonmaken.' Ik schudde mijn hoofd, maar ik kon de herinnering niet van me afschudden. 'Ze moet het hebben geweten. Ze kocht nieuw ondergoed voor me. Je moet weten dat we arm waren. Ondergoed was een van onze kerstkadootjes. Zoiets kregen we niet in juli.'

'Dus je moeder offerde een twaalfjarige jongen op?'

'Nou, vraag maar aan mevrouw Cortwright; ik was niet zo'n jongen.'

'Je weet best dat je dat wel was.'

'Ja.'

'Ben je er nooit mee naar je vader gegaan?'

'Hij is weggelopen toen ik acht was.'

Ze keek verbaasd. 'En hij is nooit teruggekomen?' Bonnie schoof naar me toe, sloeg haar arm om me heen en legde mijn hoofd op haar schouder. 'O, wat erg.'

'Ik heb er nooit meer echt aan gedacht... Jezus, sinds het is gebeurd.' Ik deed mijn ogen dicht en liet me door haar troosten.

Later deed ik net of ik Marty McCormack belde, omdat ik haar had verteld dat ik nachtdienst had, om hem te vragen of hij voor me wilde invallen. Ik denk dat ze wist dat er niemand aan de andere kant van de lijn zat, maar ze was zo netjes om niet te zitten grinniken toen ik mijn 'Marty, weet je nog dat ik wat te goed heb van je?'-show opvoerde.

Bonnie had gratie. De lichamelijke gratie van geboren atleten. De zekere tred, de rechte, soepele houding. Maar die houding had ze ook mentaal. Ze wist wanneer ze grapjes kon maken en wanneer ze ernstig moest zijn, wanneer ze door kon vragen en wanneer ze haar mond moest houden.

En seksuele gratie. Ze was dol op seks – en op vrijen met mij – en iedere kus, iedere streling, iedere beweging was gemeend. Ze deed niet net alsof: ze stak haar kont niet uit ter bewondering, al was hij bewonderenswaardig, ze zwaaide niet met haar borsten alsof het trofeeën waren in een of andere erotische wedstrijd. Het ging allemaal volkomen natuurlijk. Gracieus. Vrijblijvend.

Ik denk dat we te moe waren om te neuken, dus vrijden we. Daarna lag ik op mijn rug naar de balken van het plafond te staren en dacht: ik heb meer gedaan dan haar bevredigen. Ik ben belangrijk voor haar.

'Mag ik nu gaan slapen?' vroeg ze.

'Tuurlijk.'

'Ik hoop dat je tot morgenochtend blijft.'

'Ja, natuurlijk.' Maar ik werd kwaad. Dacht ze nou heus dat ik een of ander scharreltje was dat op zijn tenen midden in de nacht zou wegsluipen?

'Niet boos worden,' zei ze. 'Het ligt niet aan jou, maar aan mezelf. Ik wilde alleen maar gerustgesteld worden.'

'Wees maar gerust,' fluisterde ik.

Om een uur of drie werd ik even wakker. Ze was diep in slaap. 'Bonnie.'

Haar hoofd lag op mijn arm. Ik voelde haar met haar ogen knipperen. 'Hoi.'

'Hoi. Luister eens,' zei ik. 'Ik wil je iets vertellen.'

'Wat?'

'Ik hou van je.'

'Ik hou ook van jou.' Toen zei ze: 'Zijn we daar niet te oud voor?'

'Nee. Ga maar weer slapen.'

Ik stond om half zeven op. Ze zette koffie voor me. Ik zei het nog een keer: ik hou van je. Ik beloofde dat ik haar vanaf mijn werk zou bellen of als het te druk was, meteen erna en dat ik haar naar de Gin Mill zou brengen om haar auto op te halen.

Ik stapte in de Jag. Hij had de hele nacht buiten gestaan en de leren bekleding was nat van de dauw. Ik reed nat en moe naar huis, maar ik voelde me ook, denk ik, gelukkig.

Ik kwam thuis. Geeuwde. Wou dat ik weer in bed lag, in Bonnie's armen. Echt moe. Ik had een borrel nodig. Ik maakte een dubbele screwdriver. Dronk hem op en nam er nog een. Belde naar mijn werk en hoestte. Zei dat ik een of andere virus had. Bijna veertig graden koorts. Ray Carbone zei: 'Je klinkt behoorlijk ziek.' 'Ja,' zei ik, 'ik voel me bedonderd.'

Ik zoop vijf dagen achtereen. Aan het eind van die vijf dagen was Bonnie nog een vage herinnering die aan me knaagde.

Tegen het eind van het jaar daarop, toen ik was gedwongen me in South Oaks te laten behandelen voor overmatig drankgebruik – en verder een slecht werkende alvleesklier, ondervoeding en verscheidene vitaminetekorten als gevolg van het drinken – was het me gelukt de herinnering aan haar helemaal kwijt te raken.

Bonnie Spencer had nooit bestaan.

14

Ik was even voor vieren terug op het hoofdbureau. Vlak voor ik Ray Carbone met een vervaarlijk vuurrood hoofd zag, keek ik naar Julie, de receptioniste, die een pen oppakte en hem langs haar hals haalde. Dus wist ik dat de doodstraf me boven het hoofd hing. Maar omdat het zo vaak voorkwam dat ik werd bestraft vanwege het feit dat ik me niet aan de officiële richtlijnen van het korps hield, had ik geen idee waarvoor ik ditmaal zou worden geëxecuteerd. Toen Carbone met zijn duim in de richting van het kantoor van de commissaris wees, wist ik dat het met de Spencer-zaak te maken had – en dat het niet de gebruikelijke veeg uit de pan zou worden.

En toen ik Frank Shea, commissaris Shea – met gestrikte stropdas en dichtgeknoopt colbert – met een priemende wijsvinger naar een stoel zag wijzen, voelde ik me bepaald niet gerust. Ondanks de Amerikaanse vlag en die van Suffolk County voor hem zag Shea er over het algemeen eerder uit als een straatzanger dan als een politieman: er hing, ondanks de Brylcream, altijd een sliert haar over zijn voorhoofd, zijn stropdas hing los en zijn overhemd was maar half dichtgeknoopt zodat je een enorme gouden St. Michael en een kruisje, een lange, kromme tand van een of ander kwaadaardig dier en drie borstharen kon zien. Hij trok alleen zijn colbert aan om de hoofdcommissaris te spreken en op begrafenissen.

Carbone pakte een stoel en zette hem naast Shea's bureau zodat ze beiden tegenover me zaten. 'Wat is er aan de hand?' vroeg ik.

'Ik had je gewaarschuwd, Brady,' antwoordde Shea.

'Waarvoor?'

'Dat weet je donders goed! Moet je jezelf eens zien!' Goed, ik was wezen lopen en had in de auto met de kap naar beneden aan Bonnie zitten denken. Misschien stond ik op het punt een zonnesteek te krijgen; ik had pas nog op het parkeerterrein van het hoofdbureau in de achteruitkijkspiegel gekeken en het was me opgevallen dat ik er ondanks mijn bruine kleur grauw uitzag. En ik had hoofdpijn en ik bleef maar zweten. Maar ik zag er niet zó erg uit. 'Moet je jezelf eens zien!' bulderde Shea.

'Wat is er nou? Heeft het korps nieuwe richtlijnen voor de uiterlijke verzorging?'

'Krijg de klere, Brady!'

Ik gluurde naar Carbone. 'Wil jij me vertellen wat er aan de hand is?'

'Steve.' Nu Shea de harde politieman speelde kon Carbone sympathie tonen. Hij klonk als een kruising tussen een psychiater en een priester. 'Robby heeft het ons verteld.'

'Wat verteld?'

Shea pakte een presse-papier op en sloeg ermee op tafel. 'Dat je geen arrestatiebevel wilde halen!'

'O ja? Nou, dat klopt. Ik ben nog niet aan arrestatie toe.'

'Wie denk je verdomme dat je bent?' wilde Shea weten. 'We hebben genoeg bewijzen om haar voor de rest van haar leven op te sluiten. Dat weet ze! Ze zal ervandoor gaan!'

'Waarheen?'

'Hou je kop! Zij gaat er vandoor terwijl jij loopt te raaskallen over Lindsay Keefe!'

'Luister, we zijn een beetje...overhaast te werk gegaan. Waarschijnlijk was het mijn eigen schuld. Maar we moeten ook aan Lindsay denken. En aan Fat Mikey. Shea, als je nu eens even naar me luistert...'

'Klootzak, ik heb al eens naar je geluisterd.'

'Wat wil je daarmee zeggen?'

'Weet je nog? Je zei dat je nuchter zou blijven.'

'Nou, dat ben ik verdomme toch ook.'

'Nou, Robby Kurz beweert anders van niet.'

'Zegt hij dat ik drink? Gelul.'

'Robby was ervan over zijn toeren. Hij vond het heel erg dat hij het moest zeggen.' Shea zweeg even. 'Hij zwoer dat het waar was! Hij zag dat ik mijn hoofd schudde omdat ik het niet wilde geloven en hij zwoer. Wodka. Alcoholisten denken dat je hem niet ruikt, maar je ruikt hem wel. Ik heb hem aan mensen geroken en hij zei dat de geur uit je huid opsteeg.'

'Robby mag wat mij betreft een heupflacon Smirnoff nemen en hem in zijn reet stoppen. Oké, we hebben ruzie gehad. Misschien werd ik een beetje te driftig. Maar om te zeggen dat ik had gedronken is zulke laster...'

'Hij heeft het geroken. Je liep onvast...'

'Nee!'

'Hij realiseerde het zich twee dagen geleden. Het enige wat hij verkeerd heeft gedaan is dat hij het heeft achtergehouden om jou te beschermen.'

Ik dacht echt dat ik moest overgeven. Ik proefde het zuur in mijn mond. Ik werd heel stil. 'Denk je dat ik nu dronken ben?'

Carbone keek bedroefd voor me. Shea zei: 'Juist!'

'Ik wil dat een van jullie met me meeloopt naar het lab. Ik wil blazen.' Ze keken elkaar even aan. Je kunt maar tot twee uur na het drinken een juiste uitslag krijgen. Dus voegde ik eraan toe: 'En bloed en urine. Nu. Ik wil dat jullie goed begrijpen dat ik al bijna drie jaar niet meer drink.'

'Je ziet vuurrood!' zei Shea beschuldigend. 'Je zweet als een otter!'

'Waarom heb je me verdomme niet gevraagd hoe dat komt? Vind je niet dat je me dat tenminste verschuldigd bent? Wil je weten waarom ik er ziek uitzie? Omdat ik bij de Old Town Pond in Southampton ben geweest – minder dan vierhonderd meter bij Sy's huis vandaan – om daar iedere millimeter moerasgrond af te zoeken. Jullie weten en ik weet dat we het wapen nodig hebben en die klootzak van een Robby Kurz – die er eigenlijk naar op zoek moest – zit de hele tijd op zijn reet *doughnuts* naar binnen te schuiven en zijn dankwoord te schrijven voor zijn promotie in plaats van naar die .22 te zoeken. Pardon, zijn dankwoord te schrijven en leugens te bedenken.'

'Beschuldig je hem van liegen?' vroeg Shea grinnikend. Ha, ha. Vals, niet vrolijk.

'Ja.'

'Waarom zou hij liegen, Brady?'

'Omdat hij een fanatieke, ambitieuze, zelfvoldane klootzak is. Je weet hoe hij is wanneer hij achter iemand aan zit. Hij heeft oogkleppen op; hij wil de werkelijkheid niet onder ogen zien. En hij liegt omdat hij weet dat als hij de zaak snel kan afronden, hij volgende maand al brigadier kan worden – en de eerste in de rij voor jouw plaats wanneer je met pensioen gaat. Verder is hij een achterbakse retenlikker die niets van mijn manier van werken moet hebben en die me uit de weg wil hebben. Hij wil me uit de weg hebben zodat ik hem niet kan tegenhouden om haar te arresteren. Want dat kan ik je wel vertellen, Frank, misschien hou ik hem tegen. Ik heb grote twijfels en als we haar ten onrechte arresteren kan ze ons een hoop moeilijkheden bezorgen. Ze heeft een grote mond.' Shea en Carbone keken elkaar even aan. Ik vervolgde: 'En Robby wil me uit de weg hebben omdat Bonnie mijn idee was – zoals Ray kan getuigen – en hij wil niet dat mij de eer toekomt.' Het enige dat Shea deed, was grijnzen. Carbone liet zijn hoofd hangen. Hij mocht me echt. Ik denk dat hij me wilde geloven. Maar hij had te veel psychologie gestudeerd; hij wist dat alcoholisten infantiel en egocentrisch zijn en dat ze net zo gemakkelijk liegen als de meeste mensen de waarheid spreken. 'Kom, Ray. Loop met me mee naar het lab.'

'Brady,' zei Shea, 'heb je enig idee waar dat stoere gedoe – "Breng me naar het lab!" – toe leidt?'

'Ja. Zuivering van alle blaam.'

'Nee. Want ik ga op je uitdaging in, rotzak. Ik wil je nu in het lab hebben. Begrepen? Je zet een prima zaak op en ineens, terwijl ik de hoofdcommissaris, de gouverneur en de hele landelijke pers achter me aan heb, ga je een beetje lopen saboteren. Wat denk je dat er van ons overblijft wanneer de pers er achter komt dat we haar hadden en dat ze ons door de vingers is geglipt?'

'Frank, vraag je nou eens af: waarom zou ik zoiets laten gebeuren?'

'Omdat je hebt lopen zuipen en je alle gevoel voor fatsoen en je beoordelingsvermogen kwijt bent...' Zijn stem werd luider, theatraler. Hij pakte de presse-papier, hield hem in zijn vuist en zwaaide ermee. '... en je verplichtingen tegenover het korps. En tegenover mij! Ik heb mijn nek voor je uitgestoken.'

Ik stond op en wendde me tot Ray. 'Jij weet alles van psychologie. Waarom zou ik – zelfs als ik het weer op een zuipen had gezet... Wat zou mijn motief zijn om de zaak te verpesten? Als ik dacht dat Bonnie Spencer Sy had vermoord, waarom zou ik dan geen toost uitbrengen op de zegeviering van het recht en het kreng arresteren?'

'Omdat,' zei Shea koud, 'Robby je bij haar thuis zag toen je er naar binnen ging met het huiszoekingsbevel. Hij zag hoe je van hem probeerde af te komen door hem naar boven te sturen. En hij zag hoe je het hele huis door achter haar aan liep. En toen je haar vroeg hoe ze aan het geld was gekomen dat in haar laars zat, trok je fluwelen handschoenen aan. Zo hoffelijk. Je werd bang: je belde die catalogus-kerel alsof je leven ervan afhing. Alsof je leven van de waarheid afhing.'

'Shea, dat is idioot.'

'En ineens zit je vol theorieën over Lindsay, over Mikey. Over alles zolang het Robby maar van Bonnie Spencer afhoudt. Dus om je vraag te beantwoorden waarom je het kreng niet wilde arresteren? Omdat je verliefd op haar bent geworden.'

Ik kwam natuurlijk goed door de ademtest. Toen moest ik over een streep lopen, in een keer een stuiver, een kwartje en daarna een dubbeltje oprapen en het alfabet opdreunen. Het duurde nog een paar minuten voor ik kon plassen en mijn bloed was afgenomen. Ray stond erbij toen de naald in mijn arm werd geprikt. Hij zei: 'Shea zal wel blij zijn met de uitslag van de ademtest en als de andere uitslagen net zo goed zijn...'

'Geloof jij dat gelul over verliefd-zijn?'

'Ik weet het niet.'

'Je kent Lynne. Echt, Ray, zou ik iemand als zij willen inruilen voor een of andere uitgedroogde meid die alle kerels in de stad al een keer heeft gehad?'

'Ik heb haar gezien toen ze binnenkwam voor de test. Ze ziet er niet slecht uit.'

'Ze is geen Lynne.'

'Luister, het enige wat ik weet is dat je een zaak had die prima in elkaar stak – ik was erbij toen je het hele verhaal deed – en ineens schuif je alles aan de kant. Waarom?'

'Omdat ik denk dat ze het niet heeft gedaan.'

Carbone schudde zijn hoofd. 'Dat wil er bij mij niet in, Steve.'

'Waar is Robby?'

'Waarom?'

'Omdat ik wil weten waarom hij te schijterig is om me onder ogen te komen.'

'Hij zou er wel bij zijn geweest.'

'Alleen?'

'Alleen moest hij in de rechtszaal in Southampton zijn om een arrestatiebevel te halen. En daarna gaat hij Bonnie Spencer arresteren.'

Bonnie deed de deur een klein stukje open. 'Heb je een arrestatiebevel?'

'Nee. Bonnie, luister...'

Ze sloeg de deur hard dicht. Ik belde aan. Geen reactie, behalve dan dat Moose bij de deur stond te blaffen; ze probeerde te klinken als een waakhond, maar verried zichzelf door opgetogen te kwispelen. Ik probeerde langs de kanten gordijnen naar binnen te gluren. Bonnie was in het huis verdwenen.

Heerlijk, zoals smerissen in films een creditcard te voorschijn toveren, even frunniken en hop, de deur springt open. Ik stond ongeveer vijf minuten te etteren met een kaart, mijn zakmes en iedere sleutel die ik aan mijn sleutelring had. Het was nog een hele klus, want ik moest het zachtjes doen, anders zou ze het hoofdbureau bellen dat ik haar lastig viel. Eindelijk klikte het slot open en kon ik naar binnen.

Ik hoefde niet alle kamers te doorzoeken; Moose leidde me door een open deur en de trap af naar het souterrain. Bonnie stond bij de wasdroger een theedoek op te vouwen. Toen ze opkeek om Moose te begroeten, zag ze mij. Jezus, ze zette het op een gillen!

'Bonnie, luister alsjeblieft naar me. Ik doe je geen kwaad.' Ze keek wanhopig om zich heen naar iets waarmee ze zich kon verdedigen, maar je kunt een gewapende en gevaarlijk gestoorde politieman niet van je afhouden met een plastic fles wasverzachter. Ik deed een stap in haar richting, ik denk omdat ik haar wilde aanraken en duidelijk maken dat ik haar wilde helpen, maar ze schuifelde achteruit alsof ze probeerde te verdwijnen in de smalle kier tussen de droger en de wasmachine. Dus bewaarde ik afstand. 'Ik weet dat je denkt dat ik gek ben of zo, maar je moet naar me luisteren, want we hebben niet veel tijd.' Verdomme. Ik had natuurlijk nooit 'Niet veel tijd' moeten zeggen. Ze keek alsof ze daaruit kon opmaken dat ze nog maar een paar minuten van vrijheid – of te leven – had. 'Bonnie, let op. Die vent met wie ik samen aan de zaak werk, Kurz, die lul met die haarlak, is op weg naar het gerechtsgebouw om een arrestatiebevel te halen. Daarom speelt tijd een belangrijke rol. Als hij binnen enkele minuten bij je aanbelt, kan ik je niet...kan ik je niet helpen. Begrijp je dat?' Ze zei niets, maar ze luisterde. Ze keek me recht in de ogen. Ze keek zo doordringend dat ik het gevoel had dat ze al mijn gedachten in zich aan het opnemen was om precies te doorgronden wat ik kwam doen. Maar ze wachtte gewoon tot ik mijn verhaal afmaakte. 'Ik heb mijn twijfels. Ik bedoel, ik geloof niet dat je al gearresteerd moet worden. Er zijn nog te veel vragen omtrent de dood van Sy. We kunnen de zaak nog niet afronden. Ik wil dat eerst die vragen worden beantwoord. Maar de keuze is aan jou. Je kan hier blijven en met Kurz meegaan wanneer hij je komt halen.'

'Of?'

'Als de bliksem met mij meegaan. Nu.'

Slimme meid. Ze dacht eraan om al het gevouwen wasgoed weer terug te stoppen in de droger zodat het er niet zou uitzien alsof ze hals over kop was vertrokken. We renden de achterdeur uit en ik liep voor haar uit de tuin door en dwars door een weiland naar een stuk bos waar ik de Jag had verstopt voor het geval Robby was komen opdagen. Moose sprintte achter ons aan voorzover je bij iemand met zo'n dikke kont kunt spreken van een sprint. Bonnie stapte in de auto en omdat het portier nog openstond, sprong de hond over haar schoot heen op de bestuurdersplaats.

'Haal haar weg,' zei ik terwijl ik het portier aan mijn kant opendeed en haar bij de halsband greep.

'Wanneer ben ik weer terug?'

'Weet ik veel. Over twee minuten als je me niet weet te overtuigen.'

'En als ik dat wel doe?'

'Ik weet het niet.'

Plotseling begon ze te stralen. 'Als je de kap omlaag doet, kan ik haar op mijn schoot houden en dan passen we er alledrie in.'

'Als ik de kap omlaag doe, sufferd, hebben we zo honderd getuigen die allemaal zeggen: "O, ik zag Bonnie met haar hond. Ze reden naar het huis van Steve Brady in zijn auto." Honderd getuigen van het feit dat ik de rechtsgang verstoor. Een misdrijf.'

'Wil je beweren dat dit verboden is?' Maar voor ze haar vraag had afgemaakt, wist ze het antwoord al. 'Ik kan dit niet toestaan.'

Ze greep de deurknop. 'Blijf zitten,' beval ik.

Ze schudde haar hoofd. 'Nee. Ik ga weg.'

Ik trok mijn wapen. 'Een beweging, Bonnie en ik schiet een kogel tussen je ogen.'

'Ach, hou toch op.'

Jezus Christus. Mijn hoofd bonkte; ik was misselijk van uitdroging;

ik hield een wapen gericht op een verdachte die ik hielp ontsnappen en er zat een zwart, harig bakbeest keurig rechtop met de poten naast elkaar en haar tong uit haar bek, voor zich uit te kijken alsof ze zat te wachten voor een verkeerslicht. 'Ik ga er nu niet over bekvechten! Je leven staat verdomme op het spel, dus haal dat beest uit de auto, dan kunnen we weg.'

Bonnie klonk zo zachtjes dat ik haar bijna niet kon verstaan. 'De achterdeur is dicht. Ze kan niet bij haar water en als ik er niet ben...'

Ik stopte mijn wapen in de holster, sleurde Moose uit de auto en ging op de bestuurdersplaats zitten. Wat natuurlijk voor Bonnie aanleiding was om haar portier open te doen en uit te stappen. 'Kom terug!' schreeuwde ik. Ze schudde haar hoofd. Ik startte. 'Dag.' Bonnie floot: twee hoge tonen. Moose rende naar haar kant en Bonnie duwde haar naar binnen.

En zo kwam het dat we naar mijn huis reden met Bonnie op de passagiersplaats, ik op de bestuurdersplaats en Moose op onze schoten, blaffend van plezier over dat prachtige spelletje.

Aangezien seizoenarbeidershuisjes niet bekend staan om hun ruime kamers en hoge plafonds, had de architect van wie ik het huis had gekocht, niet veel werkruimte gehad en daarom een grote 'leefruimte' gemaakt, een kamer die diende als keuken, werkkamer, eetkamer en woonkamer. Toen had hij van iedere kant een stukje afgehakt zodat hij, wanneer hij potentiële kopers rondleidde, zo'n *Voilà!* gebaar kon maken en zeggen: 'Slapen...' en dan wachten tot Newyorkers zouden zeggen: '...wie weet dromen' en dan zouden ze allemaal goede vrienden zijn en zich koesteren in de warmte van elkaars kennis van Shakespeare en bovendien een aardige, beschaafde overeenkomst sluiten. Alleen ik zou nog liever aan mijn ballen zijn opgehangen dan '... wie weet dromen' te zeggen en de architect scheet zeven kleuren omdat hij wist dat ik bij de politie was en daarom 'Slapen...' kon opvatten als een oneerbaar voorstel, omdat hij zijn haar in een paardestaart droeg en dit de overeenkomst in ieder opzicht naar de sodemieter kon helpen. Dus had hij er snel 'In de slaapkamer' aan toegevoegd en het daarbij gelaten.

De ouderslaapkamer was net als de rest van het huis gemeubileerd – omdat dit huis model moest staan voor de honderden andere seizoenarbeidershuisjes die hij wilde renoveren. Maar het bed dat hij erin had gezet, was bedoeld voor dwergen die het alleen recht-op-en-neer doen, dus dat had ik eruit gehaald en er een king-size bed neergezet. Toen ik dat eenmaal had gedaan, was er net genoeg ruimte om bij de kasten en de badkamer te komen.

Aan de andere kant van het huis had hij dezelfde ruimte afgescheiden en er twee logeerkamers van gemaakt met een badkamer ertussenin. Ik bracht Bonnie naar de eerste logeerkamer die niet veel verschilde van de tweede, behalve dat de vloer en de bovenranden van de muren waren bedrukt met ananassen in plaats van mosselen en alikruiken. Omdat ik zelden in dit deel van het huis kwam, had ik ze helemaal vergeten en dat gold ook voor de afzichtelijke lamp met een groene kap en een bovenkant die bestond uit een paar dikke stokken die bijeen werden gehouden met een stuk koeiehuid waarvan de architect had gezegd dat het een rustiek accent was dat ik wellicht wilde veranderen. De arme kerel was een mentaal wrak omdat hij zijn huis niet kon verkopen; ik bracht dezelfde dag nog een bod uit.

Ik trok de rolgordijnen naar beneden. 'Laat dit je niet op verkeerde gedachten brengen,' zei ik met mijn rug naar Bonnie toe. 'Zo kan je niet gezien worden.'

'Ik zal geen verkeerde gedachten krijgen.' Haar stem trilde. Dat was het enige teken dat ze net zo bang was als ik dacht.

'Niet dat ik een hoop visite krijg, maar voor het geval dat.' Toen ik me naar haar omdraaide, zat ze keurig met de knieën tegen elkaar op een rechte stoel. Ik ging op de rand van het bed zitten, maar omdat de kamer zo klein was waren onze knieën maar zo'n tien centimeter van elkaar verwijderd. 'Nu wil ik horen wat er precies is gebeurd, vanaf het begin. Ieder detail, vanaf het moment dat je Sy voor het eerst weer sprak of zag. Tenzij je al die jaren sinds de scheiding contact met hem hebt gehouden.'

'Nee.'

'Oké, maar eerst wil ik iets ophelderen.'

'Je bedoelt...'

'Nee.'

Maar ze kon het niet laten rusten. 'Gideon belde me. Hij zei dat jij je absoluut niet kon herinneren dat wij met elkaar ... dat wij elkaar hadden ontmoet.'

'Luister, daar heb ik nu geen tijd voor.' Ik was koel. Zakelijk. 'Wat ik wil ophelderen, is je laatste leugen.'

'Je klinkt net alsof het de laatste is in een serie van honderdduizend.'

'Daar komt het zo ongeveer wel op neer.'

'Als ik dan zo'n leugenaar ben, waarom zou ik je dan nu wel de waarheid vertellen met de politie op mijn hielen?'

'Omdat je wanhopig bent.'

'Tja,' zei ze met die trillende stem, 'dat kun je wel stellen.' Ze liet haar hoofd hangen en staarde naar haar handen die in haar schoot lagen. Ze had prachtige handen met lange vingers en mooie, ovale nagels zonder nagellak, handen die je in reclames voor handcrème ziet.

'Goed, waarom heb je dat verhaal verzonnen over die achthonderdtachtig dollar die we in je laars hebben gevonden?'

'Dat was de waarheid.'

'Bonnie, je moet één ding goed begrijpen. Als je probeert me een oor aan te naaien, ben je hier weg.'

'Bel hem dan nog eens.' Ik schudde mijn hoofd. 'Probeer het dan te begrijpen,' zei ze smekend. 'Vincent Kelleher is een erg nerveuze, niet erg geslaagde zakenman die plantenhouders in de vorm van miereneters verkoopt en joggingpakken in maat 54 in roze, aqua en lila met opdruk. Plotseling krijgt die schlemiel een telefoontje van een rechercheur die hem vraagt naar geld dat hij me zwart heeft uitbetaald. Een illegale betaling. Hij vond het altijd al eng en toen jij belde, moet hij hebben gedacht dat hij Eliot Ness en de FIOD op zijn dak zou krijgen.'

'Knap, hoor, Bonnie. Heel knap.'

'Nee, als ik zo knap was, zou je al mijn leugens hebben geloofd. Dan zou ik nu niet in de problemen zitten. Bel alsjeblieft Vincent Kelleher.'

Maar juist op dat moment ging mijn pieper. Ik zei tegen Bonnie dat ze moest blijven zitten waar ze zat, liep het huis door naar mijn slaapkamer en deed de deur achter me dicht.

Carbone vroeg waar ik zat en ik zei dat ik naar huis was gegaan nadat ik zestig uur op de been was geweest omdat ik doodmoe was en doodziek van dat gelul van hem en Shea, maar belde hij me omdat hij me nog een ademtest wilde laten doen om er zeker van te zijn dat ik niet op dit moment aan een flesje tonic zat te lurken? Hij zei dat het hem speet en dat ze misschien iets te overhaast waren geweest en dat Robby, omdat hij niet dronk, misschien te snel met zijn oordeel was geweest en... En wat? wilde ik weten. Hij zei dat Bonnie Spencer spoorloos verdwenen was. Ik vroeg of Robby hysterisch was. Hij zei ja en Shea ook. En dat als ik niet dacht dat het de hoofdcommissaris dun door de broek liep, ik helemaal niet dacht. Ik zei tegen hem dat iedereen zich rustig moest houden, dat het half zeven was en voor het eerst die dag lekker koel. Ik zei dat ze misschien wel op het strand was of bij vrienden aan het eten. Ze moesten zich niet zo druk maken. Ik vroeg hem of ik eens zou rondkijken en hij zei dat dat misschien wel een goed idee was. Ik zei dat ik haar huis in de gaten zou houden tot hij iemand anders kon sturen en daarna zou ik gaan zoeken en een paar telefoontjes plegen. Ik zei ook nog dat hij me een lol moest doen en Robby oppiepen. Dan moest hij tegen hem zeggen dat hij niet in de buurt van haar huis moest komen, anders zou ik hem vermoorden. Carbone zei dat hij dat zou doen. Hij wilde juist ophangen toen ik hem vroeg of ze mijn bloed en plas al hadden onderzocht. Hij zei dat alles in orde was. Ik bedankte hem. Hij zei dat ik redelijk moest zijn, dat ze onder druk stonden en dat er een hoop spanning was en dat mensen soms beoordelingsfouten maken. Ik vroeg hem of Shea zich ervan bewust was dat hij een beoordelingsfout had gemaakt of dat ik voortaan iedere dag in een kopje moest piesen? Carbone, geduldig als altijd, zei dat Shea op de hoogte was van de uitslagen van het onderzoek en dat hij niet achterlijk was. Maar dat ik er goed van doordrongen moest zijn dat Shea en ik elkaar niet echt lagen en dat hij me weer tot Moordzaken had toegelaten omdat hij me nodig had, niet omdat hij me mocht of vertrouwde. Dat dat waarschijnlijk geen nieuws voor me was. Bij lange na niet, zei ik. Carbone zei: 'Dus doe jezelf een lol, rechercheur Brady en verdien een paar medailles. Zorg dat Bonnie Spencer wordt gevonden.'

De motor van Robby's auto draaide toen ik bij Bonnie's huis aankwam en toen ik naast hem ging staan, smeet hij het arrestatiebevel in mijn auto en scheurde weg – voorzover je kunt scheuren met een Oldsmobile Cutlass – voor hij me recht in mijn gezicht moest kijken of moest aanhoren wat ik had te zeggen. Hij wist trouwens wat ik had te zeggen: ik zou hem nog wel krijgen. En ik wist wat zijn reactie zou zijn: niet als ik jou eerst te pakken krijg.

Een paar minuten later kwamen er twee wagens van de politie van Southampton. Ze moesten blijven wachten tot iemand van Suffolk County hen kwam aflossen, dus gaf ik hen het arrestatiebevel dat zij aan de volgende moesten doorgeven en zei dat ik nog een keer door het huis zou lopen. Ik trok voorzichtig en demonstratief een paar rubber handschoenen aan alsof ik een hersenoperatie zou gaan uitvoeren en ging naar binnen. Vijf minuten later kwam ik naar buiten met wat ondergoed en een T-shirt plat opgevouwen in mijn zak, samen met haar tandenborstel. En een zak hondebrokken. Ik liep zwaaiend met twee bewijstassen waarin een paar gympjes en een haarborstel zaten, het tuinpad af en salueerde gekscherend naar de twee agenten voor ik wegreed.

Wat een opgewekte ziel. Mijn handen waren vochtig en mijn maag was net een steen. Niet vanwege iets concreets zoals het risico dat ik mijn hele professionele en persoonlijke leven naar de bliksem hielp, om nog maar te zwijgen over het risico dat ik voor twee jaar de bak in zou draaien vanwege het verstoren van de rechtsgang door assistentie te verlenen aan een persoon die een zware misdaad heeft gepleegd – te weten doodslag. Ik was me heel erg bewust van de consequenties van mijn rampzalige onderneming. Ik herinner me dat ik erover nadacht of een veroordeling wegens een misdrijf nadelige gevolgen zou hebben voor mijn pensioenrechten; ik vroeg me af of ze AA-bijeenkomsten hielden in de gevangenis en kwam tot de conclusie dat ze me misschien alleen maar zouden veroordelen wegens een overtreding omdat ik een paar goede vrienden bij het openbaar ministerie had zitten. Maar die natte handpalmen, die steen in mijn maag hadden niets te maken met die zakelijke afwegingen.

Nee, ik reed naar huis met die brok in mijn keel die ik maar niet kon wegslikken omdat ik bang was dat Bonnie weg zou zijn. Ze zou snel nadenken zoals ze de week tevoren had gedaan toen ze Sy had vermoord en dan doen wat ze het verstandigst achtte: ervandoor gaan. Nee! Ze had hem niet vermoord. Ik geloofde haar wel. Maar ze zou visioenen krijgen van knikkende – ja, dat klinkt goed – juryleden terwijl de officier van justitie alle bewijzen tegen haar opsomde en dan zou ze ervandoor gaan. Of ze zou gewoon bang worden en iemand nodig hebben die zijn armen om haar heenslaat en haar op haar hoofd zoent, zoals haar vriend Gideon en dan zou ze ervandoor gaan. Of Bonnie kennende, zou ze zich gedragen als een goede, moedige Amerikaanse en haar lot onder ogen zien, vol vertrouwen in de grondwet en God en dan zou ze ervandoor gaan, een telefooncel opzoeken, naar Moordzaken bellen en vragen: ‘Kan ik rechercheur Kurz spreken?’

O, Jezus, wat moest ik doen als ze er niet meer was?

Het was donderdagavond, maar de weekendgasten kwamen al weer in groten getale toegestroomd. Het verkeer was nog drukker geworden sinds ik een half uur daarvoor naar Bonnie’s huis was gereden; het was net een eindeloze, metalen slang die in oostelijke richting kroop.

En ieder individu in al die duizenden auto’s was een belangrijk persoon die belangrijke dingen te doen had. Ze moesten horen wat voor leuke uitnodiging op het laatste moment op hun antwoordapparaat was verschenen zodat ze de afspraak die ze al hadden konden afzeggen. Ze moesten dat dure zwarte nethemd aantrekken. Ze moesten hun bloemen verversen voor hun gasten kwamen. Er lag verse mozzarella in de boodschappentas op de achterbank op het stokbrood te druipen en dat moest ophouden.

Geen enkele auto wilde even stoppen zodat ik de Montauk Highway kon oversteken. Ik toeterde en flikkerde met mijn lichten naar een nieuwe Mercedes, maakte oogcontact met de bestuurder en bleef hem aankijken – en begon zachtjes te rijden. Hij werd er toch zo nerveus van dat hij echt op het allerlaatste moment op zijn remmen ging staan. Zijn vette gezicht was vertrokken van haat, maar hij wist dat ik er gek genoeg uitzag om tegen een gloednieuwe Mercedes van vijfenzestigduizend dollar aan te rijden.

Toen reed ik zo hard mogelijk naar huis. Alleen moest ik nog wachten voor de slagbomen bij de spoorwegovergang. Het was verdomd de langste trein uit de geschiedenis van de Long Island Rail Road.

Ik rende het huis binnen en brak mijn nek over Moose die me tegemoet kwam rennen. Ik zei: ‘Opzij, rothond.’ Ze kwispelde. Ik aaide haar over haar kop. Oké, dacht ik, Bonnie heeft de hond achtergelaten. Slim: ze wist dat ik toch wel voor haar zou zorgen. Het huis was volkomen stil. Ik sleepte me naar de ananaskamer en riep 'Hoi' tegen de leegte. Nog steeds een klein beetje hoop. 'Hallo?' Niets. 'Bonnie!' brulde ik.

'Hoi,' riep Bonnie terug. Schrok ik even! 'Jij bent het! Ik hoorde je "Hoi" roepen, maar ik wist niet zeker of jij het was. Het kon net zo goed een van je vrienden zijn of een inbreker.'

Ik was zo opgelucht en ik voelde me zo leeg dat ik even tegen de muur moest leunen om mijn evenwicht terug te krijgen. Toen ging ik de ananaskamer binnen.

Ze lag met opgetrokken knieën op bed *This Date in New York Yankees History* te lezen, het enige boek dat zich daar bevond. Ze legde het op de grond en ging toen in kleermakerszit op het bed zitten. 'Wie heeft de meeste grand slams aller tijden gemaakt?' vroeg ze.

'Gehrig,' mompelde ik.

'Er staat Henry Gehrig. Is dat dezelfde als Lou?'

Ik knikte en zei: 'Hier.' Ik gaf haar de gympjes en de borstel en haalde het ondergoed en de tandenborstel uit mijn zak. Ik was nog steeds te geëmotioneerd. Ik kon nog geen gesprek voeren.

'Bedankt.'

Ik rammelde met de zak hondebrokken. Ze lachte en wachtte tot ik iets zou zeggen, dus zei ik dat ik Moose eten zou geven, even snel onder de douche zou gaan en dat ik dan weer terug zou zijn. Ik was stomverbaasd; ik klonk zo nuchter. Als een normaal mens. Wilde ze iets eten? Ik had een hele hoop kant-en-klaarmaaltijden. Ze bedankte me en zei dat ze geen honger had.

Ik schoof twee maaltijden in de oven, omdat ik dacht dat ze, wanneer het er op aan kwam, toch geen aluminiumbakje met vette, gepaneerde kip zou kunnen weerstaan of, in het ergste geval, zou ik het zelf opeten. Ik stapte onder de douche. Water, een hoop zeep, de lekkere dennengeur van shampoo. Dat was beter. Een koele, schone man in plaats van een bezweet, koortsachtig, overspannen geval. Ik pakte de handdoek, een beetje teleurgesteld dat Bonnie niet was binnengeslopen om hem aan te reiken; in mijn achterhoofd had ik me voorgesteld dat ik de douche uit zou stappen en dat zij daar dan zou staan. Dan zou ik hebben gezegd: 'Ga weg hier' en zij: 'Ik zal je rug wel afdrogen.' Maar dan zou ze tegen me aan gaan staan en haar armen om me heenslaan en me strelen en 'O, Stephen' mompelen.

Ik kleedde me aan, pakte mijn notitieboekje en belde Vincent Kelleher, de cataloguskoning. 'Weer met rechercheur Brady.'

'Ja, meneer?'

'Meneer Kelleher, ik ken u niet, maar toch heb ik het gevoel dat u niet helemaal eerlijk tegen me bent geweest en dat vind ik heel jammer.' Stilte. 'Nu moet u goed luisteren, ik heb helemaal geen belangstelling voor uw belastingaangifte. Voor mijn part betaalt u zwart of wit, het zal mij worst zijn. Maar wat me wel interesseert is of u liegt wanneer ik u een eenvoudige vraag stel.'

'Waarom denkt u dat ik lieg?' fluisterde hij in Flagstaff, Arizona.

'Omdat ik een slimme smeris ben. Ik weet het. Wilt u me nu vertellen over uw financiële afspraak met Bonnie Spencer?' Stilte. 'Als u eerlijk tegen me bent geweest, hangen we nu op en hoort u nooit meer van mij. Als u probeert me een oor aan te naaien, bel ik een van mijn vriendjes bij de FIOD in Washington.'

'Ik heb haar betaald...' Zijn stem klonk zwakjes. Die vent had een Ierse naam; hoe kon hij dan zo'n boerenlul zijn? Die verdomde assimilatie ook.

'Hoe betaalde u haar?'

'Contant.'

'Hoeveel?'

'Vijfentwintighonderd dollar. Zij was degene die vroeg of ze contant kon worden betaald. Eerlijk waar, ik heb het nooit aangeboden.'

'Hoe kreeg ze het geld?'

'Haar vader woont buiten Scottsdale. Ze komt hem een keer per jaar opzoeken en dan komt ze naar mij toe om de ontwerpen voor de nieuwe catalogi te bekijken. Dan praten we wat en...' Als die kerel door een rood licht reed, zou hij zichzelf waarschijnlijk handboeien omdoen, zich aangeven en de rechter smeken om de maximumstraf.

'Jullie praten en dan? Geeft u haar het geld?'

'Ja, in een envelop. Maar ik beloof u dat het niet weer zal gebeuren.' Mooi zo! dacht ik toen ik ophing. 1-0 voor de goeien.

Ik zocht en vond een stel pockets, Stephen King en Clancy en bracht ze naar haar kamer. Ik wilde niet dat ze zou gaan balen van haar verblijf daar en ik wilde niet dat ze dacht dat ik een halve analfabeet was die, als hij ooit las, zich verdiepte in statistieken – al was dat eigenlijk wel het geval. Ze was schrijfster; ze had planken vol met boeken. Wat moest ik zeggen? Hé, Bonnie, ik lees misschien niet zoveel boeken, maar ik lees de kranten en ik bekijk alle historische documentaires op de kabel. Wil je iets weten over de slag bij Midway? Het leven van Metternich? Ik weet er alles van.

'Deze zijn voor straks,' zei ik. 'Nu moeten we praten.' Ik deed het rolgordijn omhoog en keek naar buiten. Het laatste zachte, magische licht was aan het verbleken.

'Oké, maar... ik wil je niet vertellen hoe je je werk moet doen... maar misschien kun je het beste Vincent Kelleher bellen.'

'Waarom?'

'Omdat hij je niet de waarheid heeft verteld. En ik zal je de waarheid vertellen. Ik weet wat een rotzooi ik er voor mezelf van heb gemaakt en nu geef je me nog een kans. Nou, die wil ik verdienen. En ik wil dat je alles gelooft wat ik je vertel.'

Ditmaal won de politieman het van de man. Ze moest niet denken dat ik aan haar kant stond; ze moest me overtuigen. Ik zei: 'Misschien bel ik hem straks. Nu wil ik eerst dat je me vertelt hoe je weer in contact kwam met Sy.'

15

‘Toen jij en Sy uit elkaar gingen, baalden jullie toen erg van elkaar?’

‘Nee.’ Bonnie leunde tegen het hoofdeinde dat gemaakt was van een soort gevlochten rotan, van dat goedkope spul dat iedere keer dat je inademt kraakt. Ze droeg wat ze ook aan had toen ik haar bij de droger aantrof: een rode nylon short en een zwart mouwloos T-shirt. De witte sokken die ze aan had toen we door het weiland renden, waren vuil geworden en die had ze dan ook uitgetrokken. Ze had geen schoenen aan.

Ze trok haar knieën op, legde haar armen erover en legde daar haar hoofd op. Jezus, wat was zij lenig; het was het soort houding waarin alleen een kind van acht nog lekker zit. ‘De dag dat ik de papieren voor de scheiding van tafel en bed tekende nam hij me mee uit eten. Le Cirque. Zacht licht, zachte linnen servetten. Zacht eten zodat je niet kraakte terwijl je kauwde. We zaten naast elkaar op een bankje. Hij hield mijn hand onder de tafel vast en zei: “Het is mijn schuld dat ik niet genoeg van je kon houden. Maar ik zal altijd voor je klaarstaan.”’

Hetzelfde gold voor Moose. De hond legde haar kop op de deken net zolang tot Bonnie haar een aai gaf. Toen ging ze op mijn voeten liggen.

‘Moest je overgeven toen hij dat zei?’

‘Nee, het was nog voor het voorgerecht. Maar weet je, op zijn eigen elegante, slijmerige manier was Sy oprecht. Hij geloofde werkelijk wat hij zei, ook al hield ik, twintig seconden nadat hij me op het Penn Station had afgezet zodat ik de trein terug naar Bridgehampton kon nemen, op te bestaan. Maar omdat ik niet moeilijk had gedaan over de scheiding – ik bedoel, ik had wel veel gehuild en hem gevraagd mee te gaan naar een huwelijksconsulent, maar dat was alles. Ik wilde geen alimentatie. Dus dacht hij alleen maar vriendelijk over me. Als iemand had gevraagd: “Sy, wat was je tweede vrouw voor iemand?” dan zou hij hebben gezegd: “Mm, tweede vrouw. O ja, Bonnie. Zo lief. Nuchter.” Het was gek: als je aardig was maakte dat geen enkele indruk op hem, maar als je hem tegen de haren instreek, vergat hij je nooit meer.’

‘Waarom heb je niet harder gevochten om hem bij je te houden?’

‘Omdat...’ Ze deed haar handpalmen tegen elkaar alsof ze ging bidden en legde ze tegen haar lippen. Ten slotte zei ze: 'Omdat ik wist dat hij niet meer van me hield – als hij dat ooit had gedaan. Sy kon wel verliefd worden, maar meer als een acteur die opgaat in zijn rol. De week dat ik hem ontmoette, in Los Angeles, was hij waarschijnlijk juist van een John Ford-retrospectief teruggekomen – dus werd ik zijn cowgirl. Hij liep rond in spijkerjasjes, kneep zijn ogen bijna dicht en rookte; dat was voor zijn organische, cafeïnevrije tijd. Hij brak de filters af en stak zijn sigaretten aan met van die lucifers die je langs de onderkant van je laars strijkt; hij droeg zelfs van die puntlaarzen met hoge hakken, wat niet zo erg was omdat hij acht centimeter korter was dan ik. Joost mag weten waar hij die vandaan had – waarschijnlijk in een antieke laarzenboetiek op Madison Avenue. We gingen vaak paardrijden. Western zadel. Hij zei: "Engelse zadels zijn zo verwijfd." Maar toen we drie weken in New York waren – we waren toen zes weken getrouwd – was hij zijn Buffalo Bill-rol beu. En hij was mij beu. Ik wist het.' Ze wendde zich even van me af en deed het kussen goed zodat ze meer steun in haar rug had. 'Het had geen enkele zin hem van een scheiding te weerhouden. Hij had geprobeerd een keurige echtgenoot te zijn en het werd hem allemaal te veel.'

'In wat voor zin was hij een keurige echtgenoot? Ik dacht dat je zei dat hij je bedroog – met een of andere rijke dame.'

'Keurig voor Sy's doen. Hij hield de deur voor me open. Hij dacht aan verjaardagen, onze trouwdag. Hij had stijl; op een keer, op Valentijnsdag, gaf hij me een nieuwe doos voor mijn visgerei en toen ik hem openmaakte, zat er een prachtig, lang snoer van veertien-millimeter parels in.'

'Wat zijn veertien-millimeter parels?'

'Grote parels.' Haar handen omschreven een omtrek die overeenkwam met die van een schoolglobe. Het stak me dat ze van dure cadeaus hield. Ik wilde dat ze zei: 'Ik zei tegen Sy dat hij de parels mocht houden; dat ik alleen de doos wilde hebben.' Maar dat deed ze niet. 'Je moet Sy begrijpen,' ging ze verder. 'Hij kon niet trouw zijn. Hij kon niet eerlijk zijn. Hij moest...ik weet niet of oneerlijk het juiste woord is. Hij moest iedere situatie naar zijn hand zetten. Voor een deel had het met geld te maken. Hij was altijd bang dat iemand hem bedroog, dus speelde hij iedere aandelenmakelaar, advocaat of accountant tegen een andere uit. Maar hij bedroog iedereen voortdurend. Hij bracht persoonlijke uitgaven onder in filmbudgets. Ik heb het dan niet over een trainingspak en een paar gewichten; de sportkamer en het stoombad in onze flat in de stad werden betaald met geld dat was bestemd voor zijn tweede film. En je hoefde geen woorden als illegaal of immoreel tegen hem te gebruiken want op de een of andere verknipte manier vatte hij ze op als compliment. Hij beschouwde zijn gesjacher als een avontuur en hemzelf als een soort modieuze Robin

Hood. Maar het enige wat hij deed, was stelen van de rijken om aan de rijken te geven.'

'Zag je dat allemaal niet toen je met hem trouwde?'

'Nee, ik zag alleen maar die charmante, ontwikkelde man met lachrimpels om zijn ogen die gek was op *Cowgirl* en die alles van wildwestfilms wist. Niet zomaar een oppervlakkige kennis: ik herinner me dat hij een van de stomme films van Tom Mix beschreef – *Cactus Jim's Shop Girl*. Eigenlijk wist hij van alles wel iets: Cambodjaanse architectuur, de Big Bang-theorie, de taalkundige banden tussen het Fins en het Hongaars. Maar ik geloof dat ik het meest van Sy hield omdat hij mij waardeerde. Mijn werk. Mijn ogen. Mijn haar. Mijn... al het gebruikelijke. Die man was zo'n kenner; ik dacht: O God, dan ben ik toch wel iemand!'

Ze concentreerde zich op het masseren van haar knie, een langzame beweging heen en weer, zoals je doet wanneer je last hebt van een oude blessure. Ineens keek ze me aan en toen snel weer naar haar knie. Ik wist wat ze dacht: ondanks onze verschillen had ik wel iets van Sy weg. O, en wat had ik haar die nacht gewaardeerd: ik zweer het, ik heb nog nooit iemand als jij ontmoet, Bonnie. Bonnie, je huid is als warm fluweel. Weet je, Bonnie, je ogen hebben de kleur van de zee. Niet de zee in de zomer. Maar als op een heldere winterdag – zo mooi. Ik zou uren met je kunnen praten, Bonnie. Bonnie, ik hou van je.

'Maar Sy's enthousiasme duurde nooit lang. Hij had kasten vol met spullen van sporten die hij een paar keer had beoefend en daarna had opgegeven: golf, squash, duiken, polo, skiën. En als hij vrouwen in een kast had kunnen stoppen, zou hij dat ook hebben gedaan; hij was na twee maanden huwelijk al aan iets anders toe.'

'Wat rot.'

'Ach nee. Het werd zelfs wel amusant.' Ze stak haar kin in de lucht en glimlachte als een vrouw van de wereld. Zo gemaakt als maar kon. 'Ik kon zien aan de manier waarop hij zich kleedde met wie hij op dat moment een verhouding had. Op een dag hing hij zijn getailleerde Italiaanse pak in de kast en haalde een trui en een gebleekte spijkerbroek te voorschijn en toen wist ik dat het uit was met de decorontwerpster met de surrealistische sieraden en dat hij een verhouding was begonnen met de derderangs filmcriticus van de *Village Voice*, een meisje met een hoop haar dat net een kwartier voorbij haar puberteit was. Je moest er wel om lachen.'

'Zit niet te lullen, Bonnie.'

De deken op het bed waarvan het patroon waarschijnlijk volgens de architect een groots landelijk 'statement' was, had de kleur van groene kots. Bonnie volgde een dunne, donkergroene streep met haar vinger. 'Oké,' zei ze zachtjes, 'hij heeft me waardeloos behandeld. Meer dan dat. Ik was er kapot van. Ik ben niet het soort vrouw waarop mannen vallen. Toen kwam er ineens één die het wel deed. Ik was zo gelukkig. Maar voor ik zelfs het liefdesgedicht, een sonnet – veertien rottige regels – dat ik voor hem aan het schrijven was, af had, hield hij al niet meer van me.'

'Dus het huwelijk was eigenlijk al voorbij voordat het officieel voorbij was.'

Ze knikte. 'We vrijden nog wel, maar er was geen sprake van liefde meer en niet veel vriendschap. De avonden dat hij thuis was sloot hij zich op in zijn werkkamer om scenario's te lezen of te bellen. Na de scheiding ging ik gewoon verder met mijn leven. Dat was niet zo moeilijk; we waren nooit echt een stel geweest.'

'Maar je economische situatie en je sociale status veranderden. Hoe zag je leven eruit?'

'Wat bedoel je?' Ze ging heel erg op in het volgen van een andere, dikkere draad in de deken.

'Gelukkig, verdrietig, heerlijk, verschrikkelijk.'

'Het ging wel.' Ze keek me niet aan.

'Toe nou, Bonnie.'

'Waar is dit voor nodig?'

'Omdat ik de omstandigheden wil weten waarin je de draad met Sy weer oppakte.'

'De omstandigheden waren dat ik een zelfstandige vrouw was – ben. Geen bindingen. Mijn moeder stierf toen ik zeventien was: hersentumor. Mijn vader hertrouwde – met een vrouw uit Salt Lake, een pedicure. Hij verkocht zijn zaak en ze verhuisden naar Arizona naar een leefgemeenschap voor gepensioneerden; daar spelen ze bridge. Mijn broers zijn allemaal getrouwd en hebben hun eigen gezin.'

Ze werd stil, bedachtzaam. Ze hield op met het gefrunnik aan de deken en pakte het uiteinde van haar vlecht. In gedachten verzonken haalde ze het elastiekje eraf. Ze maakte de vlecht los en terwijl ze weer begon te praten, streelde ze haar haar alsof ze zichzelf wilde troosten. In het licht van de lamp met de groene kap schoten er zachte, koperkleurige vonkjes af.

'Mijn leven: Ik woon in een lieflijk stadje aan de oceaan in een deel van het land waar ik niet thuishoor. Ik heb Gideon en zijn vriend, twee vriendinnen en een hoop fijne kennissen. De zomers zijn iets gezelliger; ik heb een paar vrienden overgehouden aan de tijd met Sy – een film editor en een journalist van de *Wall Street Journal* – die hier een huis hebben. We hebben vaak lol. Ik doe vrijwilligerswerk met volwassen analfabeten en voor iedere milieuzaak die opdoemt. Zo heb ik Gideon ontmoet. Hij vertegenwoordigde een vervuiler en we begonnen onze kennismaking met tegen elkaar te schreeuwen omdat de roze stern een bedreigde diersoort is geworden, maar uiteindelijk werden we heel goede vrienden. Wil je nog meer weten? Ik verdien achttienduizend dollar per jaar met het schrijven van rotzooi voor catalogi en de plaatselijke krant en industriële publikaties zoals *Auto Glass News*. Wat nog meer? Seks? Tot ik over AIDS hoorde, ging ik met iedere man naar bed die ik aantrekkelijk vond. Nu lees ik en bekijk ik twee films per avond en ren ik acht kilometer per dag. Ik heb een abortus ondergaan toen ik nog met Sy was getrouwd omdat hij vond dat hij nog niet rijp was voor kinderen. Ik wilde niets liever dan een baby. Vanaf mijn achtendertigste toen het tot me doordrong dat ik nooit meer zou trouwen, omdat niemand me nog zou vragen, gebruik ik geen voorbehoedmiddelen meer. Ik ben nooit meer zwanger geraakt; ik ontdekte dat mijn eileiders waren verstopt door littekenweefsel van de gonorroe waarop mijn echtgenoot me ongeveer zes maanden na de abortus trakteerde. Nou, dat is het.' Ze sloeg met haar handen op haar knieën. 'Ik denk dat je iets sensationelers had verwacht.'

'Een beetje.' Ik moest zakelijk blijven. Wat kon ik anders doen? Haar in mijn armen nemen, knuffelen, lieve woordjes van troost in haar oor fluisteren? Ik vroeg: 'We hebben twee condoomverpakkingen in een prullenmand in Sy's logeerkamer gevonden. Als je niet zwanger kon raken...'

'AIDS, weer gonorroe. Als ik een manier had gevonden om een condoom over zijn hoofd te trekken voor ik hem kuste, had ik het gedaan, maar het is weinig subtiel.'

'Vertel eens wat meer over je leven?'

'Wat valt er te vertellen? Ik heb een heel gelukkige jeugd gehad. En toen werd er een film van mijn scenario gemaakt en die kreeg goede recensies en toen kwam ik Sy tegen en toen trouwden we. Tuurlijk, ik wist wel dat er tegenvallers zouden zijn. Tragedies zelfs, zoals toen mam overleed. Maar ik stond er niet bij stil dat het leven niet in wezen geweldig zou zijn. Nou, dat is het niet. Het is niet verschrikkelijk, maar ik had nooit gedacht dat ik zo eenzaam zou zijn.'

'Maar nu heb je te maken met iets dat ernstiger is dan persoonlijk geluk,' zei ik.

'Dat weet ik.'

'Zoals de mogelijkheid van een veroordeling wegens moord.' Mijn stem klonk grimmig en zwaar als een 45-toerenplaat die je op 33 toeren afspeelt. De kleine slaapkamer voelde ineens benauwd en bedompt aan, als een cel.

Bonnie was vastbesloten zich niet over te geven aan sombere gedachten. Ze grijnsde. 'Dus, in het ergste geval word ik veroordeeld wegens moord. Denk eens aan het scenario dat ik zou kunnen schrijven na twintig, dertig jaar in de gevangenis. Geen van die *Blondes in Chains*-clichés voor mij. Je weet wel: een lesbische bewaakster, opengescheurde uniformen waar borsten uitpiepen. Nee, ik zal een scenario schrijven met een belangrijke sociale boodschap en misschien mag ik dan wel in *Entertainment Tonight*.

'Vertel eens over het scenario waar je samen met Sy aan werkte?'

'O, goed. *A Sea Change*. Het is gebaseerd op een ware gebeurtenis tijdens de Tweede Wereldoorlog. Een Duitse onderzeeër kwam ter hoogte van de kust van Long Island boven water en een paar saboteurs glipten naar binnen. In mijn verhaal zagen twee vrouwen hen op het strand: een heel tuttige vrouw uit de betere kringen en een barmeisje dat in de weekends klanten ontvangt. In ieder geval gaat het over hoe ze nazi's vangen, maar ook over de vriendschap die zich ontwikkelt.'

'Stuurde je het naar Sy toen je het af had?'

'Ik belde hem.'

'Wat gebeurde er?'

'Nou, eerst sprak ik zijn secretaresse en vroeg of hij me terug wilde bellen en dat deed hij een paar dagen later. Hij klonk nogal op zijn hoede, eerlijk gezegd: ik denk dat hij bang was dat ik hem om geld zou vragen. Maar toen ik hem vertelde waarover het ging, werd hij aardig: "Het klinkt fantastisch. Stuur het maar per expresse. Ik wil het dolgraag lezen." '

Het was niet alleen dat ze geen make-up op had of dat ze ongelofelijke kuitspieren had. Bonnie was eenvoudigweg als geen enkele andere vrouw die ik ooit had ontmoet. Ze leek niet in staat tot wat voor vrouwelijke truukjes dan ook. Ik keek haar recht in de ogen en ze maakte geen enkel defensief vrouwelijk gebaar. Ze voelde niet aan haar neus of hij misschien glom; ze voelde niet of haar haar wel goed zat. Ze zette geen koeieogen op of keek als een gewond hert; ze deed haar benen niet uitdagend een stukje uit elkaar of haar heupen naar voren. Nee, ze keek me gewoon recht in de ogen. Ik dacht dat het misschien kwam doordat ze met al die oudere broers was opgegroeid en die herten-schietende vader en die grote moeder. Misschien had ze weleens geprobeerd met haar ogen te knipperen of te giechelen en had niemand er aandacht aan besteed. Misschien had ze verwonderd en onnozel gedaan over al die Remingtons en Brownings en Winchesters in de winkel of naar de motor van de Buick die ze hadden gestaard en gezegd: 'Oo, wat is dat nou?' en had iemand haar een schop voor haar kont gegeven, echt of symbolisch. Ze was niet vrouwelijk. Ze was gewoon een vrouw.

'Je zegt dat Sy je scenario goedvond.'

'Ja.'

Ik dacht aan wat Easton erover had gezegd. 'Maar waarom zei hij dan tegen een van zijn mensen dat hij er iets aardigs over moest zeggen zodat hij van je af zou zijn? En waarom zou hij tegen Lindsay hebben gezegd...' Ik probeerde een manier te bedenken om te zeggen dat Sy het waardeloos vond zonder het echt te hoeven zeggen.

'Dat weet ik niet zeker. Wat Lindsay betreft, denk ik dat het logisch was dat hij wat voor verhouding dan ook met mij probeerde te verbergen.' Bonnie draaide kringetjes met haar voeten. 'Ik bedoel, Lindsay heeft supergevoelige voelsprieten die een andere vrouw binnen een straal van vijftig kilometer oppikken. Sy was zo voorzichtig; hij deed alles behalve een zonnebril en een kunstneus opzetten wanneer hij naar me toekwam.' Ze hield op met haar enkeloefeningen en begon aan een rekoefening waarbij ze haar tenen met haar vingertoppen aanraakte. Het was of ze zich opwarmde voor een marathon; ze was klaar om te gaan hardlopen. Ze was niet iemand die ertegen kon om opgesloten te zitten.

'Waarom zou hij zijn assistent hebben gevraagd er iets aardigs over te zeggen?'

'Misschien had hij het druk.'

'Nee.'

'Wanneer vroeg hij zijn assistent of hij het wilde lezen?'

'Een paar maanden geleden.'

'Toen had ik net de tweede versie ingeleverd. Sy zei dat hij het heel goed vond, maar dat hij geen tijd had het grondig door te nemen tot *Starry Night* in produktie ging.'

'Was dat de herziene versie op basis van zijn suggesties?'

'Ja.'

'Sy kennende, was het mogelijk dat hij het niet goed vond, ondanks dat hij je had gezegd dat hij het wel goed vond?'

Ze dacht even na. 'Sy kennende, ja. Misschien – ik weet het niet – wilde hij me wel weer een poosje terug in zijn leven.' Ze keek ontmoedigd alsof ze zojuist een grove afwijzing in de brievenbus had gevonden. 'Maar hij schreef me wel dat aardige briefje. Het ging in de trant van: "Snel doorgelezen. Prachtig. Wil het graag goed lezen."'

Dit kon weer een punt zijn voor de goeien; als Sy het scenario goed had gevonden en ze had daar een bewijs van, dan zou ze juist een motief hebben om hem in leven te laten; een dode producent kan geen film maken. 'Dus hij schreef je een briefje?' wilde ik weten.

'Ja. Hij heeft van die correspondentiekaarten met zijn naam erop. Hij had altijd een hekel aan zijn initialen. SS klonk als een lid van de stormtroepen en SIS – Seymour Ira Spencer – was een vies woord dat kinderen op muren kalken. Hoe dan ook, hij gebruikte een van die kaarten.'

'Getypt of geschreven?'

'Ik geloof geschreven.'

'Heb je die bewaard?'

'Ja. Hij zit in mijn dossier van *Sea Change*. In mijn werkkamer.' Ze ging recht overeind zitten. 'O, wacht eens even. Je wil zeker ook het bewijs dat hij het oorspronkelijk ook goedvond? Ja? Goed. Kijk maar in hetzelfde dossier. Daar vind je zijn oorspronkelijk memo, dat hij schreef nadat hij de eerste versie had gelezen. Typisch Sy. Acht kantjes, enkele regelafstand, dure woorden. Over alles, van karakterontwikkeling tot mijn verkeerde gebruik van de aanvoegende wijs. Maar het staat vol met "briljant" en "prangend" en "aangrijpend".'

'Wat betekent "prangend"?'

Ze kauwde even op haar lip. 'Ik weet het, eerlijk gezegd, niet. Het is een van die woorden die geen mens ooit hardop heeft gezegd en die je ook niet zo vaak in geschreven vorm tegenkomt. Hij schreef ook dat het "au courant" was. Dat moet een schok voor hem zijn geweest. Sy zei altijd tegen me dat ik te laat geboren was, dat ik onder contract bij RKO – als dat nog bestond – zou moeten staan, omdat mijn schrijverstalent alleen geschikt was voor goede films uit 1941. Hij kon bijna niet geloven dat ik eindelijk een scenario had geschreven dat aantrekkelijk was voor iemand anders dan mijn tante Shirley, een gestoorde filmprofessor aan de universiteit van South Carolina en drie schaapherders in Wyoming. Een "eastern", geen western.'

Ze stond op en begon te ijsberen, wat niet gemakkelijk is wanneer je maar drie stappen vooruit en drie stappen achteruit kan. 'Weet je, je had een huiszoekingsbevel. Hoe komt het dat je dat dossier niet hebt gelezen?'

'Robby Kurz heeft er waarschijnlijk naar gekeken en besloten dat het niet belangrijk was.' Ik haalde mijn notitieboekje te voorschijn en schreef: 'Bons Sea dossier.'

'Niet belangrijk? Je hoort van allerlei mensen dat Sy mijn werk waardeloos vond, dat hij het afwees – en dat zou me een motief geven om hem te vermoorden als ik een moordzuchtige persoon was, wat ik niet ben. En jij zegt dat het niet belangrijk is?'

'Het is niet onze taak om ontlastende bewijzen te vinden.'

'Nee. Het is jullie taak om mensen erin te luizen.'

'Ga zitten.'

'Ik wil niet gaan zitten,' snauwde ze. 'God, ik voel me hier zo opgesloten.'

Ik werd nijdig. Ik wilde dat ze graag bij me was. 'Wil je liever een cel?'

'En jij? Misschien kun jij die naast mij krijgen. Weet je wel, wanneer je wordt veroordeeld wegens jouw overtreding.' Ze ging wanhopig sneller heen en weer lopen. Ineens bleef ze staan. Glimlachte. Zo'n valse filmglimlach, gemaakt warm, misleidend plezierig. 'O, ik heb een goed idee. Misschien kunnen we samen een cel krijgen! Dan beginnen we een verhouding wanneer de lichten uit zijn. Niet zomaar een verhouding. Nee, een liefdesverhouding. Dan gaan we echt praten! Dan vertellen we elkaar over vroeger. Over dingen die echt zijn gebeurd, zelfs wanneer het pijn doet. Niet die leuke verhalen die we verzinnen om mensen te onderhouden. En seks! Dan doen we het staand, zittend, van voren, langszij...'

'Bonnie, hou op!'

'Waarom? Echt, het zou magisch kunnen zijn. Alsof we iets hadden dat de wereld nog nooit eerder had meegemaakt. En dan de volgende dag...'

'Ik vroeg of je daarmee wilde ophouden.'

'... de volgende dag zou je weer vrij zijn. Dan kon je vergeten wat er was gebeurd. Dan kon je vergeten dat het iets betekende.' Ze deed net of ze een glas hief. 'Hé, daar drinken we op.'

'Het spijt me dat ik je heb gekwetst,' begon ik. 'In die tijd lag ik helemaal in de kreukels.'

Ik stond op en liep naar de badkamer. Moose kwam achter me aan. Ik had geen zakdoekjes, dus nam ik een stuk toiletpapier voor haar mee, omdat ik wist dat ze zou gaan huilen. Ik kwam terug en sloeg mijn arm om haar heen. Maar ze schudde die van zich af en draaide zich om. Ze huilde niet en wilde mijn troost niet.

'Bonnie,' zei ik tegen haar rug, 'bij de AA leren we dat we een lijst moeten maken van alle mensen die we pijn hebben gedaan. Daarna moeten we bereid zijn het goed te maken. Ik weet dat ik je pijn heb gedaan. Ik ga je niet mijn verontschuldigingen aanbieden...'

'Gideon zei dat je je niet herinnerde wat er was gebeurd.'

'Dat was ook zo. Maar later, toen hij weg was... wel. Dus ik wil je gewoon zeggen...'

Ze draaide zich om en keek me zo diep in de ogen dat ik mijn blik afwendde. 'Je hoeft het niet goed te maken, oké? Ik wil geen grootmoedige gebaren zodat jij je beter voelt over jezelf. Ja, je hebt me gekwetst. Maar het was mijn eigen schuld. Ik speelde een geil seksspelletje en probeerde het romantisch te maken met violen. Nou, ik was dus de stomme trut.'

'Je weet dat het geen spelletje was.'

'Ik weet dat het verleden tijd is.' Ze ging weer op het bed zitten, ditmaal met haar voeten op de grond en haar handen op haar schoot. Het was de houding van een mormoonse schooljuf, geen Bonnie-houding. Er viel een diepe stilte, die werd verbroken door het gekrijs van een meeuw. Bonnie zei: 'Neem me niet kwalijk dat ik zo uitviel.'

'Het geeft niet.'

'Ik wil geen verbitterd mens zijn. Ik liet me even gaan. Ik ben uitgeput. Ik slaap slecht sinds de dood van Sy. Sinds jij aanbelde. Ik ben bang. Ik word wakker en de zon schijnt en ik geeuw en rek me uit – en ineens overvalt de angst me. Ik zit opgesloten in een nachtmerrie en het zonlicht kan me niet bereiken. En jij: ik kan niets met mijn herinnering aan jou en mijn angst voor jou. Het is heel moeilijk om hier in jouw huis te zijn.'

'Ik begrijp het en ik wil alleen maar zeggen dat...'

'Ik wil er niet meer over praten.'

'Kan ik niet...'

'Nee, alsjeblieft niet.'

Het begon donker te worden. Ik wist dat ik Lynne moest bellen. Ik liep naar de keuken, maar in plaats van de telefoon te pakken, deed ik brokken voor Moose in een schaaltje en zette water voor haar neer. Ik haalde de maaltijden uit de oven, legde die op borden en nam ze met vorken en servetten mee naar Bonnie's kamer. Ik dacht dat ze nee, dank je, ik kan geen hap door mijn keel krijgen, zou zeggen, maar tegen de tijd dat ik terug was met de cola, had ze al een drumstick en de helft van de puree en maïs op.

Ik zat met een vleugel in mijn handen alsof ik geen flauw idee had wat ik ermee moest doen en bedacht dat er ongeveer een miljoen onderwerpen waren waarover ik met die vrouw wilde praten: welke teams ze goedvond, al had ik een angstig vermoeden dat ze een aanhangster van de Mets was; wat mormonen nou precies waren; of ze las over dingen als Oost-Europa of de nationale schuld in de krant of alleen maar artikelen over het behoud van de moerassen; wat haar favoriete traject was om te lopen; hoe ze haar knie had geblesseerd; of ze alleen maar van John Wayne en Katharine Hepburn en dat soort films hield of dat ze ook weleens naar een goede griezelfilm keek; of ze in God geloofde en of ze zich schuldig voelde over haar abortus of dat ze er alleen maar spijt van had; of het alleen maar om seks was gegaan of dat ze in de loop van die nacht verliefd op me was geworden.

Wat ik haar vroeg, was: 'Wanneer ging je weer met Sy naar bed?'

'Die laatste week.'

'Waarom?'

'Waarom?'

'Wat zat er achter? Hoopte je dat als je met hem naar bed ging, hij je film zou maken?'

'Weet je,' zei ze en pakte nog een servetje, 'er is zo'n oud mopje uit de show-business: een bloedmooie, getalenteerde actrice loopt het kantoor van een producent binnen en zegt: "Ik wil die rol. Ik wil alles, maar dan ook alles doen voor die rol." Ze gaat op haar knieën zitten en zegt: "Ik ga je pijpen zoals je nog nooit eerder hebt meegemaakt." En die producent kijkt naar haar en zegt: "Ja, maar wat schiet ik daarmee op?"' Bonnie veegde de broodkruimels van haar handen. 'Dus wat schoot Sy ermee op? Niets. Er was niets dat ik voor hem kon doen dat ertoe zou leiden dat hij iets zou doen dat hij niet wilde.'

'Maar hoe kon je dan met zo'n zak naar bed gaan? Oké, je mocht het huis van hem houden, maar verder liet hij je platzak achter. Hij liet je een abortus ondergaan...'

Ze onderbrak me. 'Niemand hield een pistool tegen mijn hoofd.'

'Misschien niet, maar hij gaf je wel een druiper. En afgezien van het feit dat het een absoluut bewijs was van zijn overspel, ontnam hij je de kans op iets dat je het allerliefst wilde.'

Ik had haar gevoeligste plek geraakt. Ze kromp niet ineen; ze stond rechtop met het bord in haar hand. 'Zal ik dit eens naar de keuken brengen?' Haar stem klonk onnatuurlijk hoog alsof ze zich te ver uitrekte.

'Nee. Ik heb geen gordijnen of zoiets voor de ramen. Ik kan niet het risico lopen dat je wordt gezien. Ik breng ze straks wel weg.' Ik nam het bord uit haar handen en zette het op de grond. 'Je wordt hier stapelgek van, hè?'

'Ja,' zei ze zachtjes.

'Kom mee.'

Ik wierp haar de zak met haar gympjes toe. Ze trok ze aan. Toen deed ik het licht uit, nam haar bij de arm en leidde haar de slaapkamer uit, de woonkamer door en via de achterdeur het huis uit. Het was bijna donker; de hemel die al bezaaid was met sterren was egaal blauw. Donkerblauw, net als mijn Jag. Ik zette haar op het trapje neer en mompelde: 'Zachtjes praten.'

'Ben je niet bang voor nachtelijke boeren? Misschien zijn ze wel aan het ploegen, daar langs die bosjes en dan kunnen ze ons horen.'

'Ik ben altijd bang voor nachtelijke boeren. Of een vriend die langskomt. Dus wat wil je? Hier zitten of terug naar binnen?' Bij wijze van antwoord leunde ze tegen de deurpost en inhaleerde diep. Wat ze ook had gehad in de bergen, dit moest beter zijn. De frisse, zoute zeelucht, de geur van dennen, de zware lucht van de aarde. 'Nog meer vragen, Bonnie.'

'Goed.'

'Waarom ging je met Sy naar bed na alles wat hij je had aangedaan?' Ze gaf geen antwoord; ik denk dat ze met haar gedachten nog bij de baby was die ze had verloren. 'Toe.' Ik gaf haar een zetje. 'Je komt op mij niet over als zo'n masochistische meid die zich laat gebruiken. Jij lijkt je meer aan mannenregels dan aan vrouwenregels te houden. Je hebt plezier, zegt dankjewel en dat is alles. Je wordt de volgende ochtend niet wakker met een rotgevoel; jij wordt wakker en zegt tegen jezelf: "Hé, ik heb geneukt. Dat was lekker. Goed voor mijn verstopte neus." En dat is dat.'

'Dat is nooit dat.'

'Maar het is toch niet ver bezijden de waarheid? Je zegt niet: "O Jezus, help me. Ik haat mezelf."'

'Mensen van mijn geloofsovertuiging zeggen over het algemeen niet: "O Jezus."'

'Je weet best wat ik bedoel.'

'Ben ik het soort vrouw dat met iedereen naar bed gaat om zichzelf te verlagen? Nee. Ik ga – ging – met iedereen naar bed vanwege de seks. Soms om iemand bij me te hebben.'

'Wil je dan mijn vraag beantwoorden?'

'Ik ging met Sy naar bed omdat hij er was, een echt, levend mens dat me kende. Hij kwam naar mijn huis om samen met mij zijn memo door te nemen en we kregen het over de vrouw van mijn broer Jim voor wie Sy altijd een zwak heeft gehad en over de bypass-operatie van zijn oom Charlie en over de film die hij na *Starry Night* wilde gaan maken.' Over sterren gesproken. De nacht was zo helder dat de sterren geen kille lichtjes in de verte waren, maar schitterende vonkjes warmte: Hé! Hallo! Wat hebben we een mooi heelal, zeg!

'Toen Sy de kannen op de schoorsteenmantel zag staan, begon hij over de reis naar Maine die we samen hadden gemaakt en waar we een paar van die dingen hadden gekocht. Het was zo leuk – een herinnering die we deelden. Wat verder nog? Hij zei dat mijn scenario er niet uitzag en hij kon bijna niet geloven dat ik nog steeds een schrijfmachine gebruikte en hij liep naar de telefoon en belde zijn assistent die hij de opdracht gaf een computer met printer voor me te bestellen.' Ik moest eraan denken Easton ernaar te vragen. 'Eens kijken. Hij nam bloemen voor me mee. Dus denk ik dat je je nu afvraagt of ik mezelf verkocht voor een computer en een bos bloemen. Ja, gedeeltelijk. Sy stormt je leven binnen en neemt meteen het heft in handen. Ik kan je verzekeren dat het heel verleidelijk is wanneer iemand voor je komt zorgen: iemand die je voorraad in de koelkast aanvult, die elektronische speeltjes voor je koopt, die je haar borstelt, die vraagt of je een leuke dag hebt gehad. Dus dat was het ene deel. En het andere was dat ik met hem naar bed ging omdat ik me zo...zo onbemind voelde dat ik het niet meer kon verdragen.' Voor ik iets kon zeggen, voegde ze eraan toe: 'En vraag me niet of ik echt dacht dat hij van me hield want we weten allebei het antwoord daarop.'

'Waarom jij? Kijk, ik wil niet rot doen, maar hij woonde samen met Lindsay Keefe.'

'Ik ben meer sexy dan Lindsay Keefe.' Het was geen valse onbescheidenheid. Ze zei het heel nuchter. Ze meende het. Toen strekte ze haar benen en ging weer rekoefeningen doen. Ze kon niet stilzitten; ze was veel te energiek. Hoe ze twee uur lang naar een film kon kijken was me een raadsel. Het leek me zo'n donkere, gezapige bezigheid voor iemand die zo van het daglicht en het buitenleven hield. 'Het ging voor Sy niet alleen om seks,' legde ze uit. 'Hij naaide mij letterlijk om Lindsay figuurlijk te naaien. Hij was altijd zoveel gelukkiger wanneer hij iemand bedroog. Op de een of andere manier koesterden zijn vrouwen altijd argwaan en hij vond het heerlijk dat ze om hem vochten. Hij genoot ook van hun bezorgdheid. En van het stiekeme gedoe. Maar met Lindsay was het meer dan zijn gebruikelijke ontrouw. Hij was woest op haar.'

'Waarom? Omdat ze niet goed was in de film?'

'Ja. Omdat ze niet goed was en ook haar best niet deed. Zie je, Sy had er zijn eigen geld, geld van de bank en geld van een paar vrienden ingestopt. Het was echt een risico. Hij wist dat dit soort romantische avonturenfilm het niet zo geweldig doet tenzij die iets bijzonders heeft. Maar hij had het gevoel dat het scenario van *Starry Night* dat in zich had. Ondanks Sy's gelul geloofde hij echt in wat hij deed.'

Ik herinnerde me dat Germy het scenario goedvond. 'Heb je het gelezen?'

'Ja. Het was fantastisch. Maar Sy had een kassucces nodig en glanzende kritieken: "Een Amerikaanse klassieker! Komt dat zien!" En Lindsay Keefe moest daarvoor zorgen. Zij is een ster. Vooral mannen zijn dol op haar. Maar wat belangrijker is, ze heeft een paar kwaliteitsfilms gemaakt. De critici nemen haar serieus. En Sy wist ook dat *Starry Night* met de verkeerde sterren, acteurs met een beperkte emotionele uitstraling weer gewoon zo'n jaren-vijftig film over rijke avonturiers aan de Rivièra zou worden, maar dan zich afspelend in de Hamptons en New York. Maar met acteurs die onschuld en zachtheid onder een laag van elegantie konden laten zien, die hun tekst echt goed uit hun mond konden krijgen – want de dialoog is zo goed – zou hij een topper zowel bij het grote publiek als bij de critici hebben gehad. Hij was al een eind; van wat hij vertelde was Nick Monteleone geknipt voor zijn rol. Charmant zonder te veel Cary Grant te zijn; hij was mannelijk, opwindend. Maar Lindsay verpestte het gewoon. Ze wandelde door de rol heen alsof hij te min voor haar was en daarmee toonde ze minachting voor Sy's oordeel en voor Sy. En dat deed je hem niet aan, niet als je bij je volle verstand was. Dat kon absoluut niet. Echt hoor, hij had haar kunnen vermoorden.'

'Waarom schopte hij haar niet zijn huis uit? En ontsloeg hij haar?'

'Nou, hij was niet van plan haar te ontslaan voor hij een vervangster had en dat zou heel duur worden. Lindsay had een "pay or play"-contract, wat inhoudt dat ze moest worden betaald of ze de film nu maakte of niet. Maar hij keek uit naar iemand anders. Daarom zou hij naar Los Angeles gaan. En wat betreft haar zijn huis uitschoppen: hij was in de eerste plaats slim. Als hij om de een of andere reden geen overeenkomst kon sluiten met een andere actrice, zou hij aan Lindsay vastzitten en zolang ze ten minste nog met hem samenwoonde en met hem naar bed ging en cadeaus ter waarde van tienduizend dollar van hem kreeg, zou ze min of meer handelbaar zijn. Als hij haar de bons gaf, zou ze openlijk vijandig zijn in plaats van die passief-agressieve show die ze aan het opvoeren was.'

'Denk je dat Lindsay wist dat Sy jou regelmatig zag?'

'Mij in het bijzonder? Nee. Maar iemand anders? Absoluut. Niet dat Sy me dat vertelde, maar hij belde haar stacaravan vanuit mijn huis; ze hebben van die draadloze telefoons. Dan nam ze op en vroeg hem waarschijnlijk waar hij uithing, want dan was het eerst een tijdje stil en dan zei hij: "O eh...eh...ik zit te lunchen met een eh...oude studievriend van me, eh...Bob, ik ben hem net tegengekomen. We zitten in een of ander gat." En dan vroeg ze waar en dan was het weer een tijdje stil en dan zei hij: "Eh...eh...Water Mill." Hij loog, maar hij liet haar wel weten dat hij loog.'

'Heb je ooit van Sy het idee gekregen dat Lindsay zelf iemand anders had?' Bonnie glimlachte en schudde haar hoofd alsof die mogelijkheid ondenkbaar was. 'Waarom niet? Was hij zo geweldig in bed dat ze niet anders zou willen?' Ik moet toegeven dat dit niet echt een politievraag was. Ik wilde het gewoon weten.

Misschien wist ze dat ik het wilde weten. Maar ze wilde het me niet vertellen. 'Dat heeft er niets mee te maken.'

'Jawel. Ik moet alles over hem weten. Ik moet weten hoe hij zich naar andere mensen toe gedroeg, naar vrouwen. Het is belangrijk dat ik weet hoe hij zich tegenover Lindsay gedroeg. Waarom ben je er zo zeker van dat zij niet van plan was eruit te stappen?'

'Omdat Sy iedereen kon bevredigen.' Ze ging rechtop zitten en keek me recht in de ogen; ze probeerde onverschillig te doen, klinisch over te komen als een vrouw in een witte jas op t.v. die doucheschuim verkoopt. Als ze een bril had gedragen, had ze die nu afgezet en oprecht gekeken. 'Sy kon zich bijzonder goed aan iedere vrouw aanpassen. Hij kon zijn wat ze maar wilden. Nou ja, hij kon geen 1 meter 88 zijn met een geval van hier tot Philadelphia. Maar hij kon smerige taal uitslaan of juist romantische. Hij kon een beest zijn, maar ook een Fred Astaire bij jouw Ginger Rogers. Geen echte hartstocht of echte warmte – daar was hij niet toe in staat. Maar hij kon een sensationeel beest zijn. Een fantastische Fred Astaire. Of wat je ook maar wilde.'

Moose kwam naar de deur en begon te blaffen. Ze wilde met ons meepraten. Ik kon niet het risico nemen dat ze naar buiten zou lopen en dat de honden van de buren zouden beginnen te blaffen in het donker. Dus gingen we weer naar binnen, terug naar de ananaskamer. Ik deed het licht aan en we gingen weer op onze oude plekjes zitten. Maar omdat we steeds beter met elkaar overweg konden, besloot ik dat het veilig was om mijn voeten op het bed te leggen. 'En als ik je nu eens vertelde dat Lindsay met Victor Santana scharrelde?' vroeg ik.

'Nee!'

'Nou?'

'Dan zou ik zeggen...' Bonnie dacht heel even na. Door de frisse lucht zag ze er wakkerder uit en kon ze beter nadenken. 'Misschien zou het haar zijn gelukt. En weet je waarom? Omdat Sy het nooit zou geloven.' Ze trok haar knieën op en sloeg haar armen om haar benen. 'Maar als hij het zou geloven, zou dat het einde voor haar betekenen.

Hij was zo wraakzuchtig. Als iemand – een agent, een studiobaas – hem tegenwerkte, kwam hij op Sy's lijstje te staan. Serieus, hij had zo'n lijst in zijn hoofd, inclusief een Top Tien, die steeds veranderde. Als hij kans zag iemand op die lijst – het gaf niet op welke plaats hij stond – af te maken, deed hij dat. En wanneer je eenmaal op die lijst stond, kwam je er ook nooit meer af.'

Ik kon de gedachte dat Sy's wraakzucht iets te betekenen had, niet van me afschudden. Misschien had hij Lindsay aangesproken op haar slechte acteren. Of misschien was hij erachter gekomen dat ze iets had met Santana. Misschien voelde ze aan dat hij op het punt stond haar schade te berokkenen: haar niet alleen ontslaan, maar haar hele carrière kapotmaken door iedereen te laten weten dat ze niet meer kon acteren. Zou ze hem daarom hebben vermoord? Het klonk logisch, dacht ik. Nee. Maar wel bijna.

Bonnie zei: 'Ik denk echt niet dat Sy het wist. Hij was helemaal niet in een bloeddorstige bui. Hij was heel optimistisch over zijn bezoek aan Los Angeles. En heel ontspannen. Hij had eigenlijk de vlucht van kwart over tien 's ochtends willen nemen, maar in plaats daarvan had hij besloten eerst nog naar de set te gaan om de mensen daar een hart onder de riem te steken, want het moreel was bepaald niet hoog. Toen belde hij me om te vragen of ik naar zijn huis wilde komen. Ik had het nooit eerder gezien. Hij gaf me een rondleiding. Hij wilde me: "Oo, wat mooi! O God!" horen zeggen.'

'Deed je dat ook?'

'Natuurlijk. Als je enthousiast over een huis gaat doen, was dit er wel een dat het verdiende.'

'Dus hij was redelijk ontspannen?'

'Ja. Hij zei dat hij alles had gedaan behalve juichen en met vlaggetjes zwaaien en toen hij wegging was de sfeer op de set al een stuk beter. Veel positiever. En wat zijn bezoek aan Los Angeles betrof, hij had kopieën van het scenario naar drie verschillende actrices gestuurd en hij zou de vlucht van zeven uur 's avonds nemen, vroeg naar bed gaan en de volgende dag met hen gaan ontbijten, lunchen en dineren. Hij zou een van hen dezelfde avond nog de rol aanbieden. Hij zei tegen me: "Het gaat momenteel niet zo best met *Starry*, maar let maar op. Ik kom er wel uit. Dit wordt mijn grootste film. Mijn beste."'

Ik zette mijn voeten op de grond en schoof de stoel dichter bij het bed: het was tijd voor een recht-voor-zijn-raap-gesprek. Ik begon te veel onder invloed van haar charme te raken. 'Vertel me eens waarom je Sy bedreigde?'

'Waar heb je het over?'

'Toe, Bonnie. Je ging hem op de set van *Starry Night* opzoeken. We hebben getuigen. Je zei: "Sy, je bent nu voor de laatste keer een hufter geweest."'

'Noem je dit een verhoor?' Als een bekakte trut van de Upper East Side.

'Krijg de klere, Bonnie!'

'Nee, krijg zelf de klere. Snap je dan helemaal niets van mensen? Neem Sy Spencer: mijn ex-man die iedere dag naar mijn huis komt, met me naar bed gaat, me vertelt hoe hij me heeft gemist, hoe ongelofelijk menselijk ik ben, dat er sinds ik wegging een leegte in zijn leven is ondanks al die andere vrouwen en dat hij begint te geloven dat hij een afschuwelijke vergissing heeft begaan. Afschuwelijk, zo noemde hij het. Natuurlijk wist ik wel dat het allemaal gelul was, maar hij zei dat hij wilde dat ik een keer naar de set zou komen zodat ik met eigen ogen kon zien wat hij aan het doen was. Dus ging ik. Oké, ik had misschien beter kunnen wachten op een officiële uitnodiging. Maar toen ik daar kwam, zei hij dat ik weg moest – waar iedereen bij stond. Ik was niet gekwetst. Ik was woedend. En het was de laatste keer dat hij zich als een hufter zou gedragen. Hij kwam later naar mijn huis toe en ik liet hem niet binnen. Punt uit. Het ga je goed.'

'Alleen was het niet punt uit.'

'Hij belde me ongeveer twee seconden later via zijn autotelefoon. Hij zei dat hij het zo verschrikkelijk vond. Hij legde uit dat als hij me op de set uitnodigde, iedereen zou denken dat we iets hadden met elkaar, omdat hij nooit iemand uitnodigde behalve belangrijke geldschieters. En hij kon het zich niet veroorloven dat Lindsay haar oog op mij zou laten vallen, want dan zou hij zichzelf verraden en dat kon nog niet. Dus moest hij me publiekelijk afwijzen. Natuurlijk bood hij me alle mogelijke excuses aan en bezwoer dat hij van haar af zou komen. Zodra ze weg was, kon ik hem opzoeken wanneer ik maar wilde. Hij zei dat hij trots op me was. Dat ik *Cowgirl* had gemaakt. Hij wilde me aan iedereen laten zien.' Ik zei niets. Dat hoefde ook niet. Ze gaf toe: 'Voor een man van de wereld was het zo'n sufferd. Zelfs als je hem dolgraag wilde geloven, kon je het niet.'

Het begon buiten eindelijk af te koelen. Het eerste avondbriesje kwam door het open raam naar binnen. Het rolgordijn begon te wapperen en Bonnie rilde. 'Zal ik een sweatshirt of zo voor je pakken?'

'Nee, dank je. Dat is niet nodig.'

Ik had haar graag in mijn oude sweatshirt van de universiteit willen zien. Ik had haar handen in de mijne willen nemen en ze warm wrijven. Waar het op neerkwam was dat ik haar graag om me heen had. Ondanks de idiote omstandigheden, ondanks de woede die we zo nu en dan tegenover elkaar voelden, was ik zo op mijn gemak. Er was zoveel dat ik geweldig aan haar vond: van het feit dat ze geen grapjes over cholesterol maakte toen ik haar de kant-en-klaarmaaltijd gaf tot aan haar moed tot aan haar prachtige glanzende haar. Maar het mooiste was, besefte ik, dat ik, ondanks dat ik van haar gezelschap genoot, over mijn obsessie voor haar heen was.

Het kwam misschien doordat ik me herinnerde wat er tussen ons was gebeurd, dat de betovering was verbroken. Ik kon haar nu in een hoedendoos van een kamer, dertig centimeter bij haar vandaan, verhoren en me gedragen als een echte politieman. Haar macht was verdwenen. Ik kon me ontspannen zonder te fantaseren dat ik haar kuste. Of haar lippen likte en mijn tong in haar mond stopte. Ik was over die hobbel heen. Nou, dacht ik, dat werd tijd ook.

Tijdens dat korte ogenblik waarin ik mezelf op de borst sloeg, keek ik niet langer naar haar mond. Als het rolgordijn niet neergelaten was, zou ik uit het raam hebben gekeken, zou ik achterover zijn gaan leunen en zou ik naar de wassende maan hebben gekeken. Maar omdat er geen sterrenhemel was om te bewonderen, keek ik naar iets anders en zag hoe strak het nylonbroekje tussen haar benen zat.

Als we figuren in een porno-strip waren geweest, had de God van de Hartstocht op dat moment een bliksemschicht naar beneden gesmeten; die zou als een flits door het luchtruim zijn geschoten en zich hebben opgesplitst in twee vuurpijlen die ons tegelijkertijd in de schaamstreek raakten.

Juist toen mijn ademhaling sneller werd, greep Bonnie het kussen achter haar en legde het in haar schoot. Het was een heel onbewust gebaar van zelfbescherming. Maar zonder het te beseffen begon ze aan de rand van het kussen te frunniken en wreef met haar duim over de uitstekende hoek. O God, dacht ik, dat zou ze nu met mij kunnen doen. Ik raakte steeds meer opgewonden. Ik kon de zachte druk van haar duim bijna voelen.

Ik probeerde me Lynne voor te stellen als een tovermiddel tegen wat er gebeurde. Kastanjebruin haar, zei ik tegen mezelf, en grote bruine ogen, een prachtige huid. Die slanke taille, die geweldige, lange benen. Maar ik kon van al die onderdelen geen totaalbeeld maken. Ik kon Bonnie's betovering niet verbreken.

Maar zij kon het wel. Of ze besefte ineens wat ze aan het doen was of ze voelde eenvoudigweg de temperatuurverandering in de kamer want ze legde het kussen weer in haar rug. 'Wat wil je verder nog weten?' vroeg ze op een vrolijke, zakelijke toon.

'Waarom loog je tegen me?'

'Bedoel je toen je voor de eerste keer bij me aan de deur kwam?'

'Ik kwam binnen en stelde je een simpele vraag: wanneer heb je Sy voor het laatst gezien? Je zei dat je het niet zeker wist, maar dat je dacht een paar dagen geleden op de set. Ik vroeg wanneer je hem daarvoor had gezien en toen deed je een beetje vaag, maar je dacht dat het ongeveer een week daarvoor was geweest toen hij je een rondleiding door het huis gaf. Je zei dat je hem niet vaak had gezien.'

'Jij hebt een goed geheugen!'

Als ik naar haar keek, zou ik haar kruis zien of haar borsten of het putje van haar sleutelbeen waar de hals van haar veelgewassen t-shirt lubberde. Dus keek ik langs haar heen en concentreerde me op het patroon van dat lullige houten hoofdeinde. 'Ik vroeg of Sy je thuis had opgezocht. En weer deed je vaag, maar toen zei je dat hij misschien weleens een keer was langsgekomen. Zomaar. Als twee oude makkers die samen aan een scenario werkten. Dus wat ik nu wil weten is of je een alibi in elkaar had gedraaid voor ik op de stoep stond? Of improviseerde je maar wat?'

'Ga je me nu niet een van je waarschuwingen geven? Je weet wel: "Als je me nu niet de waarheid vertelt, ram ik je kop open." '

'Nee. Het is: "Dan ram ik je rotkop open." Nou, kunnen we nu verder?'

'Wat is er toch?'

Alleen omdat ik een heftig oogcontact heb met een hoofdeinde, denk je dat er iets is? 'Er is helemaal niets. Ik vroeg je wat. Ik zit op je antwoord te wachten.'

'Ik had een alibi, maar ik improviseerde ook een beetje.' Ze haalde diep adem. 'Nadat Sy me had gebeld, reed ik naar zijn huis. Hij liet me het huis zien en – verrassing – we kwamen in bed terecht.'

'Ja, verrassing.' Ik zag het helemaal voor me: hij met zijn arm om haar heen terwijl ze van kamer naar kamer liepen en zonder het te zeggen laten merken dat het allemaal weer van haar kon worden. Ik zag zijn hand op haar billen terwijl hij haar de logeerkamer binnenleidde en de deur achter zich dichttrok. 'Wanneer begonnen jullie met neuken en wanneer waren jullie klaar?'

Ze snauwde: 'Waarom vraag je me niet meteen wat we deden en of het lekker was?'

'Hou je mond toch. Je moet één ding goed begrijpen: je bent hier om te werken. Ik heb je niet meegenomen omdat ik zo geniet van je gezelschap of omdat ik alles over je seksleven wil horen.'

Opgekropte lustgevoelens doen wonderen voor het humeur. 'Nou, van hoe laat tot hoe laat?'

'Van ongeveer één uur tot half drie. Wil je ook nog weten of ik het lekker vond?'

'Ik ben ervan overtuigd dat het altijd lekker is voor jou, schat. Anders zou je het niet zo vaak doen.'

Nou ja, ik had het gezegd om haar te kwetsen. En dat was me gelukt. Niets werkt beter dan een grove belediging om de macht die een vrouw over je heeft te breken en om haar aan het huilen te maken. Het doet wonderen. 'Dat was nergens voor nodig.' Haar stem trilde; ze moest haar best doen om terug te vechten.

'Heeft iemand je gezien toen je bij Sy was?'

'Mevrouw Robertson, de kokkin,' zei ze tegen de groene deken.

'Heb je nog met haar gepraat?'

'Ja. Sy ging nog even naar Californië bellen om te horen of alle afspraken waren gemaakt. Toen hebben we gepraat.'

'Waarover?'

'Over onze families. Over Sy's familie. De tweede zomer dat we getrouwd waren begon ze voor ons te werken. Ik had haar sinds de scheiding niet meer gezien.'

'Was dat voor of nadat je werd geneukt?'

'Praat niet zo tegen me.'

'Ervoor of erna? Schiet op, Bonnie. Er is een tijdbom aan het tikken. Robby Kurz is naar je op zoek.'

'Ervoor.'

'Dus je praatte met mevrouw Robertson, ging naar boven en had gemeenschap... Is dat beter?' Ze gaf geen antwoord. Op dat moment zag ik Sy weer voor me met dat korte grijze haar; ik zag hoe hij op haar lag, haar streelde en kneep. 'En daarna? Schiet op. Hebben jullie nog gepraat?'

'Alleen over de drie actrices met wie hij een afspraak had. Wie ik dacht dat het meest geschikt zou zijn voor de rol en waarom. Hij zei dat hij me vanuit Los Angeles zou bellen en verslag uit zou brengen.'

'Is dat alles?'

'Zo'n beetje.'

'Wat verder nog?'

'Hij zei dat hij van me hield.'

'Geloofde je hem?'

'Ik geloofde dat hij het op dat moment geloofde.'

'Geloofde je hem?'

'Nee.'

'Enig teken dat hij onder druk stond?'

'Nee. Hij leek echt veel meer ontspannen dan hij er de afgelopen weken had uitgezien.'

'Dus jullie kusten elkaar gedag en toen?'

'Ik denk dat hij ging douchen en daarna inpakken. Ik ging naar beneden om mevrouw Robertson gedag te zeggen, maar ze was niet in de keuken. Dus ging ik naar huis.'

'Heb je Sy nog gesproken?'

'Nee. Even later stond ik hier in de tuin dahlia's te plukken. De telefoon ging en het was mevrouw Robertson die me vertelde wat er was gebeurd en dat de politie er was. Ik was gewoon...ik weet het niet. Het drong gewoon niet tot me door wat ze me vertelde: het was net een dialoog die op de een of andere manier niet klopte. Toen zei mevrouw Robertson: "Ze hebben me gevraagd of er iemand bij hem was en ik heb nee gezegd. Wat niet weet wat niet deert, dus hou je mond erover." En ik bedankte haar.'

'Nou, daar heeft ze je wel mee geholpen.'

'Ze bedoelde het goed. Ze krijgt er toch geen moeilijkheden mee, hè?

Alsof ik de moeder van Mark Robertson zou arresteren, haar deegrol in beslag zou nemen en haar in een kooi met allemaal hoeren en crack-dealers zou gooien. Maar ik zei alleen maar tegen Bonnie: 'Ga door.'

'Ik was te veel overstuur om te huilen. Ik zette het nieuws aan. En toen begon ik te denken: als de politie me nu gaat verhoren? Ik weet hoe de politie werkt. Ik ben de aangewezen verdachte: de ex-vrouw. Ik ging er niet voor zitten om een verhaal in elkaar te draaien, maar die nacht – ik kon niet slapen – realiseerde ik me dat er overal in zijn huis vingerafdrukken van me waren en die van hem in mijn huis, dus daar mocht ik niet over liegen. En ik zou ook zeggen dat ik op de set was geweest, al wist ik toen nog niet dat iemand had gehoord dat ik hem had afgebekt.'

'Dus je besloot de waarheid te vertellen en een beetje te goochelen met de details.'

'Ja, precies. Ik dacht dat het verstandig van me was om niet te vertellen dat ik met hem naar bed was geweest en dat ik zo wat vervelende vragen kon vermijden. Maar ik wist niet zeker of ik nu moest zeggen dat ik die middag in zijn huis was geweest. Er was geen reden om het niet toe te geven: ik had bepaald geen motief om hem te vermoorden; ik zou niet verdacht zijn. Maar Marian Robertson had al gezegd dat ik er niet was, dus dacht ik: nou, in het ergste geval zeg ik de waarheid en anders hou ik mijn mond – zowel voor mij als voor haar.'

'Maar toen kwam het ergste geval en je vertelde de waarheid niet.'

Bonnie stond op, trok het rolgordijn een eindje van het raam en keek naar buiten. 'Ik deed de volgende ochtend de deur open en...' Ze draaide zich om, ging met haar rug tegen de muur staan en keek me aan. 'Laat me alsjeblieft uitspreken. Dit wordt heel moeilijk voor me.' Ik knikte. 'Ik heb alleen maar die ene nacht met je doorgebracht, maar het betekende heel veel voor me. Nou, dat is zacht uitgedrukt. Ik werd verliefd op je. Toen je me niet belde, probeerde ik jou te bellen. Je hebt een geheim nummer thuis. En ik heb vier keer op je werk gevraagd of ze mijn naam aan je door wilde geven. Ik nam aan dat rechercheurs van Moordzaken wel vaker telefoontjes krijgen en dat ze terugbellen of...niet.

Het deed verschrikkelijk veel pijn en ik schaamde me diep. Het duurde heel lang voor ik er overheen was. Maar het is me gelukt.

En toen stond je ineens, vijf jaar later, bij me op de stoep. Eerst herkende ik je niet of misschien kon ik het gewoon niet geloven en toen...ik was zo blij! Ik bedoel, Sy was de nacht daarvoor vermoord en dat was afschuwelijk. Ik had een goede vriend verloren of in ieder geval een ex-man, een minnaar, een producent. Maar het enige waaraan ik kon denken was: Stephen is terug! Maar in plaats van enige ... genegenheid te tonen liet je me je penning zien. Plotseling drong het tot me door wat je kwam doen. En je was zo formeel. Dus hield ik me in. Ik bedacht dat jij je net zo opgelaten moest voelen als ik. Maar het gekke was dat je je helemaal niet opgelaten leek te voelen. Je was zakelijk, maar vriendelijk. Zo nu en dan zag ik even een flits van de man die ik die nacht had gekend. Je hebt een geweldige glimlach en je weet hem te gebruiken. En ik...'

Ze draaide zich weer om naar het raam. Ik hield mijn mond omdat ze me dat had gevraagd en omdat ik niet wist wat ik moest zeggen. 'Ik hoopte dat je me terug wilde. Ik wilde een goede indruk op je maken; ik wilde niet dat je me een slet vond.'

'Dat ben je niet.' Ik wilde dat ze zich weer zou omdraaien, maar ze bleef met haar gezicht naar het raam staan.

'Ik ben aan de beurt. Dat vond je goed. Gegeven: Je hebt me in een kroeg opgepikt. Ik probeerde je te versieren; dat deed ik niet bepaald subtiel en dat is nog zwak uitgedrukt. Gegeven: Ik nam je mee naar mijn huis en – om jouw terminologie te gebruiken – werd geneukt voor ik wist wat je voor de kost deed. Gegeven: Ik wist niet eens je achternaam. Daar kwam ik pas achter toen je mij je penning liet zien. Maar dat deed er allemaal niet toe. Ik wist dat jij de ware was. Het was een wonder – en dat werd mij zomaar in de schoot geworpen. Dus liet ik mezelf gaan. Ik gaf alles wat ik had. Waarom moest ik me inhouden? Het kwam geen ogenblik bij me op dat jij niet hetzelfde voelde, dat jij niet net zo blij was als ik met wat ons overkwam, want het was gewoon magisch. Jij vond dat ook.

Maar vijf jaar later was ik gewoon een vrouw die...jou had betast in een kroeg en die niet kon wachten je mee naar huis te nemen. Toen vroeg je me wanneer ik Sy voor het laatst had gezien. Ik wilde niet zeggen: "O, gistermiddag nog, in zijn bed." Want ik wilde je niet de indruk geven dat ik nog steeds gemakkelijk met iemand het bed indook, dat ik minder dan vierentwintig uur daarvoor nog uit de kleren was gegaan voor een man die met een andere vrouw samenwoonde: Lindsay Keefe, een wereldberoemde schoonheid. Je zou denken dat ik niet meer was dan een vluggertje; ik wist dat je zou aannemen dat ik niet meer voor Sy betekende dan ik voor jou had betekend, voor welke man dan ook: nul komma nul.

Ik denk dat ik gewoon wilde dat je zou denken dat ik zedig leefde. Ik wilde dat je me respecteerde en dat je zou denken dat ik alleen maar zo vrij met jou was geweest omdat we iets bijzonders hadden en niet omdat ik een slet was die het met iedereen deed. Nou ja, dat is niet helemaal waar. Ik weet niet met hoeveel mannen ik naar bed ben geweest: dertig, veertig, misschien meer.' Ik herinner me dat ik de zieleknijper in South Oaks vertelde dat het aantal vrouwen dat ik had gehad, tot in de honderdtallen liep, maar ik wist niet meer of het er tweehonderd of vijfhonderd waren geweest. Tijdens de zomers van de jaren zeventig en het grootste deel van de jaren tachtig trok ik neukend van Hampton Bays naar Montauk. Bonnie zei: 'Je wist dat ik van seks hield of wat dan ook. Je wist dat ik een verleden had. Maar ik dacht: ik krijg een nieuwe kans. Misschien leert hij in te zien dat wat er tussen ons was gebeurd, uniek was.'

Eindelijk draaide ze zich om. Ze was zo moe; haar gezicht was opgezet van vermoeidheid. Ik dacht: ze is oud en dat kun je nu zien. Lynne is zo jong.

'Weet je,' vervolgde Bonnie, 'je hebt me nooit gevraagd wat ik voor de kost deed. Die ochtend dat je me kwam verhoren en ik kon vertellen dat ik met Sy samenwerkte, was ik zo blij. Want ik wilde indruk op je maken. Ik wilde dat je zou denken: jeetje, ze is scenarioschrijfster. Ze is geen slet; ze is een interessante vrouw. Een goede vrouw. Ze is heel wat waard.' Bonnie stond kaarsrecht. 'Ik wilde een vrouw zijn van wie je kon houden. En daarom loog ik tegen je.'

Door een windstoot begon het rolgordijn te wapperen en klapte tegen de vensterbank. Bonnie schrok alsof het een pistoolschot was. Ik stond op en zei: 'Ik realiseer me dat ik je heel ongelukkig heb gemaakt. Het spijt me.'

Ze liep bij het raam weg en ging tegenover me staan, zo dichtbij dat ze, ondanks haar lengte, haar hoofd achterover moest houden om mij recht in de ogen te kunnen kijken. 'Wat denk je hiervan?' stelde ze voor. 'Als je in plaats van je te verontschuldigen me nu eens wat fatsoenlijker zou behandelen? Hou op met je geklets over mijn seksuele avonturen alsof ik de Hoer van Bridgehampton ben en jij een achterlijke boer die in de rij staat voor een groepsverkrachting. Ik ben een mens en ik heb enorme problemen. Als je me wilt helpen, zou je het dan op een iets mildere manier willen doen?'

'Goed,' zei ik. De wind begon fris te worden. Ik had het koud. 'Het spijt me.'

'Bedankt.'

Bonnie had kippevel op haar armen en benen. Ik liep naar mijn slaapkamer om een trui en nog wat andere dingen voor haar te halen. Moose liep met me mee. Ik probeerde een paar sokken in haar bek te stoppen zodat ze ze als een retriever naar Bonnie kon brengen. Dat leek me leuk. Maar Moose snapte het niet; ze liet de sokken uit haar bek vallen en wierp me een gekwetste blik toe alsof ik haar opzettelijk had laten denken dat ze een Big Mac zou krijgen.

Toen ik het licht uit wilde doen, zag ik het rode lampje van mijn antwoordapparaat flikkeren. Twee boodschappen. Te luid: ik zette het geluid zachter. Er was er een van Germy die zei dat hij gemakkelijk aan kaartjes voor de Yankees kon komen. Ze waren op tournee en speelden nu in Detroit, maar of ik zin had om te gaan wanneer ze weer terug waren? En Lynne: 'Hoi. Ik hou van je en ik denk aan je. Lieverd, ik weet hoe druk je het hebt, maar zou je me even kunnen terugbellen? Ik moet mijn moeder vertellen of we kip gevuld met rijst of rosbief op de receptie willen hebben. Je zal wel zeggen dat ik het maar moet beslissen, maar ik wil zo graag dat je je er een beetje bij betrokken voelt.'

Ik belde het hoofdbureau en kreeg Carbone aan de lijn. Hij zei dat ze nog geen spoor van Bonnie hadden. Ik zei dat ik haar ook nog niet had gevonden. Maar dat ik haar huis had doorzocht en dat het er niet naar uitzag dat ze overhaast was vertrokken of dat ze kleren had meegenomen. Dat ik dacht dat ze was uitgegaan en dat ze later zou terugkomen. Intussen had ik een lijst van al haar vrienden en kennissen en belde hen allemaal om te vragen of ze daar misschien was. Tot dusver had ik geen geluk gehad. Ik vroeg of Robby naar huis was gegaan en Carbone zei dat hij nog steeds op het bureau dossiers zat door te lezen.

Ik ging terug naar binnen en gaf Bonnie een trui en een paar sokken. Meestal zien vrouwen er lief uit wanneer ze je kleren aantrekken, met die veel te lange mouwen, maar zij zag er gewoon uit: mijn kleren pasten haar. Ze trok het elastiek van haar broekspijpen over de sokken. Ik zei: 'Er stonden een paar boodschappen op mijn antwoordapparaat. Kwamen ze binnen toen ik in jouw huis was?'

Ze pakte de gympjes die ik uit haar huis had meegenomen. 'Eentje.'

'Kon je het horen?' Ze knikte. Ik dacht aan Lynne's vrolijke 'Hoi, ik hou van je...' Ik voelde me rot voor Bonnie. 'Dus je weet dat ik iemand heb.'

'Ja.'

'Ik ga trouwen.'

'Gefeliciteerd.' Neutraal. Zonder kattigheid.

'Dank je. Ik heb echt met haar geboft. Ze is onderwijzeres aan een school voor speciaal onderwijs. Ze wil alles wat ik ook wil. Zekerheid. Een gezin. En ze is katholiek. Dat is belangrijk voor me.' Bonnie legde een dubbele knoop in haar gympjes. 'De laatste tijd – ik denk sinds de AA – voel ik de behoefte terug te gaan naar de Kerk. Om een plek te hebben om te bidden. En ook vanwege de rituelen, denk ik.'

Ik was aan het doordraven. Maar ik wilde haar vertellen dat ik voor het laatst naar de kerk was geweest toen ik acht was en dat de mis in het Latijn was. Ik vroeg me af hoe het zou zijn als je alles zou begrijpen, of je zou denken: is dat nou alles? en alle geloof kwijtraken. Daar maakte ik me een beetje zorgen over.

En ik wilde haar vertellen dat mijn moeder, toen ze met mijn vader trouwde, had beloofd eventuele kinderen katholiek op te voeden. Ze was zich bewust van haar verplichtingen. Ze zette me iedere week af bij de kinderdienst, maar na mijn eerste communie had ze tegen me gezegd: 'Steve, je bent nu een grote jongen. Als je naar Queen of waar dan ook wil, moet je voortaan maar op de fiets. Ik wil je wel brengen, maar ik ben de hele week al in de weer. Zondag is mijn rustdag.' Ik was iedere zondag vanaf mei tot direct na Kerstmis toen het begon te sneeuwen, gegaan. Het was zo'n koude winter; de wegen veranderden in ijsbanen. Na de dooi in het voorjaar ging ik niet meer terug.

Toen begon ik te glimlachen; ik had Bonnie zo goed leren kennen dat ik haar bijna kon horen: 'Je bent veertig. Hou eens op met je moeder de schuld te geven. Niemand hing een hangslot aan de kerkdeur.'

Maar ik wilde haar vertellen dat mijn moeder Easton helemaal niet had gestuurd. Ze had hem beschermd tegen het gevaarlijke Romeinse virus. Jaren later, toen hij zich ophield met die club in Southampton, hoorde ik hem door de telefoon zeggen dat zijn betovergrootvader bisschop van de Episcopale kerk van Long Island was geweest. Ik had geen idee of mijn moeder hem dat had verteld of dat hij het zelf had verzonnen, maar ik wist dat hij loog. Hoe kon je nu liegen over iets dat met God had te maken?

Ik was weer uit mijn nek aan het kletsen. 'Weet je, ik weet dat ik me belachelijk voel wanneer ik daar naar binnen ga om te biechten en ik moet bekennen dat het tweeëndertig jaar geleden is dat ik voor het laatst heb gebiecht. Maar toch wil ik het doen en Lynne is een echte steun voor me. Oké, ik zit niet te wachten op iemand die me bij de hand neemt en me meesleurt naar de pastoor, maar het is wel leuk dat de Kerk een onderdeel wordt van ons leven samen.' Bonnie keerde zich van me af, zette haar handen tegen de muur en leunde voorover om haar kuitspieren te rekken. Ik voelde me zo'n oen. Ik zat daar te kletsen als een domme koe die probeert indruk te maken op een man voor hij ervandoor kan gaan en ik kon niet ophouden. 'Lynne is veel jonger dan ik. Vierentwintig. Maar ze is heel degelijk. En heel mooi. Ze heeft lang donkerrood haar...'

'Rustig maar,' zei Bonnie terwijl ze met haar rekoefening bezig was. 'Ik ga je heus niet versieren.'

'Ik ben rustig,' zei ik terwijl ik mijn best deed zo te klinken. 'Ik dacht alleen dat het misschien geen kwaad kon als je wist hoe de zaken ervoor staan.'

'Ik weet dat je niet zit te wachten op een onvruchtbare joodse vrouw van vijfenveertig. Heus, ik weet wel dat ik niet zo begeerlijk ben. Maar aangezien je van plan bent terug te keren tot het geloof, wat op zich bewonderenswaardig is, wil je misschien je geweten eens nagaan wat de Grote Drie betreft. Zou je me dit alles hebben verteld als je niet had geweten dat ik je antwoordapparaat had gehoord?'

'Ik weet niet wat ik daarop moet zeggen.'

'Als ik het niet had gehoord, zou je dan geprobeerd hebben me te versieren?'

'Dat weet ik niet. Ik geloof dat er nog steeds een zekere aantrekkingskracht tussen ons bestaat.'

'Het is meer dan een zekere aantrekkingskracht.'

'Goed dan, het is meer. Veel meer. Ik kan alleen maar zeggen dat ik hoop dat ik de kracht heb ertegen te vechten. Maar nu ik je over Lynne heb verteld, voel ik me stukken beter. Veiliger, eerlijk gezegd. Jij niet?'

Bonnie lachte, een vrolijke, sprankelende lach. Ik zou het heerlijk hebben gevonden als het niet ten koste van mij was geweest. Ze zei: 'Nou, ik maakte me niet echt zorgen over mijn veiligheid. Maar ik ben blij dat we erover hebben gepraat. Ik ben blij voor je. Ik wens je het allerbeste.

En mezelf ook,' voegde ze er aan toe. 'Ik wil uit deze puinhoop zien te komen als het enigszins mogelijk is. Ik wil een toekomst.'

'Ik hoop dat je er een krijgt.'

'Nou, jij bent de rechercheur. Wat is de volgende stap?'

'Ik wil Lindsay's alibi natrekken. Het klinkt alsof ze de hele tijd voor de camera in East Hampton heeft gestaan, maar ik wil het zeker weten. Het schijnt dat je nogal vaak moet wachten wanneer er een film wordt gemaakt, klopt dat?' Ze knikte. 'Vertel me eens hoe dat zit.'

'Steeds wanneer ze vanuit een andere hoek willen filmen, moeten de lampen en de camera worden verplaatst. Het hangt er vanaf hoe ingewikkeld het shot is en als de mensen snel werken, kan het in twintig minuten zijn gebeurd, vooral als ze alleen maar een stukje naar voren gaan voor een close-up. Maar als ze moeten draaien, dus een tegengestelde hoek nemen, moeten alle lampen die op de achtergrond stonden, naar de voorgrond. Verder moeten schilderijen worden verhangen, meubilair moet worden verplaatst, dat soort dingen. Dan moet worden gecontroleerd of alles nog wel klopt; als er in de laatste scène een kleedje over de linkerarmleuning van een stoel hing, moet het er in de volgende scène weer precies zo hangen. Het kan wel een uur duren. Soms nog langer.'

'Ik wil erachter zien te komen of er sprake was van een dergelijke wachttijd die ongeveer veertig minuten duurde. Het kost je twintig minuten van de set naar Sandy Court en twintig minuten terug. Nou, wie kan het beste weten waar ze uithing? Haar impresario? Hij heet Eddie Pomerantz.'

Bonnie kende hem van naam. 'Hij loopt al eeuwen mee. Ik betwijfel of hij bij haar op de set was. Hij is een zakenman, een onderhandelaar, niet iemand die handjes vasthoudt. Het zou eerder een manager zijn of een persoonlijke assistent als ze een van haar eigen mensen bij zich had.'

'Nee, dat geloof ik niet.'

'Misschien zat ze bij een van de andere acteurs.'

'Nee. Van wat ik heb gezien en van wat Monteleone me vertelde was ze bij niemand geliefd. Ze is koud. Gemeen. Alsof iemand tegen haar heeft gezegd: "Oké, Lindsay, je hoeft je niet meer zoals alle andere mensen aan de normale gedragscode te houden." '

'Maar dat hoeft ze ook niet. Wanneer je een groot succes bent in de filmwereld, mag je je onfatsoenlijk gedragen. Dat weet je. Lindsay is een opgeblazen, saai en kwaadaardig mens. Maar ze kan acteren wanneer ze er zin in heeft en ze is mooi en ze heeft de mooiste borsten van de hele wereld. Mensen voelen zich gedwongen naar haar te kijken. Ze kunnen hun ogen niet van haar afhouden; ze is een echte ster. Dus zal ze zich niet hebben opgehouden met de andere acteurs. Dat zijn maar gewoon acteurs, geen sterren. En Santana: zelfs als hij haar vriendje is, heeft hij het tegen het eind van de middag veel te druk met problemen op de set om zich met haar te bemoeien.'

Ik dacht weer aan alle verslagen die ik had gelezen en aan alle verhoren die ik had afgenomen. 'Voorzover ik me kan herinneren was Santana de hele middag aan het doen wat regisseurs altijd doen. Er is zelfs geen aanwijzing dat hij even de tijd nam om naar de w.c. te gaan; hij was er de hele tijd. Dus wie kan er verder nog bij haar zijn geweest?'

'Een hoop sterren hebben een nauwe band met hun grimeurs en kappers. Zoals echte dames met hun kappers; het is een natuurlijke, vrijblijvende intimiteit. Misschien waren zij met haar bezig.'

'Het is de bedoeling dat we door Lindsay's alibi heen prikken, we hoeven het niet te versterken.'

'Het is de bedoeling dat we achter de waarheid komen. In ieder geval zal de grimeur wel weten of Lindsay vrienden had op de set. Wat betreft buiten de set, als ze ergens heen wilde of een boodschap moest doen, zal er wel een wagen met chauffeur zijn geweest. Maar ik kan me niet voorstellen dat ze zou zeggen: "Jack, rij me eens naar Sandy Court, dan ga ik Sy om zeep helpen." '

'Hoe kan ik snel achter de namen van al die mensen komen?'

'Iedereen krijgt een lijst met namen van het personeel. Er zal er wel één in Sy's huis liggen.'

'Toen Sy werd vermoord, hing hij aan de telefoon met Eddie Pomerantz. Denk je dat het mogelijk is dat Pomerantz te horen had gekregen dat Sy andere actrices ging opzoeken in Los Angeles?'

'Natuurlijk.'

'Hoe dan?'

'Het is een bedrijf waarin veel wordt geroddeld. Erger nog: het is een publiek bedrijf. Over letterlijk alles – contracten, eten, auto's, trauma's uit de kindertijd, seks, hotelaccommodatie, rechtszaken, winderigheid – wordt gepraat. Ik denk zo dat als Lindsay er niet zelf al achter was gekomen, Eddie Pomerantz het toch zeker al had vernomen uit twee of drie verschillende bronnen en dat hij probeerde Sy over te halen om niet naar Los Angeles te gaan.'

'Hij beweert dat ze het hadden over wat problemen betreffende toestemming voor een bepaalde foto.'

'Om jou te citeren,' zei Bonnie, '"gelul."'

'Oké. Ik ga eens kijken wat ik te weten kan komen. Ik wil dat je blijft zitten waar je zit.'

Bonnie schudde haar hoofd. 'Nee, ik moet terug.'

'Wil je zo graag gearresteerd worden?'

'Nee, maar ik kan je niet je carrière te gronde laten richten omdat je onderdak biedt aan een voortvluchtige. Dat meen ik.' Dat deed ze ook.

'Je leest dan misschien een hoop detectives, maar je weet geen bal van de wet. Je bent niet voortvluchtig. Nog niet. Je bent gewoon mijn gast. Rust uit. Lees een boek. Ga slapen.'

'Ik kan niet slapen.'

'Schrijf dan een scenario over een producent die wordt vermoord en probeer erachter te komen wie het heeft gedaan.' Ze gluurde langs me in de richting van de voordeur. 'Je zit erover te denken om het op een lopen te zetten zodra ik weg ben. Nietwaar, Bonnie? Misschien een lekkere sprint van vijftien kilometer naar het huis van Gideon? Stel jezelf de volgende vraag eens: "Wil ik mijn beste vriend in een positie manoeuvreren dat hij me òf beschermt òf aangeeft?"'

'Nee.'

'Dan moet je hier blijven. Dat moet je me beloven. Ik wil me niet ziek van de zenuwen voelen omdat ik niet weet wat je uitspookt terwijl ik weg ben.'

Ze pakte mijn hand. 'Wil je me beloven dat als je tot de conclusie komt dat je me niet kan helpen, je me niet zal...'

'Arresteren? Jezus, je hebt wel een lage dunk van me.' Ze kneep in mijn hand en liet toen los. 'Als ik je niet kan helpen, laat ik het je weten. En dan sta je er alleen voor.'

Ze zei: 'Op mijn erewoord: hoe dit ook gaat aflopen, ik zal nooit iemand vertellen dat je dit hebt gedaan.'

'Dat weet ik.' We stonden even zwijgend bij elkaar. Ten slotte zei ik: 'Ik moet gaan.' Maar toen kon ik niet weg. 'Bonnie?'

'Ja?'

'Wil je me gedag kussen?'

'Dat heb ik een keer geprobeerd. En het was niet zo'n succes.'

'Jawel.'

'Nee. Nietwaar. Trouwens, je hebt wel belangrijkere dingen te doen dan kussen.'

'Wat dan?'

'Bijvoorbeeld, naar de kamer gaan en je verloofde bellen en haar vertellen wat het moet worden: kip of rosbief. En dan, eropuit om mijn leven te redden.'

16

Easton was in bed gaan liggen en er niet meer uitgekomen, maar hij lag in ieder geval niet meer met zijn deken over zijn hoofd getrokken; hij lag op zijn zij met zijn hand onder zijn hoofd een scenario te lezen. Ik was volwassen, de grote broer. Ik gilde: 'Boe!'

Hij schreeuwde, maar hij was zo geschrokken dat het meer klonk als het gekrijs van een grote vogel. 'Wil je dat nooit meer doen!' brulde hij. 'Waag het niet!' Twee minuten later was hij voldoende gekalmeerd om te vragen: 'Hoe kom je hier, oen? Stiekem de trap opgeslopen zodat je geen gedag hoeft te zeggen tegen moeder?'

'Ja. Weet je dat ik me kan herinneren dat je haar "mam" noemde voor je besloot dat je in de hogere kringen bent geboren.'

'Mij lukt het tenminste. Als jij het zou proberen...'

Dat klonk goed. Het zag eruit of dat Easton uit zijn winterslaap aan het komen was. Hij scheurde niet bepaald door de stad – hij droeg nog steeds zijn gestreepte pyjama – maar eerlijk gezegd had hij ook niet echt een bestemming waarvoor hij een broek zou moeten aantrekken. 'Je klinkt al een stuk beter. Toen ik belde, klonk je als een reclame voor opwekkende middelen.'

'Ik voel me ook beter. Ik heb goed nieuws gekregen!'

'Wat dan?'

'Ik was van plan eens te gaan bellen om te zien of ik iets te pakken kon krijgen dat in de buurt van werk komt. Maar het kwam er niet van. Veel te veel over mijn toeren. Nou, een vriend van Sy die ik weleens heb ontmoet, Philip Scholes, de regisseur... hij had in juli een huis in Quogue gehuurd en hij had snel wat fotokopieën nodig en hij belde Sy om te vragen waar hij het beste heen kon gaan. Sy was niet thuis, maar ik bood hem mijn hulp aan en ik had het binnen een uur voor elkaar. Nou, hij heeft me vandaag gebeld! Hij heeft een assistent nodig en toen hij over Sy hoorde, dacht hij aan mij. Om een lang verhaal kort te maken, hij heeft me een retourtje Californië aangeboden zodat we over het werk kunnen praten!'

'Hé, geweldig!' Easton streek de voorkant van zijn pyjamajasje glad alsof hij aan het sollicitatiegesprek wilde beginnen. 'Ik ben echt blij voor je. Je had zo'n pech met Sy. Je was duidelijk in je element bij hem. Ik heb je nooit zo gelukkig gezien.' Mijn broer knikte instemmend, maar ik kon zien dat hij zijn loyaliteit reeds aan het verleggen was naar Philip Scholes. 'Je mag iets voor me doen.'

'Wat?'

'Me een kopie van de personeelslijst geven. Heb je er een?'

Easton stond op, schoof zijn voeten in zijn leren slippers en liep klepperend naar de aangrenzende kamer, de studeerkamer. 'Waar heb je die voor nodig?' vroeg hij.

'Ik wil natrekken of bepaalde mensen afgelopen vrijdag echt op een bepaalde plaats waren.'

'Wie bijvoorbeeld?'

'Bijvoorbeeld iedereen die een verklaring heeft afgelegd. Het is routine.'

Maar Easton schudde koppig zijn hoofd; hij trapte er niet in. 'Lindsay?'

'Lindsay.'

'Steve, echt waar, je zit er kilometers naast.'

'East, echt waar, je geilt zo op haar dat je niet meer kan denken.'

'Nou, misschien wel. Maar Sy ook. Hij zou haar nooit de laan hebben uitgestuurd.' Hij werd een beetje kregel. 'Dat heb ik je al verteld.' Hij trok een bureaula open, haalde er een map uit en bladerde door een keurige stapel papieren. Hij wist precies wat hij zocht en waar hij het kon vinden. Het was gek; in dat opzicht leken we heel erg op elkaar. Alles moest een plekje hebben, alles moest onder controle zijn. Zelfs in de tijd dat ik nog dronk, vond ik flessen en blikjes keurig op het aanrecht; alleen in het laatste jaar voor ik nuchter werd, toen ik lege bierblikjes op de vloer bij mijn t.v.-stoel aantrof en een keer een lege wijnfles onder de lakens vond, begreep ik hoe erg het met me gesteld was.

Easton gaf me de personeelslijst. 'Ik weet wel wat je me hebt verteld over Lindsay, maar we hebben een hoop bewijzen dat je ongelijk hebt, dat Sy wel degelijk van plan was haar de laan uit te sturen.' Easton keek niet overtuigd en een beetje geschokt bij die dreiging naar de kant van Lindsay. Ik probeerde hem op te vrolijken. 'Kijk, ik weet zeker dat ze van vier tot zeven in haar stacaravan was met een stuk of tien betrouwbare getuigen. We hebben alleen ontdekt dat het niet zo boterde tussen Sy en haar. En verder dat ze rotzooide met...' mijn broer trok zijn hoofd terug alsof hij het niet wilde horen. '...Victor Santana.' Hij gaf geen krimp; hij keek zelfs niet verbaasd. 'En het is gebleken dat ze waarschijnlijk met een geweer om kon gaan. Ze heeft schietlessen gehad voor een film waarin ze speelde. *Transvaal*.'

Easton smeet de map op het bureau alsof hij probeerde een groot, schadelijk insekt dood te slaan. 'Maar hoe zit het dan met die ex-vrouw van Sy? Verdomme. Ik dacht dat het allemaal rond was.'

'We hebben onze twijfels. O ja, heeft Sy tegen jou gezegd dat je een computer en printer voor haar moest kopen?'

Eastons gezicht was even uitdrukkingsloos. Toen staarde hij naar het plafond alsof hij het antwoord daar kon vinden. Ik werd een beetje bang. Stel je voor dat ze nog steeds loog. Eindelijk zei hij: 'Ja, nu herinner ik het me. Een goedkope computer en printer. Sy zei dat ik geen IBM moest kopen; veel te duur. Hij had gehoord dat die Koreaanse ook goed waren en ik mocht niet boven de duizend dollar gaan.'

'Vertelde hij je ook waarom hij die naar haar toestuurde?'

'Nee. Ik nam aan dat het een soort troostprijs was voor het feit dat hij haar scenario had afgewezen.'

'Heb je een kopie van het scenario? *A Sea Change*.'

'Nee.' Hij zweeg even. 'Steve, ik wil me niet met jouw zaken bemoeien, maar ze had alle reden om hem te vermoorden.'

'Waarom?'

'Hij wees haar scenario af.'

'Heb je memo's of brieven gelezen die hij aan haar heeft gestuurd waarin stond dat hij het afwees?'

'Nee. Dat soort dingen dicteerde hij telefonisch aan zijn secretaresse in New York en wanneer zij het niet naar hem terugfaxte voor zijn goedkeuring, zette zijzelf zijn naam eronder. Dan kwam het niet meer naar zijn huis.'

'Dus je weet niet zeker dat hij het scenario afwees.'

'Jezus, hij kan toch niet hebben geprobeerd haar te lijmen. Hij blafte haar de set af. Keihard. Ze moet zich verschrikkelijk vernederd hebben gevoeld.'

'Zelfs als dat zo was, dan nog is dat niet voldoende motief voor een moord – tenzij ze gek is en zo komt ze niet over.'

'Dus je hebt een verdachte nodig en daarom heb je je oog maar op Lindsay laten vallen?' Mijn broer, de gematigdheid zelve, deed niet zo gematigd. Zijn hals en oren waren knalrood. Hij was echt kwaad terwijl hij zijn jonkvrouw-in-nood probeerde te verdedigen. 'Waarom? Geef me eens één goede reden waarom Moordzaken achter haar aan zou gaan. De publiciteit?'

'Doe niet zo achterlijk.'

'Ik vind wat je aan het doen bent uitermate beschamend!' Ik haalde mijn schouders op. Easton stampte naar de leren bank en liet zich erop vallen. Hij verborg zijn gezicht in zijn handen en schudde zijn hoofd. Ik wilde me er juist mee bemoeien toen hij opkeek.

Eastons stemming was veranderd. Hij was rustig, bedachtzaam, niet meer zo woedend; het was alsof hij twijfels begon te krijgen. 'Ik weet het niet; misschien ben ik blind waar het Lindsay betreft – mijn kalverliefde. Misschien heb je gelijk.'

'Over wat?'

'Dat Lindsay misschien toch niet de liefhebbende... nou ja, niet echtgenote, maar geliefde was. Het is mogelijk dat ze misschien een verhouding met iemand anders had. Weet je, niemand durfde te praten met mij in de buurt, omdat ik zogezegd Sy's hulpje was. Maar ik heb wel over haar en Santana horen fluisteren.'

'Was er een kans dat Sy wist dat er iets tussen die twee gaande was?'

Easton moest er lang over nadenken. Te lang; het werd al laat. Ik keek op de personeelslijst en toen op mijn horloge. Het grootste deel van de mensen die aan *Starry Night* meewerkten logeerde in een motel in de Three Mile Harbor-buurt van East Hampton. Misschien kon ik hen nog te pakken krijgen; sommigen zouden de stad zijn uitgegaan voor het weekeinde, maar het leek me niet waarschijnlijk dat er veel vrijwillig het beroemdste vakantieoord van Amerika zouden hebben verruild voor een zaterdag en zondag in West Ninety-fifth Street of in Hoboken. 'East, ik moet weg.'

'Sy liet niet veel merken,' zei hij peinzend zonder me te horen. 'Maar ik herinner me één ding. Misschien is het belangrijk. Iedere zaterdag, de week voor en de eerste twee weken van het filmen, gaf hij Lindsay een cadeautje. Dat liet hij dan achter op haar plaats aan tafel zodat ze het vond wanneer ze naar beneden kwam voor een kop koffie. Ik heb het niet over een doos chocolaatjes. Ik heb het over art deco-oorhangers met diamanten. Over kasjmier sjaals van vijfhonderd dollar per stuk in alle kleuren van de regenboog: ik geloof dat hij er zeven of acht tegelijk gaf. Ze waren over haar stoel gedrapeerd; het zag er prachtig uit. Een Piaget horloge. Niets dat hij haar gaf kostte minder dan twee- of drieduizend dollar en het gemiddelde kwam dichter bij de vijfduizend. Maar de laatste zaterdag dat hij nog leefde, liet hij alleen maar een briefje achter: "Heb tennistoernooi. Tot vanavond." '

'Heb je het briefje gezien?'

'Ja. Het lag daar gewoon. Het zat niet in een envelop en het was zelfs niet opgevouwen. En, oké, misschien ben ik niet zo'n heer als ik wel doe voorkomen. Ik denk dat jij dat beter weet dan wie ook. Ik heb geen scrupules over het lezen van andermans post, zeker niet een briefje aan Lindsay.'

'Speelde hij echt in een tennistoernooi?'

'Dat betwijfel ik ten zeerste. Hij speelde niet echt goed. Hij had een zwakke forehand; hij zou lang voor de middag zijn uitgeschakeld. En Steve, het gaat hier om: ik was in huis toen Lindsay naar beneden kwam. Ik zag haar. Ze keek naar haar plaats aan tafel. Daar lag niets. Op haar stoel. Onder de tafel. Niets. Toen las ze het briefje. En ze stormde de kamer uit.'

De enige keer dat ik nog in een kroeg kwam was wanneer ik er voor mijn werk moest zijn; anders was het een risico dat ik liever niet nam. Toch, al was ik er voor mijn werk, was het eerste wat ik deed toen ik de Harbor Room van het Summerview Motel binnenkwam, een glas bronwater nemen en er als een gek aan lurken.

De chauffeurs, een groepje van zes, waren Ieren met dikke buiken, kerstmannen zonder baard die iedereen onder tafel konden drinken. Het waren kerels die een broer of zoon hadden die bij de politie was en ze respecteerden politiemensen dan ook. We sloten al snel vriendschap. Lindsay's chauffeur was een vent van zo'n honderdtwintig kilo met appelwangen en hij heette Pete Dooley.

'Krijgt ze geen limousine met chauffeur?' vroeg ik.

'Uh-uh.' Typisch Brooklyn. 'Misschien Stallone, weet je wel, of zo iemand. Lindsay krijgt mij en een stationcar.' Hij keek naar mijn glas. 'Wil je niks sterkers?'

'Mag niet.' Hij begreep het. 'Wat voor type is het, Pete?'

'Je kan het slechter treffen. Ze is een kreng. Nou en? Ze vindt het niet nodig om "Hallo" of "Alsjeblieft" of "Dank je wel" te zeggen. Maar aan de andere kant, ze snuift geen coke en ze kotst zichzelf niet onder.'

'Heeft ze weleens iets tegen je gezegd?'

'Uh-uh. Ze zegt alleen maar waar ze heen wil en wat ze wil.'

'Wat wilde ze op de dag dat Sy werd neergeschoten?'

'Niet veel. Ik haalde haar om zes uur 's ochtends op. Heb haar niet naar huis gereden. Haar impresario kwam haar het slechte nieuws vertellen en hij bracht haar naar huis.'

'Heb je haar die dag nog wel gezien?'

'Ik heb haar nog wel zien rondlopen. Voor het middageten stuurde ze een assistent naar me toe met een briefje. Ik moest een pakketje ophalen bij een lingeriezaak in Hill Street in Southampton. Moest het betalen, een bonnetje vragen – en het wisselgeld tellen. Wat een trut. Dus wachtte ik tot na het eten, kocht het spul en kwam weer terug.'

'Was het al ingepakt?' Hij knikte. 'Voelde het licht aan, als ondergoed, of had het iets zwaarders kunnen zijn?'

'Ondergoed. Ter waarde van vierhonderddrieënzestig dollar en achttien cent en dat voor iemand die ze laat hangen. Draagt nooit een bh. Wat kan in godsnaam meer dan vierhonderd dollar kosten?'

'Al sla je me dood. Kanten troep, misschien. Gaf ze je contant geld, Pete?'

'Ja. In briefjes van twintig.'

Ik nam nog een glas bronwater. Hij en de ander chauffeurs namen de personeelslijst met me door. Ze zeiden dat Barbara, haar grimeuse, terug naar de stad was gegaan voor het weekeinde, maar dat ik haar kapper en costumière maar eens moest proberen. Ze wezen de namen aan en zeiden dat ze waarschijnlijk ergens in het motel rondhingen.

Afgezien van het feit dat er vier of vijf blonde pruiken in de kleur van Lindsay's haar in zijn kamer stonden – op piepschuimen hoofden zonder gezicht – had de kapper gemakkelijk kunnen doorgaan voor een taxichauffeur of een pijpfitter. Hij was net zo elegant als de pizzasaus, kaas en pepperoni die hij op zijn overhemd had gemorst. Hij en nog een paar kerels – hij zei dat het toneelknechten waren – zaten te kijken naar zo'n softpornofilm met geile stewardessen die in motels via hun videokanaal worden vertoond. Het enige dat hij me kon vertellen was dat ze een scène hadden opgenomen met Lindsay die, om te laten zien hoe wild en zorgeloos ze was, ook al had ze een gebroken hart, met al haar kleren aan de zee inrende. Een stewardess met een piepklein rokje en zonder slipje boog zich voorover om een passagier een drankje te geven en de kapper draaide zich de hele tijd om om haar te kunnen zien alsof hij nooit eerder een blote kont had gezien en er niet over uit kon hoe prachtig dat toch was. 'Lindsay,' zei ik tegen hem. 'We hebben het over Lindsay.' 'O ja,' zei hij.

Lindsay's eigen haar zat onder een pruikekapje en ze zetten haar droge pruiken op voor wanneer ze rende en een natte voor wanneer ze uit het water kwam; hij stond in de branding om de pruik voor haar in model te brengen. Wanneer ze haar riepen voor een scène, had ze steeds klaargestaan. Waar was ze wanneer ze niet speelde? Bij de garderobe of in haar stacaravan. Ja, het was mogelijk dat ze was weggegaan en weer teruggekomen. Ergens laat in de middag moest het decor worden veranderd en dat had een uur geduurd. Niemand zag haar gedurende die tijd; ze was altijd erg op zichzelf. Niemand wist wat ze deed: waarschijnlijk tijdschriften lezen, want de stacaravan lag bezaaid met ieder tijdschrift dat ooit was gedrukt – ze zocht waarschijnlijk naar haar foto of haar naam; dat deden ze allemaal. Maar misschien sliep ze of mediteerde ze. Wie zal het zeggen? Wie interesseerde het?

Ik bedacht dat Lindsay een risico zou hebben genomen in verband met de tijd als ze had probeerd ongemerkt weg te komen. Verder, zo legde de kapper uit, konden er altijd problemen ontstaan rond de kostumering of het scenario waardoor haar aanwezigheid was vereist. En verder viel ze gewoon te veel op.

Ik vroeg of er nog andere pruiken waren. Geen wit-blonde. Hij zei dat er een paar donkerbruine in de make-upwagen stonden, maar die waren bestemd voor Nick Monteleone.

Op de t.v. begon een van de stewardessen met de tepels van de ander te spelen; ze stonden in het keukentje en hadden hun blouses uitgedaan. Ik geeuwde. Ik was doodmoe. De toneelknechten staarden naar het scherm en porden elkaar. Ik kon de aandacht van de kapper niet vasthouden. Het kon me niets meer schelen, zo moe was ik. Ik liep de kamer uit.

Het Summerview was een doorsnee motel, rechthoekig met twee verdiepingen en een galerij die langs de hele bovenste verdieping liep. Het was niet bedoeld voor bezoekers van East Hampton die op status uit waren: je trof er geen beroemde journalisten of politici of modeontwerpers gebogen over de wafels in de King of the Sea koffieshop. Het was een motel voor gewone mensen die overdag op een perfect strand wilden zitten en 's avonds wat glamour wilden: in winkels rondsnuffelen die veel te duur voor hen waren of naar voorbijrijdende Rolls-Royces gluren om te zien of Steven Spielberg of Christie Brinkley erin zat.

Het produktieteam van *Starry Night* had de hele eerste verdieping van het Summerview in beslag genomen. Ik liep over de galerij. Zo te horen aan de geluiden die uit kamer 237 kwamen, stond òf de t.v. aan en had een van de stewardessen een vent gevonden òf er was een stel bezig met een geweldige wip. Ik geeuwde weer en wachtte een halve minuut tot ze klaarkwamen, maar het klonk niet alsof ze daar voorlopig aan toe waren, dus bonsde ik op de deur. Ongeveer een minuut later deed de kostuumontwerpster, Myrna Fisher, de deur een stukje open en gluurde over de ketting heen naar me. Ze was een eindje in de vijftig en droeg haar peignoir binnenstebuiten. Ik liet haar mijn penning zien en zei dat het me speet als ik haar wakker had gemaakt, maar dat ik een paar vragen had en mocht ik even binnenkomen. Ze zei dat ze...visite had. Ik zei dat het maar even zou duren. Het waren maar een paar vragen.

Ze haalde de ketting van de deur en liet me binnen. In het bed, met het laken tot onder zijn kin opgetrokken zo dat je alleen nog zijn doodshoofd kon zien, lag Gregory J. Canfield, Sy's produktie-assistent – met al zijn vijftig kilo en twintig jaar. 'Hoi, Gregory,' zei ik.

'Hoi,' piepte hij.

Eigenlijk wilde ik tegen hem zeggen dat hij zich geen zorgen hoefde te maken, dat ik zijn moeder niet zou waarschuwen, maar in plaats daarvan gebaarde ik naar Myrna dat ze aan de ronde formica tafel moest gaan zitten die voor de dichte gordijnen stond. Ik ging op een stoel tegenover haar zitten. 'Ik wil graag iets weten over Lindsay Keefe afgelopen vrijdag. Hoe gedroeg ze zich? Zag ze Sy Spencer toen hij op de set kwam? Wat je ook maar kunt bedenken.'

Een minuut lang tastte Myrna naar de knopen van haar peignoir, maar aangezien die binnenstebuiten zat, moest ze die met haar hand dichthouden. Ik kon me niet voorstellen dat ze kostuumontwerpster was; ze zag eruit als een bankbediende in Suffolk County met een uitgezakt figuur, grijs haar en een vlekkerige huid. 'De grote feestscène onder een tent. Eigenlijk moest ik haar in een kanariegele Scaasi hijsen – met een haltertop en een wijde rok – maar toen veranderden ze het scenario en moest ze de zee inrennen, dus moest ze een saffraankleurige zijden bloes en broek aan. Goedkoop spul: we hadden er zes van. Sieraden van Elizabeth Gage. Muiltjes van Charles Jourdan, maar die verloor ze in het zand.'

Gregory deed vanuit het bed een duit in het zakje. 'Muiltjes zijn schoenen. Zonder hielen en met hoge hakken.' Ik bedankte hem met een knik. Myrna straalde naar hem voor ze mij weer aankeek.

'Sy kwam rond elf uur de garderobe binnen. We hadden Lindsay juist uit haar natte kleren gepeld en een badlaken om haar heengeslagen. Ze zeiden gedag.'

'Kusten ze elkaar of lieten ze een ander blijk van genegenheid zien?'

Myrna dacht even na. 'Ik geloof – ik durf het niet te zweren – dat hij haar een kus in haar hals of op haar schouder gaf. Maar ik trapte er niet in. Het was er niet meer.'

'Wat was er niet meer?'

'Wat ze voor elkaar voelden. Nou ja, wat hij voor haar voelde. Zo was het de hele tijd al. Ik heb aan drie films met haar meegewerkt en ik geloof niet dat ze echt...' Ze wierp me een je-weet-wel-wat-ik-bedoel-blik toe; ik gaf een ik-snap-je-knik terug. 'Maar Sy Spencer was stapelgek op haar.'

'Wat was de aantrekkingskracht, behalve haar uiterlijk?' Ik mocht Myrna wel. Ze was slim. 'Dat ze zo'n intellectueel was?'

'Met knappe koppen naar bed gaan maakt je nog niet tot een intellectueel. Lindsay is niet echt zo slim. Maar Sy was gek op haar – en niet vanwege haar verstand. Hij was gek op haar omdat ze zo koel was. Ik had nooit eerder aan een van zijn projecten meegewerkt, maar ik denk zomaar dat al die vrouwen zich in allerlei bochten wrongen om indruk op hem te maken. Lindsay interesseerde het allemaal niets. Hij was niet een van die vurige linkse helden van haar. Hij was gewoon een rijke stinkerd die dingen voor haar kon kopen. Het kon haar niet schelen wat hij dacht of wat hij had te zeggen. Daardoor was hij gek op haar.'

'Maar dat hield op.'

'Ja.'

'Waarom?'

'Nou, ik weet niet wat zich afspeelde in hun slaapkamer.' Ze dronk even met een gelukzalig gezicht het beeld in van Gregory. 'Maar je moet toch wel hebben gehoord dat haar prestaties voor een probleem zorgden. Ik weet zeker dat hem dat dwarszat. En verder is ze heel saai. Ze kan urenlang over haar benadering van een bepaalde rol praten. Of ze geeft je een preek over racisme of over de honger in de wereld. Ze doet net of ze de enige persoon ter wereld is met een geweten – afgezien van haar vriendjes met die snorren. Dat is belachelijk. De meesten vinden het erg. Sommigen proberen er iets aan te doen. Maar het is niet iets waar echte mensen over praten wanneer ze een zoom aan het spelden zijn. Maar Lindsay wel. Ze kan niet over gewone dingen praten, over het echte leven, omdat ze dood is van binnen. En uiteindelijk was Sy Spencer toch geen necrofiel.'

'Dat betekent...,' begon Gregory.

'Ik weet wat het betekent, Gregory.' Ik wendde me weer tot Myrna. Ze glimlachte vertederd om Gregory's wijsneuzigheid. 'Wat gebeurde er nadat Sy haar had gekust?'

'Niet veel. Hij zei dat hij op weg was naar Los Angeles, dat hij geen zin had om te gaan en dat hij haar verschrikkelijk zou missen. Alleen maar woorden. Ze zei dat ze wat geld nodig had en hij zei dat hij alleen maar geld voor de reis bij zich had, maar voor hij was uitgesproken, had zij zijn zakken al doorzocht – zoals de politie doet, fouilleren – en er een bundeltje bankbiljetten uitgehaald.'

'Wat zei hij?'

'Niets. Hij liet het haar houden. Ik denk dat het al eerder was voorgekomen.'

'En toen?'

'Ze zeiden allebei: "Ik hou van je, schat" en "Ik zal je missen, engel" en toen was hij weg.'

'Leek ze verdrietig? Overstuur?'

'In het echt? Woedend. Ze hield die bundel geld in haar hand alsof het zijn ballen waren. Ze kneep zo hard ze kon.'

Ik zat in het kantoor van het Summerview. De nachtbeheerster was meer dan behulpzaam geweest. Ze had nog net geen buiging gemaakt toen ik vroeg of ik gebruik mocht maken van de telefoon en ze had gesmeekt een kop koffie voor me te mogen halen. Of ze was een smerisgroupie of ze liet dingen gebeuren die niet helemaal door de beugel konden. Waarschijnlijk het laatste.

Ik belde Carbone thuis en vertelde hem dat ik, omdat ik toch in East Hampton moest zijn om bij Bonnie's vrienden langs te gaan, ik naar het Summerview was gegaan omdat ik zomaar het gevoel had dat ik daar iets zou ontdekken; ik vertelde dat ik die griezel van de catalogi zover had gekregen dat hij toegaf dat hij Bonnie zwart had uitbetaald en dat ik nu een getuige had gevonden die had gezien dat Lindsay Sy's zakken had doorzocht en een bundel bankbiljetten te voorschijn had gehaald en nog een getuige die vijfhonderd dollar in briefjes van twintig had meegekregen om ondergoed te betalen.

'De zaak tegen Bonnie begint er nu echt zwak uit te zien,' merkte ik op. Hij zei niets en dat vatte ik op als instemming.

Ik vroeg of hij Robby op het bureau had achtergelaten met zijn dossiers. Hij zei nee, dat hij nog even was gaan kijken voor hij naar huis ging en dat Robby er niet meer zat. Een van de anderen had gezegd dat Robby ineens de kamer was uitgestormd alsof er iets was gebeurd. Ik wilde weten wat. Carbone had geen flauw idee, maar omdat hij wist dat Robby geen uithoudingsvermogen had, had hij aangenomen dat hij ineens haast had gehad om naar huis te gaan en zijn bed in te rollen.

Ik hing op met een gespannen gevoel. Robby voerde iets in zijn schild; hij was kwaad genoeg geweest om te liegen over mijn drinken. Een vent die zo woedend is, gaat niet gewoon slapen.

Ik reed naar Bonnie's huis. Robby was nergens te bekennen: Dikke Dijen was zojuist aan zijn wacht begonnen en had zijn auto aan de andere kant van de straat geparkeerd. Hij zat een enorme hamburger te verslinden; de mayonaise op zijn kin glinsterde in het maanlicht. Ik vroeg hem of ze al was komen opdagen. Hij schudde zijn hoofd.

Ik nam hem mee naar binnen naar haar werkkamer. Bonnie had stapels dossiers, maar ik kon mijn ogen niet geloven. Voor een schrijfster had ze geen enkel gevoel voor letters; het leek wel of ze geen idee van alfabetische volgorde had. De meeste papieren zaten wel in mappen, maar die waren weer door elkaar in laden gepropt of lagen boven op elkaar op een ouderwetse In/Uit-doos. Eindelijk vond ik haar *Sea Change*-map. Mijn hart begon te bonken. Ik opende de map alsof ik half en half verwachtte dat hij in mijn gezicht zou ontploffen. Maar daar lag Sy's memo en zijn briefje: 'Geweldig!'

Ik liet Dikke Dijen over mijn schouder meelezen. Ik vertelde hem dat de zaak tegen Bonnie op het punt stond in te storten en dat hij net zo goed kon proberen een paar punten te scoren door me te helpen de zaak definitief omver te blazen door het dossier te vinden waarin stond dat – ook al had Sy niet geschreven 'Ja, ik zal je film maken' – hij haar scenario ook niet bepaald had afgewezen. Dikke Dijen vroeg me of ik die punten niet wilde scoren omdat ik het tenslotte had ontdekt. 'Hé, maat,' zei ik tegen hem, 'dat zit wel goed. Je zou me een groot plezier doen. Ik heb geen punten meer nodig; ik kom hier toch niet hogerop. En het enige dat ik de afgelopen tijd heb gedaan, is de zaak tegen Bonnie saboteren. Carbone en Shea denken toch al dat ik met een of andere woeste kruistocht bezig ben om haar van alle blaam te zuiveren en omdat het eruit ziet dat het gaat lukken, mag jij voor mijn part de held van het verhaal zijn.' Ik voelde dat Dikke Dijen ook geen vriend van Robby was, dus voegde ik eraan toe: 'Je zal waarschijnlijk wel hebben gehoord dat Kurz probeert me te snel af te zijn. Hij wil haar te grazen nemen. Ik zou het bijzonder waarderen als jij me wil helpen.' Dikke Dijen zei: 'Graag.'

Goed: ik had een getuige nodig dat het memo en het briefje van Sy echt bestonden. Ik kon me niet voorstellen dat als Robby terugkwam hij het bewijs zou vernietigen. Maar ik zag hem er wel toe in staat om het een paar dagen achter te houden.

Ik kon me zo voorstellen dat iemand die een combinatie van bologna, kaas en mayonaise at een menselijke beerput moest zijn, dus reed ik, nadat ik bij Bonnie's huis was weggegaan, eerst langs een winkel waar ik een voorraad lekkernijen insloeg en reed vervolgens terug om ze naar Dikke Dijen te brengen. Dat was de bezegeling. 'Jezus,' zei hij, 'Steve, hartstikke bedankt. Ik zal het even betalen. Weet je het zeker? O gossie.'

Voortaan at hij uit mijn hand.

Moose begon te blaffen toen ik de oprijlaan opreed en ik was zo blij dat ik vergat dat ik zat te tollen van vermoeidheid. Ik stelde me voor hoe ik zou binnenstappen en hoe de hond me kwispelend zou verwelkomen en dan zou ik snel naar de ananaskamer lopen, op de rand van het bed gaan zitten en Bonnie zou haar armen om me heenslaan, haar wang tegen de mijne drukken en fluisteren: 'Sla je armen alsjeblieft om me heen.' Het was vooral de huiselijkheid die het tot zo'n verleidelijk visioen maakte.

Ik ging rechtop staan en sprak mezelf vermanend toe. Ik had van de AA geleerd dat vermoeidheid je kwetsbaar kan maken; je kunt niet sterk in je schoenen staan wanneer je troost nodig hebt. Maar zoals ik me voelde zou de troost van drank niet de grootste verleiding zijn. Ook niet een wilde vrijpartij. Het zou zachtheid zijn en een rustig gesprek.

Ik slenterde naar binnen, gaf Moose een onverschillige, platonische aai en draaide mijn antwoordapparaat af. Alleen Lynne: 'Ik denk dat je het wel erg druk hebt. Welterusten, Steve. Ik hou van je en ik denk aan je. Tot morgen.'

Ik was uitgeput en daarom ergerde me haar begrip misschien zo mateloos. Waarom kon ze nu niet eens een keer zeggen: 'Egoïstische lul, waarom kan je niet eens twee minuten vrij nemen om me te bellen.' Maar toen dacht ik: nee, je moet juist waarderen dat Lynne zo kalm is en zo volwassen en zo superieur. Toen pas voelde ik me sterk genoeg om bij Bonnie naar binnen te gaan.

Ze legde het boek van Stephen King dat ik haar had gegeven, op het nachtkastje. Ze had gedoucht en haar haar gewassen; ze had het achterovergekamd en gevlochten, het was nog nat en het glansde. Ze had het schone roze t-shirt aangetrokken dat ik uit haar huis had gehaald. Ze had de deken hoog opgetrokken, bijna tot aan haar kin alsof ze had besloten definitief een oude vrijster te worden. Alleen lachte ze me zo stralend toe.

'Hoi!'

'Hoe gaat het?' Een gewaarschuwd man telt voor twee. Ik was op mijn hoede. Ik kon me wel veroorloven een beetje vriendelijk te doen.

'Goed,' zei Bonnie. 'Ik ben nog wel even in paniek geraakt. Ik bedoel, ik heb wel grapjes lopen maken over de gevangenis, maar toen ik er echt over na begon te denken...'

'Rustig aan maar. Je hebt een moeilijke tijd gehad. Je moet er niet aan denken.'

Lynne's boodschap had me duidelijk ontnuchterd. Bonnie betekende de komende paar dagen; Lynne betekende de rest van mijn leven. Ik werd alleen nog zenuwachtig bij de gedachte dat ik in hetzelfde huis moest slapen. Maar het zou wel lukken. Ik was zo moe dat ik waarschijnlijk in slaap zou vallen zodra ik mijn schoenen uit had. Maar ik maakte me zorgen over een beeld dat ik had van Bonnie die op haar tenen door het donkere huis liep, naast me in bed glipte en fluisterde: 'Sla alsjeblieft je armen om me heen.' Een lichte aanraking, haar vingers langs mijn borst, haar benen langs de mijne en ik zou me niet meer in bedwang kunnen houden. Dat kon ik me niet veroorloven. Ik kreeg zweethanden. Ik deed net of ik pijnlijke spieren wilde masseren en veegde mijn handpalmen aan mijn broek af. Ik besloot de deur van mijn slaapkamer gewoon op slot te doen.

Toen ging ik zitten, maar ik zette de stoel zo dat hij verder van haar bed af stond. Ja, dat was beter. Ik was de situatie meester. 'Ik zal je het verhaal van Lindsay Keefe vertellen,' zei ik. Ik gaf haar een gedetailleerd verslag van wat ik in de loop van het onderzoek allemaal had ontdekt.

Ze zat met haar armen om haar knieën geslagen als een kind dat bij een kampvuur naar een griezelig spookverhaal zit te luisteren. Ik verwachtte dat ze 'Jeetje! Goed gedaan, zeg!' zou zeggen.

In plaats daarvan schudde ze haar hoofd en zei: 'Ga eerst maar eens lekker slapen. Je hebt het nodig.'

'Wat bedoel je?'

'Ik bedoel dat je morgen helderder kan denken.'

'Hou op met dat neerbuigende gedoe; daar kan ik niet tegen.'

'Noem je dit een zaak tegen Lindsay?' wilde Bonnie weten.

'Ze had een motief. Hij wilde haar ontslaan.'

'Dus dan zou ze een advocaat in de arm nemen en het aanvechten. Of een journalist in de arm nemen en praatjes rondstrooien over wat een ramp *Starry Night* is en dat ze op principiële gronden zich niet kan vereenzelvigen met zoiets waardeloos.'

'Toe nou. Iedereen in de filmwereld wist wat een ramp zij was. Als Sy haar zou ontslaan, kon ze het verder wel schudden.' Bonnie rolde met haar ogen en keek me aan met een hooghartige blik van wat-weet-jij-er-nou-van. 'Hou verdomme eens op met dat neerbuigende gedoe, Bonnie.'

'Wie denk je dat Sy helemaal was? Een tiran uit 1939 met een dikke sigaar, een Louis B. Mayer die kon zeggen: "Jij zult in deze stad nooit meer aan de bak komen"? Nee. Sy was een eersteklas producent en dat is goed. Maar Lindsay is een ster. Eén slecht optreden kan haar geen schade berokkenen.'

'Jij bent degene die heeft gezegd dat haar impresario Sy waarschijnlijk smeekte haar niet te ontslaan.'

'Daar wordt hij voor betaald. Maar stel dat Sy had gezegd dat hij de pot op kon en hij had Lindsay ontslagen? Lindsay zou het wel hebben overleefd. Moet je horen, ze is zo koel en zo berekenend als maar mogelijk is. Ik weet zeker dat ze wist dat ontslag haar loopbaan niet goed zou doen, maar ze wist ook dat het niet zoveel kwaad kon. Zeker niet genoeg om aan het moorden te slaan.'

'Jij gaat ervan uit dat ze rationeel is.'

'Heb je dan een bewijs van het tegendeel?'

Ik ging op het randje van mijn stoel zitten. Ik wilde haar overtuigen, haar aan mijn kant krijgen. 'Ik moet mijn intuïtie gebruiken in deze zaak en ik kan je wel vertellen dat ze niet deugt. Oké, ze is mooi, maar ze mist iets heel belangrijks. Het besef dat ze menselijk is. En toen Sy zijn handen van haar aftrok, eerst als haar grootste fan, toen als haar vriend of verloofde of wat ook, was dat een teken dat ze niet perfect was. En dat kon ze niet verdragen.'

'Ik vind het rot om te zeggen, maar je had een betere zaak tegen mij.'

'Weet je, je kan alle detectives lezen die je wil, maar je weet absoluut niets van recherchewerk.'

'Hoe kwam ze dan van de set in East Hampton – ongezien – op Sandy Court?'

'Daar moet ik nog over nadenken.'

'Hoe?'

'Wat ben jij verdomme, haar verdediger?'

'En zelfs wanneer we aannemen dat ze met een geweer kon omgaan, meer dan precies weten hoe ze er één moet vasthouden zodat ze er niet volkomen belachelijk uitziet, hoe zou ze aan het wapen moeten zijn gekomen?'

'Uit een winkel, sufferd.'

'In de staat New York wordt toch alles geregistreerd?'

'Ze moeten de verkoop van geweren noteren. Maar ze had een valse naam kunnen opgeven.'

'En de eigenaar zou Lindsay Keefe niet herkennen en dolgelukkig zijn dat hij haar een .22 heeft verkocht? Dat zou hij dan niet gaan rondbazuinen? Aan de politie doorgeven?'

'Ze is actrice,' hield ik vol. 'Denk je dat ze daar naar binnen zou stappen met haar blonde haar en haar tieten of zou ze zich misschien vermommen – door bijvoorbeeld een van Nick Monteleone's pruiken op te zetten?'

'Waar zou ze het geweer moeten hebben verstopt? Onder het bed dat ze met Sy deelde? In de koektrommel van mevrouw Robertson?'

Ik stond op. 'Was er verder nog iets?'

'Je moet niet kwaad worden omdat ik het niet met je eens ben. Luister: ik kon vroeger heel behoorlijk schieten. Mijn vader gaf me een

Marlin 39A voor mijn twaalfde verjaardag en de zes jaren daarna ging ik regelmatig met hem en mijn broers jagen. Als ik iemand een kogel door het hoofd wilde jagen van wat was het... vijftien meter afstand?'

'Ja.'

'Oké, als ik in een opwelling besloot Sy van kant te maken, zou ik hem dan met een kogel raken? Misschien. Als ik een moord had beraamd en nog wat had geoefend, zou ik zeggen dat ik een redelijke kans maakte. Maar als je denkt dat iemand als Lindsay – die een paar uur schietlessen heeft gehad van een geile jager op blank vlees met wie ze naar bed ging – in staat is om twee kogels op Sy af te vuren en beide keren in de roos te schieten, dan zou ik die intuïtie van jou maar aan de kapstok hangen en ander werk gaan zoeken.'

Ik zei geen welterusten. Ik zei helemaal niets. Ik liep met grote stappen de kamer uit.

17

Dit zijn de redenen waarom dat ik niet zou kunnen slapen.

De liters koffie die ik die dag had gedronken.

Mijn angsten omtrent Bonnie. Angst nummer een: de zaak tegen haar was bijna opgelost, maar de gladgeschoren, kortgeknipte, schoongeboende dikke jongen, de assistent van de officier van justitie, die eruitzag als een kruising tussen een varken en een leider van de Ku Klux Klan, zag misschien toch nog kans een aanklacht en vervolgens een veroordeling voor elkaar te krijgen. Angst nummer twee: Bonnie die zich bewust was van haar onschuld (of haar schuld) zou 's nachts het huis uitsluipen en we zouden haar nooit meer terugzien. Angst nummer drie: ze zou mijn slaapkamer binnenglippen en ik zou haar moeten afwijzen. Angst nummer vier: wetend dat ik haar nooit zou kunnen afwijzen, zou Bonnie mijn slaapkamer binnenglippen, me de hele nacht aangenaam bezighouden, vervolgens haar macht over me gebruiken en me er toe aanzetten een zaak te beginnen tegen iemand – wie dan ook – anders. Angst nummer vijf: Bonnie Bernstein Spencer was een moordenares wier woede alleen werd overtroffen door haar koelbloedigheid. Het meisje met de stralende glimlach zou de slimste smeris altijd net een stap voor zijn. Angst nummer zes: Bonnie was wat ze leek: een goed en verstandig en uiterst geschikt mens. Als ik erin slaagde haar onschuld te bewijzen, zou ze de rest van haar leven alleen doorbrengen zonder iemand die van haar houdt.

Ook kon ik niet slapen vanwege een droge kriebel achter in mijn keel en de herinnering aan een glas ijskoud bier als remedie.

En ik kon niet slapen omdat ik het gevoel had dat deze zaak van levensbelang was, een keerpunt in mijn leven. Kwam dat omdat de misdaad was gepleegd op het thuishonk, de South Fork? Kwam het door het toeval dat het slachtoffer en ik, twee mannen van de wereld, dezelfde vrouw hadden gebruikt (of door haar waren gebruikt)? Was het een verknipt gevoel van familie-eer dat deze zaak niet in de bak van Onopgeloste Zaken mocht belanden; ik wilde voor Sy opkomen zoals hij voor mijn broer was opgekomen. Of was ik eenvoudigweg klaarwakker omdat dit mijn laatste onderzoek als vrijgezel was, ongehinderd door mijn plichten als echtgenoot. Over niet al te lange tijd zou ik ergens moeten zijn om half zes. Meubelstof uitzoeken. Onze milieuvriendelijke airconditioning aanleggen. De barbecue klaarzetten voor de zwaardvisfilet die we zouden hebben wanneer Zuster Marie, het hoofd van Lynne's school, kwam eten. Scheidsrechteren bij de honkbalwedstrijden van onze zoon.

Dat ik niet kon slapen was niet eens het ergste. Ik kon niet eens rusten. De koffie klotste in mijn maag rond en ik voelde me misselijk, gedesoriënteerd en bang als een jongen in een klein bootje op een ruwe zee. Ik lag me in bed zorgen te maken of ik mijn slaapkamerdeur nu halfopen moest laten staan zodat ik het kon horen wanneer Bonnie probeerde weg te lopen of dat ik hem dicht moest doen om te voorkomen dat er straks een figuurtje bij mijn bed zou staan dat zou fluisteren: 'Steve? Slaap je?'

Ik draaide van mijn zij op mijn rug op mijn andere zij in een wanhopige poging mijn maag tot rust te brengen. Het enige dat gebeurde was dat ik als een mummie in mijn laken gewikkeld raakte zodat ik op moest staan om het laken van me af te pellen. Toen ging ik weer liggen en staarde naar het donkere plafond. Mijn lichaam kwam niet tot rust.

Nog een reden voor slapeloosheid: was er ergens een signaal of een teken geweest tijdens het onderzoek dat ik had moeten oppikken?

In de stilte hoorde ik mijn ademhaling snel en oppervlakkig gaan. God, wat voelde ik me beroerd. Mijn nek en linkerschouder deden verschrikkelijk pijn alsof iemand er een paar keer op had gestompt. De linkerkant van mijn hoofd begon te bonken. Ik probeerde me de ontspanningsmethode te herinneren die ze ons in South Oaks hadden geleerd, maar ik wist niet meer of je door je neus moest inademen en door je mond uitademen of net andersom.

Er schoot een felle pijn door mijn arm. Mijn hart ging tekeer. Ik legde mijn hand op mijn borst; mijn huid was klam. Ik bleef maar misselijk. Een hartaanval? Nee, uitputting.

Nee, een beroerte. Ik masseerde mijn bovenarm. De pijn werd minder, maar het was net of mijn arm verlamd was. God, was dit echt een beroerte? Ik dacht: tegen de tijd dat ik moed heb verzameld om Bonnie te roepen, is het te laat. Het enige dat ik nog zal kunnen doen, is zachtjes miauwen als een jong poesje.

En op dat moment, in plaats van in een coma te raken, viel ik in slaap. Het was zo'n diepe, droomloze slaap dat ik toen ik wakker werd en het nog steeds donker was, dacht: Jezus, ik heb de klok rond geslapen. Maar toen richtte ik me op en keek naar het groene licht van de klok: 3:46.

Ik voerde mijn gebruikelijke weer-gaan-slapen-ritueel uit. Ik draaide mijn kussen om en schudde het op, wapperde met het laken en zette de klok op zijn kop. Vergeet het maar. Ik was klaarwakker.

Ik wist waarom ik wakker was geworden. Ik wilde Bonnie.

Er glipte maanlicht langs de omgekrulde randen van de rolgordijnen naar binnen en de witte muren van de ananaskamer glommen. Ik hoorde een ritmisch gebonk, maar het was alleen maar de grote staart van Moose die enthousiast tegen de houten vloer klapperde. Bonnie bewoog even, maar het geestdriftige gebonk was blijkbaar een vertrouwd nachtelijk geluid. Ze trok haar knieën op en was weer diep in slaap.

Ik had toen direct kunnen weglopen. Het zou gemakkelijk zijn geweest. Er was niets dat me in verleiding kon brengen: geen arm die bevallig over het smalle eenpersoonsbed hing, geen bloot been of een naakte heup om me te prikkelen. Het enige deel van haar dat niet werd bedekt door de deken was haar hoofd.

Maar op de stoel lag de trui die ik haar had geleend, keurig opgevouwen en op de vloer naast het bed, minder keurig, haar t-shirt. En het dunne bandje van doorschijnend wit dat haar slip moest voorstellen. Dat deed het hem.

Ik ging op de rand van het bed zitten, kuste haar haar en fluisterde haar naam. Ze tilde haar hoofd van het kussen en deed haar ogen open. Geen geknipper met haar wimpers of een halfbewusteloze waar-ben-ik-blik. Bonnie wist het.

'Wat is er?'

'Ik kom je een bezoekje brengen.' Ik wierp haar een, naar ik hoopte, jongensachtige glimlach toe. Maar mijn charme werkte dit keer niet. Ze glimlachte niet terug. Ik sloeg de deken open. Ze was naakt. 'Zie je wel? Je wist dat ik zou komen. Je hebt je helemaal voor me opgetut.' Ik ging naast haar liggen. In het maanlicht hadden de smalle streepjes witte huid waar de zon niet bij had kunnen komen een parelachtige glans als de binnenkant van een schelp. 'Een gastheer behoort zijn gast aangenaam bezig te houden.' Ik kuste haar op de wang, op haar mond en op de grens tussen haar donkere borst en haar witte borsten. Ik was zacht, teder omdat ik wilde laten zien: ik ben niet alleen maar uit op een nummertje. Zie je wel? Ik heb klasse. Stijl. Techniek.

Bonnie wierp haar hoofd niet in haar nek; ze mompelde geen beleefd 'Dat is heerlijk'. Nee, ze streek mijn haar weg bij mijn voorhoofd en mijn slapen. Het was zo'n liefdevol gebaar en zo kalmerend dat ik erdoor van mijn stuk raakte. Ik hield op met kussen. Ik wilde haar hand pakken, maar ze liet het niet toe.

'Wees eens eerlijk,' fluisterde ze. 'Betekent dit bezoek iets?' Onomwonden woorden, een open blik: Kom alsjeblieft met de waarheid, zeiden ze. Wat een gelul: ik kon haar alles wijsmaken. Ze was zo vol vertrouwen. 'Of ben je hier...is het alleen voor vannacht?'

Ze maakte het zichzelf zoveel moeilijker. Waarom kon ze nu niet gewoon doen alsof het haar niets kon schelen? Ze liep bijna door het leven met een plakkaat waarop met grote rode letters GROTE MOND maar volkomen kwetsbaar stond. Wat kun je tegen zo iemand zeggen?

'Alleen voor vannacht, Bonnie.' We lagen bijna tegen elkaar aan. Als een van ons een diepe zucht had geslaakt zouden we elkaar hebben aangeraakt.

'Weer maar voor één nachtje? Is dat het enige dat je voor ons wil?'

Ik kneep mijn ogen dicht want ik voelde tranen opkomen. 'Ja.'

'Heb je me niets beters te bieden?'

'Nee.'

'Maakt het iets uit dat ik van je hou?'

'Nee.' Voor ik kon zeggen hoe het me speet, legde ze haar vingers op mijn lippen.

'Ik zal de weg voor je afsnijden,' zei ze. 'Niet zeggen dat het je spijt. Niet dat je dat zou doen. Je verontschuldigen voor het feit dat je niet van me houdt... Nou, dat zou goedkoop zijn en je bent niet goedkoop.'

'Jij ook niet.'

'Dat weet ik.'

Ze schoof een eindje op zodat we tegen elkaar kwamen te liggen. Ik liet mijn handen over haar hele lichaam glijden. Ze was zijdezacht en nog warm van de slaap. Ze was zo zacht!

'Wacht even. Luister,' zei ze. 'Hier komen mijn regels voor één nacht. Je mag niet zeggen dat ik mooi ben. Je mag niet zeggen dat ik een geweldig mens ben.' Ze zweeg even. 'En je mag niet zeggen dat je van me houdt. Verder is alles toegestaan.'

Ze sloeg haar armen om me heen en trok me zachtjes boven op haar. Heel langzaam, alsof we weken, jaren, alle tijd van de wereld hadden, liet ze haar vingers over mijn rug gaan, over mijn billen en toen tussen mijn benen. Ik was zo ondersteboven van het feit dat ik haar eindelijk kon aanraken en kussen dat ik het gevoel had dat ik op het punt stond mijn zelfbeheersing te verliezen.

En dat gebeurde. Ineens was mijn gezicht nat van de tranen.

'Stephen, gaat het?'

'Ja. Ik ben gewoon te iets. Te moe. Te opgewonden.' Bonnie veegde mijn tranen af met het laken. Het hielp niet bepaald dat ze zo lief was. Ik klopte op haar hand en duwde hem toen weg. 'Het gaat wel. Trouwens, niemand noemt me Stephen.'

'Je hoeft niet met me te vrijen als je geen zin hebt, Stephen.'

'Voelt het alsof ik geen zin heb?'

'Nee, het voelt behoorlijk enthousiast. Maar Het en Jij kunnen weleens twee heel verschillende dingen willen.'

'Nou, Het en Ik willen met je vrijen.'

En dat deden we dus.

Daarna nam ik haar mee naar mijn slaapkamer en voor we in slaap vielen vrijden we nog een keer. Mijn herinnering aan onze andere nacht van vijf zomers geleden deed haar te kort. Ik had me de hartstocht herinnerd; ik was de liefde vergeten.

Alleen waren er dit keer regels: Bonnie's spelregels voor één nacht. Geen Je bent mooi. Geen Je bent een geweldig mens. Geen Ik hou van je. De hele tijd dat we aan het vrijen waren en erna, terwijl we naast elkaar zachtjes over koetjes en kalfjes lagen te praten, wilde ik meer dan kreunen, kreten, dierlijke geluiden, zuchten en onnozele zoete woordjes. Maar het enige dat ik kon bedenken was verboden terrein, woorden van liefde en bewondering. Ik dacht: Nou, ze heeft de fijne kantjes van het spel duidelijk onder de knie; alleen een kei in kortstondige avontuurtjes kan de behoefte aan dergelijke regels voorzien.

Ik moest het eerlijk spelen. Ik wilde niet dat ze me goedkoop zou vinden. Dus riep ik niet uit dat ik van haar hield. Maar ik probeerde het haar wel te laten merken.

Toen we eindelijk in slaap vielen, lag mijn hoofd tegen het hare op haar kussen. Ik hield haar handen stevig in de mijne dicht bij mijn hart.

Het magisch uur.

Bonnie had het bed opgemaakt terwijl ik Moose uitliet, maar ze had de bovenrand van het laken over de deken teruggeslagen en het was zo'n grote lap laken dat toen ze onder de douche ging, ik het bed opnieuw opmaakte. Ze zag het meteen. 'Je hebt het bed opnieuw opgemaakt.'

'Het zat niet goed.'

'Je hoort je helemaal niet druk te maken over orde. Dat is niet mannelijk.' Ze zat in haar korte broek en een van mijn hemden op het bed. Ze had haar koffiebeker vast zoals een man dat doet; ze maakte geen gebruik van het oor zoals een vrouw hoort te doen. 'Orde is vrouwelijk,' verkondigde ze. 'Chaos is mannelijk.'

'Wil je me na vannacht vertellen dat ik niet mannelijk ben?'

'Ga jij nooit naar de film?' Ze hield haar handen een eindje voor haar ogen en vormde met de toppen van haar duimen tegen elkaar een rechthoekig kijkgat zoals een regisseur een shot bekijkt. '"CAMERA OP SLAAPKAMER POLITIEMAN. Volkomen chaos. Verdacht grijs laken hangt half van matras. CLOSE UP nachtkastje met pistool, lege whiskeyfles, proppen papier, restanten van de Chinese afhaalmaaltijd van vorige week en een overvolle asbak." Hoe komt het dan dat jij netjes bent?'

'Een goede politieman is netjes. Ik wil graag alles op een rijtje hebben. De vraag zou moeten zijn: waarom ben jij zo'n sloddervos?'

'Waar heb je het over? Ik ben helemaal geen sloddervos.'

Ik lachte. 'Maak het nou, Bonnie. Ik heb huiszoeking bij je gedaan. Je legt je sokken niet in paren bij elkaar. Je smijt ze gewoon in een la bij je bh's die eruitzien als een stapel spaghetti. Je theelepels en eetlepels liggen door elkaar. O, en je papieren liggen niet op alfabetische volgorde; het slaat nergens op.'

'Netheid is niet belangrijk. Als het maar schoon is.'

'Je heb al sinds tien jaar geen tijdschrift of pocket meer weggegooid. Wie bewaart er nu een t.v.-gids uit 1982?'

'Niet iemand zoals jij, dat is duidelijk.'

Nou, daar was het dan. Vanaf het moment dat we wakker waren geworden, even voor zessen, had Bonnie zich steeds meer van me teruggetrokken. Niet die show van de gekwetste vrouwenziel met koele, kortaangebonden reacties op mijn vragen. Nee, Bonnie was de toffe meid, de gezellige vriendin. Bedankt voor alles. Natuurlijk begreep ze dat ze in de slaapkamer moest blijven wanneer ik weg was, dat er geen gordijnen voor de ramen van de woonkamer hingen en stel je voor dat er iemand langskwam... En natuurlijk was ze bereid me nog meer over Sy te vertellen. De hele zaak bespreken? Nou en of!

Ze had zomaar iemand kunnen zijn die ik onderdak had verschaft: een collega die op bezoek was, iemand die me dankbaar was voor logies met ontbijt, een vrolijke hartelijke vent. Toen ze de laatste hap had genomen en het schaaltje terug had gezet op het stormluik dat voor dienblad moest doorgaan omdat ik geen dienblad had, glimlachte ze en zei opgewekt: 'Weet je wat goed is aan jou? Jouw cornflakes zijn knapperig. Ik kan hier nooit voorkomen dat dat soort spul slap wordt. In Ogden kon je cornflakes jaren bewaren.'

'Bonnie, laten we de lucht zuiveren.'

Ze gaf me de glimlach van het weermeisje op t.v.: veel te veel tanden. 'De lucht is zuiver.' Ze stak haar hand uit en zette mijn klok overeind. 'Kijk, het is bijna zeven uur. De nacht is voorbij.' Haar glimlach verdween. Ze trok een zuinig mondje. 'Tijd om aan het werk te gaan.'

Maar ik hield vol. 'Ik stel niet zoveel voor, weet je.'

'Dat weet ik.'

'Er ontbreekt iets. Er zit een schroefje bij me los.' Geen tegenspraak, geen instemming. Ze zat doodstil en haar houding was te perfect. 'Het punt is dat ik bij Lynne de meeste kans heb op een min of meer normaal leven.' Ik hoopte dat Bonnie zou uitroepen: 'Maar hou je van haar? En ik dan?' Ze zei: 'Zullen we het over motief hebben?'

'Het is niet dat ik niets om je geef. Dat weet je ook wel.'

'Ik weet zeker dat iedereen die aan *Starry Night* meewerkte iets tegen Sy had.'

'Bonnie, als we erover praten, wordt het misschien wat makkelijker voor je.'

'Sy bedroog mensen met geld, hij loog tegen hen over een vermelding op de titelrol, hij vernederde hen waar vijftig anderen bij stonden. Dus zijn er zeker zeventig of tachtig mensen hier in East Hampton waarvan je zou denken dat ze een motief hadden om hem te vermoorden. En dan nog eens vijf- of zeshonderd anderen die hij in de loop der jaren heeft gekwetst of beledigd. Wat doe je in zo'n geval waarin het slachtoffer een echte klootzak is?'

Ik had haar alleen maar willen helpen. Maar als zij wilde werken, zou ik ook gaan werken. 'Je gaat op zoek naar mensen die echt pijnlijk zijn getroffen,' legde ik uit. 'Was er iemand die echt door Sy werd getroffen of op het punt stond te worden getroffen? En dan bedoel ik niet gekwetste gevoelens in welk geval de betrokkene misschien zou zeggen: "Ik hoop dat hij erin blijft." Ik bedoel iets wat iemand voor zijn leven zou kunnen ruïneren. Dus dat is het belangrijkste: je zoekt naar ernstige grieven. Je neemt mensen die alleen maar nijdig zijn niet serieus. Nijdig zijn telt niet. Maar er is een uitzondering. De gekken. Misschien beloofde Sy een acteur drie films geleden een vermelding van zijn naam in hoofdletters en kwam zijn naam uiteindelijk bij die van de "best boy" terecht. Een normale vent zou dat vergeten, maar een gek zou rustig twee of drie jaar op wraak kunnen zinnen.'

'Hoe vaak gebeurt dat?'

'Niet zo vaak. Zelfs gekken gaan zich vervelen. Ze vinden weer nieuwe schurken. Dus tenzij we helemaal vastzitten – en dan bedoel ik dat we echt geen enkele kant meer op kunnen – doen we niet meer dan een oppervlakkige duik in het verre verleden van het slachtoffer. Zie je, gekken lijden meestal niet in stilte. Ze sturen dreigbrieven, bellen op. En iemand als Sy zou verstandig zijn; hij heeft te vaak meegemaakt dat beroemdheden werden vermoord door gestoorde figuren om dat soort dreigementen niet serieus te nemen. Klopt dat?'

'Absoluut. Als Sy het vermoeden had gehad dat er een of andere gek achter hem aan zat, zou hij waarschijnlijk alles hebben gedaan om zichzelf te beschermen. Hij zou zelfs lijfwachten in dienst hebben genomen. Sy had geen lichamelijke moed.'

Dat verbaasde me. Hij had zo zelfverzekerd geleken. 'Geef eens een voorbeeld.'

Bonnie wreef met haar hand over haar voorhoofd terwijl ze nadacht. 'Een keer gingen we paardrijden in de Grand Tetons. Sy werd uit het zadel gegooid. Er was niets aan de hand; hij had alleen maar zere billen. Je kon het het paard niet kwalijk nemen; het was geschrokken van een beer. Maar hij klom voor geen goud meer op het paard, zelfs niet toen ik hem plaagde en uitmaakte voor schijtlijster – wat inderdaad misschien niet het tactvolste moment in mijn loopbaan als echtgenote was.

Maar er hoefde niet eens echt iets te gebeuren om hem bang te maken. Sy kon van niets bang worden. Als we in de theaterbuurt liepen en er kwamen een paar kleurlingen aan die er niet uitzagen alsof ze op weg waren naar een benefietconcert voor de vereniging voor Afro-Amerikaanse betrekkingen, verstijfde hij gewoon. Een beetje maar, maar je wist gewoon dat hij in gedachten de krantenkoppen al voor zich zag: "Producent Gecastreerd door Jeugdbende". Wat ik wil zeggen is dat als iemand uit zijn verleden het op Sy had gemunt,hij allang voor bescherming zou hebben gezorgd. Dan zou je er wel van hebben gehoord.'

'Goed.' Ik ging naar de keuken om nog een kop koffie te halen. Toen ik terugkwam begon ik haar te vertellen: 'Weet je, mijn familie had een boerderij toen ik klein was. We hadden een paar paarden. Prancer en Red. Ik heb al jaren niet meer gereden, maar...'

'Wat wil je van me?' vroeg Bonnie zachtjes.

'Ik weet het niet,' zei ik net zo zachtjes.

'Wat er ook tussen ons was, hebben we anderhalf uur geleden beëindigd. Onthou dat goed. En wat er vandaag ook gebeurt, wat je al dan niet ontdekt, vanmiddag voor vijf uur ben ik hier weg. Dus ik wil helemaal niet weten of je paardjereed toen je klein was. Ik wil niet dat je me over je eerste Yankee-wedstrijd vertelt. Ik wil niet dat je me vertelt over hoe je afkickte toen je uit Vietnam terugkwam.'

'Heb ik je dat verteld? Over mijn drugprobleem?'

'Over je heroïneprobleem. Dat heb je me verteld. Het kan me niets schelen. En je alcoholisme – waardoor je had vergeten dat je me over je heroïneverslaving had verteld – kan me niets schelen. En nu we toch bezig zijn, die lange, roodbruine lokken van je verloofde of haar betrokkenheid bij kinderen met leermoeilijkheden kunnen me geen moer schelen. Ik geef ook geen moer om jou. Over tien uur tenzij, God betere het, we op hetzelfde moment in dezelfde rechtszaal belanden, hoeven we elkaar nooit meer te zien.'

Ik stond op en liep de kamer uit. Ik herinner me niets van wat ik dacht of voelde. Ik herinner me wel dat ik de ontbijtboel afspoelde en in de afwasmachine zette en de overgebleven melk terugschonk in het pak. Toen ging ik weer naar binnen. Bonnie deed hetzelfde als ik: misschien nog afstandelijker.

Als ze in een film had gespeeld, dan zouden ze zo'n lens hebben gebruikt waarmee het net leek of ze steeds verder naar achteren bewoog. Uiteindelijk zou ze nog maar een lichtpuntje zijn. En dan: weg.

'Vertel me eens wie een echt motief had om Sy te vermoorden?'

'Jij.'

'En verder?'

'Lindsay.'

'Je weet wat ik denk van die theorie.'

'Het interesseert me geen donder wat jij denkt van die theorie,' zei ik. 'Ze staat op de lijst.'

'Nog iemand?'

'Een kerel die in *Starry Night* heeft geïnvesteerd, iemand die Sy nog kende uit de tijd van de worstfabriek.'

'Wie?'

'Mikey LoTriglio.'

'Fat Mikey?' Bonnie's gezicht begon helemaal te stralen; alleen al bij het horen van zijn naam werd ze gelukkig. Ze vergat haar afstandelijkheid. 'Ik hou van Fat Mikey!'

'Je houdt van hem? Hij is een slechterik. Maffia.'

'Dat weet ik, maar voor een slechterik was hij zo geweldig. Tenminste, voor mij.'

'Wat bedoel je?'

'Hij wist dat ik schrijfster was en daarom dacht hij dat ik geen flauw idee had hoe de wereld in elkaar steekt. Hij deed heel beschermend. Hij vroeg steeds of Sy wel goed voor me was. Ik maakte altijd heel lange wandelingen door de stad en dat zag hij helemaal niet zitten. Hij zei tegen Sy dat een man zijn vrouw zulke dingen niet moest toestaan. Maar toen hij erachter kwam dat Sy me niet tegen kon houden, kocht hij een plattegrond voor me. Hij zette rode cirkels rond alle buurten waarvan hij vond dat ze gevaarlijk waren. O, hij noemde me Bonita. Om de een of andere reden vond hij dat ik een dame was en hij kon het niet hebben dat ik geen waardigere naam had. Toen hij hoorde dat we uit elkaar gingen en dat ik geen alimentatie vroeg, belde hij me op en gaf me raad.'

'Wat zei hij?'

'Hij zei dat hij bewondering had voor wat ik deed maar dat dit geen film was. Dit was het echte leven en "in het echte leven, Bonita, moeten dames van wie de man ervandoor gaat een advocaat nemen". Zie je, Mikey was een vriend van Sy. Hij had aan zijn kant moeten staan. Zo werkt dat voor mensen in zijn milieu. Maar hij sloofde zich echt voor me uit; hij gaf me de naam van een goede advocaat die hij kende. En dat deed hij omdat hij me graag mocht. En ik mocht hem. Ik bedoel, hij was een vènt. De mannen die ik in New York ontmoette, vrienden van Sy... Nou, ze lieten zich afbekken en voor schut zetten door een ober van 1 meter 25 met slechte adem en neushaar die hen aan het verkeerde tafeltje zette. Mikey niet. Hij was wel een slechterik, maar in ieder geval was hij echt.'

'Heb je hem sinds de scheiding nog gezien of gesproken?'

'Nee.'

'Had Sy je verteld dat hij in *Starry Night* had geïnvesteerd?'

'Ja.' Onverschillig en kalm alsof ik haar vroeg of ze ketchup op haar hamburger wilde.

Maar ik had haar al eens eerder naar Sy's investeerders gevraagd en toen had ze een verhaal opgehangen over dat hij zich een beetje zenuwachtig maakte over 'de jongens'. Maar ze had gezegd dat ze geen idee had wie ze waren. Ik ontplofte. 'Ik heb je verdomme al eerder naar Sy zijn vleesvriendjes gevraagd en toen zei je...'

'Hou op met schreeuwen.'

'Ik schreeuw niet!' Ik sloeg met mijn vuist op het dressoir. Ik raakte mijn schoteltje met kleingeld en er rolde een dubbeltje op de grond. 'Ik praat hard.' Ik deed mijn mond dicht en probeerde mijn stem bij te stellen. 'Vertel me eens, Bonita, is er iets waarover je niet liegt?'

'Ik heb je niet over Mikey verteld omdat hij vroeger veel problemen met de politie heeft gehad.'

'Denk je niet dat er misschien wel een reden voor die problemen is geweest?'

'Ach, schei toch uit. Natuurlijk was er een reden voor die problemen. Hij is een misdadiger. Alleen omdat hij gangsterpakken draagt en klinkt als Sheldon Leonard in *Guys and Dolls* en ik hem charmant vind, wil dat nog niet zeggen dat ik niet weet wat hij is. Moreel gezien deugt hij van geen kanten. Maar hij is wel leuk. Als ik je had verteld over zijn investering zou hij diep in de problemen zijn geraakt en ik weet dat hij Sy niet heeft vermoord.'

'Waarom? Omdat jij het hebt gedaan?'

'Ja.'

'Luister schat, waarom doe je Mikey geen lol? Beken maar. Zeg maar: "Door Sy ben ik mijn baby kwijtgeraakt, hij bedroog me, hij bezorgde me een druiper waardoor ik onvruchtbaar werd..." ' Geen reactie. Ik had net zo goed de tafels van vermenigvuldiging kunnen opdreunen. ' "... en hij liet me vallen als een baksteen. Toen kwam hij terug in mijn leven en zette alles op zijn kop. Hij hield niet van me, dat heeft hij ook nooit gedaan. Hij heeft me alleen maar gebruikt. Telkens weer. En daar zit ik nu: ik word er niet jonger op, ik ben alleen en ik heb geen geld. Dus toen haalde ik mijn .22 te voorschijn die ik uit papa's winkel had meegenomen naar de Oostkust en toen heb ik de rotzak neergeknald." Dat zou Mikey een echt alibi geven.'

'Hou eens op met die wartaal,' zei ze bevelend. 'En denk eens na. Klinkt de moord op Sy als enige andere maffiamoord waarvan je ooit hebt gehoord?' Nee, zeker niet, maar ik haalde alleen maar mijn schouders op. 'Het had Mikey niet kunnen zijn. Sy zou de zaken nooit zover laten komen dat hij Il Tubbo zou beledigen; hij was veel te bang voor hem.'

'Ik dacht dat Mikey en hij vrienden waren.'

'Dat waren ze ook. Tot op zekere hoogte. Zie je, één kant van Sy, de wereldse kant, vond het schitterend iemand te kennen die bij de maffia hoorde, die verhalen kon vertellen over hoe Jimmy the Nunz Tony Tomato en zijn Lincoln Continental in de East River liet duwen om te zien of ze konden drijven. En de meedogenloze kant van Sy, tja... als je een vriendje hebt als Fat Mikey ben je in het zakenleven duidelijk in het voordeel. Maar Sy's truttige kant was bang voor een gewapende man, een man die executies kon laten uitvoeren. Sy was net zo bang voor de mogelijkheid van geweld als voor het echte geweld. Hij was zo'n typische stadsneuroot; hij kon het onderscheid niet maken tussen een dreigement en een daad. Dus het maakte niet uit waarom het ging, Sy onderwierp zich altijd aan Mikey. Ik bedoel, als we uit eten gingen met Mikey en zijn vrouw of Mikey en zijn vriendin, dan liet Sy, die de grootste en kieskeurigste zeur in een restaurant was, Mikey altijd voor hem bestellen. Hij zou rustig gebakken goudvis of reuzel in een eng sausje eten omdat Mikey zei: "Dat zal je wel lekker vinden, Sy." Dus geloof me op dit punt nu maar: als Mikey over zijn toeren was omdat het misliep met zijn investering, dan zou Sy zijn portefeuille hebben gepakt en hem alles hebben terugbetaald. Dubbel en dwars.'

'We hebben het over een investering van een miljoen.'

'Dat zou geen probleem zijn geweest voor Sy. Hij was waarschijnlijk goed voor zo'n vijftien miljoen.'

Ik schudde mijn hoofd. 'Wat dacht je van vijfenveertig?' Bonnie keek ontsteld. 'Daar had je een aardig stuk van kunnen hebben.'

Maar blijkbaar was ze niet geïnteresseerd in het verleden. 'Wie erft zijn geld?' vroeg ze. 'Zijn ouders zijn allebei dood.'

'Niemand. Hij heeft een liefdadigheidsinstelling op laten zetten. Voor de kunsten.'

Bonnie stond op en ging op haar buik op de grond liggen. Ze begon zich op te drukken en telde zachtjes in zichzelf. 'Ik vind jouw lijst van verdachten maar niks,' zei ze na vijfenveertig. Ze klonk helemaal niet buiten adem.

'Waarom zou je ook? Je staat er zelf op.'

Ook al werkten we nu samen, ik wilde bepaalde dingen toch nog voor me houden. Daar kwam bij dat ze zich al meer dan zestig keer had opgedrukt – meer dan ik kon – en het zag er nog niet naar uit dat ze al zou ophouden; ik vond dat ik niet getuige hoefde te zijn van de honderd als ze die haalde.

Ik ging naar de keuken en belde Dikke Dijen; ik zei dat hij Mikey moest opsporen omdat ik nog wat vragen voor hem had.

Toen belde ik Germy uit bed op Beekman Place en vroeg hem of hij voor mij zo snel mogelijk een lijst van acteurs en technici te pakken kon krijgen van de Afrikaanse film *Transvaal* waarin Lindsay vervaarlijk met een wapen had lopen zwaaien. Hij zei dat ik beter klonk. Ik zei dat ik me ook beter voelde. Hij zei dat hij rond het middaguur naar Bridgehampton zou rijden en vroeg me het weekend langs te komen als ik tijd had. Met mijn vriendin. Ik zei dat ik het zou proberen. Hij had zojuist een kopie gekregen van een schitterend uitgevoerde video over Joe DiMaggio die nog niet was uitgebracht. Hij zou hem meenemen.

Ik belde Robby. Volgens Decolleté Met Sproeten was hij al uren geleden naar zijn werk gegaan. Wat waarschijnlijk inhield dat hij net de garagedeur had opengedaan. Ik belde weer naar Dikke Dijen; hij zei dat hij al sinds half zeven op het bureau was en dat hij nog niets had gezien of gehoord van Robby.

Toen belde ik Eddie Pomerantz, de impresario van Lindsay, die een huis in East Hampton had. Ik zei dat ik over een uur bij hem zou zijn. Hij zei: 'Vandaag komt me niet goed uit en eigenlijk zit ik het hele weekend moeilijk.' Ik zei: 'Laat je advocaat me binnen tien minuten bellen' en zijn reactie daarop was: 'Oké, ik zie je over een uur.'

Ik belde Lynne. Ze zei dat ze aan me had gedacht en ik zei dat ik aan haar had gedacht. Ze zou bijna de hele dag thuiszitten om de psychologische rapporten van haar kinderen voor volgend jaar door te nemen. Ik zei dat ik zou proberen even langs te komen, maar dat ze er niet op moest rekenen. Ze zei dat ze dat niet zou doen, maar dat ze het heerlijk zou vinden als ik een paar minuten had.

Ik dacht: straks heb ik een vrouw en kinderen. En ik zal voor de rest van mijn leven blijven verlangen naar wat Bonnie me heeft gegeven.

Toen ik terugkwam in de slaapkamer, zat Bonnie weer op het bed in kleermakerszit en scheen een ernstig onderhoud met haar voeten te hebben. Ze keek niet op. 'Luister,' zei ik, 'over daarnet. Het spijt me dat toen ik aan het drammen was over de moord op Sy, dat ik het had over...'

'Mijn onvruchtbaarheid.'

'Ja. Je weet dat ik niet altijd fijntjes ben. Dit getuigde van slechte smaak.'

'Eerlijk gezegd gaat het veel verder dan slechte smaak. Het was wreed.'

'Het spijt me.'

'Goed,' zei ze tegen haar mooigevormde voetzolen. 'Oké, laten we weer aan het werk gaan. Nog meer theorieën? Losse gedachten?'

'Zoals wat?'

'Ik heb over Sy zitten nadenken. Ik weet dat ik je heb verteld dat hij niet verontrust of gespannen of zo leek. Maar aan de andere kant was hij niet voor honderd procent zichzelf.' Ze zweeg even. 'Ik vind het niet prettig om over seks te praten, maar de laatste keer dat we het deden... Hij was er niet helemaal bij. Ik bedoel, het ging technisch en zo wel goed, al heeft dat op zich niets te betekenen; Sy's uitrusting stond niet in verbinding met zijn verstand. Maar hij was er met zijn gedachten niet bij. En dat was nu juist altijd zo belangrijk voor hem, precies aanvoelen wat een vrouw wilde en daar naar handelen. Dat was veel belangrijker dan de lichamelijke daad zelf. Maar plotseling ging het allemaal heel mechanisch. Alsof hij wat tijd over had omdat hij een latere vlucht zou nemen en me daarom had gevraagd naar hem toe te komen. Maar toen ik er eenmaal was, had hij iets van een acteur die loopt te schmieren omdat de rol hem niet boeit. Hij deed wat hij moest doen, maar zijn hoofd stond er eigenlijk niet naar.'

'Had je iets dergelijks al eerder bij hem gemerkt?'

Ze schudde haar hoofd. 'Nee. Maar zie je, het is niets concreets. Het is alleen maar iets dat een vrouw – of ex-vrouw – voelt bij een man. Dat hij niet echt bij me was.'

'Ik wil niet vervelend doen, maar kan het zijn geweest dat hij genoeg van je begon te krijgen?'

'Nee, want dan zou hij me niet hebben gevraagd naar hem toe te komen. Als hij alleen maar seks en adembenemende schoonheid had gewild, had hij zijn tijd beter kunnen doorbrengen in de stacaravan van Lindsay. Of iemand anders kunnen zoeken. Je moet niet vergeten dat Sy vrijgezel was, heteroseksueel, multimiljonair en filmproducent. Verder had hij een I.Q. van 140 en was hij slank. Vrouwen vinden dat over het algemeen nogal aantrekkelijk.'

'Vallen vrouwen echt op zulke kleine mannetjes?'

'Weet je wat de dames van de Upper East Side zeggen? Dat ieder miljoen boven de tien goed is voor tweeëneenhalve centimeter extra.'

'Dan was hij dus tamelijk lang.'

'Nou ja, wat hij ook was, hij wilde me die middag bij zich hebben.'

'Waarom? Dat is niet om vervelend te doen, hoor. Ik weet waarom ik jou zou willen. Waarom wilde hij jou?'

'Warmte. Hij kon bij mij zichzelf zijn. Nou ja, voor zover Sy zichzelf kon zijn. Ik kan niet zeggen dat hij me wilde omdat hij lol met me had, want hij nam zichzelf veel te serieus om zich eens echt te laten gaan en te lachen. Maar ik had het idee dat hij het leuk vond om vogels te bestuderen en met me te wandelen; het was zo anders dan de rest van zijn leven. En hij zat graag in de tuin – hij noemde het zijn ex-tuin – limonade te drinken en te roddelen. En we hadden het goed in bed.' Ik hoopte dat ze zou zeggen: bij benadering niet zo goed als bij jou, Stephen. O Stephen, wat een prachtige naam. Ze zei: 'Sy en ik wisten precies van elkaar wat we fijn vonden.'

'Prettig dat jullie dat hadden.' Slet, dacht ik. Ik was razend. Ik liep naar mijn kast en zocht een stropdas uit, degene die Easton me met Kerstmis vier of vijf jaar geleden had gegeven. Natuurlijk was het een smaakvolle: rood met blauw en zachtgele strepen.

Ik geloof niet dat Bonnie het zag. 'Ik weet dat je weg moet, maar denk nog even na. Vanuit jouw professionele standpunt: heeft iemand iets gezegd dat mijn gevoel dat Sy verstrooid was, zou kunnen onderbouwen? Was hij anders dan anders?'

Ik ging op de rand van het bed zitten en ging in de weer met mijn manchetten. Ze boog zich niet voorover om me te helpen. 'Dat ligt niet zo gemakkelijk,' legde ik uit. 'Sy kon zich heel goed aanpassen aan wat andere mensen van hem verwachten. Zeg maar rustig dat hij er een genie in was. Niet alleen wat je me zojuist hebt verteld, in bed. Hij kon spijkerhard zijn bij iemand als Mikey, een intellectueel tegenover een filmcriticus en Meneer Kippesoep tegenover een oude joodse verslaggever. Het is net of hij geen kern had. Jij kent hem beter dan wie ook. Wie was de ware Sy Spencer?'

'Ik weet niet of er wel zo iemand bestond.'

'Zie je wel? Het is dus vrijwel onmogelijk voor me om na te gaan of Sy zichzelf niet was, omdat niemand me kan vertellen wie "Sy zelf" was. Behalve dan dat hij altijd beheerst was; ik bedoel, het was niet zijn gewoonte om te schreeuwen en produktie-assistenten te schoppen en te spuwen naar acteurs. En er was niets in zijn gedrag voor de moord dat op iets anders wees. Hij was redelijk, rationeel. Geen plotselinge woedeuitbarstingen of depressieve buien.'

'Dus je kunt er niets mee.'

'Hou je mond en laat me uitspreken.'

'Je zou in plaats van "hou je mond" ook weleens "zou je alsjeblieft stil willen zijn" kunnen zeggen.'

'Zou je alsjeblieft stil willen zijn en krijg de klere.'

'Dat klinkt beter.'

'Goed. Welnu, er zijn twee dingen die me opvallen, maar ze zijn zo onbenullig dat ze waarschijnlijk helemaal niets te betekenen hebben. Maar zoals jij de intuïtie van een echtgenote hebt, heb ik de intuïtie van een politieman.'

'En dat zijn?' Ze zag dat ik weer naar de binnenkant van haar dijen zat te staren. Strakke huid. Lichter dan de gebruinde bovenkanten van haar benen. Ze schoof achteruit zodat ze tegen het hoofdeinde kon leunen, stak haar benen recht voor zich uit en legde haar handen in dat onbepaalde gebied ten zuiden van haar schaamstreek en ten noorden van haar dijen. 'Toe nou,' spoorde ze me aan. 'Je zei dat twee dingen je zijn opgevallen. Zeg het nou. Hou je hoofd erbij.'

'Ik heb mijn hoofd erbij. Oké, Sy had er geen moeite mee zichzelf te verwennen met materiële zaken en kon ook vrouwen allerlei dure cadeaus geven als hij er zin in had. Maar als het erop aankwam was hij doodgewoon gierig. Hij probeerde er altijd beter van te worden, was altijd bang dat mensen hem probeerden een poot uit te draaien. En je hebt me verteld dat een van de redenen dat je hem niet om alimentatie vroeg, was dat je niet uit de gratie wilde raken en je wist ook dat hij altijd bang was dat vrouwen hem alleen vanwege zijn geld wilden. Klopt dat?'

'Ja.'

'Goed, nu we dat hebben vastgesteld, hoe komt het dan dat hij

Lindsay een half miljoen meer gaf dan in haar contract stond?' Bonnie keek stomverbaasd. 'Klinkt dat als Sy?'

'Nee, helemaal niet. Het klinkt als een schlemiel die nooit eerder een film heeft gemaakt.'

'Precies. Als een vent die zich voor een filmster door zijn lul laat leiden in plaats van zijn verstand. Ik bedoel, zo blij dat hij met haar naar bed mag, zo bang dat ze van gedachten zal veranderen dat hij er nog maar een half miljoen tegenaan gooit.'

Bonnie legde haar gevouwen handen op haar borst en steunde er met haar kin op. Ze ging er helemaal in op. 'Dit moet iets te betekenen hebben. Ik weet niet wat. Maar Sy zou zich nog geen cent laten ontfutselen zonder goede reden.'

'Dus wat was de reden? Is het mogelijk dat hij iets had geregeld met haar impresario buiten de boeken om?'

Ze begon op haar knokkels te bijten terwijl ze nadacht. 'Ik betwijfel het,' zei ze na een tijdje. 'Lindsay en Nick kregen ieder een miljoen. Normaalgesproken staan ze op de lijst voor twee of drie miljoen, maar ze kregen achteraf nog een kleinigheidje.'

'Een percentage van de winst?'

'Ja. De eerste bruto-opbrengst. En Lindsay's impresario... Waarom zou hij akkoord gaan met een regeling buiten de boeken om? Hij zal toch heus geen actrice vertrouwen. Hij of zijn impresariaat eist wel de bescherming van een geschreven contract om zijn tien procent binnen te halen.'

'Dus als er een regeling was getroffen moet het er een tussen Sy en Lindsay zijn geweest.'

'Dat zou wel moeten, maar ik kan het me gewoon niet van hem voorstellen. Behalve...'

'Wat?'

'Behalve dat ze met hem samenwoonde en dat al maanden deed. Sy nam vrouwen mee uit, ging met ze naar bed, misschien bleven ze wel eens een weekend slapen. Maar niemand tussen mij en Lindsay had een tandenborstel in zijn huis staan; zo ging hij niet te werk. Dus misschien was hij verliefd op haar geworden. Misschien wilde hij met haar trouwen.'

'Maar dat ging over.'

'Nou, je moet je afvragen wiens schuld het was. Als het haar schuld was, was ze nog niet jarig. Sy was wraakzuchtig.'

'Hoe zou hij dan wraak nemen?'

'Om mee te beginnen zou hij niet meer met haar naar bed gaan – zonder te zeggen waarom. En zo was het ook.'

'Dat weet je niet zeker.'

'Dat heeft hij me wel verteld: hij ging niet meer met haar naar bed. En ik ken hem seksueel goed genoeg om te weten dat je op je kop kon staan en in je blootje het Wilhelmus fluiten, maar dat hij het niet vaker dan een keer per dag wilde – of waarschijnlijk kon – doen. God, ik heb er zo'n hekel aan om er zakelijk over te praten.'

'Doe het toch maar.'

'Nou, het leek alsof hij eindeloos kon doorgaan, maar als hij eenmaal, je weet wel...' Ze werd helemaal zenuwachtig.

'Bonnie, je bent vijfenveertig.'

'Dank je. Nou, als hij eenmaal klaarkwam, dan was het ook gebeurd. En dus als hij iedere dag bij mij was, had hij hem wel moeten spalken wilde hij nog iets voor haar kunnen betekenen.'

'Kwam hij iedere dag naar je toe?'

'Iedere dag. En hij was heel kwaad op haar. Hij werd altijd agressief tijdens filmopnamen, van dat stille venijn; ik bedoel, als er een vlieg op een muur ging zitten, wilde hij dat er vijf toneelknechten met een bazooka achteraan gingen. Maar met Lindsay was het erger. Hij was giftig. Hij schold haar uit voor alles wat verschrikkelijk was en dat hoorde helemaal niet bij hem.'

'Zoals wat?'

'Nou, misschien vind jij het niet verschrikkelijk omdat je zelf een vuilbek bent. Maar Sy zag zichzelf graag als het toppunt van verfijning. En als een verlicht man. Dat hield in dat hij politiek-verantwoorde ijsjes kocht, dat hij voor het milieu was en tegen bont en dat hij extreem pro-feministisch was. Maar ineens noemde hij haar "kuttekop". Je hebt geen idee hoezeer dat tegen zijn karakter indruiste. Natuurlijk, hij kon een ellendige, harteloze, wraakzuchtige rat zijn, maar hij bleef altijd netjes. Hij kon je de grond intrappen en tegelijkertijd tegen je zeggen hoezeer hij je vriendschap op prijs stelde. Dus ik denk dat Sy echt van haar hield. Maar toen keerde hij zich tegen haar. En afgaande op zijn taalgebruik, zou ik zeggen dat hij zichzelf niet meer in de hand had. Hij vond dat ze hem op een belangrijk punt in de kou had gezet.'

'Nou, dat had ze natuurlijk ook door haar slechte acteren,' was mijn suggestie.

'Precies. Maar de eerste week of wat scheen hem dat niet te kunnen deren. Ik bedoel, de eerste afdrukken waren verschrikkelijk, maar volgens jou waren er heel wat mensen die hem op de set zagen met stoomwolken uit zijn oren.'

'Goed. Dus wat hebben we nu? Hij was ontevreden, hij was kwaad, maar hij geilde nog steeds op haar ondanks dat ze slecht acteerde. Maar dan vindt ze een bondgenoot in de persoon van Santana – en Lindsay's manier om een verbond aan te gaan was met hem het bed in te duiken. En dan, binnen een dag of wat, gaat Sy op zoek naar een vervangster. Een andere actrice voor *Starry Night*. Jou voor het bed. Dus is mijn vraag: wat zegt jouw gevoel erover? Ziet het er niet naar uit dat Sy het wist?'

'Daar ziet het wel naar uit. Ik kan het niet met zekerheid zeggen want hij had een enorm gevoel van eigenwaarde en het moet erg moeilijk voor hem zijn geweest te accepteren dat een vrouw aan iemand anders de voorkeur gaf. Maar aan de andere kant was hij erg, erg sluw. En hij had haar al van zijn lijst geschrapt. Natuurlijk, je kunt het een zakelijke beslissing noemen, misschien zelfs wel een slimme; ik weet niet genoeg van de zakelijke kant van de filmerij om dat te beoordelen. Maar het was ook persoonlijk. Dit was Lindsay's eerste zachte, romantische rol en hij zou wel laten uitlekken dat zij – zijn minnares, vriendin, verloofde of wat ook – niet de veelzijdigheid, de charme, het komisch talent had met lichtvoetiger spul om te gaan. Hij wist wat er zou worden gezegd: "Als Sy Lindsay moet vervangen, zal ze er wel een puinhoop van maken."'

'Probeerde hij haar te gronde te richten?'

'Als hij dat had gekund, zou hij het hebben gedaan. Maar dat heb ik je al gezegd: geen enkele producent heeft tegenwoordig nog voldoende macht om een ster te gronde te richten. Maar Sy was er wel op uit om haar zoveel mogelijk schade toe te brengen.'

'Bij de eerste afdrukken hadden een paar mensen het over bliksem – special effects. Sy zei dat als Lindsay werd getroffen door de bliksem, zijn gebeden verhoord zouden zijn. Natuurlijk maakte hij een grapje met betrekking tot die verzekering die hem bij haar dood de kosten van een nieuwe film zou vergoeden, maar de indruk bestond toch dat ze, wat hem betrof, kon doodvallen en dat hij waarschijnlijk, als ze was doodgevallen, spontaan een feestje zou hebben gegeven.'

Bonnie kloof haar knokkels bijna tot op het bot af. 'Oké, Sy was verliefd geworden, werd bedrogen en wilde het haar betaald zetten.'

Ik knikte. 'Juist. Wat we nu nog moeten uitzoeken is of zijn liefde voor Lindsay een tijdelijke inzinking was voor zo'n kille man als hij of dat hij gek aan het worden was.' Ik stond op, opende de kluis boven op mijn kast, haalde mijn dienstrevolver eruit en pakte toen mijn colbert. 'Ik heb zo'n gevoel dat hij echt gek aan het worden was.'

'Waarom?' Ze keek hoe ik mijn holster omdeed en mijn jasje aantrok. Ik zag dat ze niet wilde dat ik wegging. Ik zag ook dat ze, in tegenstelling tot iedere andere vrouw met wie ik naar bed was geweest (met uitzondering van politievrouwen) niet met haar ogen knipperde of haar wenkbrauwen optrok bij het zien van een .38.

'Sy had een assistent,' zei ik. 'Een nieuwe vent die hij in dienst had genomen voor *Starry Night*. Iemand van hier.'

'Supersnob?'

'Mijn broer. Hij heet Easton.'

'Is hij jouw broer? O, Sy heeft me over hem verteld.'

'Wat zei hij over hem?' Bonnie wilde het niet zeggen. 'Kom op, ik ken hem.'

'Sy zei dat hij heel knap was, voorkomend, maar een beetje...'

'Een mislukkeling.'

'Iemand die niet zoveel succes in zijn leven had gehad. Maar hij bleek zijn werk geweldig te doen. Sy mocht hem graag. Ze pasten heel goed bij elkaar. Sy had iemand nodig die dag en nacht voor hem klaarstond, die alles voor hem wilde doen. Het klonk allemaal alsof je broer het met liefde deed. En wat belangrijker is, het klonk niet alsof hij – sorry, maar ik herhaal gewoon wat Sy heeft gezegd – erg ambitieus was. Sy zag hem als iemand waar hij lang plezier van zou kunnen hebben.'

'Een ereknecht.'

'Zullen we zeggen een volgeling voor het leven?'

'Dat klinkt als mijn broer. Trouwens, ik ben bij Easton geweest, samen met Robby Kurz. Zo doen we dat bij ons: ik mocht niet mijn eigen broer verhoren. Dus ik zat daar en pakte een scenario. Easton zei dat Sy tegen hem had gezegd dat dat hun volgende film was.'

'Was het mijn scenario?'

'Nee. Maar ik moet eerlijk zeggen dat ik er alleen maar een blik op heb geworpen. Maar echt waar, Bonnie, het was zulke ongelooflijke rotzooi dat ik het bijna niet kon geloven. Hij was echt gek aan het worden.'

'Herinner je je de titel?'

'Ja. Het was *Night of the Matador*, geschreven door...'

'Milton of Murray Mishkin!'

'Heb je het gelezen?'

'Jaren geleden. Maar Sy was echt niet van plan *Night of the Matador* te gaan maken. In geen miljoen jaar. Het was een grapje. Nou ja, de schrijver had het niet als grapje bedoeld, maar Sy had het ongeveer een jaar nadat we waren getrouwd, gekregen en het was zo slecht dat het grappig was. Hij koesterde het echt. Hij las er weleens dingen uit voor: "Ik dood het beest om het beest in mijn hart te doden, Carlotta." Ik moet toegeven dat Sy een beetje dwaas deed over Lindsay, maar hij zou nooit gek genoeg zijn geworden om die film te maken.'

'Maar waarom zei hij dan tegen mijn broer dat dat de film was die ze samen zouden gaan maken?'

'Een grapje.'

'Dat wil er bij mij niet in.'

'Sy kennende wilde hij misschien zien of je broer de moed had hem tegen te spreken, of hij Sy zou vertellen dat hij het de slechtste tekst vond die hij ooit had gelezen. En wee zijn gebeente als hij zou hebben gezegd dat hij het goed vond, want dan zou Sy hem er de komende twintig jaar mee hebben achtervolgd.'

'Easton was er zo van overtuigd dat het Sy's volgende project was.'

'Nou, misschien is het gewoon een vergissing. Misschien heb je naar het verkeerde scenario gekeken.'

'Misschien,' zei ik. 'Ik zal mijn broer eens bellen.' Ik liep naar de deur. 'We hebben een afspraak,' zei ik. 'Je blijft hier tot ik terug ben.'

'Dat weet ik.'

'Ik zei vijf uur, maar als het zes uur wordt, blijf je wachten. Ik weet dat het moeilijk voor je is. Maar wat kan ik zeggen?'

'Zeg maar "Bonnie, je bent mooi. Je bent een geweldig mens. En ik hou van je."'

'Dag,' zei ik.

'Tot straks, vent.'

18

Bonnie had Gideon willen bellen om te zeggen dat alles in orde was en ik had hem willen bellen voor hij op het idee kwam dat Bonnie's afwezigheid weleens iets met mij te maken kon hebben. Ik kon me zomaar voorstellen hoe hij naar zijn telefoon zat te staren en zich afvroeg of het mogelijk was dat die Brady zo'n vriendelijke psychopaat was, iemand die haar zou beetpakken, verkrachten en martelen. Langzaam zou hij de hoorn van de haak nemen, Moordzaken bellen, naar Shea vragen en hem vertellen dat ik een keer met Bonnie naar bed was geweest en dat ik wellicht door het lint was gegaan. Gevaarlijk.

Maar ik kon geen gesprek vanuit mijn huis riskeren. Iemand – Robby – was Gideons telefoon misschien al illegaal aan het afluisteren in de hoop dat ze hem zou bellen. Dus voor ik naar Pomerantz ging, reed ik naar zo'n pompstation van een onbekend merk benzine waar ze ook snelle happen verkopen, een pomp waar alleen de vaste bewoners komen omdat voor Newyorkers het idee van benzine van een merk dat ze niet kennen van de Newyorkse effectenbeurs, van zuinigheid en van zakjes chips te vernederend is om zelfs maar in overweging te nemen. De pomp lag aan een van de onbekendere wegen in het noorden. Ik maakte gebruik van een telefooncel.

Gideons vriend nam op. Hij had zo'n krachtige, honingzoete, zuidelijke Geloof-Je-In-Jezus-Als-Redder?-stem. Toen ik zei dat ik belde over Bonnie Spencer, kreeg ik Gideon onmiddellijk aan de lijn.

'Alles is in orde met je vriendin Bonnie,' zei ik. 'Ze had alleen niet zo'n zin om nu al gearresteerd te worden.'

Gideon vroeg me niet wie ik was. Hij wist het. 'Ik maak me zorgen over haar,' zei hij langzaam. 'Ik zou me prettiger voelen als ik wist...'

'... dat alles in orde is? Ze zei dat ik moest zeggen dat Gary Cooper op zijn mooist is in *The Westerner*.' Ik kon bijna niet geloven dat ik erin had toegestemd zo'n achterlijke boodschap door te geven. 'Einde gesprek. Ze belt je vanavond.'

Een oranje shirt met een pietepeuterig polospelertje erop spande om de buik van Eddie Pomerantz terwijl er een bril met halve glazen aan een donkerder oranje koord bungelde. Zijn shirt hing over een korte kaki broek.

We stonden in zijn woonkamer waarvan de hele achtermuur uit glas bestond. Het huis zelf stond op een klif en keek uit over het heldere water met schuimkoppen en de dobberende zeilboten van Northwest Harbor. Het was een ongelooflijk, duur uitzicht.

'Ik heb het allemaal met je doorgenomen op de avond dat Sy werd vermoord,' zei hij. 'Weet je nog? Sy en ik hadden het over een foto van Lindsay die was verschenen in *USA Today* waarvoor ze geen toestemming had gegeven.' Om te laten zien dat hij zich moest beheersen liet hij zijn wangen vol met lucht lopen en blies langzaam uit. Ik deed mijn best mijn beheersing niet te verliezen ook al loog hij dat het gedrukt stond. 'Ik moest een ontbijtbespreking afzeggen voor dit gedoe,' klaagde hij. 'Ik begrijp niet wat je van me wil.' Hij bestudeerde zijn enorme horloge met goud en roestvrij staal.

Ik haalde mijn roestvrijstalen handboeien te voorschijn en zwaaide ze voor zijn neus heen en weer. 'Ik wil helemaal niets van u, meneer Pomerantz. Ik kom u arresteren. Artikel vier-tweeënnegentig van de strafwet van de staat New York.' Dat verzon ik. 'Het hinderen van een onderzoek naar een strafbaar feit. En artikel elf-achtendertig, sub A: het medeplichtig zijn aan...'

Meer hoefde ik niet te zeggen. Hij wankelde achteruit naar een lange bank en liet zich neervallen. Hij leek gebiologeerd door de heen en weer zwaaiende handboeien. Hij piepte: 'Als ik je nu iets anders vertel dan vorige week...' Zijn lippen bleven bewegen, maar hij kon geen geluid meer uitbrengen.

Ik wilde niet dat hij een hartaanval zou krijgen. Toen ik hem bij daglicht zag, realiseerde ik me dat hij dik in de zeventig was. Ik denk zo dat als hij jonger was geweest, hij het me behoorlijk moeilijk zou hebben gemaakt. Maar hij was oud, moe en waarschijnlijk liet zijn gezondheid te wensen over. Ik had er een beetje spijt van dat ik hem zo aan het schrikken had gemaakt. 'Als u meewerkt, is er niets aan de hand.'

'Ik zal meewerken.' De bank was bekleed met een soort zeildoek, met brede rode en witte strepen dat ongelooflijk vloekte met zijn oranje shirt.

'Ik wil meer weten over dat telefoongesprek,' zei ik. 'Belde u Sy of belde hij u?'

'Ik belde hem.'

'Waarover?'

'Hij was niet te spreken over een aantal aspecten van Lindsay's acteren.'

'Ik zou het op prijs stellen als u niet probeert me te bedonderen, meneer Pomerantz.'

'Sy zou naar Californië gaan om andere actrices te spreken over Lindsay's rol. Hij scheen bereid te zijn drie weken aan filmopnamen in de vuilnisbak te gooien en opnieuw te beginnen met iemand anders.'

'En wat probeerde u te doen?'

'Hem tegenhouden.'

'Enige kans op succes?'

'Dat weet ik niet. Hij wilde Lindsay eruit hebben. Het zag er naar uit dat hij vastbesloten was.' Pomerantz zat met zijn brillekoord te spelen. 'Ik probeerde hem over te halen me in ieder geval te bellen nadat hij met de anderen had gesproken, voor een laatste gesprek. En toen werd hij doodgeschoten.'

'Twee schoten?'

'Ja.'

'Weet u dat zeker?'

'Ja. Ik weet hoe geweerschoten klinken. Ik heb in het leger gezeten. Tweede Wereldoorlog.' Ik knikte vol ontzag. 'Gewond geraakt. Je had me toen eens moeten zien. Een magere knul. Een paar millimeter lager en die kogel was dwars door mijn hart gegaan. Dus ik weet wel iets van wapens. En ik heb twee schoten gehoord.'

'Handelt u veel zaken telefonisch af?'

'Zeker. De meeste.'

'Dan moet u wel een goed gehoor hebben.'

'Heel goed.'

'Als iemand een slechte dag had of zijn stemming veranderde plotseling, zou u dat dan horen?'

Pomerantz begreep wat ik wilde zeggen. 'Ja. En ik heb niets gehoord waardoor ik dacht dat Sy iemand zag – met of zonder geweer. Of dat hij het gevoel had dat er iets niet in de haak was. Maar werd hij niet van achteren neergeschoten?'

'Ja, maar als de moordenaar iemand was die hij kende, had hij hem misschien vanuit een ooghoek gezien, hem op een of andere manier laten merken dat hij hem zag en zich vervolgens van hem afgekeerd. Ik ben op zoek naar een "Hoi, Joe" of "Hallo, Mary" dat u misschien eerder in het gesprek heeft opgevangen.'

'Niets van dat alles,' zei Pomerantz.

'Geen korte stilte? Of ingehouden adem vlak voor het gebeurde?'

'Niets. Pang, pang en toen stilte.' Hij nam een stuk van zijn shirt en begon er zijn brilleglazen mee te poetsen.

'Laten we het eens over Lindsay hebben. Zonder omwegen of leugens. Wist ze hoe de zaken met Sy ervoor stonden, dat hij op het punt stond haar te wippen?'

'Ja.'

'Wist u dat ze met Victor Santana scharrelde?'

'Ja.' Kortaf. 'Tweeënvijftig jaar in het vak en weet je wat ik nu pas besef? Dat ik ze haat. Zelfs de slimsten zijn te stom om voor de duvel te dansen. Stom en arrogant. Ze denken dat ze kunnen doen wat ze willen, zonder consequenties.'

'Je kunt niet doen wat je wil met iemand als Sy Spencer, hè?' merkte ik op.

'Nee.'

'Denkt u dat Sy een idee had dat ze hem bedroog?'

'Ja.'

'Waarom denkt u dat?'

'Hij heeft het me verteld. Ik haalde het onderste uit de kan om haar in *Starry Night* te houden en toen zei hij: "Ik kan het niet doen, Eddie. Je hebt de shots gezien. Ze komt er niet uit." Toen gaf hij dat ijskoude lachje van hem; alsof je wordt neergestoken met een ijspegel. En toen zei hij: "Neem me niet kwalijk. Ze komt er wel uit – in de wagen van Santana."'

'Wat denkt u, als een van die actrices in Los Angeles geschikt zou zijn bevonden, zou dat dan het einde hebben betekend van Lindsay?'

'Uiteindelijk?'

'Uiteindelijk.'

'Natuurlijk zou dat het einde hebben betekend – behalve dat het te veel zou hebben gekost. Zelfs al had Sy een wat onbekendere actrice in dienst kunnen nemen voor minder geld, dan nog zou het hem bijna drie miljoen hebben gekost aan salarissen en opnieuw beginnen met de filmopnamen. Dat had hij nooit van buitenaf binnen kunnen halen; hij had al het maximum aan financiering. Dus tenzij het hem waard was om twee komma vijfenzeventig miljoen uit zijn eigen zak bij te leggen om van Lindsay af te komen, zou ze zijn gebleven.'

'Zou het hem dat waard zijn geweest?'

'Ik denk dat hij het in overweging nam. Maar ik deed al tien jaar zaken met Sy. Ik kende hem. Ik wist hoezeer hij aan zijn geld was gehecht. Kijk, het zou niet bepaald een lolletje zijn geworden, maar uiteindelijk zouden de namen boven aan de titelrol toch die van Nicholas Monteleone – en Lindsay Keefe zijn geweest.'

'Wist Lindsay dat ook?'

'Dat heb ik haar verteld.'

'Geloofde ze u?'

'Ik weet het niet. Ze was bang.'

'Bang voor haar reputatie?'

'Nee. Bang voor Sy Spencer.'

Ik kan niet zeggen dat Lynne echt wild van vreugde was toen ze de deur opendeed, maar ze keek wel blij. Ze stond in de deuropening. Haar prachtige kastanjebruine haar viel over haar schouders. Ze droeg een gesteven witte bloes en een minirok met balletjes. Het duurde even voor het tot me doordrong dat ze op een kus van me wachtte, dus deed ik dat maar. Toen nam ze me mee naar binnen.

Er hing een zondagse rust in huis. Judy en Maddy, haar huisgenoten, waren aan het werk en Lynne had al haar mappen op de salontafel in de woonkamer uitgespreid. Nou ja, niet uitgespreid. Ik keek met bewondering naar de absoluut symmetrische stapels; haar pennen en merkstiften lagen daar parallel aan en op gelijke afstand van elkaar en op een dusdanige afstand van de tafelrand dat als er een op het idee mocht komen weg te rollen, ze hem kon pakken voor hij op de grond viel. 'Zo mag ik het graag zien,' zei ik glimlachend tegen haar. 'Als ik in 2013 mijn belastingpapieren van 1996 zoek, heb jij ze binnen drie seconden voor me gevonden.'

'Je vindt me toch niet dwangmatig?' vroeg Lynne. Ik ging in een fauteuil zitten. Ze perste zich naast me. 'Judy loopt altijd te beweren dat ik dwangmatig handel. Alleen omdat ik mijn schoenen altijd met de neuzen naar buiten wegzet. Ze zegt dat ik vanzelf creatiever word als ik begin met mijn schoenen gewoon eens in de kast te smijten.'

'Je kunt het ook zo bekijken: geen van ons beiden zal waarschijnlijk ooit *Hamlet* schrijven, maar we zullen nooit een bankafschrift of een kind kwijt zijn. Dat is toch geruststellend.'

'Ja,' zei ze glimlachend. 'Maar, hoe staat de zaak ervoor?'

'We komen er wel.'

'Goed zo. Jullie moeten wel behoorlijk onder druk staan met al die publiciteit.'

'Ja, dat is zo.' Ik keek de woonkamer rond. Niets paste echt bij elkaar. De kunstleren stoelen en de gestreepte stoelen, de niervormige salontafel uit de jaren vijftig, de massief-koperen schemerlamp, de poster met de schaal bloemen uit het Boston Museum of Fine Arts waren afdankertjes van de families van drie mooie, huwbare meisjes van halverwege de twintig, die allemaal lang voor hun dertigste een man zouden hebben – en mooi meubilair dat paste bij smaakvolle vloerkleden. 'Hoe zit het met je klas voor volgend jaar?'

'Ik denk dat het echt een uitdaging wordt. Ik verheug me erop. Heb je even de tijd om de leerlingenlijst met me door te nemen?'

'Kan dat in twee minuten?'

Lynne kroop tegen me aan. 'Is dat alles?'

'Sorry.'

'Heb je al aan de gevulde kippeborsten gedacht?'

Ik schoof mijn hand onder de hals van haar bloes. 'Dit zijn geen kippeborsten.'

'Je weet wat ik bedoel!'

Ik glimlachte en haalde mijn hand weer uit haar bloes.

Ik had geen zin in haar.

'Ga je vandaag nog naar het strand?' vroeg ik.

'Tja, ik zou wel willen, maar ik moet mijn haar nog laten bijknippen.' Ze scheen te denken dat het nieuws nogal schokkend voor me moest zijn, want ze voegde eraan toe: 'Alleen de puntjes.'

'De puntjes zien er volgens mij nog wel goed uit.' Ik verveelde me en ik schaamde me omdat ik me verveelde.

Ik dacht: ik zou met Bonnie hetzelfde gesprek kunnen voeren, over kippeborsten en haarpuntjes en oké, het zou niet het spannendste gesprek zijn of het lolligste, maar toch zou ik aan haar lippen hangen.

Zelfs al had ik twee maanden vakantie, dan wilde ik nog niets horen over Lynne's woordblinden. En dat kwam niet omdat ik niet in dat soort dingen was geïnteresseerd; ik was gewoon niet in Lynne geïnteresseerd.

Hoe kon iemand nu perfect bij je passen en toch niet geschikt zijn? Ze was precies wat ik nodig had. Waarom wilde ik haar niet? Andere mannen wel. Als we samen over straat liepen, zag ik hoe ze – vaste bewoners, zomergasten – allemaal naar haar keken. Keken? Hun ogen vielen zowat uit hun kassen. Ze werd regelmatig gebeld door vroegere vriendjes en mannen die ze nauwelijks kende, die allemaal niet wilden geloven dat ze liever met iemand anders trouwde dan dat ze luisterde naar wat zij allemaal hadden te bieden.

Lynne speelde met de aders in mijn hand. Ik besefte ineens dat hoe hard ik mijn best ook deed, ik nooit van haar zou kunnen houden. Er was niets aan Lynne waar ik verder nog nieuwsgierig naar was. Haar werk, haar familie, haar hobby's, haar gevoelens. Maar ik wilde alles weten over ieder vak dat Bonnie had gevolgd aan de universiteit van Utah. Ik wilde de namen van haar broers weten, wie ze had gestemd in 1980 en waarom, hoe haar eerste vrijpartij was geweest. Ik wilde dat ze me vertelde hoe een stelletje joden in Ogden, Utah was terechtgekomen. Ik wilde *Cowgirl* zien. Ik wilde haar nieuwe scenario lezen en haar beschrijvingen van badpakken voor de dikke-damescatalogus. Ik wilde kennismaken met haar ouwe heer, ik wilde hem wegsleuren bij zijn nieuwe vrouw en met hem gaan jagen. Ik wilde zelfs vogeltjes gaan kijken met haar – of in ieder geval toekijken hoe zij keek. Ik wilde met haar gaan hardlopen. Gaan kamperen. Vissen op forel. Haar meenemen op een tocht om walvissen te bekijken ter hoogte van Montauk. Ik wilde haar alles over mijn werk vertellen, over mijn hele leven. T.v. kijken en al haar films uit de jaren veertig samen met haar bekijken. Ik wilde met haar vrijen.

'Je bent stil,' zei Lynne.

'Ja, ik heb veel aan mijn hoofd.' Ik dacht: misschien is dit allemaal maar camouflage en wil ik gewoon de voogdij over Moose.

'Kom op, waar moet je om lachen?' wilde Lynne weten.

'Niks bijzonders.'

'Dat verbaast me niets.'

Ik probeerde te gaan verzitten; ik wilde rechtop zitten, maar ze zat zo dicht tegen me aan dat ik me niet kon verroeren. 'O Lynne, het spijt me zo.'

Ze wist het, maar toch vroeg ze alsof ze hoopte op een ferme ontkenning: 'Is er iets?'

'Ik weet niet waar ik moet beginnen. Ik weet niet wat ik moet zeggen.'

'O God.' Ze sprong uit de stoel en ging voor me staan. Zo mooi. Zo lief. Verantwoordelijkheidsgevoel. Degelijke maatstaven. Ze werkte hard. 'Wat is er?' Het zou zo verstandig van me zijn met haar te trouwen. 'Ben je weer gaan drinken?'

'Nee.' Ik hoef helemaal niets te zeggen, dacht ik. Gewoon alles laten overgaan. De Spencer-zaak afsluiten, alles op een rijtje zetten. Het zou goed voor me zijn het rustig aan te doen. Lynne was zo geschikt voor me; op de een of andere manier moest het wel goed komen.

'Is er iemand anders?'

Nu moest ik opstaan en haar in mijn armen nemen. En zeggen: iemand anders? Terwijl ik jou heb? Natuurlijk niet! Maar ik zat als verlamd. 'Ja,' zei ik ten slotte.

'Wie is het?'

'Iemand die ik een paar jaar geleden heb gekend.'

'Ga je al lang met haar om?'

'Nee. Zoiets is het helemaal niet. Ik ben haar pas weer tegengekomen en toen besefte ik het.'

Lynne begon te huilen. 'Besefte je wat?'

'Ik weet het niet.'

'Besefte je wàt, Steve?'

'Dat ik de hele tijd bij haar wil zijn.'

Eindelijk was ik in staat me te verroeren. Ik stond op en sloeg mijn armen om haar heen. Ik wou dat ik kon zeggen dat ik vervuld was van verdriet. Maar ik voelde niets anders dan verdriet dat ik haar pijn moest doen. Ze was zo goed en ze hield van me, of tenminste van de man die ze dacht dat ik was en ze hield van het idee dat ze hield van iemand die haar nodig had om door het leven te komen.

Ze maakte zich los uit mijn armen en keek me aan. Alles wat ze deed was mooi; ze huilde zelfs mooi. Twee lieflijke tranen liepen gelijktijdig over haar wangen. Ze slikte en werd wat rustiger. 'Hou je niet van me?' vroeg ze.

Ik nam haar weer in mijn armen. 'Lynne,' zei ik in haar prachtige haar, 'je bent een prachtig mens. Je bent mooi, lief, geduldig...'

'Maar je houdt niet van me.'

'Ik dacht het wel. Ik dacht echt dat ik van je hield.'

'Ga je met haar trouwen?'

'Ik weet het niet. Ik weet een heleboel niet. Ik heb het niet meer in de hand, ik begrijp het allemaal niet meer. Het gebeurt allemaal op dit moment. Toen ik naar je toekwam, wilde ik gewoon even bij je zijn en dat was alles. In mijn wildste dromen had ik niet kunnen denken dat we nu dit gesprek zouden hebben. Ik wou dat ik beter voorbereid was...' Ze begon weer te huilen. 'Ik wou dat ik het minder pijnlijk voor je had kunnen maken.'

Ze maakte zich weer los uit mijn armen. 'Mijn moeder heeft de uitnodigingen al besteld.'

'Het spijt me.' Wat moest ik doen? Tegen haar zeggen dat haar ouders, Sint Babs en De Vloek van het Goddeloze Communisme, de champagneflessen te voorschijn zouden halen, de uitnodigingen verscheuren en een vreugdedans maken?

'Is ze mooier dan ik?' Lynne veegde haar tranen weg.

'Nee.'

'Jonger?'

'Nee, ouder.' Toen voegde ik eraan toe: 'Ouder dan ik.' Haar mooie bruine ogen werden groot van ongeloof alsof ze een bejaardenpas in een trillende hand met levervlekken voor zich zag. 'Niet zoveel ouder,' voegde ik eraan toe.

'Is ze een goed mens?'

'Ja.' Het was laf, maar op dat moment wou ik dat ik niet had gezegd dat er iemand anders was, maar alleen dat ik het niet meer zag zitten en dat het mijn schuld was. Ik was gewoon te oud om nog te trouwen. Maar dan zou Lynne al haar geduld en medeleven uit de kast hebben getrokken als een verpleegster met een invalide die nog lang op zijn genezing zal moeten wachten. Ze zou blijven wachten, me op de been helpen, een beter mens van me maken.

'Wat doet ze?'

'Ze is schrijfster.'

'Komt ze uit de stad?'

'Nee, ze is van hier.'

'Is ze rijk?'

'Nee.'

'Wat is het dan? Seks?' Ik reageerde niet. 'Is dat het?'

'Het speelt een rol.'

'Maar dat was toch altijd goed tussen ons? Jawel.'

'Jazeker.'

'Je bent me een uitleg verschuldigd, Steve.'

'Dat weet ik. Dat weet ik echt wel. Vergeef me alsjeblieft.' Wat kon ik verdorie tegen haar zeggen? De waarheid. Niet de hele waarheid, maar in ieder geval geen leugens. 'Je bent alles dat ik bewonder. De eerste keren dat we uitgingen kon ik me niet voorstellen dat je echt was, omdat ik dacht: niemand kan zo goed zijn. Het moet een pose zijn. Maar dat was het niet. Ik begon in te zien dat jij alles bent dat een man zoekt in een vrouw.'

'Maar waarom wil je me dan niet?'

'Omdat je zo geweldig bènt. Omdat ik een puinhoop van mijn leven heb gemaakt en ik niet aan jouw hoge normen kan voldoen.'

'Maar ik wil helemaal niet dat je je anders voordoet dan je bent.'

'Maar zie je, wat ik ben hoeft nog niet hetzelfde te willen wat jij wil. Ik kan het leven dat goed voor jou is, niet leiden. Ik dacht dat ik dat wel kon. Ik dacht dat als ik een lieve, mooie vrouw zou hebben en leuke kinderen en een fijn huis, ik dan wel tot rust zou komen. Dat en een plaatsje op de wereld. Maar ik heb te veel meegemaakt en ik heb te veel behoeftes. Een wit hek om me heen zetten maakt geen volledig mens van me.'

'Wat dan wel?'

'Zij.'

'Waarom?' vroeg Lynne.

'Ik weet het niet.'

'Dat weet je wel!'

En uiteindelijk antwoordde ik: 'Omdat ze me aan het lachen maakt.'

Carbone had me binnen twee minuten driemaal opgepiept. Ik stopte bij een te knus visrestaurant en belde hem van daaruit. 'Waar is de brand, Ray?'

'Robby heeft haar te pakken.'

'Haar?' Lindsay. Hij zou Lindsay zeggen.

'Bonnie.'

Ik wist dat ik niet kon klinken zoals ik me voelde: gek van angst. Ik moest nuchter klinken, verstandig, als de harde, ervaren smeris die de stomme streken van het kind Robby beu is. 'Jezus, is hij nou nog steeds met die flauwekul bezig? Ik heb me uit de naad gewerkt. Ik heb wat aardige dingen in verband met Lindsay gevonden. We moeten ons gaan concentreren...'

'Steve, luister naar me. Hij is gisteravond laat teruggegaan naar het huis van Sy. Naar dat stuk onder de veranda waar we die afdrukken van de teenslippers hebben gevonden.'

'En?' Alles aan me tintelde, zo'n rusteloos, zenuwachtig gevoel alsof ik veel te veel cafeïne naar binnen had gekregen.

'Hij heeft nog een donkere haar gevonden. Dezelfde als die op het kussen. Hij zat vast in het hekwerk dat de kruipruimte onder de veranda afdekt. Ze moet er een tijdje tegen hebben geleund. Hij heeft de haar vanochtend persoonlijk naar het lab in Westchester gebracht. Hij zit nog op de uitslag te wachten, maar jij weet en ik weet dat hij van Bonnie moet zijn. Nu hebben we haar dus in bed met hem èn precies op de plek vanwaar het schot moet zijn afgevuurd.'

Ze heeft gelogen, dacht ik. Ik staarde naar de telefoon, naar die idiote instructies van hoe je kunt bellen. Dat ik Bonnie's verklaringen had geloofd was nog niet eens het ergste. Het ergste was dat ik terug naar huis kon gaan, tegen stoelen schoppen, met dingen gooien, op de muren slaan, 'smerig leugenachtig kreng' tegen haar brullen en dan zou ze haar hand op mijn arm leggen, me diep in de ogen kijken en zeggen: 'Stephen, ik ben daar niet geweest. Ik zweer dat ik er niet ben geweest.' 'Maar hoe kwam die haar daar dan?' En zij zou zeggen: 'Iemand heeft hem daar neergelegd. Die rechercheur die achter me aan zit. Je hebt zelf gezegd dat hij achter me aan zat en dat blijkt nu wel.' Ik zou zeggen: 'Denk je dat ik dat geloof, trut?' En zij zou zeggen: 'Ja.'

En tegen alle redelijkheid in, zou ik dat ook.

'Ray,' zei ik, 'heb jij hier geen moeite mee?'

'Hoezo?'

'Denk je niet dat er een mogelijkheid bestaat dat Robby iets te enthousiast is geworden?'

'Maak het nou. Zover zou hij niet gaan. Je weet dat hij niet zou knoeien met bewijsstukken. Je moet de feiten onder ogen zien. Onder ogen zien wat zij is.' Het was even stil, zo stil dat ik het water in de bak met kreeften kon horen borrelen. 'Steve? Ben je er nog?'

'Ja.'

'Wat ga je nu doen?'

'Wat vind je dat ik zou moeten doen?' vroeg ik.

'Haar gaan zoeken.'

Toevallig keek ik naar de plank in die groezelige hoek bij de telefoon met de muntautomaat, met zijn verfomfaaide inschrijfformulieren voor American Express waarvan de randen door het vocht helemaal waren gaan krullen, en de asbak met de sigareas van iemand anders. En plotseling werd me in die stinkende, smerige hoek een geschenk in de schoot geworpen – een flits van herinnering aan die avond, vijf jaar geleden.

We waren klaar met eten en gingen terug naar de woonkamer. De zon stond op het punt onder te gaan en Bonnie had het licht nog niet aangedaan zodat we de horizon konden zien, koninklijk blauw, diep oranje. Ze stak een paar kaarsen aan en wij gingen lui achterover zitten in het flakkerende licht. Ze vertelde me hoe het was gekomen dat ze zo van South Fork was gaan houden, de eindeloze, prachtige luchten, de oceaan, de moerassen, de vogels – ze zei dat ze een van die engerds was die met laarzen aan en een verrekijker op haar buik rondbanjerde – maar dat ze toch nog steeds de bergen miste. Niet alleen vanwege het vissen, het wandelen en het skiën. In haar jeugd in Utah had ze vanuit school naar buiten gekeken, was ze naar de winkel gefietst om een halve liter melk voor haar moeder te halen, had ze in haar bed naar de sterren liggen staren – en altijd waren de bergen er geweest.

'Het klinkt alsof je een beetje heimwee hebt,' zei ik.

'Inderdaad.'

'Heb je er wel eens over gedacht om terug te gaan?'

'Er woont geen enkel familielid meer van me. Het zouden alleen ik, de bergen en de Mormonen maar zijn.'

'Je hebt geen antwoord op mijn vraag gegeven.'

'Ik wou dat ik terug naar huis kon,' zei ze, uiterst kalm.

En ik fluisterde: 'Ik zal je leren hoe je ook hier kunt liefhebben, Bonnie.'

Ik gooide nog een kwartje in de gleuf en belde mijn vriendin op het kantoor van de officier van justitie, Sally-Jo Watkins. Afgaande op de naam zou je zo'n sloof van een vrouw uit de Appalachen met veertien kinderen verwachten zoals je die wel ziet in documentaires over ondervoeding in de Verenigde Staten. Maar Sally-Jo was bepaald geen sloof. Ze kwam uit een oude maar volkomen onbelangrijke familie in Brooklyn. Ze liep altijd in looppas en ze blafte meer dan dat ze praatte. Ze was een carrièrevrouw: hoofdassistent van de officier van justitie voor Suffolk County.

'Wat is er? Ik heb het druk. Gaat dit over de Spencerzaak? Ralph heeft hem in behandeling. Je moet maar met Ralph praten.'

'Ik moet jou spreken.'

'Waarom? We hebben allemaal onze eigen zaken, net als jullie. Ik kom om in het werk, Brady, achterlijke idioot. Wat je ook van me wil, ik kan het niet doen. Bel Ralph maar.'

'Hij is te onbuigzaam. Ik kan niet met hem praten.'

'Nou, ik kan niet met jou praten.'

'Sally-Jo, ik heb minstens drie keer je huid gered toen je op het bureau was. Je bent me verdomme wat verschuldigd.'

'Ik heb je op een etentje getrakteerd. Weet je nog? Toen je uit het gekkenhuis kwam? Ik moest wel wachten tot je droog stond, anders had het me een jaarsalaris gekost met de manier waarop jij ze achteroversloeg.'

'Nou, ik heb in de loop der jaren minstens twintigduizend calorieën aan cheeseburgers in jou gepropt, dus zullen we zeggen dat je me nog steeds het equivalent van een buitengewoon uitgebreide lunch schuldig bent?'

'Zeg het dan maar, knuppel. Maar snel een beetje.'

'Een hypothetisch geval: Stel dat ik alles volgens de regels heb gedaan: ik heb gewacht met onderzoek van de plaats van de misdaad tot na de lijkschouwing en daarna mijn mensen een netenkam door de hele boel laten halen. Het heeft niet geregend, niet gesneeuwd. Onze monsters zijn niet vuil geworden, niets om ons werk te bemoeilijken. Ideale omstandigheden.'

'Ga door.'

'Niet veel gevonden behalve wat indirecte bewijzen die goed zijn voor een DNA-zaak. Haar. Een paar haren van de minnares van het slachtoffer in het bed waar ze hadden gevrijd. Oké. Een week later, vier dagen nadat we het gebied hebben vrijgegeven, vind ik nog een haar. Waarschijnlijk van de minnares. Laten we zeggen dat een laboratoriumonderzoek dat uitwijst.'

'Waar vind je de zogenoemde haar?'

'Tussen twee latjes die kruiselings over elkaar lopen. Als de minnares het moordwapen had afgevuurd, zou dat precies de plaats zijn geweest waar ze met haar hoofd zou hebben gestaan. Welnu, zou jij als aanklager dit plotseling opgedoken bewijsstuk accepteren? Zou jij er gebruik van maken?'

'Oké: over het algemeen kan ieder relevant bewijsstuk worden toegelaten in een rechtszaak. Maar dat geldt ook voor de omstandigheden waaronder men aan het bewijs is gekomen. In een geval als dit zou de verdediging aanvoeren dat aangezien je de eerste keer keer zulk uitstekend werk kon verrichten onder ideale omstandigheden, het verdraaid vreemd is dat je toen die extra haar niet hebt gevonden.'

'Ze zouden beweren dat hij er was neergelegd.'

'Juist.'

'Dat zou een advocaat als Paterno zeker beweren.'

'Een advocaat als Paterno zou de vloer met ons aanvegen. Wij zouden zeggen dat het onoplettendheid was. Een menselijke fout. Smerissen zijn menselijk en waarom zouden wij in vredesnaam willen proberen de minnares een oor aan te naaien? Omdat we diep in ons hart geloven dat ze schuldig is? Belachelijk!'

'Als jij de aanklager was in een zaak als deze, wat zou jij dan doen?'

'Ik zou een paar dagen lang de betreffende rechercheur achter zijn broek zitten en hem duidelijk maken dat als hij niet honderd procent zeker is dat een van zijn collega's de haar er niet heeft neergelegd – ik zou hem niet rechtstreeks beschuldigen – hij het maar moet vergeten, omdat wij de zaak niet in gevaar willen brengen door de verdediging iets in handen te geven waarmee ze ons om de oren kunnen slaan. Daarna zou ik alles zorgvuldig afwegen. Er is een grote kans dat ik niet het risico zou nemen het bewijsstuk aan te voeren tenzij we al heel weinig grond onder de voeten hadden – maar in dat geval zou ik mijn twijfels over de hele zaak uitspreken. Maar zelfs als we een min of meer gedegen zaak hadden, zou ik die haar liever niet gebruiken. Kijk, door die ene haar komt de nadruk op het DNA-onderzoek te liggen en daardoor kan ons goede bewijs – de haar uit het bed – in twijfel worden getrokken. En we zitten niet te wachten op een advocaat als Paterno die de jury zich laat afvragen hoe het komt dat er pas na een week een wonder geschiedde. Vanuit het standpunt van de aanklager is een twijfelende jury een gevaarlijke jury. Twijfel op basis van gegronde redenen is iets verschrikkelijks.'

'Bedankt, Sally-Jo.'

'Dus, imbeciel, is het jouw hypothese dat Bonnie Spencer Sy Spencer heeft doodgeschoten of niet?'

'Niet.'

'Dat is niet wat ik heb gehoord.'

Het spande erom of Bonnie zelf de telefoon los zou laten of dat ik haar pols moest breken voor ik hem uit haar hand kon trekken. Eindelijk liet ze hem los, maar toen spurtte ze naar de deur. Ze wilde zich gaan aangeven bij de politie.

'Hou op!' schreeuwde ik. Ik hield haar in een stevige armgreep, maar het was net zoiets als proberen een sterke vent in bedwang te houden en de kracht die ze van nature al had werd versterkt door hysterie. 'Je hebt het niet gedaan, dus waarom zou je...' Ze zei iets, maar haar woorden gingen verloren in hysterisch gesnik. Ik sloeg mijn armen om haar heen en wachtte tot ze zou gaan huilen en smeken: 'Stephen, geloof me alsjeblieft!' Maar in plaats daarvan kreeg ik een elleboog in mijn middenrif. Doordat ik geen lucht meer kreeg moest ik haar wel loslaten. Ik klapte dubbel en probeerde wanhopig weer lucht te krijgen. Jezus, dat deed pijn!

Op dat moment vroeg Bonnie: 'Heb ik je pijn gedaan? Het spijt me.' Alleen kon ik niets terugzeggen. 'Stephen? Gaat het? Waar doet het pijn? O God.' Eerlijk gezegd duurde de schok van die onverwachte pijn – pijn die wordt toegebracht door de vrouw van wie je juist tegen je ex-verloofde hebt gezegd dat je van haar houdt – maar een ogenblik. Maar ik stelde Bonnie niet gerust. Integendeel, ik liet me door haar naar mijn bed brengen, voetje voor voetje. 'Doe maar rustig aan,' waarschuwde ze. Toen ik eenmaal plat op mijn rug lag, had zij zich weer onder controle. 'Kun je weer ademen?' Ze tuurde in mijn ogen om te zien of de pupillen waren verwijd. 'Stephen?'

'Nee,' mompelde ik, 'het is gedaan met me.' Ze moest zich vooroverbuigen om me te kunnen verstaan. 'Je hebt mijn rib gebroken en nu steekt er een enorme splinter door mijn hart. Ik ben dood, Bonnie. Vaarwel.' Ik stak mijn hand naar haar uit en trok haar naast me op het bed. 'Nog een laatste kus.' Ze keek me vuil aan. 'Goed,' zei ik tegen haar. 'Word maar weer hysterisch. Loop maar weg. Ik zal je niet meer tegenhouden. Je bent te sterk voor me.'

'Luister naar me. Ik moet mezelf aangeven. Die Robby – ik neem aan dat het Robby is – zit achter me aan. Als ik hier blijf, verzint hij wel iets anders.' Haar stem begon weer schril te klinken. 'Laat me nu gaan zolang mijn advocaat nog kans heeft er iets fatsoenlijks van te maken.'

'Beheers je!' Ze slaakte een diepe, trillerige zucht. 'Het lukt je wel. Ik heb je nog iets langer nodig. Als je eenmaal wordt gearresteerd, kom je misschien niet op borgtocht vrij. Doodslag en je bent niet zo diepgeworteld in de gemeenschap. Ik denk dat ze je in voorlopige hechtenis zullen nemen. Begrijp je?'

'Ja.'

'En dat is niet zo'n lollige plek. De mensen zijn er over het algemeen niet erg gezellig en ze vertonen er geen films met Bette Davis. Je zult er niets aan vinden. Dus dat wil ik je graag besparen zolang ik kan. Maar eerlijk gezegd ben ik ook egoïstisch, want ik heb je nog even nodig voor advies. Tot vijf uur. Om vijf uur mag je je vriend Gideon bellen, hem Bill Paterno laten waarschuwen en dan kan je het hele proces in werking stellen. Maar ik moet je waarschuwen dat als je eenmaal in de bak zit, ik waarschijnlijk geen contact meer met je kan opnemen. Dan zegt je advocaat: "Geen politie."'

'Maar ik zou toch kunnen uitleggen dat je me helpt.'

'Bonnie, denk je nou heus dat een strafpleiter gelooft dat een rechercheur van Moordzaken een zwak heeft voor zijn cliënte en daardoor handelt naar haar bestwil?'

'Misschien wel.' Het zat me dwars dat ze zo naïef was. Ze was zo God-Zegene-Amerika. Ze wilde zich aangeven omdat ze vertrouwen had in het Systeem. Ze zou door de poorten van de hel gaan. De gevangenis betekende voor haar films over misbruikte vrouwen met zielige verhalen en een verknipte vrouwelijke hoofdcipier. Voor haar was de ellende het idee van een decorontwerper. Ze wist niets van het krankzinnige geschreeuw, de woede, de gewelddadigheid, de stank. Haar crackverslaafden kende ze alleen van het journaal; ze had er geen idee van. 'Nou, je had tegen me gezegd dat je het vandaag heel druk zou hebben met het oplossen van de zaak. Hoe ver ben je gekomen?'

'Ik weet het niet. Vertel het mij maar.'

Ik pakte haar hand. Ze trok hem weg. Ik had vergeten dat ik haar nog niet had verteld dat ik van haar hield of dat ik niet met Lynne zou trouwen, dus stak ik mijn hand weer naar haar uit. Maar ze stond op en liep naar mijn leren fauteuil. Op de tafel ernaast lag een blocnote met een pen en toen ze zat, pakte ze het blocnote en drukte die tegen haar hart alsof hij alle geheimen bevatte. 'Ik lees veel te veel detectives en ik zie veel te veel detectivefilms,' verklaarde ze. 'Toen ik over de hele zaak probeerde na te denken, over alles dat je me hebt verteld, kwam ik uit op Victor Santana en mevrouw Robertson.'

'Waarom, in godsnaam?'

'Omdat hij jaloers was op Sy en wist dat Sy hem zwak vond – en dat als Lindsay zou worden ontslagen, hij de volgende zou zijn.'

'En Marian Robertson?'

'Wie zal het zeggen? Omdat Sy een keer te vaak haar keuken kwam binnengeslenterd en een deksel van een pan had getild en een pink in haar béarnaise-saus had gestopt en eraan geroken en er een lik van had genomen en vervolgens had gezegd dat er een snufje meer kervel in moest.'

'Jammer dat je er te oud voor bent. Je zou een uitstekende politievrouw zijn.'

'Ben je niet onder de indruk van mijn deductieve vermogens?'

'Nee.'

'Dat dacht ik al. Daarom hield ik op met naar het totaalbeeld kijken – omdat ik er steeds een film van probeerde te maken. Ik besloot me op Sy te concentreren. Mijn laatste dagen met hem te analyseren op basis van alles wat je me hebt verteld.'

'Ga door.'

Ze duwde de rugleuning zover achterover dat de stoel bijna horizontaal lag. Ze keek van mij naar de aantekeningen en omgekeerd. 'Denk eens aan Sy's gedrag. Wat was ongebruikelijk voor hem?'

'Zich niet concentreren terwijl hij jou aan het neuken was.'

'Laten we het gewoon afgeleid gedrag noemen,' stelde ze voor.

'Afgeleid gedrag. Derderangs gevrij. Wat je maar wil.'

'Het was tweederangs,' zei ze. 'Met jou was het derderangs.'

'Nee. Je hebt het nog nooit zo goed gehad. Dat weet je. Geef het toe.'

'Nee. In ieder geval was Sy afgeleid. Dat kon betekenen dat er iets belangrijks gebeurde – of stond te gebeuren. Wat verder nog?' Ik dacht dat ze haar eigen vraag zou gaan beantwoorden, maar ze wachtte op mij.

Ik dacht erover na. Wat was op de een of andere manier ongebruikelijk geweest in de laatste dagen van Sy Spencers leven? Liefde. 'Hij was verliefd geworden op Lindsay,' begon ik. 'En ze had hem gekwetst. Ineens was degene die altijd slachtoffers maakte, zelf slachtoffer geworden. Dat moet echt een klap voor hem zijn geweest.'

'Precies. En wat was er dus aan de hand? Onder de gunstigste omstandigheden was Sy al een wraakzuchtige man als iemand hem tegenwerkte. En nu was het het voorwerp van zijn genegenheid of obsessie, zijn geliefde die hem bedroog. Hij zou haar wel krijgen.'

'Maar als het erop aankwam, kon hij niets tegen haar beginnen.' Ik vertelde haar wat Eddie Pomerantz had gezegd, dat Sy haar vanwege het geld wel in de film moest houden.

Bonnie's ogen werden steeds groter. 'Dat is nog beter!' Ze sprong uit de stoel en kwam naar me toe. 'Denk na!' beval ze.

'Over wat?'

'Wraak is één mogelijkheid. Daar concentreerde ik me op. Maar hoe kon hij wraak nemen èn aan geld komen?'

Ik schoot overeind. 'Jezus! De verzekering!'

Bonnie greep me bij mijn jasje. 'Als Lindsay werd getroffen door de bliksem, zou hij zijn geld krijgen en zijn nieuwe actrice.'

'En hij zou wraak nemen,' zei ik langzaam. 'Oké, maar rustig aan. Want Lindsay werd natuurlijk niet door de bliksem getroffen. Het was Sy. Hoe kan dat dan?'

'Stephen, vraag je eens af: wie werd vermoord? Sy?'

'Sy natuurlijk.'

'Of iemand met een witte badjas met capuchon die aan de rand van het zwembad stond op het tijdstip dat Lindsay Keefe meestal thuiskwam en haar baantjes ging trekken?'

'Iemand die klein was,' zei ik.

En Bonnie zei: 'Net zo klein als Sy.'

19

Bonnie was verschrikkelijk opgewonden; ze praatte te snel, sprong heen en weer in een U-vormig pad om het bed heen en stopte elke keer bij het raam om op haar tenen te gaan staan en naar buiten te gluren. Opgewonden zijn in een kleine ruimte was voor haar een zware opgave. 'Oké,' zei ze, 'we moeten erachter zien te komen of dit echt een mogelijkheid is en dan...'

'Stop. Ik leid deze voorstelling, niet jij. Ik ben hier de rechercheur. Jij bent niets.'

'Stil. Ik weet wat ik doe.' Ze ging op de rand van het dressoir zitten en zwaaide heel snel met haar been heen en weer als een slinger die op hol is geslagen.

'Neem me niet kwalijk, je mag dan redelijk slim zijn, maar als het op politieprocedures aankomt weet je van niets en we hebben geen tijd voor discussies over rangorde en dus ben ik hier de baas.' Ze legde haar vingers tegen haar mond alsof ze een geeuw probeerde te verbloemen uit verveling bij zulk kinderachtig gedoe. 'Doe niet zo lullig met dat gegeeuw, Bonnie.'

'Dat doe ik helemaal niet.'

'Denk na: je moet niet zomaar wat zeggen. Gedurende de tijd dat je hem kende, heb je Sy ooit dreigementen horen uiten tegen iemand of iemand dood horen wensen op een zodanige manier dat je bang was voor hun leven? Afgezien van het "Ik hoop dat je erin blijft" waarover we het al hebben gehad.'

Ze zwaaide nog wat met haar been en schudde toen haar hoofd. 'Maar dat wil niet zeggen dat hij niet haatdragend was. Hij had zijn haatlijst. Als hij iemand die hem dertig jaar geleden op de basisschool "kleintje" had genoemd alsnog kon pakken, liet hij het beslist niet na. Maar hij dacht bij wraak niet in termen van dood. Hij wilde geen lichamelijke pijn veroorzaken; hij wilde iemand die hem dwarszat alle mogelijke emotionele pijn toebrengen.'

Ik voegde nog een punt toe aan het lijstje van goede eigenschappen van Bonnie waar al zo'n vijf miljoen punten op stonden: ze waaide niet met alle winden mee. Zoals het eruitzag zou ze Sy gemakkelijk hebben kunnen afschilderen als Een Man Met Moordzuchtige Neigingen, maar daar was ze te eerlijk voor.

'Goed,' zei ik, 'dus waar het op neerkomt is dat Sy een doodgewone, kwaadaardige man was.'

'Behalve dan dat zijn kwaadaardigheid erger werd naarmate hij ouder werd – of machtiger en succesvoller. Kijk, de man met wie ik trouwde was dan misschien geen lieverdje, maar de Sy met wie ik te maken kreeg nadat ik hem het scenario van *A Sea Change* had gegeven, was veel harder; hij was zo vol van zichzelf en zo vol minachting voor andere mensen. Iedereen die hem in de wielen reed was slecht, egoïstisch, stom en verdiende dientengevolge de straf die Sy besloot op te leggen. Naar zijn idee zorgde hij er alleen maar voor dat er recht werd gedaan.'

'Goed, denk hier eens over na: had hij überhaupt morele principes?'

Bonnie dacht lang over deze vraag na terwijl ze met haar been zwaaide. 'Hij had uitstekende manieren. Keurige politieke standpunten: apartheid is slecht, regenwouden zijn goed. Maar ik heb nooit enig bewijs van morele principes gezien, niet in persoonlijke zin.'

'Dus we zouden hem immoreel kunnen noemen.' Ze knikte. 'En we kunnen, misschien, stellen dat hij geen moeite zou hebben gehad met moord; het was hoogstens onnodig of gevaarlijk.'

'Of onbetamelijk. Mannen die op Dartmouth hebben gezeten, moorden niet.'

'Maar als Sy zich nu eens niet meer druk maakte over onbetamelijkheden? Tenslotte zag zijn wereld er stralend uit: hij maakte goede films, verdiende veel geld. Hij kon niets verkeerd doen. Is het mogelijk dat hij zo verwaand werd dat hij uiteindelijk vond dat alles wat hij deed per definitie betamelijk was?'

Bonnie schoof verder naar achteren op het dressoir en ging in kleermakerszit zitten. Ze begon te peinzen en staarde langs me heen de ruimte in. 'Zeker. Het is mogelijk. Hij geloofde zijn eigen publiciteit; Sy Spencer was superieur, creatief, verfijnd. Hij zou nooit platvloers kunnen zijn als producenten aan de Westkust waarover hij altijd tekeerging, die in hun autotelefoons blèrden en bowlingbanen in hun huis lieten aanleggen. En hij was zo uiterst gevoelig dat hij met geen mogelijkheid wreed kon zijn. Maar dat was de geïdealiseerde versie van Sy zelf en het tegendeel was waar. Ik geloof dat alles waarover we hebben gepraat, alles wat er in zijn leven gebeurde – onbeantwoorde liefde, zijn wraakzucht, zijn geldzucht – een rol heeft gespeeld bij zijn weg naar de afgrond. Wat werkelijk tot zijn ondergang heeft geleid was het feit dat hij bang werd.'

'Voor wat?'

'Mislukking. De studio's waren niet geïnteresseerd in *Starry Night*, maar hij geloofde erin en dus zorgde hij zelf voor het geld. Hij vertelde me dat *Starry* de beste soort Amerikaanse film zou worden, waarin de karakters groeien en elkaar uiteindelijk ook verdienen. Maar Lindsay verpestte alles. Ze zette hem niet alleen voor gek met Santana waarmee ze hem echt pijn deed, maar ze maakte ook nog eens datgene kapot waar hij het meest om gaf: zijn film, met andere woorden zijn reputatie, zijn onsterfelijkheid.'

'Dus ze kostte hem een half miljoen extra en een deel in de toekomstige winst. En ze brak zijn hart met Santana.'

'Het was nog erger. Door haar dreigde hij een naam te verliezen in het vak. Dat heeft Sy me verteld: de mensen begonnen al te zeggen: "Zie je wel dat we gelijk hadden? *Starry Night* had van het begin af aan geen schijn van kans." En dan de manier waarop Lindsay acteerde – zo levenloos, alle critici en hun dure vriendjes zouden in de lift na een persvoorstelling tegen elkaar zeggen: "Was dat geval dat we net hebben gezien een film van Sy Spencer?" '

'Maar je weet toch van die oude mannen in Hollywood, die van Goldwyn,' wierp ik tegen. 'Zij maakten films waarvan de critici zeiden dat ze waardeloos waren en al hun zogenaamde vrienden lachten hen uit. En toch gingen ze gewoon door.'

'Maar zij waren keihard. Zij konden het hebben.'

'En je wil me wijsmaken dat Sy dat niet kon?'

'Stephen, weet je nog dat we het erover hadden dat Sy steeds anders was bij andere mensen, dat het net leek of hij geen kern had? Nou, dat was niet omdat hij dat zo leuk vond. Sy liet zich altijd bepalen door degene bij wie hij was en als die mensen hem uitlachten – omdat hij werd bedrogen met een modepop als Victor Santana of omdat hij een romantische avonturenfilm had gemaakt die noch romantisch noch avontuurlijk was – zou hij zich laten omvormen tot datgene waarom ze hem uitlachten: een mislukking, een nul, een jandoedel.'

'Dus hij wilde haar doden omdat ze hem voor gek had gezet. Maar hij zou haar niet zelf hebben vermoord?'

'Nee. Ik zie hem nog niet strychnine in haar meloenen spuiten. En hij zou nooit een vuurwapen hebben aangeraakt; ik herinner me dat ik hem een keer voorstelde op eendejacht te gaan en hij deed net of ik van plan was Kwik, Kwek en Kwak te vermoorden. Vuurwapens waren slècht. Als hij haar haar neergestoken zou ze hebben gebloed en vlekken op het kleed hebben gemaakt. En als hij een pook had gepakt en die op haar hoofd had geslagen, zou dat vies zijn geweest – stel je voor dat hij stukjes hersenen op zijn schone broek had gekregen? Sy was veel te tuttig om te doden. En hij zou in figuurlijke betekenis zijn handen nooit vuil hebben gemaakt. Hij was een heer; hij deed nooit zelf iets vervelends.'

'Iemand anders moest het voor hem doen.'

'Altijd.'

'Dus wie kende hij die dat soort smerige karweitjes voor hem kon opknappen?' vroeg ik. Ze wist het, maar wilde het niet zeggen. 'Mikey LoTriglio?'

'Nee.'

'Waarom niet?'

'Omdat als Mikey of een van zijn mannetjes het had gedaan, Lindsay Keefe deze week op de omslag van *People* zou staan met 1957-1989 over haar decolleté en Sy bezig zou zijn met *Starry Night* met in de hoofdrollen Nicholas Monteleone en Katherine Pourelle.'

Ik zei dat ze het bij het verkeerde eind had, dat de onoverwinnelijke reputatie van de maffia een mythe was en dat dank zij het feit dat ze er in werkelijkheid vaak zo'n zootje van maakten, de FBI een goede naam had.

Ze zei dat ze *Wiseguy* had gelezen en dat ze alles af wist van die psychopaten die bij de maffia zaten omdat ze het in de wereld binnen de wet niet hadden kunnen maken, maar dat Mikey heel intelligent was en met een andere achtergrond, hersenchirurg of rechter bij het Hooggerechtshof had kunnen worden.

Ik zei dat ze niet goed bij haar hoofd was en ze glimlachte naar me en zei dat ze dat wel was.

Ik moest naar de keuken om Dikke Dijen te bellen op het hoofdbureau, maar ik voelde er niet veel voor om Bonnie achter te laten, omdat ik naar haar wilde blijven kijken, vooral nu ze mijn hemd droeg dat een beetje versleten was en daardoor enigszins doorschijnend. En verder zou ze waarschijnlijk, zodra ik de deur uit was, op de grond gaan liggen en hefoefeningen gaan doen met mijn stereo-installatie, dus gebruikte ik de telefoon op mijn nachtkastje. Nog geen woord van Robby die in het lab in Westchester was. En geen spoor van Mikey; hij was niet thuis in Glen Cove, in Nassau County, en ook niet bij Terri Noonan in Queens en ook niet in de club van de Sons of Palermo in Little Italy. Ik vroeg of hij de bar al had geprobeerd waar hij vaak uithing, Rosie? Dikke Dijen zei dat hij had gebeld en dat de barkeeper had gezegd: 'Welke Mikey?'

'Rosie?' herhaalde Bonnie toen ik had opgehangen. 'Daar heb ik weleens van gehoord.' Ze nam de hoorn van de haak, belde Informatie en vroeg naar het nummer van bar-bistro Rosie op Ninth Avenue. Toen draaide ze het nummer en vroeg naar Michael LoTriglio. Ik trok een medelijdend gezicht. Ze kreeg blijkbaar hetzelfde antwoord als Dikke Dijen had gekregen. Alleen zij onderbrak de man. 'U kent meneer LoTriglio misschien niet,' zei ze door de telefoon, 'maar hij komt regelmatig bij u.' Ze klonk gebiedend en zeker van zichzelf, zoals een goede politieman hoort te klinken. 'Ik wil dat u uw best doet deze boodschap aan hem door te geven. Zeg hem dat Bonnie Spencer – S-P-E-N-C-E-R – heeft gebeld en dat ze hem dringend moet spreken.' Ze gaf hem mijn nummer en hing op.

'Succes,' zei ik.

'Dank je.'

Ik zei dat ik naar de set in East Hampton zou gaan om Lindsay onder druk te zetten en nog wat losse eindjes aan elkaar te knopen. Ik begon ze juist op te noemen toen de telefoon ging. Ik herkende de rasperige stem. 'Geef me mevrouw Spencer,' gebood hij. Ik gaf de hoorn aan Bonnie.

'Mike?' Stilte. 'Goed.' Stilte. 'Ik heb jou ook gemist.' Ik ging naast haar staan, trok de hoorn een beetje van haar oor weg en hield mijn oor erbij. 'Eerlijk gezegd,' vervolgde ze, 'gaat het niet zo goed met me.'

'Wat is er aan de hand, Bonita?'

'Ik ben hoofdverdachte in de moord op Sy.'

'Wat?!'

'Ze hebben een arrestatiebevel tegen me uitgevaardigd.'

Mikey lachte. Niet geamuseerd. Het was meer een ongelovig gesnuif. 'Dat is zo stom dat gewoon stom daarbij vergeleken slim lijkt.'

'Dat weet ik. Maar Mike, ik zal je vertellen wat er is gebeurd.'

'Jij bent me geen verklaring schuldig.'

'Dat weet ik. Maar zie je, ik ging de laatste tijd weer met Sy om. En de politie vond bewijzen dat ik kort voor hij werd vermoord in zijn huis was – en dat we niet beneden thee zaten te drinken. Dus ze hebben een echt bewijs uit een slaapkamer en ze hebben een theorie dat Sy mij of mijn nieuwe scenario had afgewezen en dat ik hem heb neergeschoten. En dat is nog een probleem. Ze weten dat ik met vuurwapens om kan gaan.'

'Wat kan ik doen?' vroeg Mikey. 'Ik doe alles voor je. Dat weet je. Wil je dat ik een leuk, rustig plekje voor je zoek waar je niet opvalt? Heb je geld nodig? Wil je dat ik... Luister, ik zou nooit zo tegen je praten, maar we hebben hier niet met een alledaagse situatie te maken. Dus, wil je dat ik voor je goochel? Een konijn laat verdwijnen? Zeg het maar. Je bent een lieve meid, een dame en je was een goede vriendin voor mijn Terri.'

'Terri is een schat,' zei Bonnie. Het hele gesprek klonk me onwerkelijk in de oren. 'Jullie boffen met elkaar.'

'Dank je,' zei Fat Mikey. 'Ik zeg steeds tegen haar dat ze te goed voor me is, maar dat gelooft ze niet.'

'Mike, ik zal je zeggen wat ik je wil vragen, maar als je er geen zin in hebt, moet je het zeggen. Je kent me. Ik leef niet in een wereld waarin mensen rekeningen vereffenen.'

'Ik luister.'

'Er werkt een rechercheur aan deze zaak, rechercheur Brady.'

'Ik heb hem ontmoet.'

'Hij staat aan mijn kant. Hij probeert me te helpen.'

Er heerste een lange stilte waarin Mikey de alternatieven overwoog – inclusief die van een valstrik, als hij tenminste beschikte over de helft van het verstand dat Bonnie aan hem toeschreef. Maar hij vertrouwde Bonnie. Dat moest wel, want hij vroeg alleen maar: 'Waarom denk je dat hij aan jouw kant staat?'

'Omdat hij weet dat de zaak tegen mij zwak is en hij denkt dat hij een betere kan vinden.' Een korte stilte. 'En omdat hij van me houdt.' Ik deed een paar passen achteruit en keek haar met open mond aan. Ze ging onverstoord door met het gesprek, dus deed ik weer een paar passen naar voren en bleef luisteren.

'Die smeris houdt van je?'

'Ik geloof het wel. Dus wat ik graag zou willen, Mike – als je er niet tegen opziet – is dat je met hem praat. Waar je maar wil. Hij heeft het gevoel dat je je misschien nu iets kan herinneren dat je tijdens het verhoor hebt vergeten.' Mikey liet weer zo'n snuiflach horen. 'Hij heeft me gezworen dat het tussen jullie blijft.' Ik legde mijn hand op haar schouder en schudde mijn hoofd, maar zij bleef gewoon doorpraten. 'Als je het gevoel hebt dat je een zeker risico loopt, moet je het niet doen. Ik weet wat het is als de politie achter je aan zit en dat zou ik jou of Terri of je gezin niet willen aandoen. Het is afschuwelijk.'

'Waar ben je nu, Bonita? Eerlijk zeggen.'

'Hij heeft me ondergebracht, Mike. Ik kan niet zeggen waar.'

'Zeg maar dat hij over een uur in het Gold Coast restaurant op Northern Boulevard in Manhasset moet zijn.' Ik schudde mijn hoofd en gaf haar een teken dat ik dat niet zou redden.

'Ik denk dat hij dat niet binnen een uur redt,' zei ze.

'Anderhalf uur dan. Zeg tegen hem dat hij op de parkeerplaats achter het restaurant op me moet wachten. Hij moet uit zijn auto stappen, naar voren komen en dan blijven staan. Begrepen?'

'Dank je,' zei Bonnie. 'Ik zal niet zeggen dat ik bij je in het krijt sta, Mike. Maar ik wil wel zeggen dat ik je eeuwig dankbaar ben.'

'Dat weet ik, Bonita.'

'Ik hou van jou?!' zei ik.

'Ik moest toch iets zeggen.'

'Geloof je oprecht dat ik van je hou?'

'Ja. Niet dat het verder iets heeft te betekenen. Je hebt al besloten dat een leven met een Ford stationcar en kinderen met sproeten en buurtfeestjes en iedere zaterdag, zondag en woensdag gemeenschap een voorbehoedmiddel is, iets dat je kan behoeden voor zelfvernietiging. Ik denk dat je met jezelf een afspraak hebt gemaakt om hartstocht in te ruilen voor een voortdurend gevoel van welbehagen. Je hebt jezelf ervan overtuigd dat echt plezier – of wat voor diep gevoel dan ook – een donkere keerzijde heeft die te gevaarlijk voor je is. Nou, misschien heb je gelijk. Kijk eens naar mijn leven. Waar heeft die hartstocht mij gebracht? Wat is het resultaat van vijfenveertig jaar plezier? Een film die niemand zich herinnert en een arrestatiebevel wegens moord. Luister, jij hebt de juiste keuze gemaakt. Wat zou ik jou kunnen bieden? Een paar verschrompelde eileiders en een beetje lol? Dus vergeet maar wat ik heb gezegd over liefde. Ik ga hallucineren wanneer ik onder druk sta. Bedenk je niet: ze is perfect. Grijp haar, trouw met haar. *Mazel tov*.'

Het restaurant lag iets voorbij zo'n duur winkelcentrum dat mensen aantrekt die de behoefte hebben vijfentachtig dollar uit te geven voor een t-shirt. Het enige dat ik op de parkeerplaats zag was zo nu en dan een vrouw die werkelijk alles al had geprobeerd op het gebied van haarmode, nagels, sieraden en kleding; ze zouden er één van in een glazen vitrine in het Smithsonian moeten zetten om te laten zien wat er van ons was terechtgekomen na acht jaar Reagan.

Weer een wolkeloze dag. De hitte steeg op van de motorkappen van de Mercedessen, BMW's en Porsches en vervormde het beeld zodat de parkeerplaats eruitzag als een enigszins bewogen foto van het centrum van Stuttgart. Geen Mikey. Ik stond al tien minuten uit de buurt van mijn auto op hem te wachten. Ik maakte mijn colbert los; het resultaat was dat er alleen maar meer warme, vochtige lucht om mijn doorweekte overhemd circuleerde. Vijf minuten later, toen ik bezig was mijn stropdas los te knopen, ging het portier van een kleine rode Miata sportwagen open en Mikey slaagde erin te voorschijn te komen met alle gratie van een worst die uit zijn vel barst. Hij kwam naar me toegewaggeld. Hij had me blijkbaar zitten observeren vanaf het moment dat ik was aangekomen. We knikten naar elkaar. Hij droeg sportkleren die eerder aan zwangerschapskleding deden denken dan aan de maffia: een witte broek en een enorm hemd met rode, blauwe en paarse bloemen.

'Mooie auto.' Ik wist niets anders te zeggen.

'Niet van mij.' Ik wist niet of hij nu bedoelde dat hij was gestolen of geleend. 'Trek je jasje uit en maak je overhemd los.' Hij gebaarde dat ik mee moest lopen tot achter een vuilcontainerpark en daar onderzocht hij mijn borst en rug op sporen van bandjes of draden. Terwijl ik mijn overhemd weer dichtknoopte, onderzocht hij mijn holster en voelde langs mijn broek. Hij haalde mijn portefeuille, penning en handboeien te voorschijn om te zien of ze ook echt waren wat ze leken. Toen hij klaar was, gromde hij: 'Zullen we naar binnen gaan?'

Ik rilde in de ijskoude lucht van de airconditioning. Mikey koos een tafeltje en bestelde, zonder het me te vragen, twee club sandwiches en tweemaal ijsthee. 'Je hoeft het niet op te eten. Het gaat er maar om dat we wat voor ons neus hebben,' verklaarde hij. Hij had zo'n Romeinse neus die bij zijn voorhoofd begon, maar hij was, net als de rest, dik; je had gewoon zin om erin te knijpen en te horen hoe hij toeterde. 'Nou, vertel me maar eens over onze wederzijdse vriendin.'

'Ik geloof niet dat ze het heeft gedaan.'

'Het is niet waar, Ajax.' Zelfs zijn oorlellen waren dik.

'Maar als ik er niet achter kom wie het wel heeft gedaan, is de kans groot dat ze voor lange tijd op vakantie gaat.'

'Wat hebben ze?'

'Wat indirecte bewijzen: een paar mensen die beweren dàt Sy niet van plan was een film te maken van het scenario dat zij had geschreven; ze hebben een getuige dat hij haar iedere dag opzocht en dat ze een verhouding hadden. Met beide getuigenissen kan de officier van justitie aantonen dat ze een vrouw is die aan de kant is gezet en wraak wil nemen.' Geen wonder dat niemand Mikey ooit te grazen had kunnen nemen. Hij was te slim. Hij zat daar als een enorme boeddha in zijn gebloemde hemd, maar ik kon zomaar voelen hoe hij zat te analyseren, alternatieven tegen elkaar af te wegen, te rekenen – en dat terwijl hij geen woord miste van wat ik zei. 'Het lichamelijk bewijs is meer een probleem,' vervolgde ik. 'Vier van haar hoofdharen zaten in het vlechtwerk van het hoofdeinde van het bed waar ze Sy, nog geen half uur voor hij werd vermoord, gezelschap hield. Weet je iets van die nieuwe DNA-onderzoeksmethode die we tegenwoordig gebruiken?'

'Ik weet meer dan je denkt, Brady. Ga door.'

'Ze hebben zojuist nog een haar gevonden, precies op de plek waarvan we vermoeden dat de dader stond toen hij de schoten afvuurde.'

Mikey schudde vol walging zijn hoofd. 'Wie heeft hem daar neergelegd?'

'Hij zou van Bonnie kunnen zijn.'

'Jij zou hier niet zitten als je dat dacht.'

'Het is niet belangrijk wie hem daar heeft neergelegd. Het is belangrijk dat ik hulp krijg. Ze moet zichzelf om vijf uur aangeven, anders wordt ze tot voortvluchtige misdadiger verklaard. Dat zou niet in haar voordeel pleiten als het tot een rechtszaak zou komen.'

'Waarom doe je dit?'

'Kijk, ik heb tot vijf uur de tijd. Òf ik blijf hier met jou zitten filosoferen – ik weet hoe graag je over Plato praat – òf ik probeer Bonnie Spencers reet te redden.'

'Ik wil niet dat je zo over haar praat. Wat meer eerbied.' Een jongen kwam naar ons tafeltje om water in te schenken, maar Mikey wuifde hem weg. 'Wat wil je weten?'

'Wist je dat Sy Lindsay een half miljoen extra betaalde?'

'Tuurlijk. Dat heeft de boekhoudster me verteld zoals je ongetwijfeld weet. Ze vond het heel vervelend dat de investeerders werden verneukt, daarom schonk ze mij haar vertrouwen.'

'Je hebt haar omgekocht en waarschijnlijk bedreigd.'

'Jij had het over een deadline om vijf uur, dus begin nu niet te zeiken.'

'Heb je Sy bedreigd toen je dat ontdekte van die half miljoen? Ik zit nu niet te zeiken. Ik probeer erachter te komen hoe hij zich voelde.'

'Ik heb hem niet bedreigd. Ik heb hem alleen maar verteld wat een stomme lul hij was. Oké, ik zei het nogal hard en hij was bang voor me. Dat zal ik niet ontkennen. Maar ik zou hem nooit hebben vermoord of laten vermoorden. Daarvoor kenden we elkaar al te lang en ik ben een sentimentele vent.'

De sandwiches werden gebracht. Enorme sandwiches voor de rijken: protserig met krullerige sla en zo hoog dat ze bijeen moesten worden gehouden met tandenstokers die zo groot waren als kleine zwaarden. Ik at de helft van de mijne, Mikey at de zijne helemaal op en nam toen de helft die ik had laten staan. Ik raakte de ijsthee niet aan want ik voelde me nog steeds opgefokt van al die koffie die ik had gedronken. Mikey praatte en kauwde tegelijkertijd. Stukjes bacon vlogen in het rond en tomatezaadjes spoten uit zijn mond, maar gelukkig kwam zijn lunch net niet op mijn bord terecht.

'Denk je dat Sy bang voor je was?'

'Zenuwachtig. Je weet wel. Al vanaf dat we kinderen waren, deed Sy het in zijn broek als ik een vuist maakte. Maar hij was niet doodsbang of zo.'

'Vertelde hij je waarom hij Lindsay dat extra geld gaf?'

Mikey schudde zijn hoofd en rolde met zijn ogen alsof hij niet kon begrijpen dat een mens zo stom kon zijn. 'Wil je eens lekker van je stoel rollen, Brady? Want dit geloof je niet. Toen ik tegen hem schreeuwde, stortte hij in. Niet huilen of zo, maar hij ging in een stoel zitten en begon zich in allerlei bochten te wringen. Eindelijk hield hij op met dat gelul over een betere aanbieding die Lindsay zou hebben gekregen en dat hij haar wel meer moest bieden. Hij zei dat hij het haar had gegeven omdat ze had gezegd – ben je d'r klaar voor? – "Sy, ik heb een hekel aan mannen die iets achterhouden. Ik heb een man nodig die kan geven." '

'Wat!'

Mikey propte nog wat chips in zijn mond en zei: 'Echt waar. Ben je dan van de pot gerukt of niet?'

'Dan ben je van de pot gerukt,' gaf ik toe. 'Dus hij was echt verliefd op haar.'

'Helemaal stapelgek op haar. Ik heb hem nooit eerder zo meegemaakt.'

'Ook niet met Bonnie of zijn andere vrouw?'

'De eerste was een magere, lelijke zuurpruim zonder tieten en met van die grote gele tanden uit een oude familie die hij had getrouwd omdat mensen dan zouden denken dat hij van goede komaf was. En Bonnie...ik ben er nooit achter gekomen hoe dat nu zat. Het was als een slang die met een jong hondje trouwde. Het had waarschijnlijk te maken met het feit dat hij zo graag het filmvak in wilde en zij zat toen erin. En misschien had hij geen zin meer om een namaaksnob te zijn en had hij wel zin in iets joods en dat was zij, maar niet al te joodachtig.'

'Denk je dat hij met Lindsay zou zijn getrouwd?'

'Zeker.'

'Waarom begon hij dan weer met Bonnie?'

'Al sla je me dood. Toen ze me belde en zei dat ze weer wat met hem had gehad, viel mijn mond open. Weet je wat ik denk? Dat hij zo ondersteboven was van dat gedoe met Lindsay, dat hij huilend naar mammie terugging.' Hij zweeg even. 'Eet jij die chips nog op?'

Ik schoof mijn bord naar hem toe. Hij verslond de chips en de garnering. 'Mike, ik vind het wel interessant wat je me vertelt, maar ik heb er niet veel aan.'

'Wil je beweren dat ik wat achterhou?'

'Dat weet ik niet, maar wat je me vertelt zal Bonnie niet erg helpen. Wil je haar helpen?'

Hij veegde zijn kin af met zijn hand. 'Stel niet zulke achterlijke vragen. Oké?'

'Oké.'

'Ik ontdekte dat van dat half miljoen toen ze in de tweede opnameweek zaten. Ik vertelde hem wat ik had ontdekt. Hij gaf het meteen toe, bood zijn excuses aan, wat ik je net heb verteld. De volgende dag maakte hij een half miljoen naar me over en als je probeert dat tegen me te gebruiken, kan je maar beter iemand in dienst nemen om je auto 's ochtends voor je te starten.'

'Mike,' zei ik zachtjes, 'geen dreigementen. Ik wil Bonnie helpen. Dat is alles.'

'Ben je getrouwd?' vroeg hij.

'Nee.'

'In ieder geval, dat was dat. Tot de dinsdag voor hij overleed. Hij belt me op, zegt dat hij de Hamptons niet uit kan vanwege de film, maar hij moet met me praten. Hij zal zorgen voor een privé-vliegtuig of hij stuurt een auto met chauffeur. Ik zei tegen hem dat ik niet van vliegtuigen hou en dat ik geen gebruikmaak van chauffeurs omdat ze ogen en oren hebben, maar dat ik zelf wel naar hem toe kom rijden, omdat hij mijn vriend is. Dus ik kom daar aan bij zijn huis – Jezus, wat een mooi huis was dat. Hij vertelt me dat Lindsay verschrikkelijk acteert, dat hij diep in de problemen zit met die film. Ik zeg tegen hem dat ik dat al had gehoord en wat dan nog en dat als ik mijn investering zou kwijtraken, ik zeker wist dat hij het goed zou maken.'

'Dat is een goede manier om te investeren.'

'De enige. Dus hij vertelt me dat Lindsay hem bedriegt. Ik zeg nog zo iets als "Jammer" tegen hem, maar dat is niet wat hij wil horen.'

'Wat wilde hij dan?'

'Hij wilde haar uit de weg hebben.'

'Vermoord?'

'Wat denk je, Brady?'

'Vroeg hij aan jou of of jij haar uit de weg wilde ruimen?' Mikey knikte. Zijn kinnen die onder de kruimels zaten wipten op en neer. 'Heeft hij gezegd hoe?'

'Nee, want op dat moment zei ik dat hij zijn mond moest houden. O ja, hij zei nog wel dat het gemakkelijk zou zijn: er zou een brief liggen zodat de mensen zouden denken dat een of andere krankzinnige fan het had gedaan. Maar ik zei alleen dat hij zijn mond moest houden en er niet meer over beginnen en er zelfs niet meer over moest denken. Hij was een amateur en hij wist niet waarover hij het had.'

'Eerlijk gezegd klinkt het alsof hij het donders goed wist.'

'Ik moet toegeven dat het geen slecht idee was. Maar dat wilde ik niet tegen hem zeggen. Hij wilde haar vermoorden omdat ze met de regisseur naar bed ging en omdat hij zijn film helemaal wilde overdoen en het geld nodig had. Denk je dat ik daaraan mijn handen vuil wilde maken?'

'Bood hij je geld?'

'Zover zijn we niet gekomen.'

'Zei hij nog iets anders?'

'Nee. Ik stond op en voor ik de deur uitliep, vertelde ik hem dat hij geen lef had, dat zijn plan niet waterdicht was, dat als hij iets stoms probeerde te regelen met een of ander boefje, ze hem binnen vierentwintig uur te pakken zouden hebben. En toen zei ik tegen hem dat hij zich als een kerel moest gedragen. Als het misging met de film, dan moest hij dat maar onder ogen zien. En toen ging ik er als de sodemieter vandoor. Echt waar: je weet hoe bang Sy voor me was?'

'Ja.'

'Nou, ik was bang voor hem. De rillingen liepen over mijn rug. Waar gaan we in godsnaam naartoe als mannen als Sy willen gaan moorden? Vertel me dat eens. Tot wat zijn we verworden?'

20

De tennisbaan van het grote, aan zee gelegen huis in East Hampton die de hoofdset van *Starry Night* vormde, had alles: witte houten banken, een fontein, stapels sneeuwwitte handdoeken op een witte smeedijzeren tafel, blauwe sparren en cipressen om de omheining te verdoezelen. Alleen zou niemand die bij zijn volle verstand was daar willen zijn. Het was minstens veertig graden in de schaduw, maar er was geen schaduw. Lindsay Keefe en Nick Monteleone waren aan het tennissen – als je het zo kon noemen – bij een temperatuur van zo'n vijfenveertig graden. Er was niets dat in de verste verte op een verkoelend briesje leek. Voorbij de tennisbaan zag de oceaan, door de schuimkoppen op de golven, eruit alsof hij kookte.

Iedere keer dat Nick met zijn racket zwaaide, miste hij de bal en riep Victor Santana: '*Cut*!' Dan kwam een zweetploeg op de acteurs afgestormd. Eerst de produktie-assistenten waarvan sommigen een paraplu boven de hoofden van de acteurs hielden terwijl anderen een ventilator vasthielden. Daarna gingen de grimeurs en kappers aan het werk, terwijl nog weer anderen flessen water met rietjes aanboden zodat Lindsay en Nick slokjes konden nemen zonder dat hun makeup doorliep.

'Nog één opname,' beloofde Santana me. Zijn donkere huid was nu roodbruin. De kleur kwam schitterend uit bij zijn Kleding van de Dag: een militair oerwoudpak. Het enige dat nog ontbrak aan Santana was een slordiger kapsel, een M-16 en een paar skag-joints en dan had hij kunnen doorgaan voor een van mijn vroegere maten. Hij vervolgde: 'Ik moet voldoende film van Lindsay hebben want Nick...' Hij zuchtte berustend. 'Dit kost anderhalve dag extra met een professionele tennisser. Ik kan er gewoon niet bij; hij heeft vier weken lang voor de opnamen tennisles gehad.'

'Monteleone heeft geen coördinatie,' legde ik uit. 'Hij heeft nog een handleiding nodig om aan zijn ballen te krabben. Maar goed, luister, meneer Santana, ik weet dat het maken van een film het belangrijkste ter wereld is, dat tijd geld is en dat u te maken heeft met gevoelige kunstenaars, maar ik verlang meer medewerking dan ik op het ogenblik krijg.'

'Mag ik alstublieft nog één opname maken?' De zweetploeg liep van de baan. 'Erewoord.'

Lindsay was van nature geen atlete, maar ze kon een bal serveren en er tegelijkertijd mooi uitzien. Haar donkere ogen gingen schuil onder een roze zonneklep en haar lichte haar dat ze in een paardestaart droeg begon te wapperen toen een man een reusachtige windmachine aanzette. Santana riep nog een keer: '*Action*!'

Ik bestudeerde de mensen die de acteurs stonden te bestuderen. De mannen bekeken het hele tafereel, maar de vrouwen leken alleen maar oog voor Lindsay te hebben. Vroegen ze zich af hoe de wereld eruitzag als je zulke borsten, zulke benen, zo'n paardestaart had? Waren ze nieuwsgierig? Jaloers? Woedend dat zij niet zo fraai bedeeld waren? Ik dacht aan Bonnie. Lindsay's concurrente.

Als Mikey inderdaad had geweigerd Lindsay te doden, had Sy zijn cowboy van een ex-vrouw dan over kunnen halen een .22 ter hand te nemen? Ik wil dolgraag je volgende film maken, had hij haar gezegd. Maar er zitten nog wel wat haken en ogen aan. Of misschien: Ik wil met je trouwen, je meenemen naar Sandy Court en mee terug naar Fifth Avenue. Mijn leven wordt weer jouw leven, mijn vrienden jouw vrienden, mijn bankrekeningen jouw bankrekeningen. Weet je nog? Bonnie, schat, het was zo'n afschuwelijke vergissing om bij je weg te gaan en ik weet hoe eenzaam je bent geweest. Ik wil het goedmaken. Maar eerst moet je me helpen.

Waarom dacht ik verdomme toch aan dat soort dingen? Geloofde ik dat Bonnie in staat was moedwillig een eind te maken aan het leven van een ander mens?

Nee.

De compressoren van de airconditioning in de stacaravan hadden het begeven door de hoge vochtigheidsgraad, dus nadat Santana een pauze van twintig minuten had aangekondigd, liepen Lindsay en Nick, omringd door assistenten die waarschijnlijk volgens traditie en werkomschrijving werden betaald om te slijmen, naar het grote huis – een moderne interpratie van een kruisbestuiving tussen het Witte Huis en de Taj Mahal – en gingen de twee slaapkamers op de eerste verdieping in. Voor hij zijn kamer inliep, salueerde mijn vriend Nick naar me op een manier van politiemensen-onder-elkaar.

Ik stond op het punt Lindsay's kamer binnen te lopen, die volhing met muskietengaas, toen een van de haar toegewezen hulpjes de deur voor mijn neus dicht wilde doen. 'Ze moet rusten,' fluisterde het meisje op ziekenhuistoon. Ik duwde haar opzij, zei dat iedereen behalve Lindsay de kamer uit moest en sloeg de deur dicht.

Er hing een soort gaas als een baldakijn om het bed en hetzelfde spul hing ook van het plafond tot op de vloer voor de ramen. Om de een of andere duistere reden lag er ook wat gaas over de stoelen gedrapeerd. Er stonden drie stoelen en zo'n chaise-longue, maar natuurlijk lag Lindsay op het bed. Ik trok een stoel naar het bed en duwde een stuk gaas opzij zodat ik haar niet door een sluier hoefde te verhoren. Ze begon meteen verleidelijk te doen: ze gleed langzaam met haar handen over haar gezicht en hals en schikte de kussens zo dat er zoveel mogelijk tiet was te zien.

Op het nachtkastje stonden blauwe flessen buitenlands bronwater. Ze stak loom haar hand uit om er een te pakken, maar ze kon er niet bij. Ze verwachtte dat ik het voor haar zou doen. Maar dat deed ik niet. Ze pakte er zelf een en dronk hem luid klokkend, als een stripfiguur, leeg.

'Ik ben ziek van de hitte,' zei ze. Ik geloof niet dat ze het speelde. Haar hele lichaam was rood en bedekt met een laagje zweet.

'Het moet verschrikkelijk zijn daarbuiten.'

Ik denk dat ze haar beleefdheidsquotum voor die dag had volgemaakt door een opmerking over het weer te maken. Ze snauwde: 'Nou, wat kom je hier doen?'

'Ik wil dat je ophoudt met liegen. Als je dat niet doet, arresteer ik je.'

'Je hebt die tactiek al geprobeerd bij mijn impresario. Hij is oud, niet meer zo dapper, dus bij hem hielp het wel. Bij mij niet.'

'Wedden? Laten we zeggen vijftig dollar, dat je al voor ik je meeneem naar het bureau voor vingerafdrukken...'

'Geloof je nu heus dat je me bang kunt maken?'

'Weet ik veel. Maar ik weet wel dat ik ervoor kan zorgen dat je voorlopig even niet kan doorgaan met de filmopnamen. En wanneer je voor de rechter verschijnt, kan ik ervoor zorgen dat het er wemelt van de journalisten. Dan mag je hen uitleggen waarom je niet bang voor me bent – ook al heb ik je zojuist gearresteerd in verband met het achterhouden van informatie inzake de moord op Sy Spencer.'

'Wat ben jij een klootzak,' zei ze.

'Een klootzak die je kan arresteren.'

Het was even, maar toch te lang, stil. Ik had zin om mijn ogen even dicht te doen en me te ontspannen, maar het was belangrijk dat ik mijn overwicht als politiefunctionaris èn als man zou behouden en daarom hield ik mijn dreigende blik op haar gericht. Ten slotte kwam ze iets overeind. 'Soms hou ik wel van klootzakken,' zei ze met een hese stem. Ze stak haar hand naar me uit.

'Juffrouw Keefe, ik zal eerlijk zijn. Voorzover ik het kan bekijken, zijn uw problemen nog niet zo groot dat u een smeris hoeft te neuken.' Ze trok haar hand weg. 'Beantwoord nu maar gewoon een paar vragen en dan is de kans groot dat uw antwoorden alleen mijn oor bereiken. Goed?'

'Ja.' Kortaf. Haar tijdelijke zogenaamde wellust werd vervangen door haar gebruikelijke minachting.

'Heeft Sy u verteld dat hij wist van uw verhouding met Victor Santana?'

'Ja.'

'Dit is geen ja-of-nee-spelletje. Vertel er wat meer over.'

Ze pakte de volgende fles water. 'Hij verhief niet éénmaal zijn stem. Hij vertelde me heel rustig, alsof hij het over het weer van morgen had, dat ik een hoer was. Dat ik niet meer kon acteren.' Ze zweeg. Ze wilde niet met me praten.

'Ga door,' zei ik.

Dat deed ze uiteindelijk. 'Hij wilde me uit de film hebben. Hij liep de hele avond en de volgende ochtend achter me aan en noemde me Hoer alsof het mijn voornaam was. "Ga je zo vroeg naar bed, Hoer?" Hij zei voortdurend dat ik *Starry Night* aan het verpesten was. En steeds op die rustige toon.'

'Wanneer begon dat?'

'De week dat hij werd vermoord. Op maandagavond.'

'Dreigde hij je te ontslaan?'

'Nee. Hij wilde dat ik ontslag zou nemen.'

'Waarom?'

'Waarom?' wilde ze weten. Ze maakte een minachtend geluid alsof ik zojuist de stomste vraag van de twintigste eeuw had gesteld. 'Zodat ik contractbreuk zou plegen, daarom. Zodat hij me niet hoefde te betalen. Zodat hij het geld van de verzekering zou terugkrijgen en opnieuw kon beginnen.'

'Is dat mogelijk?'

'Natuurlijk is dat mogelijk. En dan zou ik de verzekeringsmaatschappij achter me aan krijgen om hen te compenseren voor de geleden schade.'

'Dus jij wilde niet weg.'

'Nee, natuurlijk niet. Het was een idioot voorstel.'

'Waarom verwachtte hij dan dat jij zou weggaan als er zulke consequenties voor jou aan vastzaten?'

'Daarom.'

'Waarom?'

'Omdat hij me zo bang probeerde te maken dat ik alles zou doen wat hij wilde.'

'Wat deed hij?'

'Voor hij me vertelde dat hij het wist van Victor, was hij al begonnen koel tegen me te doen. IJskoud.'

'Wilde hij niet meer met je naar bed?'

Ze keek me vol walging aan; ik zat te geilen op haar seksleven. 'Hij wilde me niet aanraken,' zei ze. 'Wil je nog meer weten? Ja natuurlijk wil je dat. Als ik probeerde zijn hand te pakken, trok hij hem weg – alsof ik melaats was. Alsof ik hem afstootte.'

'Maar hij wilde niet zeggen wat er was?'

'Eerst niet. Hij was alleen maar verschrikkelijk koel.'

'Was hij koel tegen je waar anderen bij waren? Op de set?'

'Nee. Daarom begreep ik het niet. Op de set deed hij heel lief tegen me.'

'En hoe deed jij tegen hem?'

'Ja, toe nou. Wat denk je? Dat ik iedereen zou laten weten dat ik problemen had met de producent? Hij deed heel lief tegen mij, dus ik deed lief tegen hem. Ik dacht, nou ja, hij heeft niets openbaar gemaakt, dus misschien kunnen we er samen nog wel uitkomen. Op woensdag maakte ik een eind aan mijn ontmoetingen met Victor – op een persoonlijke basis dan.'

'Vertelde je Victor dat je hem niet meer zou zien?'

'Nee. Ik verbrand geen schepen achter me. Stel je voor dat het niet meer goed zou komen met Sy? Ik heb hem alleen maar verteld dat ik verschrikkelijk ongesteld was. Heel bloederig.'

'Leuk.'

'Ik ken mannen. Het werkt altijd. In ieder geval stelde ik alles in het werk om de breuk met Sy te herstellen. Zo niet persoonlijk, dan toch professioneel. Maar het was zo vreemd. En zelfs toen het allemaal echt afschuwelijk werd, deden we nog poeslief tegen elkaar waar andere mensen bij waren.'

'Zoals op de dag dat hij werd vermoord en je een bundel bankbiljetten uit zijn zak plukte? Zo lief?'

'Je doet net of ik aan het zakkenrollen was! Het was een huiselijk, echtgenotelijk gebaar.'

'Je zei dat het allemaal echt afschuwelijk werd. Wanneer?'

'Op donderdagmorgen. Mijn auto kwam even voor zessen en toen ik de slaapkamer uitkwam om naar beneden te gaan, stond Sy in de hal op me te wachten.' Haar gezicht verstrakte onder de lagen zweet en make-up. Haar mond begon automatisch te bewegen als die van een marionet. Ze zat ergens tussen een gevoel van onbehagen en doodsangst in. 'Hij zei – hij deed zo onverschillig – dat hij allerlei vrienden had. Ik wist niet waarover hij het had, maar ik wilde weg. Hij kwam tegen me aan staan. Hij hield zijn gezicht vlak bij het mijne. Ik kon ieder haartje zien dat hij bij het scheren was vergeten. Hij zei dat sommigen van zijn vrienden niet zo aardig waren, maar dat ze in *Starry Night* hadden geïnvesteerd en dat ze hadden gehoord dat de opnamen waardeloos waren. Ze waren heel erg teleurgesteld en wilde dat ik ontslag zou nemen. Als ik dat niet deed, kon Sy niet instaan voor de gevolgen.'

'Vroeg jij wat die gevolgen inhielden?'

'Ja.' Er ging een krachtige, onwillekeurige schok door haar lichaam; het was bijna een stuiptrekking.

'Wat zou er volgens hem gebeuren?'

'Zoutzuur in mijn gezicht.'

'Jezus! Wat deed je toen?'

'Ik zei dat ik de politie zou bellen. Ik liep terug naar de slaapkamer en nam de hoorn op, maar hij pakte hem van me af. Ik liet hem zijn gang gaan. De hele show was zo voorspelbaar.'

'Uitte hij nog meer dreigementen?'

'Nee, natuurlijk niet. Hij krabbelde terug. Dat wist ik wel. Hij durfde niet meer, de rotzak. Hij verontschuldigde zich en smeekte me hem te vergeven.'

'En wat zei jij?'

'Dat ik erover na zou denken.' Lindsay glimlachte bijna. 'Ik wist hoe ik Sy moest aanpakken. Ik zou hem naar Los Angeles laten gaan voor zijn afspraakjes met Kat Pourelle en die andere misbaksels en als hij dan zondagavond weer terugkwam, wilde hij me weer. In zijn film. In zijn bed. Op een vaste basis.'

'Denk je dat hij met je wilde trouwen?'

'O, hij zou wel een week nodig hebben gehad om over Victor heen te komen, maar ja. Beslist.'

'Denk je dat?'

'Dat weet ik.'

'Zou je met hem zijn getrouwd?'

'Wat denk je?'

'Dat weet ik niet. Hij had gedreigd je te verminken. Je leven en je loopbaan in gevaar te brengen.'

'Hij was een man die werd verteerd door jaloezie.'

'Hij was een producent die jou uit zijn film wilde èn uit zijn leven.'

'Alleen omdat ik hem zoveel pijn had gedaan. Ik geef het toe: ik heb een fout gemaakt. Een grote. Maar Sy zou wel zijn bijgetrokken. We pasten zo goed bij elkaar en dat wist hij. Ik ben – nou ja, wat ik ben – en hij was een briljante, succesvolle filmproducent. Hij maakte zich druk om de maatschappij. En hij was intellectueel gezien mijn gelijke. Om je de waarheid te zeggen, wat die jaloezie betrof, ik vond het heerlijk dat hij eindelijk eens wat emotie toonde.' Lindsay begon haar blote benen tegen elkaar te wrijven; ze scheen opgewonden te raken, niet zozeer bij de herinnering aan Sy's gestoorde gedrag, maar aan de macht die ze over hem had. 'Jaloezie,' zei ze weer, genietend van het woord. 'Sy werd erdoor verteerd.'

'Denk je dat hij van je hield?'

'Natuurlijk hield hij van me.'

Ik stond op en ging achter de stoel staan. 'De moordenaar was vijftien meter verwijderd van een klein figuurtje – ongeveer jouw lengte – in een witte badjas. Op het moment dat de kogels werden afgevuurd, had Sy eigenlijk ergens boven Kansas moeten vliegen. En jij had klaar moeten staan om je baantjes te gaan trekken.'

'Nee!' De make-up kon het niet verbloemen. Alle kleur trok uit haar gezicht weg. Ze zag lijkbleek.

'Ja.'

'Waarom?'

'Omdat hij je waarschijnlijk haatte.' Ik schoof het muskietengaas weer voor het bed en liep de kamer uit.

Ik belde Carbone en vertelde hem dat ik op de set van *Starry Night* was in de hoop dat Bonnie Spencer zich misschien schuilhield bij een van de mensen die er werkten en ook om te onderzoeken of ze er misschien nog eens was geweest nadat Sy haar had weggestuurd en ze wellicht een scène had geschopt. Hij zei dat Dikke Dijen, Robby en Charlie Sanchez naar haar op zoek waren. Ik vroeg hem tussen neus en lippen door, alsof ik al wist wat het antwoord zou zijn, of de uitslag van het DNA-onderzoek al binnen was. Carbone zei dat de haar van Bonnie was. En hij vroeg of ik nog steeds geloofde dat ze het niet had gedaan.'

Ik zei tegen hem dat als hij niets beters te doen had, hij het dossier met bewijsstukken eens moest doorzoeken. Dat hij het aantal haren dat we die eerste avond hadden gevonden, moest tellen en dan eens in de envelop die het lab ons had terugbezorgd, moest kijken. Dan zou hij één haar te kort komen.

Hij zei dat ik geestelijk uit mijn evenwicht begon te raken, dat ik iets – ik weet niet meer wat – op Robby Kurz projecteerde, dat ik aan vakantie toe was en dat als ik langs die sjieke varkensslager in East Hampton kwam, ik een kilo worst met venkel voor hem moest meenemen.

Ik hing op. Robby móest die haar daar hebben neergelegd. Hij had natuurlijk ook al dat gerucht verspreid dat ik weer dronk en dan dat verhaal van 'Steve is gek op Bonnie'. Hij moest haar hebben – en mij. Vroeg of laat zou hij zich realiseren dat Bonnie iemand had die haar in bescherming nam en dat ze was geholpen bij haar verdwijntruc. Van daaruit zou het niet zo'n grote sprong zijn naar mijn huis.

Bonnie zou zich verstoppen. Moose niet.

Gregory J.Canfield zou zich in een winkel in het dorp ophouden om zijn werk als produktie-assistent uit te voeren, wat in dit geval inhield dat hij allerlei lekkere hapjes en een fles wijn voor Nick Monteleone moest inslaan, omdat Nick volgens een aantal mensen op de set had gemompeld dat hij met die hitte een klein hapje wilde eten, geen zware maaltijd en aangezien Lindsay's acteerprestaties nog steeds aan de magere kant waren, scheen de enige hoop op een succesvolle afloop van *Starry Night* te rusten op de goedgevulde schouders van Nick, dus werd eindelijk na een beraad van veertig minuten (dat, onder andere, een telefoontje naar Nicks impresario in Beverly Hills inhield) een definitie gevonden voor de uitdrukking 'klein hapje' en werd Gregory erop uitgestuurd.

Maar ik dacht zomaar dat hij misschien nog even afscheid zou gaan nemen van zijn dame, Myrna de kostuumontwerpster en zowaar, daar zaten ze hand in hand in de stacaravan; ze keken elkaar diep in de ogen en gaven elkaar kleine, lieve afscheidskusjes. Het leek hen niets te kunnen deren dat op nog geen halve meter afstand een van Myrna's assistentes een replica van Lindsay's tennispakje stond te strijken. En het scheen hen niets te kunnen deren dat ik 'Hé, Gregory!' uitriep. Hij wierp me een glazige blik toe en staarde toen weer in de diepten van Myrna's ogen.

De stacaravan was een enorm geval met rekken vol kleren, planken vol schoenen en laden vol sjaals en ondergoed en namaakjuwelen. Ik liep naar achteren en klopte Myrna op de schouders. 'Hallo!' zei ze. 'Hoe is het ermee?'

'Goed, dank je.' Ze zag er net zo slordig uit als die keer dat ik haar had betrapt met haar negligé dat ze binnenstebuiten aan had. Dit keer droeg ze een soort lange hobbezak met een papegaaipatroon; hij zag eruit alsof ze hem in 1957 bij Woolworth in Honolulu had gekocht en hem sindsdien heel regelmatig had gedragen. 'Myrna, mag ik Gregory even van je lenen?'

'Is er iets niet goed?' vroeg ze.

'Nee, alles is in orde. Een paar kleine punten die nog moeten worden opgehelderd.' Ze knikte, liet Gregory's handen los en duwde hem met een teder gebaar in mijn richting.

Ik nam hem met me mee naar buiten, naar een tafel met allerlei soorten koekjes, snoepjes, noten en rozijnen. Er stond ook een schaal met blauwe druiven, maar die waren warm. Hij gaf me een blikje cola uit een koelbox onder de tafel. 'Hoe gaat het, man?' vroeg hij. Een paar nachten met Myrna hadden van die onhandige slungel een man van de wereld gemaakt.

'Goed,' zei ik. Maar dat was het niet. Het was tien voor vijf. Ik hield het koude blikje tegen mijn voorhoofd. 'Herinner je je dat gesprek waarover je het had, dat plaatsvond toen jullie de opnamen van die dag aan het bekijken waren? Dat gesprek over "als de bliksem insloeg"?'

Gregory knikte. 'Tuurlijk, tuurlijk.' Hij keek bedachtzaam. Hij herinnerde zich waarschijnlijk de slechte kwaliteit van de film en wilde hem beschrijven. Ik moest er niet aan denken. Ik moest weg.

'Wie waren erbij? Je zei dat het al laat was. De meeste mensen waren weg.'

'Mmm,' begon hij.

'Hou op met dat "mmm". Praat gewoon.'

'Sy.'

'Goed. Ga door.'

'Een van de produktie-assistenten, Sy's rechterhand. Hij heet Easton.'

'Wie nog meer?'
'Ik. Ik denk Nick Monteleone. De cameraman.'
'Hoe heet hij, Gregory?'
'Alain Duvivier.'
'Een Fransman?'
'*Mais oui, monsieur le detective*. Hij was erbij met zijn vriendin.'
'Hoe heet zij?'
'Monica, Monique. Maar zij is weg.'
'Waarom?'
'Hij kreeg iets met een van de kleedsters, Rachel.'
'Wie nog meer?'
Gregory deed zijn ogen dicht en eindelijk, zijn mond. Hij scheen te proberen de hele scène weer voor de geest te halen. 'Dat was het.'
'Weet je dat zeker?'
'Absoluut.'
'Bleef Sy nog met iemand praten?'
'Dat weet ik niet. Hij stuurde me weg om de roze bladzijden in zijn leren map in zijn auto te stoppen. Wijzigingen in het scenario. Bij iedere wijziging gebruik je een andere kleur. Eerst blauw, dan roze en dan geel, groen...'
'Ga Alain eens voor me halen.'
'Dat kan niet. Ik moet naar East Hampton en hij is...'
'Nu.' Nu duurde twee minuten.
Wat me opviel aan filmmensen was dat niemand normaal gekleed ging. Alain Duvivier zag eruit als een cliché van een Franse kunstenaar. Hij was begin twintig, met een hysterische bos blond met bruin haar dat over zijn schouders viel, zware wenkbrauwen en een grote ring in zijn oor. Hij droeg een korte broek die de kleur had van kauwgom en zo'n worstelaarshemd met bijna geen zijkanten. Hij was een boom van een vent; naast hem was Gregory bijna onzichtbaar.
'Hallo,' zei ik.
'Allo,' zei hij en voegde er toen, met gepaste somberheid, aan toe: 'Sy. Eel, eel erg.' Hij klonk zo Frans dat je half en half verwachtte dat hij er 'O-la-la' achteraan zou zeggen, maar dat deed hij niet.
'Meneer Duvivier, ik heb begrepen dat u bij de eerste afdrukken was op een avond dat een bepaald gesprek plaatsvond.' Hij deed te hard zijn best het te volgen, dus deed ik het wat rustiger aan. 'Er waren wat opmerkingen over bliksem en een gesprek – gepraat – over wat er zou gebeuren als de bliksem Lindsay Keefe trof – in Lindsay Keefe sloeg. Herinnert u zich daar iets van?'
'Sloeg Lindsay?' vroeg hij.
'Nee, de bliksem.'
'Bliksem?'
Ik keek naar Gregory. 'Wat is verdomme het Franse woord voor bliksem?'

'Ik had Spaans als keuzevak.'

Ik keek weer naar Duvivier. 'Bliksem.' Ik wees naar boven en maakte een flitsend gebaar met mijn vingers. Hij keek een beetje zenuwachtig naar Gregory en het werd er niet beter op toen ik het geluid van donder nadeed en weer een lichtflits in de lucht tekende.

Hij stamelde: 'Rachel!'

'Rachel?' vroeg ik.

Gregory zei: 'Zijn vriendinnen vertalen voor hem.'

'Begrijpt hij geen Engels?'

'Nou, alleen technische termen. En hij zegt vaak: "Allo, mooi meisje." '

'*Au revoir*,' zei ik tegen Duvivier.

'Doei,' antwoordde hij.

Slim. Het geluid van de t.v. stond zo zacht dat iemand die buiten stond, nooit had kunnen raden dat er iemand thuis was. Bonnie zat in mijn fauteuil t.v. te kijken. Voor ze de knop op de afstandsbediening indrukte, zag ik dat het, ook al was het dan zwart-wit, iets was waar ik ook naar zou hebben gekeken, met Kirk Douglas of Burt Lancaster; ik haalde ze altijd door elkaar.

Ze kwam uit de stoel. 'Klaar? Het is half zes.'

'Rustig.'

'We hebben een afspraak.' Ze was heel ingetogen.

'Gaat het?'

'Ja.' Het ging niet goed, maar aangezien ze niet huilde of mokte of boos was, wist ik niet precies wat er door haar heen ging. 'Hoe zullen we het doen? Zal ik eerst Gideon bellen of wil jij me afzetten bij...'

'Luister, vertrouw je me? Vertrouw je op mijn oordeel?'

'Is het daar niet een beetje laat voor?'

'We moeten hier als de sodemieter weg, want ik heb het akelige gevoel dat die lul van een Robby ieder moment op de stoep kan staan, op zoek naar jou.'

'Waarom?'

'Daar heb ik nu geen tijd voor. We moeten hier weg. Ik leg het onderweg wel uit.'

'Op weg naar huis?' Ze klonk zo stil, zo peinzend. Nou ja, daar had ze ook alle recht toe. Mijn huis uitgaan stond gelijk aan het pakken van het kaartje ga-direct-naar-de-gevangenis.

'Je gaat nog niet naar huis.'

'Je hebt het me beloofd.'

'Dat weet ik, maar ik moet nog één ding doen. Wil je me alsjeblieft nog een half uurtje vertrouwen?'

'Ja.' Zo stil, zo beleefd. 'Ja, dat wil ik.'

'Dan opgerot hier, Bonnie.'

Ze keek de keuken in. Het fornuis en de koelkast waren ouder dan ikzelf was en in het porseleinen tafelblad zaten diepe putten.

'Waar zijn we?' Ze praatte zo zachtjes dat je het nauwelijks gefluister kon noemen. Ik realiseerde me dat ze me een lege bloempot had zien optillen en de sleutel eronder vandaan halen. Ze had aangenomen dat we aan het inbreken waren en dat verbaasde haar, mij kennende, blijkbaar niet.

'Het huis van mijn familie.' Ik nam haar mee – het was bijna meesleuren want ze wilde niet meekomen – door de keuken en naar de hal waar de trap begon. 'Mijn broer was bij dat "bliksemgesprek". En hij hing altijd om Sy heen. Ik wil weten of hij zich herinnert wat er na die eerste afdrukken gebeurde, diezelfde nacht nog of de dag erna.' Bonnie hield zo abrupt stil, dat ik tegen haar opbotste. 'Kom op,' zei ik; ik gaf haar een zetje en bleef praten. 'Ik wil weten wie Sy zag...' Ik kreeg geen beweging in haar. '... en met wie hij praatte.'

En toen zag ik waar ze naar staarde. Een wapenkast. Van gewoon hout. Een bekend meubelstuk voor iemand die op een boerderij is opgegroeid.

Of voor iemand die is opgegroeid in een sportzaak en wier ouwe heer de beste schutter van Ogden was.

Nee, dacht ik. Nee. Ze heeft het niet gedaan.

21

Dank zij het feit dat ik was opgegroeid in het huis dat eens de Brady Farm was geweest, was ik redelijk gewend geraakt aan de geur van verval. Die geur was er altijd wel geweest, maar na verloop van tijd rook je die niet meer behalve wanneer ik lang genoeg op de bank in de woonkamer had gezeten. Daar, in het hart van het huis, kon je er niet omheen.

Maar als ik alleen maar op doorreis was – zoals ik mezelf nadat mijn vader was weggegaan, was gaan beschouwen: als een passant die toevallig ook Brady heette – dan rook ik in plaats van die vage lucht van schimmel, de doordringende anjergeur van de luchtverfrisser die mijn moeder had gepikt uit Saks, dat spul dat ze gebruiken om paskamers onder te spuiten nadat dames met lamme onderarmen de Betere Japonnen hebben gepast.

Bij de zeldzame gelegenheden dat ik op bezoek kwam nadat ik het huis uit was gegaan, moet ik me onwillekeurig hebben aangepast want ik begon meteen door mijn mond te ademen zodat ik het niet meer kon ruiken. Maar terwijl ik met Bonnie de trap opliep, kreeg ik een bijna fatale dosis Schimmel Extra binnen.

Ik schaamde me. Ik hoopte dat ik haar op een dag alles zou kunnen vertellen, maar nu wilde ik dat ze een goede indruk kreeg van mijn achtergrond. Ik wilde niet dat ze merkte dat het stonk in huis of dat ze de zwarte, omgekrulde randen van de traploper zag. Ik wilde haar doen geloven dat we arm, maar keurig waren. Ik wilde niet dat ze wist hoe we in werkelijkheid waren: arm en zo verbitterd dat we niet in staat waren nog iets aardigs van onze leefomgeving te maken.

Toen we bij de tweede of derde tree waren, draaide ze zich om en zei: 'Ik denk dat ik beter beneden kan wachten.' Ik deed niet eens moeite antwoord te geven. Wat kon ik verdorie doen? Haar een plaatsje op de stinkbank aanbieden? Toen hoorde ik mijn moeder thuiskomen en ik had juist op tijd naar beneden kunnen rennen om te zeggen: 'Mam, dit is Bonnie Spencer; ze is joods en haar ex-man is pas geleden vermoord in Southampton' en dan had mijn moeder kunnen zeggen: 'O ja, waar de Munsey's vroeger hebben gewoond. Paine Munsey. Hij doet in suiker. Ze wonen nu in Little Compton. Ze moesten niets hebben van de nieuwe elementen die er zijn komen wonen, dus hebben ze het huis verkocht.'

Ik legde mijn hand op haar rug. 'Het duurt niet lang.' Ik duwde haar iets harder en ze liep verder de trap op. Ik greep iedere kans haar aan te raken enthousiast aan.

Het leek me verstandig Bonnie te laten horen wat mijn broer had te vertellen voor ik haar liet gaan. Ze was zo slim; misschien viel haar een onbelangrijk, losstaand feitje op dat aan de vergelijking kon worden toegevoegd waardoor alles eindelijk op zijn plaats viel. Natuurlijk was Easton op de dag van de moord de hele dag in de stad geweest, maar misschien had hij de dag ervoor iets opgevangen van een telefoongesprek of had hij een briefje of een memo gevonden – wat voor aanwijzing van vijandigheid dan ook – dat onbewust bij hem was blijven hangen.

Had hij iets, al was het maar een enkel woord – zoals 'geweer', 'schieten', 'zwembad', 'verzekering' of 'Lindsay' kunnen opvangen kort na het 'bliksem'-gesprek?

Maar als een van die woorden nu iets te maken had met Bonnie? Plotseling werd ik, op de laatste van die sombere treden, overvallen door een gevoel dat ik als kind ook altijd had. Geen herinnering, geen déjà vu. Alleen maar het gevoel: leeg en heel verdrietig.

Ik wist dat ze het niet kon hebben gedaan.

Maar als ze het wel had gedaan? Nou, dan zou ik gewoon weer zijn wat ik altijd al was. Niets. Mijn leven bood twee compensaties: honkbal en werk. Maar noch de Yankees noch de politie van Suffolk County waren ingesteld op het zware werk: het redden van verloren zielen. En alle drugs die ik had geprobeerd – Pastel Patti, bier, marihuana, peyote, hasj, pillen, vrouwen, LSD, drank, heroïne, nog meer vrouwen, nog meer drank, Lynne – hadden me uiteindelijk ook geen vrede met mezelf kunnen bieden; ze hadden er alleen maar tijdelijk de scherpe kantjes afgehaald. Alleen Bonnie Spencer had me het gevoel gegeven dat ik werkelijk kon worden verlost.

Maar als ik me nu in haar had vergist? Hoe zag mijn toekomst er dan uit? Ik kon weer gaan drinken en doodgaan. Of ik kon zo'n gepensioneerde politieman worden die tot zijn dood met zijn vilten hoed in zijn hand van de dagelijkse mis in Queen of the Most Holy Rosary naar een AA-bijeenkomst schuifelt.

Maar ik wist dat ze het niet had gedaan.

Toen ik met Bonnie Eastons kamer inliep, was hij niet de enige die verbaasd was. Bonnie was het evenzeer. Verbaasd en kwaad. Easton had Sy's stropdassen gestolen! Ze balde haar vuisten; ze had hem op zijn gezicht kunen slaan. Daar lagen ze – blauwe dassen met kleine stijgbeugeltjes, groene met minuscule ankertjes, rode met piepkleine Franse vlaggetjes – uitgestald op het bed, klaar om te worden ingepakt voor Eastons reis naar Californië om Philip Scholes, de regisseur, te spreken over zijn nieuwe baan. Er was geen twijfel mogelijk dat het dassen van Sy waren: Easton had ze nooit kunnen betalen en verder had ik er op de avond van de moord een heleboel zien hangen aan speciale hangers in een hoek van Sy's enorme klerenkast, toen ik door het huis liep. En – Bonnie keek zo grimmig – daar lagen ook truien van Sy op het bed! Van katoen en kasjmier die modern slobberig zaten bij een klein mannetje als Sy, maar die Easton precies pasten. Op haar gezicht stond te lezen: arresteer die man!

En Eastons gelaatsuitdrukking? Woedend natuurlijk omdat ik weer binnen was komen sluipen. Hij stond met zijn voeten uit elkaar en zijn armen over elkaar geslagen en zag nog kans zijn waardigheid te behouden ondanks het feit dat hij een kort badjasje droeg dat er niet uitzag. Maar hij was ook in de war: ik weet wie die vrouw is, maar ik kan haar niet plaatsen. En ook nog eens opgelaten omdat we alledrie stonden te staren naar accessoires ter waarde van duizend dollar die afkomstig waren uit de garderobe van de uiterst elegante (en uiterst dode) Seymour Ira Spencer.

Ik vermoed dat ik ook niet bepaald stond te stralen en dat de walging over de diefstal die mijn broer had gepleegd, duidelijk van mijn gezicht viel af te lezen. Ik kon me zomaar voorstellen dat hij had staan wachten tot de politie de plaats van de misdaad had vrijgegeven en naar huis was gegaan, zodat hij Sy's kasten kon plunderen onder het mom van Dingen Opruimen. Ik vermoedde dat wanneer ik Eastons laden zou doorzoeken, ik manchetknopen of zo'n mini-videorecorder of een zaktelefoon of misschien zo'n plat gouden horloge met een krokodilleleren bandje zou tegenkomen.

Ik stond juist op het punt het ijs wat te breken door op olijke toon te zeggen dat ik hem moest arresteren, toen hij opstandig werd, beledigd dat ik zomaar was komen binnenvallen met een lange dame van onbekende afkomst in een sportbroekje en afgetrapte sportschoenen. 'Ik zou weleens willen weten wat dit allemaal te betekenen heeft, Steve.'

'Zou je dat wel willen?'

'Jazeker.' Op dat moment toen hij juist op het punt stond zich een hooghartige houding aan te meten, herkende hij Bonnie. Het was duidelijk dat haar aanwezigheid geen kalmerende uitwerking op hem had. Easton begon langs het bed te ijsberen alsof hij probeerde zich aan haar blikken te onttrekken – of de garderobe van haar ex-man uit het zicht te krijgen. 'Wat doet zíj hier?' wilde hij weten. Zijn bekakte toontje was verdwenen, verdrongen door een paniekerig gepiep.

'Ze is met mij meegekomen. Je weet toch dat dit Bonnie Spencer is?'

'Ja.'

Ik bracht Bonnie naar een stoel. 'Blijf daar zitten,' zei ik tegen haar.

Ik wendde me weer tot mijn broer. Hij hield op met ijsberen. 'Jij hebt haar die dag op de set gezien, toen ze op de deur van Sy's stacaravan klopte?'

'Ja.' Zijn ja klonk meer als gekef dan als een volledige lettergreep. Ik dacht: hij is hartstikke bang omdat hij op heterdaad is betrapt. Je kunt miljarden stelen en iedereen mag het weten, je wordt zelfs uitgenodigd voor de beste feestjes, maar als je stropdassen steelt, ben je gewoon een min onderkruipertje.

'En Sy zei dat ze moest ophoepelen, omdat ze niet op de set thuishoorde.'

'Ja.'

'Stephen, luister...' begon Bonnie op haar directe je-pakt-het-verkeerd-aan-toon alsof we een detective-echtpaar waren in een film uit 1937.

'Niet nu!' Toen vroeg ik aan mijn broer: 'Wist jij dat Sy een verhouding met haar had?'

'Wat?' Het klonk niet verbaasd in de betekenis van: ik kan het me niet voorstellen! Het klonk niet eens als een vraag. Het was meer een soort 'huh' van opperste verwarring. Easton kon het niet meer aan; hij begreep gewoon niet meer wat er aan de hand was.

'Geef antwoord,' snauwde ik tegen hem.

Ik moest weten hoeveel hij van Sy's privé-leven wist. Hoeveel wist hij? Hoeveel kon hij raden? Had Sy die avond na de eerste afdrukken iemand gebeld? Toen ze weer thuis waren en Easton Sy's papieren of roze bladzijden voor de volgende dag klaarlegde, had hij toen mogelijk iets opgevangen dat te maken kon hebben met 'Lindsay'? 'Bliksem'? Een ijskoude lach? Een gespannen 'Je moet me helpen' achter een deur? Zou Easton de Welgemanierde aan sleutelgaten luisteren? De vraag was eigenlijk meer: zou Easton niet aan sleutelgaten luisteren? Mijn broer zou nog geen ethiek herkennen als die hem van achteren besloop en in de billen beet.

Maar toch, toen ik zo naar hem keek, zou hij een prima getuige à charge zijn met zijn blauwe pak, zijn witte overhemd en een van zijn nieuwe stropdassen. Zijn blonde haar zou oplichten in het harde licht van de getuigenbank, zijn zachte, keurige stem zou mensen overtuigen. Ik dacht, zou het niet geweldig zijn als hij zich iets kon herinneren?

Uw naam alstublieft, zou de officier van justitie zeggen. Easton Brady. Mijn vraag aan u, meneer Brady, zou de officier zeggen, heeft u een telefoongesprek opgevangen tussen Sy Spencer en Michael LoTriglio? De verdediger – misschien die van Fat Mikey, al moet ik zeggen dat ik dat toch wel jammer zou vinden – zou opspringen en protesteren dat er geen grond was voor een dergelijke vraag. De officier zou de vraag anders stellen: hoe wist u wie met meneer Spencer belde?

Nou, ik nam de telefoon op en die man zei dat hij Mike LoTriglio was en dat hij Sy meteen wilde spreken. Ik had meneer LoTriglio al eerder aan de lijn gehad en deze stem klonk net zo, zou Easton zeggen.

Ik keek even naar Bonnie. Ze was gefixeerd op Easton.

Ik herinnerde me hoe ze had gekeken toen ze de wapenkast beneden zag. Ik dacht dat ik iets van pijn in haar ogen had gezien, een herkenning van wat zich achter die deur bevond.

Wat zat er achter die deur?

Het dubbelloopsgeweer van mijn ouwe heer.

En zijn .22.

En toen wist ik wat Bonnie wist.

Easton scheen door te hebben dat ik het wist. Hij stond stilletjes met zijn handen in zijn zakken naar me te kijken.

Ik moest me voorbereiden op een verhoor. O, wij Brady's waren zo netjes. Ik tilde Sy's opgevouwen truien van het bed en legde ze – een, twee, drie – zachtjes op het dressoir. Ik deed het zo voorzichtig dat je het vloeipapier hoorde ritselen. Toen pakte ik de hand van mijn broer en gingen we naast elkaar op het bed zitten.

'East,' zei ik.

'Ja?'

'Je hebt me iets te vertellen.'

'Nee.'

'Toe nou.'

Zijn hals en oren werden vuurrood, maar hij zei: 'Nee. Absoluut niet.'

'Ik heb het geweer gevonden.' Hij schudde zijn hoofd. Het kon betekenen: ik begrijp het niet. Of: nee, niet waar. 'Ik heb het gevonden, East.' Ik bad – netjes, legt spullen altijd op hun plaats terug – dat hij hem inderdaad in de kast had teruggehangen, dat hij niet een tochtje met de veerpont had gemaakt en het geweer in de Long Island Sound had gegooid. Maar toen zag ik dat ik me geen zorgen hoefde te maken. Easton wendde zich van me af en wreef met de zijkant van zijn hand een onzichtbaar vouwtje uit de blauwe stropdas die naast hem lag. Ik zei zachtjes: 'Het is alleen maar een kwestie van tijd voor we de uitslag van het ballistisch onderzoek hebben.' Hij keek me niet aan. 'We schieten met het geweer en dan vergelijken we de kogel met de twee kogels die we uit Sy's lichaam hebben gehaald.' Ik was bang dat als ik naar Bonnie keek, ik mijn concentratie zou kwijtraken, maar ze vroeg helemaal niet om mijn aandacht. Geen geluid, geen beweging; als ik niet had geweten dat ze op anderhalve meter afstand in een stoel zat, zou ik niet hebben gevoeld dat ze in de kamer was. 'Je weet dat het zal kloppen, East.'

Easton stak zijn kin naar voren en maakte een verongelijkt geluid.

'Ik kan me niet voorstellen dat je zoiets van me kunt denken!'

'Hoe kan ik het niet denken?'

'Je bent mijn broer!'

'Dat weet ik. Daarom heeft het misschien zolang geduurd voor ik het doorhad.'

Vroeger wanneer het eind van een zaak eindelijk in zicht kwam, werd ik altijd heel energiek; ik wilde alleen maar weten hoe alles in elkaar stak. Nu voelde ik me ongelofelijk moe. Als hij had willen vluchten, zou ik hem niet eens achterna zijn gegaan; ik zat op een andere planeet met een verschrikkelijke zwaartekracht.

'Ga weg, jullie allebei,' zei hij op bevelende toon. Hij trok een gezicht naar Bonnie. 'Er is niets te bespreken.'

'Er is een hoop te bespreken,' zei ik.

'Dit is volkomen idioot.'

'Nee, dit is heel ernstig en belangrijk.'

'Je kunt niets bewijzen.'

'Ik heb het moordwapen.'

'O, doe niet zo melodramatisch! Zitten er vingerafdrukken op? Nou?'

'Dat is mogelijk, zelf als je ze hebt afgeveegd. We gebruiken tegenwoordig laserstralen.'

Hij schudde zijn hoofd. Òf hij geloofde me niet, òf hij was niet onder de indruk, òf hij was niet bang. 'En als je geen vingerafdrukken kunt vinden?' vroeg hij.

'Wie zou anders paps .22 te voorschijn moeten halen en Sy Spencer doodschieten? Mam?'

'Je kunt haar er ook nooit buiten laten.'

'Rustig maar. Wie denk je dat ze de schuld zal geven? Jou of mij?'

Ik stond op en liep naar Eastons kast. Het was een gewone kast, niet zo'n supersjiek mahoniegeval als Sy had. Maar Easton streefde wel naar hetzelfde. Alles hing of lag keurig op zijn plaats: pakken, overhemden, dassen – nog meer van Sy – broeken, colberts, schoenen. De schoenen zaten nog in kartonnen dozen op stapels op de bovenste plank. Hij had de voorkanten van de dozen geknipt zodat je alle paren kon zien. Een jarenlange verzameling schoenen: gewone instappers, uitgaansschoenen, golfschoenen, bootschoenen, tennisschoenen, hardloopschoenen, sandalen, pantoffels. En teenslippers. Doodgewone teenslippers voor op het strand, van die slippers die je overal kunt kopen. Een mannenmaat, maat tweeënveertig, mijn maat, de maat van mijn broer.

Ik bedekte mijn linkerhand met mijn zakdoek. Ik haalde mijn pen met mijn rechterhand te voorschijn, schoof voorzichtig de doos van de plank en ving hem op met mijn linkerhand.

Ik zei: 'Je wilde nooit wedden toen we klein waren. Weet je waarom? Omdat ik altijd won. Maar ik durf nu met je te wedden dat deze teenslippers bij de afdrukken horen die we in het gras naast Sy's huis hebben gevonden, de plek vanwaar de kogels werden afgevuurd. Een hartstikke duur gazon, East. Het is van een speciale soort blauw gras dat ze Adelphi noemen. De man van het ministerie van landbouw zei dat het hem een kapitaal moet hebben gekost om al die grond ermee te bedekken. Maar wat kan ons dat schelen? De juiste kleur groen houdt een verklaring in.' Ik stak de doos omhoog. 'Ik durf te wedden dat we wel een paar sprietjes Adelphi hierin zullen vinden.'

Het duurde even voor Easton zijn blik van de doos af kon wenden. Toen wenkte hij me met zijn wijsvinger op zo'n jongensachtige ik-heb-een-geheimpje-manier die mijn moeder schattig zou hebben gevonden. Zonder naar Bonnie te kijken fluisterde hij: 'Wat doet zij hier?'

'Ze heeft me nogal wat informatie gegeven over de zaak. Dingen over Sy.'

'O.' Hij scheen niet goed te weten wat hij nu moest doen. Hij deed zijn mond open, maar er kwam niets uit.

'Zal ik haar vragen een eindje te gaan lopen?' Hij leek heel opgelucht. Hij boog zijn hoofd en het was bijna een buiging.

Ik liep naar Bonnie en praatte zachtjes tegen haar. 'Denk je dat je in mijn auto kunt rijden? Oké, je weet waar dat natuurgebied is, hè, dat moeras? Ongeveer anderhalve minuut hiervandaan? Ga daar maar heen. En ga anderhalf uur lang vogels kijken of zo iets. Daarna moet je via B-weggetjes naar het huis van Gideon rijden. Zet de auto niet te dicht bij zijn huis. Bel hem niet van tevoren dat je eraan komt. En loop via een van de huizen achter het zijne voor het geval ze zijn huis in de gaten houden. Hebt je het allemaal gevolgd?'

Ze was nuchter, zakelijk en kortaf. 'Ja.'

'Leg Gideon uit wat er aan de hand is. Gezien de omstandigheden zal hij je niet willen aangeven. Dus blijf gewoon zitten waar je zit.'

'Heb je hulp nodig? Moet ik iemand bellen?'

'Nee.'

'Beloof me...'

'Ja, ik zal uitkijken. Nou, luister, mocht je om de een of andere reden toch worden gearresteerd, leg dan geen enkele verklaring af.'

'Oké.'

Ze keek even naar Easton. Ik wist wat ze dacht: er was een vrij grote kans dat als ik hem nergens op kon pakken, zij het haasje zou zijn. En misschien als puntje bij paaltje kwam, kon ik hem helemaal niet pakken. Of misschien zou ik er niet toe in staat zijn.

'Ik vertrouw je.' Dat zei Bonnie bij wijze van afscheid. Toen stak ze haar hand uit voor de sleutels en ging weg.

'Je hebt Sy gedood,' zei ik tegen mijn broer.
'Toe nou, Steve.'
'Je hebt hem gedood.'
Hij liet zich in de stoel zakken waar Bonnie al die tijd had gezeten. 'Het was niet mijn bedoeling.' Hij klonk zo emotioneel als iemand die is gepakt omdat hij door rood is gereden. 'Het spijt me.'
'Je wilde Lindsay doden.'
'Ja. Hoe ben je erachter gekomen? Door dat gesprek over de bliksem?'
'Vertel me nu maar gewoon wat er is gebeurd, Easton.'
'Weet je wat zo gek is?' Hij bleef aan de zoom van zijn badjas trekken als een vrouw met lelijke benen in een te korte rok. 'Je noemt me altijd East en nu noem je me Easton.'
'Wat is er gebeurd?'
De heldere blauwe ogen van mijn broer liepen vol met tranen. 'Ik wil je duidelijk maken dat ik echt van die man hield. Hij was maar zestien jaar ouder dan ik, maar Sy was als een vader voor me.' Hij sloeg zijn handen voor zijn gezicht en huilde.
Ik ging op de rand van het bed zitten en keek naar hem. Ik wilde wel ontroerd raken door zijn verdriet, maar ik had die film, *De Huilende Moordenaar*, iets te vaak gezien.
Mensen die een moord plegen zijn vreemd en niet alleen omdat ze bereid zijn gebleken hun tong uit te steken naar God, om Zijn geschenk van het leven af te nemen, om die ene daad te plegen die te allen tijde, waar ook ter wereld, wordt beschouwd als slecht. Nee, wat mij altijd opvalt aan moordenaars is niet dat ze verdorven zijn of ver van de rest van de mensheid afstaan, maar dat ze er juist zo dichtbij staan. Ik heb moeders zien snikken bij de kist van hun baby die ze hadden doodgeslagen; ik heb jongens horen schreeuwen van ellende op de begrafenis van het vriendinnetje dat ze in elkaar hadden geslagen, gewurgd en vervolgens verkracht. Ze waren zo kwetsbaar, zo gekwetst, die moordenaars. En ik wist wat ik als volgende kon verwachten van mijn broer, omdat ik hetzelfde tafereel al honderd keer had gezien. Zijn ogen zouden smeken: heb medelijden, help me, wees lief tegen me, want ik als overlevende ben net zo goed slachtoffer van die afschuwelijke misdaad. Het verlies dat ik heb geleden! Kijk eens naar mijn tranen!
Ik speelde het met Easton zoals ik het altijd speelde. Ik gaf hem precies wat hij voor zijn gevoel verdiende: medeleven en steun. 'Het moet een hel voor je zijn,' zei ik.
'O ja. Een verschrikkelijke hel.' Ik schudde mijn hoofd alsof ik zijn – ons – verdriet niet kon verdragen.
Waarom moest hij verdomme moorden? Om naar Californië te kunnen vliegen met een koffer vol nieuwe stropdassen en Bonnie achterlatend om vijfentwintig jaar voor hem op te knappen?

Ik voelde geen verdriet om het stomme, verspilde, lege leven van mijn broer en ook geen schuldgevoel, geen greintje, dat ik niet een betere oudere broer voor hem was geweest die hem wat waarden of zo had kunnen bijbrengen. Nee, ik voelde me ijskoud en doodmoe. 'Vertel me nu maar eens hoe het is gebeurd, East,' drong ik aan. O, ik klonk zo vol medeleven.

'Je noemt me weer East.'

Ik glimlachte. 'Dat weet ik. Hé, je bent toch mijn broer of niet dan? Kom op. Laten we praten. Vertel me eens wat er is gebeurd. Is er ooit over gepraat hoe jullie van Lindsay af konden komen voor die avond bij de eerste afdrukken?' Je probeert het woord 'doden' altijd te vermijden wanneer je een moordenaar ondervraagt.

'Nee. Niets. Ik wist dat ze problemen hadden. Sy was volledig afgeknapt op Lindsay, van het ene moment op het andere. Maar ik ben ervan overtuigd dat je nu wel weet dat Sy niet het type was om iemand snel in vertrouwen te nemen.'

'Maar toen kwam die opmerking dat als Lindsay werd getroffen door de bliksem, als ze dood zou gaan, de problemen met *Starry Night* tot het verleden zouden behoren. Wat gebeurde er daarna?'

Easton gaf geen antwoord. Hij trok aan de zoom van zijn badjas. Het was zo'n lelijk ding van Saks dat mijn moeder had gekocht in de uitverkoop en bewaard voor Kerstmis; hij was gemaakt van een soort langharige badstof en grijs-bruin, de kleur van een lap die je gebruikt voor onaangename karweitjes.

'Wie begon erover dat Lindsay uit de film moest verdwijnen? Was jij het of Sy?'

'Ik, maar het ging anders dan het klinkt. Ik stelde hem wat vragen over de verzekering. Hij zei dat als een ster doodgaat, de maatschappij opdraait voor de kosten van een nieuwe film. Als je uitgaat van een opnameduur van veertig dagen en ze overlijdt op de vijftiende dag, betalen zij de producenten voor die vijftien dagen. Nou ja, min een aftrek van een paar honderdduizend of drie dagen. Maar Sy zei dat dat heel redelijk was.'

'Maar hij liet niet doorschemeren dat hij wilde dat je de zaken voor hem zou vergemakkelijken?'

'Nee, toen nog niet.'

Mijn broer keek een beetje verongelijkt alsof hij zich afvroeg waarom Sy niet meteen op zijn toespelingen was ingegaan. Ik twijfelde er absoluut niet aan dat Eastons vragen over de verzekering waren bedoeld geweest als wenken naar Sy. Misschien had Sy er nog niet eens aan gedacht om Lindsay uit de weg te ruimen. Wie weet? Maar ineens kwam daar de gedachte als een bliksemschicht.

Maar Sy was niet gek. Hij wist dat onweer gevaarlijk was, dat je zoiets moest overlaten aan een deskundige. Zoals Mikey. Niet zo'n debiel als mijn broer. Dus had hij Easton gepasseerd die met zijn vinger in de lucht zat: Neem mij nou, Sy. Ik help je. Ik ben je produktieassistent. Ik doe alles voor je. Maar Sy was naar een prof gegaan. Alleen de prof was slimmer geweest dan Sy en Easton bij elkaar. Hij had gewoon nee gezegd.

'Wanneer kwam het weer ter sprake?'

'Op woensdagavond.'

Ik ging wat verder naar achteren zitten alsof ik het mezelf lekker wilde maken omdat ik alles wilde horen over wat mijn broertje had te vertellen over zijn eerste dag op de middelbare school. 'Hoe begon hij er eigenlijk over?' vroeg ik.

'Dat verbaasde me zo, Steve! Hij was ongelofelijk direct. Hij zei: "We moeten een eind maken aan Lindsay." Hij had al een plaats in het vliegtuig gereserveerd en afspraken gemaakt in Los Angeles, dus wilde hij dat het tijdens het weekeinde gebeurde, wanneer hij daar was.' Easton praatte snel en vrijuit, dus wilde ik hem niet onderbreken met de vraag waarom hij het dan de dag voor het weekeinde had gedaan. 'Hij zei niet: "Wil jij het doen?" Of zoiets. Hij nam gewoon aan dat ik het zou doen.'

'Inherent aan het werk, hè?'

'Je hoeft niet zo sarcastisch te doen.'

'Nee, East, dat doe ik niet. Maar ik wil dat we er eerlijk en nuchter over praten. Geen gelul onder ons. We zijn broers.'

'Doe niet zo neerbuigend, Steve. Dat is alles.'

'Dat doe ik niet. Nou, zette hij het plan in elkaar of deed jij dat?'

'Hij had het al helemaal klaar. Hij had een denkbeeldige moordenaar bedacht – een gestoorde fan. Hij zou net doen of Lindsay een brief van de fan had ontvangen waarin hij schreef dat hij van haar hield en dat hij haar zou doden als ze hem niet terugschreef.'

'Maar ze had nooit een dergelijke brief ontvangen?'

'Nou, ze had wel gekke brieven ontvangen. Alle acteurs krijgen ze. Dat was het mooie. Ze had er vroeger weleens over gepraat tegen haar impresario en tegen vrienden van Sy tijdens een dineetje. Sy zei dat haar moord een gruwelijk gevolg zou lijken van die brieven. Hij zou tegen de politie zeggen dat ze een beetje overstuur leek over een nieuwe dreigbrief die ze had ontvangen, maar dat hij die nooit had gezien. Hij zou zeggen dat hij er bij haar op aan had gedrongen dat ze een detectivebureau in de arm zou nemen dat zich met dat soort zaken bezighoudt en dat ze goed had gezegd, maar dat ze het zo druk had met de film dat het er nooit van was gekomen. En dan moest ik zeggen – niet uit mezelf, maar alleen als de politie ernaar vroeg – dat ik Lindsay tegen hem over de brief had horen vertellen.'

'Was hij van plan een brief te schrijven zodat de politie die zou vinden?'

'Nee, hij zei dat hij er lang over had nagedacht en het bijna had gedaan, maar dat het gewoon te riskant was. Wie weet wat voor wetenschappelijke methodes de politie tegenwoordig heeft? Hij wilde niet het risico lopen dat die werd achterhaald.'

Ik stond versteld van Sy's slimheid. In de loop van maar een paar dagen had hij een schitterend plan ontwikkeld om van Lindsay af te komen. Behalve dan dat hij Mikey niet had kunnen overhalen het plan voor hem uit te voeren en zijn vertrouwen stelde in een idioot. Dus misschien was hij uiteindelijk toch niet zo briljant. Hij had zijn eigen dood geproduceerd.

'Wie besloot dat het met een geweer moest gebeuren?' vroeg ik.

'Ik. Hij wilde dat ik haar dood zou steken.'

'Zou dat geen rotzooi hebben gegeven?'

'Ja, maar het zou wel heel overtuigend zijn geweest,' legde Easton uit. 'Je steekt haar een keer om te doden, maar daarna steek je nog een paar keer zodat het lijkt of ze is neergestoken door iemand die ze niet allemaal op een rijtje heeft. Alleen zei ik tegen hem dat ik het niet durfde.' Ik knikte met een ernstig gezicht om mijn broer te laten zien hoe ik zijn fijngevoeligheid waardeerde. 'Maar toen vertelde ik hem dat ik als kind goed had kunnen schieten. En hij vond het geweldig dat ik al een geweer had, dat we er dus geen hoefde te kopen. Hij was ontzettend bang dat we sporen zouden achterlaten.'

'Dat kan ik me voorstellen. We hebben alle verkooplijsten van wapenhandelaren van de afgelopen zes maanden gecontroleerd. Hij was een slimme vent.'

'Ja, dat was hij zeker.' Mijn broer werd weer een beetje huilerig. Hij snufte.

'East, waar haalde je de moed vandaan om een geweer ter hand te nemen dat waarschijnlijk al jaren niet meer was afgevuurd? En er vervolgens gewoon op te vertrouwen dat je Lindsay met een of twee schoten kon neerleggen?'

Hij glimlachte neerbuigend. 'Nou, het kostte me wel wat, zoals je zegt. Maar ik trof snel wat voorbereidingen. Al moest ik eerst de sleutel van het hangslot van de wapenkast zien te vinden. Dat kostte me uren! Je raadt nooit waar hij lag.'

'Boven op de wapenkast.'

'Jij wist het?'

'Ja. Hé, je had me moeten bellen. Ik had je wel wat tijd kunnen besparen.' We grinnikten allebei. 'Dus je haalde het geweer uit de kast, deed de kast op slot en knal?'

'Nee, ik maakte het eerst schoon.'

'Slim. Heb je het eerst nog getest?'

Hij boog zijn hoofd. 'Ik ben naar een schietbaan gegaan.'

'Welke?'

'Die bij Riverhead.'

'Juist. Daar ben ik ook weleens geweest. Waar haalde je de kogels vandaan?'

'In een winkel daar vlakbij.'

'Dus je hebt wat schietoefeningen gedaan?'

'Ja, maar het was eigenlijk niet nodig. Het is net als met fietsen. Je verleert het nooit.'

'Nee, dat is zo,' gaf ik toe.

'En vanaf vijftien meter is het heel gemakkelijk.'

'Hadden Sy en jij besproken waar je zou gaan staan?'

'Ja. Je had een goed uitzicht op het zwembad, maar het plekje zelf lag zo'n beetje in de schaduw vanwege de veranda. Het enige waar ik me druk over moest maken was dat er niemand anders in de buurt was. Sy zou in Los Angeles zitten en de kokkin zou thuis zijn. Sy was bang dat Lindsay mensen zou uitnodigen voor een borrel. Of Victor Santana voor... je weet wel.'

'Wat zei hij dat je moest doen als Santana er was?'

'Wachten tot hij weg zou gaan.'

'Maar als hij niet wegging? Hem ook opruimen?'

'Niet op zaterdag. Ik zou zondagmiddag terugkomen. De kans was groot dat hij dan weg zou zijn om het werk van de volgende dag voor te bereiden. Zij zou dan alleen zijn. Maar... wil je dat ik volkomen eerlijk ben?'

'Echt, East.'

'Nou, als het anders zou verlopen, moest ik Santana ook neerschieten. Dan zou het eruitzien alsof een krankzinnige fan hen samen zag en jaloers werd.'

Ik stond op, liep naar het open raam, deed het rolgordijn omhoog en stak mijn hoofd uit het raam. Ik trok een paar bladeren van een overhangende tak. Toen keek ik weer naar mijn broer. 'Een schitterend plan.'

'Ja, dat was het zeker.'

'Maar waarom is het dan mislukt?'

Easton werd ernstig. Hij sloeg zijn benen over elkaar, plantte zijn elleboog op zijn knie en legde zijn kin op zijn hand. 'Daar word ik nu gek van. Het had moeten lukken! Weet je hoe onmogelijk het verkeer is op vrijdagmiddag? Ik bedoel, de Long Island Expressway is toch de grootste parkeerplaats ter wereld.' Die omschrijving was niet eens grappig geweest in 1958 toen hij waarschijnlijk werd bedacht en was er noch met de leeftijd noch met de herhaling op vooruitgegaan. Maar ik lachte alsof ik een van de grootste geestigheden van de westerse beschaving hoorde. 'Nou,' vervolgde Easton, blijkbaar tevreden met mijn waardering voor zijn vaardigheid als verteller, 'de casting director was zo doorgedraaid – ze was nog een film en twee toneelstukken aan het casten – dat ik toen ik wegging, besefte dat ze geen idee van de tijd had gehad. En vervolgens was ik bij Sy's kleermaker binnen twee seconden klaar. Dus in plaats van de Expressway of de Northern State te nemen, nam ik ieder karrespoor dat ooit op Long Island is aangelegd. Ik bedoel, als ik in jouw auto had gezeten, waren de Jag en ik volledig opgeslokt door een van die gaten in het wegdek!'

Ik lachte weer. Wat een spitse geest! Wat een geweldige humor! Natuurlijk had ik dit al veel vaker moeten doen. Het hoort bij het werk, niet alleen om van een verdachte je vriend te maken, maar ook om degene te zijn die hem het meest waardeert en begrijpt. Dat acteren had me nooit eerder dwarsgezeten. Maar nu kostte iedere glimlach, ieder begrijpend knikje me te veel.

Ik was kapot en toch moest ik een paar keer vlagen van krankzinnige gedrevenheid – zoals opvliegingen die je krijgt van bepaalde drugs – onderdrukken om hem niet te lijf te gaan, de stoel onder hem weg te schoppen en hem met zijn gezicht tegen de grond te slaan. Ik werd er ziek van dat hij als moordenaar zo beschaafd was en ik als politieman zo dicht tegen gewelddadigheid aan zat.

'Dus reed je een beetje door en was je eerder thuis dan je had verwacht?'

'Ja, even voor vieren. Ik was de hele dag al een beetje zenuwachtig zoals je je misschien wel kunt voorstellen. Dit zou geen gewoon weekeinde voor me worden.'

'Dat kun je wel stellen, ja,' zei ik.

'Dus zei ik tegen mezelf: "Ik kan niet wachten. Het moet vandaag gebeuren. Ik kan niet tegen die spanning." Maar ik was slim. Ik wist dat ik Sy had beloofd dat ik tot zaterdag of zondag zou wachten zodat hij in ieder geval in Californië zou zijn. Maar ik belde het vliegveld en vroeg of het vliegtuig van kwart over tien die ochtend op tijd was vertrokken en ze zeiden ja en het was even over vieren Newyorkse tijd in Los Angeles geland. Zo wist ik...' Hij stak zijn borst vooruit. Zo trots. '... dat hij daar was!'

'Maar je belde hem niet voor alle zekerheid?'

De trots verdween. Het was net of Easton kromp tot er een kleiner, ouder mannetje overbleef. 'Ik wilde niet nerveus lijken zodat Sy zou denken dat ik het niet aankon. Hij zei dat we elkaar wel moesten bellen omdat dat normaal zou zijn, maar dat ik het niet moest overdrijven.'

Easton hield iets achter. Dat zag ik zomaar. Hij had dat onzekere, trillerig-aarzelende Dan Quayle-lachje, dat hij als kind ook had als mijn moeder hem vroeg hoe het op school ging en hij zei goed, terwijl hij zojuist de post had doorzocht, een brief van school had gevonden met de vermelding van een onvoldoende voor meetkunde en hem had verscheurd voor ze thuis was van haar werk. 'Je vergeet iets, East,' zei ik goedgehumeurd. 'Kom op. Wat is het?'

'Sy liet een boodschap op mijn antwoordapparaat achter.'

'Wat had hij te vertellen?'

'Dat hij een helikopter zou nemen en dat hij de vlucht van zeven uur 's avonds zou nemen in plaats van die van 's ochtends en dat hij me zou bellen zodra hij in het hotel was. Maar zie je, ik had mijn antwoordapparaat niet aangezet toen ik terugkwam uit de stad. Om je de waarheid te zeggen had ik niet eens naar het ding gekeken om te horen of er telefoontjes waren binnengekomen. Ik kan maar niet geloven dat ik zoiets over het hoofd heb gezien. Het is zo slordig. Het is niets voor mij om slordig te zijn. Maar ik had me juist verkleed...'

'Had je de teenslippers aangetrokken?'

'Ja. En een nette korte broek en een overhemd zodat het leek of ik erbij hoorde.'

'Waar was het geweer?'

'O, toen ik het eenmaal uit de kast had gehaald, bewaarde ik het in de kofferbak van mijn auto in zo'n canvas sporttas. Sy zei dat ik het zo moest doen en dat ik er kleren op moest leggen zodat het voor iemand die me zag, net leek of ik een volle weekendtas bij me had in plaats van een geweer. Hij zei dat als ik er alleen maar een geweer in had, de tas zo'n eigenaardige vorm kreeg.'

'En toen?'

'Ik deed alles wat Sy me had gezegd. Ik reed naar de zijkant van het huis, bij de garage waar je ruimte hebt voor drie of vier auto's. Je kunt die plek niet vanaf de voorkant van het huis zien. Ik deed het raam open, zette de motor uit en bleef vijf minuten zitten.'

'Hij wilde dat je er zeker van was dat je niemand hoorde.'

'Precies. Toen stapte ik uit, haalde de tas uit de kofferbak en liep naar dat plekje onder de veranda.'

'Hoe laat was het?'

'Iets na vieren. Ik wist dat ze op de set bezig waren met die scène waar Lindsay de zee inrent, maar ik hoopte dat ze zo moe en chagrijnig zou zijn dat ze haar eerder naar huis zouden laten gaan. Dat was de afgelopen twee vrijdagen steeds gebeurd.'

'Omdat ze moe was?'

'Nee. Omdat ze van Sy was en door en door verwend.'

'Zouden ze ophouden met filmen als ze eenmaal weg was?'

'Nee, ze zouden tot een uur of zes, zeven doorgaan, maar volgens het schema moesten ze Nick Monteleone's reacties opnemen. De meeste acteurs willen in dat geval dat de acteur of actrice met wie ze zo'n scène moeten spelen, erbij is zodat ze een echte reactie kunnen geven, maar geloof maar dat Nick dolgelukkig zou zijn geweest als Lindsay naar huis was gegaan. Daar rekende ik op.'

'Maakte je je niet druk om mevrouw Robertson?'

Easton sloeg zich tegen het voorhoofd. 'O God. Dat is waar ook. Het was vrijdag!'

'Had je haar vergeten?'

'Volkomen. Heeft ze me gezien?'

'Toe nou, East. Je weet dat ik dat niet mag zeggen.' Ik probeerde het te laten klinken alsof we een spelletje zaten te doen en ik me aan de regels moest houden. Voor hij kon bedenken dat dit helemaal geen spelletje was, drong ik verder aan. 'Dus je stond op die plek onder de veranda. Wat gebeurde er?'

'Nou, daar stond ze. Naast het zwembad en ze stond in de draagbare telefoon te praten. Alleen was zij het niet.'

'Je kon het gesprek zeker niet volgen?'

'Nee, natuurlijk niet. Je hebt altijd het geluid van de zee en dan die klassieke muziek die uit al die luidsprekers komt.'

'En hij stond met zijn rug naar je toe.'

'Ja, en hij had een witte badjas aan net als die die Lindsay altijd draagt. Nou ja, er hangen overal in dat huis van die badjassen voor de gasten, maar hij zag er net uit als Lindsay. Echt waar, Steve.'

'Ja, dat zal wel. Kort, tenger – en met de capuchon op.'

Mijn broer keek stomverbaasd. 'Waarom had hij de capuchon op?'

'Hij had juist gezwommen. Zijn hoofd was nat.'

'Dat was zo stom! Als hij hem niet op had gehad, zou ik het meteen hebben gezien.'

'Wanneer kwam je erachter dat hij het was?'

Hij slikte. 'Toen ik thuiskwam.'

'Je schoot hem dood, draaide je om en reed naar huis?'

'Ja. Hij had gezegd dat ik het zo moest doen. Meteen naar huis rijden, niet te hard, niet te zacht. Alsof ik hard kon gaan met al dat verkeer! En daarna moest ik hem bellen in het Bel-Air en als hij er niet was, moest ik een boodschap achterlaten dat ik een gesprek had gehad met de casting director; tenminste, als alles goed was gegaan. Als er problemen waren, moest ik de boodschap achterlaten dat ik nog drie kopieën van het scenario naar hem zou faxen.' Hij ging recht overeind zitten. 'Ik kan je niet zeggen... die boodschappen op mijn antwoordapparaat! Eerst spoelde ik ze terug en toen hoorde ik Sy's stem zeggen dat hij de vlucht van zeven uur zou nemen. En toen...' Ik twijfelde er niet aan of Easton huilde echt, maar zijn hele houding was onecht; hij stond op, liep naar de muur, leunde er met zijn hoofd tegen en sloeg er toen een paar keer met zijn vuist op. Het was iets dat Sy zou hebben afgekeurd in zijn films. Overdreven! zou Sy tegen zijn regisseur hebben geblaft. Haal het eruit! 'En toen,' vervolgde Easton, 'de stem van die knul, die produktie-assistent, dat ik "misschien wel wilde weten" dat Sy in zijn huis was vermoord. Jezus Christus!'

'Ik weet niet wat ik moet zeggen, East. Wat een trauma.'

Hij draaide zich om en leunde met zijn rug tegen de muur. 'Wat moet ik nu doen, Steve?' Hij veegde zijn ogen af met de revers van zijn badjas.

Ik negeerde zijn vraag en stelde hem er een van mij. 'Hoe zit het met dat scenario dat je mij liet zien? Van *Night of the Matador*?'

'Er lagen stapels scenario's in zijn huis. Ik heb er zaterdag laat gewoon één meegenomen nadat de politie was weggegaan. Zie je, toen het tot me doordrong wat ik had gedaan, wilde ik benadrukken dat ik een geweldige, langdurige relatie met Sy had, dat ik zijn beschermeling was. Ik wilde jullie allemaal laten geloven dat ik hem nooit zou kunnen vermoorden. Want wat zou ik zonder hem moeten?'

'En hoe zat dat nou met Lindsay?' vroeg ik. 'Je deed net of je stapelgek op haar was. Maar dat was je niet, hè?'

'Nee, natuurlijk niet. Ik zag haar zoals ze was.'

'Maar je deed net of je dol op haar was. Waarom?'

'Ik heb daar later ook over nagedacht,' zei hij en vrolijkte een beetje op bij de herinnering aan zijn eigen slimheid. 'Als iemand zich dat gesprek bij de eerste afdrukken herinnerde, dat het beter zou zijn als Lindsay dood was en als iemand daaruit conclusies zou trekken... nou, dan zouden ze nooit op mij zijn gekomen, maar ik dacht dat als jij – als de politie – dacht dat ik verliefd op haar was, ik onmiddellijk van de verdachtenlijst zou worden geschrapt.'

'Eigenlijk zou je meteen verdacht zijn geweest als we die conclusies hadden getrokken en hadden ingezien dat Lindsay het slachtoffer had moeten zijn.'

'Waarom?' Hij keek geërgerd.

'Omdat je een emotionele binding met haar had.'

'Dat is achterlijk.'

'Nou ja, zo denkt de politie. Achterlijk, geen verbeeldingskracht. Ambtenarenmentaliteit. Wij doen het volgens de regels.'

Een nauwelijks verdraagzaam schudden met het hoofd. 'Wat een regels.'

'Nou ja,' zei ik, 'regels of geen regels, we hebben je te pakken. Of niet, Easton?'

'Nee!' Hij stormde op me af en greep me bij de schouders van mijn jasje. 'Steve, je gaat toch niets doen?' Zijn ogen en mond vormden enorme cirkels van verbijstering. 'Steve! Ben je gek? Ik ben je broer.'

'Dat weet ik.'

'Hoe kan het zelfs maar in je opkomen om zoiets afschuwelijks te doen?'

'Kleed je aan,' zei ik. Maar hij bleef doodstil staan met zijn handen op mijn schouders. 'Het is al laat. Kom op.'

'Denk eens na. Denk eens na over wat je wil doen. Hoe moet het met moeder?'

'Ze kan ieder moment thuiskomen; jij kan het haar uitleggen. Of als ze eerst nog ergens op visite gaat, kom ik later wel terug om het haar te vertellen. Nadat ik jou op het bureau heb afgeleverd.'

Hij liet zijn handen zakken. Hij sprak zachtjes en zijn stem klonk vol zachtheid en begrip. 'Steve, je moet toch begrijpen dat dit haar dood wordt.' De goede zoon.

'Dat denk ik niet.'

'Ik ken haar zoveel beter dan jij. Ze overleeft een klap als deze niet.'

'O jawel.'

'Jij denkt dat ze hard is. Dat is ze niet.'

'Ik weet dat ze dat niet is. Ze is leeg. Ze overleeft het wel. Laat me nu alsjeblieft niet nog meer als een smeris optreden dan ik al doe. Kleed je aan.'

In plaats daarvan ging hij op de stoel zitten. 'Wat kost het jou als je me laat gaan?'

'Het leven van Bonnie Spencer.'

'O nee.'

'Jawel. Er is een arrestatiebevel tegen haar uitgevaardigd.'

'Hoe komt het dan dat ze bij jou was?'

'Omdat ik voor haar zorgde. Ik vond niet dat ze moest worden gearresteerd.' Ik keek naar buiten. Het licht werd zachter, de voorbode van de schemering.

'Wil je me arresteren? Wil je me naar de gevangenis zien gaan?' Ik hield nog steeds de twee bladeren in mijn hand. Ik ging met mijn vinger over de steel en de nerven. 'Steve!' riep Easton uit. 'Wie is ze in godsnaam? Hoe kun je haar in bescherming willen nemen en mij niet?'

'Ik neem haar in bescherming omdat ze onschuldig is,' zei ik meer tegen de bladeren dan tegen Easton.

'Maar ik ben je broer.'

'Je bent een moordenaar.'

Easton stond op en liep naar het raam. Ik deed een paar stappen naar voren voor het geval hij uit het raam wilde springen, maar hij staarde gewoon naar het gedempte licht. 'Niets kan Sy meer terugbrengen,' zei hij.

'Dat weet ik.'

Hij draaide zich naar me toe. 'Ik wil niet dat die vrouw voor mij de gevangenis ingaat.'

'Sinds wanneer?'

'Luister naar me. We kunnen samen iets bedenken. Ik kan haar een alibi verschaffen.' Ik reageerde niet. 'Wacht even. Luister.' Easton wreef in zijn handen. 'Oké, in de eerste plaats zal ik tegen hen zeggen dat Sy erg gek op haar was, dat het niet goed ging tussen Lindsay en hem en dat hij echt weer heel gelukkig leek met zijn ex-vrouw – zonder er ophef over te maken. Goed. Ik had niet eerder iets gezegd, omdat ik zo verliefd was op Lindsay dat ik niets wilde zeggen dat haar in een kwaad daglicht kon stellen. Ik zal toegeven dat dat heel verkeerd van me was. Ik zal duizendmaal excuses aanbieden. Zodat ze niet denken dat de ex een reden had om hem te doden. En dan zeg ik...ik weet het al! Dat ik onderweg van de stad naar huis bij een telefooncel stopte en haar over iets belde. Iets over haar scenario en dat ze thuis was. Dat ze de telefoon opnam en...'

'Nee.'

'Waarom niet?'

'Omdat je verhaal zo vol hiaten zit dat het een flauwe grap lijkt. Omdat ze fatsoenlijk is en eergevoel heeft en dat ze ziek zou worden van zo'n vals alibi. En omdat ze niet hoeft te liegen. We hebben onze dader, Easton.'

'Is het allemaal zo zwart-wit voor jou? Zie jij geen grijs?'

'Ik wou dat dit niet gebeurde,' zei ik langzaam.

'Het hoeft ook niet.'

'Ik heb geen keuze. Ik ben politieman. Ik weet dat er miljoenen schakeringen grijs zijn in de wereld. Ik zie ze. Maar ik kan alleen maar uitgaan van zwart en wit.'

Easton kwam naar me toe en sloeg zijn armen om me heen. Een echte omhelzing. Afgezien van mijn oude heer wanneer hij zat was en mijn oma, toen ik was geslaagd voor mijn eindexamen, geloof ik niet dat iemand van mijn familie me ooit eerder had omhelsd.

'Steve,' zei hij, 'ik heb je zo nodig. Mijn leven is een aaneenschakeling van fouten geweest. Het ene lachertje na het andere. En nu dit. Ik weet niet wie ik dacht dat ik was, wie ik hoopte dat ik was, maar ik heb het verknald. Nog erger. Ik heb iets verschrikkelijks gedaan.' Ik aaide hem over zijn hoofd. Zijn haar was zoveel zachter dan dat van mij. 'Iets heel slechts. Dat weet ik wel, maar ik ben zo in de war en zo zwak dat ik niet de moed had het onder ogen te zien. Tot aan dit moment.' Hij liet me los en deed een paar stappen achteruit. 'Laat me uitpraten. Alsjeblieft?'

'Toe maar.'

'Ik weet dat je me waardeloos vindt en je hebt gelijk. Ik heb mezelf nooit afgevraagd wat echt belangrijk is. En zelfs als ik dat wel had gedaan en iets als liefde of vriendschap of wat dan ook had kunnen bedenken, dan zou het er waarschijnlijk niets toe hebben gedaan. Dat weet je. Ik zou toch voor het oppervlakkige hebben gekozen. Maar nu komt het eropaan. Ik kan voor de rest van mijn leven in de gevangenis terechtkomen. Jij weet hoe de gevangenis is.'

'Ja.'

'Het is net zo erg als ze zeggen, hè?'

'Erger.'

'Ik zweer je bij alles dat me heilig is dat ik de rest van mijn leven alles zal doen om dat verschrikkelijke dat ik heb gedaan, goed te maken.' Hij stond voor me in dat volmaakte gouden en roze en blauwe licht. 'Ik weet dat we nooit goede vrienden zijn geweest. Maar we zijn broers. Ik vraag je niet om me voor te trekken, Steve, maar ik vraag je – smeek je – me nog een kans te geven. Geen van ons heeft ooit veel kans op geluk gehad, hè? Ik weet dat die kans voor mij nu helemaal is verkeken. Maar misschien kan ik toch nog iets krijgen. Iets van jou.'

'Wat?'

'Vergeving.'

Ik keek langs hem heen naar het licht. Het magisch uur. Het komt en gaat zo snel. Maar in films komt het direct na zonsopgang weer en dan nog een keer vlak voor zonsondergang. Twee keer per dag de gelegenheid voor een wonder. Maar in het echte leven komt dit soort momenten nauwelijks voor.

Als ik mijn broer aangaf zou dat het einde voor hem betekenen. Vergeving had hij gezegd. Ik zou hem de vrijheid kunnen geven. Ik zou hem de gelegenheid kunnen geven zijn eigen redding te zoeken. Omdat wat hij zei, klopte; niets kon Sy terugbrengen. En het mooie van het geval was dat ik helemaal niet mijn mond hoefde te houden terwijl hij dat idiote verhaal ophing over Bonnie's alibi. Ik zou hem mij gewoon kunnen laten overmeesteren, laten ontsnappen en hem ergens anders een nieuw leven laten beginnen.

'Kun je het mij niet vergeven, Steve? Heb jij nooit iets verkeerds gedaan?'

'Ben je belazerd. Het grootste deel van mijn leven is verkeerd geweest. Dat is geen geheim.'

'Nou dan. Wij zijn precies hetzelfde.'

'Nee, East. Zelfs toen ik verkeerd deed, wist ik dat er wetten waren. En ik wist dat er een God was.'

'Maar God vergeeft!'

'Dat weet ik. En misschien zal God jou vergeven of heeft Hij jou al vergeven. Dat kan ik niet weten. En misschien kan ik jou persoonlijk vergeven. Maar je hebt iemand van het leven beroofd.'

'Wat wil je daarmee zeggen?'

Ik liet de bladeren op de grond vallen. 'Dat een verontschuldiging niet voldoende is.'

'Ga je me naar de gevangenis sturen?'

'Nee, dat is mijn werk niet. Mijn werk is veel onbelangrijker. Ik ga je alleen maar arresteren in verband met de moord op Sy Spencer.'

'Dat is hetzelfde als me naar de gevangenis sturen, verdomme!'

'Dat is doen wat ik moet doen.'

'Ik zal tegen ze zeggen dat jij me in de val hebt gelokt om die vrouw te redden.'

'Het geweer, East. Het ballistisch onderzoek. Je teenslippers met het Adelphigras.'

'Iemand anders zou dat geweer kunnen hebben gestolen. Of mijn teenslippers.'

'En ze hebben teruggezet?'

'Bewijs maar eens dat ik het was.'

'Er was een man die kogels kocht in een sportzaak, die schietoefeningen deed met een oude Marlin .22 op een schietbaan bij Riverhead op de dag voor de moord. Een knappe man van achter in de dertig. Denk je niet dat getuigen zijn foto zullen herkennen? Denk je niet dat ze hem zullen aanwijzen op het politiebureau? In de rechtszaal?' Ik deed zijn kast open. 'Kleed je aan, East. We moeten gaan.'

Mijn broer deed geen enkele poging me te overmeesteren. Hij had misschien wel kunnen proberen te ontsnappen, maar omdat hij nu eenmaal was zoals hij was, scharrelde hij alleen maar even hysterisch de slaapkamer door. Toen kleedde hij zich aan. Wat kon hij anders doen? Naar buiten stormen op vrijdagavond in het hoogseizoen met een kort, lelijk, grijs-bruin badjasje aan? Nee. Daarvoor had hij te veel stijl.

22

Uiteindelijk belde ik Ray Carbone thuis en vroeg hem of hij alsjeblieft naar me toe wilde komen. Ik kon het niet over mijn hart verkrijgen Easton de handboeien om te doen, hem door het huis te leiden en naar het hoofdbureau te brengen. Ook realiseerde ik me dat het feit dat de dader een broer had die op Moordzaken werkte, in een enkel regeltje aan het eind van het nieuwsverhaal vermeld moest staan, niet als een nachtmerrieachtige kop – RECHERCHEUR ARRESTEERT MOORDZUCHTIGE BROER; MOEDER HUILT 'MIJN ZOON!'

Mijn moeder huilde natuurlijk helemaal niet iets dergelijks. Ze kwam rond zevenen thuis, een paar minuten nadat Carbone was aangekomen. Ze was een beetje aangeschoten van die paar martini's die ze had gedronken met een of andere rijke dame met een hondenaam die ze kende van haar laatste liefdadigheidscomité: Skip of Lolly of zoiets dergelijks. Toen ze eindelijk begreep wat er met Easton zou gaan gebeuren, gilde ze niet, ze viel niet flauw en ze kreeg geen hartaanval.

Ze liet zich alleen maar op de bank vallen. Ik ging water voor haar halen. Even voor hij wegging, boog mijn broer zich voorover en kuste haar gedag. Hij mikte op haar wang, maar hij miste en de kus kwam op haar neus terecht. Hij zei dat het hem speet voor haar, niet voor hemzelf. Carbone zei dat hij de hele avond op het bureau zou zijn als ik hem nodig mocht hebben en mompelde toen een spijtbetuiging tegen mijn moeder.

Ik trok een voetenbankje bij en ging voor haar zitten. Ze was een knappe vrouw met regelmatige gelaatstrekken, prachtige, grote groen-blauwe ogen en een slank figuur. Nadat ze even ineengezakt op de bank had gezeten, kwam ze weer overeind. Haar rug maakte een keurige hoek van negentig graden met haar schoot. 'Wat moet ik doen?' vroeg ze me.

Ik vertelde haar dat Easton een advocaat nodig had. Ik ging de keuken in en zocht het nummer van Bill Paterno op in het telefoonboek. Ze vroeg me of hij duur was en ik zei ja, maar dat hij heel goed was en dat ze tegen hem moest zeggen dat ik hem de volgende ochtend zou bellen en dat ik het verder met hem zou regelen.

'Betekent dat dat jij hem betaalt?' vroeg ze.

'Mm.'

'Niet mm.'

'Ja,' zei ik.

'Geloof je echt dat Easton het heeft gedaan?'

Ja, zei ik tegen haar en legde haar uit dat we bewijzen tegen hem hadden. Ze vroeg of ik dacht dat een jury hem schuldig zou bevinden en ik zei dat Paterno het waarschijnlijk wel zou aansturen op een soort overeenkomst met een schuldigverklaring zodat er geen rechtszaak van hoefde te komen, maar dat Easton wel naar de gevangenis zou gaan.

'Ik heb er een rommeltje van gemaakt,' zei ze zachtjes.

'Nee. Dat heeft Easton gedaan.'

Haar keurige houding werd nog keuriger. 'Ik kan het niet begrijpen. Hij maakte nooit moeilijkheden,' zei ze zonder te zeggen wie dat wel had gedaan. Ze zag er zo goed uit zoals ze daar zat. Nou ja, goed, maar wel gedateerd, als een Republikeinse dame uit 1952 die in een tijdmachine was gestapt. Zelfs nu, terwijl ze toch overstuur was, ontbrak er aan haar alleen maar een Rob Roy met een kers en een button van Eisenhower. 'Hij had geen enkele ambitie, maar dat kun je iemand niet kwalijk nemen.'

'Nee, zeker niet.'

'Hij hoorde niet in de filmwereld,' mompelde ze. Niemand zag er nog zo uit als zij. Niemand zou de moeite nemen om dat vreemde, ouderwetse effect te creëren. Iedere avond deed ze haar haar in dikke rollers zodat het bol stond en naar binnen krulde in een soort pagekapsel dat ze al had zolang ik me kon herinneren. Ze plukte het grootste deel van haar wenkbrauwen en tekende ze bij tot een smalle, lichtbruine streep. Haar make-up bestond uit lichtbruine poeder, rouge en rode lippenstift die een beetje was uitgelopen na haar martini's. Haar nagels die kort en ovaal waren gevijld, waren ook rood. 'Hij had in het bankwezen moeten gaan. Niet dat hij ooit bankdirecteur had kunnen worden. Ik hou mezelf nooit voor de gek. Maar hij bleef maar proberen verkoper te worden en hij verkocht nooit iets. En toen de film met al die mensen. Ze zijn zo hard. Hij was er het type niet voor.'

'Nee.'

'Maar ik dacht dat hij die man wel aardig vond. De man die hij heeft vermoord.' Ik legde haar uit dat Easton had gedaan wat Sy hem had opgedragen, dat hij had gedacht dat hij Lindsay doodschoot. Ze vroeg: 'Waarom zei hij niet gewoon "Nee, dat doe ik niet"?'

'Dat weet ik niet, mam.'

'Nou, ik ook niet.'

Ik vroeg of ik iets te eten voor haar moest maken. Nee, ze had geen honger en ik hoefde me geen zorgen over haar te maken. Ik wist dat dat betekende dat ze alleen wilde zijn, maar ik vroeg of ze wilde dat ik bleef slapen of dat ze met mij mee naar huis wilde. Ze zei nee, dank je en ja, ze zou me bellen als ze me nodig had. Ik zei dat ik de volgende ochtend meteen naar haar toe zou komen.

'Het zal wel in alle kranten staan,' zei ze. 'En het zal ook wel op t.v. komen.'

'Het zullen een paar vervelende dagen worden,' zei ik. 'Wat publiciteit betreft dan. Ik weet dat het voor jou nog veel langer vervelend zal zijn.'

'Denk je dat ze me zullen ontslaan?'

'Nee. Je bent veel te waardevol voor ze. En ik denk dat veel mensen heel begrijpend tegen je zullen zijn.'

'Maar ze zullen het niet begrijpen. Het zal alleen maar beleefdheid zijn. Diep in hun hart zullen ze denken dat het mijn schuld is dat hij zo iets heeft kunnen doen.' Ze stond op. 'Ik wil nu graag alleen zijn.'

'Het spijt me zo, mam.'

En toen bezorgde ze me bijna een appelflauwte. 'Waarom zou jij spijt hebben? Het is jouw schuld toch niet. Jij hebt niemand vermoord. Dat heeft je broer gedaan.' Maar voor ik me kon overgeven aan een uiting van kinderliefde en misschien zelfs wel haar hand pakken en uitroepen dat ik altijd voor haar klaar zou staan, voegde mijn moeder eraan toe: 'Ik wil nu dat je weggaat.' Dus wenste ik haar welterusten en zij deed hetzelfde.

Ray Carbone en Dikke Dijen namen Eastons bekentenis op video op en alles was te volgen in een wat paarsachtige kleur op het beeldscherm in het kantoor van Frank Shea. Carbone vroeg: 'Betaalde je contant voor de kogels of liet je ze op een rekening zetten?' en mijn broer die graag wilde laten zien hoe slim Sy en hij de moord op Lindsay in elkaar hadden gezet, antwoordde: 'Contant. Laat geen sporen na: dat was ons motto.'

Shea begon uit te leggen: 'Straks zie je aan het begin van de band dat we hem op zijn rechten hebben gewezen. We hebben hem iedere kans gegeven...'

Ik onderbrak hem. 'Als iemand wil praten, kun je hem moeilijk muilkorven.'

'Hoe is je moeder eronder?'

'Alsof ze verdoofd is.' Ik vertelde hem niet dat die toestand voor haar waarschijnlijk niet ongewoon was. Maar toen, omdat Shea en ik elkaar toch al in de haren waren gevlogen over deze zaak en er zoveel kwaad bloed tussen ons was, bedacht ik dat ik hem maar beter kon laten merken dat ik niet zo'n kwaaie vent was. 'Ik wilde bij haar blijven, maar ze vroeg me weg te gaan. Ze wilde eigenlijk liever alleen zijn. Ik denk dat ze op het punt stond in te storten en dat ze me dat wilde besparen.' Het idee dat mijn moeder haar zelfbeheersing zou verliezen en mij daartegen wilde beschermen had niet veel met de werkelijkheid te maken, maar we klonken zo wel als een normaal gezin. Tenminste, tot je naar dat pratende gezicht op het t.v.-scherm keek dat Carbone vertelde dat ja, hij had de .22 thuis schoongemaakt, maar toen hij op de schietbaan kwam ging de trekker zo moeilijk over dat een van de mannen daar – een donkere man met een sikje – hem hielp. Ik zei tegen Shea: 'Moet je dat nou horen. Jezus, we hebben dezelfde genen.'

Hij stond op en liep naar de t.v. Zijn gouden kettingen rammelden. 'Ik kijk later nog wel,' zei hij. 'Tenzij je echt wil kijken, maar onder ons gezegd en gezwegen...' Hij zette zijn stem van de Meelevende Baas op. '... denk ik dat je het jezelf beter kunt besparen.'

'Zet maar uit,' zei ik instemmend.

Dat deed hij en toen liep hij terug, ging achter mijn stoel staan en legde zijn hand op mijn schouder. 'Wil je vakantie opnemen, Steve?'

'Ik denk het wel.'

'Dat kan. Ray vindt dat je naar dokter Nettles, onze nieuwe psychiater, moet gaan voor begeleiding. Met het idee dat voorkomen beter is dan genezen. Maar dat moet je zelf weten. Ray zegt dat ze goed is. Ik heb haar ontmoet. Ze heeft het gezicht van een buldog.' Hij rammelde terug naar zijn grote leren stoel en ging zitten. 'Luister, mijn excuses. Over dat drinken. En dat ik heb gezegd dat je verliefd was op die vrouw van Spencer.' En als het nu uiteindelijk allemaal te veel was geweest, zelfs voor Bonnie? Als ze nu het allemaal voorbij was, alles achter zich wilde laten en terugging naar haar bergen? 'Die lul van een Robby Kurz,' fluisterde hij.

'Robby zit in het andere kantoor,' zei ik.

'Dat weet ik. Heb je het met hem uitgepraat?'

'Nee, ik ben er niet eens naar binnen gegaan. Ik ben doodmoe. Ik ben bang dat ik binnen twee seconden een driftbui krijg en dat wil ik niet. Er zijn veel ernstiger zaken dan dat hij heeft gezegd dat ik een dronkelap ben. En dat is jouw zaak, niet de mijne.'

'Die haar van Bonnie,' zei hij.

'Ja, die haar van Bonnie.'

Hij pakte de telefoon, drukte de intercom in en zei: 'Ik wil je spreken, Robby. Nee, nu.' Hij hing op en keek me recht in de ogen. 'Luister, ik heb begrip voor wat je doormaakt. Het is een familietragedie. Maar ik ga geen blad voor mijn mond nemen. Het politiekorps van Suffolk County is een paramilitaire organisatie. Je weet wat dat inhoudt?'

'Dat jij de commandant bent en ik niet.'

'Juist. Je schijnt nogal eens moeite te hebben met dat idee. Nou, jij hebt een persoonlijk appeltje te schillen met die man en wij wellicht beroepsmatig. Wat denk je dat belangrijker is vanavond wanneer hij binnen...' Op dat moment stapte Robby binnen. 'Ga zitten, Robby.'

Het was een bevel, geen uitnodiging en Robby ging nadat hij me had toegeknikt, zitten. Zo tegenover het knappe, donkere, Ierse uiterlijk van Shea zag Robby er pafferiger en bleker uit dan ooit; hij begon op een van zijn doughnuts te lijken. 'Je hebt bijna Brady's loopbaan verknald,' zei Shea.

'Dat was niet mijn bedoeling.'

'Waarom noemde je hem dan een dronkelap?'

'Omdat ik dacht dat hij dat was.'

'Waarom?'

'Ik vond dat hij zich vreemd gedroeg en ik dacht dat hij naar drank rook.'

'Hoezo gedroeg ik me vreemd, vuile klootzak?'

'Hou je kop, Brady,' zei Shea. Toen herinnerde hij zich dat ik me midden in een Persoonlijke Crisis bevond en voegde eraan toe: 'Alsjeblieft.' Hij keek weer naar Robby. 'Ik zal je geen leugenaar noemen. Maar ik twijfel aan je waarnemingsvermogen.'

'Ik weet dat de tests hebben uitgewezen dat ik ongelijk had. Dus bied ik mijn verontschuldigingen aan.'

Niemand scheen van me te verwachten dat ik zijn excuses zou aanvaarden of verwerpen, dus leunde ik achterover en deed mijn ogen even dicht. Ik wilde Gideon bellen om te vragen hoe het met Bonnie was. Ik wilde hem vertellen dat mijn achterdeur open was zodat ze Moose konden gaan halen die misschien water nodig had of naar buiten moest.

'Laten we het eens over die haar van Bonnie hebben, Robby,' zei Shea. 'Iedereen werkte aan deze zaak. Onze beste mensen. We onderzoeken de plek waar de dader heeft gestaan, we onderzoeken nog eens en nog eens.' Hij zweeg even om aan te geven dat hij uit respect voor mij de dader niet bij zijn naam noemde. 'We vinden niets op het gebied van haar. En dan ineens de week daarop: een Wonder! Belangrijk Bewijs! Een van de haren van Bonnie Spencer – met een wortel, nota bene zodat we een DNA-test kunnen doen.'

'Wil je zeggen dat ik hem daar heb neergelegd, Frank?' vroeg Robby.

'Ik wil zeggen dat Ray Carbone die plastic zak van het lab heeft onderzocht en dat het zegel er een beetje vreemd uitzag en dat er een haar ontbrak. Zou je zeggen dat die haar er was neergelegd?'

'Nee. Die haar is duidelijk zoekgeraakt op het lab. Jij zou toch zeker moeten weten dat ze niet volmaakt zijn.'

Ik dacht: En als Bonnie me nu niet meer wil hebben? Als ze me te labiel vindt?

'Waarom zou die haar van Bonnie Spencer precies op de plek zitten waar de dader stond als Bonnie Spencer de dader niet was?'

'Misschien liep ze er langs.' Robby was nauwelijks meer hoorbaar.

En hij zakte hoe langer hoe verder in zijn stoel weg. Het enige dat hem overeind hield was zijn bespoten kapsel.

'Is dat jouw verklaring?' bulderde Shea. 'Ze maakte een wandelingetje over een terrein van drie hectare en die haar viel precies op dat plekje?' Robby gaf geen antwoord. Shea leunde voorover. 'Ik zal je nog eens iets vragen. Denk je dat je ook maar een greintje beter bent dan al die rotzakken die we hier opsluiten?'

'Ik verdien een eerlijk behandeling.' Het klonk alsof Robby al met een advocaat praatte.

'Ik weet zeker dat het korps je die ook zal geven.'

'Dank je.'

'Maar wat Moordzaken betreft, weet je wat?'

'Frank...'

'Pak je boeltje maar.'

Voorzover ik weet heeft Robby zijn boeltje nooit gepakt. Hij zei niet eens gedag. Hij ging gewoon voorgoed weg.

Ik nam de sportwagen van mijn broer – een auto die de gratie had van een drol op wielen – reed terug naar mijn huis en haalde Moose op. Ze ging naast me zitten, stak haar neus in de lucht en liet haar oren wapperen in de wind. Toen we voor een stoplicht stonden, wierp ze een paar Newyorkers in een Volvo stationcar de neerbuigende blik toe van een deftige dame die alleen met de kap naar beneden reist. 'Ouwe snob,' zei ik tegen haar en ze sloeg verrukt met haar staart tegen de kunstleren bekleding.

Ik reed Bonnie's oprijlaan op. De bureaucratie was tenminste in beweging gekomen; er was niemand meer die het huis in de gaten hield. Haar Jeep stond in de garage. Het huis was donker en de deuren waren op slot. Ik belde een paar keer aan, maar er werd niet opengedaan. Ik wist dat ze bij Gideon moest zijn, maar ik was bang. Ik dacht steeds vreemde dingen zoals: stel je voor dat ze over een van die stomme kleedjes van haar is gestruikeld en ze ligt nu binnen met een opengebarsten schedel. Nee. Dan zou mijn auto er nog staan. Maar als ze nu eens was geslipt over een olievlek en ze was de macht over het stuur verloren en ze was van een brug gereden of in vlammen opgegaan? Het enige geluid dat ik hoorde, was afkomstig van wilde eenden en het geforceerde gelach op het terras van haar buurvrouw, Wendy Puistekop.

Het kostte me tien minuten om Moose weer in de auto te krijgen. Ze was thuis en zag geen enkele reden om weer weg te gaan. Ze poepte, rende achter een konijn aan en ging vervolgens in de voortuin liggen. Ik stond voor joker in mijn handen te klappen en te roepen: 'Kom dan, meisje! Kom Moose! Kom dan, dan gaan we lekker een eindje rijden!' en te fluiten. Er was geen beweging in te krijgen. Ten slotte tilde ik haar op – al haar vijftig kilo – en zeulde haar mee naar de auto.

Het was donker toen ik eindelijk bij Gideons huis aankwam; het was zo'n verbouwde boerenschuur die een eindje van de weg afstond. Er stond een bordje waarop 'Friedman-Sterling' stond, maar Friedman en Sterling hadden er zoveel klimop geplant dat ik er vijf keer langsreed voor ik het zag.

Ik deed het portier open, maar voor ik kon uitstappen, was Moose al over me heen gesprongen en zat met haar tong uit haar bek op me te wachten. Maar ik kon niet uitstappen. Ik knoopte mijn das opnieuw, maakte hem weer los, trok mijn jasje uit, rolde mijn mouwen op en kleedde me toen weer aan.

Misschien had ze een overdosis slaaptabletten ingenomen omdat ze dacht dat ik met Lynne zou gaan trouwen en dat ze me nooit weer zou zien.

Ik wilde haar in mijn armen nemen. Ik wilde haar meenemen naar Germy om die video van DiMaggio te bekijken en tegen hem te zeggen: 'Dit is mijn vriendin.'

Ik dacht: ik zou verdomme niet in de auto van mijn broer moeten rijden omdat Easton dat geweer in de kofferbak had bewaard. Nu zaten er mijn vingerafdrukken en hondeharen op. De jongens van het lab zouden woest zijn.

Mijn hart begon te bonken. Ze zou er wel zijn, maar wilde me niet zien en Gideons vriendje zou met zijn hand op zijn heup in de deuropening staan en sneren: 'Bonnie vliegt morgen naar de Kust om haar verhaal aan CBS te verkopen en ze belt nu met haar nieuwe impresario en kan niet worden gestoord. Dag schat.'

Of ze zou er niet zijn. Ze zou op weg zijn naar het vliegveld om naar Utah te gaan. Ze zou eerst een tijdje bij een van haar broers gaan wonen tot haar huis was verkocht en dan een hut gaan zoeken, hoog in de bergen bij een forellenbeek. Ze zou mijn brieven of telefoontjes niet beantwoorden. Ik zou er ten slotte heengaan en haar op het spoor komen, maar dan zou ze via de achterdeur ontsnappen en de bergen ingaan en ze zou niet terugkomen voor ik weg was. Het volgende voorjaar zouden ze haar vinden. Dood. Doodgevroren in februari. Ze was vergeten hoe hard de winters in de bergen kunnen zijn. Ze had niet voldoende hout gehakt voor de kachel.

Ik was zo over mijn toeren door de gedachte aan haar ontbindende lichaam dat ik Gideon niet zag tot hij naast de auto stond. 'Is Bonnie hier?' wilde ik weten. 'Is alles goed met haar?'

'Prima,' zei Gideon voorzichtig. Ik denk dat ik er nogal waanzinnig uitzag. 'Ze slaapt.' Moose, de dorpshoer, had haar genegenheid al verlegd naar Gideon en likte zijn hand.

'Ze zal wel erg moe zijn,' mompelde ik.

'Wil je niet even binnenkomen?'

Voor een schuur was het een leuk huis met een gewelfd plafond en een heleboel balken die allerlei interessante kanten opgingen. Gideon stelde me voor aan zijn vriend Jeff die eruitzag als een uitsmijter in een wilde nachtclub. Hij bleef lang genoeg om mijn hand te schudden, 'Aangenaam' te zeggen en me even goed te bekijken; ik had het gevoel dat hij niet kon wachten tot ik weg was zodat hij en Gideon me uitgebreid konden bespreken.

Een reusachtige zwarte ijzeren kroonluchter hing aan de hoofdbalk; er zaten overal uitgesneden figuurtjes van koeien en varkens in. Boven waren deuren die uitkwamen op een overloop die vroeger de hooizolder was geweest. 'Bonnie ligt in de middelste kamer,' zei Gideon toen hij me naar boven zag kijken. Ik had verwacht dat hij tegen me zou zeggen dat ik voorzichtig met haar gevoelens moest omspringen, maar hij zei alleen maar dat hij het erg rot voor me vond dat mijn broer het had gedaan. Ik vertelde hem dat mijn moeder Paterno zou bellen, maar dat mijn broer al een bekentenis had afgelegd die op video was opgenomen – waarschijnlijk niet zozeer omdat hij zijn hart wilde uitstorten maar eerder omdat hij wilde dat ze hem prettig gezelschap vonden. En ik vertelde hem over Eastons ziekelijke trots, dat hij het hele gedoe samen met Sy Spencer had uitgedacht. Zij met zijn tweetjes. Sy en Easton, partners. Ik zei dat ik me niet kon voorstellen dat Easton zo gemakkelijk bereid was geweest om Bonnie voor alles te laten opdraaien. Gideon zei: 'Rustig maar. Het is nu voorbij.' Hij voegde eraan toe dat Shea Paterno had gebeld met de mededeling dat het arrestatiebevel was ingetrokken en excuses aan mevrouw Spencer voor de overlast.

'Denk je dat het wel weer in orde komt met haar?' vroeg ik hem.

'Ze is sterk.'

'Dat weet ik.'

'Maar het zal wel even duren.'

'Vind je het goed als ik naar haar toega?' vroeg ik.

'Toen we eenmaal wisten dat het officieel allemaal voorbij was nadat Bill Paterno had gebeld...' Gideon aarzelde. 'Bonnie zei dat je misschien zou langskomen. Ze vroeg me of ik jou hartelijk wilde danken voor alles wat je voor haar hebt gedaan, maar dat jullie al eerder hadden afgesproken dat het het beste zou zijn als jullie elkaar niet meer zouden zien.'

'Ik wil haar zien.'

'En ik wil haar beschermen.' We keken elkaar diep in de ogen en wachtten allebei tot de ander de ogen zou neerslaan. 'Het ziet er naar uit dat we in een impasse zijn geraakt,' zei hij, 'maar aangezien dit mijn grondgebied is, moet ik je verzoeken weg te gaan.' Hij stond op.

Ik ook. 'Ik wil alleen maar iets tegen haar zeggen.'

'Ik denk niet dat het verstandig is.'

'Loop naar de hel, Friedman.'

'Doe het zelf, Brady.'

Ik probeerde tot tien te tellen, iets anders te bedenken om te zeggen, maar ik kwam maar tot twee. 'Kijk, ik hou van haar.'

'Je houdt van haar?' herhaalde Gideon. 'Je moet wel een erg liefhebbend man zijn. Je houdt ook van die ander.'

'Je hebt er geen donder mee te maken, maar ik hou niet van die ander en trouwens, raadsman, die ander is die ander niet meer en de plaats is vacant. Mag ik nu naar Bonnie?'

'Ga je gang,' zei hij.

Ik voelde dat ze wakker werd toen ik de deur opendeed. Ik ging naar binnen en ging op de rand van het bed zitten. 'Je bent mooi,' zei ik.

'Ja natuurlijk, het is hier pikdonker.' Bonnie stak haar hand uit en zocht naar een lamp. Ze deed hem aan en kneep haar ogen dicht tegen het licht. 'Zeg het nu maar.'

'Je bent mooi. Ik hou van je. Wat was het derde ook weer?'

'Ik ben echt een geweldig mens.' De voet van de lamp was een grote porseleinen kip. Ze deed het licht weer uit.

'Je bent echt een geweldig mens,' zei ik.

'Ik had Gideon gezegd dat hij je niet in mijn kamer moest laten.'

'Ik heb tegen hem gezegd dat ik tegen je wilde zeggen dat ik van je hou, dus werd ik zijn maatje. Wat ik maar wil. Zijn huis is mijn huis. Zijn kippelamp is mijn kippelamp.' Ik deed het licht weer aan en trok het laken een eindje naar beneden. Ze had mijn t-shirt uitgetrokken.

Ze trok het laken weer over zich heen. 'Luister, ik denk dat je het nog wel vaker zult horen, maar het spijt me erg van je broer. Ik denk dat het heel pijnlijk wordt voor je familie en ik vind het rot dat dat je niet bespaard is gebleven.'

'Dank je. Ik vind het rot dat jouw ellende jou niet bespaard is gebleven.'

'Dank je,' zei ze. 'Ik wil niet gevoelloos lijken, maar ik heb liever dat je nu weggaat.'

'Waarom? Ga je huilen of zo?'

Bonnie gaf me een nijdige por. Wat een por. Ik viel bijna van het bed. 'Wil je hier blijven toekijken?'

'Ja.'

'Nou, dat wil ik niet. Ik wil dat je weggaat.'

'Dat kan niet. Ik heb Gideon beloofd dat ik je zou vragen of je met me wil trouwen.'

'Nou, vraag het en donder dan op.'

'Goed. Wil je met me trouwen?'

Ineens wist ze het. Ze maakte geen grapjes over een andere afspraak. Ze zei niet dat ik weg moest. Ze zei alleen maar 'Ja', maar toen zei ze dat ik haar niet mocht kussen omdat haar adem nog naar slaap rook. Ik kuste haar toch. Het was een heerlijke kus. Daarna vroeg ze me: 'Ben ik echt mooi? Objectief.'

'Nee.'

'Ben ik echt een geweldig mens?'

'Gaat wel.'

Ik stond op, trok mijn kleren uit en stapte in bed.

'Hou je echt van me?'

'Meer dan ik je ooit kan vertellen, Bonnie.'

'Dat weet ik al jaren, Stephen.'

En samen deden we de kippelamp uit en begonnen aan ons leven.